Archaeological Theory
資治通鑑
說文解字詁林
ARNOLD TOYNBEE
研究
STUDY
HISTORY
LUSTRATED
中国文字学史
辭通

小字白劳

李零自序集

孟繁之 编

生活·讀書·新知 三联书店

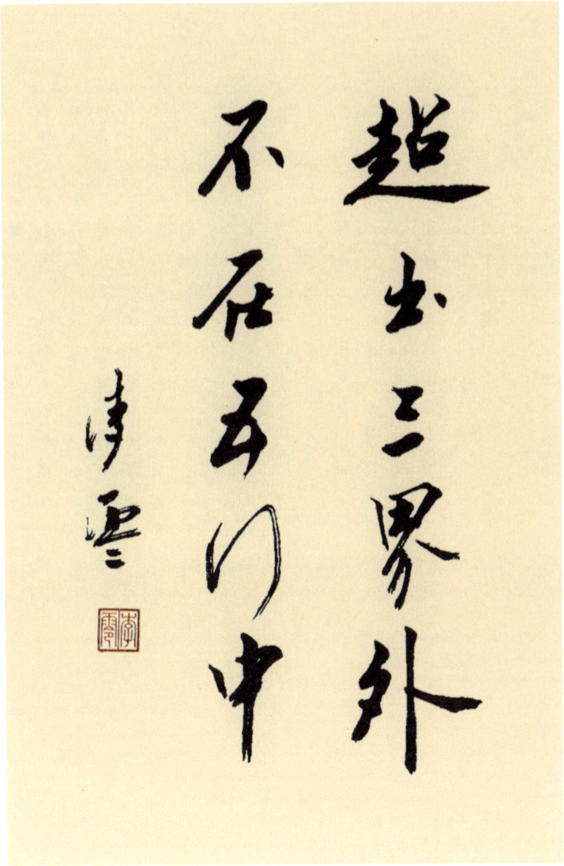
超出三界外
不在五行中

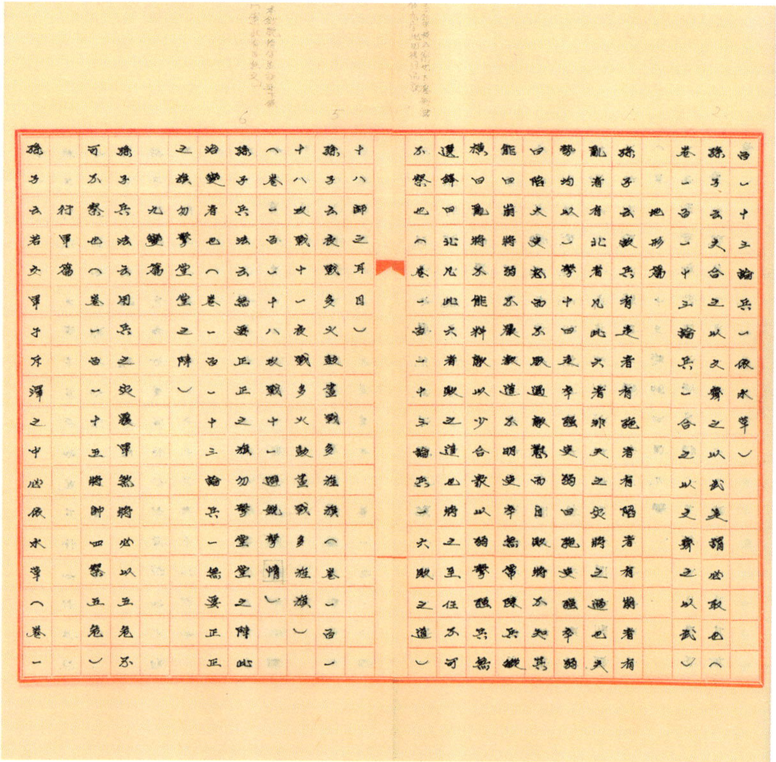

读《孙子兵法》笔记 1977 年

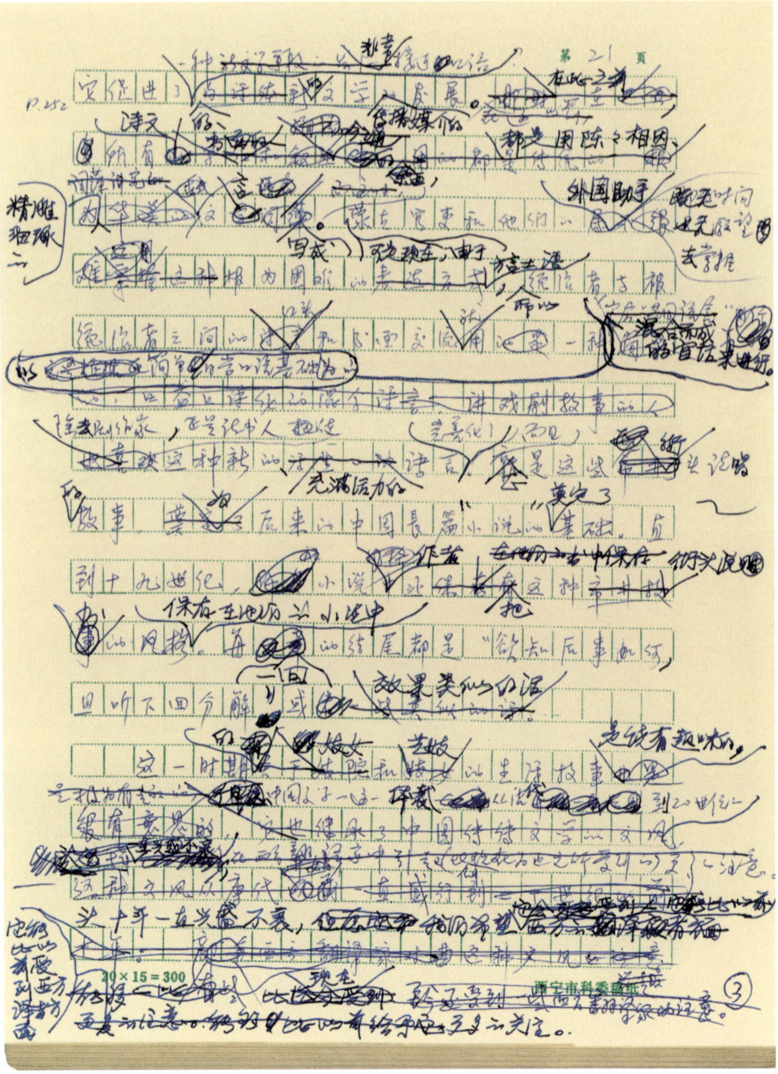

《中国古代房内考》译文原稿　1987 年

李零书房一角

目　次

何枝可依（新世纪以来）

附 录

小字白劳

1976—1985 年论著简目

1978　《三十年来出土的殷周有铭铜器简目》，中国社会科学院考古研究所（12 月油印本），共 241 页〔与刘新光、曹淑琴合编〕

1979a　“平山三器与中山国史的若干问题”，《考古学报》1979 年 2 期（4 月），147－170 页〔与李学勤合作〕

1979b　“春秋秦器试探”，《考古》1979 年 6 期（11 月），515－521 页

1979c　“关于银雀山简本《孙子》研究的商榷”，《文史》第 7 辑（12 月），23－34 页

1980　“楚鄬陵君三器”，《文物》1980 年 8 期（8 月），29－34 页〔与刘雨合作〕

1981a　“银雀山简本《孙子》校读举例”，《中华文史论丛》1981 年 4 期（11 月），229－313 页

1981b　“‘楚叔之孙倗’究竟是谁”，《中原文物》1981 年 4 期（12 月），26－37 页

1983a　“战国鸟书箴铭带钩考释”，《古文字研究》第 8 辑（2 月），59－62 页

1983b　“楚公逆镈”，《江汉考古》1983 年 2 期（5 月），94 页

1983c　《新出金文分域简目》，中华书局（5 月），共 225 页〔与刘新光、曹淑琴合编〕

1983d　“青海大通上孙家寨汉简性质小议”，《考古》1983 年 6 期（6 月），

549－553 页

1983e “《孙子》篇题木牍初论”，《文史》第 17 辑（6 月），75－85 页

1983f “《史记》中所见秦早期都邑葬地”，《文史》第 20 辑（9 月），15－23 页

1983g “为《说‘引’字》释疑”，收入《考古与文物丛刊》第 2 号：《古文字论集》(一)（11 月），116－117 页

1983h **《汗简 古文四声韵》**：校勘记（李零）、出版后记（李零）和通检〔与刘新光合作〕，北京：中华书局（12 月），共 227 页〔与刘新光合作整理〕；又有 2010 年 7 月第二版（收入“古代字书辑刊”）

1984 “宋代出土的楚王酓章钟”，《江汉考古》1984 年 1 期（2 月），88－89 页

1985a “论《德意志意识形态》第一卷第一章《费尔巴哈》中的唯物史观的原始表述”，收入《农村·经济·社会》（知识出版社）第 2 卷（6 月），402－417 页

1985b **《长沙子弹库战国楚帛书研究》**，北京：中华书局（7 月），共 157 页

《三十年来出土的殷周有铭铜器简目》 01

北京：中国社会科学院考古研究所，1978 年 12 月

说　明

一、本编所收主要是建国以后至一九七八年底公开发表的资料，共收三十年来各地发现的商殷至战国的有铭铜器 1211 件，按出土的地点分域编排。

二、每项发现，首先标明年代和性质，然后简述发现经过和出土概况，并注出资料来源，进而将所出有铭铜器逐一详列。同出无铭铜器情况，其他参考文献，则载于每项末尾。

三、本编所列器铭释文和器物尺度，一般均依资料来源项列举的文献，编者对其隶定既未作任何改动，又未括注今字。个别例外者，均注明所据考释。

四、解放后新发表的传世铜器，凡出土地点基本明确的，已归入本编各省之中。

五、为便于查考，特摘抄《金文分域编》，并稍加补充，列为附录。

六、本编主要由李零、刘新光、曹淑琴三位同志负责整理。他们先将应收资料制成卡片，然后另请专人复核清抄。

《殷周金文合集》编辑小组
1978 年 12 月 20 日于考古所

《新出金文分域简目》 02

北京：中华书局，1983年5月

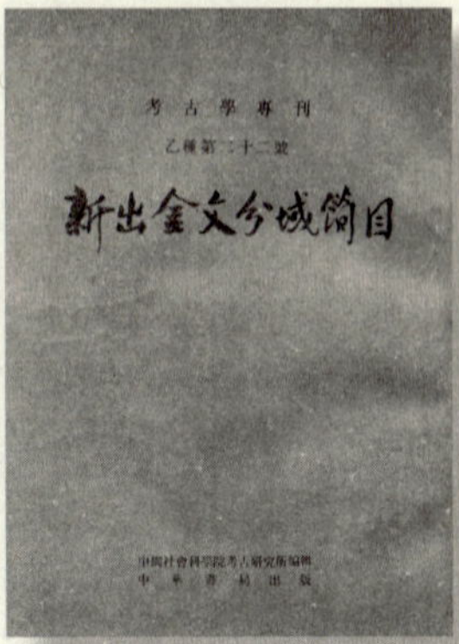

编后记

这一简目，根据本组为收集金文资料积累的卡片编就，原来仅组内自用，但求资料基本齐全，出处比较准确，未作更高的要求。考虑到这本《分域简目》，对于检索各地出土的金文资料尚有一些帮助，特予正式出版。

汇编这样一个《简目》，却也花费了不少精力。基本资料工作着手于一九七六年，一九七八年底曾编成初稿、油印散发，后来将所收资料陆续增补至一九八一年底。具体参加工作的，主要有曹淑琴、李零、刘新光三同志。为定稿出版，由安德厚同志复核、誊清，并经王世民、陈公柔二同志校审。本组其他同志，对《简目》的编成也有不少帮助。

封面书名承我所名誉所长夏鼐同志题写。

参编失误之处所在难免，欢迎批评指正。

中国社会科学院考古研究所《殷周金文合集》编辑组

1982年7月14日

03 《汗简 古文四声韵》

北京：中华书局，1983 年 12 月

出版后记

《汗简》和《古文四声韵》是两部宋代人集录当时所见古文字体的书籍。他们集录的这种所谓“古文”，本是汉代人对小篆以前古文字的笼统称谓，实际是来源于战国时期的简帛书籍。我们现存的先秦文献虽然曾经汉代人整理，但直接或间接都是来源于战国写本，其中不少本身就是战国时期人的作品，并不是汉代人伪造，这一点在古书年代学的研究上已经日趋分明。同样，汉代人所谓的古文，经与地下出土古文字材料对证，主要是战国时期的书写文字，也已不成问题。这些都使得我们对汉代以来古文之学的传承不能不予以重视。

汉以来，传写古文字体一直有两种主要形式，一种是字书，另一种是古体写本（包括石刻）。前者可以《说文解字》为代表，后者则以《魏正始石经》为代表。《汗简》和《古文四声韵》就是以《说文解字》和《魏正始石经》做基础，进一步扩大搜集当时存世的其他一些字书、写本和石刻，汇辑其中的古文字体编写而成。它们是《说文》和《正始石经》之后研究古文字体最重要的两部书籍。

一

《汗简》和《古文四声韵》都是北宋时期的作品。其中《汗简》写作较早，是北宋初年郭忠恕的作品。忠恕《宋史》有传（卷四四二《文苑列传》），字恕先，河南洛阳人，后周广顺中曾官宗正丞兼国子监书学博士，后人呼为“郭宗正”。入宋，仕太祖朝，遭贬黜。太宗即位，召授国子监主簿，参加校刻石经和整理历代字书。次年流登州而卒。郭氏是宋初博通小学、“传识古文科斗字”首屈一指的著名人物，《汗简》这样一部总结历代古文字体的重要书籍首先由郭氏编成，绝非偶然。

郭氏此书，体例全仿《说文》，按“始一终亥”五百四十部排列文字，析为四卷。正编前有《引用书目录》一卷，后有《叙略》和《目录》各一卷，共计七卷。书名取典古人所谓“杀青书简”，是用来标明古文渊源所自，说明古文是来源于古代用以“书简”的文字。

今本《汗简》的《引用书目录》列书凡七十一种。其中有些书可能是异名重出（如郑珍以《古月令》即《古礼记》、《古乐章》即《古毛诗》、《义云章》即《义云切韵》、《证俗古文》即《颜黄门说字》、《庾俨字说》即《演说文》、《群书古文》即《马日磾集》；又《滑州赵氏石额》非郭氏标题，《古虞卿碑》编中无字），还有像《墨翟书》、《周书大传》（见于《古文四声韵》）、《李守言释》（见于《古文四声韵》）、《摭古文》（《古文四声韵》作《杂古文》）、《集类文字》五种，《目录》失载，与实际有一定出入。郭氏收字大抵以《说文》、《石经》为主，但其引用《说文》与今二徐本《说文》有一定差异，所见《石经》与出土《正始石经》残字以及《隶续》所收《正始石经》残字也互有不同。除《说文》、《石经》、《碧落文》三种外，郭氏引书今已散亡殆尽。

《汗简》正编收字的体例是每字一体，即使相同的字，也不做归并。正文用古体，释文用楷写今体，无论正文、释文一般不作隶古定。（郭序："仍于本字之下直作字样之释，不为隶古，取其便识。"）其中有些释文实际上是照抄原书的假借字，并非该字体的本文。其所收古文的范围也并不限于《说文》古文，而是包括《说文》中的籀文和别体，甚至还有一部分篆文和晚出俗字。其隶字归部往往任取字形上下左右之一部，即同一字也有隶于几部者，凡此皆有违许书体例。

《汗简》一书在宋代流传不算太广，现存的几部宋代目录，如《崇文总目》、《郡斋读书志》、《直斋书录解题》、《遂初堂书目》，都只提到郭氏所著的《佩觿》而没有提到《汗简》，只是元代辑成的《宋史·艺文志》始载"《汗简集》七卷"。今本《汗简》卷首有北宋李建中（945—1013年）题记，最早流传开来的《汗简》抄本就是李建中手录的"秘阁新本"。建中所见《汗简》原本失记著撰人名氏，今本书前的名衔是他请教过徐铉（916—991年）而后补加。因此李建中本很可能是抄成于太宗朝末年，距《汗简》成书并不太久。真宗天禧二年（1018年），李建中本复经李直方转抄，最后一直流传到明代。现在我们所见《汗简》最早的本子是冯舒转抄本。冯舒，字已苍，又号癸巳老人。他的这个抄本据其《后跋》说，是"崇祯十四年（1641年）借之山西张孟恭氏"，而于"乙酉六月"、即明亡后第二年（1645年）抄成，实际上是刚刚入清的本子。冯氏说："此书向无刻本，张本亦非晓字学者所书，遗失讹谬，未可意革"，可见这个本子并不算太好。但无论如何，它能保留下来已经就是万幸。

《汗简》出现后，又有夏竦《古文四声韵》的继作。竦字子乔（985—1051年），江州德安人，是仁宗时代有名的大官僚。其书成于庆历四年（1044年），凡五卷。

《古文四声韵》是在《汗简》的基础上编成，但体例不同。《汗简》是宗《说文》，以部首隶字；《古文四声韵》则是以声韵隶字，“准唐《切韵》分为四声，庶令后学易于检讨”。按部首隶字和按声韵隶字是中国古代字书并行的两大系统。正像《说文解字》和《说文解字篆韵谱》、《类篇》和《集韵》一样，《汗简》和《古文四声韵》也是相副而行的姊妹篇。但《古文四声韵》和《汗简》的关系是不是像全祖望认为的那样，只是“取《汗简》而分韵隶之，绝无增减异同”（《鲒埼亭集》卷三一）呢？并不是这样。

今按《古文四声韵》和《汗简》主要有以下几点不同：

（一）《汗简》出现的当时，青铜器的研究尚未兴起，其制作之由仍是为了证释经文，因此还没有脱出传统古文之学的范围。但《古文四声韵》却不完全是这样。这部书虽然一方面仍承袭了宋初以来的古文之学（即夏序所说郭忠恕、句中正、李建中、王维恭等人对古文的研究整理），收字仍以传世古文为主，但另一方面，夏氏却已经注意到真宗朝青铜器的出土（夏序：“祥符中郡国所上古器多有科斗文，深惧顾问不通，以忝厥职”），在书中酌收了若干青铜器铭文（如宗字下之“己酉方彝”、降字下之“师𩛥敦”等）。夏书所收此种字体尽管数量甚少，然而却兆示了古文之学向金石学的演变。如果说夏书后出现的《集篆古文韵海》还是对传世古文和出土器铭兼收并蓄，那么像《考古图释文》、《钟鼎篆韵》便已经是单纯的青铜器文字汇编了。这和清吴大澂以金文补《说文》古籀，启发了近代各种出土文字汇编是类似的。

（二）《古文四声韵》较《汗简》采书有所增加。它的引用书目列书凡九十八种，其中《汗简》有而夏书无者只有四种，即《苏文章（昌）集字章》、《滑州赵氏石额》、《古虞卿碑》（编中无字）、《无锡县铭》；而夏书除去若干可能属于异名重出的书（如郑珍以《三方碑》即《云台碑》、《马田碑》即《马日磾集》、《庚俨集》即《庚俨字书》、《蔡邕石经》即《石经》〈?〉、《道德经》即《天台经幢》。又《马日磾集》两出，《演说文》应即《庾俨演说文》）之外，至少还有十六种增出《汗简》，即《云台碑》、《古世本》、《夏书》、《古案经》(编中无字)、《尚书石经》、《玉篇》、《籀韵》、《王维恭黄庭经》、《唐韵》、《崔希裕纂古》、《滕公慕铭》(与郑珍所考略异)。这些增出的书有些可能是郭氏未见，有些则是受体例限制不能采入，如夏书中采用甚多的《籀韵》和《崔希裕纂古》，还有《玉篇》、《唐韵》，字体多为隶古定，按郭书体例就都不能采入。

(三)《古文四声韵》“以韵分字，而以隶领篆”(《四库全书总目》语)。韵内诸字以圈记为隔（齐安郡学本则是将释文圈起），首字为释文，下为字样。一字兼收数体，其中既用古体，也用隶古定。这和《汗简》一字一体、不用隶古定是不同的。

(四)《汗简》收字有多出《古文四声韵》者，《古文四声韵》收字也有多出《汗简》者。而从总的数量讲，后者要比前者为多。《汗简》多出《古文四声韵》，有不少是部首字；《古文四声韵》多出《汗简》，有不少是隶古定。

夏氏此书在宋代曾经正式刻印，其书便于寻检，收字亦较郭书为多，故流传较广，直到今天仍有两种宋刻保留下来。

二

《汗简》和《古文四声韵》在北宋时代曾是很重要的古文字书，并对金石学的兴起起过一定作用。但宋以后，讲字学的人对这部书却往往不大看重。其原因是什么呢？至少有这样几点：一是两书所采用的那些古文材料后人大多见不到，无从核对其可靠性；二是其所收字体与宋以来出土的青铜器铭文（所谓“真古文”）也有很大区别。(吾丘衍《学古编》：“韵内所载字，多云某人集字，初无出处，不可遽信，且又不与三代款识相合，不若勿用。”）特别是清代以来，

《古文尚书》辨伪的大案在当时造成巨大影响，加之考据学家们专崇许学，他们不大相信《说文》外还会有多少真正的古文流传下来。

郑珍的《汗简笺正》就是在这样一种背景下产生的。它是迄今我们所见研究《汗简》的唯一专著（《书目答问补正》云有江永《汗简》校本，惜未见）。作者研究《汗简》，目的是要打倒宋以来“混乱许学”的“伪古文”，证明《汗简》不足信据。他认为，《汗简》除引用《说文》《石经》外，大体都是好奇之辈为了炫人耳目所妄托；即使引用《说文》《石经》，也有种种错误。

郑氏的观点，今天看来是有些太过分了。因为他的眼界完全为《说文》、《石经》所限，对古文的真实面目并不了解。现在借助于地下出土的古文字材料，我们对汉以来传世古文字体的具体时代已经有了正确的认识：它们与“三代款识”中数量居多的殷代、西周文字固有一定差别，但和战国时期的铜器、简册、玺印、货币文字却每每相合。在辨识战国文字的过程中，我们对古文字体奇诡的特点也有了较多感性认识，不再因其表面上的“不合六书之法”而瞠乎其目。郑氏没有我们这样的知识，对古文在汉魏以后的流传也估计过低，因此他不可能懂得，晚至宋代的这样一些古文字书，当中还会有《说文》和《正始石经》之外的可靠古文字体保留下来。

当然，尽管如此，我们并不认为郑氏父子的《笺正》今天已经没有参考价值，而且我们也不认为《汗简》一类书籍在内容上就没有后人妄托的不经成分。相反，我们认为这部书对于研究《汗简》，特别是订正《汗简》中的错误，是非常重要的。

郑氏对《汗简》一书的研究有几点特别值得我们吸取：一是他全面考证了《汗简》的引书，把《汗简》引书目录与正文引书作了详细核对。二是他在考订《汗简》的文字时，不仅把《汗简》的古文与《说文》的古文进行了比较，而且还对一部分《汗简》与《古文四声韵》相重的字也进行了比较。这两方面工作对研究《汗简》

都是最基础性的工作。

由于郑氏对《汗简》一书的具体考订，在作风上比较谨严，因此尽管他出于攻难《汗简》，专门挑剔《汗简》中的错误，但挑出的错误大体还是靠得住的。例如郑氏作《笺正》使用的是汪立名刻本，汪本有若干错字，现在我们用冯舒本对勘，纠正并不困难，但郑氏未见冯本，一样能够指正其误，与冯本冥合，这就不大简单。另外，《汗简》中有一批注阙或脱去释文的字，郑氏通过比较《古文四声韵》或参考其他古书，居然把它们大部分都注出来了（本书所附《〈汗简〉注阙字表》、《〈汗简〉脱释字表》就是参考郑书编成），这也是需要花费精力并有认真态度的。

《古文四声韵》一书，除郑氏研究《汗简》，对《汗简》和《古文四声韵》进行过比较，并对《古文四声韵》的引书作过考证（《巢经巢文集》卷五《跋古文四声韵》）之外，过去几乎没有什么研究。段玉裁《跋古文四声韵》（《经韵楼集》卷六），王国维《书古文四声韵后》（《观堂集林》卷八），对《古文四声韵》的韵部曾偶有涉及，讨论也都非常简短。例如，王国维认为《古文四声韵》所据《切韵》与孙愐《唐韵》、小徐本《说文》所据《切韵》以及大徐本《说文》所据《李舟切韵》彼此均有一些不同之处，其特殊地方是上声狝韵后增出选韵。据此他断定夏氏所据《切韵》"当在《唐韵》与小徐所据《切韵》之后矣"。王国维所论《古文四声韵》当指通行的汪启淑本，汪本上声狝韵后确有选韵，但现在我们见到的齐安郡学本《古文四声韵》却没有选韵，其他韵目的名称、顺序也与汪本有所不同（详下文）。郑珍《笺正》（八页）说："《切韵》自陆法言后撰者不止一家。以《汗简》知有《存乂切韵》、《义云切韵》，以《说文系传》知有《朱翱切韵》、《李舟切韵》。所不知者犹多。其部分多少，序次先后，宜各不同。故《干禄字书》、《说文韵谱》、《古文四声韵》同准《切韵》编纂，以今《广韵》校之，部分皆互有违异，盖所据《切韵》不同耳。”这方面问题看来比较复杂，还值得做进一步的研究。

总之，关于《汗简》和《古文四声韵》，前人从事研究者可谓寥寥无几，很多工作还有待于我们进一步去做。在这方面，不仅古文材料的搜集整理本身需要付出巨大劳动，而且更重要的是，我们还必须运用出土战国古文字的材料去验证它们、说明它们。我们希望今后能有更多用新观点、新方法写成的古文研究著作问世。

三

这次由中华书局影印出版的《汗简》和《古文四声韵》，其所据版本，情况如下：

（一）《汗简》。我们决定选用《四部丛刊》影印的冯舒本。冯舒本曾经张迺轩、陆时化、袁雪、黄丕烈、瞿绍基等人收藏，解放后由瞿氏后人捐赠北京图书馆，是此书善本。

清代除冯舒本外，据我们所知，《汗简》一书还有其他几个本子：其一是朱彝尊潜采堂藏旧抄本（见《曝书亭集》卷四三朱氏《汗简跋》）。这个抄本下落不明，康熙四十二年汪立名刻本就是据此本翻刻，它与冯本稍有不同。其二是杨氏海源阁藏旧抄本，这个抄本现在也在北京图书馆，原先曾经钱曾、允祥、弘晓收藏，实际上是冯本的一个过录本。其三是爱日精庐主人张金吾所藏抄本。其四是孙本芝抄本。《郘亭知见传本书目》：“冯已苍抄本七卷，在昭文张氏，又孙本芝抄本。”这后两个抄本，我们均未见到。陆心源于《仪顾堂序跋》卷四曾说他看见过一种钤有“虞山钱遵王藏书”朱文长印的《汗简》抄本，“即《敏求记》所著录，后归爱日精庐者”。陆氏所见显即海源阁本，云归爱日精庐，盖系误传。

上面四个抄本连同据朱本翻刻的汪本，我们所见只有汪本和海源阁本。海源阁本是从冯本过录，没有重印价值。汪本经我们校勘，与冯本同源：二者不仅序跋、分卷、行款全同（除汪本依今式将目录移于卷首外），而且字迹很少出入。二者不同处，一般冯本都优于汪本，少数汪本佳者，都是出于明显的改误而不像别有所据。特别是冯本有些地方明显有抄误，汪本均作缺刻处理；冯本眉注，汪本均刻入文内，都显得冯本较为原始。所以我们没有采用汪本，只将汪本与冯本的异同写成《校勘记》附印在书内。

（二）《古文四声韵》。我们决定选用北京图书馆藏宋刻配抄本《古文四声韵》。这个本子曾经沈与文、瞿绍基收藏，过去未曾公布过。

以前人们所用《古文四声韵》的本子主要有三个：一是乾隆四十四年汪启淑一隅草堂刻本，二是光绪八年《碧琳琅馆丛书》本，三是罗振玉石印本。《碧琳琅馆丛书》本是据汪本翻刻，罗氏石印的也是汪本，所以三个本子是同一个来源。汪本是根据西陂宋氏藏汲古阁影宋钞刻印，汲古阁本据说又是根据文渊阁宋刻原本。汲古阁本现在下落不明，据汪氏说原本"于英公序阙百数十字，则未谷（桂馥字）从其友人处见《永乐大典》校本，因借抄补入"（汪本《古文四声韵》）。

现在我们见到的这个本子，配抄部分和汪本完全一样，可能是据汪本影写；刻本部分和汪本款式字样也基本一致，或许就是汲古阁本据以影写的宋刻原本，后来有残缺。其配抄情况是：

卷一（三九页）：全系配抄；

卷二（二九页）：1－2、16 页系配抄；

卷三（三〇页）：7－13、17、30 页系配抄；

卷四（四一页）：1－8、10、15－41 页系配抄；

卷五（二九页）：1、8－12、16 页系配抄。

配抄总页数是 88.5 页，刻本总页数是 79.5 页。也就是说刻本约占全书一半略少。

另外，这次除宋刻配抄本《古文四声韵》外，我们还附印了北京图书馆藏宋绍兴乙丑（1145 年）齐安郡学本的残卷。这个残卷仅存卷三上声一卷，中间并缺去一页半（包括姥、荠、蟹、骇四韵）。该本曾经汪士钟、李鉴、莫友芝、袁克文等人收藏，卷后题识即袁克文所书。

这个本子虽然残剩不多，但过去很少有人见到，文字与宋刻配抄本《古文四声韵》差异也很大，所以我们决定将它与宋刻配抄本并而存之，作为一种参考。

关于这个本子，过去有些书曾提到过，如吾丘衍《学古编》："夏竦《古文四声韵》五卷，有序并全衔者好，别有僧翻本不可用，此书板多而好者极不易得。"他所谓的"僧翻本"也就是这个本子。这个本子为什么又叫"僧翻本"，全祖望《鲒埼亭集》曾有说明，他说："夏英公集，予曾于《永乐大典》中见之，至其《古文四声韵》，但见于晁子止《读书志》，而后此著录家皆无，有意以为亡矣。范氏天一阁有之，乃借抄焉，据晋陵许端夫所为序，盖绍兴乙丑浮屠宝达重刊于齐安郡学。许为郡守，因序之。宝达者，刘景文之孙也。景文与东坡善，而宝达精于古文篆，亲为摹写，其亦南岳梦英一流矣。"全氏所见天一阁本是个足本，前有许端夫序，现在我们所见只是一个残本。

宋齐安郡学本与宋刻配抄本面目很不相同：

（1）此本书题作"集古文韵"，将"新集古文四声韵"的"新"字、"四声"二字省去；

（2）卷首无韵目，韵目均刻入卷内；

（3）各字首字释文均用圆圈圈起，而不用圈记为隔；

（4）除韵目标注反切外，韵内所收字亦往往标注反切；

（5）其韵目顺序，感、敢二部不在马部后而在寝部后，拯、等

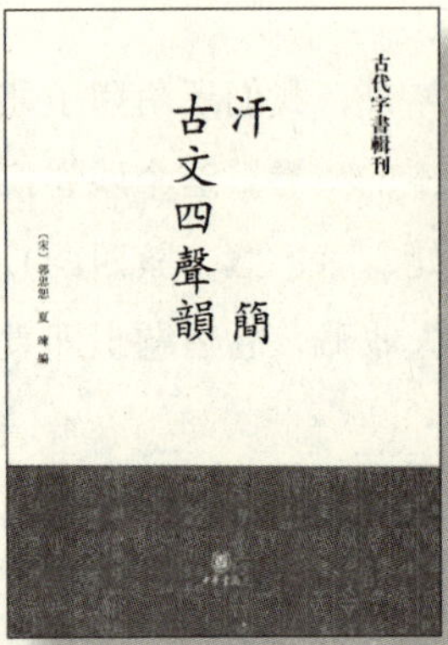

北京：中华书局，
2010年7月

二韵不在元部（宋刻配抄本广部）后而在迥部后，元部不在槛部后而在忝部后。另外，此本没有选部，宋刻配抄本入于选部的免、礅瓬二字，此本一隶于狝部、一隶于阮部；

（6）此本所收字，其排列顺序、数目和形体与宋刻配抄本往往不同，例如《籀韵》一书，宋刻配抄本所收多数是用隶古定，而此本则多数是古体。

这样一个本子，对于研究《古文四声韵》的分韵、文字形体以及引书都有一定参考价值。

此次出版《汗简》和《古文四声韵》，我们编写了《〈汗简〉校勘记》和《〈汗简〉〈古文四声韵〉通检》，希望能为读者阅读两书提供某种便利。整个《通检》是分三步编成，先是分别编写两书检字，然后再对重整序统编在一起，最后加写注阙脱释字表。在编写过程中，刘新光同志曾协助编写《通检》初稿《汗简》部分的检字。我们所做的工作难免会有错误遗漏，希望读者能随时指正。

1981年3月30日

《长沙子弹库战国楚帛书研究》 04

北京：中华书局，1985年7月

后　记

楚铜器是我近三年来的一个主要研究课题。研究楚铜器，势必要对楚文字有所涉猎。楚帛书长达九百余字，对熟悉掌握楚文字的特点再好不过，所以我对它格外下了一点力气。以后将随手写成的札记汇集在一起，便成为现在这本小书。

1980夏，我以本书的初稿送请张政烺师过目。先生以帛书新影本在国外发表，中国大陆迄无新作感慨不已，并鼓励我搜集有关材料整理发表。本书的出版与先生的关怀是分不开的。我体会，先生是想增添一个新的本子，并把过去发表的材料（大多不易寻找）综合在一起，方便大家使用，所以首先应尽量注意材料的“全”。

诚然，我对帛书的文字和内容做了一些新的探讨，但这些探讨是在综合前人研究成果的基础上进行的。楚帛书一向号称难懂，它是用奇诡的战国楚文字抄写而成，并有不少残缺，内容也十分怪诞，是失传已久的古数术家言。我之所以敢去啃这个“硬核桃”，实在是因为已有许多前辈在前面铺路。楚帛书经三十多年来反复研讨，现在虽仍存在不少问题，但已取得重大突破。这一研究的基础无疑是由国内外许多学者各自倾注自己的智慧和心血共同奠定的。

顺便说明一下。作者为行文方便，对各位前辈均直陈其名，于前辈成说间有异议，亦不加隐讳，绝无不敬之意。

本书在写作过程中，曾得到许多师友帮助，尤其是日本东京大学平山久雄教授帮我查找有关资料，航邮远惠，厚意可感。均此表示深挚的谢意。

1982 年 8 月

刚到北大

1986—1989年论著简目

1986a　“楚国铜器铭文编年汇释”，《古文字研究》第13辑（6月），353－397页

1986b　“再谈楚公钟”，《江汉考古》1986年3期（8月），90－91页

1987a　“现存宋代《孙子》版本的形成及其优劣”，《文史集林》第二辑（1月），北京：三秦出版社，190－202页

1987b　“中国古代居民组织的两大类型及其不同来源”，《文史》第28辑（3月），59－75页

1987c　“论秦代阡陌制度的复原及其形成线索”，《中华文史论丛》1987年1期（3月），23－39页

1987d　“关于《孙子兵法》研究整理的新认识”，《古籍整理与研究》1987年1期（6月），上海：上海古籍出版社，1－9页

1987e　“中国史学现状的反省”，《知识分子》3卷4期（1987年夏季号），115－122页（笔名：吴欣）〔此刊物在美国出版〕

1987f　“楚国铜器类说”，《江汉考古》1987年4期（季刊），69－78页

1988a　“《管子》三十时节与二十四节气”，《管子学刊》1988年2期（5月），18－24页

1988b　“出土发现与古书年代的再认识”，《九州学刊》3卷1期（7月），105－136页〔此刊物在香港出版〕

1988c　“楚燕客铜量铭文补释”，《江汉考古》1988年4期（季刊），102－103页

1989a　“服丧未尽的余哀”，《东方纪事》1989 年 1 期，68－73 页（笔名：吴欣）

1989b　“古文字杂识”，《古文字研究》第 17 辑（6 月），282－290 页

1989c　“释‘利津[illegible]’和战国人名中的[illegible]与[illegible]字”，收入《出土文献研究续集》（12 月），北京：文物出版社，120－121 页

《中国古代房内考——中国古代的性与社会》 05

上海：上海人民出版社，1990年11月

译者前言

这本书的内容对中国读者已经太陌生，简直好像是讲另一个国度。然而，这却是一部地地道道的汉学著作：由一个外国人讲中国，讲我们自己的事情。

作者高罗佩（R. H. van Gulik，1910—1967年），是荷兰著名汉学家，曾在荷兰莱顿大学和乌得勒支大学攻读法律和东方语言，1935年以研究印度、中国西藏和远东马祭的论文而获博士学位。之后，他一直在荷兰驻外机构中担任外交官，先后就职于东京、重庆、南京、华盛顿、新德里、贝鲁特和吉隆坡，最后职务为驻日本大使。

作者汉学功力深厚，发表过不少研究中国古代历史文化的译作和专著，如米芾《砚史》译本（1938）、《中国古琴学》（1940）、嵇康《琴赋》译本（1941）、《明末义僧东皋禅师集刊》（1944）、《狄公案》译本（1949）、《春梦琐言》（1950）、《秘戏图考》（1951）、《棠阴比事》译本（1956）、《书画说铃》译本（1958）、《中国绘画鉴赏》

(1958)、《中国长臂猿》(1967)及本书。这些书中，尤以《狄公案》译本和本书名气最大。《狄公案》译本在西方有“中国的福尔摩斯小说”之称（作者后来还写有自己构思的续作），非常风靡。而本书则取材鸿富，研精虑深，在研究中国古代性生活这一问题上，被西方汉学界公认是一部具有开创性的权威之作。美国学者坦纳希尔（Reay Tannahill）在其《历史中的性》（*Sex in History*）一书中遍论世界各古老文明的性生活，述及中国，几乎全取此书。她说，此书“无论自取材或立意言之，皆为无价之宝”（455页），洵非虚誉。虽然此书主要是写给西方读者，是为了纠正西方人对中国古代性生活的偏见，但它的内容对中国读者也同样有耳目一新之感。因为作者所讲的许多事情即使对中国人来说，似乎也已十分隔膜。

本书英文原名，直译过来是“中国古代的性生活”，副标题是“公元前1500年至公元1644年中国性与社会的初步考察”，另外还有中文名称，叫《中国古代房内考》。我们这个译本是沿用作者的中文书名。

此书从性质上讲是一部从社会史和文化史的角度研究中国古代性生活的学术专著。就作者的经历和学术背景而言，我们不难看出，作者对中国历史文化的研究，过去多偏重于琴棋书画和诗赋小说，很有点中国传统知识分子的“儒雅之风”或“玩古董气”。他怎么会想到现在这样一个题目上来呢？这就要说到他对中国明代春宫版画的搜集。

在本书序言中，作者很坦白地说，他对中国古代的性问题过去一直是绕着走，觉得自己缺乏性学知识有如残疾人，不敢去碰。但是有一次，他偶然买到一套明代套色春宫版画的印板，即《花营锦阵》，想把它印出来供有关学者研究，由此引发兴趣，才终于一发而不可收，先是写了《秘戏图考》，后又写了本书。所以讲到本书，是不能不提到《秘戏图考》的。

《秘戏图考》是一部研究明代春宫版画的专著。该书最初是从艺术鉴赏的角度来写，只想在前面加一个带有历史研究性质的导言，后来逐渐扩大开来，竟成为一部三卷本的大书。其中第一卷是正文，系用英文写成。该卷分三部分，第一部分是《色情文献简史》，内容是讨论房中秘书和色情、淫秽小说，时间范围从汉一直到明，就是本书的雏形。第二部分是《春宫画简史》，重点介绍八部春宫画册。第三部分是《花营锦阵》，包括画面说明、题辞译文和注释。卷后附录《中国性词汇》及索引。第二卷是《秘书十种》，系书中引用的重要中文参考文献，用中文抄录，包括《洞玄子》、《房内记》、《房中补益》、《大乐赋》、《某氏家训》、《既济真经》、《修真演义》、《素女妙论》、《风流绝畅图》题辞、《花营锦阵》题辞。卷后有附录，分“旧籍选录”和“说部撮抄”两类。第三卷是影印的《花营锦阵》原图。全书前面有英文导言和中文序（用文言文写成）。所有中、英文皆手写影印。作者认为该书不宜公开出版，所以只印了50部，分赠世界各大学、博物馆和研究单位。近闻香港已将该书影印出版。

此书初版于1961年，与《秘戏图考》是姊妹篇，但二者有几点不同。第一，此书侧重社会史和文化史的研究，而不是艺术鉴赏，与前者有分工，叙述历史部分加详，而讲春宫版画反略，只占第十章的一小部分。第二，此书后出，距前书有十年之久，讲历史的部分不但独立出来，而且内容上有增补，观点上有修正。如作者增加了讲西周和西周以前、东周和秦的部分，其他原有各部分也补充了许多新引文，修改了许多旧引文的译文，并采纳李约瑟的意见，修正了前书对道家房中术的评价，放弃了所谓道家进行“性榨取”的说法，因此显得更加完备。第三，此书是用来公开出版，面向广大读者，作者一贯强调爱情的高尚精神意义（参看书中对赵明诚、李清照爱情故事的描写），反对过分突出纯肉欲之爱，对正常的性行为与变态反常的性行为（施虐与受虐、排粪尿狂、兽奸）作有严格区分，故对本书行文、版图和插图的选择极为慎重。如作者把某些引文中涉及性行为的段落用拉丁文的生理学词汇翻译，使其具严肃性；版图、插图完全没有表现全裸或性交的画面。其中唯一两幅选自春宫画册的版图，也是为了说明其艺术表现手法而专门挑出，一幅全身着装，一幅只裸露上身。全书没有超过这一限度的。

对性问题的研究，在现代西方已经形成专门的学科（Sexology），中国古代则叫做“房中术”。从研究文化史的角度讲，“房中术”是中国古代“实用文化”中的一个重要侧面。这里我们所说的中国古代“实用文化”，主要包括以天文历算为中心的“数术之学”、以医学和养生术为主的“方技之学”以及兵学、农学还有诗赋绘画和手工艺等等。战国以来的私学，即带有一定自由学术性质的诸子之学实际上是在这种“实用文化”的基础上发展起来。中国古代的房中术本属于“方技”四门之一（其他三门是“医经”、“经方”和“神仙”）。现在马王堆出土的西汉帛书表明，这种研究在古代是被视为上至于合天人、下至于合夫妇，关系到饮食起居一切养生方法的“天下至道”，在当时影响很大。过去我国思想史的研究者往往囿于诸子之学，对中国古代实用文化的影响和作用认识不足，特别是对其中涉于“迷信”、“淫秽”的东西避忌太深。与此形成对照的是，国外汉学界往往恰好是对这些方面抱有十分浓厚的兴趣。例如1974年在美国伯克利加州大学举行的马王堆帛书工作会议上反映出来的情况就是如此。他们之所以重视这些东西，原因可能是多方面的，但有一点很清楚，就是他们显然注意到，这些材料对于研究中国文化的独特内心理解是不可缺少的。关于这一点，我们不妨拿诸子书中很有名的《老子》做一个例子。《老子》书中最重要的概念是“道”。“道”是什么意思，长期以来人们一直争论不休，其实原书讲得很清楚，“道”是不死的“谷神”，“谷神”就是“玄牝”，即一个“玄之又玄”的女性生殖器，天地万物所出的“众妙之门”。这显然是一种与房中术密切有关的“地母”（earth-womb）概念。还有书中的另一重要概念“德”，核心是“守雌”，作“天下之牝”。为什么说要作“天下之牝”，就是因为“牝恒以静胜牡。为其静也，故宜为下”，凡是熟悉古代房中术内容的人都不难明白，这些话正是来源于对性行为的观察。至于其他譬喻，如“婴儿”、“赤子”、“天下之溪”等等，无不由此引申。

西方汉学家利用我们忽略的材料而在某些研究领域里比我们先行一步，李约瑟《中国科学技术史》是一个例子，高罗佩氏的此书是又一个例子。

本书为读者展开了一幅中国古代性生活的巨幅画卷。作者在书中运用了大批中文史料，有些是海外珍本秘籍，有些是从浩如烟海的中国旧籍中细心钩稽出来，工程庞大，作为一个外国人，实属难能。

从这些引书，我们可以窥见作者的基本写作思路和内容安排的“虚实”。它们主要包括以下几类：

（1）一般旧籍。如讲西周和西周以前的第一章主要引用了《诗经》，讲东周的第二章主要引用了《左传》，讲秦和西汉的第三章主要引用了《礼记》。早期阶段史料缺乏，作者只好利用这类材料。另外，本书每章开头作为引子的历史概述，大多是据一般正史记载，针对的是西方读者，带有介绍性；各章中穿插了一些文学作品，如汉代歌赋、唐诗及宋词，除少数是直接关系到本题的史料，很多只是用来“渲染气氛”。

（2）房中书及有关医书。房中书是古代指导夫妇性生活的实用书籍，最早见于《汉书·艺文志》著录，在初本是极为严肃的书籍，并无消遣娱乐的性质。古代希腊、罗马、印度和现今西方国家都有这种书。作者对历代史志著录房中书，皆考其撰人、书旨、篇帙和存佚之迹，一直穷追至明，然搜辑所得不过数种，只有日本古医书《医心方》所引《洞玄子》及《素女经》等书引文、《大乐赋》、《房中补益》、《既济真经》、《修真演义》、《素女妙论》。这些书，《医心方》引书年代最早，收入第六章。过去国内只有叶德辉辑本，收入《双梅景闇丛书》中。叶氏所辑有遗漏，且打乱原书引用顺序，此书则是按《医心方》原书进行引述。《大乐赋》是法国伯希和藏敦煌卷子本，过去国内有罗振玉《敦煌石室遗书》影印本和叶德辉《双梅景闇丛书》刻印本。《房中补益》出孙思邈《千金要方》，有《四库全书》本。这两种属于唐代，收入第七章。其他三种都是流入日本的珍稀之本，属于明代，收入第十章。由于这类材料比较少，所以显得特别珍贵，作者又自称对性学外行，想用史料本身说话，所以往往大段大段引用，有的甚至全篇抄入（如《洞玄子》）。

(3) 道家内丹派房中术的书籍。书中反复强调道家原则的重要性，但由于明《道藏》对这类书大加删略，作者实际引用的材料并不多，主要只有《周易参同契》、《抱朴子》、《云笈七籤》和《性命圭旨》等几种。这种书与前一种书有密切关系，如《医心方》引抱朴子、冲和子之说，就属于道家言，故作者每每把二者视同一类。但此种书已从一般所谓的“合夫妇”、“养性命”发展为专以得道成仙为目的的秘术修炼，把女人当炼丹的“宝鼎”，而把“合气”、“采补”看作点化的手段，更加神秘化，也更加技术化。

(4) 唐代色情传奇。见于第七章，如《游仙窟》、《神女传》、《志许生奇遇》。这类材料书中引用不多，但有一定重要性。它们不仅反映了当时的性习惯和婚俗，还可视为后世色情小说的滥觞。

(5) 野史笔记。这类材料非常零散，寻找不易，但常常包含许多意想不到的信息，如本书第六章讲中国的变态性行为，引用朱彧

《萍洲可谈》述沈括妻之虐待狂，引用赵翼《陔馀丛考》述南宋时期的男妓行会，引用陶宗仪《辍耕录》述春药“锁阳”，引用赵翼《簷曝杂记》、谈迁《枣林杂俎》述淫具“缅铃”。第八章讲“龟”字的由尊而讳，引用王士祯《池北偶谈》、赵翼《陔馀丛考》、俞樾《茶香室四钞》；讲宋代三等妓院，引用周密《武林旧事》、耐得翁《都城纪胜》、吴子牧《梦粱录》。第九章讲元代宫廷中的喇嘛教密教仪式和所谓“欢喜佛”，引用郑思肖《心史》、田艺蘅《留青日札》、沈德符《敝帚斋余谈》。

（6）明代色情、淫秽小说。作者把包含大量性描写的小说区分为两类，一类是 erotic novels，即色情小说，指并不专以淫猥取乐，而是平心静气状写世情的小说，代表作是《金瓶梅》；另一类是 pornographic novels，即淫秽小说，指专以淫猥取乐，故意寻求性刺激的下流小说，代表作是《肉蒲团》，此外，书中还介绍了《绣榻野史》、《株林野史》和《昭阳趣史》三书。这两类小说虽然都有大量性描写，但性质不同。前者在文学史和社会史的研究上占有很高地位，这是大家都公认的；而后者则从内容上讲是庸俗的，在艺术形式上也没有多少可取之处，是享乐过度、厌倦已极的心理表现，有时情节反而是为性描写而设计。不过，尽管如此，我们应当承认，即使是后一类作品，对于文学史的研究、语言史的研究、社会史的研究、性学的研究，也仍然是一种重要史料。

（7）春宫版画。作者曾经寓目的春宫画册共有十二部，《秘戏图考》中介绍了其中的八部，即《胜蓬莱》、《风流绝畅》、《花营锦阵》、《风月机关》、《鸳鸯秘谱》、《青楼剟景》、《繁华丽锦》、《江南销夏》。本书只选择代表其各个发展阶段的五部，没有讲《花营锦阵》、《风月机关》、《青楼剟景》。作者在此书中对春宫画的起源、工艺手法和类型、分期做了简短概述，指出春宫画最初是起源于房中秘书的插图，后来才单独流行，在形式上分手卷和册页两种，并且在上述小说兴起后，还以小说插图的形式出现。作者指出，春宫版画的流行主要是在明末的江南，时间很短，只有八十年左右，但在唐寅、仇英的图样设计和胡正言《十竹斋画谱》和《十竹斋笺谱》刻版技术的影响下，却达到了中国版画史上登峰造极的地步。作者在《秘戏图考》中文序言中说，这些画“实为明代套版之精粹，胜《十竹斋》等画谱强半，存六如、十洲之笔意，与清代坊间流传之秽迹不可同日而语。外国鉴赏家多谓中国历代画人不娴描写肉体，据此册可知其谬也”。

(8) 其他绘画和艺术品。为了使西方读者对中国古代的“房内”生活有一种直观和亲切的了解，作者在每一章中还专门辟有讨论各时期服饰、家具和室内陈设的段落。书中许多版图和插图即为此而安排。它们当中有些是作者的私人藏品。

另外，作者还利用了许多西方汉学家、日本汉学家的有关论著，对他们的译本和研究在注释中作了扼要的介绍和评价。在本书附录一中还引用了许多西方和印度本国研究密教的论著。

对以上这些材料的讨论往往被分配在每一章中，各自成为独立的片断，可以互相对照，但因各章讨论的重点不同而畸轻畸重，如房中书的讨论重点是在第六章，而色情、淫秽小说和春宫画的讨论，重点是在第十章。为了眉目清晰，我们在这些片断的前面加了提示性的小标题，用方括号括起。这些材料以性问题为中心构成了一个很大的画面。从中我们可以看出，性问题是一个涉及到医学、宗教、家庭婚姻、伦理道德和文学艺术等许多领域，从生理到心理，从个体到家庭，从家庭到社会，触及面极广，敏感度极高的问题。我想，每个稍具正常心理的人都不难想象，如果我们把这一侧面从每个有关领域中一一抽去，那么我们对中国文化的理解将会是何等片面和肤浅。

此书对于开展同类性质的研究，不仅提供了大量资料，而且更重要的是，作者开阔的视野和敏锐的目光，对我们也很有启发。

下面是比较突出的几点。

首先，虽然正如上文所说，本书前几章从材料上讲很薄弱，如果让我们来写，往往就会感到无处下手。然而正是在这种地方，却充分显示出作者的洞察力。他能从晚期房中秘书的字里行间体味到它有一种渊源古老、始终一贯的原则，开卷一上来就讲中国人的基本性观念，指出它是以阴阳天道观为基础，这可以说是抓住了纲领。现代文化人类学的知识告诉我们，一切原始民族都远比现代人与自然界有更密切、更敏感的接触。他们总是把生命现象与宇宙生生不已的造化过程紧密相联，并从与自然更为接近的动物“学习”，求得与自然的沟通和协调。他们把自然、人与自然的媒介（动物）和人看作是一个交感互动的大系统，对它们进行了漫长而又细致入微的观察。所以中国的传统医学理论和有关的巫术、方术总是把服食（特殊饮食法）、行气（气功）、导引（形体锻炼）和房中（性交技巧）作为一个整体来看待，从中发展出一种日益神秘化和技术化的体系，既带有一切原始思维的幼稚性，也带有它的天然合理成分。正是以此为基础，中国古代房中术才一再强调，夫妇之道乃是天地阴阳之道的精巧复制。这一点，我们从近年湖南长沙马王堆出土的汉代帛书《养生方》、《十问》、《合阴阳》、《天下至道谈》等书可以看得更清楚。在本书中，作者曾经猜测“假如《汉书》所载房中秘书得以保存下来，它们的内容肯定应与《医心方》所引内容是一致的”。上述马王堆帛书，抄写年代在汉文帝以前，成书当在更早，其术语和叙述方式与《医心方》引书极为相似，可以证明作者的猜测是正确的。

其次，过去许多研究领域都对性问题避而不谈，搞医学的不讲房中术，搞宗教的不讲密教，搞小说史的顶多提一下《金瓶梅》，搞版画史的也不理春宫版画，致使这一问题的研究成为“被人遗忘的角落”。很多材料都在图书馆中尘封蠹蚀，无人知晓。不但“隔行如隔山”，就连本行都两眼一摸黑。与这种做法相反，在本书中，作者不但把各方面的材料集中起来，而且能够注意各种问题的相互照应，比如房中术与道家内丹术的关系，道家内丹术与印度密教的关系，春宫版画与色情、淫秽小说的关系，把有关线索串连起来，非常注意问题的整体关联，使后来的研究者可以循此做进一步探索。

第三，我们还应提到的是，作者对他所研究的课题非常讲求科学认真的态度。例如在讨论中国古代的性观念时，作者总是一再强调，要从一夫多妻制的历史前提去理解。指出当时人们对两性关系、男女在婚姻中的地位以及他们对婚姻的义务，还有其他许多问题，都有特定的历史标准；中国古代房中术强调“一男御数女”的技巧掌握并不是随便提出来的，而是考虑到这种历史前提下男女双方的身体健康、家庭和谐和子孙繁育等实际问题。还有些很小的细节，如《儿女英雄传》中男主人公安骥和女主人公何玉凤“阴阳颠倒”，这一现象在性心理的研究上很典型。作者为了说明何玉凤的“男子化”，就连书中讲何玉凤站着撒尿这样一个细节都未放过，观察是很细心的。再比如作者对“回精术”的评价，一方面作者指出，没有射出的精沿脊柱上行是不符合生理学的，它们只会进入膀胱，而不会进入脊柱，但同时，作者又很慎重，说这也许是古代中国人对相关心理过程的一种模糊表达。书中涉及专门的医学知识，作者总是尽量引用现代科学的研究成果，如对“春药”，作者指出，它们大多并不含有有害成分，但亦无特殊效力，只有一般的滋补作用，中国人对春药的迷信往往带有性联想的夸大成分，个别药物甚且对人体有害。这些说法就是有可靠根据的。而作者在其知识不足以作出判断的情况下，总是把问题提出来，留给专家去解决，这也很有“多闻阙疑”的精神。

第四，作者学识渊博，除精通中文史料，还对印度和日本的文化有相当深入的了解，因此有可能对三种文化的有关材料进行比较研究。如作者提到中国房中书、春宫版画、婚俗、服饰、家具、室内陈设对日本的各种影响及其遗留痕迹，把许多现象，如中国的“颤声娇”与日本的“琳之玉”、中国的春宫版画与日本的浮世绘等等做了有趣的对比。特别是本书附录一很重要，提出了一个范围更大的问题，即中国房中术与印度的佛教金刚乘和印度教性力派密教经咒的关系问题。这个问题还牵涉到西藏喇嘛教和日本东密。隋唐时代的房中书与印度密教有几乎完全相同的“回精术”和同样使用的“泥丸（垣）”这个术语，这种相似很容易使人以为中国的房中术是外来的。特别是元代以来，人们往往把房中术的传授归之于“蕃僧”（参看《金瓶梅》），更使这种印象得到加强。作者不囿于成说，利用大量史料论证，中国的房中术远在汉代以前就已形成完整体系，在年代上早于印度密教经咒，应是独立起源，而非外来；相反，印度密教经咒却可能是在中国房中术的影响下发展起来，以后又回传中国，影响到隋唐以来的中国房中术。虽然作者也承认，他所提出的仅仅是一个假说。但这个假说至少有一半是可以成立的：即中国房中术应当有其独立的起源，出土马王堆帛书就是一个很好的证据。

此书对中国古代性生活的研究有开创之功，但既然是开创，当然也就仅仅是开了个头。正如作者在序言中所说：“要想在一本概论性质的书中反映出上述十个历史时期每一期性关系的总体面貌，这当然不可能。况且我们对中国社会史的现有知识是否已经充分提高到足以做详细论述的地步也是大可怀疑的。”此书仅仅是勾勒出一个大致的轮廓，以国内学术界的要求去衡量肯定还相当粗糙。很多有关领域的研究者可能会提出非议。

从材料上看，本书前五章显得比较薄弱，特别是前两章，涉及的是先秦时期，显得就更薄弱。先秦时期，不仅文字史料少，而且是个需要综合考古学、铭刻学等许多专门研究的特殊领域，作者似乎在这一方面并不擅长，只能利用西方汉学界的某些现成著作。可是这些著作，从书中引用的情况看，大多比较陈旧，比如作者对古文字材料的运用基本上就是靠不住的。另外，作者引用《左传》，纪年推算亦往往错后一年，这些我们都加了订正性的译者注。

除去材料上的不足，作者还坦率地承认，自己对专业的性学知识是外行，所以作者经常说把问题留给性学家去讨论。作者明确声明，他在本书中对产科学和药物学等纯医学问题不做讨论。这种不足，我们无法苛求作者。但本书对避孕问题完全没有谈到，这却未免令人遗憾。因为这个问题对中国性关系的研究确实太重要了。我们只要从避孕技术在西方"性解放"运动中所起的作用加以反观，便可想见这一点。

还有，作者在对中国性观念的评价上使用了"正常"与"不正常"的概念，强调中国人比其他古老文明更少反常行为；在对中国性观念发展的估计上也有"一向开放而突变为压抑"之说。这些提法，作为一种总体性的和趋势性的估计也许是可以成立的，但对具体情况的复杂性似乎缺乏充分估计，线条显得比较简单。

此外，还可顺便说一下，作者在第四章结尾把我国建国初期对"一贯道"的镇压与东汉政府对黄巾军的镇压相比是很不妥当的。他在第六章中说叶德辉因刊印古房中书而为士林不耻，虽遭土匪杀害也无人同情，这种说法也对历史事实有很大曲解。关于后一点，应当说明的是，叶德辉刊印古房中书虽对保存和整理古籍有功，但叶本人在政治上一贯反对革新和革命，在当地武断乡曲、生活糜烂。他的死，并不是被土匪杀害，而是因反对农民运动而遭镇压。读者可参看杜迈之、张承宗《叶德辉评传》（岳麓书社 1985 年）。

本书写作的一个基本目的是想纠正西方人认为“古代中国人性习俗堕落反常的流俗之见”（见本书序）。这一工作正像李约瑟的《中国科学技术史》，不仅对中国文化的研究有填补空白之功，而且也为增进东西方文化的相互理解做出了贡献。作者说，“正如人们可以想见的那样，像中国人这样有高度文化教养和长于思考的民族，其实从很早就很重视性问题”，他们不仅远在两千多年前就已形成极具系统的房中术理论，而且一直到清代以前，性问题仍可自由谈论和形之文字。这些书“清楚地表明，从一夫多妻制的标准看，他们的性行为是健康和正常的”（见本书序）。

可是，这却产生了一个问题：即为什么长期以来中国人对性问题一直保持着一种相当开放的态度，而清朝却突然急转之下，一下子变得缄默不言、讳莫如深了呢？对于这个问题，作者并没有回答，而是留给了读者去思考。

我们都知道，清代的禁毁之厄在历史上是空前的。当时统治当局禁毁书籍主要有两类，一类是讲明亡史实，被视为政治上的最大危险；另一类是所谓“淫词小说”，罪名则是有害“人心风俗”。清人以一个朝气蓬勃的民族入主中国，力挽明代末年侈糜淫滥的亡国之风，的确显得很有魄力，但其禁书宗旨乃是“严绝非圣之书”（康熙五十三年谕），不仅把上述色情、淫秽小说、“淫词唱片”禁绝在内，就连《水浒》、《西厢》这样的书也不肯放过，却也暴露了他们在文化上和心理上的极端脆弱。前一种书的禁止，是非早有定论，但后一种呢？大家却看得不大清楚，很少体会到这种“一干二净”，竟在我们民族的精神深处留下了无形的“暗伤”，这种精神上的“阉割”，其惨毒酷烈实不下于前者。

作者说，清代的禁毁之厄造成了中国人假装正经的淫猥心理，他们虚情矫饰，竭力把自己的私生活弄得壁垒森严，陷于自己编制的网罗而不能自拔。这种遮遮掩掩曾使当时来华访问的西方人大惑不解，以为其中必有污秽不可告人之处，辗转传说，愈演愈奇。因此作者发出浩叹："一则徒事匿藏，一则肆口诬蔑，果谁之罪欤！"（《秘戏图考》中文序言）

这的确是本书留下的一个惹人深思的问题。

作者在《秘戏图考》中文序言的结尾曾说，"海内识者，如有补其阙遗，并续之以明末以后之作，固所企盼"。

现在作者已经逝世二十年了，我们仍在等待着这样的著作问世。

1987 年 8 月 10 日

译后记

本书还未出版，就有许多关心本书的朋友有约在先，叫我无论如何别忘了送书给他们。但当时我却只能漫加应承：假如书能出来，则当然，当然。

现在，本书即将付印，上海人民出版社的编辑倪为国同志又催我写这篇后记。看来真的是时候了。好，那我就来诉诉翻译过程中的苦恼，并讲讲朋友们的支持和帮助吧。

本书的翻译是几年前就已萌生的一个想法。大约还在 1982 年前后，我在中国社会科学院考古研究所见过此书。当时，这本书还只是一本很普通的书，可以随便借阅，所以我并没有把它当回事，随便翻翻也就还掉了。但几年后，当我在自己的研究中，对中国古代的数术方技之学逐渐产生兴趣，认识到此书对中国古代文化史和社会史的研究可能有重要意义，想要把它再次借出时，它却已经升格为善本。"别时容易见时难"，所以我想，干脆还不如把它翻出来算了。

大约 1986 年初，我请考古所的刘新光同志帮助全文复印了此书。后来又请了郭晓惠、李晓晨和张进京合作翻译此书。这三位同志，他们都很忙，只能用业余时间来翻，如果找不到一家可靠的出版社，大家都赔不起时间。所以当时我们只是试着翻了一点，并没有真正展开工作。只是到1986年秋，当我们的想法被上海人民出版社接受，并正式列入出版计划后，我们才全力投入这一工作，一直干到1987年9月。本书作者序和附录由李零翻译，一至五章由李晓晨和李零合译，六至七章由郭晓惠和李零合译，八至十章由张进京、李零和郭晓惠合译；索引是由郭晓惠整理，李零对人名、书名和引文进行了查核，并对全书统校和润色。在本书翻译过程中，上海人民出版社的倪为国同志几次往返于京沪之间，从译文细节到内容质量都作了许多技术性指导，也使我们得到很大的鼓舞。大家合作得很好。

翻译此书，初看似乎并不难。它讲的全是我们中国的事情，译起来应当最顺手。特别是此书引文很多，我原以为找来抄上就是了，可以省掉很多工夫。哪里想到，其实麻烦也就出在这里。第一，此书引文有不少都是出自高氏《秘戏图考》卷二《秘书十种》及其附录，这些材料多系流失海外的珍本秘籍，不是国内找不到，就是在图书馆里深藏密扃，难以接近。第二，这些引文有不少被译成拉丁文，必须先把拉丁文译出，才能与中文原文对上茬口。另外还有许多杂七杂八的东西，如各种野史、笔记，也是零碎得很。有些作者又不注明出处，或者是注错了。找起来，好苦呀！

为了解决中文史料的“回译”问题，首先我们不得不向当时在美国哥伦比亚大学访问的高王凌求救。《秘戏图考》是非卖品，全世界只有50部，我们国内没有。我从本书附录二查到哥伦比亚大学图书馆藏有此书，遂请高王凌代为复印。此书在哥伦比亚大学也是善本，只是经高王凌努力，才终于破例获准，可谓帮了大忙。但是这也引起了一些麻烦。首先是复印件寄回，竟被海关扣留，要收件人持证件和介绍信前往“说说清楚”。我们去了两次，做了许多解释工作，然后上报审批，一拖就是好长时间。幸亏接待我们的海关人员皆为通情达理之人，能以学术为重，不为俗见所囿。谢天谢地，这些材料才总算没有被当作“黄色书刊”而没收。

其次，本书介绍的几部明代小说，也是很大的麻烦。其中《金瓶梅》，在国内虽然比较好找，但英译本用的是明天启间的《原本金瓶梅》，第一回开头有一段话为《金瓶梅词话》本所无。国内的影印本和洁本都是用的《词话》本，上面自然没有这一段。我请教了北京大学中文系的小说专家沈天佑先生，才把这件事弄清，那段话也是请沈先生查出。还有《肉蒲团》的第三回，在没有得到高王凌同志的复印件之前，我曾到北京大学图书馆查阅。北大图书馆是全国明代色情小说最集中的地方，著名的马隅卿藏书即在其中，我又是该大学的人，近水楼台，应该说是很方便了吧？然而真去查一下，我的天呀，别提多可怕了，前后竟要经过三四道审批。研究所开出介绍信，不行，还要经办公室审批，副馆长审批。副馆长批了总行了吧？不行，还要打回来再找正馆长审批。正馆长不在，怎么办呢？没有办法，又把专门掌管此类书籍的负责人找来再审一遍。只是经过多次“提审”，反复盘问，我才获准查阅指定的那个第三回。虽然我很钦佩他们的负责态度，但仍然感到浑身的不自在，好像囚犯一样，暴露在一片可疑的目光之中。所以，后来剩下的几条材料，我干脆还是请留学美国西雅图华盛顿大学的傅云起女士帮忙查找，抄好寄来。

在本书翻译过程中，除去中文史料，书中还有许多拉丁文、法文、日文和其他文字，也要求助于熟悉这些文字的同志。其中法文和拉丁文的翻译，我们曾得到法国巴黎第七大学的魏立德先生、意大利的 Vita Revelli 女士慨然相助，日文则是请教北京大学古文献所的严绍璗先生。此外，本书附录二有关印度的部分，很多梵文词汇和有关知识，也都是“拦路虎”，多亏中国社会科学院南亚所的宫静同志和世界史所的刘欣如同志帮助，我们才得以克服困难。

这里特别应该提到，我国著名学者胡道静先生，他以近八十高龄冒酷暑通读全书，对全书的内容和译文质量给予很高的评价，使本书得以顺利出版，这使我们深受感动。

总之，没有上述各位的襄助，本书是不可能与读者见面的。所以在此，我们理当向他们表示深挚的谢意。

最后，我们希望指出的是，本书虽是一本写给西方读者看的书，但对中国读者来说，却有自我认识的意义。我们把它翻过来，重新介绍给中国读者，说实话，并不是因为性问题近来已经成为一个热门话题。相反，我们倒是希望，这本书对长期禁锢之后的过度敏感和兴奋会有某种“冷却”作用。

1988 年 12 月

06 《新编全本季木藏陶》

北京：中华书局，1998 年 10 月

齐、燕、邾、滕陶文的分类与题铭格式

——《新编全本季木藏陶》介绍

陶文是古文字中出现最早、延续最长的文字。但陶文研究现在却主要是战国文字研究的一个分支。它以战国陶文为主要研究对象。

战国陶文以山东出土为最多。陶文的收藏、著录与研究也以清末山东潍县著名金石学家——陈介祺（1813—1884）为最早[1]。在陈氏提倡下，清末以来，还有不少金石学家也都收藏陶文。但他们的藏品一般是以拓本传世，数量有限，人们很难见到。陶文的刊本主要有 1904 年刘鹗的《铁云藏陶》，1922 年日人太田孝太郎的《梦庵藏陶》，1930 年黄宾虹的《陶玺文字合证》，1934 年王献唐的《邹滕古陶文字》，1943 年孙浔、孙鼎的《季木藏陶》等少数几种。在这些刊本中，《季木藏陶》出现最晚，是最好的结集。其地位和作用，正

---

〔1〕 李学勤《山东陶文的发现和著录》，《齐鲁学刊》1982 年 5 期。

像罗振玉的《三代吉金文存》之于铜器研究。

《季木藏陶》是至德周进（字季木）收藏的陶文。据 1943 年影印本孙浔跋，“周季木收陈氏（介祺）及黄县丁氏精品，复益以新发现者，得四千种”。这个数字，虽比陈介祺藏品总数（据核约有 4800 件）要略少[1]，但也相当可观。

这次中华书局影印出版的《季木藏陶》与 1943 年影印本有所不同。1943 年本是选本，而本书则是以周氏亲属周绍良先生整理编辑的拓本集为基础，选片更为精美，内容更为完备。由于原来的拓本集贴裱稀疏，未附释文，出版社委托我做重新整理。整理要求是：（一）对全部拓片对重分类，按时代、国别加以排列；（二）在每一拓片下，对原文行款，附注释文。

为使读者对本书收录陶文的文字内容和整理体例有所了解，这里试做简短介绍，并着重谈谈齐、燕、邾、滕战国陶文的分类与题铭格式。

首先应当指出的是，正像清末以来的大部分陶文拓本集，本书是以著录山东地区的陶文为主。这批陶文可分两大类，一类属于战国时期，一类属于秦汉时期（也包括少数秦汉以后的）。现在我们把前者收入上编，后者收入下编。上编所收，又按国别分为四小类，即（1）齐，（2）燕，（3）邾、滕，（4）其他。下编所收，秦始皇廿六年诏量与其他陶文明显有别，我们把这部分陶文算作一小类，而把其他陶文算作另一小类，下面分别讲一下它们的题铭格式：

（一）齐国陶文

此类陶文，一向传出今山东淄博市的齐临淄古城，并且据说在

---

〔1〕 李学勤《山东陶文的发现和著录》，《齐鲁学刊》1982 年 5 期。

临淄古城以西的历城和历城以东的掖县等地也有发现[1]。解放后的出土发现证实，齐国陶文的出土确实是以临淄古城附近最集中，但出土地点并不限于一处，传播范围大体与齐境吻合，北面并与燕国的陶文，南面并与邾、滕的陶文在传播范围上略有重叠[2]。

齐国陶文主要是印款，即用玺印印于陶器之上，器种有豆、区、釜和鼎、盂、罐等[3]。它们的文字内容，最重要的是三种：一种是“陈某莅事”类（上编第一部分的第一类），一种是“陶者市籍”类（上编第一部分的第二至二一类），一种是“量器”类（上编第一部分的第二二类）。

下面分别解释一下。

(1)“陈某莅事”类。其题铭格式一般作“某地（或王孙）陈某立（莅）事岁（或‘再立事’，或‘叁立事’），左里敀，亳某器（豆、区、釜）”。其含义，“某地”是莅事者的里籍（如“平陵”、“华门”），“陈某”是莅事者的私名（如“陈导”、“陈棱”）。这些莅事者，当是陈齐贵族的后裔，所以有时也称“王孙陈某”。他们的地位和身份往往被估计过高，如有些研究者把他们当中的“陈向”考为田成子常，“陈导”考为田惠子得，以为是春秋末田氏（陈氏）专齐（姜齐）政的执政大臣，这是值得商榷的。[4]比较燕国陶器的制造制度，现在我们更倾向于他们只是主管陶量或陶器制造的有司，地位并不一定很高。“立事岁”，亦简称“立事”，是指即任之年[5]，“再立事”、“叁立事”，据陈喜壶“再立事岁”和齐国玺印“陈榑三

---

〔1〕 顾廷龙《季木藏匋序》。

〔2〕 承山东省博物馆王恩田先生和潍坊市博物馆孙敬明先生告。

〔3〕 孙敬明《齐国陶文分期刍议》，中国古文字研究会第六届年会论文。

〔4〕 参看唐兰《陈常匋釜考》（《国学季刊》五卷一期）、张政烺《平陵陈导立事岁陶考证》（《潜社史学论丛》第二期）。案两位先生所考年代偏早，地位也偏高。

〔5〕 莅事，是临治的意思。

立事岁”〔1〕，应指第二次、第三次就职之年。这种纪年方式在齐铜器上也很常见。“左里敀”，有时可省掉“里”字，如此类所收“陈棱左敀亳□”。“敀”字应如何释读，学者曾提出过多种推测〔2〕，似还值得进一步研究。与此有关的几条线索是：第一，齐国玺印中有“左司马敀”、“右司马敀”〔3〕；第二，燕国陶文中也有“敀”这个名称。前者并不见于陶文，可能是守城之吏的佐官〔4〕，后者则是“左陶倈”或“右陶倈”（似是主管制陶的工师）的助手（见下文）。从这两条线索看，“左里敀”似是“莅事者”手下分管制陶工匠居位区（即陶乘、陶里）的佐官。这里的“左里敀”，与之对称还应有“右里敀”。齐国铜器中有右里敀鋆（旧误称“右里启鋆”）〔5〕，玺印和陶文中也有“右里敀”〔6〕，可以为证。“亳”，有些学者释“亭”〔7〕，陶量的置用机构。下述“量铭”类陶文提到这类置用机构，还有“王”“公”和“市”三种。此类虽未提到“公”、“市”，但“平陵陈得不𢘑王釜”，却提到“王”。“豆”、“区”、“釜”，包括齐量中的三级（四升为豆，五豆为区，五区为釜），是表示器类。

---

〔1〕 陈喜壶见《文物》1961年2期，印见《古玺汇编》0290。

〔2〕 李学勤《战国题铭概述》（上）（《文物》1959年第7期）曾认为这个字是《说文》“敀”字，读为伯，并引《管子·轻重戊》“左右伯”、“左司马伯公”为证。近曹锦炎《释战国陶文中的“𢽾”》（《考古》1984年1期）释为𢽾，以为即《考工记》的㮚民，朱德熙《战国文字资料里所见得廐》（《出土文献研究》，文物出版社1985年）则释为廐。后两种说法似难成立。

〔3〕 《古玺汇编》0038、0040、0041。

〔4〕 这里的“司马”可能与汉代所设守城校尉或守城司马相当。守城由司马指挥，见《墨子·迎敌祠》。齐国玺印中有“闻（门）司马”、“𣏾（郭）司马”（见《古玺汇编》0028、0029、0030、0031、0032、0033、0044），也应是守城之吏。

〔5〕 《三代》18、24、1。

〔6〕 《簠斋手拓古印集》12下，山东省博物馆藏匋文拓本〔37.53567〕〔朱德熙《战国文字资料里所见得廐》（出土文献研究），文物出版社1985年）引〕。

〔7〕 俞伟超《秦汉的“亭”、“市”陶文》（收入《先秦两汉考古学论集》，文物出版社1985年）。

这一格式中，“莅事者名”、“里敀”、“置用机构”、“器名”是四要素，莅事者的“里籍”和“立事岁”有时可省去。

(2)“陶者市籍”类。这类陶文，数量最多，是记制陶工匠的市籍[1]。市籍是古代的工商注册。中国从很早就有相当严格的身份登记制度，不仅普通居民要编户，有户籍，而且军士和工商也有类似的登记制度。《墨子·号令》所说“某县某里某子”、“某里某子”，[2]就是一般的书写格式。不过，齐国陶文所见市籍有繁简二式，简式只作“某里某”，繁式则还写明“里”所隶属的更高行政编制。

过去，在秦国陶文中，我们也见到过一种记制陶工匠市籍的陶文，其中“里”是隶属于“咸亭”即“咸阳亭”。而在齐国陶文中，“里”以上则是称为“⿰彳䙴”的一级，并且“⿰彳䙴”是由“王卒左敀”或“王卒右敀”分管。这是它很有特色的地方。

齐陶文中的“王卒”，大概是一种带有军事性质的编制。《国语·齐语》记管仲“治国之法”，说是“工商之乡”不出军，但战国时期，城邑成为各国争夺的主要军事目标，各大城市往往都组织有男女老少全民动员的防御体系，例如《墨子·备城门》等篇所述就是如此。《墨子·迎敌祠》说“司马视城，修卒伍，设守门”，《号令》、《杂守》讲城守之法，把城中的里分为八部（盖依八方而分），每个里又分为四部（盖依四方而分），派人专门把守城门、里门、亭，特别是司马门[3]，这里的“王卒左敀”和“王卒右敀”可能是类似编制。“左敀”、“右敀”的含义，刚才已经说过，它应是“左里敀”和“右里敀”的省称。

关于“⿰彳䙴”，这个字的释读也尚有争议[4]。我们怀疑此字应隶定

〔1〕裘锡圭《啬夫初探》（收入《云梦秦简研究》，中华书局1981年）。

〔2〕这种书写格式也见于秦汉。

〔3〕齐国玺印中也有“司马闻（门）”，见《善齐鉨印录》1、5。

〔4〕有释迁、释鄙、释乡等说。

为[illegible][1]，读为“廛里”之“廛”。《周礼·地官·载师》：“以廛里任国中之地。”古本“廛”作“壇”（《管子·五辅》亦作“壇”），郑众解释为“市中空地”或“城中空地”，郑玄解释为“民居之区域”。本书所收有“左䙴”、“繇䙴”、“楚南郭䙴”、“左南郭䙴”、“丘齐䙴”、“贾䙴”六种，其中最重要的要算“繇䙴”。繇，字或从邑，说明是个比较大的地名（战国时期，大地名往往加邑旁），它与秦国陶文中的“囗里”有类似之处，也是制陶工匠最集中的地方，所以也作“䣜䙴”[2]。“楚南郭䙴”、“左南郭䙴”，则是以郭名而命名。

另外，此类还有一种情况是里名上面加有二字，但并未标注䙴字。本书属于这种情况的是“㾓圚”、“高闉（或閲）”。这有几种可能，一是它们虽为䙴但省去䙴字；二是与䙴相当，但另以城门为名，如这里的“高闉”（应读为“高间”），据马王堆帛书《战国纵横家书·苏秦谓齐王章》，便是齐都临淄城的城门；三是可能为包括许多小里的大里的总名，例如此类中的“城圚”是属于“左䙴”，但下面还有许多里；“蒦圚里”，分“大蒦圚里”、“东蒦圚里”、“蒦圚南里”、“蒦圚中里”，甚至还有“蒦圚杨里”等，应当就是里名。

上述䙴名与“左里敀”、“右里敀”的关系，在这类陶文中反映得并不清楚。我们只知道上述最大的“繇䙴”是归“右敀”管辖，“左敀”下面则有“㾓圚”。另外，在齐国玺印中还有“右敀精䙴”和“左敀褱䙴”（过去多读为“精䙴右敀”和“褱䙴左敀”）[3]，与此是类似的例子。

“䙴”以下的里名非常多。这些里的命名很值得研究。它们是制陶工匠的聚居区，所以往往被称为“陶里”，有些里还以专门生产某

〔1〕这个字有繁、简多种异写，其中多数是写作[illegible]，少数写作[illegible]。这里是据后者隶定。

〔2〕曾宪通《说繇》，《古文字研究》第十辑。

〔3〕《古玺汇编》0195、0196。

一种陶器而得名，如“豆里”。另外，书中还有一些里名是以氏称，如“王孙里”、“子袶子里”；有些是以里中所植的树木命名，如“櫨里”是以楂树（山楂树）、“櫖里”是以栌树（黄栌）、“杨里”是以杨树而得名[1]。这些里名，有些是用简式，不知属于哪个䢵，如“子袶子里”、“酷里”、“孟棠匋里”、“甘里”、“王孙里”等。但有些与繁式的里名相合，可以定其归属。例如最大的陶里“蒦圆里”，即应属于“繇䢵”，“繇䢵”的“大匋里”、“东匋里”很可能就是“蒦圆里”的“大蒦圆里”、“东蒦圆里”；而“城圆”诸里则应属于“左䢵”，“臧里”、“朩里”则应属于“繇䢵”，“豆里”则应属于“高閭”。还有“北里”、“圆里”、“圆南左丘里”，则可能与“王卒左敀圆北里”有关；“上㫃里”，则可能与“丘齐䢵㫃里”有关。但这些里名有些也许只是重名，如“繇䢵”与“楚南郭䢵”同有“两里”，属于“王卒左敀”的“癀圆”与属于“王卒左䢵”的“城圆”同有“櫨里”，“左南郭䢵”有“辛（新）匋里”，“丘齐䢵”也有“辛（新）里”。至于“匋里”、“大匋里”、“南里”，这些就更不可随意牵合。

齐国陶文中的制陶工匠，据朱德熙先生考证，一般是叫“陶者”，[2]此名也见于《墨子》的《备城门》和《备穴》。它相当于燕国陶文中的“陶工”。其记名方式可归纳为五种：(1)“某里人匋者某”；(2)“某里人某”；(3)“匋者某”；(4)“某里曰某”；(5)“某里某”。工匠的私名，一般只记名，如“丹”、“造”，少数还书氏，如“郄吉”、“王僑”。这些工匠名往往相重，有些当时很流行，如“㝵”、“趣”、“臧”、“达”等等，不能都认为是同一个人。

(3)“量器”类。其一般格式是“置用机构名”加“器名”。前

---

〔1〕 古代的里往往以树木命名是起源于“封树制度”。《周礼·地官·遂人》谓“遂”以下各级“皆有地域沟树之”。

〔2〕 朱德熙《战国陶文和玺印文字中的“者”字》，《古文字研究》第一辑。

者包括“王”、“公”、“市”三类。“王”指王室所属的部门，“公”指官府，“市”指市肆。最后一类，前面有时加有“王胥”、“大”等字。后者分“豆”、“区”、“釜”三类，这类陶文与第一类陶文的最后一项相当，只不过其中没有发现“亳”。也许“亳”的量器只由“左里敀”制造，与此有分工。

此外，齐国陶文中还有记具体市名、单字（可能是工匠名或地名）、禀名等少数陶文（上编第一部分的第二二至二五类）。其中“市名”类陶文，是据裘锡圭先生关于“市”字国别的考证而确定〔1〕；“单字”类（如“㝵”、“国”、“賛”），是据出土地点而确定〔2〕；“禀名”类，是据吴振武先生关于“禀”字国别的考证而确定〔3〕。

（二）燕国陶文

此类陶文，一向传出河北易县燕下都，实际上燕下都仅仅是制造中心，其出土地亦不限于燕下都。据解放后的发现，这类陶文在山东北部也有发现〔4〕。故本书所收，不少可能仍是山东所出。

本书所收燕国陶文，多为印款，数量不多。它们主要有三类：

(1)“三级监造”类。格式一般作“某年某月，左匋肴（或右匋肴）”或“左匋肴某（或右匋肴某）”（为一长印），“左匋倈（或右匋倈）某、敀某”（为又一长印），“左匋攻（或右匋攻）某”（为又一长印），与兵器上的“三级监造”类铭文非常相似。

战国兵器的监造制度一般分为三级，即省（监造）者、主（主

---

〔1〕 裘锡圭《战国文字中的“市”》，《考古学报》1980年3期。

〔2〕 孙敬明《齐国陶文分期刍议》，中国古文字研究会第六届年会论文。

〔3〕 吴振武《战国“亩（廩）”字考察》，《考古与文物》1984年4期。

〔4〕 承山东省博物馆王恩田先生和潍坊市博物馆孙敬明先生告。

办）者和造（铸造）者[1]，其体例如下：

	三晋	秦
省者	中央或地方的负责官吏	中央或地方的负责官吏
主者	工师冶尹	工师、丞
造者	冶	工

楚国有铭文的兵器很少，只有一件兼陵公戈，提到“冶己女”[2]。但楚国铜礼器提到王或其他长官命“攻（工）尹”、“攻（工）差（佐）”、“少攻（工）差（佐）”主办，由“冶帀（师）”、“冶差（佐）”制造铜器，也有这三级[3]。

燕国陶文中的“匋肴”应读为“陶尹”，当是省者；而“陶倈”，可能是陶师，与“攺”同为主者；“匋攻”应读为“陶工”，则是造者。这三级，“匋肴”、“匋倈”和“匋攻”，前面都加有“左”或“右”字（“匋倈”有时也省去“左”或“右”字），唯独“攺”字前面没有，说明“攺”的左、右是随“匋倈”，不标自明，后者仍是前者的助手。这种陶文对了解当时的制陶制度很有帮助。

(2)“宫某”类。分“左宫某”、“右宫某”两类，当是隶属于王宫的陶工名。

(3)“陶工某”类。燕国陶文中的陶工往往分左、右，有时也省称“工某”。

（三）邾、滕陶文

此类陶文是古邾（邹）城和滕城遗址附近所出。古邾城遗址，俗称“纪王城”，在今山东邹县南约10.5公里。古滕城遗址在今山东

〔1〕黄盛璋《试论三晋兵器的国别和年代及其相关问题》，《考古学报》1974年1期。
〔2〕武汉市文物商店《武汉市收集的几件重要的东周青铜器》，《江汉考古》1983年2期。
〔3〕见鄂君启节、郾（燕）客铜量及寿县朱家集铜器群。

滕县西南7公里的滕城村一带，是泰山以南地区的另一个制陶中心。二者地点相近，所出陶文不易再做区分，这里放在一起谈。

邾、滕陶文，特点是器物的陶质和做工比临淄“似稍逊，字亦简古，多一字至二字，其三、四字者不习觏也”[1]。它和齐国的单字陶文主要是靠出土地点来区分。这类陶文也是以印款居多。

本书所定邾、滕陶文主要是参考有关考古调查报告发表的资料和专门搜集邾、滕陶文的拓本集。前者如《考古》1965年12期626页图三、1968年1期42页图十一，《文物》1982年3期78页图一，《中国度量衡图录》图九一、九二。后者如王献唐《邹滕古陶文字》的第一、二册（钤“三邾古匋”印者，与第三册钤“临菑匋文”印之齐陶文有别）。

邾、滕陶文大多为一字，性质不一。如其中有一种圆形单字印作“邾”，显然是地名，即邾城。还有些是当时常见的人名用字，如导、趣、臧、达，在齐国陶者名中也常常出现。这些人名，有些写法比较怪，如𦨶字，长期未能认出。此字后来在青川木牍上再次发现，文例作“修津𦨶”，曾被误释为“梁”[2]。现在我们已把这个字认出来，它也是个常见的人名用字，即邹衍、公孙衍的“衍”字[3]。此外如“禀”字，现在我们知道，乃是邾国仓廪所用陶量上的标识字。这种陶量，大小约合齐国的一釜。四字陶文“盟公之禀”，写法与此接近，而与齐国不同，可见是邾国的陶文。还有“公”字和“公二”，则与齐国的“量器”类铭文性质相同，“公”字也表示器为官量。不过总的看来，这类铭文还是以工匠之名居多。

最后，还应说明的是，此类单字陶文中的“导”字也见于齐国

---

〔1〕 王献唐《邹滕古陶文字》叙。

〔2〕 于豪亮《释青川秦墓木牍》，《文物》1982年1期。

〔3〕 李零《释“利津𦨶”和战国人名中𦨶与𢓜字》（待刊）。

单字陶文，但齐国陶文的“㝵”字往往作阳文，并把所从“目”写成三角形，与此仍有一定区别。

（四）其他战国陶文

这里面既包括属于齐、燕、邾、滕而暂时不能确定其国别的陶文，也包括齐、燕、邾、滕以外其他国家的陶文。例如这一部分中的单字陶文，估计仍有不少是邾、滕陶文；而像“笶阳市”、“虖与市”，则是三晋的陶文，“宫庄”则是秦国陶文。

这些陶文也是以印款居多。

下面附带讲一下本书收入的秦汉和秦汉以后的陶文。

1．秦始皇廿六年诏量陶文

这种陶文分印款和刻款两种。印款是用四字方印连续打在陶量的外壁上，合成始皇廿六年诏书的全文。本书所收多数是这类陶量的残片（可拼凑出全文）。这种陶量，现存共有四件完器，悉收入《中国度量衡图录》，可参看，其器形与齐量中的区相似。它们分大小两种，一种合秦一斗，一种合秦半斗。其中三件是邹县出土，里面有一件并打有“驺”字印，说明“驺”即出土地点，也就是秦汉的邹县；另一件为故宫博物院的藏品，亦有“驺”字，可见也是邹县所出。据此我们可以判定，本书所收印款诏量上的文字和“驺”字印归入同类，都是山东邹县所出。另外，书中还收有“印款”诏量的印范一件，今又归入此类。

刻款的诏量陶文比较少见，本书收入残片五件。周氏跋语称“凿文秦瓦量传世只有六残片，予藏其五”，视为珍稀。这五件残片，据周氏跋，一件传出山西右玉，一件传出山西境内，一件传出归化（今内蒙古呼和浩特市内），大抵都是晋北和内蒙古所出。解放后，这种诏量也有发现。如 1963 年内蒙古赤峰蜘蛛山所出完器，是一种合秦十六斗的大型陶量。

2．其他秦汉陶文

这些陶文，也分印款和刻款两种。例如学术界讨论秦汉“市”、“亭”，往往引用本书所收的秦汉市印陶文和亭印陶文（如“市”、“都市”、“许市”、“曹市”、“代市”、“东武市”、“襄阴市”、“新梁市久”、“菑亭”、“亭久”）[1]，这些就是用印打出。还有一些则是人名印和吉语印。凿刻文字，往往字体较大，有些据出土发现，也可肯定是山东所出。

另外，除秦汉陶文，本书还杂有少量西晋和宋元以来的陶文。其中有一件甚至是元代的八思巴文（经照那司图先生鉴定，是转写汉字译音，共六字）[2]。

最后，附带说明一下，本书除原拓本外，还补印了1943年影印本的序跋和该书111页的两枚陶器印和两枚陶文（另标“补×”编号）。

目前，陶文的研究仍很薄弱，特别是其中有些关键字至今未能释定，影响到对陶文内容的理解。对于推动陶文的研究工作，汇集现存陶文资料进行整理分类，是一项基础工作。本书集中了山东地区出土陶文的主要品种，并做了初步的整理分类和考释。世之治陶文者或有取于斯。

1987年9月15日写于北京蓟门里

〔1〕 见俞伟超《秦汉的“亭”、“市”陶文》，裘锡圭《啬夫初探》所引之文。

〔2〕 北京大学图书馆藏《簠斋瓦器拓本》第26册24页正面亦有一八思巴文陶片，仅一字。

飞来飞去又一年

（经常出国的年代）

1990—1998年论著简目

1990a　“齐、燕、邾、滕陶文的分类与题铭格式”，《管子学刊》1990年1期（2月），82－87页，转96页

1990b　“读《孙子》札记”，收入《孙子新探》，北京：解放军出版社（2月），189－206页

1990c　“文王称王、昭王伐楚及其它”，收入《华夏文明》（北京大学出版社）第2集（2月），406－420页

1990d　“释‘中人’”，《文史》第33辑（10月），96页

1990e　高罗佩《中国古代房内考》中文译本，上海：上海人民出版社（11月），共559页〔与郭小惠、李晓晨和张进京合译〕

1990f　“楚帛书目验记”，《文物天地》1990年6期（双月刊），29－30页

1990g　“The Formulaic Structure of Chu Divinatory Bamboo Slips,” translated by William G. Boltz, *Early China*, no.15, pp.71-86

1991a　“楚国族源、世系的文字学证明”，《文物》1991年2期（2月），47－54页，转90页

1991b　“楚帛书与‘式图’”，《江汉考古》1991年1期（季刊），59－62页〔即下1991i的中文稿〕

1991c　《孙子兵法》译注和《司马法》译注，收入《兵家宝鉴》，石家庄：河北人民出版社（4月），1－95和229－314页

1991d　“《商君书》中的土地人口政策与爵制”，《古籍整理与研究》第6期（6月），北京：中华书局，23－30页

1991e　“‘式’与中国古代的宇宙模式”，《中国文化》第4期（8月），1－

30 页

1991f “马王堆帛书‘神祇图’应属辟兵图”，《考古》1991 年 10 期（10 月 25 日），940－942 页

1991g 《孙子兵法》注译（收入“古代名著选译丛书”），巴蜀书社（10 月），共 126 页〔此书被编者和审阅者修改，面目全非〕

1991h 高罗佩《中国古代房内考》中文译本（收入“桂冠丛刊”），台湾：桂冠图书股份有限公司（11 月），共 490 页〔与郭小惠、李晓晨和张进京合译，此书印刷错误极多，惨不忍睹〕

1991i “Discussion of the Chu Silk Manuscript and ‘Shi-tu’,” translated by Jenny F. So, *New Perspectives on Chu Culture during the Eastern Zhou Period*, edited by Thomas Lawton, Princeton University Press, New Jersey, pp.178-183

1991j “On the Typology of Chu Bronzes, ” translated and edited by Lothar von Falkenhausen, *Beitrage zur allgemeinen und vergleichenden archaologie*, band 11, Verlag Phlipp von Zabern, Mainz am Rhein, pp.57-111, Tafel.1-11

1992a “跋石板村‘式图’镜”，《文物天地》1992 年 1 期（双月刊），31－34 页

1992b “‘车马’与‘大车’”，《考古与文物》1992 年 2 期（3 月 20 日），72－74 页，转 106 页

1992c “读《孙子》札记（续）”，收入《〈孙子〉新论集粹》，北京：长征出版社（3 月），42－48 页

1992d 《中国大百科全书》（中国历史卷）辞条，北京：中国大百科全书出版社（4 月），卷 1：楚（109－110 页）、韩（295 页）；卷 2：七雄（759－760 页）、齐（761－762 页）、秦（783 页）、孙膑兵法（1059－1060 页）、孙子兵法（1066－1068 页）；卷 3：魏（1208 页）、吴子（1240 页）、燕（1356－1357 页）、赵（1515 页）

1992e “读《孙子》札记”，《孙子学刊》1992 年 2 期（5 月），68－70 页

1992f “湖北荆门‘兵避太岁’戈”，《文物天地》1992 年 3 期（双月刊），22－24 页

1992g “马王堆房中书研究”，《文史》第 35 辑（6 月），21－47 页

1992h **《孙子兵法译注》**，石家庄：河北人民出版社（6 月），共 88 页〔即上 1991c 的单行本〕

1992i **《司马法译注》**，石家庄：河北人民出版社（6 月），共 78 页〔即上 1991c 的单行本〕

1992j 《中国兵书名著今译》的出版说明和兵阴阳类的说明，以及《孙子兵法》、《司马法》和《地典》的白话今译，收入李零主编《中国兵书名著今译》，北京：军事译文出版社（7 月），书前 1－2 页，2－34 页，277－280 页

1992k “西周金文中的土地制度”，《学人》第 2 辑，南京：江苏文艺出版社（7 月），224－256 页

1992l “论东周时期的楚国典型铜器群”，《古文字研究》第 19 辑（8 月），136－178 页

1992m “简牍帛书研究”，收入《中国考古学年鉴》(1991)，北京：文物出版社（8 月），108－117 页

1992n “读《孙子》札记再续”，收入《孙子探胜》，北京：军事科学出版社（8 月），171－175 页

1992o “尸体防腐、冶金和炼丹”，《文物天地》1992 年 4 期（双月刊），17－20 页

1992p “回到孙子”〔译自哈特为格利菲斯《孙子兵法》英译本所写的前言〕，《孙子学刊》1992 年 4 期（11 月），12－13 页

1992q “纸上谈兵”，《读书》1992 年 11 期（月刊），143－151 页

1992r “齐国兵学甲天下”，《中华文史论丛》第 50 辑（12 月），193－212 页

1992s “苏埠屯的‘亚齐’铜器”，《文物天地》1992 年 6 期（双月刊），42－45 页

1992t “Contents and Terminology of the Mawangdui Texts on the Art of the Bedchamber,” translated, edited and revised by Keith MicMahon, *Early China*, no.17, pp.145－185

1993a “侠与武士遗风”，《读书》1993 年 1 期（月刊），17－23 页

1993b 《商周金文录遗》著录表，收入于省吾《商周金文录遗》，北京：中华书局（7月），书后1－20页

1993c “最后的电话”，收入《朱德熙先生纪念文集》，北京：语文出版社（7月），286页

1993d “文字破译方法的历史思考”，《学人》第4辑（7月），南京：江苏文艺出版社，453－464页

1993e “道家与帛书”，《道家文化研究》第三辑（8月），上海：上海古籍出版社，386－394页

1993f “包山楚简研究（占卜类）”，《中国典籍与文化论丛》第1辑（9月），北京：中华书局，425－448页

1993g **《中国方术考》**，北京：人民中国出版社（12月），共511页，图版7幅，插图90幅

1993h “化子瑚与淅川楚墓”，《文物天地》1993年6期（双月刊），29－31页

1993i 《中国方术概观》的编者序言及该书房中卷的部分内容〔此卷是与松村合编〕，收入李零、刘乐贤主编的《中国方术概观》，北京：人民中国出版社（12月），共10种13册，142－149页

1994a “考古发现与神话传说”，《学人》第5辑（2月），南京：江苏文艺出版社，115－150页

1994b “‘徒劳’的悲壮”，《读书》1994年3期（月刊），68－75页

1994c “高罗佩与马王堆房中书”，收入《马王堆汉墓国际学术讨论集》，长沙：湖南出版社（5月），142－149页

1994d “楚帛书的再认识”，《中国文化》第10期（8月），42－62页

1994e “包山楚简研究（文书类）”，收入《王玉哲先生八十寿辰纪念论文集》，天津：南开大学出版社（10月），88－107页

1994f “说‘黄老’”，《道家文化研究》第五辑（11月），上海：上海古籍出版社，142－157页

1995a “汉字与音乐、舞蹈”，收入《汉字文化大观》，北京：北京大学出版社（1月），149－155页〔154页，左栏第29－30行，有编辑妄加的词句，插图也是编辑所配〕；又收入《汉字文化大观》，

北京：人民教育出版社，2009年11月，156－163页

1995b 《周本纪》注译、《秦本纪》注译、《楚世家》注译、《司马穰苴列传》注译、《孙子吴起列传》注译，收入《全注全译史记》，天津：天津古籍出版社、国际文化出版公司（3月），87－136页，137－175页，1549－1579页，2055－2059页，2061－2072页

1995c “战国秦汉方士流派考”，《传统文化与现代化》1995年2期（双月刊），34－48页

1995d 《〈孙子〉古本研究》，北京：北京大学出版社（7月），共327页

1995e “汉奸发生学”，《读书》1995年10期（月刊），87－93页

1995f “楚鼎图说”，《文物天地》1995年6期（双月刊），31－36页

1995g “古文字杂识（五则）”，《国学研究》第三辑（12月），267－274页

1996a “我们还有没有自己的节”（与汪晖、赵世瑜座谈），《三联生活周刊》1996年3期（2月15日），40－41页

1996b “再论淅川下寺楚墓——读《淅川下寺楚墓》”，《文物》1996年1期（1月），47－60页

1996c “当代封神榜”，《读书》1996年5期（月刊），107－114页

1996d 《放虎归山》，沈阳：辽宁教育出版社（8月），共217页

1996e “读银雀山汉简《三十时》”，《简牍研究》第2辑，北京：法律出版社（9月），194－209页

1996f “古文字杂识”（两篇），收入《于省吾教授百年诞辰纪念文集》，长春：吉林大学出版社（9月），270－274页

1996g “说校园政治”，《三联生活周刊》总第17期（6月15日），18－19页

1996h “道家与中国古代的‘现代化’”，《道家文化研究》第十辑（8月），上海：上海古籍出版社，71－85页

1996i “说匽”，《文物天地》1996年5期（双月刊），14页

1996j “西周金文中的职官系统”，收入《尽思集》，长春：吉林文史出版社（11月），202－214页

1996k “王勃、陈子昂感慨过的问题”，《读书》1996年11期（月刊），127－132页

1996l　“说考古‘围城’”，《读书》1996年12期（月刊），3－10页

1996m　“楚景平王与古多字谥”，《传统文化与现代化》1996年6期（双月刊），23－27页

1996n　“An Archaeological Study of Taiyi 太 一 (Grand One) Worship,” translated by Donald J. Harper, *Early Medieval China*, no.2(1995-1996), pp.1-39

1997a　“利玛窦与‘三怪兽’”，《读书》1997年1期（月刊），55－61页

1997b　“卜、赌同源”，《读书》1997年2期（月刊），128－133页

1997c　“药毒一家”，《读书》1997年3期（月刊），77－84页

1997d　《吴孙子发微》，北京：中华书局（6月），共245页

1997e　“老李子和老莱子”，《中国哲学史》1997年2期（7月），41－44页，转55页

1997f　“中国古代地理的大视野”，《九州》第1册，北京：中国环境科学出版社（7月），5－18页

1997g　罗泰“有关西周晚期礼制改革及庄白微氏青铜器年代的新假设：从世系铭文说起”，李零译，收入臧振华编《中国考古学与历史学之整合研究》，台北：台湾中央研究院历史语言研究所（7月），下册，651－676页

1997h　“古文字杂识”（二则），收入张光裕等编《第三届国际中国古文字学研讨会论文集》，香港：问学社有限公司（10月），757－762页

1997i　“东汉魏晋南北朝房中经典流派考”，《中国文化》第十五、十六期（1997年合刊号，12月），141－158页

1997j　“跳出《周易》看《周易》”，《传统文化与现代化》1997年6期（双月刊），22－28页

1997k　“大音希声，善言不辩”，《读书》1997年12期（月刊），3－9页

1998a　《李零自选集》，桂林：广西师范大学出版社（2月），共318页

1998b　“五石考”，《学人》第13辑（3月），397－404页

1998c　“《孙子兵法》——古今中外及其它”，收入杨承运、林建初编《智慧的感悟》，北京：华夏出版社（4月），106－127页

1998d “‘太一’崇拜的考古研究”，收入北京大学传统中国文化研究中心编《北京大学百年国学文粹》语言文献卷，北京：北京大学出版社（4月），598－614页

1998e “琉璃阁铜壶上的神物图像”，《文物天地》1998年4期（双月刊），20－24页

1998f 《新编全本季木藏陶》：分类考释，北京：中华书局（10月），共388页

1998g “‘南龟北骨’说的再认识”，收入《远望集》，西安：陕西人民美术出版社（12月），338－345页

1998h “读几种出土发现的选择类古书”，《简帛研究》第三辑（12月），南宁：广西教育出版社，96－104页

07 《孙子兵法译注》

石家庄：河北人民出版社，1992 年 6 月

前 言

《孙子兵法》，亦简称《孙子》，是我国古代最著名的兵书。据《史记·孙子吴起列传》，我国古代曾有两部《孙子兵法》，一部是春秋末客居吴国的齐人孙武所作，一部是孙武的后世子孙孙膑所作。《汉书·艺文志·兵书略》分别题为《吴孙子兵法》和《齐孙子》。银雀山汉简《孙膑兵法·陈忌问垒》篇所附残简提到"明之吴越，言之于齐。曰知孙氏之道者，必合于天地"，显然把两部《孙子》视为一家之学。它们在先秦时期很可能是以笼统的"孙子"之名一齐流传。1972 年银雀山出土的两种《孙子兵法》是一起发现的。这批简文只有笼统的"孙子曰"，既未提到孙武，也未提到孙膑。因此除十三篇有今本可以对证，少数简文可据内容判断分属于《吴孙子》逸篇和《齐孙子》，其他多数简文是难以确定的。

今本《孙子兵法》只有十三篇，据司马迁所说，并有银雀山出土的篇题木牍为证，这十三篇在汉初就已独立成编，是《吴

孙子》中最重要的一部分。但当时除十三篇之外，还有许多杂篇《吴孙子》在流传。《汉书·艺文志·兵书略》著录《吴孙子》八十二篇图九卷，显然是合并十三篇和杂篇而成。这些杂篇自曹操单注十三篇之后逐渐散亡，但隋唐之际仍有许多拆散单行的本子，其中并有一些逸文保存下来。清毕以珣《孙子叙录》、严可均《全上古三代文》和近人王仁俊《经籍佚文》，对这些逸文做过搜集工作，可参看。比较今本和佚文，后者似乎更偏重形势、阴阳、技巧家言，内容比较芜杂，不像今本更侧重于战略问题的探讨，言简意赅，富于条理性。

《孙子》一书的主要版本有《平津馆丛书》所收影宋本《孙吴司马法》中的《魏武帝注孙子》、《续古逸丛书》所收宋本《武经七书》中的《孙子》（注文中简称为《武经》本）和宋本《十一家注孙子》（注文中简称为《十一家》本）。前两种版本属于同一类型，都是出自曹注本，而后一种版本是集注本，正又是用各家注本拼合而成，保留有各家注本的某些异文。宋以后的版本可按上述三本归纳类型，在校勘学上基本上没有多大价值。对于校勘上述三本，出土银雀山简本、《北堂书钞》、《群书治要》、《艺文类聚》、《初学记》、《通典》、《长短经》、《太平御览》（注文中《北堂书钞》简称《书钞》、《群书治要》简称《治要》、《艺文类聚》简称《类聚》、《太平御览》简称《御览》）以及其他古书的引文才是最基本的材料。

注释《孙子》，最早也是最著名的是曹操，曹操以后比较著名的有梁孟氏，吴沈友，隋张子尚、萧吉，唐李筌、杜牧、陈皞、贾林，宋梅尧臣、王皙、何廷锡、张预。这些旧注除沈友、张子尚、萧吉注亡，其他皆存于《十一家注孙子》内（并收有唐杜佑《通典》注），曹注本并保存有单行本。宋以后比较著名的注本有金施子美《武经七书讲义》和明刘寅《武经七书直解》所收《孙子》注释以及明赵本学《孙子书校解引类》。

本书注释是以影宋本《魏武帝注孙子》为底本，只对涉及文义理解的重要古本异文和今本异文做了必要的校勘。注文除对古代名物制度和专门名词略加考证，一般只做简要说明。译文有些是据校改后的文句译出，不尽符合影宋本原文。

《司马法译注》 08

石家庄：河北人民出版社，1992年6月

前　言

《司马法》，亦称《司马兵法》。据《史记·司马穰苴列传》，原书是“齐威王命大夫追论古者司马兵法，而附穰苴于其中，因号曰《司马穰苴兵法》”，成书时间在战国中期齐威王时（公元前356—前320年）。它不同于专门讨论兵略的其他兵书，是以追述古代军礼或军法，即古代军队编制、阵法操练、旌旗鼓铎的使用，以及爵赏诛罚的各种规定为主，具有特殊价值，不仅为历来的兵学家所重视，而且从清代以来还被许多研究古代礼制的学者认为很有开发价值。不过，由于这本书内容比较复杂，其中既有战国以前的制度，也有战国时期的制度，撰辑者又非一人，书中并附有齐景公司马田穰苴的兵法，所以引起后人的种种猜测。

《司马法》古本据《隋书·经籍志》是河间献王所得，似乎是一种古文写本，共一百五十五篇。刘歆《七略》著在《兵书略》，而《汉书·艺文志》入于《六艺略》“礼”类，称为《军礼司马法》，亦一百五十五篇。《隋书·经籍志》以来，各书所录只有三卷，显然是个删节本。今本《司马法》三卷五篇，很可能就是隋以来的删节本(参看金德建《司马迁所见书考》)。其删落的逸文，见于汉唐以来经籍传注引用，数量很多，清以来有不少学者做过专门搜集，如清钱熙祚《司马法逸文》(《指海》本)、黄以周《军礼司马法考徵》和张澍《司马法逸文》(《二酉堂丛书》本)。这些佚文从内容上看似乎更偏重于古代军礼或军法制度的各种细节。

今本《司马法》，最好的版本是《平津馆丛书》所收影宋本《孙吴司马法》中的《司马法》和《续古逸丛书》所收宋本《武经七书》中的《司马法》。与逸文比较，今本似乎更偏重于对战争目的、用兵原则和某些作战方法的论述。由于有这种不同，所以有人认为佚文才是《司马法》原书，今本乃是伪托（参看姚鼐《惜抱轩文集》卷五《读司马法六韬》、龚自珍《定庵全集》卷五《最录〈司马法〉》)。这种看法是不对的。很多研究者早已指出，大量古书引文可以证明，今本和佚文都是出自《司马法》，引用者或题为《司马法》(或《古司马法》、《古司马兵法》)，或题为《穰苴兵法》，其实都是同一本书。我们认为，今本《司马法》应是后世兵学家为了研究兵略的目的精心摘选而成，有意将各种制度细节加以汰除，本身是一个选本。但尽管如此，它还是保留了许多研究古代军法制度的宝贵材料。

前人注释《司马法》，尚有保存在《北堂书钞》、《群书治要》、《太平御览》(下文注释中简称为《书钞》、《治要》、《御览》）等类书和某些古书中的引文附注。这些注文可考者只有曹操注和“李氏”注（参看清曹元忠《司马法古注》叙)，大多性质不明。前人辑录古书引文和引文注，有清张澍所刊《司马法》(《二酉堂丛书》本）和曹元忠《司马法古注》(附《司马法音义》，《笺经堂丛书》本)，对校勘注释《司马法》很有用处。宋代《武经七书》只有《孙子》用曹操注，其他六书皆无注。现存完整的《司马法》注释，最早只有金施子美《武经七书讲义》和明刘寅《武经七书直解》中所收的《司马法》注释。但这类注本往往只限于顺说大义，理解肤浅，参考价值并不是很大。

《司马法》原文古奥艰涩，句子多用三字句或四字句，而且由于性质特殊，可以用来比较的材料较少，断句和注释难度较大。这里尽管我们做了很多努力，但仍有一些问题不能得到解决。本书注释是以《平津馆丛书》影宋本做底本（宋《武经七书》本几乎全同此本），只对涉及文义理解的重要古本异文做了必要的校勘。注文除对古代名物制度和专门名词略加考证，一般只做简要说明。译文有些是据校改后的文句译出，不尽符合影宋本原文。

09 《中国兵书名著今译》

北京：军事译文出版社，1992 年 7 月

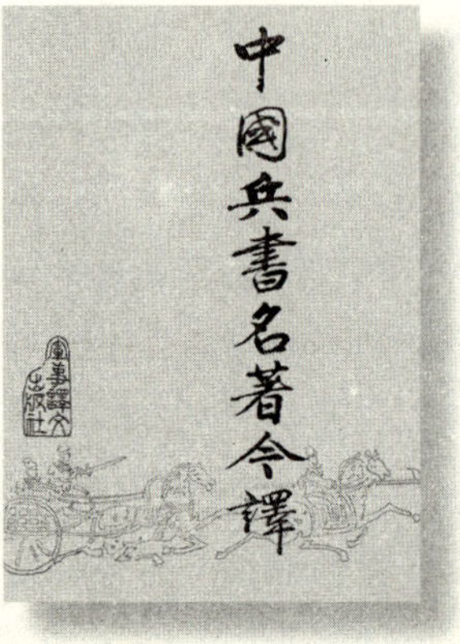

出版说明

有一位西方学者说过：要对中国的社会、政治生活和思想有一总体了解，就不仅需要懂得孔夫子的“正道”，也要懂得孙武的“诡道”。[1]

在浩如烟海的中国古代典籍中，兵书无疑是个重要侧面。我国历代著录的兵书，据统计约有 3380 种之多[2]，至今仍是一个尚未充分开发的宝库。它不仅饱含前人用流血换来的经验之谈，对历代的行师用兵起过实用的指导作用；而且还凝聚着他们从战争这种最富对抗性的人类活动中得出的许多更一般的行为理论和智慧思考，即使在今天也仍给予我们无穷的启迪，被拓广到许多其他领域，已远

---

〔1〕 见高利科夫斯基《孙子——中国行为学、斗争哲学和科学的创始人》(1990 年在北京举行的第二届孙子兵法国际研讨会论文的英文提要)。

〔2〕 见许保林《中国兵书知见录》(解放军出版社 1988 年) 第 3 页。

远超出了军事学的范围。

为普及中国古代军事学的一般知识和增进读者对中国古代文化史的了解，我们编印了这套古代兵书的白话翻译。

下面把本书的选材范围做一扼要介绍：

（一）本书的第一、二部分是属于古代兵法的经典之作。前者所收主要是战国时期齐系统的兵法，后者所收主要是战国时期三晋和楚系统的兵法，以及年代稍晚的兵法。其中不仅包括宋《武经七书》所收的《司马法》、《孙子》（《吴孙子》）、《六韬》、《吴子》、《尉缭子》、《黄石公三略》、《李卫公问对》，还收入1972年临沂银雀山一号汉墓出土的《孙膑兵法》（《齐孙子》），以及《七略·兵书略》曾经著录的一些兵法散篇，如：（1）《管子》中的《七法》、《兵法》、《地图》、《参患》、《制分》、《九变》；（2）《荀子·议兵》；（3）《鹖冠子》中的《世兵》、《兵政》、《武灵王》等。这些散篇虽然往往是附全书而行，多被笼统地视为一般子书，但在当初也曾被刘向、刘歆收入兵书之列。我们把《孙膑兵法》和这些散篇收进来，可以说是几乎包括了所有现存先秦两汉时期的兵学经典。本书所收年代稍晚的兵法只有曹操的兵书佚文、诸葛亮《将苑》和司马彪《战略》，以及上面提到的《李卫公问对》。这些兵法书，内容多偏重于军事理论，即战略学和战术学的研究，按古代兵书分类，应属于"兵权谋"和"兵形势"两类。

（二）本书的第三部分是一个比较特殊的门类，按古代兵书分类，是叫"兵阴阳"。它是古代阴阳五行学说和数术思想在军事学上的运用，在现代军事理论上没有直接的对应概念。但读者一般都熟悉《三国演义》中诸葛亮"借东风"的故事，佩服他"上知天文，下知地理，能掐会算"，其实诸葛亮所擅长的这类知识即属于"兵阴阳"。"兵阴阳"是以式法（一种古代占卜法）的使用为核心，固然包含很多迷信思想，但同时又是古代军事地理学和军事气象学等知识所在，为古代谈兵者所必资，对全面了解古代军事思想仍是不可缺少的一个方面。所以本书还是保留了这个门类。我们选入的《地典》是现存最早的“兵阴阳”书。此书曾被收入《汉书·艺文志·兵书略》的“兵阴阳”类，但后来散佚，我们所用是银雀山汉墓出土的竹简本。另外《黄帝阴符经》和《太白阴经》也是两部比较有代表性的作品。

（三）本书第四部分是有关阵法的一类。我们选入了年代较早、影响较大的《握奇经》一书，此书与众口相传的诸葛亮“八阵图”有关，想必会使读者发生兴趣。另外收入了解释“八阵图”的《太白阴经》卷六。

（四）本书第五部分是有关守城的一类。守城在古代战争中是技术性最强的一环，不但包括复杂的人力动员和组织，而且还涉及筑城技术，防御水攻、火攻的技术，以及各种攻守器械的使用，既是古代兵器知识的集中体现，也是古代机械物理知识的集中体现（宋以来的火器还包含了古代化学的重大发明）。按古代兵书分类，是属于“兵技巧”类。在这方面，我们选了两本书，一是先秦守城学的代表作《墨子》城守各篇，一是宋代的守城学代表作《守城录》。另外，古代“兵技巧”类还包括各种兵器知识和武术知识，“射”是其中有代表性的一项，我们选入了《射经》。

（五）本书第六部分是有关军事训练的一类。我们选入了明末抗倭名将戚继光的两部代表作《纪效新书》和《练兵实纪》。这两部书论述较详，可以使读者窥见古代治兵经验的一斑。

（六）本书第七至九部分是与军事史有关的三个门类。由于这种书多带有资料长编的性质，篇幅较大，每种只选择了一书。

（七）本书最后一部分是综合性质的东西，我们选入了《三十六计》和《武经总要》后集卷十至卷十三。古代职业知识往往是靠口传心授，军事学也是如此。它具有精练概括，执简驭繁的特点，既便于记诵，又易于普及，在古代军事学中也是不可忽视的一方面。如毛泽东军事著作中的“十六字令”和“打得赢就打，打不赢就走”就是应用这种传统的典范。这种口诀在字句上虽与兵学经典未必相同，但精神实质是一样的。如《孙子》讲“敌则能战之，少则能逃之，不若则能避之”，老百姓不一定知道这些话，但都知道“好汉不吃眼前亏”。《三十六计》最后一计叫“走为上计”，话只有4个字，但内涵是相当丰富的。《武经总要》后集主要为故事，寓战略战术于战争故事之中，消遣中受益颇多。

当然，本书分类只是一个大致的分类，收入各类的书在内容上难免会有一些交叉，特别是第一、二部分的书是兼跨军事学的各方面，交叉会更多一点。

我们希望本书能为读者概括了解我国丰富的兵学遗产提供最低限度的样品，并通过各书所附白话译文，引导读者做初步的内容研究。

在本书编纂过程中，我们从军事科学院许保林先生著的《中国兵书通览》中得到许多启示，在此，谨向许先生表示衷心的感谢！

编　者

1991年8月26日

10 《中国方术考》

北京：人民中国出版社，1993 年 12 月

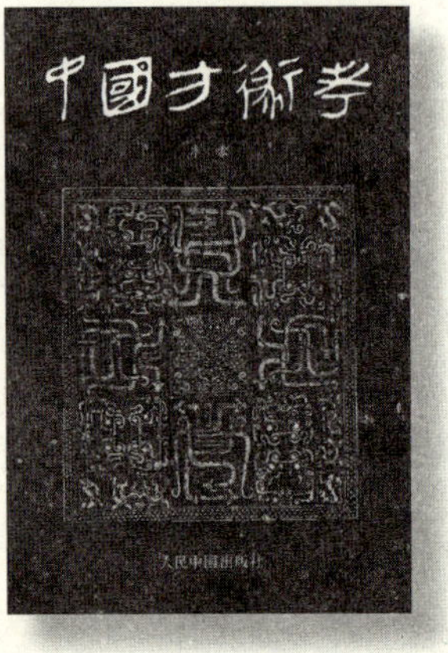

自 序

大年三十，总算脱稿，是个良辰吉日，剩下的事情是给这本书起个名字。

本书的内容是从考古发现探讨古代知识体系的一个侧面，即数术方技。但起个什么名字呢？想不好。同责编（指原计划在上海出版的责编）商量，他有忠告：书名不宜见“考古”，“数术方技”也别提。我不敢同“读者市场”作对，但“挂羊头卖狗肉”也不是事，总得找个折衷的办法。

现在，这本书好歹有了个名字，叫“中国方术考”。名字模糊了点，但意思不算太离谱。据《后汉书·方术列传》，“方术”正是“数术方技”的别名，当个缩写词，也还准确。读者呢，好像也听得懂。不过我担心读者的理解可能走板，以为本书是讲呼风唤雨、兴云作雾一类法术，或者还想从中学点求签问卦、测命看相的本事。所以我得预先说明：“方术”的概念可比这要广。它不仅包括古代的各种占卜

和神秘法术，还包括许多实用技术和科学思想，是个复杂的体系。本书是从思想史的角度讨论这类知识，我们关心的只是古人怎样思考宇宙、生命这些大问题，没有想过替你我他解决什么头疼脑热的事情。

语云："少所见，多所怪，见橐驼曰马肿背。"口里人头一遭见骆驼，无以名之，呼为"马肿背"，实在不辞。可人类学家做田野调查，初入异域的感受大抵如此。见的少，只有肤浅的比较，免不了"马肿背"；见多了，有了正面解释，才能"骆驼即骆驼"，翻译等于不翻译。我们对古代所知可怜，问题是同样的。近代换用的术语，便则便矣，然而很多正是属于"马肿背"。西谚有云"翻译即背叛"，古与今，中与外，要想超越比较和翻译，达到"人心同理"的沟通，很难。

本书内容对读者已相当陌生，只能解释不能翻译，包括书名也是如此，但书名又没法安在书后，搁在前面只是个符号。读者欲知其详，只能阅读本书，对不起了。

这本书的完成，了却了我的一桩心愿。

1977 年以前，我是个"杂食动物"，什么书都读，尤其是对历史，特别是思想史感兴趣。但后来从事古文字研究、考古学研究、古文献研究，路越走越窄，总有一种逼得越近反而离得越远的感觉。记得 1979 年我报考殷周铜器专业的研究生之前，李学勤先生曾对我说，你若想研究思想史，我可以介绍一位先生给你，古文字太难，不下于六七门外语，进了这个门再进那个门就难了。还有一次，我记得是在考古所现在已经拆掉的那排南屋，林澐先生讲他的经验，说他最初研究古文字也是志在历史，但一研究开来才知道，是永远回不来了。他们的话，现在我懂：学问大了，胆子就小了；要把学问做好，不能不收其放心。可我觉得，从林到树，从树到叶，学问一直做到叶脉上，可以叫"钻之弥深"，但如果林也没有了，树也没有了，叶也没有了，学问大到什么也说不清了，恐怕也是个悲剧。

我知道，在人生道路上，不改初衷太难，能曲里拐弯转回来就不错了。况且人还受生理年龄限制，总不可能四五十岁再到体坛一展身手。所以我想，“借尸还魂”也许是个好办法：本书对材料的处理是尽量利用我的专业知识，而主题却属于思想史的研究范围，是个当年没做完的梦。

本书的写作是始于1989年秋。8月份，我去了西雅图，说不清是看老婆还是访美国，或者其实只是个“位移”。到了没几天，忽有一客来访，名叫罗泰（Lothar von Falkenhausen），初次见面，吃冰激凌论英雄，第一次听说美国的古代中国研究界有哪些好汉。后来呢，我们搬到Bellevue（就在西雅图旁边）去了，住在大湖边，风景倒是真美，可心里空空荡荡。没事干，就随便写点什么。11月，罗泰来信，邀我去加州作数日游，顺便在加州大学伯克利分校和斯坦福大学作演讲。讲什么呢？只能讲顺手写的这点东西。回来以后填油加醋，到第二年4月，居然弄成两大篇文章，也就是本书第二、七两章的前身。

呆在美国，我才进一步体会到这几年的滚滚大潮，什么叫“走向世界，走向未来”。周围是一大堆“中国没法活”，从中国劝到美国。姐姐从明尼苏达打电话，哭了，说我中毒太深而且顽固。我早就知道和群众作对没有好下场，所以一再解释：我是“没有改造好的地、富、反、坏、右”，因为没出息，才想回家。中国人多，甭说同美国黑人搞竞赛，争当第一少数族，我不反对；就是在美国里面建个新中国，咱也赞成。只要美国人“宰相肚里能撑船”。惭愧的很，我在美国一天也没有想和“贫下中农”好好结合，更没有“扎根”的思想准备，所以1990年9月18日，“在那个悲惨的时候”，还是回到了自己的老窝，空无一人的土城书斋，累累若丧家之犬。

回国后，江山依旧，我呢，也还是一样的教书、写作。虽然我在这里享受着社会主义优越性：钱少时间多，但不知怎么弄的，老是没有工夫。先是在学校教了一学期的兵法课，后是处理一些小文章，再就是会朋友。中国的朋友阔别已久，一人一面，就是不少天。外国的朋友也怪，比美国见的还多。前我一天，罗泰就来了北京。见面头一句话就是“幸亏你回来了”。后来马克梦（Keith McMahon）也来了。我在美国请他来西雅图，他请我去堪萨斯，没成。这儿呢，自行车一蹬，就见了，比在美国方便多了（在美国，谁都是大忙人，不坐飞机见不着面）。二位都为我译文章。1991 年夏，他们挥汗如雨地译，我也得挥汗如雨地改。加上吃饭、砍山、逛书店、访古迹，时间如流水。把他们送走，我才能接着写。本书的集中写作，主要是从 1991 年 9 月到今年 2 月。

记得刚从国外回来，人见人问：“你怎么回来了？”（好像我诈尸了一样），真让人堵得慌。现在写完这本书，和朋友说句心里话吧：咱就呆在这个落后的中国，研究它那遥远的过去，有什么不好？

最后，我应向在美国期间支持我写作的 Luce 基金会和提供意见资料的以下各位表示感谢：

（1）美国西雅图华盛顿大学的鲍则岳（William G. Boltz）先生；

（2）美国加州大学 Riverside 分校的罗泰先生；

（3）美国堪萨斯大学的马克梦先生；

（4）中国社会科学院历史研究所的张政烺、李学勤先生和考古研究所的王世民、卢连成、赵超先生；

（5）中国科学院古脊椎动物与古人类研究所的叶祥奎先生；

（6）北京大学的裘锡圭先生；

（7）国家文物局的刘志雄先生；

（8）北京市文物研究所的陈平先生；

（9）陕西省考古研究所的张建林、曹玮、焦南峰先生；

(10) 陕西省考古研究所宝鸡工作站的张天恩先生；

(11) 阜阳市博物馆的韩自强先生；

(12) 湖南省博物馆的陈松长先生；

(13) 中国中医研究院中国医史文献研究所的马继兴先生；

(14) 中华书局的张力伟先生。

另外，还应提到的是，我的老朋友张木生、邹伏婴、李小群为本书图版、插图的复制也花费了不少时间。没有他们的帮助，本书是不可能顺利与读者见面的。

1992 年 2 月 10 日写于北京蓟门里

后　记

这本书写完了，但只是搭了个架子，很多问题不能不留待以后再讨论。例如：

(一) 本书是以考古材料为基础，包含许多“中国之最”。对最新材料的追踪，我已尽了很大努力。读者不难发现，我用的材料很多都是不久前才发表（有些甚至是几天前才发表）。但这类材料未发表的很多，未出土的也很多，不可能“一网打尽”。在书中，我提到不少材料，像九店楚简《日书》，马王堆帛书《阴阳五行》、《刑德》等等，都是尚未发表，我们得耐心地等。一个星期前，我们把《包山楚简》等来了，但书已杀青，来不及把第四章第三节做重新修改。还有从趋势看，我们可以预料，这类古代的时髦读物今后还会不断发现。

(二) 本书涉及的问题太多太大，限于学力和精力，我不得不缩小讨论范围，重点放在早期。但情况很清楚，问题的线索，早晚是连在一起的。像敦煌古籍和传世文献，可以开掘的地方还很多，哪怕将来重点仍在早期，晚期的东西也得补课，绝不能以时间为断限，画地而自守。

（三）作为更重要的事情，是我们还应对数术方技与科学技术、古代思想和整个文明背景的总体联系做进一步探讨。例如中国的文字、冶金、琢玉、纺织、农艺、工艺、军事技术、天文历算、医药养生都很有特色，有各种交叉和复杂的派生物。在书中，我们已提到，阴阳五行学说和罗盘是派生于式占，而式占是派生于天文历算；周易哲学是来源于筮占，而筮占又来源于筹算；火药与炼丹服食有关，而炼丹服食又与防腐、琢玉、抽砂炼汞和金银冶炼有关；还有活字印刷是从青铜器的活字范铸（出现于西周晚期）、玺印、碑铭传拓受到启发，造纸是从漂絮受到启发，但在本书中我们还没有能力把握诸多现象的总体联系。

学然后知不足。我希望将来能有更多的时间读书，修订本书或写一本续作。

最后，本书可能会让某些读者感到失望。因为作者既不谙“功法”，书中也没有“带气”，简直无异于瘸子谈长跑，瞎子讲绘画。但本书重在历史事实，作为局外人，好处是可以平心静气讲点基本情况，供热心“功法”或不热心“功法”的朋友参考。像本书第六章讲行气、辟谷的关系和效验，我只能说马王堆帛书是这样讲，尊敬的葛洪老先生是这样讲，如此而已。如果有人说古人讲反了，讲错了，我只能说您功夫见长，他们没这个福气。另外，我想顺便说一句，尽管数术方技对中国文明的发展有过不可磨灭的贡献，但秦皇汉武寻仙而不至，唐代炼丹吃死不少皇帝，宋代兵败多因迷信式占，明末道士以媚药淫术惑主，皇帝也往往丧命，义和团的避兵术更挡不住洋枪洋炮。这些事实都是没法回避的。

1992年3月4日写于北京蓟门里

补记一

本书不断延期出版，使我有可能对它做一点修改。1993 年 2 月 2 日我在华盛顿写过一篇补记，列举了 1992 年新发表的有关材料和研究成果，今录之于下：

（一）与本书第一章第六节有关，王育成《含山玉龟及玉片八角形来源考》（《文物》1992 年 4 期）对含山玉龟与山东大汶口、江苏邳县刘林、上海崧泽等遗址出土的龟甲做了有趣的比较，指出二者的背甲穿孔非常相似。

（二）最近湖南出版社出版了傅举有、陈松长编著的《马王堆汉墓文物》（1992 年）。这一图录不仅印刷精美，还公布了许多未曾发表的马王堆帛书，如：（1）《社神图》（彩色，本书称为《避兵图》）；（2）《丧制图》（彩色，旧称《丧服图》）；（3）《周易系辞》（黑白）；（4）《刑德》乙篇（黑白，但图表部分另附彩色照片）；（5）隶书《阴阳五行》（黑白）；（6）《城邑图》（彩色）；（7）《卦象图》（彩色，旧称《符篆》）。这七种书，（1）（3）（4）（5）（7）皆与本书内容有关。其中（1），见第一章第九节讨论，原先只有字体很小的黑白照片和线图（后者不太准确），现在发表的是大幅彩版（已印入本书）；（3）是第四章第四节提到的未发表材料；（4）是第一章第四节提到的未发表材料；（5）是第一章第二节提到的未发表材料；（7）目前还无法断定其性质和用途（似乎既非卦象也非符箓），但大概也与数术有关。特别值得注意的是，《刑德》乙篇所附九宫图是以五行居五位，标注五帝，列丰隆、风伯、大音、雷公、雨师五神于八位，其中有“雷公”，或与雷公式有关；表是以六十个十二位图表示六十甲子的五位循环和十二位循环，用以推算刑德，也可与《禹藏图》相互参照。而隶书《阴阳五行》的附图以天一居中，旁列八宫和二十八种值神，也是一种与式法有关的九宫图。

（三）本书第三章第一节所述楚帛书的出土、收藏源流，很多细节都有待调查。这次我到美国，是应史密森学会邀请在赛克勒美术馆研究楚帛书，计划中就包括这方面的内容。现在已知，子弹库楚帛书也像马王堆帛书一样，不是一件，而是一批，内容主要是数术之书。这批书，除学者通常所说的楚帛书及其印痕，即所谓"第二帛书"外，还有一些是连同盛放帛书的竹笈保存于美国。另外近日，在商承祚先生的遗物中发现的一批同出的帛书残片，现在也已发表，见《文物》1992 年 11 期：商志䜌《论商承祚教授藏长沙子弹库楚国残帛书》、饶宗颐《长沙子弹库残帛文字小记》、李学勤《试论长沙子弹库楚帛书残片》；又《文物天地》1992 年 6 期：商志䜌《商承祚教授藏长沙子弹库楚帛书残片》。据初步调查，楚帛书入美是由柯强代蔡季襄在美摄影和求售。其早期照片虽出自弗利尔美术馆，但实际上从 1949 至 1964 年一直是由大都会博物馆代柯强保存，无人购买。详情，日后我还另有报道。

（四）与本书第一章第六、七节和第四章的讨论有关，我向读者推荐李学勤《周易经传溯源》（长春出版社 1992 年）一书。此书不仅讨论《周易》本身和它的研究，还颇涉及古代卜筮，对有关考古材料讨论十分详尽。特别是作者把殷墟四盘磨和小屯南地所出带数字卦的甲骨定为周人之物，并引金景芳先生说，认为马王堆和双古堆所出两种《周易》的卦爻都不是由数字构成，与本书观点不同，这些意见都很值得参考。

（五）本书"后记"提到的《包山楚简》（文物出版社 1991 年）在 1992 年已上市。此书所印简文中的占卜部分，我后来写有文章，将刊于 1993 年出版的《中国典籍与文化论丛》（中华书局 1993 年），题目是《包山楚简研究》（占卜类）。在目前所出的三批楚占卜简中，唯有包山简有完整材料公布，十分珍贵，此文可以补充我在第四章第三节中的论述。

另外，还应说明的是，本书第一章第九节中《避兵图》的释文，原先是据周世荣先生发表的照片、摹本，因字小难以辨认，有些无法定夺。1992年8月，因参加马王堆汉墓国际学术会议，我有幸获睹许多帛书原件，并蒙湖南省博物馆陈松长先生先后赐赠《马王堆汉墓帛画“太一将行图”浅论》(《美术史论》1992年3期）和《马王堆汉墓帛画“神祇图”辨正》(写于1992年10月，待刊）二文。这次看校，得据目验和参酌陈作，进行修正，谨向湖南省博物馆和陈松长先生表示谢意。又本书第二章第一节所列论式之作有所遗漏，查《文博》1989年6期载苌岚译日本学者成家彻郎《中国古代的占星术和古星盘》一文，已先我指出双古堆六壬式上的十二月与楚帛书十二神作用相似。还有我在长沙开会新认识的法国学者马克（Marc Kalinowski）也送我一本他用法文写成的论式之作，题目是：Les instruments astro-calende’rriques des Han et la me’Thode liu ren (登在“Bolletin de l’ E’ Cole Frasaise d’ Extre me—Orient”，LXX Ⅱ，Paris 1983，pp.309-416)。

现在，笔者的修改主要是：

第一，根据这次在美国调查的结果，对本书第三章第一节所述楚帛书的出土、收藏源流做了订正和补充。

第二，以现已发表的《包山楚简研究》(占卜类）一文代替了原来的第四章第三节。

第三，对本书的若干文字细节也做了若干修改，并调换了若干图版和插图。

另外，还应提到的是，这次回到北京，我又发现一些新的研究成果。如：(1）马继兴《马王堆古医书考释》(湖南科学技术出版社1992年)；(2）李家浩《论〈太一避兵图〉》(收入袁行霈主编的《国学研究》第一卷，北京大学出版社1993年)。马书是系统研究马王堆医书的一部重要专著，对本书下篇是重要参考。李文是与《考古》1991年10期发表的拙作《马王堆汉墓“神祇图”应属避兵图》进行商榷，对本书第一章第九节也有一定参考价值。不过，有一点我想向读者指出，即我研究这一问题还有另一篇文章《湖北荆门“兵避太岁”戈》，发表于《文物天地》1992年3期（我记得我已送给过这位李先生）。在前一篇文章中，我指出周世荣《马王堆汉墓的“神祇图”帛画》（《考古》1990年10期）一文所说的这幅“神祇图”性质应属避兵图，而不是表现“天神、地祇合一”。在后一篇文章中，我指出李学勤《“兵避太岁”戈新证》（《江汉考古》1991年10期）一文所说的“天一”其实仍应释为“太一”，戈援图像与上述帛画的图像其实是由“太一”和“天一三星”构成的“太一锋”。我自信这些论点至今无误，并且反映了研究的真正进展。至于李家浩先生提到的“方向”问题，我想并非如他所说已经无可讨论。其实，如果他能注意到我在后一篇文章中的论点（可惜他一个字也没提到这篇两年前就已发表的文章），他也许就不会这样武断了。因为“太一锋”既然是像北斗一样在“辰宿列张”的星宇中起着“指针”作用，那么正像北斗旋转没有固定指向一样，这种图本来是无所谓方向的。我在前一篇文章中讲的方向（当时我还没有意识到帛书图像就是“太一锋”）和李家浩文讲的方向，其实都是并不存在的。

1993年12月8日于北京蓟门里

补记二

俗话说：桃三杏四梨五年，枣树当年能卖钱。现在出学术书难，时间长如桃、杏、梨那是平平常常，甚至拖到“书生老去”，画了黑框也并不新鲜。要想“当年卖钱”，那恐怕得是畅销书。

我的书当然不是畅销书，但1992年初有位上海人民出版社的编辑来京约稿，竟看中此书，打了包票，说是半年之内见书。他对我的书这样看重，道别时自免不了千恩万谢。可是半年过去了，你猜怎么着？咦，竟是杳如黄鹤。急了，催问一许愿，再催问一再许愿，直至彻底消失。一拖就是好几个月。凭你怎么写信，就是不理，叫你没法不发火。发脾气在中国一般都没用，但怒火中烧，写封信，他居然出现，登门道歉，大呼“冤枉”，说是一向把我当“最好的朋友”，说是有种种“难言之隐”，弄得我都不好意思，反而安慰他，劝他“一洗了之”。

1992年年底，我终于拿到这本书的一校。这时编辑先生已调到另一家出版社。校样就是这家出版社所印。我呢，也在两天后飞往美国，去赛克勒/弗利尔美术馆研究楚帛书。他保证说这家出版社会印得更快更好，我抱着校样上飞机，也觉得曙光就在前头。

新的一年，上半年是在美国度过。12月30日到西雅图，天上地上，都是泡在校样里。1月9日到华盛顿，白天上班，晚上和周末也还是看校。整整花了一个多月，2月2日才校毕。为保险起见，我从公寓两次打电话到上海，希望寄回后尽快付印，对方说“放心放心”。然而6月30日回到北京，原来的经历又重演一遍，我又是听到“快了快了”、“马上马上”，又是万事俱备，就是没有东风。几十次电话打到家里，打到社里，打到他可能去的地方，发函，托人转告，人又失踪了。

又是一年将尽，百般无奈，最后我通知出版社，决定撤稿，坚决撤稿。我在与该社的通信中说：说话不算话，拿人不当人，此国之所以不昌也。希望大家都能吸取教训，不要事先乱许愿，事后乱道歉。

现在，本书能在北京由人民中国出版社以惊人的速度出版，是信誉和效率的体现。为此，我应向负责此书出版的韩勃先生表示深挚谢意。此外，虽然本书未能在上海顺利出版，我还是对曾经关心此书出版的上海人民出版社，以及朱维铮、庞朴和葛兆光三位先生铭感于心。

外面天很冷，但心里热乎乎。

1993 年 12 月 12 日于北京蓟门里

11 《中国方术概观》

北京：人民中国出版社，1993 年 12 月

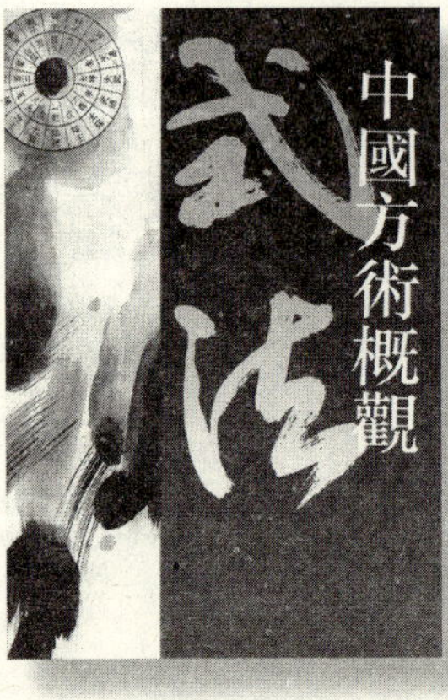

序　言

在浩如烟海、灿若星汉的中国典籍文化中，有一种书渊源最古老，流传最久长，历代都风靡朝野，深入人心，这就是我们称之为“方术”类的书籍。

中国古代方术是一种“Chaos”（混沌），其来源是世界各古老民族共尊共奉的原始信仰和原始习俗，还带有许多未经“凿破”的特点。古人的脑瓜是“一锅粥”，对听惯了“唯物唯心两军对战”、“科学迷信不共戴天”的我们来说，别说“去其糟粕，取其精华”太难，就是按现代概念分分类，又谈何容易？但这个领域，混沌也自有混沌的妙处，不仅研究宗教史、思想史和哲学史的人绕不开，就连讲科学技术史的人也得上这儿来淘金。其实作为史料，它们全都是宝贝。

“方术”也叫“数术方技”。“数术”（亦称“术数”）是以研究“大宇宙”（macro-cosmos），即“天道”或“天地之道”为主，内容涉

及天文、历法、算术、地理学、气象学等学科；而“方技”是以研究“小宇宙”（micro-cosmos），即“生命”（或“性命”）和“人道”为主，内容涉及医学、药剂学、性学、营养学，以及与药剂学有关的植物学、动物学、矿物学和化学等学科。按中国人自己的语汇，这种分门别类之学就是“科学”，其方其法、其技其术就是“技术”。古代的科技史料大多囊括其中。但另一方面，前者是以合天人、通古今的“预测学”，即占星候气、式占选择、龟卜筮占等占卜为特点；后者也是杂糅针药与巫诅禁咒（祝由）。它们的体系又充满了神秘主义。

古代数术多由祝宗卜史执掌，方技亦有宫廷内官典守，历秦火不焚，迄汉而大盛。司马迁之《史记》有《日者》、《龟策》和《扁鹊仓公》三传述其学，班固之《汉志》亦以《数术》、《方技》二略录其籍。后者分数术为天文（包括占星候气）、历谱（历法算术）、五行（式法、择日等术）、蓍龟（龟卜筮占）、杂占（占梦、厌劾、祠禳等杂术）、形法（相术）六类，别方技为医经（医学理论）、经方（医方）、房中、神仙（与求仙有关的服食、行气和导引等术）四门，创通义例，为历代史志所祖，条理最为清晰。而《后汉书·方术列传》则为我们介绍了一大批今之所谓“特异功能者”和“气功高手”的老前辈（而且和今天一样，也是真真假假、虚虚实实），涉及方术有风角、遁甲、七政、元气、六日七分、逢占、日者、挺专、须臾、孤虚、望云省气、推处妖祥、方药、针术、导引、房中、服食和各种幻术。魏晋时期，葛洪的《抱朴子·遐览》也著录了不少道教经典中的这种书籍，可惜的是这些较早的方术典籍大多已亡逸。

隋唐以来的方术书，其分类与早期有许多不同，而且是不断变化。数术类中，天文历算渐渐与各种占卜分开，后者被归入“五行”类；方技类，则一律归入“医书”，不再细分为房中、神仙等类。细目也明显增多。各代除史志著录的官方庋藏，道教和民间系统的流传也很重要。如宋以来的《道藏》即广收方术之书，这种传统是从汉末魏晋以来就如此。而民间也是自古就有闾巷卖卜和江湖行医。

在科学昌明之今日，方术似已退隐而沦为“边缘文化”。如中国农村，起盖嫁娶、求子送葬，至今仍保留着各种诹吉卜凶的陋习，港台等地也是迷信成风。而相反，在中国大陆，尤其是在“文化人”当中，懂得这类东西的则已微乎其微。但即使在今天，方术也还有它重要的历史文化价值。正如许多国内外学者所指出，世界各大文明之形成其独特的内心理解，大抵都与他们对“天地神人”关系的古老思考有关。中国人要想全面了解自己的传统，离开了这一点还真不行。

由于对中国文化的这一方面，现在大家都很陌生，觉得好奇和神秘，即使是热衷取用的“练功家”也未必识其典要，我们应人民中国出版社之约，特意从这类典籍中选取年代较早、影响较大的文献，延请从事各有关门类研究的专家学者点校整理，编印了这一丛书。其取材范围不仅包括《道藏》等传世文献，还收入了历年出土发现的竹简帛书和敦煌遗书中的有关材料，使我们能溯源而下，弄清它的基本脉络。

这里应当说明的是，由于过去学者对方术中的科技资料注意较多，而对与之为“连体婴”的各种占卜祠禳、巫诅禁咒缺乏了解，所以本书不包括许多专门的天文历算之书和医学药剂之书，而只侧重于后一类材料的收集。这并不表明我们对“迷信”有更多偏爱。另外，上面已说，古代数术方技的分类极不统一，这里我们采用的分类是以《汉志》的分类为主，并参考了其他历代史志的著录。其各类的分类范围，请看各卷的《概述》。

我们希望此书的出版能为关心热爱和立志钻研中国传统文化的广大读者提供一点基本素材。由于事属草创，时间仓促，工作量大，难免会有许多疏失遗漏和错误，我们非常欢迎读者的批评指正。

编　者

1992 年 12 月 22 日

《〈孙子〉古本研究》 12

北京：北京大学出版社，1995年7月

自 序

我是从研究银雀山汉简《孙子兵法》走上学术研究这条道的。虽然现在我的研究兴趣早已转到其他方面，但我是从这本书才学到研究整理古籍的一些基本方法，特别是以出土文献与传世文献相互印证的研究方法，这对我后来的研究非常有用。

研究《孙子》，我个人曾有过一段盲目的摸索。早在中学时代我就迷上这书，喜欢它言简意赅，富于哲理。但那时我读毛泽东的军事著作，读军事院校的教材，读杨炳安先生的《孙子集校》（中华书局1959年）和郭化若将军的《今译新编〈孙子兵法〉》（中华书局1962年），满脑子全是投笔从戎的幻想，还根本不知文献考据为何物。

中学毕业，1968至1975年，我在内蒙、山西插了七年队，也读了不少书。在那个“火红的年代”，当兵最高贵，咱们没份，读《孙子》当然“无用武之地”。老乡自称“受苦人”，羡慕工人能停产武斗，劳改犯还吃供应，非说他们是最下一等。我们受他们“再教育”，地位更低。寂寞如山，毫无指望，使我习惯于漫无目的地读书。那时我常读的一本书是《十一家注孙子》。因为缺乏必要的参考书，免不了济之以胡思乱想。我的那些思路和杨、郭等前辈是很相似的。

1974 年回北京，偶尔在街上买到一本《文物》杂志，从中得知山东临沂银雀山出土了大批汉简，内有《孙子兵法》、《孙膑兵法》等书，我很兴奋。因为多年以来，我从杨氏和郭氏之书间接接受的是宋明武学教本的影响（虽然那时我还根本没有读过刘寅、赵本学的书），喜欢直接读白文，喜欢分析全书章句的逻辑关系，甚至遇不能文通字顺处，敢于“下毒手”，大刀阔斧地删改移易。这种研究方法对不对？那时我觉得有了一个检验的机会。为了研究这一新材料，我开始从基础材料摸起，务做一网打尽的搜集。1975 年冬天，特别是 1976 年彻底回到北京后，由程德清先生介绍，我在首都图书馆泡过很长一阵儿，也跑过两三次北京大学图书馆。通过陆达节的《孙子考》一类书，一本本摸，我才初窥门径。本书的很多资料就是在这一时期整理的。通过摸索我发现，与通常的印象相反，宋明以来研究《孙子》的书虽多，但多数都是为军人“急用先学，立竿见影”而设计的高头讲章，从文献整理的角度看，大多没有什么价值。他们的研究方法也很不可取，验之简本发现，很多校改和解释都是错误的。在我看来，银雀山汉简的发现有个重要意义，就是它对我所受到的那种影响，即宋明以来的武学传统是个很大的挑战。今后的古书研究，出土文献、古书引文和今本“三结合”将是新方向。即使“三缺一”，后两项总是需要兼顾的。

1977 年，经刘仰峤先生介绍，我以研究银雀山汉简的文章投谒夏鼐先生，不但与银雀山汉简整理组取得联系，还得入中国社会科学院考古研究所参加金文资料的整理，从此与“古”字（考古、古文字、古文献、古代史）结下不解之缘。这是我走上学术道路之始。

从70年代末到现在，我除到北京图书馆善本室摸过底之外，没有更多地做基础资料的整理，主要是“吃老本”。在这段时间里，我写过十篇研究《孙子兵法》的文章和两本校释《孙子兵法》的专书。[1]这些作品，文章皆已收入本书，书只有比较简略的一种已出版，另一种发稿多年还在中华书局等着排队下厂。两书都是以我对《孙子》古本资料的整理为基础。搞学术研究，有一点我很欣赏已故学者陈梦家，他研究什么问题都先占领比较完整的一个面，对资料总是细道原委，务使读者一览无余，[2]很少登高去梯，令人无法追随。所以除奉献自己多年探索的结果之外，我一直希望把自己的“老底”也和盘托出，便于读者检验这些结果，也便于读者做进一步研究。

这次由北京大学出版社出版我的小书，是一次非常难得的机会。我很感谢推荐此书出版的袁行霈先生、孙玉石先生和百忙之中带病通阅全书的高明先生。另外，在写最初几篇讨论简本《孙子兵法》文章的过程中，我曾得到齐思和、俞伟超、李学勤、裘锡圭等先生的指点和帮助。在《孙子》字数的统计上，我也得到过天津刘春生先生的纠正。这里我也要向他们表示深挚的谢意。

1992年10月4日写于北京蓟门里寓所

---

〔1〕 这两种书是：(1)《吴孙子发微》，将由中华书局出版；(2)《孙子兵法译注》，收入河北人民出版社1991年出版的《兵家宝鉴》一书。本书《读〈孙子〉札记》一文对二书有个别修正。另外，1991年巴蜀书社还出版了一本我的《孙子兵法注译》一书。此书书影和附录非出我手，内容亦经删改，不值一读。

〔2〕 陈先生的书比较接近现代学术出版物的规范，故西方学者最为看好。

13 《放虎归山》

沈阳：辽宁教育出版社，1996年8月

放虎归山（代序）

读书有趣，读闲书更有趣。尤其是茶余饭后，枕边厕上，一边咀嚼文字，一边品味人生，那才叫莫大享受。然而可笑的是，我虽坐拥书城，手不释卷，却少有时间，难得轻松，枉担着一个“读书人”之名，多少年下来，从头到尾看完的书几乎没有几本。一次性消费，最容易被朋友借走的书当然早就不买。比较有趣，准备将来一定要读的书也束之高阁，只有节衣缩食换作“吃饭家伙”的大部头，沉甸甸压满书架，供我爬高上低，东一本西一本，此一页彼一页，翻来查去，点缀于刻意求深的学术论文之中。时间长了，我自己都糊涂，不知书读我还是我读书，好像庄生梦蝶一样。

为写作特别是为了做学问而写作，去读书或不如说查书，当然是很严肃、很艰苦，因而也很悲壮的事情。这就像职业运动员为了那些宝贵的一厘米、一秒钟，同如云的强手搏斗，跟生命的极限较劲，流血流汗，浑身伤残，无论捧杯而还还是抱恨而归，都免不了大哭一场，让我们这些观众也跟着掉泪。可是话说回来，运动员既奉健身为宗旨，为全民树榜样，结果拖个病身子回来，却也不无讽刺。大家都说体育的精神是“贵在参与”，然而真正的体育精神在哪儿？我看还是在那些每天早上，花间林下，抻胳膊踹腿，摇脖子晃脑袋，从来也不知冠军为何物的人当中。同样，我相信，真正的读书大概也在于忘掉学术。为此，我很怀念过去的读书生活——插队时候的读书生活。

因为梦想有一天能摆脱学术，自由自在地读书，东拉西扯地聊天（口谈或笔谈），我常常会想起一个词，这就是“放虎归山”。

提起老虎，谁都知道，这是一种与猫相像而极为凶残的食肉猛兽。俗话说“人无伤虎意，虎有害人心”。“放虎归山”本来并不是好词，那意思常常是说把穷凶极恶的歹徒放回匪巢，让他继续干坏事，可是近来由于动物保护主义者的平反昭雪，老虎的形象已大为改观。

中国的老虎有三种：一种是东北虎，高大而皮毛美丽，据说与俄罗斯的乌苏里虎同种；一种是华南虎，与华南人一样，比较矮小；还有一种是西藏的虎，我从未见过，只是听从西藏回来的朋友说是与南亚的孟加拉虎为一家。记得小时候，人们总是说华南虎多而东北虎少，所以我老是爱到动物园去看东北虎，对于华南虎不甚珍惜。但现在噩耗传来，情况却是：东北虎虽濒于灭绝，但尚未死光；相反，真正绝种（在野外绝种）的倒是华南虎。中国人多，而华南尤多，如水潦尘埃归焉，此虎之所以亡也。即此一端已足证明，“人无伤虎意，虎有害人心”，乃是人类的颠倒黑白。

人类对老虎的偏见，在他们对整个动物界的偏见中只是一个小小的例子，在某种程度上，也可视为其圈子内部各种偏见的象征。例如前一阵儿，学界为“东方主义”起争论，有些后现代的批评家把张艺谋的电影斥为“后殖民主义”，视外国的各种大奖如圈套，而反诘者则讥刺对方是堕入被批评者的话语，建议大家“各挖祖坟”。他们所说的各种文化的自我中心主义或他们对其他文化的歧视与偏见（无论自觉还是不自觉），若比起他们对动物的偏见来，那简直是“小巫见大巫”。我们不但不知道也不想知道动物自身的善恶美丑，还按我们的想象给他们乱派角色，什么蝴蝶漂亮，孔雀美丽，猴子聪明，狐狸狡诈，蛇蝎狠毒，虎狼凶残，猪驴蠢笨，牛马勤劳，甚至就连猫狗都有忠奸。我们从小就受童话洗脑，对这一套早已心安理得，态度之蛮横超过最老牌的帝国主义。我怀疑，人类对同类的歧视，所谓“非我族类，其心必异”，一定要把对方置于“禽兽”或“畜生”的地位（“亚圣”孟子已用这样的话骂人），恐怕正是此类偏见的推广。

现在华南虎死光也就死光了，要紧的是赶紧抢救东北虎。我听说这种独行侠似的猛兽，不但择偶不易，交配也难，为了让它们有足够的种群数量，不致因近亲交配发生退化，最好还是把它们集中饲养。但也有另一种意见是主张把它们放归山林，以免胡吃闷睡，娇惯坏了，“养虎不成反类猫”，失去虎之为虎的天性。最近，有位帮世界动物保护组织做事的朋友从东北回来，听说一件怪事：在某动物园，为了拍电影，有人拿活鹿饲虎，鹿见虎直哆嗦是不用说了，奇怪的是，虎见了鹿也纳闷，跟着哆嗦。对养虎，咱们是外行，耳食之余不能赞一辞。但愚见以为，假如没有人类猎杀的危险和交配上的困难，“放虎归山”才是真正的上策（和“驯化”相反，专门术语叫“野化”）。

记得二十年前，每当我乘103路无轨电车经过沙滩、美术馆和灯市口，我都会对这个现在我极为熟悉的“金三角”感到神秘莫测、肃然起敬，因为国家文物局、社科院考古所和中华书局正坐落在那里。大概不会有人知道，我第一次踏进这些破旧建筑的门槛，是怎样热血上涌，怦然心动。然而现在，当我在学术的殿堂中流过很多汗也洒过很多泪，困倦不堪，敬意全失，黄泥小屋，一盏青灯，过去读书的情景又会一次次浮现于梦中：

尽管那时的书很杂也很俗，人很年轻也很幼稚，我一心想做一个学者，但毕竟不是一个学者。

1995 年 7 月 27 日写于美国西雅图

后 记

今年暑假，我到美国西雅图探亲。行前脉望要我编个杂文集出来，翻箱倒柜，发现存货太少，只好利用这个假期凑点东西出来。走前拉了一个清单，每天写一点，最后还是有几篇没写出来。已经写好的和过去发表的加起来仍然数量可怜。

本集所收，大部分是和“书”有关，没书当然写不出来。走前带了几本书，以便在这儿一边读一边写。可是真一动手，我才发现书还是不够用，幸亏李晓晖、戴莹琮夫妇帮我查书、借书，才不断化险为夷。我得向他们两位表示感谢。

写这类东西，我一点不懂行，只是怎么想就怎么说，难免露出俗气，大失学者水准，甚至得罪了什么人也不一定，远不像写我的学术论文可以胜任愉快又能避免是非。但我想既然是业余读者，咱们也不必装模作样，我在集中所议很多都是俗书，所说很多都是俗话，离自己的专业十万八千里。

写到这里，我儿子正在旁边试他的扩音器，他在身后窥看，突然大喊（以挖苦的口吻）：“此言极是，此乃俗人俗话写俗书，江山易改，本性难移。”在他眼中，我不是一大俗人还能是什么呢？还有几个小时就要上飞机，写这几句话，算作结尾吧。

1995年9月15日于美国西雅图

附：

吃苍蝇

对作者来说，出书本是一大快事。多少年呕心沥血，就盼着这一天。但假如这书印出来，封面装帧倒是漂漂亮亮，白纸黑字也喷着油墨之香，然而定睛一看，却是错字连篇，你该作何感想？

现在错字多，多到“无错不成书”，原因何在？如果泛泛而论，好像作者、录入员（过去是铅排工人）、校对和编辑都有责任，在错误面前人人平等。可实际上不管错误由谁造成，真正担负责任的还是作者。因为一书在手，读者首先瞅见的毕竟是作者的名字。对于作者来说，如果稿子本身就有错，或者在看校上有疏忽，读者骂起来倒也罪有应得，但如果不是因作者本身的原因而是其他的各种胡来而造成，你也得代人受过，那真是冤哉枉也。

在作者以外的三个环节中，录入方面的错误倒是比较简单，原因没有别的，就是不用心。本来照理说，“古有毕升，今有方正”，电脑用于印刷是一场革命，但可惜的是“电脑发达，人脑退化”，现在要说错字率，不用说比五十年代或解放前，就是比宋元明清都是倒退。毕升时代的刻书匠，字得一个一个刻（雕版）或一个一个排（活字），反而没法胡来。现在的录入员，字倒是打得飞快，简直就像撒豆成兵，神得很。但她们把心省了，只管出字，不管对错（标点、难字更是随便乱安），可就苦了校对、编辑和作者。每遍看校都得全面覆核原稿（特别是标点），旧错刚去，新错又来，三校下来，把你搅得天昏地暗。如果大家都被这种疲劳战术搅烦了，认为反正还有作者在后面把关，校对和编辑都草草了事，或者相反，只过一下前两道手，干脆不让作者看校（如果作者与出版社不在一地，这是常有的事），不出错你还等什么。特别是现在的很多录入员文化素质太差，有些农村来的小姑娘，保姆当腻了，就改学电脑（教电脑打字的训练班到处都是，很多大出版社也雇佣这类个体录入员），不用说很多难字、繁体字和异体字不认识，就是很多相当容易的字也不认识。那真是名副其实的“盲打”。况且电脑又是个死心眼，现在要是错起来，那可是匪夷所思，绝不像古书中的错字，还能让你猜出个究竟。因此有不少作者都已痛下决心，只要出版社同意，他们宁肯自己录入，交盘代稿。

不过，录入或校对方面的代人受过，对作者来说还不是最窝心的事情。我以为更可怕的恐怕倒是编辑（特别是那种过于热心而又自以为是的编辑）的乱改和不负责（这也是属于“不怕外行怕内行”）。空口无凭，还是举几个例子吧：

（一）《中国古代房内考》（李零、郭小惠等译，上海人民出版社1990年）。此书能够在上海顺利出版是我应该感谢上海人民出版社及其责编的，因为出这样的书在当时是要有一点魄力的，而且以当时的印刷水平讲，咱们应当说，那书还是印得很漂亮也很豪华。特别是陶雪华先生设计的封面，我很喜欢。但遗憾的是这书的错字也真不少，不但让读者犯晕，也让作者添堵。比如书中把“那话”印成“那活”，这样的“手民之误”就有很多。虽然熟悉《金瓶梅》的读者大概都能猜出其正字，但最近我才知道，有人已经拿它当了根据。这就像有人引《废都》为经，一定要把本来不错的“玉麈”改成“玉尘”一样，实在可笑（这是从美国的电脑网络上发现）。但这书最荒唐的一个地方恐怕还不在这里，而是责编竟不知“图版”为何物，[1]一定要费心地把书中的一大堆“图版”统统都改成“版图”。此书是我1989至1990年出国访问期间所印。走前我曾叮嘱责编，请他出校一定寄我，他满口答应。但回国以后才知木已成舟。感谢之余，我婉转地说，“假如”没有这些“小错微误”，“或者”我能得到校样，那就“更加完美”了，然后试探着问他有没有一点补救措施。他说，我怎么记得“图版”好像也可以写作“版图”，比如港台似乎就有这种用法；至于看校吗，我们社中有规定，译作可以不让作者看校；如果你要修改，只能等加印时再说，并且千万不要动版面。现在这书的加印本虽然改了一些错，但仍有一些“版图”没有改过来。而书摊上充斥的这书又几乎全是盗印本（据责编说，凡减价两元的平装本都是盗印本）。我在书摊上对了一下，盗印本所据就是错字很多的初印本（初印本的判断标志是连扉页上的英文原名都印错了）。可见真是“流毒全国”。再后来，上海人民出版社又把此书转让版权给台湾的桂冠出版公司，说是可以做进一步修改。我于是又吭哧吭哧一翻，把改过的本子寄去，以为这回总算有了出头之日。谁知“本是同根生”的海峡那边和我们太多相似，他们虽然改了一些旧错，但新错增加更多（主要是错字和丢字落句），有不少让人不忍卒读的地方。原图版后随便加上的两幅图（显然取自《秘戏图考》，但无任何说明），也是莫名其妙。

（二）《〈孙子兵法〉注译》（收入《古代名著选译丛书》，巴蜀书社，1991年）。关于《孙子兵法》，在此之前，我写过两本书，一本

---

〔1〕 对研究考古文物或艺术的人来说，这是一种常识。图版是图录或书籍中附于书后或书前（国外的书多附于书后）的比较考究的图（英文作plate或缩写为PL），而有别于插附文中的插图（多为线图，英文作figure或缩写为fig）。这和表示“国家疆域”的“版图”完全是两码事。《现代汉语词典》对“图版”一词的解释是：“一种印刷版，主要用于印制照相图片、插图或表格，用铜、锌等金属制成。”这个解释只讲了其制版工艺的含义，而没有提到它在生活中的实际用法，似为不足。

是给中华书局，叫《吴孙子发微》（待出）；一本是给河北人民出版社，叫《〈孙子兵法〉译注》（收入《兵家宝鉴》，已经出版）。我觉得已经写得太多，本不想写，但这是所里派的任务，不好拒绝，所以也就硬着头皮写。写时我还自我安慰：这次能出本通俗小书也好，既然写，就把它写好。但该书出版后，我发现，它有很多地方都被改写。其中有些话我从来不会讲，比如像“朴素的唯物主义和辩证法”（相反，在我的文章中，我倒是讲过，尽管学者都说《孙子》有这些伟大思想，但书中仍有兵阴阳说）；并且我历来反对改原文，而此书却把原文改掉；有些原文、注释和译文也自相矛盾，或者缺胳膊短腿。这些都是让我很难受的地方。但在这本书中，更让我奇怪的还不是这些地方，而是它的书影和附录。我想凡是真正研究《孙子兵法》的人一看就知道，它显然是出自文物出版社早先出版的线装大字本《银雀山汉墓竹简》〔壹〕。看来编者并不知道银雀山汉简共出过三个本子，这是其中出版最早现已过时的本子。此书不仅附录的简文是已被淘汰的老释文，而且书影还是张冠李戴，不但与《孙子兵法》无关，而且就连《孙膑兵法》也不是。读者读这样的书该怎样理解呢？他会说这不是李零搞出来的吗？不会。他们只能说，李零还一天到晚研究银雀山汉简呢，连起码常识都没有，你说冤不冤？这次“木已成舟”，我也没辙。接到样书后，我左思右想，斟酌词句，给出版社和编委会各去一信，婉言说明我并非同哪一位找茬，只是觉得以此贻误读者，实在于心不安，如果能补救于万一，最好是将此书停售或改版另出，稿费我可如数奉还。后来呢，好像是当事者皆大生气，谓我不懂中国国情，不了了之。万般无奈之下，我只好在自己的书中向读者做“反广告”，说此书不值一读，大家千万别上当。

（三）《中国方术考》（人民中国出版社，1993 年）。此书的出版颇费周折，其中的各种怪事，我在《补记二》中已隐略提到。还有一些怪事是现在才明白。这书从上海转到北京，总算出版，是我感到欣慰的事情，但这书的错误也很多，一是把其中的一幅图版印倒（图版六），二是有两张插图（图7和图55）印得模糊不清，三是错字很多（三十九处文字误录，十八处造字编码错误，五十一处其他错误）。[1] 其中的图版六，责编说“好像也有这种印法”。而错字呢，就更奇怪，据说软片上还好好的，一出来就错了。责编说，大家都讲，你这书总排总错，大概全是让你这书给“方”的——谁让你这书是讲“中国古代方术”的呢？作为补救办法，我请他们印个《勘误表》，他们虚与委蛇，一拖再拖，最后等我说出绝情话，才总算送来一叠复印件，但书店中的书真的有没有，我很怀疑。类似的情况，在这一出版社出版的我和刘乐贤主编的《中国方术概观》，以及我主编的《中国兵书名著今译》一书中也比比皆是。

另外，尽管先儒有“君子不言利”的明训，我还想顺便说两句。上面提到的《中国古代房内考》和《中国方术考》，很多读者都认为是畅销书，我已经赚了很多钱。然而真相却是：前书，出版社只付二十四元的千字稿酬给四位译者（据责编说，这是当时最高的译作稿酬了）；台湾版，我们也只得到八百六十四美元。而后书就更低，尽管他们许下许多愿，从书的质量到钱，同意先印一万册，给我百分之十的印数稿酬，但实际上呢，最后付我只有八千四百元，合千字稿酬也就二十三元多——因为，他们说，他们只印了五千册（书后并无印数），书卖不出去，都砸手里了。

大概是因为我对自己已经出版的书老是不满意（不仅是上面这几本，其他书也有许多不能如意的地方），显得牢骚太盛，最近从美国回来的叶娃给我讲了他爸爸即叶笃庄先生的另一个“吃苍蝇”故

---

〔1〕不过，在最后的五十一条中，也包括几条我后来的追改。

事。她说叶先生一辈子研究达尔文，五十年代曾被打成右派。当时有一个自己明明不学无术的家伙斗叶先生斗的好凶。他非说叶先生不学无术，愣是把“人人都知道的著名植物学家达尔文”说成是什么“博物学家”（此人大概以为“博物学”就是“博物馆学”，或者是把“博”字当成了“植”字的错字吧）。为了这事，多少年来，叶先生一提起它就伤心不已。最近，经多方努力，叶先生积一生心血毕其译事的中文版《达尔文全集》即将由科学出版社出版，老先生高兴的不得了（前不久因为担心见不到这书的最后出版，他都吐血住了院）。但是第一卷印出来，他才发现：

他笔下的所有“博物学家”又一次变成了“植物学家”。

听了叶娃的故事，我不禁有点惭愧：因为比起叶先生来，我是幸运多了。

1995年8月8日写于美国西雅图

【补记】

刚刚收到《中国汉字文化大观》（北京大学出版社，1995年）一书，发现我所撰写的《汉字与音乐、舞蹈》节（149－155页），其中154页有“‘美’，甲骨文多作　形（案：空着的字系漏刻），有的学者以为像头部饰物舞蹈”一句，这句话非我所写，插图也往往不是我所开列的插图。立此存照。

前两天看张政烺先生，说起如今的“无错不成书”，他说作者要向读者负责，编辑要向作者负责，各有各的责任；编辑不应替作者乱改，乱加就更不允许，那是犯罪。我也说鉴于新形势下的新特点（电脑录入和编辑好事），今后恐怕得有新的校勘学和辨伪学。

14 《吴孙子发微》

北京：中华书局，1997年6月

导 言

《孙子兵法》与先秦兵学

中国古代典籍浩如烟海，但像《孙子兵法》这样享誉世界，留下永久魅力的书却恐怕不多。国外有些军事学家对《孙子兵法》推崇备至，例如英国战略家哈特（B. H. Liddell Hart）就认为它不仅在思想深度上超过了一向为西方称道的近代著名军事学家克劳塞维茨，而且其重要性随着毁灭性核武器的发展正显得日益突出[1]。有些企业家和商人也很懂得"活学活用"，竟直接搬用《孙子兵法》来管理工人，做生意——如同在战场上作战一样。其评价之高有时连我们自己也感到惊讶。

《孙子兵法》十三篇只有"五千言"（今本约6000字），但令人回味无穷。大概它也像许多古典名作一样具有一种诱惑人类想象的

〔1〕 见格利菲斯（Samuel B. Griffith）《孙子兵法》英译本（牛津大学出版社1963年）前言。

“朦胧美”吧？年代愈久，人们的发现也愈多愈奇，然而自历史文献学的角度，我们却不能把它视为没有“达诂”的诗作，而只能提出这样的要求，即从一定的历史背景去认识它的本来面目。

所以，这里我们打算谈谈《孙子兵法》与先秦兵学的关系，并通过这种说明指出其思想内容的基本特点。

一　从“兵家出于古司马之职”说起

《孙子兵法》是古兵家言。兵家的起源是个值得注意的问题。

研究先秦兵学源流，现在只能从《汉书·艺文志·兵书略》向上追溯。人们读《兵书略》后面的序，大概都会注意到“兵家者，盖出古司马之职”这一说法。

“兵家者，盖出古司马之职”，这一说法出自刘向、刘歆父子的“诸子出于王官”说。该说认为，古代学在官府，春秋战国始散出为私学：儒家出于司徒之官（掌户籍与授田），道家出于史官（掌记录史事和保管档案），阴阳家出于羲和之官（掌观象授时），法家出于理官（掌刑狱），名家出于礼官（掌仪节），墨家出于清庙之守（掌守宗庙），纵横家出于行人之官（掌使节往来），杂家出于议官（掌谏议），农家出于农稷之官（掌农事），小说家出于稗官（一种小官），每一家都出于“王官之一守”。兵家和数术、方技之学也都如此。

关于此种“诸子出于王官”说，过去批评者很多。现在看来，此说虽有缺点，但还不能全盘抹杀，要做具体分析。我们认为，从总的来源讲，古代各种文化知识最初都是掌握在官府之中，同各种官守之职的实践活动相联，带有实用性质，春秋战国时期的私学是在这类知识的基础上发展起来的。但至于其具体来源，即某家是否一定出于某官，则是可以商讨的。这里刘氏父子的讲法有一个大毛病，就是没有把“学派”和“学科”两个性质不同的概念区别开来。比如他们所定的“九流十家”，其中汉初司马谈所定的儒、道、阴阳、法、名、墨六家，主要是学派而不是学科（但阴阳家带有一定的学科性质）；刘氏父子增出的纵横、杂、农、小说四家，纵横家带有职业性，但既不是学派也不是学科（“纵横”是战国才有的概念，与行人之职无关），农是学科，杂和小说则是无可归属的两类。还有兵家和数术、方技之学，它们都不是学派而是学科。学科和学派有很大不同，学科是以职业为依托，来源比较单纯，而学派则带有“自由学术”的性质，与职业联系较弱，源流曲折多变。所以我们的基本看法是，儒、道、阴阳、法、名、墨六家大多难以肯定直接出于某官，但说农家出于农稷之官（掌农事），兵家出于古司马之职（掌军事），数术之学出于明堂、羲和、史卜之职（掌天文、历法、卜筮等），方技之学出于古代医药卫生的研究，则都是有相当道理的。

“兵家出于古司马之职”，这点可从今本《司马法》及其佚文得到证明。《司马法》，据《史记·司马穰苴列传》是齐威王命大夫追论古代的司马法而附田穰苴的兵法于其中，号称《司马穰苴兵法》。司马法是古司马执掌的军法，田穰苴也是以军法严明而著称。古代军法亦称军礼，《汉书·艺文志》入《司马法》于《六艺略》礼类（《七略》收在《兵书略》中），题作《军礼司马法》，有一百五十五篇之多，今本只有五篇，显然是经后人删节，佚文见于古书征引，数量很多。

归纳今本《司马法》和《司马法》佚文的内容，我们可以看出：

（一）它是以追述古代军礼为主，所述往往与《左传》等古书所记春秋时期尚存的古军制、古战法相合，特点比较原始；

（二）其内容主要包括古代的畿服制度（国土区划）、军赋制度（兵员的征集和车马、兵甲、粮秣的装备）、军队编制、官吏设置、队列训练，以及旌旗、徽章、鼓铎的使用规定（佚文偏重这一方面）；

（三）它也提到某些作战方法，并包括其他一些议论（今本偏重这一方面）。

古代的司马之职都包括哪些内容？现存《周礼·夏官·大司马》可供参考。它们主要是：

（一）出兵征讨的名义规定（“九伐之法”）；

（二）畿服制度（“九畿之籍”）；

（三）军赋制度（“令赋，以地与民制之……”）；

（四）春、夏、秋、冬四季以田猎形式教练战法（陈师部列，坐作进退等）。

这些内容与《司马法》非常接近。它说明古代军事学的研究最初是在职业性知识的基础上发展起来的。它的核心内容是围绕着有关组织军队和训练军队的一系列实践问题。

二　作为“战争艺术”的兵法是怎样形成的？兵法与军法的区别

《孙子》在古代一向是被称作《孙子兵法》，特别是汉代人引用《孙子兵法》，往往把“孙子”二字略去，径直称为《兵法》（如《史记》所引）。从古代兵书中不难看出，“兵法”就是“用兵之法”的省略。它强调的是“运用”的概念，古人也叫“运用之妙”。西方语言中相当于这个概念的词是“战争艺术”（art of war）或“军事艺术”（art of military），例如许多《孙子兵法》国外译本的题目往往就是这样翻译的。

作为“战争艺术”或“军事艺术”的兵法这个概念很重要。克劳塞维茨在其《战争论》一书中曾指出，军事艺术有狭义和广义之分，“狭义的军事艺术就是在斗争中运用现成手段的艺术，称为作战方法最为恰当；广义的军事艺术当然还包括一切为战争而存在的活动，也就是包括建立军队的全部工作——征募兵员、装备军队和训练军队”。军事艺术虽然最初往往被理解为后者，但真正可以称之为战略和战术的思想却只是属于狭义的军事艺术[1]。这种区分对于判断先秦兵学的成熟性很有用。我们认为，我国先秦兵学的“兵法”一词在概念上大体相当于上述狭义的军事艺术，但它也同样是以征集兵员、装备军队和训练军队为前提，是从后者发展而来。

在中国古代，以征募兵员、装备军队和训练军队为主要内容的各种条例规定在习惯上是叫“军法”或“军令”。这种“军法”或“军令”可以追溯到很早。例如我们曾指出，《左传》僖公二十八年和宣公十二年引用的《军志》、《令典》和《孙子·军争》引用的《军政》应当就是古代军法、军令的遗文。上述《司马法》所述司马之法也是古代军法。[2]

汉代的军法，史载是由韩信所定，现在只有少数佚文保存下来。[3] 近年来通过对大通上孙家寨汉简军令文书的比较研究，我们可以看出汉代军法、军令大致包括以下内容：

（一）从军服役的规定；

（二）军队编制与官吏设置；

（三）队列训练（阵法）及各种爵赏诛罚的规定；

（四）各种指挥联络工具，如旌旗、徽章、鼓铎的设置。

这些内容与古代军礼、军法的内容可以说是一脉相承。[4] 汉以后，魏、晋时期的军法、军令也有佚文保存。它说明，军法、军令在中国古代是自成系统、流传有序的东西。[5]

---

〔1〕 克劳塞维茨《战争论》第一卷，101—110页，商务印书馆1978年7月。

〔2〕 李零《青海大通县上孙家寨汉简性质小议》，《考古》1983年6期。

〔3〕 程叔德《九朝律考》，中华书局1968年5月。又沈家本《历代刑法考》，中华书局1985年12月。

〔4〕 李零《青海大通县上孙家寨汉简性质小议》，《考古》1983年6期。

〔5〕 程叔德《九朝律考》，中华书局1968年5月。又沈家本《历代刑法考》，中华书局1985年12月。

归纳古代军法、军令的内容，我们可以看出，它们主要包括两项内容。一项内容是以军赋制度为中心，例如《国语·齐语》所记管仲“作内政而寄军令”就属于这种性质。它牵涉到国土规划、土地制度和户籍制度，所以《周礼·夏官·大司马》在讲述军赋制度之前，先要讲畿服制度，《商君书》的《算地》和《徕民》两篇记古代出卒之法，也是包括在“先王制土分民之律”当中。另一项内容则主要与军队训练有关，其训练内容除见于《司马法》和《周礼·夏官·大司马》外，在《左传》等书所见古代搜狩校阅的活动中也有不少反映。前一项内容大致相当现代的兵役法，后一项内容大致相当于现代的教令或操典。

兵法是从军法当中产生，但兵法从军法当中分离出来而获得独立发展，这并不是一件容易的事情。古代战法是以兵车对战的方式进行，相当原始和简单，讲究“成列而鼓”(《司马法·仁本》)，主要靠实力和勇气取胜，所谓“权无所施”、“成败决于志力”(《左传》庄公十一年“皆陈曰战”注疏)。其核心内容是以坐作进退等一套单兵动作为基础的队形训练。平日训练和实际作战差距很小，简单的条例规定已足以应付一切。而兵法与军法有根本不同，它是适应新的作战方式而产生的。春秋战国以来，由于车兵、骑兵、步兵混同作战的出现，战线概念和补给方式的改变，战争突袭性和运动性的增强，客观形势要求把专门研究“战斗本身的部署和实施，以及为了达到战争的目的对这些战斗的运用”独立出来。它们就是现代所谓的战略和战术。[1]

兵法脱胎于军法，在许多方面保留了它的痕迹。例如今本《尉缭子》二十四篇，它的前一半是谈兵略，后一半就是录古代军令。这一点是我们今后研究古代兵书时应当特别加以注意的地方。

---

〔1〕 克劳塞维茨《战争论》第一卷，103页。

三 兵书分类及其年代国别系统

现存先秦古籍大多经汉代人整理。汉代对古代兵书有三次大整理，第一次是汉初张良、韩信的整理，第二次是武帝时杨仆的整理，第三次是成帝时任宏的整理。任宏分兵书为权谋、形势、阴阳、技巧四类，这是现在所知古人对兵书的第一次系统分类。《孙子》在先秦兵书系统中处于何种位置，对于研究它的思想内容是很重要的。

兵书四类，权谋类的特点是“以正守国，以奇用兵。先计而后战。兼形势，包阴阳，用技巧者也”。这一类首重的是“计”，大致相当现代军语的“战略学”，但也包括其他几类内容在内。这是兵书中最重要的一类。形势类，特点是“雷动风举，后发而先至，离合背乡，变化无常，以轻疾制敌者也”。“形势”一词的含义主要是指兵力的部署（详下文），大致相当现代军语的“战术学”。阴阳类，特点是“顺时而发，推刑德，随斗击，因五胜，假鬼神为助者也”（案：“刑德”，是以时辰、方位等推阴阳顺逆、福祸吉凶的一种数术之说；“随斗击”，古人以斗柄所在为胜；“五胜”，五行相胜）。这一类是阴阳之学在兵学中的运用。古代阴阳之学很重要，它不仅是中国本土各种宗教迷信思想的渊薮，也是中国传统科技思想的发源地，涉及面之广，几乎遍及古代所有的科技部门（以天文历算为主，并包括气象、地理学等许多其他知识）。古代行师用兵往往要占星、运式、卜筮、望气，讲究所谓阴阳五行之胜。古人为什么对这类东西那么重视？当然与他们的迷信心理有关。但我们应当注意的是，它也包含了许多自然科学的知识，特别是天文、地理的知识在内，是古人掌握“天时地利”的主要依据。现代军事技术中的气象、水文和地形测绘知识，在古代主要都包括在这一类当中。技巧类，特点是“习手足，便器械，积机关，以立攻守之胜者也”。这一类涉及的主要是与军事有关的体育训练和军械操作训练，如射法、剑道（剑术）、手搏（徒手格斗），我国的武术传统就是渊源于此。另外，古代兵器以攻城和守城的器械最复杂，攻城和守城之术也属这一类。

下面让我们谈谈先秦兵书的年代问题。

《汉书·艺文志·兵书略》所载先秦兵书，有些题名作者很早，如属于阴阳类的《神农兵法》、《黄帝》、《封胡》、《风后》、《力牧》、《鬼容区》，属于形势类的《蚩尤》。它们很明显是依托，班固早已指出。这些书，年代不仅不一定很早，有些还相当晚。中国古代道家言、阴阳家言以及数术方技之学喜欢托名神农、黄帝等传说人物，这是一种传统（但不同于后世的“作伪”）。

除去这一类，《兵书略》中还有一些书题名作者也比较早，例如可能本来属于《兵书略》而被班固入于《诸子略》道家的《太公·兵》，题名作者可以早到西周初年。有些研究者认为今《六韬》应即《太公·兵》。[1]《六韬》见于《庄子·徐无鬼》及《淮南子·精神》，并有银雀山简本出土，应是先秦古书，但它的很多篇章是用战国时期浅显易懂的对话体写成，有些语句并与《孙子兵法》、《孙膑兵法》（银雀山简本）、《吴子》、《尉缭子》相出入，可见并不是太早。从内容判断，大约应是战国晚期的作品，也很明显是出于依托。

题名作者属于春秋时期的作品，春秋中期有《孙轸》（佚，据《孙膑兵法·陈忌问垒》，孙轸即先轸，事晋文公，前？—前627年）、《繇叙》（佚，繇叙即由余，事秦穆公），末期有《吴孙子兵法》（吴孙子即孙武，事吴王阖闾）、《五（伍）子胥》（佚，伍子胥事吴王阖闾）、《范蠡》（佚，范蠡事越王句践）、《大夫种》（佚，大夫种即文种，事越王句践）。这些书，只有《吴孙子兵法》有十三篇传

---

〔1〕 前人或以《六韬》为《汉书·艺文志·诸子略》儒家的《周史六弢》，案“周史六弢”系“周史大弢”之误。“大弢”是人名，非文、武、龙、虎、豹、犬六韬。参看沈涛《铜熨斗斋随笔》卷四、梁玉绳《古今人表考》卷六。

世。其书两次提到吴、越相雠，反映的是春秋末年之事，但银雀山简本《孙膑兵法·陈忌问垒》提到孙氏之道是“明之吴越，言之于齐”，估计是由孙武后学在齐国结集成书，年代入于战国，而且从内容判断，似以定在战国中期更为合适[1]。

题名作者属于战国时期的作品，战国早期有《李子》（佚，李子即李悝，事魏文侯）、《吴起》（吴起事魏文侯、武侯、楚悼王，前？—前381年），中期有《齐孙子》（佚，齐孙子即孙膑，事齐威王）、《尉缭》（据原书及《隋书·经籍志》，尉缭事魏惠王）、《公孙鞅》（佚，公孙鞅即商鞅，事魏惠王、秦孝公，前？—前338年），晚期有《魏公子》（佚，魏公子即信陵君无忌，魏安釐王弟，前？—前234年）、《庞煖》（佚，庞煖事赵悼襄王）。另外，《景子》，或疑即楚顷襄王、考烈王时为将的景阳（沈钦韩《汉书疏证》），也属于这一时期。这批书传世的有《吴起》和《尉缭》。今本《吴子》是唐陆希声编定的节本（据《郡斋读书志》），文字浅显，不像战国初年作品，但有人断为伪作根据也不足[2]，恐怕还是吴起的后学所集，年代在战国中晚期。今本《尉缭子》也是战国中期以后的作品。另外，还有新发现的银雀山简本《孙膑兵法》，据杨伯峻先生考，应是齐宣王死后孙膑弟子所集，成书已入于战国晚期[3]。

总之，上述兵书大多成书于战国中晚期。这一时期战争空前激烈，军事制度和作战方式发生根本转折，可以称得上是兵学发展的“黄金时代”。

最后，我们再来总结一下上述各书的国别系统。这些书从题名作者判断，分属于许多国家，如晋有《孙轸》，秦有《繇叙》、《公孙

[1] 李零《银雀山简本〈孙子〉研究商榷》，《文史》第七辑。
[2] 伪作说，见姚际恒《古今伪书考》、郭沫若《述吴起》（在《青铜时代》内）。
[3] 杨伯峻《孙膑和〈孙膑兵法〉杂考》，《文物》1975年3期。

鞅》，吴有《吴孙子兵法》，越有《范蠡》、《大夫种》，齐有《齐孙子》、《太公·兵》，赵有《庞煖》，魏有《李子》、《吴起》、《尉缭》、《魏公子》，楚有《景子》。另外，上面提到的《军礼司马法》应属齐，形势类的《楚兵法》应属楚。这里面有些书的国别比较复杂，如《吴孙子兵法》，题名作者的主要活动虽在吴国，但成书当是在齐国，书中很多内容和辞句与齐系统的《管子》非常接近（参看下文），应以定为齐系统更为合适。

《荀子·议兵》论及战国军队，曾列举"齐之技击"、"魏氏之武卒"和"秦之锐士"进行比较。这三个国家在先秦兵学研究中占有重要地位。齐国在威王、宣王时有稷下学宫的设立，形成很有名的学术中心。威王命大夫（可能即授为"列大夫"的稷下学子）追论古司马法，是当时对古代军事学的一次重要整理，孙膑活动的时间即在这一时期。我们怀疑，包括孙武、孙膑在内的"孙子学派"，其思想很可能就是在这一时期因官方提倡而得到系统的整理和传播。齐国的军事学研究，成绩最突出。魏国在文侯、武侯、惠王时国力最盛，也出过一批军事学家，其中最有名的是吴起。但吴起入魏前曾在鲁国学兵法，兵学渊源还是齐鲁一带。秦国最著名的军事学家是商鞅，商鞅与尉缭同时，入秦前曾事魏惠王，兵学渊源可能是魏国。所以尽管"齐之技击不可以遇魏氏之武卒，魏氏之武卒不可以遇秦之锐士"，但从兵学思想看，却似乎存在着一种由东而西渐的趋势。

四 《孙子》一书的经典性在于它对战略思想的高度概括

中国古代军事思想的发展，也像一般军事思想的发展一样，有一个从实用军事知识到战术思想再到战略思想的逐步升华的过程。战略思想的形成是其中最高的一个层次。

我们在前面讲过，中国古代的战略学是叫做"权谋"。《孙子》一书在《兵书略》权谋类中被列为第一部，可以称得上是中国古代战略学的经典著作。

这里不妨就“权谋”的含义做一点解释。

（一）权。“权”是权变之义，《孙子》也称之为“诡”或“诈”。“诡诈”这个词，向来耻为人言，但《孙子》却奉之为用兵要义，毫不讳言“兵者，诡道也”（《计》），“兵以诈立”（《军争》）。战争是综合力量、意志和智慧三方面因素的复杂冲突，流动性、盖然性最大，没有诡诈权变的概念提出，也可以说就没有战略思想本身的提出。克劳塞维茨曾说过：“战略这个名称来源于诡诈这个词似乎不是没有道理的。尽管从希腊时代以来，战争在许多方面发生了真正的和表面的变化，但战略这个名称似乎依然表示它本来具有的诡诈的实质。”[1]春秋战国时期，诡诈概念的引入曾经创造了许多成功的范例，但也有人一直对诡诈的概念表示反对，例如宋楚泓之役，宋襄公就是因为坚持古代军法所说的“成列而鼓”，不肯乘楚人半渡未陈发动进攻，结果遭到惨败（《左传》僖公二十三年）；《荀子·议兵》载荀卿、临武君问对，荀卿也说“权谋执（势）利”、“攻夺变诈”只是“诸侯之事”，反对“诈而袭之”。宋襄公是殷人后代，最重保守古代礼法，荀卿以“王者之兵”为倡，其意也在礼法的恢复。他们都主张维持或恢复古代战法，反对诡诈概念的引入。可见“诡诈”的概念与古代军礼、军法是根本不相容的。

（二）谋。“谋”在《孙子》书中主要是指“计”。这个“计”字，现在人们往往已不了解其本义。实际上它的本义是指计算，即出兵前在庙堂上使用一种叫算或筹、策（多用竹木小棍制成）的古老计算工具进行计算。古人所说的“运筹”、“决策”、“定计”都是溯义于此。它包括战争指挥者计算敌我实力，加以比较，构成判断，定下决心的通盘考虑过程。这个过程是实际作战的基础。古人说：

---

〔1〕 克劳塞维茨《战争论》第一卷，216页。

"计必先定于内，然后兵出乎境。"(《管子·七法》)认为只有在庙算上先打败敌人，才有真正取胜的把握；并且也只有依靠庙算上的优势，才有可能迫使敌人不战而降。这就是所谓"庙胜之论"先于"受命之论"(受命为将)、"逾垠之论"(出兵越境)、"深沟高垒之论"(修筑工事)、"举陈加刑之论"(列阵出击)，"权先加人者，敌不力交，武先加人者，敌无威接"(《尉缭子》之《战威》、《战权》)。这种"计"显然不是对具体战斗的部署和实施，而是为了达到战争目的对这些战斗的总体运用。这也是战略学的核心概念。

在《孙子》一书中，作者战略思想的精髓主要集中在《计》、《作战》、《谋攻》三篇中。这三篇在《孙子》书中是很整齐的一组，它们依次叙述了战争从定计到进入实际作战（即野战）和攻城的三个阶段。

在《计》中，作者分析了人们对战争现象认识的总过程，他既讲了定计过程本身，也讲了定计以后的实行过程，指出这两个过程在性质上有根本不同。前者的特点在于对敌我双方实力对比的各个方面加以比较和权衡，即《谋攻》所说，要尽量做到"知彼知己"。这是立胜的根本。而后者的特点在于利用优势，制造机变（即所谓"因利而制权"），在于各种示形诱敌的诡诈之术。这种"运用之妙"是不可能事先加以规定的（"此兵家之胜，不可先传也"）。他的概括从战争认识论的角度看是相当全面和深刻的，即使在今天也仍然没有丧失其真理性的价值。

《作战》和《谋攻》两篇，最引人注目的是作者所谓"兵不钝而利可全"的思想。作者认为，战争的目的是取胜，而不是杀伤敌人，更不是为了无谓地消耗自己。所以第一，他非常强调战略速决，强调夺取敌人的粮秣、武器，就地补充自己，主张"兵贵胜，不贵久"；第二，他非常强调"不战而屈人之兵"，主张以"伐谋"取胜。作者的这些思想是在特定的战争环境中产生的。前者是因为当时战争动员规模庞大，深入敌国，难以补给，而后者针对的则是当时攻城的困难。作者在阐述其思想时，虽然在某些方面表现出一定的局限性，如只讲战略速决，主张抄掠敌国等，但非常难得的是，作者对战争目的与手段的关系，表现出相当惊人的理解力。他指出战争应以完整地取胜为最高目标（“必以全争于天下”），而以损耗最小为最佳效果（“兵不钝”），对战争的各种手段做了从高到低的依次排列，认为以谋取胜是最上乘，其次是外交手段，其次是出兵野战，最下是攻城（“上兵伐谋，其次伐交，其次伐兵，其下攻城”）。他聪明地看出，战争最初是肇始于一种以实力计算作基础的“攻心战”，即“伐谋”（古人也叫“庙战”），然后随着目的在实现过程中受阻，手段逐步升级。这种升级往往会导致人们对军事手段的滥用（“将不胜其忿而蚁附之，杀士卒三分之一，而城不拔者，此攻之灾也”），但恰恰是在战争进入白炽状态的攻城阶段，“伐谋”这个一度隐去的幽灵可能会再度出现。人们可以凭借实力，运用计谋，造成形格势禁，沮丧守敌意志，瓦解其计划，迫使他们投降。这就是所谓“不争天下之交，不养天下之权，信己之私，威加于敌，故其城可拔，其国可隳”（《九地》）。我们看到，正是由于作者的这一思想包含了对总体战争、实力计算和政治威慑作用的深刻理解，与西方以核威慑为后盾的各种战略思想所涉及到的问题不谋而合，所以有些西方军事学家才会对它推崇备至，认为它触及到了当今核战略的实质。

五 《孙子》书中的战术思想及其他

我们要讲《孙子》的战术思想，首先要从中国古代战术学的名称“形势”说起。《孙子》书中有《形》、《势》两篇，对“形”、“势”二字的含义有具体解释。

“形”，含有形象、形体等义，在《孙子》书中主要指战争中客观、有常、易见的诸因素。如《形》提到“胜可知而不可为”，这种

"可知而不可为"之"胜"就是"形"。它主要是指实力的概念，即所谓"强弱，形也"（《势》），而实力的概念又主要与军赋制度，即算地出卒之法有关。所以《形》要以"地生度，度生量，量生数，数生称，称生胜"作为全篇的总结。它是对应于战争认识过程的第一阶段，即定计过程。

"势"，含有态势之义，在《孙子》书中主要指人为、易变、潜在的诸因素。它与"形"相反，多指随机的、能动的东西，如利用优势，制造机变灵活（"势者，因利而制权也"）；利用环境，制造勇敢（"勇怯，势也"）。它是对应于战争认识过程的第二阶段，即计的实行过程。

"形"和"势"这两个概念在《孙子》书中有一定区别，但又可相互转化，有时显得含义无别。例如《虚实》所说"故形人而我无形"，"形兵之极，至于无形"。这种"形"很明显已经不是什么客观、有常、易见的"形"，而是人为造成的变化莫测之"形"，实际上也就是"势"。"形""势"两字连言，含义主要是指后者，即人为的态势。银雀山汉简《奇正》说："有所有余，有所不足，形势是也。"它所指的主要就是"战斗的部署与实施"这一概念，所以在中国古代兵书分类中，"形势"也就成为战术学的代名词。

《孙子》一书的战术思想比较突出地反映在它的"虚实"（简本作"实虚"）和"奇正"两个概念上。

"虚实"和"奇正"都属于"有所有余，有所不足"的运用之妙。但这两个概念又有所不同。"虚实"主要是指整个战局的兵力部署，即如何通过分散集结的运动变化以造成预定会战地点上的我优敌劣（"我专而敌分"，"我众敌寡"）；而"奇正"则是指投入实际战斗的兵力配置，即按先出、后出，正面接敌与侧翼突袭，主攻和助攻等等而对兵力所做的分配，范围各不相同。

在《势》和《虚实》两篇中，作者对上述概念做了非常精辟透彻的分析，指出“奇正”和“虚实”是一种“因敌变化”的运用之妙，既不能事先去规定，也无法用理论去穷尽，为人的主观能动性留下了充分的余地。

《孙子》一书的战术思想主要集中在它的后半部分。这一部分对行军作战的各种具体问题讨论较多。出土银雀山简本十三篇的篇题木牍，列《军争》、《实虚》、《九变》、《地刑（形）》、《九地》、《用间》、《火攻》为后七篇（与今本不同处，只是不包括《行军》），称为“七执（势）”，也说明《孙子》的后半部分是以研究战术性的问题为主。[1]

在《孙子》的后半部分中，《军争》是非常精彩的一篇。它所涉及的问题与《虚实》直接有关，是实现“避实而击虚”这一意图的关键环节。我们看到，作者对两军争利所包含的矛盾有异常清醒的估计：通常人们为了能够先敌到达，总是以为应当抄近道，走直路，但抄近道、走直路会暴露意图，遭敌阻截；人们要保证在会战中取胜，必须携带足够的给养装备，但携带全部辎重会延误战机；还有人们为了抢时间，争速度，总以为愈快愈好，但士兵体力不一，如果不注意行军动作的协调一致，往往欲速不达。所以作者提出的“军争之法”是“以迂为直，以患为利”，“后人发，先人至”。这一“军争之法”不仅在战国当时就已流行开来（《荀子·议兵》：“……后之发，先之至，此用兵之要术也”），而且在后来的战争实践中也被证明是非常有效的。

此外，《孙子》书中的其他各篇，如《九变》、《行军》、《地形》、《九地》、《火攻》、《用间》等篇，也都包含了作者的许多战术思想。例如《九地》提到指挥者应根据“主客”（在本土作战还是在他国作战）形势的不同和深入程度，掌握士兵心理的变化，

---

〔1〕 李零《〈孙子〉篇题木牍初论》，《文史》第十七辑。

诱使士兵前往会战，“投之亡地然后存，陷之死地然后生”，就是古代很有影响的御兵之术（虽然其“愚兵”思想无疑有历史局限性）；《用间》对谍报工作的重要性，以及它的分工和配合，论述亦极为精彩。

《孙子》十三篇是以谈兵略为主，其重心是放在战略战术的研究上，但我们知道，汉代《吴孙子兵法》除十三篇之外还有许多杂篇，它们在内容上除权谋、形势家言，也包括阴阳、技巧家言。这点我们从银雀山简本佚篇和隋、唐以来著录的《孙子》佚篇佚文可以看得很清楚。不仅如此，我们还想指出，今本《孙子》当中也包含有若干兵阴阳家说的痕迹。例如：

（一）《计》：“天者，阴阳、寒暑、时制也。”简本作“天者，阴阳、寒暑、时制也；顺逆、兵胜也”。这里的“阴阳”、“顺逆”、“兵胜”就是古代兵阴阳家所使用的术语。过去人们以为“阴阳”只是表示昼夜、阴晴、冷暖一类概念，那是不对的。

（二）《行军》讲“处军之利”，所说“视生处高，无迎水流”，“平陆处易而右背高，前死后生”，从表面上看只是讲地形依托，和阴阳家言没有关系，但我们根据银雀山简本佚篇《地刑（形）二》所说“右负丘陵，左前水泽”（右背为阴，左前为阳），以及《黄帝伐赤帝》所说“右阴、顺术、倍冲”等等，可知古代讲处军之利往往与数术家的“形法”之学有关。《行军》在述各种“处军之利”后以“此黄帝之所以胜四帝也”作结，就是很好的证明。

（三）《火攻》：“发火有时，起火有日。时者，天之燥也；日者，月在箕、壁、翼、轸也。凡此四宿者，风起之日也。”这种候风之说也应属于阴阳家中的风角之说。

六 《孙子》与其他先秦兵书和兵家言的关系

我们在前面说过，《孙子》是一部战国时期结集成书的齐系统的古兵书。这部兵书不仅与齐系统的兵书有密切关系，而且与其他系统的兵书也有密切关系。

这里先说齐系统的兵书。

齐系统的兵书，《司马法》性质比较特殊，是以记述古代军事制度为主。此书佚文提到两种“乘马之法”，即按土地面积征用战车、牛马和士卒的制度。一种是按十进制的计地里制（井、通、成、终、同），一种是按四进制的计地里制（井、邑、丘、甸、县、都）。前者采用一种甲士十人、徒卒二十人的乘法（兵车与士卒编组之法），后者采用一种甲士三人、徒卒七十二人的乘法。其中前一种乘法，与《孙子·作战》和《用间》驰车一千辆配甲士（带甲）十万人的制度相合。而后一种乘马之法，丘出戎马一匹，牛三头，叫“匹马丘牛”，也与《孙子·作战》提到的“丘牛大车”和“丘役”在制度上有一定联系。

《孙膑兵法》（应称为《齐孙子》）与《孙子兵法》（应称为《吴孙子》）是前后相继的一家之学。但此书在内容的条理性方面和思想的深刻性方面明显不如《孙子兵法》，与《孙子兵法》佚篇和佚文内容相近，比较偏重于战术问题的研究，似与《吕氏春秋·不二》所说“孙膑贵势”相合，有较多形势家色彩。此书有不少语句与《孙子》相同或相近，如：

《孙膑兵法》	《孙子兵法》
攻其无备，出其不意。（《威王问》）	攻其无备，出其不意。（《计》）
恒胜有五：得主专制，胜；知道，胜；得众，胜；左右和，胜；量敌计险，胜。（《篡卒》）	故知胜有五，知可以战与不可以战者胜，识众寡之用者胜，上下同欲者胜，以虞待不虞者胜，将能而君不御者胜。（《谋攻》）

齐系统的兵书还有《六韬》。《六韬》与《孙膑兵法》属于同一类型，但内容更为散漫。此书也有不少语句与《孙子》相同或相近，如：

《六韬》	《孙子兵法》
〔将有五材〕，所谓五材者，勇、智、仁、信、忠也。(《龙韬·论将》)	将者，智、信、仁、勇、严也。(《计》)
兵者，国之大事，存亡之道，命之于将。将者，国之辅也。(《龙韬·奇兵》)	兵者，国之大事，死生之地，存亡之道，不可不察也。(《计》) 夫将者，国之辅也。(《谋攻》)
若符事泄，告者闻者皆诛之。(《龙韬·阴符》)	间事未发而先闻者，间与所告者皆死。(《用间》)
众寡不相救，贵贱不相待。(《虎韬·动静》)	众寡不相恃，贵贱不相救。(《九地》)

此外，除齐系统的兵书，一般古书中的兵家言也很值得重视，如《管子》一书的《七法》、《兵法》、《地图》、《参患》、《制分》、《九变》等篇，都是很重要的兵家言。这部书也有不少语句与《孙子》相同或相近，如：

《管子》	《孙子兵法》
动之如雷电。(《七法》)	动如雷震。(《军争》)
绝地不守。(《兵法》)	绝地无留。(《九变》)
夫水之性，以高走下，则疾至于漂石。(《度地》)	夫兵形象水，水之形，避高而趋下，……(《虚实》) 激水之疾，至于漂石者，势也。(《势》)

还有《孙子》书中的许多词语也见于该书，如“曲制”见于《七法》，“带甲十万”见于《大匡》，“驰车千驷”见于《七臣七主》，“轻车”见于《揆度》。另外，《墨子》一书的《备城门》、《备穴》、《号令》诸篇提到的“守将”、“左右”、“谒者”、“舍人”等词语，均见于《孙子·用间》。这些都是研究注释《孙子》的重要参考。

齐系统以外的兵书，现存有《吴子》和《尉缭子》，都属于魏国系统。《吴子》、《尉缭子》也有不少语句与《孙子》相同或相近（略）。其中《吴子》与《六韬》比较接近，内容也比较散漫（两者语句相同或相近之处亦极多)；《尉缭子》则叙述较有条理，并包含一批古代军令，很有特色。

以上各书除《司马法》是以追述古制为主，自成一类外，其他大抵都与《孙子》时代相近或略晚，体裁风格亦相近，只是内容更偏重于战术问题的研究，思想深度都不如《孙子》。明茅元仪《武备志·孙子兵诀评》曾指出："先秦之言兵者六家，前《孙子》者，《孙子》不遗；后《孙子》者，不能遗《孙子》，谓五家为《孙子》注释可也。"我们认为，这个评价是并不过分的。

七 结语:《孙子》的命运与价值所在

中国先秦时代的兵书，保存至今，所剩只有《孙子兵法》、《吴子》、《司马法》、《六韬》和《尉缭子》五种，加上新出土的简本《孙膑兵法》，也只有六种，并且各书篇数比汉代传本的篇数也有所减少。这部分是出于自然淘汰（遭历兵燹水火之变），部分是出于人为选择。

先秦兵书亡佚最多的是阴阳、技巧两类，它们没有一部保存下来；保存下来的主要是权谋、形势两类，特别是权谋类。这是符合规律的现象。我国古代，技术性的东西主要是靠职业传统来流传，因为内容过于具体，书的代谢速度极快，最难保存；相反，理论性的东西，是靠思想本身的感染力，愈是概括抽象，反而愈是能够长久保存。秦禁《诗》《书》百家语，而《诗》《书》百家语存；不禁医卜农桑之书，而医卜农桑之书亡，就是这个道理。它说明理论色彩愈浓，可能反而愈是具有"遗传优势"。

《孙子》在先秦兵书中理论色彩最浓，其深刻程度要远远超过其他所有兵书。这是它能够流传不绝并日益受到人们重视的主要原因。

《孙子》在先秦兵书中地位一向很高。据《韩非子·五蠹》和《史记·孙子吴起列传》，早在战国和西汉时期，它就是谈兵者必读的要籍。但当时《孙子》十三篇往往是与其他杂篇和《孙膑兵法》一同流传，显得内容芜杂。汉以后，曹操对先秦兵书做过一番系统整理，他一眼就看出《孙子》的深刻性要远远超过他所读过的许多“兵书战策”，而十三篇又是《孙子》书中的精华所在（曹操《孙子序》）。所以他将十三篇抽出独行，单为之作注，而将余篇编为《续孙子兵法》，并钞集诸家兵法，名为《兵书接要》（姚振宗《三国艺文志》）。曹操的鉴选，虽然可能影响到某些兵书的失传（如《孙子》杂篇和孙膑的兵法失传），令人惋惜，但是我们应当承认，这一鉴选本身还是很有眼力的。

自曹注十三篇问世后，研究注释《孙子》之书历代不绝。特别是自宋代兴立武学，颁刻《武经七书》，《孙子》更处于群星所拱的地位，被武人奉为谈兵之祖。但宋以来也有不少人对《孙子》提出批评，认为此书倡言“诡诈”，不合仁义礼法；主张掠敌继食，如同盗贼之兵；愚弄士卒，如同秦人使民[1]。特别是苏洵、苏轼父子，更直接连《孙子》的实用价值也表示怀疑，认为能言之者未必能行，熟读兵书并无益于实战[2]。这些批评，有些是毫无道理，如他们对《孙子》倡言“诡诈”的指责；有些要做具体分析，如孙子主张掠敌继食、愚弄士卒，虽不足为今人取法，但在当时却不失为适应作战环境和士兵心理的一种有效方法。至于《孙子》一书的实用价值，这个问题的提出确实很重要，因为直到今天，有不少人仍是从实用的角度看重此书。我们觉得，苏洵、苏轼父子的立论有其一定的合理性。这种合理性在于，战争是一种实践性极强的活动，很难受理论的刻板规定和约束。但他们以战争现象的变化莫测而否认军事理

〔1〕 参看叶适《习学记言序目》卷四六《孙子》、高似孙《子略》卷三《孙子》、方孝孺《逊志斋集》卷四《读孙子》、姚鼐《惜抱轩文集》卷五《读孙子》。

〔2〕 参看苏洵《嘉祐集》卷三《孙武》，苏轼《应韶集》卷四《策别二十》、卷八《孙武论》。

论的必要性却未免狭隘。我们认为，一种理论愈是具有思想的深度和概括性，就愈是能够在实践上为人的主观能动性留下充分的余地。这是理论的真正魅力所在。所以如果有人要问《孙子兵法》到底给我们留下了什么样的精神财富，那么我们的回答是：

它留给我们的与其说是实用的指导，倒不如说是智慧的启发。

后 记

我和《孙子兵法》结缘还是上高中时。那时我最烦上课，专爱乱读闲书，其中也包括古书。古书中，我最喜欢《诗经》、《老子》和《孙子兵法》。《诗经》吸引我的是《国风》中男女相悦的率真之情；《老子》吸引我的是它用玄牝喻道，极富哲理；而《孙子兵法》呢，说来可笑，只因年轻气盛，“慨然最喜论兵”。当时我所能见到的《孙子》读本，只有郭化若《（今译新编）孙子兵法》。

1968—1975 年，我在内蒙古和山西整整插了七年队。这七年可真够寂寞：黄泥小屋，一盏青灯，几本破书翻了个烂。那时我看的东西很杂，什么灰皮书呀，黄皮书呀，哲学呀，小说呀，一切劫火余烬，全都是宝贝。有一次，我从一个朋友手中“缴获”了一本杨炳安《孙子集校》和一本宋本《十一家注孙子》的排印本，没事就读起来。由于受郭书和杨书的影响，我曾把《孙子》十三篇抄成长卷，仔细寻绎全书章句的内在联系，期望找到更多的“错简”。那时什么参考书也没有，只能用“心”去读，功夫全都下在“义理”上。幼稚当然幼稚，但这是那时读书的一个特点，没办法。

我能读到较多的书，是在 1972—1975 年。那时，冬天回北京，除了会朋友，就是找书。可书从哪儿找呢？我的身份是农民。农民没有证件，既不准进“内部书店”（当时唯一可买到旧书的地方）购书，也不准进图书馆看书。全靠父亲的几位朋友介绍，我才混进北京图书馆、首都图书馆和北京大学图书馆，偷着看了一点书。这段阅读，最大收获是增长了目录、版本和校勘方面的知识。陆达节的《孙子考》、《孙子兵法书目汇编》和各种《孙子》刊本、注本，多半都是这时才读到。本书初稿也是那时写成。

对本书初稿做方法上的反省，1972年银雀山汉简《孙子兵法》的出土是一个重要转机。它不仅促使我对文物考古发生兴趣，而且还从根本上改变了我的研究思路。这批竹简出土消息的发表是在1974年，正式材料的公布是在1975年。1976年初，我离开山西农村回到北京。在家待业的一年里，我花了不少时间读文物出版社出版的线装大字本《银雀山汉墓竹简》〔壹〕中的《孙子兵法》简文。根据研究所得，我对本书初稿动了一番大手术，并附带写了几篇专门研究简本《孙子兵法》的论文，对当时学术界的某些流行见解提出商榷。虽然这些文章在当时还根本没有机会发表，它们的发表乃是1979年以后的事情。

1977年，我以研究简本《孙子兵法》的论文自荐，由刘仰峤同志介绍，谒见当时的考古所所长夏鼐先生，获允参加该所《殷周金文集成》的资料整理工作，1979年并考取了该所殷周铜器专业的研究生。由于整个研究重点发生转变，我已很难再把较多精力投入至这一题目上来。这以后，我对旧稿的修改相当有限。1979年前后，我曾到北京图书馆补看了几种《孙子》善本。1985年调到北京大学后，因开设《孙子兵法》研究的课程，又对旧稿通校过一遍。特别是最近由于出版了精装本《银雀山汉墓竹简》〔壹〕，所收《孙子兵法》简文又有增加，使我不得不对本书“附录一”进行改写。但是作为一个研究阶段，它已成为过去。这些仅仅是尾声了。

现在，我把这本书奉献给读者，当然是想从文献整理的角度为大家研究《孙子兵法》提供一点方便。可是对现在的我来说，剩下的却主要是一种纪念。我珍视它，是因为它寓寄了我最初的幻想、希望和冲动，总是使我想起许许多多在我最需要帮助的时刻给我以帮助的人。

我永远不能忘记常任侠先生为举荐我到文物考古部门工作，不顾高龄，奔走于寒夜，齐思和先生在病榻上款声细语为我讲解他的《孙子著作时代考》。特别是几位指点我修改论文的老师，俞伟超先生有长者之风，推心置腹，寓情于教；李学勤先生善于启发，妙语横生，惹人深思；裘锡圭先生学风谨严，批评起来，令人徒增汗颜。正是这些，才使我懂得了什么叫“做人之道”，什么叫“学问之道”。

古人云：既雕既琢，复归于朴。其此之谓乎！

1986 年 12 月 31 日

【附记】

本书承蒙我的老师中国社会科学院历史研究所张政烺先生题签，并得到中华书局陈金生先生的鼓励和关怀。在出版过程中，中华书局哲学编辑室薛有红同志对书稿反覆审阅，核对引文，推敲字句，付出很大劳动；古代史编辑室骈宇骞同志也对本书体例和书名提出过很好的建议，均此奉示深挚的谢意。

补　记

从本书《后记》回想，这本小书是写成于七年前。那时，银雀山汉简《孙子兵法》的第三个整理本才出版不久；我呢，也刚离开中国社会科学院调到北京大学，第一次在大学讲课，试着向学生兜售我对《孙子兵法》的理解。从1985年到1986年，花了大约一年的时间吧，我总算把这部稿子整出来，了却了过去的一桩心愿。稿子交到中华书局，除在责任编辑的建议下做过一次结构上的调整和细节上的润色，以后一直没有机会做新的修订。从本书“参考书目”可知，本书涉及的资料是截止于1987年。

自1987年到现在，我在学校又讲过几次《孙子兵法》，并且因为参加1989、1990和1992年的三次《孙子兵法》国际讨论会，我又发表过一批读《孙子》札记。1991年我还出过两本普及性的《孙子》读本，一本是河北人民出版社出版的《孙子兵法译注》（收入《兵家宝鉴》一书，1992年并出版了该书的单行本），一本是巴蜀书社出版的《孙子兵法注译》，印数都在20000册以上，“流毒全国”。前者虽有不少排误，也有我个人的疏失，但毕竟出于己手。而后一本经出版者“整容”，已经面目全非，我劝读者千万别读。但这些文章和书不管如何草率急就，对过去的想法还是有一些订正和补充。现在看校，我从中吸取了一些东西，做了点修改。

另外，我想顺便说一下。最近，由南怀瑾基金资助，我把撰写本书时辑校整理的古本资料和历年发表研究《孙子》古本的论文汇为一集，交由北京大学出版社出版。这本《孙子古本研究》和本书是姊妹篇。两书可以相互参照的地方很多。它们是我多年来研究《孙子兵法》的一个初步总结。现在回顾起来，我对《孙子兵法》的探讨确实存在不小“今日之我与昨日之我战”的矛盾之处，实在缺乏“千锤百炼”的大家风范，但自信对《孙子兵法》的研究还是多少有点推动，只能尽其心力把自己的探索和盘托出，等待读者的批评。在这两本书出版后，凡旧作与二书矛盾之处，请以此二书为准予以纠正。

1993年12月26日于北京蓟门里寓所

15 《孙子译注》

北京：中华书局，2007年9月第1版

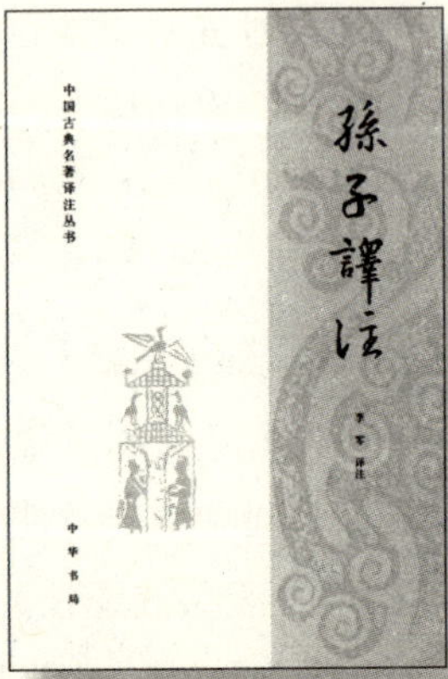

前　言

本书对《孙子兵法》的研究整理，是在全面校核银雀山简本《孙子兵法》、《孙子兵法》的古书引文和宋以来《孙子兵法》的各种版本的基础上，吸取前人的研究成果而进行的。本书在性质上并不是一个带有资料长编性质的东西，而是以带有考据性的注释和白话翻译为主，具有一定可读性的读本。

《孙子兵法》早在战国秦汉时期就已广泛流传。但在当时，书籍是借简帛来传播，得之不易，研读方法带有许多原始特点。它们大多是以口耳授受为主，而不一定形之文字；即使形之文字，也不一定采取夹注的形式，而多半是集结习学者对问题的理解、讨论、举例和发挥，在原书之外独立成篇，甚至可以被认作原书的续篇。

作为《孙子》一书的正式注本，现存最早应推东汉末年曹操的《孙子略解》（即传世的《魏武帝注孙子》）。曹操以后到宋代比较著名的注家主要有梁孟氏，吴沈友，隋张子尚、萧吉，唐李筌、杜牧、陈皞、贾林，宋梅尧臣、王皙、何延锡、张预、宋奇等人。上述各家，除沈友、张子尚、萧吉、宋奇四家注已佚，其余九家注与曹注合为十家注，外加唐杜佑《通典》之《孙子》引文注，皆保存于《十一家注孙子》内。这些注解虽然存在不少缺点，但它们年代较早，为我们保存了许多古本异文、校说和古代训诂，具有不可替补的价值。

《十一家注孙子》之后出现的《孙子》注本多数保存在明清以来的武学教本中，它们数量很大，但真正质量高的却并不多见。这些注解往往疏于字句名物的考证而详于战例的引用，对实用的军事教学不无裨益，而对内容本身的理解却很少建树。虽然明刘寅、赵本学等人在疏通文义上花费了不少心思，特别是他们能够从书的整体结构去追寻作者的思路，反对“有一句解一句”，也自有其长处，可是由于缺乏缜密的科学考证方法，他们的见解也包含了大量主观臆测的成分。

清代以来，考据之学兴起，人们对古代文献的研究渐具历史眼光，方法也日趋精密。当时有不少优秀学者倾注毕生心血于某些古书的考订，把这些古书的研究推向一个前所未有的阶段，但《孙子》却并不是当时人们关心注目的一部古书。它的研究成绩不仅不能同儒家经籍相比，而且远在《老子》、《庄子》、《墨子》等许多子书之下。当时比较知名的学者，没有一个人对《孙子》做过全面注释，只有孙诒让、于鬯、俞樾等人写过不多几条札记，对《孙子》的个别辞句做过简短考证。

近代以来，人们对《孙子》一书的兴趣往往集中在其军事理论的分析和思想史的评价方面，有些人还引用西方近现代的战例和军事思想做比较研究，笺释评述之作数量也相当惊人。但是作为所有这类研究的基础，即对原书所含词语和制度（特别是军事术语和军事制度）的历史考证仍然显得比较薄弱，很多分析概括并不准确。

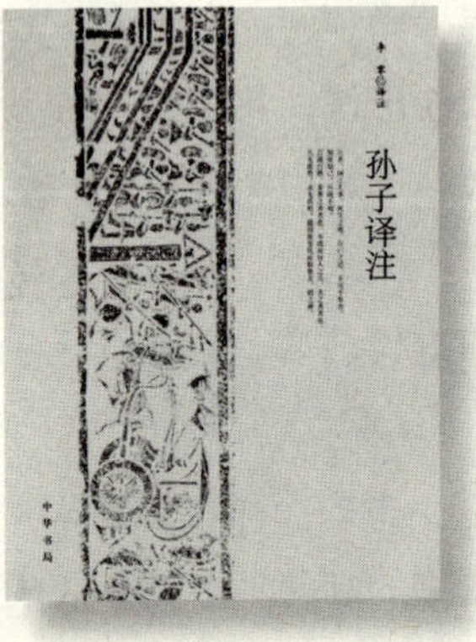

北京：中华书局，
2009 年 8 月第 2 版

所以我们把注释工作的重点放在这一方面，希望能为上述研究做一些基本的铺垫工作。

本书注释的体例是：

（一）底本选用影宋本《魏武帝注孙子》。

（二）对底本原文一般不做改动，改动只限于原文明显讹误，而据简本、古书引文或他本可以确证者。正文中被改的错字和被删去的衍字，用小字括以（）号；改正后的字和补字括以〔〕号。

（三）只对引起理解分歧的重要异文略加考辨，而对其他无关紧要的字句增减概不涉及。

（四）对前人注解择善而从，并尽量引用其中出现最早的说法。

（五）侧重名物制度和疑难辞语之考证，其余从略，可参看各篇所附译文。

（六）尽量选择时代和系统相近的材料进行比较，如《管子》、《司马法》及其他先秦兵书。

（七）引用类书例用简称，如《北堂书钞》作《书钞》，《艺文类聚》作《类聚》，《太平御览》作《御览》。旧注除有多种者外也多省文作某书注，如《周礼》郑玄注、贾公彦疏作《周礼》注、疏，《管子》尹知章注作《管子》注，《汉书》颜师古注作《汉书》注。

本书各篇后均附有译文和校勘记。译文是用来帮助读者阅读原文，并用来补充注文的不足，所以尽量采用直译。校勘记只限于宋《武经七书》本《孙子》（简称《武经》）及《十一家注孙子》（简称《十一家》）的异文。

16 《李零自选集》

桂林：广西师范大学出版社，1997 年 2 月

自 序

我国学术界向有重文轻书之风（与西方学术界相反），特别是在受考据学影响至深的古史学界尤其是如此。在我们这一行里，很多学者都认为只有短札笔记式的东西才算“真学问”，书反而是写给外行看的“小儿科”。有些大牌学者甚至一辈子都不写书，只等他的门人给他编集子（更何况有些腹笥深厚的学者就连文章都不屑为，宁可把学问烂在肚子里）；即使写书，也只有拼合笔记成资料长编式的笺注疏释，才算是具有“大家风范”。所以不但论文的地位高，而且论文集的地位尤高，有时简直就是一种“特权待遇”。就我所知，至少几年前，冠以个人之名的论文集还只是泰斗型人物才能享有；次一级的人物往往只配用专题作论文集的书名，而把人名标在下面。一个学者要想熬到这份儿，那往往都得“胡子一大把”、“桃李满天下”。

对论文和书，我的看法倒不是这样。我认为国内的常见书，特

别是那种集体编写，四平八稳，由许多格式相同的小“豆腐块”组成的书，固然很多是“片儿汤”，但作为学术成果，更能体现作者功力的还应当是书。因为在现代社会，只有书才能为读者提供“知识面”和“思想整体”，让他们知来知去，便于交流，也便于教学。论文吗，恐怕还是把它当作一种有如报章追逐新闻，更具灵活反应特点的东西，或者作为出书准备的“初级产品”更好。但是说实话，要想把论文提炼成书往往是很难的事情，它在语言和思想上的要求都比写作单篇论文要高得多。如果作者没有精力或能力把自己的论文整合成书，或者受不了新材料的诱惑，更热衷于一往无前的跟踪追击，论文集当然也是很不错的东西。在我看来，一部好的论文集应当是介于“书”、“文”之间，既能保存“文”的生猛鲜嫩（当然也就不免于粗糙），又粗具“书”的轮廓外貌（构成向后者的过渡）。而自选集和别人编的集子不同，则应当更能反映作者的探索过程和研究思路（而不是一种面面俱到的“什锦拼盘”）。

这本自选集是我从1979—1996年这17年里发表的学术论文中选出（参看书后所附的主要著述一览表），内容涉及面很广，显得有点杂，但它们的共同点是围绕着一个“古”字，而且是聚焦于中国学者所谓的“先秦两汉”，西方学者所谓的“Early China”。在我看来，任何学者要想在这一领域真正做出成绩，“单打一”都是不行的，但“四面出击”（兼顾历史、考古、古文字和古文献），又有学力精力不逮之虞，其实驽钝如我，本没有什么好办法。勉强去做，只是不得已。我既没有奢望作一个“通人”，也没有刻意作一个“专家”，宏观的讨论或细节的考证，都只是随着兴趣跑。

现在回顾自己的经历，我曾换过好几个单位改过好几次行，因此所受训练不只一种。这确实给我后来的研究带来很多好处，但坏处则是容易分散精力，难免草率粗疏。我的不断转换战线并不是出于我个人的设计安排，乃是由经历而造成。首先，我能迷上中国古代，这本身就是偶然的。中学时代（1961—1967年），我是因为爱好书法篆刻才死啃《说文解字》，因为想写漂亮文章才醉心诗词古文，这是我和古文字、古文献结缘的开始。那时我不爱上课，只爱乱读闲书，最爱看的先秦文献是《诗经》、《老子》和《孙子》。中学毕业后，我在内蒙、山西插过七年队（1968—1975年）。这段时间往往被人称为我们这一代人的“不幸”，但我却庆幸自己可以借此摆脱讨厌的考试，继续读我的闲书。所谓“失学”只是失去正规教育，路子比较野而已。比如我对《孙子兵法》的研究就是在这一时期下的工夫，我的文献学基础，特别是版本目录和校勘学知识，也是在返城期间从首都图书馆泡出来的。1976年，我回到北京，一心想到文物考古部门工作，希望哪怕有个旁观的机会也行。而天不负我，次年，我以研究银雀山汉简《孙子兵法》文投谒夏鼐先生，终于得入中国社会科学院考古研究所，分在资料室整理金文资料（为后来的《殷周金文集成》核对著录和准备拓片），开始接触古文字研究和考古学研究，业余时间并继续研究《孙子兵法》。那时我最大的收获是打下了古文字研究、特别是金文研究和战国文字研究的基础。1979年，我开始在《考古学报》、《考古》和《文史》等学术刊物发表文章（两篇是研究青铜器铭文，一篇是研究《孙子兵法》）。同年，考入中国社会科学院研究生院考古系，在张政烺先生指导下研究商周青铜器，选定题目是楚国铜器，由此开始注意楚国文字和楚国文化的研究。我关于下寺楚墓的讨论、关于楚国铜器的综合研究和写作《长沙子弹库战国楚帛书研究》一书都是在这一时期。1981年，作为田野实习，我参加了考古所在陕西西高泉春秋秦国墓地的发掘。1982年，我从研究生院毕业后，分回考古所，受人排挤，被迫中断原来参加的金文研究，改做田野工作，曾在陕西长安县沣西西周遗址进行发掘。这两次发掘经历对我也极为宝贵，它使我对真正的野外发掘有了直接的感性认识。1983年，经过不懈的努力，我终于逃离考古所，调到中国社会科学院农业经济所研究农业起源、植物栽培史和土地制度史，开始注意史学理论、古代社会史和制度史的研究。我所写的与这类问题有关的论文虽然多发表于后来，但酝酿却是在这一时期（当时写了不少草稿，也翻译了一些资料）。1985 年，我调到北京大学，除在古文献研究所从事古文字研究，也在中文系讲授古文献课程。1989—1990 年和 1993 年，我曾两次到美国作访问研究，从此与国外汉学界有了较多接触，开始在国外的学术刊物上发表文章（共四篇）。近十年里，我的研究领域主要集中在六个方面：(1) 青铜器和金文的研究；(2) 战国文字和简帛书籍的研究；(3) 古书体例和古书年代的研究；(4)《孙子兵法》和古代兵书的研究；(5) 古代方术的研究；(6) 先秦思想史的研究。这六个方面，(1) (2) (4) 是继续过去的研究，(3) (5) (6) 是后来开展。它们当中，目前只有 (4) (5) 两项已有成书发表，其他多是以论文的形式问世。如果说我的研究还有什么特点的话，那就是往往交叉使用不同的研究手段，尽量利用已有的学术训练。

在现在的这个集子里，因为“选”就不可能“全”，我不但无法把我所写的文章悉数收入，而且就连各个方面也不可能都照顾到。第一，从道理上讲，这个集子和我已经出版的书应避免重复，因此它不包括我所发表的所有与《孙子兵法》和古代兵书有关的论文，也不包括我所发表的所有与中国古代方术有关的论文。这些论文，前者几乎都已收入我新近出版的《孙子古本研究》一书；后者，大部分也已被改写，收入我新近出版的《中国方术考》一书，只有少数文章准备续写补充后，另编一书。第二，由于排印上的困难和读者面的狭窄，我有意把考古和古文字类的文章压到最低限度，只限可读性稍强，与历史文化有关的一组文章。因此书中保留的主要是四类文章，一类是讨论史学理论和史学方法，即三篇一组的第一组文章。接下来的七篇文章则侧重于古代社会史，是第二类。再下来与考古和古文字有关，是第三类。最后三篇是讨论古代思想史，是第四类。

现在通观自己历年发表的文章，很明显，我的早期文章多带有学艺色彩，手脚比较拘谨，而近年则能稍稍放开，把以往的研究组织到较大的课题上去。在我的文章中，我一直模模糊糊想要做的事情主要是：

（1）找到一种能够突破早期西方史学偏见的新视角和沟通“古今中外”的切入点（见本集的第一篇和最后一篇文章）；

（2）深刻反省“《古史辨》派”对中国史料的全面审查（见本集的第二、三篇文章）；

（3）把对中国古代制度史的研究组织到“礼崩乐坏”这个诸子争论背景的研究上去，并以此作为重新研究儒家学派的切入点（见本集的第二组文章和最后一篇文章，将来应另写新书）；

（4）重视中国古代实用文化，特别是向来作为子学附庸而被学者忽略的数术、方技之书和兵书的研究，以此作为切入点，从子学的外围向子学的内部进攻，一则借以探索道家和道教传统的源头，一则借以探索中国法家的行为学基础（见拙作《中国方术考》和我对中国古代兵书的研究，后者应另写新书）；

（5）以（3）（4）的研究为基础，重新估价先秦思想的格局（见本集最后一组文章）。

另外，作为我的本职工作，青铜器和古文字的研究工作，我也一直在进行（见本集的第三类文章）。

如果这本白选集有助于读者从整体上了解我的探索过程和研究思路，我就心满意足了。

1996年12月11日写于北京蓟门里

何枝可依

（新世纪以来）

1999—2012 年论著简目

1999a “读九店楚简”，《考古学报》1999 年 2 期（4 月），141－152 页

1999b “‘三一’考”，《哲学与文化月刊》第 26 卷第 4 期（4 月），359－367 页〔这是台湾辅仁大学的杂志〕

1999c “从‘五族共和’想起的”，《寻根》1999 年 3 期（6 月），44－46 页

1999d “《琉璃阁铜壶上的神物图像》补遗”，《文物天地》1999 年 3 期（双月刊），31－33 页

1999e “‘关公战秦琼’的可行性研究”，《读书》1999 年 7 期（月刊），49－57 页

1999f “读郭店楚简《太一生水》”，《道家文化研究》第十七辑（8 月），北京：生活·读书·新知三联书店，316－331 页

1999g “郭店楚简校读记”，《道家文化研究》第十七辑（8 月），455－542 页

1999h “读《楚系简帛文字编》”，《出土文献研究》第 5 辑（8 月），北京：科学出版社，139－162 页

1999i “古代地图的方向”，《九州》第二辑（11 月），北京：商务印书馆，10－20 页

1999j “秦骃祷病玉版的研究”，《国学研究》第六卷（11 月），525－548 页

1999k “九九陈愿”，《读书》1999 年 12 期（月刊），63－64 页

1999l “从占卜方法的数字化看阴阳五行说的起源”，《北京大学古文献

研究所集刊》1（12月），北京：北京燕山出版社，42－56页

1999m “‘五星出东方利中国’织锦上的文字和动物图案”，《文物天地》1999年6期（双月刊），26－30页

1999n “Translation of the Chu Silk Manuscript,” included in *Defining Chu*, Honolulu: University of Hawaii Press, 1999, pp. 171-176

2000a “入山与出塞”，《文物》2000年2期（2月），87－95页

2000b “《长沙子弹库战国楚帛书研究》补正”，《古文字研究》第20辑（3月），154－178页

2000c “学术科索沃”，《中国学术》第2辑（4月），202－216页

2000d “郭店楚简研究中的两个问题——美国达慕斯学院郭店楚简学术讨论会感想”，收入武汉大学中国文化研究院编《郭店楚简国际学术研讨会论文集》，湖北人民出版社（5月），47－52页

2000e “书不是白菜”，《万象》第二卷第5期（5月），151－154页

2000f “王莽虎符石匮调查记”，《文物天地》2000年4期（双月刊），25－27页

2000g **《中国方术考》（修订本）**，北京：东方出版社（10月），共544页

2000h **《中国方术续考》**，北京：东方出版社（10月），共479页

2001a “绝地天通——研究中国早期宗教的三个视角”，《跨文化对话》5（1月），上海：上海文化出版社，100－110页

2001b “论中国的有翼神兽”，《中国学术》2001年第1期（1月），62－134页

2001c “从简帛发现看古书的体例和分类”，《中国典籍与文化》2001年1期（季刊），25－34页

2001d “中国宗教传统‘阴阳大裂变’——李零先生访谈录”（林鹄、李二民、汪锋采访），《中国图书商报·书评周刊》2001年3月1日第13版

2001e “上博楚简校读记——《子羔篇》‘孔子诗论’部分”，《中华文史论丛》2001年第4辑（4月），1－31页

2001f “‘三闾大夫’考”，日本《中国文学报》第六十二册（4月），1－28页；又见《文史》2001年第1辑（6月），11－23页

2001g “我心中的张光直教授”，《读书》2001 年 11 期（月刊），49－58 页

2002a “跋中山王墓出土的六博棋局”，《中国历史文物》2002 年 1 期（双月刊），8－15 页

2002b “上博楚简校读记（之二）：《缁衣》”，上海大学古代文明中心等编《上博馆藏战国楚竹书研究》，上海：上海书店出版社（3 月），408－416 页

2002c “千里马的价钱买了一批驴”，《文汇报》2002 年 3 月 12 日第 12 版

2002d 《郭店楚简校读记》，北京：北京大学出版社（3 月），共 244 页

2002e 《上博楚简三篇校读记》，台北：万卷楼图书有限公司（3 月），共 179 页

2002f “志气和规矩”，《书城》2002 年 3 期（月刊），49－50 页

2002g “《上博博物馆藏战国楚竹书》（一）释文校订”，《中国哲学》第 24 辑：《经学今诠三编》，沈阳：辽宁教育出版社（4 月），182－196 页

2002h “绝地天通——研究中国早期宗教的三个视角”，《法国汉学》第 6 辑（4 月），北京：中华书局，565－580 页

2002i “重见‘七十子’”，《读书》2002 年 4 期（月刊），37－42 页

2002j “写在前面的话”，《四海为家》，北京：生活·读书·新知三联书店（5 月），卷首 1－3 页；“我心中的张光直教授”，收入《四海为家》，73－87 页

2002k 基德炜《我和张政烺先生的五次会面》，李零译，张政烺先生九十华诞纪念文集编委会编《揖芬集》，北京：社会科学文献出版社（5 月），25－26 页

2002l “长台关楚简《申徒狄》研究”，《揖芬集》，309－321 页

2002m “The Lion in Cultural Exchange between China and the West,” *Ex/Change*, translated by Ronald Egan, issue No.4, May 2002

2002n “上博楚简校读记（之三）：《性情》”，《国学研究》第九卷（6 月），35－45 页

2002o　“重读史墙盘”，收入《吉金铸国史》，北京：文物出版社（6月），42－57页
2002p　“介绍一件有铭的晋侯铜人”，收入《晋侯墓地出土国际学术研讨会论文集》，上海书画出版社（7月），411－420页〔与苏芳淑合作〕
2002q　“郭店楚简中的‘敏’和‘文’字”，《古文字研究》第24辑（7月），北京：中华书局，389－391页
2002r　“我的考古梦”，《书城》2002年8期（月刊），55－58页
2002s　“杀人艺术的‘主导传统’和‘成功秘诀’”，《读书》2002年8期（月刊），19－26页
2002t　“民主支持下的战争”，《读书》2002年9期（月刊），23－31页
2002u　“论赞公盨发现的意义”，收入《赞公盨》，北京：线装书局（10月），65－81页
2002v　“走不出的‘英雄时代’”，《读书》2002年10期（月刊），25－34页
2002w　“说汉阳陵‘罗经石’遗址的建筑设计”，《考古与文物》2002年6期（双月刊），51－60页
2002x　“论赞公盨发现的意义”，收入《中国历史文物》2002年6期（双月刊），35－45页
2002y　《容城氏》，《上海博物馆藏战国楚竹书》（二），上海：上海古籍出版社（12月），247－293页
2002z　“再读郭店楚简《太一生水》”，收入《追寻中华古代文明的踪迹——李学勤先生学术活动五十年纪念文集》，上海：复旦大学出版社（8月），59－62页
2003a　“大营子娃娃小营子狗”，《读书》2003年1期（月刊），63－70页
2003b　“寻找回来的世界”，《书城》2003年2期（月刊），52－55页
2003c　“我读《史记》”，《新东方》2003年第3期（3月），39－41页
2003d　“三种不同含义的书”，《中国典籍与文化》2003年1期（季刊），4－14页
2003e　“简帛的埋藏与发现”，《中国典籍与文化》2003年2期（季刊），4－11页
2003f　“读杨家村出土的虞逑诸器”，《中国历史文物》2003年3期（双

月刊），16－27页

2003g “读网有感——学校不是养鸡场”，《书城》2003年7期（月刊），37－41页

2003h “我读《观堂集林》”，《书城》2003年8期（月刊），61－64页

2003i “三代考古的历史断想——从最近发表的上博楚简《容成氏》、赞公盨和虞逑诸器想到的”，《中国学术》2003年第2期（8月），188－213页

2003j 众议疑古思潮——“二十世纪疑古思潮回顾”学术研讨会纪要：李零发言，收入洛阳大学东方文化研究院主编《疑古思潮回顾与前瞻》，北京：中国书店、京华出版社（8月），318－322页

2003k “前提最需要讨论”，《读书》2003年9期（月刊），28－32页

2003l “简帛的形制与使用”，《中国典籍与文化》2003年第3期（季刊），4－11页

2003m “尹湾汉简《神乌赋》校读记”，第三届国际中国古文字学术研讨会论文集，香港中文大学中国语言及文学系（10月），517－522页

2003n 《恒先》，《上海博物馆藏战国楚竹书》（三），上海：上海古籍出版社（12月），285－299页

2003o 《彭祖》，《上海博物馆藏战国楚竹书》（三），上海：上海古籍出版社（12月），301－308页

2003p “简帛古书的整理与研究”，《中国典籍与文化》2003年4期（季刊），4－12页

2003q “Archaeological Discoveries and a Renewed Understanding of the Chronology of Ancient Books,” *Doubting of the “Doubting of Antiquity” (Contemporary Chinese Thought*, Winter 2002-3/ Vol. 34, No. 2), 2003 M. E., Sharpe, Inc, pp. 19-25

2004a **《简帛古书与学术源流》**，北京：生活·读书·新知三联书店（4月），共445页

2004b **《入山与出塞》**，北京：文物出版社（6月），共387页

2004c “一个考古读者的希望”，《读书》2004年6期（月刊），152－159页

2004d “怎样读《论语》”，《三联书情》第三期（7月），20－21页

2004e “为什么说曹刿和曹沫是同一人”，《读书》2004年9期（月刊），129－134页

2004f “读书偶记——天下脏话是一家”，《万象》第六卷第九期（9月），32－42页

2004g “花间一壶酒”，《书城》2004年10期（月刊），52－55页

2004h “中国历史上的恐怖主义：刺杀和劫持（上）”，《读书》2004年11期（月刊），9－17页

2004i “中国历史上的恐怖主义：刺杀和劫持（下）”，《读书》2004年12期（月刊），55－64页

2004j “读《周原甲骨文》”，《古代文明》，第3卷（12月），220－256页

2004k “说云纹瓦当”，《上海文博》2004年4期（12月28日），63－68页

2004l 《曹沫之陈》，《上海博物馆藏战国楚竹书》（四），上海：上海古籍出版社（12月），239－285页

2004m “Chinese Studies: A Changing Field of Contention—A Debate on Wu Hung's Monumentality in Early Chinese Art and Architecture (Excerpts),” *Critical Zone* 1, translated by Duan Fang, pp. 187-197，南京：南京大学出版社（12月）

2005a “战争启示录”，《书城》2005年1、2期合刊（月刊），34－41页

2005b “天不生蔡伦”，《万象》第七卷第三期（3月），126－143页

2005c “禹步探原”，《书城》2005年3期（月刊），55－58页

2005d **《铄古铸今——考古发现和复古艺术》**，香港：香港中文大学出版社（4月），共107页

2005e **《花间一壶酒》**，北京：同心出版社（6月），共355页

2005f “滹沱考”，《黄盛璋先生八秩华诞纪念文集》，北京：中国教育文化出版社（6月），345－347页

2005g “关于《花间一壶酒》的访谈”（陈远采访），《新京报》2005年7月14日，C12

2005h “直截了当的张鸣”，《新京报》2005年11月4日，C15

2005i “说话要说大实话”，《书城》2005年11期（月刊），63－66页

2005j “南城读书记”，《中华读书报》2005年12月14日，第13版

2005k 《三德》，《上海博物馆藏战国楚竹书》（五），上海：上海古籍出版社（12月），285－303页

2006a “学术小天地，历史大眼光——李零先生访谈”（采写：解玺璋），《中华读书报》2006年1月6日，第8版

2006b “说话要说大实话”，《世纪大讲堂》第11辑，沈阳：辽宁人民出版社（1月），211－226页

2006c “读小邾国铜器的铭文”，收入政协枣庄市山亭区委员会编《小邾国文化》，北京：中国文史出版社（3月），173－189页

2006d **《〈孙子〉十三篇综合研究》**，北京：中华书局（4月），共454页

2006e **《中国方术正考》**，北京：中华书局（5月），共430页

2006f **《中国方术续考》**，北京：中华书局（5月），共381页

2006g “说名士，兼谈人文幻想”，《三联生活周刊》2006年第20期（6月5日），126－127页

2006h “万岁考”，《三联生活周刊》2006年第25期（7月10日），36页

2006i **《兵以诈立》**，北京：中华书局（8月），共399页

2006j “读上博楚简《周易》”，《中国历史文物》2006年4期（双月刊），54－67页

2006k “冯伯和毕姬——山西绛县横水西周墓M2和M1的墓主”，《中国文物报》2006年12月8日，第7版

2006l “持诚以恒，终无愧悔——从高明老师的书读到和想到的”，《考古学研究》（六），北京：科学出版社（12月），9－18页

2006m “读周原新获甲骨”，《古代文明》第5卷（12月），197－203页

2006n “丧家狗——我读《论语》”，《中国文化》23，2006年秋季号，北京：中国文化杂志社（12月），28－31页

2007a **《中国古代房内考》**，〔荷兰〕高罗佩著，李零、郭晓惠、李晓晨、张进京译，北京：商务印书馆（1月），共439页

2007b “汾阴后土祠的调查研究”，《九州》第4辑（3月），北京：商务印书馆，1－107页

2007c “从简帛古书看古书的经典化”，《清华历史讲堂初编》，北京：清

华大学历史系、三联书店编辑部合编（3月），50－68页
2007d　**《丧家狗——我读〈论语〉》**，太原：山西人民出版社（5月），共390页；又附录，120页
2007e　“有话好好说，别一提孔子就急——跟立华谈心”，《南方周末》2007年6月14日，D30
2007f　“印山大墓与维京船葬”，《中国历史文物》2007年3期（双月刊），55－62页
2007g　**《铄古铸今——考古发现和复古艺术》**，北京：生活·读书·新知三联书店（8月），共143页
2007h　**《郭店楚简校读记》**，北京：中国人民大学出版社（8月），共304页
2007i　**《上博楚简校读记》**，北京：中国人民大学出版社（8月），共167页
2007j　**《孙子译注》**，北京：中华书局（9月），共109页
2007k　**《简帛古书与学术源流》**，“中国文库”版，北京：生活·读书·新知三联书店（9月），共498页
2008a　**《放虎归山》（增订版）**，太原：山西人民出版社（1月），共238页
2008b　**《简帛古书与学术源流》（修订本）**，北京：生活·读书·新知三联书店（1月），共498页
2008c　张政烺《马王堆帛书〈周易〉经传校读》“整理说明”，收入《马王堆帛书〈周易〉经传校读》，北京：中华书局（4月）；又《书品》2009年第三辑（5月），24－27页
2008d　**《去圣乃得真孔子——〈论语〉纵横读》**，北京：生活·读书·新知三联书店（3月），共302页；又香港：香港三联书店（6月），共355页
2008e　**《人往低处走——〈老子〉天下第一》**，北京：生活·读书·新知三联书店（3月），共275页；又香港：香港三联书店（6月），共333页
2008f　“大黑天”，《天涯》2008年4期（7月1日），144－147页
2008g　“重归古典”，《读书》2008年3期（月刊），21－31页
2008h　“读《动物农场》（一）”，《读书》2008年7期（月刊），109－

122页

2008i “读《动物农场》(二)”,《读书》2008年8期(月刊),123-136页

2008j “读《动物农场》(三)”,《读书》2008年9期(月刊),69-83页

2008k “七十年代:我心中的碎片”,收入北岛、李陀主编《七十年代》,香港:牛津出版社,230-254页;又《今天》2008年3期(秋季号),64-83页;《书城》2008年12月号,17-28页;又收入2009年生活·读书·新知三联书店版《七十年代》,234-256页

2008l **《丧家狗——我读〈论语〉》**(精装本),太原:山西人民出版社(10月),共524页,又附录

2008m “谈谈《论语》”,中国人民大学国学院主编《国学论坛》第一辑(10月),北京:中国人民大学出版社,189-210页

2008n “说冰鉴——中国古代的冰箱”,《中国文物报》2008年10月15日,第5版

2008o “和三联一起过生日”,收入《我与三联》,北京:生活·读书·新知三联书店(11月),92-95页

2008p “视日、日书和叶书——三种简帛文献的区别和定名”,《文物》2008年12期,73-80页

2008q “再说滹沱”,《中华文史论丛》2008年4期(12月),25-33页

2009a “两种怀疑——从孔子之死想起的”,《东方早报·上海书评》,2009年1月18日,第3-4版

2009b “关于中国早期雕刻传统的思考——考古艺术史笔记”,《新美术》2009年1期,4-10页

2009c “中国古代的墓主画像——考古艺术史笔记”,《中国历史文物》2009年2期,12-20页

2009d “上党——我的天堂”,《华夏地理杂志》(国宝山西特辑,5月),16-19页

2009e “上党从来天下脊——晋东南访古记”,《华夏地理杂志》(国宝山西特辑,5月),56-65页

2009f “说清华楚简《保训》篇的‘中’字”,《中国文物报》2009年5

月 22 日
2009g　“读《西洋世界军事史》”，《中国经济》2009 年 5 期，106－121 页
2009h　“说匲——中国早期的妇女用品：首饰盒、化妆盒和香盒”，《故宫博物院院刊》2009 年 3 期，69－86 页
2009i　“第一推动力——怀念俞伟超老师”（摘录），中国国家博物馆、北京大学考古文博学院编《俞伟超先生纪念文集（怀念卷）》，北京：文物出版社，2009 年，139－152 页
2009j　“读清华简《保训》释文”，《中国文物报》2009 年 8 月 21 日，第 7 版
2009k　“留住时光，与你同在”，《上海文博》2009 年 2 期，10－12 页
2009l　**《何枝可依——待兔轩读书记》**，北京：生活·读书·新知三联书店（11 月），共 344 页
2009m　“关于中国早期雕刻传统的思考——考古艺术史笔记”，收入范景中等主编《考古与艺术史的交汇》，北京：中国美术学院出版社（11 月），60－72 页
2010a　**《唯一的规则——〈孙子〉的斗争哲学》**，北京：生活·读书·新知三联书店（1 月），296 页；又香港：香港中文大学出版社，2010 年（1 月），242 页
2010c　**《孙子译注》**，香港：中华书局，2010 年，214 页
2010d　“《孙子》的斗争哲学”，《中国经济》2010 年 2 期，108－119 页
2010e　“小人物与大事变——关于《七十年代》的讲话”，《读书》2010 年 2 期，41－47 页
2010f　“古人的山川”，《华夏地理》2010 年 1 月号，40－64 页
2010g　“十八庙印象”，《华夏地理》2010 年 1 月号，66－69 页
2010h　“读《聂绀弩旧体诗全编》”，最初发表于《南方都市报》2010 年 1 月 13 日 B11 版〔文章题目被编辑改成《不幸成就诗歌》〕，后收入《北大中文系百年纪念：我们的诗文》，北京：北京大学出版社，2010 年 10 月，166－167 页
2010i　“梁侯寺考——兼说湼河两岸的石窟和寺庙”，《中国历史文物》2010 年 3 期，54－67 页

2010j “中国的两次大一统”（一至八），《东方早报·上海书评》第 87－93 期（2010 年 4 月 18 日：3；4 月 25 日：4；5 月 9 日：4；5 月 16 日：3；5 月 23 日：3；5 月 30 日：3；6 月 6 日：4；6 月 13 日：4）

2010k “大道理管小道理——刘苏里访李零”，《SOHO 小报》No.113（5 月），44－55 页

2010l “世界杯感言”，《东方早报·上海书评》2010 年 7 月 18 日，第 13 版

2010m “说中国山水”，《华夏地理》2010 年 7 月号，90－95 页

2010n “A Homeless Dog, Li Ling's Understanding of Confucius,” *Contemporary Chinese Thought*, trans. by Carine Defoort, Vol. 41: No.2, Winter 2009-10

2010o “读《首阳吉金》”，收入上海博物馆、香港中文大学文物馆编《中国古代青铜器国际研讨会论文集》，295－307 页

2010p “攻城和守城”，陈燮君主编《中国 2010 年上海世博会：城市足迹馆》，上海：上海文艺出版社（11 月）

2010q “读《城门开》——写给北岛的一封信”，《书城》2010 年 12 月号，10－11 页

2011a **《兰台万卷——读〈汉书·艺文志〉》**，北京：生活·读书·新知三联书店（1 月），共 235 页

2011b “高罗佩诞辰百年：谈《中国古代房内考》”，《读书》2011 年 1 期，35－42 页

2011c “读《张政烺论易丛稿》”，《东方早报》2011 年 1 月 23 日，B04

2011d “简帛古书的整理与出版——第九期全国古籍整理出版编辑培训班讲稿”，《古籍整理出版情况简报》总 480 期（2011 年第 2 期），2－15 页；又见《书品》2011 年第 2 辑（3 月），13－27 页

2011e **《待兔轩文存·读史卷》**，桂林：广西师范大学出版社，2011 年 5 月，共 348 页

2011f “中国最早的‘升官图’——说孔家坡汉简《日书》的《居官图》及相关材料”，《文物》2011 年 5 期，68－79 页

2011g “西岳庙和西岳庙石人——读《西岳庙》”，《秦始皇帝陵博物院》2011 年总壹辑，西安：三秦出版社（6 月），99－118 页

2011h “角帽考——考古发现与明清小说的比较研究”，《秦始皇帝陵博物院》2011 年总壹辑，三秦出版社，2011 年 6 月，213－228 页

2011i “关于碬、破两字的再认识”，《书品》2011 年 6 期，32－35 页

2011j “Li Ling: At Home in Homelessness,” *Contemporary Chinese Thought*, trans. by Carine Defoort, Vol. 42: Nos. 1-2, Winter 2010-2011

2011k “北大汉简中的数术书”，《文物》2011 年 6 期，80－83 页

2011l “秦汉罗马：一场时空遥隔的对话”，《法国汉学》丛书编辑委员会编，〔法〕马克、邓文宽、〔法〕吕敏主编《古罗马和秦汉中国：风马牛不相及》，北京：中华书局（9 月），卷前代序

2011m “我的读书生活——阅读经典及其他”，上海图书馆学《图书馆杂志》2011 年 10 期，97－104 页

2011n “爱我中华，振兴中华”，《中华读书报》2011 年 12 月 14 日，第 14 版；又《书品》2012 年 2 期，31－34 页

2012a “黄泉路上蝶纷飞——怀念我敬爱的傅懋勣先生”，《读书》2012 年 1 期（月刊），112－119 页

2012b **《兵以诈立——我读〈孙子〉》**（增订典藏本），北京：中华书局，2012 年 2 月，共 406 页

2012c “读梁鉴‘内而光’镜”，《中国文物报》2012 年 3 月 16 日，第 6 版

2012d “死生有命 富贵在天——从打扑克说起”，《读书》2012 年 4 期（月刊），81－91 页；又《发现》杂志 2012 年 5 期转载此文，见该刊该期 38－40 页

2012e “维铮先生二三事”，《东方早报·上海书评》2012 年 4 月 22 日，B12，后收入《怀真集》，上海：复旦大学出版社，2013 年 3 月，69－71 页

2012f “成人一愿，胜造七级浮屠——我的老师和老师梦”，《中华读书报》2012 年 5 月 9 日，第 7 版；又见《书品》2012 年 4 期，9－11 页

2012g “‘邦无飤人’与‘道毋飤人’”，《文物》2012 年 5 期，68－73 页

2012h　“读梁鉴藏镜四篇——说汉镜铭文中的女性赋体诗”，《中国文化》第 35 期（5 月），30－39 页

2012i　“北大秦牍《泰原有死者》简介”，《文物》2012 年 6 期，81－84 页

2012j　**《孙子兵法》（中英文对照）**，李零今译、〔美〕安乐哲英译，北京：中华书局（6 月），共 159 页

2012k　“太阳不是无影灯——从一个展览想起的（上）”，《读书》2012 年 6 期（月刊），93－101 页

2012l　“太阳不是无影灯——从一个展览想起的（下）”，《读书》2012 年 7 期（月刊），78－86 页

2012m　“‘方华蔓长，名此曰昌’——为‘柿蒂纹’正名”，《中国国家博物馆馆刊》2012 年 7 期（总第 108 期），35－41 页

2012n　“说易学革命（上）”，《文景》2012 年 6 期，42－53 页

2012o　“说易学革命（中）”，《文景》2012 年 7 期，85－89 页

2012p　“说易学革命（下）”，《文景》2012 年 8 期，65－69 页

17 《中国方术考》

北京：东方出版社，2001 年 10 月

九九陈愿

——2001 年修订本前言

岁月如梭，不堪回首。我这本小书从动笔到出书花了五年，从出书到现在又花了五年。说时迟，那时快，“青春小鸟”已倏然飞去，中年的门槛也一脚迈过。回是回不去了。

我的书错误太多：自己的错多，手民之误也多。木已成舟，追悔莫及，除了包羞忍耻，耐心等待（等待五年期的合同解除），还能有什么办法呢？

本书的再版，原因很简单：我的书早已售缺，哪儿都买不到，很多人（中外的读者都有）老是追着来问。但从我来说，更重要的原因还不在这儿。我考虑的主要是，这书错字太多，流毒太广（原书印数不详，又不肯出勘误），给我添堵，也对不起大家手里的钱。我心里一直在想，不行，咱们一定得找个改过自新的机会。前两年，我把希望寄托于台湾一家名气很大、规模也很大的出版公司——时

报出版公司，想借外版加以修正。可是等呀等，盼呀盼，眼看就要出书，忽然他们把老板给换了，说是廖立文时代的学术书给他们捅了很大的窟窿，出路只有一个，就是得请我还有史语所的一批作者包涵，原谅他们的毁约退稿。我再一次领教到商业之无情、信义之无用——当此“世纪末”，谁也躲不过的“司空见惯”。

不是我爱发牢骚，我的文运确实很背（此书是我浪费眼力和感情最多的书）。

在旧版序跋中，我曾有意记下我搁笔之际忽然涌上心头的胡思乱想。当时心潮澎湃，翻江倒海，我说了很多对我刻骨铭心，但和大家毫不相干的话。该后悔的后悔过了，该遗憾的也遗憾过了，时过境迁，没有再印的必要（我已把它们收入《放虎归山》）。这里只想讲点今后的希望，我心里郁积已久，混沌朦胧，在《中国方术考》中还来不及展开，今后也未必就能完成的想法。

这是一组关于“现代化”的古代思考。

我想写三本书，三本主题相关的书：

(1)《绝地天通》；

(2)《礼坏乐崩》；

(3)《兵不厌诈》。

我想写的头一本书，主题是讲“天人分裂”（而不是“天人合一”），即在我们中国，“地”和“天”怎样分离，“人”和“神”怎样疏远；我们中国人为什么对老天爷假装虔诚（“敬鬼神而远之”），可实际上又很不客气（“老天爷，你不会作天，你塌了罢”）。它涉及的是中国的宗教传统和科学传统，或者更准确地说，是我们那种在西方人看来既不“宗教”也不“科学”的态度（早期传教士一眼就能看出来的态度）。中国的“真龙天子”要想坐稳天下，当然得有“天降大命”的合法证明；造反的老百姓图谋颠覆政府，也是打着“替天行道”的堂皇旗号。但他们对“天”的关心从来就不如“地”，对“神”的兴趣也大不如“人”。这和西方的传统很不一样。研究宗教史和科技史，我是热情有余而知识不足。方术同两者都有关系，和两者又都不一样，这是很好的切入点。因为出土材料日增，我的胆子稍微大一点，我想扬长避短，冒险一试，然后急流勇退。

我的第二本书是想讨论中国的“乱”，中国小说几乎无一不说的“乱”：挑战天神的“乱”，挑战政府的“乱”，王朝分裂的“乱”，男欢女爱的“乱”。但太大的时间跨度，太多的社会层面，绝非我所能够驾驭。我要讨论的只是孔夫子亲眼所见、痛心疾首，“道术将为天下裂”，引来诸子百家大辩论的那种“乱”。《春秋左传》说“并后匹嫡，两政耦国，乱之本也”，这是解读《左传》的钥匙。我想利用我的专业知识，借两周铜器铭文和有关考古资料对这个“本”字试为新解，讲一下“郁郁乎文哉”的周礼何以会颓然陨落、中国贵族传统为什么崩溃得那么早（这和西方也是对照）。另外，如果可能的话，我还想拿这种“礼坏乐崩”和“法令滋章”的战国晚期和秦汉时期作一对比，透过其“法典化”的再度蒙羞，展现“规则”在中国法统观念下的脆弱和多变。

我的第三本书是讲中国发达甚早、极富哲理的兵学（19世纪之前，欧洲实无与此水平相似之“兵法”，不但中世纪没有，希腊、罗马也没有）[1]。我想重操旧业，以中国的兵法为标本，透视中国人的行为特点和游戏规则。军旅最讲规则，兵法最不讲规则，这是我想讨论“兵法”的缘故。它是上面两本书的总结。上面两本书，一

---

〔1〕 中国的兵法特别发达，但它的发达却并不完全是得益于“窝里斗”，也与中国历史上的“外战”有关。历史上的匈奴、蒙古等族，他们虽然不写兵书，但却是坦克火炮发明前最擅长作战的民族，我们从他们学到的东西很多。

本讲“无天”，一本讲“无法”。“无法无天”的结果是“造反有理”（这也是很有中国特色的概念）。“造反有理”是对“规则”的亵渎和挑战。这和“兵法”在骨子里是一样的（注意：“逃跑”也是兵法，广义的“造反”也包括“帝力于我何有哉”）。虽然中国的“造反”从来也没有打破过“规则”，反而是“规则”的必要补充（是个悬于“规则”之上，藏于“规则”之下，长期保留定期上演的节目）。它既让我们感到“兵法”的可怜无奈，也让我们感到“兵法”的无所不在。唯一的规则就是没有规则。这是“兵不厌诈”的“诈”，也是“造反有理”的“理”。

最后，假如还有余力，我想讨论一下中国文学表现中的“男女关系”，特别是作为文人理想渗透于一切“风流人物”内心，习惯上称为“才子佳人”类型的“男女关系”（这也是很有中国特色的地方）。如此而凑成我的“四大奇书”（不是我在这儿吹牛，而是自己给自己打气）[1]。

我相信，最古老的话题也是最现代的话题，最现代的话题也是最古老的话题，“前现代”也好，“后现代”也好，恐怕都是“现代人”的虚构（“现代”一词的荒谬就在于，它是一个“前无古人，后无来者”的漫长停顿）。

《中国方术考》只是对上述第一个题目的初步思考。本来还是毛坯的已经过早诞生，本来该是成品的却迄未问世。我对身不由己、如同五马分尸的自己很不满意。

早已过了立志之年的我，还有梦在心中。

在今后的日子里，我想投入上述题目的创作。

---

〔1〕“四大奇书”即《西游记》、《三国演义》、《水浒传》、《金瓶梅》。它们正好代表了中国小说的基本类型：“神怪”（第一种）、“英雄”（第二、第三种）、“儿女”（最后一种）。我常和我的西方同行讲，你们要读不懂“四大奇书”，就很难理解中国。

但愿完成，早点休息。

虽不能至，心向往之。

1999年4月11日写于北京蓟门里寓所，
时当北约狂轰滥炸南斯拉夫之际

后　记

在本书的后面，有几件事要交代一下：

（一）本书是由单篇论文改写扩充，其毛坯是：

（1）"The Formulaic Structure of Chu Divinatory Bamboo Slips," translated by William G. Boltz, *Early China*, No. 15 (1990), pp.71-86.〔案：这是第四章第三节的最初草稿〕

（2）《楚帛书与"式图"》，《江汉考古》1991年1期，59－62页。英文："Discussion of the Chu Silk Manuscript and 'Shi-tu'," translated by Jenny F. So, *New Perspectives on Chu Culture during the Eastern Zhou Period*, edited by Thomas Lawton, Princeton University Press, 1991, pp.178-183.〔案：用于第三章第一节〕

（3）《马王堆帛书"神祇图"应属辟兵图》，《考古》1991年10期，940－942页。〔案：用于第一章第九节〕

（4）《"式"与中国古代的宇宙模式》，《中国文化》第4期（1991），1－30页。〔案：第二章是由此改写〕

（5）《跋石板村"式图"镜》，《文物天地》1992年1期，31－34页。〔案：用于第一章第九节〕

（6）《湖北荆门"兵避太岁"戈》，《文物天地》1992年3期，22－24页。〔案：用于第一章第九节〕

(7)《马王堆房中书研究》,《文史》第35辑,211－247页。英文:“The Contents and Terminology of the Mawangdui Texts on the Arts of the Bedchamber,” *Early China*, No. 17(1992), pp.145-185.〔案:第七章是由此改写〕

(8)《尸体防腐、冶金和炼丹》,《文物天地》1992年4期,17－20页。〔案:用于第五章第一节〕

(9)《包山楚简研究(占卜类)》,《中国典籍与文化论丛》第1辑(中华书局,1993年),425－448页。〔案:第四章第三节是由此改写〕

(二)因为此书是由论文改造,写作当初考虑不周,故而留下遗憾。如:

(1)书中引文不够详密,肯定有遗漏。

(2)当页脚注只注作者(但考古报告和文物图录多省略此项)、书刊名、出版社(但除港台和海外,一般不注地点)、出版年、卷期,多无页码。

(3)中文典籍一般均随文括注,只注书名篇名,不注版本卷页。

(4)书后也没有参考书和索引。

(5)本书有不少错字和细节上的问题。

此次再版,我们的修改只限最后一项,其他各项没有做进一步处理,自嘲的说法是“古风依旧”。

(三)本书提到的材料,有些在本书出版前尚未公布,或者刚刚公布而书已付梓来不及讨论,我在旧版《补记一》曾有所提及,这里做一点补充:

(1)本书第一章第二节和第四节提到马王堆帛书《刑德》乙篇和《阴阳五地》甲、乙本。见傅举有、陈松长编《马王堆汉墓文物》,湖南出版社,1992年,132－143、144－145页(前者完整,后者是局部)。该书35页有《避兵图》(题作《社神图》),154－160页有《天文气象杂占》(局部)，161 页有《五星占》(局部)，也是相关材料。又 162 页有《卦象图》，性质待考，题名不一定合适。〔案：有关讨论，见拙作《中国方术续考》的《读几种出土发现的选择类古书》〕

(2) 本书第一章第三节提到九店楚简《日书》。见湖北省文物考古研究所《江陵九店东周墓》，科学出版社，1995 年，506－511 页，图版一〇七至一二二。〔案：有关讨论，见拙作《读九店楚简》，《考古学报》1999 年 2 期，141－152 页〕

(3) 本书第三章第一节提到商承祚先生收藏的子弹库帛书残片。见《文物》1992 年 11 期彩色插页贰和图版肆，该期有商志f7《论商承祚教授藏长沙子弹库楚国残帛书》(32－33 转 35 页)、饶宗颐《长沙子弹库残帛文字小记》(34－35 页)、李学勤《试论长沙子弹库楚帛书残片》(36－39 页) 三文论之，可参看。又《文物天地》1992 年 6 期有商志f7《商承祚教授藏长沙子弹库楚帛书残片》一文(29－30 页)，《文物》1994 年 6 期 84－93 页有伊世同、何琳仪《平星考》，《湖南省博物馆文集》第四辑（岳麓书社，1991 年）有蔡季襄遗稿《关于楚帛书流入美国经过的有关资料》(21－25 页) 和楚言《楚帛书残片回归故里》(45－46 页)，亦可参看。〔案：商氏所藏共十枚，现在仅找出一枚，已捐献湖南省博物馆。这些残片与美国华盛顿弗利尔／赛克勒美术馆所藏子弹库楚帛书残片为同类，将来应做汇总研究〕

(四) 在本书旧版的《补记一》中我曾提到若干来不及增补的重要参考文献，如与马王堆帛书有关的，有马继兴《马王堆古医书考释》(湖南科学技术出版社，1992 年) 等。这类有关文献还有不少，现在因为有陈松长《马王堆帛书研究目录》(收入《湖南省博物馆文集》第四辑)，读者比较容易查到，这里不再重复，只将其他几种移录于下：

(1) Marc Kalinowski, "Les Instruments Astro-calendériques des Han et la Méthode LIU REN," *Bulletin de l'École Francise D'extréme-Orient*, tome LXXII (1993), pp. 309-419.〔案：与本书第二章的讨论有关〕

(2) 成家彻郎《中国古代的占星术和古星盘》，袁岚译，《文博》1989年6期，67－78页。〔案：与本书第三章第一节的讨论有关，此文先我指出双古堆六壬式的十二月与楚帛书十二神相似〕

(3) 王育成《含山玉龟及玉片八角形》，《文物》1992年4期，56－61页。〔案：与本书第二章第二节的讨论有关〕

(4) 李学勤《周易经传溯源》，长春出版社，1992年。〔案：与本书第一章第六、七节和第四章有关，作者把殷墟四盘磨和小屯南地所出带数字卦的甲骨定为周人之物〕

(五) 最近美国学者夏德安 (Donald Harper) 出版了他研究马王堆医书的新作《中国古医书》(*Early Chinese Medical Literature*, Kegan Paul International, 1998)。这次校改附录一的马王堆房中书释文，我们参考了该书的校订。

(六) 本书书评，我所寓目，有以下三篇：

(1) 葛兆光《思想的另一种形式的历史》，《读书》1992年9期，36－43页。

(2) 俞晓群《方术——中国文化的另一条主线》，《博览群书》1993年3期，25－26页。

(3) 金仕起《李零著〈中国方术考〉》，台湾《新史学》第七卷第三期，219－236页。

其他引述之作也很多，给我很多鼓励。我希望读者能给我以更多的批评，不光说好话。

1999年4月19日写于北京蓟门里寓所

18 《中国方术续考》

北京：东方出版社，2001年10月

“关公战秦琼”的可行性研究

（代前言）

早就应该告别方术。只是为了弥补《中国方术考》留下的各种遗憾，只是为了追论层出不穷的考古发现，在等待再版的同时，我又写了这本《中国方术续考》。本书与它的前身一样，也是以考古材料为主，也是讨论早期方术，但不同点是，结构比较松散，思路比较开阔。我自己的感觉是，它比前书更接近我想讨论的“绝地天通”（我在《中国方术考》再版前言中计划要写的三个题目之一）。

一、古今可以比较吗？

在本书中，我想贯穿我对“现代化”的古代思考，一个可能会被视为荒诞的念头。

首先，读者不难发现，在本书中，我的“时间观念”很差，差到常常淆乱古今，竟把考古学家才关心的时段和我们正在“走向富强”的时代相提并论。我并不相信历史学家告诉我的基本常识：“现代”和“古代”绝不可同日而语。我不但怀疑“现代化”的高贵出身，也怀疑“现代化”的绝对优越。比如我对“黄赌毒”一类问题的讨论（见本书的《卜赌同源》、《药毒一家》），比如我用“方术”消解“科学”，“礼仪”消解“宗教”（见本书的《天地悠悠》、《秦汉礼仪中的宗教》），想法都是如此。人以为同者，我或以为不同；人以为不同者，我或以为同[1]。

当然，我也并非成心跟历史学家找茬，或如时下愤青者流刻意要去颠覆什么。我只是觉得过去的“时间表”虽貌似有理，可简单的事实都摆不进去。

小时候读历史，咱们都受过教育。有很多观念，在别人在自己，都是根深蒂固。谁都知道我们有个很大的“时间表”，甭管地球上的哪个角落，也甭管两地之间有没有传播，任何事情的发生都得遵循“规律”，就像春生夏长、秋收冬藏，什么时候该有什么物质水平，什么时候该有什么社会形态，什么时候该有什么思想文化，多少总得有点“同步性”。即便冬天开花，夏天降雪，偶尔也有例外（考古学不断告诉我们这样的例外），但事情总得八九不离十，绝不能离谱太远。学者称为“综合年代学”。有人说，如此教学，大概只有我们这儿，只有讲马克思主义的地方，那可错了。不信，您可以到台北故宫看看，那栋建筑的一层有个展览，叫“华夏文化与世界文化之关系”，专门就是讲哪一年或哪些年世界上的不同地方都发生了什么，一样有这种“综合年代学”，一样有我们坐在电视机前，通过卫星天线才能找到的感觉。我们的“时间表”是现代“时间表”。大家

〔1〕 我所怀疑的与其说是我们自己的历史学（其实是被西方现代化过，也曾摩登而随即陈旧的中国历史学），还不如说是西方历史学（19 世纪以来，包括马克思主义历史学，花样翻新而初衷不改的西方历史学）。

对这个“时间表”，见仁见智，或许不同，可是谁都相信，事情总是螺旋上升，加速发展，甭管分三段五段，“现代”（或曰“近代”）是一段，“传统”是一段，这是基本划分（80年代流行“与传统决裂”，90年代流行“弘扬传统文化”，其说则异，其心则一）。所以我们要讲比较，当然只能是“同期比较”。不同时期，特别是“现代”和“古代”，肯定没法比。一定要比，那也像乞丐和龙王比宝，优劣悬殊大到不可想象。比也等于没比。

听侯宝林说相声，谁都知道，“关公战秦琼”是很可笑的事：一个汉季之人，一个唐初之人，他俩怎么交手？可是“使李将军逢高皇帝”，或“亚瑟王宫廷中的美国佬”，并非全是文学想象[1]，即使在咱们每个人的头脑里，也是随时随地都会发生，任你任我都控制不住。比如我还记得，“文革”中有个“反革命事件”，著名的“伊林·涤西事件”。1966年9月15日，林彪在天安门城楼上讲话，尖着嗓子讲话。他说“马克思列宁主义的书那么多，读不完，他们离我们又那么远。在马克思列宁的经典著作中，我们要百分之九十九地学习毛泽东著作”（案：后两句话有语病），“毛主席比马克思、恩格斯、列宁、斯大林高得多”。当时有两个农大附中的学生胆子真大，他们化名“伊林·涤西”，在清华大学贴大字报，说敬爱的林副主席，您这话可不太合适，也违反马列主义，今人不比古人高，古人不比今人傻（大意）。这话几乎送了他们的命（差点被他们的同学

---

〔1〕“故事新编”不仅是很重要的文学形式，也是很重要的历史形式。这样的套路，美国电影玩得正欢（如新《灰姑娘》和新《小红帽》之类）：故事的场景就在眼前，新得不能再新，只有故事的胚子还是老的。这是一种“新编”。还有一种是淡化背景，突出人物：咱们老百姓，谁坐天下，都得吃饭睡觉娶媳妇生孩子，你在神祖面前拜天地还是在毛主席像前拜天地，效果都一样。比如我们的京剧，它的服装道具，时不分古今，地不分南北，漫画最厉害的反面是背景。两种“新编”都属于“气死历史学家”，但对历史学家实在很有启发（“新编”也是“还原”）。

塞进冰窟窿)。还有回忆奥运史,类似的比较也很多。比如跳高、跳远、赛跑、游泳,只要有时间可以掐表,有距离可以丈量,甭管你是什么时候的人,都可以立决高下。这对我们的想象是巨大鼓舞。人越跑越快,越跳越高,这不是明摆着的吗?所以推而广之,就连竞技体育我们也敢这么想。如最近美国篮坛巨星(昔日的巨星)贾巴尔上咱们这儿访问,记者向他提问,说你和乔丹谁强。他不好回答,别人也不好回答(让现在的贾巴尔跟现在的乔丹比太不公平,让现在的乔丹跟当年的贾巴尔比又绝无可能),可比的想法却深入人心,没人觉得荒诞[1]。

八九年前,因为在学校讲《孙子兵法》,我曾把英国战略家哈特为格里菲斯《孙子兵法》英译本写的序言念给学生听。哈特说:"《孙子兵法》在论'战争艺术'的作品中出现最早,但其闳阔深远,却迄无超越者。此书真可谓集运用之妙的大成。在以往所有的军事思想家当中,只有克劳塞维茨可与之相比,但就连他也比孙子要'过时',显得有点古老陈旧,尽管他著书立说比孙子晚了两千多年。孙子有更清晰的眼光,更深刻的见解,和可以垂之永久的魅力。"[2]这样的话,学生爱听,我也爱听,但并不相信。当时我说,他可真把孙子给吹神了,神得都让咱们不好意思,大家别当真。可是后来书读得多了一点,我才发现,哈特的"溢美之辞"倒也不无道理。因为西方的兵法有什么呢?古典时代,他们是拿史书当兵书,拿战例当兵书;中世纪也没什么像样的书,除了军制、阵法、器械之类,

---

〔1〕 和体育史上的"进步观念"相似,我们的"进步观念"也是建立在可供比较、可供计算的"发明记录"和"生产力水平"之上。至于其他方面,我们还缺乏共识。虽然有人说,我们一定会找到某种"换算方法",可是不问环境,不问难度,不抱设身处地"了解之同情","比较"又有什么意义?

〔2〕 Samuel B. Griffith, *Sun Tzu*, *The Art of War*, Foreword by B.H. Liddell Hart, Oxford University Press, 1963. 哈特序,我作有译文,以《回到〈孙子〉》为题发表于《孙子学刊》1992年4期,12－13页。

乏善可陈[1]。他们的兵书确实是到19世纪才成气候[2]。克劳塞维茨的《战争论》有两个背景。一是平民将帅拿破仑（《红与黑》中于连崇拜的对象）不守贵族战法，把普鲁士打得落花流水，克劳塞维茨被俘，有奇耻大辱。他是受了这个刺激才写《战争论》。二是他有德国古典哲学的训练，学过康德，擅长思辨，对军旅之事有战略眼光。《孙子》和《战争论》的年代当然相差很远，但背景却有类似之处。它的横空出世，也是因为两条，一是"兵不厌诈"对贵族战法的挑战，二是诸子百家的思想活跃。哈特要比，他不拿此公比，又拿谁来比呢？

这也可以算"关公战秦琼"。类似的例子还有很多很多。

二、中西的三大不同

本书是讨论中国方术。中国以外，语言不灵，知识贫乏，我不敢做比较研究。但我们研究自己，是不是真的就没有比较，那也不是。粗糙的想法还是有一点。

小时候读历史，我们总是习惯于相信，中国和西方在"现代"以前有相似进程[3]；后来我们停滞不前，让他们一个加速跑甩在后面。这是基本的"同"和"不同"。等我年龄大一点，我才发现，所谓"世界史"，它的拼凑很勉强。明明大不相同，空间悬隔，没事，

〔1〕 如希腊：希罗多德的《希腊波斯战争史》、修昔底德的《伯罗奔尼撒战争史》、色诺芬的《远征记》；罗马：弗龙蒂乌努斯的《谋略》、韦格蒂乌斯的《兵法简述》（以上均有汉译本）。我们也有这类兵书，如司马彪《战略》、李筌《阃外春秋》、胡林翼《读史兵略》（《汉书·艺文志》著录的《兵春秋》可能是类似的书）。参看 Gerard Chaliand, *The Art of War in World History*, University of California Press, 1994。

〔2〕 西方的"现代化"，很多"制度发明"和"精神创造"都在19世纪。

〔3〕 当然，在缺乏比较或难以比较的情况下，西方史学家也使用过"东方"或"亚细亚"这类含混不清的概念，如以大河灌溉、农村公社、专制主义为我们的特点。中国史学界的"封建专制主义"一词就是以他们对我们的印象（专制主义）和我们对他们的印象（封建主义）拼凑而成。这是非常荒诞的一个词。

只要时间相近，就可以凑一堆、搁一块，对照参看。相反，即使酷为相似，如果时间拉得太长，分属“现代”和“古代”，则拒绝比较，一定要比，也是早了不行晚了不是（不是嫌其“早熟”，就是恨其“停滞”）。我看，这种想法很有问题，恐怕远不如利玛窦下车伊始的“第一印象”（见本书的《利玛窦与“三首巨怪”》）或伏尔泰道听途说的“好心误读”更近真相。

因为他们对差异的感受比较新鲜，不像后来的我们，看见了也说没看见。

在我看来，中国和西方差异大，不是一时半会儿大，而是从始至终大，但两者仍有可比之处。它们的不同，有些是配方的不同，药味其实差不多；或者像翻毛大衣里外穿，你可以把毛面穿在外面，也可以把毛面穿在里面，大衣有两个面还是一样的。比如欧洲和我们，两者都有自己的宗教传统和国家形态，都有整合政教，变血缘组织为地缘组织，把后者做大的过程；为了消弭种族、文化和宗教的冲突，为了超越小社群的狭隘和局限，双方都有“大一统”的冲动（由酋豪而王，由王而帝）。但最简单的对比可以告诉我们，两者的取径实大不相同。我们中国，从前也是小国寡民，也是封建诸侯，但两千多年前就有法典化的统一民族国家，发达的文官政治（郡县制度和察举考核制度）和涉及广泛、推行普遍的标准化。这和欧洲历史的对比很强烈。17 世纪，西方传教士到中国，他们看中国像罗马，是把中国当他们的“过去”（文艺复兴后的欧洲看中国，他们想到的是自己的“古代”）。而 18 世纪，欧洲正在做和准备做类似中国的事情（如政教分离，建立文官政治等），启蒙思想家对中国一见倾心，他们又把中国当他们的“未来”（可见欧洲受惠中国，并不仅仅是“四大发明”，也包括制度创设）。19 世纪以来，全球扩张的欧洲搭上时代快车，“羽翼已就，横绝四海”，他们才不把中国放在眼里，我们才对他们无可奈何。现在的“全球化”是西方的“全球化”，特别是美国的“全球化”。但欧洲由“王道”进于“帝道”一直步履艰难。他们虽然也有希腊化时代，也有疆域不小的罗马帝国，也有御守北边的长城（哈德良长城），但他们的帝国都是昙花一现。我们的“帝国主义”从秦到清，两千多年相沿不改，“万里长城永不倒”。而他们的“帝国主义”在历史上很不发达，发达起来是在我们衰落之后。即使今天，欧洲也还是小国林立国王一大堆（比任何一洲的国王都多），车不同轨（英国的车左行，大陆的车右行），书不同文（巴比伦塔的问题比哪儿都严重），米尺和英尺打架，公斤同英磅冲突，欧元也是从今年才刚刚启动（欧洲统一自钱始）。怎么看怎么让人觉得，欧洲貌似年轻而其实古老，中国貌似古老而其实年轻[1]。两者的制度发明，内容相似的发明，几乎样样都有“时间差”，空当儿很长的“时间错位”。真正的对话反而是在“古代”和“现代”之间。

欧洲和中国不同，首先是政教关系不同。我想讨论的“绝地天通”，“天”是宗教，“地”是国家。他们是“天”包“地”，我们是“地”包“天”。中国的“大一统”首先是国家“大一统”，其次是文化“大一统”，全是世俗意义上的“大一统”。宗教“大一统”，汉武帝试过，很不成功（见本书的《秦汉礼仪中的宗教》），只能摆在国家下边，取多元化的发展趋势（如同今日美国的情况）。我们这样做，要按他们的宗教规定，那是成何体统？但从国家主义的观点看，却是好处多多，不但各种宗教可以和平共处（我们的传统是“三教合流”，各种宗教的混融很厉害），而且个人选择的余地也比较大（可以同时信好几个宗教。不像西方，信仰不同，剑拔弩张；彼此相爱，婚都结不了）。西方没有我们这样的“大一统”，他们只有宗教

[1] 年龄大的不一定辈分就大，年龄小的也不一定辈分就小。在农村，老头管小孩叫爷爷的事并不少见。

“大一统”。他们的宗教，整个地中海地区的大宗教（犹太教、基督教、伊斯兰教）都是普世性的宗教，超国家的大宗教[1]，对内缺乏宽容，对外强加于人，不但有宗教裁判，而且有宗教战争（上述三教有同源关系，但打得最凶的就是他们，至今仍是国际争端的“老大难”），和我们大不一样（他们只有“传教”没有“取经”，我们只有“取经”没有“传教”）。

中国和欧洲很不一样，还有一个方面是贵族传统。他们的“小国林立，国王一大堆”，如果同我们比，无论西洋史家，还是中国学者，只要不带偏见，马上想到的都是中国早期的格局，而不是秦始皇以后的格局。中国的格局，春秋和春秋以前也是贵族的天下：国君是贵族，卿大夫是贵族，士也是贵族子弟。“打仗亲兄弟，上阵父子兵”，凡是披坚执锐的武士（无论将帅还是士兵）都是一色儿的贵族。我们的官制，从趋势上讲，“天官”（与宗教和礼仪有关的职官）不如“地官”（与行政和军事有关的职官），武官不如文官。四民之序是“士农工商”，其中没有僧侣。中国的“刹帝利”（武士）地位很高，本来就不在“婆罗门”（僧侣）之下（至少从商代已如此），后来平民当兵，可以凭军功取爵，贵族变平民，平民变贵族，容易得很。战国以来，中国不但有平民卿相，后来就连皇帝都可能出身草莽。陈胜说“王侯将相，宁有种乎”，这是我们的传统。中国贵族传统的崩溃相当早，和西方的时间差至少在两千年以上。秦代以下，虽然帝室不废、门阀世族也曾显赫一时，但他们并不是欧式贵族。欧式贵族是来自部落酋豪，是来自蛮族武士，和我们大不一样。

此外，中国的“造反”或曰“农民战争”也很有特色。有人说，

---

〔1〕 犹太教是亡国绝祀之教，除战后的以色列，一向没有国家可以依托。它和从它派生的基督教和伊斯兰教都有“超国家”的性质。

这是“五朵金花”，已经过时，不值得研究，我不同意[1]。因为同西方相比，我们中国的“造反”实在太有特色：一是“合理性”强（在道统、法统两方面都留有余地），二是“周期性”强（二三百年必有一回）。我们的老百姓就像惯坏的小孩，打也打过多少回，哄也哄过多少遍，软硬不吃，什么都不怵。只要他们乐意，神圣和正义总在他们这一边[2]。这种平民传统，和欧洲大不一样。欧洲的老百姓，一畏神鬼，二怕贵族，没有文化，没有武器，没有组织，不像我们的“造反”，官、绅、士三位一体，上有领导，下有群众，要文有文，要武有武（从宋江、林冲到武松、李逵，一应俱全），政权的替代系统（或潜在的备用政权）早就装在社会硬盘上，只要时机一到，随时可以启动。它不仅是有颠覆性和破坏性的反体制因素，也是社会再造和改朝换代的工具（实际上是起制衡作用，等于保险装置）[3]。

这“三大不同”的比较都是上下几千年，纵横数万里，以我的能力，甭说深入研究，就连皮毛都谈不上。但我相信，中西比较的首要前提就是要打乱原来的时间表。原来认为不可比较的，现在恰恰要认真比较。

我说的“中国古代的‘现代化’”就是属于这样的比较。

三、阴阳割昏晓

在我的这本小书中，还有一个欲说还休、不敢深入的领域，那就是清末以来日益引起学者关注的“边疆史地研究”和“边疆考古

〔1〕 过去对“农民战争”只讲正面，不讲负面，当然不妥。但现在有人说它是“痞子运动”，也大谬不然。

〔2〕 在小说中，孙悟空大闹天宫，谁也管不了，原因是他很不虔诚（只跟菩提祖师学过点法术）。虽然在生活中，宗教也是造反的重要武器。

〔3〕 西方人说阿提拉是“上帝的鞭子”。如果说上帝要惩罚我们的文明，那么他手里拿着的就是两条鞭子，一条是蛮族入侵，一条是造反有理。我们的内忧与外患总是与时俱来。

研究”（按拉铁摩尔的说法，这是“亚帝国主义”的产物）。这也是牵动全局的大问题[1]。比如我对胡巫、翁仲、突厥方向、密教房中术的讨论都涉及到这一方面（见本书的《先秦两汉文字中的“巫”》、《秦汉礼仪中的宗教》、《说早期地图的方向》、《东汉魏晋南北朝房中经典流派考》）。

时间的讨论需要地理眼光。

打开地图，在东半球的北部，即这个世界上最热闹的地方，我们可以发现一幅有趣的“阴阳图”。这个图的中间是一条由高原、荒漠、绿洲、草原连缀而成的干旱带[2]，就像太极图上分割阴阳的曲线。曲线从北非的撒哈拉沙漠、西亚的阿拉伯沙漠，经伊朗高原和土耳其斯坦，进入地形复杂的欧亚草原，主要是伊斯兰世界（居民以阿拉伯民族和突厥民族为主），是“骑马民族”活动的走廊[3]。走廊的两侧是农业文明。左侧即“阴阳图”的阴面，是欧洲各国，是西方，是基督教世界（犹太教夹处其中）。右侧即“阴阳图”的阳面，是中、印等国，信仰比较复杂。佛教是这一区域最有“世界性”的宗教，但远不如另外两个区域那么清一色：印度是佛教的发祥地，但现在是以印度教的居民最多；中国也是佛教的主要传播区，但中

---

〔1〕 本世纪中国的“五大发现”，三大发现（西域汉简、敦煌遗书和古外族遗文）都与西方探险有关。中国的学术是借这些发现而与国际汉学接轨。从此，我们才明白，满、蒙、回、藏不仅是中国疆域之半，也是中国历史之半。“二十五史从何说起”？首先就得从这一大块说起。

〔2〕 这条干旱带只有一部分与北半球的“回归荒漠带”（地球上的沙漠和荒原主要分布于南北回归线上，故称）重合，即撒哈拉沙漠和阿拉伯沙漠，其他高纬度的荒漠则是由亚洲中西部的高山峻岭阻断太平洋和印度洋的暖湿气流而造成（这是世界上纬度最高的荒漠）。

〔3〕 世界上最灿烂辉煌的宗教文化，最豪华奢侈的商品货物，最血腥野蛮的掠夺战争，都是沿着这条走廊，由马匹和驼队向两厢传播，就像海路和舟楫在我们更熟悉的那个“现代化”过程中所起的作用一样。

国的宗教一直是多元化。我手边有本地图册，它讲各国居民信什么教，全都一清二楚，唯独中国，是作六个字，叫“宗教信仰自由”。

佛教和基督教是从这条干旱带的两侧发源，分别向东和向西传播，中间留下后起的伊斯兰教。这种局面和“野蛮化”有关（“野蛮化”当然是农业民族的话语，这里虽用旧名，但并无贬义）。

对比中国和西方，我们不难发现，两者都有“螳螂捕蝉，黄雀在后”的“野蛮化”过程。但“野蛮化”和“文明化”是互动过程。欧洲和中国，它们的文明源头，都在上述干旱带的边缘，在这些边缘的大河地区（“夷夏”、“胡汉”实为孪生关系）。各大宗教的发源地也在附近。他们的干旱带是在南在东，我们的干旱带是在西在北，文明、野蛮的消长，顺序不太一样。前者的“文明化”是自南而北，“野蛮化”是自北而南。西亚、北非是“蝉”，希腊、罗马是“螳螂”，日耳曼是“黄雀”[1]。我们的“文明化”是怎么一回事，现在还值得研究，但“野蛮化”的问题一样很突出。司马迁说“夫作事者必于东南，收其功实者常于西北”（《史记·六国年表》）。西北征服东南，东南腐化西北，总是一波未平，一波又起。中国历史上也有“野蛮化”，但我们对“野蛮化”的抵抗和吸纳比他们成功。他们的“野蛮化”是文明臻于腐败后的大换血，原来的文明被摧毁、打断、遗忘，变成“失落的文明”。我们的“野蛮化”，宋以前是南北推移[2]，宋以后是轮流坐庄，疗程长而药效缓，后来的文明与原来的

〔1〕 日耳曼地区（日耳曼尼亚）略相当于中国的东北。匈奴、突厥、蒙古人的草原帝国在欧亚两洲间，对东西方的“野蛮化”都有影响。

〔2〕 中国的南北对抗，先秦两汉是围绕三条线，一条是“长城线”（北纬41度左右），即今包头、呼和浩特、集宁、张家口、北京一线；一条是“胡汉推移线”（北纬38度左右），即今银川、榆林、太原、石家庄一线；一条是“王都线”（北纬35度左右），即今咸阳、西安、洛阳、郑州一线。汉强，北据长城；胡盛，退守王都。中间那道线是相持地带。两汉以后，其第二和第三条线不断南移。南方的开发与北方入侵有关。

文明不但前后相接，而且“腐化”与“征服”相比，总是略占上风（“腐化”是“文明”的基本标志）。

上面的“三大不同”和这样的地理背景是什么关系？和“文明”、“野蛮”的互动模型是什么关系？我经常在想（只是想，并不是研究——这辈子都不敢研究）。有些想法当然会影响到本书的研究。

我知道，学术是个只有内行才配进入的天堂，但外行的想法对我一点也不次要（与天堂相比，我更想呆在地上）。

当我写作此序时，我曾犹豫再三：我是把自己的幼稚想法和盘托出呢，还是把它们悄悄藏在心里？

藏拙不如献丑。我把我的思考，不揣浅陋地写在这本小书的前面。

1999年4月11日写于北京蓟门里寓所，
时当北约狂轰滥炸南斯拉夫之际

后　记

本来是为了改错。错误是从疲劳产生。但我总也摆脱不了疲劳。看校样真比写书都累。

本书和《方术考》的修订版，原来设想是1999年内出书，就算慢工细活，顶迟不过年底，算是告别世纪的献礼吧。因为我有现成的稿子和软盘，而且是把它交给东方出版社这样的大出版社，事情总该八九不离十。谁知道，一不留神——我是说，给我做书的电脑公司不留神——我的书竟跨了世纪，一直拖到现在都不能出版。我跟责任编辑戴联斌先生说，我真是气得浑身发抖。这本书的校样，我和我的学生费尽移山心力，录入的老爷（当然也可能是小姐）怎么那么残忍，弹指一挥间，就把我们送回原地。校样都看过多少回了，始终也不能到位（旧错未尽，新错又来，造字的乱码也是层出不穷），这种“电脑时代”的“人脑噩梦”将何时是了？

我把丑话说在后面。

当然，在这本书的后面，我也有好话要说，说在我最需要帮助时给我以帮助的人：

（1）北京市文物研究所的赵福生先生曾为本书提供琉璃河西周墓出土玉龟的照片和线图，北京大学城市环境系的韩茂莉先生曾为本书绘制地图，法国远东学院的吕敏（Marianne Bujard）女士曾为本书提供甘泉宫遗址的照片，湖南省博物馆的陈松长先生曾为作者绘制马王堆帛书《阴阳五行》、《刑德》两篇的附图提供线索（原图有若干残泐缺失之处，是靠陈先生提供的线索才补足），中国建筑技术研究院建筑历史研究所的钟晓青先生曾为本书提供天坛圜丘的线图和嵩山中岳庙前汉代翁仲的照片。我应向他们表示感谢。

（2）我眼睛不好：黄斑病变（幸好大夫说，它是属于不太危险的一种）加眼肌劳损（伏案不久就目瞪口呆），心里经常念叨的一句歌词，就是那英唱的“借我一双慧眼”。我要感谢北京大学的同事刘瑛先生和董珊、胡兰江、张大超、李二民、刘昕岚等同学，他们为我分劳，一遍遍帮我看校样和查核资料，等于给我一双慧眼。不然，我怎么禁得起上面那番折腾呢。

（3）戴联斌先生，还有出版社的其他先生，他们也跟我一起受苦，心急火燎半天，也熬不出头，连订货会也耽误了。这里也得道声感谢，你们辛苦了。

在新的世纪中，在我剩下不多的日子里，我盼望有一天，上天能给我一个惊喜——一个普普通通、正正常常的惊喜，让咱们这些一辈子也写不了几本书的人，该出书的时候，它就像模像样、顺顺当当印出来了，拿铁的事实把李零这张嘴给堵上，叫他再也没法在序言、后记中含冤抱恨吐酸水，像个祥林嫂似的，谁也不待见。

这不是奢望吧？

2000年1月12日写于北京蓟门里寓所

重印补记

感谢读者，我的《中国方术考》修订本（下简称《正考》）和《中国方术续考》（下简称《续考》），它们的第一版（各四千册）很快就卖光了。出版社通知我，在尽量维持版面不动的前提下，我可以适当做一点修改。现在重印，我只做了不多的修改，《正考》基本不动，修改主要是《续考》中的个别错字和某些表达不太准确的地方。它们大部分都是因我个人的疏失而造成，责任应该由我来负。对于本书修改，吉德炜（David N. Keightley）教授和王子今教授提出过宝贵意见，我也要向他们表示感谢。

另外，我想在这里补充说几句：

(1)《正考》62页提到“刚卯”，出土发现主要是汉代的东西。1999年去武汉开会，我在湖北省博物馆看曾侯乙墓的文物，以前没有注意，该墓还出土过几件与汉代刚卯非常相似的玉器。回家查看《曾侯乙墓》（文物出版社，1989年），乃知该墓出土“玉刚卯”共六件，“完整。除一件出自墓主头下外，余皆出自墓主腰左侧。白蓝色。分属三对。器作立体长方形，中穿一个对向钻孔。表面带‘墨’，局部带‘糖’”（上册，422页；下册，图版一五九，6）。如果这六件玉器确属刚卯，它们应是现已发现最早的刚卯，年代可以提前到战国早期。

(2)《正考》62－64页和《续考》173－174页讨论曹氏朱符，我怀疑是“斗”的那个字，经王育成先生指出，其实仍是“尾”字，并且“鬼”字也不必读为“魁”。王先生潜心研究符篆有年，所见含“尾”、“鬼”之符，其例逾百，前后发展，线索至为清晰。他有大量材料，可以证明他原来的考释是正确的，我的讨论（关于这两个字的讨论）应当作废。这里为了保存讨论的原貌，我没有做任何修改。

(3)《正考》188－191页和《续考》233页曾提到陕西凤县、河南洛阳和山西侯马出土的东周卜甲，《续考》219－220页也提到四川云阳出土的唐代卜甲，这些都是年代较晚的卜筮实物。近检《西汉南越王墓》（文物出版社，1991年），发现该墓出土过一堆汉代卜甲。卜甲出自主棺室“头箱”内东侧，原有一个漆盒盛放，盒已朽，龟甲片互相叠压，朽坏严重，多已残碎，片数已不可知。龟甲板里面磨平，厚0.1－0.15厘米，磨面用朱色分划出垂直线纹，行距0.7厘米，其中有数片在两条垂直的朱线中间钻孔，孔形分为长方圆角形和卵圆形两种（上册，217－218页：图一四三；下册，图版一二六，2）。其施作钻凿的方法值得注意，形状与东周和唐代都不太一样（东周为方凿，唐代为圆凿），这是可以补汉代之缺的例子。

(4)《续考》266页补记二提到西人论五石有Carole Morgan文，近知还有一篇重要文章是：Rudolf C. Wagner，“Lebensstil und drogen im Chinesischen mittelalter,” *T'oung Pao*, Vol.LIX，1973, pp.79-178，请参看。

(5)《续考》361页补记一提到王家台秦墓也出土过竹牍。现在可以补充的是，1978年连云港花果山汉墓也出土过一件竹牍，见李洪甫《江苏连云港市花果山出土的汉代简牍》，《考古》1982年5期，

476－480页。

我相信，本书应该修改补充的地方一定还很多，希望读者随时指正。

2001年6月29日写于北京蓝旗营待兔轩

（本书编按：《中国方术考》和《续考》的中华书局版较为通行、常见，上文中提及二《考》的页码均改为中华版，以便读者查看。）

19 《郭店楚简校读记》

北京：北京大学出版社，2002 年 3 月

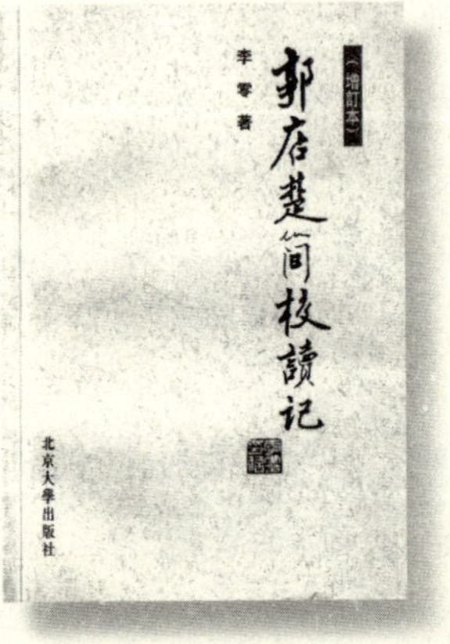

前 言

悲愤出诗人，乱世见思想。

公元前 500 年左右的中国是个“礼坏乐崩”的时代。[1] 当时出了两个著名的思想家，一个是老子，一个是孔子。他们的后学对他们做了很多解释，也留下很多疑惑，成为咱们反复认识的传统。郭店楚简的重要性在于，它不但出土了战国写本的《老子》，还出土了多种记载孔子和孔门弟子言行的简文，把我们和这两大圣人的距离拉得很近。如果我们把古书比作一条藏在云端的龙，宋元以来的古书是它的尾巴，敦煌的发现是它的身子，那么，现在的发现就是它的脖子，我们离看到龙头的日子已不太远了。

---

〔1〕“礼坏乐崩”，见《汉书·艺文志》和《汉书·刘歆传》引汉武帝诏书，语出《论语·阳货》“君子三年不为礼，礼必坏；三年不为乐，乐必崩”，今俗语多作“礼崩乐坏”。

过去，老实说，我一直对孔子提不起兴趣，觉得论深刻机智，他比不上老子。可是现在，90年代，郭店楚简，上博楚简，出土最多的却是大量儒书，它们逼我重新阅读，重新思考，改变偏食的习惯，让我学到很多新知识。特别是它提醒了我，向来的思想史研究，其实有个很大的漏洞，就是近代以来，我们对孔门学案最早的一段，即所谓“七十子”，太不重视，认为《礼记》是汉代文献，《论语》以外，免谈孔子，老是用“孔—孟—荀”三段式讲早期儒家，把本来最重要的一段给忽略掉了。[1]

研究早期儒学的传承，即使今天，我们也还得读《史记》的《孔子世家》和《仲尼弟子列传》。[2] 从前，我总纳闷，孔子当年，既无班级编制，又无课堂讲授，弟子三千，贤人七十二（或七十七），他教得过来吗？后来我才知道，古代的教学制度和今天不一样，当时的老师，他们的学生是由三部分人构成。一种是登堂入室，亲炙师教者，是所谓“受业”、“及门”、“入室”的弟子。一种是登记在册，不一定能见到老师，而由前者辗转传授，则是所谓“编牒”、“著录”、“在籍”的弟子。还有一些，只是“仰慕虚名、借资声气”的热心追随者，除了“大会都讲”，站在远处观望，一睹大师风采，其实学不到什么。[3] 所谓“仲尼弟子”，当是包括了这一大堆学生。比如，以东汉的情况而论，据吕思勉先生讲，当时的大师，他们的第一种学生都是动以千计，第二种学生也在万人以上。[4] 西汉和西

---

〔1〕 李零《道家与中国古代的“现代化”》，收入《李零自选集》，广西师范大学出版社，1998年，299－311页；《从简帛发现看古书的体例和分类》，《中国典籍与文化》2001年1期，25－34页。

〔2〕 郑玄《孔子弟子目录》佚文，《孔子家语·七十二弟子解》，以及《孔丛子》等书，也是重要参考。

〔3〕 吕思勉《吕思勉读史札记》，上海古籍出版社，1982年，上册，675－678页：“讲学者不亲授”条。

〔4〕 吕思勉《吕思勉读史札记》，上海古籍出版社，1982年，上册，675－678页：“讲学者不亲授”条。

汉以前，情况还没这么热闹，但以古代的制度考虑，孔子有七十多个学生和三千多名追随者，倒也并非不可想象。[1]

在《仲尼弟子列传》中，孔子的学生，见于《论语》等书，可以考见其年龄、姓名和受业情况，只有三十五人，还不到一半。他们当中最出名，是以“德行”著称的颜回（子渊）、闵损（子骞）、冉耕（伯牛）、冉雍（仲弓），以“政事”著称的冉求（子有）、仲由（子路），以“言语”著称的宰予（子我）、端木赐（子贡），以“文学”著称的言偃（子游）、卜商（子夏），即所谓“四科十哲”。但这些弟子，他们好像都没有著作传世。相反，名气小一点的其他二十五人，他们中的某些人，后来倒是自立门派，有不少追随者，也有著作传世，如颛孙师（子张），后世有“子张之儒”；曾参（子舆），司马迁说曾参作《孝经》，《汉志》有《曾子》；宓不齐（子贱），《汉志》有《宓子》；漆雕启（子开），[2]后世有“漆雕氏之儒”，《汉志》有《漆雕子》。另外，不在这批弟子当中，但活动时间相近，还有孔子的后代孔伋（子思），后世有“子思之儒”，司马迁说子思作《中庸》，《汉志》有《子思子》。战国晚期的“儒家八派”（子张之儒、子思之儒、颜氏之儒、孟氏之儒、漆雕氏之儒、仲良氏之儒、

---

〔1〕孔子的在籍弟子（或受业弟子）到底有多少，司马迁兼载异说，一种是“七十七人”说，见《仲尼弟子列传》。他写此传，参考过一本书，就是讲孔门师承的《弟子籍》。这本书是出自孔壁的战国写本，当是孔门原来的说法（《孔子家语》的记载也是七十七人，但却以“七十二弟子解”题篇）。他是根据这个花名册，再加上《论语》的有关记述，然后写成此传。在这篇列传中，他一上来就说“孔子曰：受业身通者七十有七人”（注意：它是以“七十有七人”为受业弟子），估计就是出自《弟子籍》。另一种是“七十二人”说，则见《孔子世家》。《孔子世家》说“孔子以诗书礼乐教，弟子盖三千焉，身通六艺者七十有二人”（注意：它是以“七十有二人”为身通六艺者）。这种说法也有较早的来源。如汉景帝时，蜀郡太守文翁刻过一套《文翁礼殿图》（即以此为主题的很多汉画像石所本），上面的弟子就是七十二人（“七十二”是凑“五行之数”）。此外，《汉书·艺文志》著录的《孔子徒人图法》，以及后来的《孔子家语》，它们也都记载了这批弟子。

〔2〕“启”，汉代避讳作“开”。

孙氏之儒、乐正氏之儒），就是从“七十子”发展而来。[1]

研究“七十子”，过去可以利用的资源，除去《论语》，主要是汉人传授的大小戴记（即《大戴礼》和《礼记》）。这批“记”的来源是孔壁《古文记》。它们的内容很不一样（刘向《别录》把《礼记》分成十类），其中有不少讲礼仪制度的篇章（属刘向分类的“制度”、“明堂阴阳记”、“世子法”、“子法”、“丧服”、“祭祀”、“吉礼”、“吉事”八类），所以曾被当作解释“礼经”（即《仪礼》）的参考资料，称为“礼记”。但值得注意的是，在这两批文献中，还有不少篇章是记孔子之言，或孔子与七十子的问答，或七十子本身的著作（主要集中于刘向分类的“通论”、“乐记”两类，但其他几类也有相关内容），与《论语》相似而篇幅较长。比如曾子和子思的作品，就是赖此以传，保存到现在。

在前人的研究中，通过发掘“七十子”，重建所谓儒家“道统”，最有名的是晚近影响很大的宋明理学。他们的开掘资源主要就是大小戴记。如宋杨简辑《先圣大训》，薛据辑《孔子集语》，汪晫辑《曾子》、《子思子》，[2] 以及朱熹收入《四书》的《大学》、《中庸》（他认为

---

〔1〕“子张之儒”、“子思之儒”，无疑义。“孟氏之儒”是孟子的学派，“漆雕氏之儒”是漆雕启的学派，“孙氏之儒”是荀子的学派，也不成问题。“仲良氏之儒”是仲梁子的学派，“乐正氏之儒”是乐正子春的学派。乐正子春是曾子的学生，仲梁子可能也是，他们都是传曾子之学，这点也还算清楚。唯“颜氏之儒”，多以为是颜回的学派，则有疑问。案孔门弟子以“颜”为氏者有九，未必即颜回。又据上博楚简，言游之“言”与颜回之“颜”无别，它也可能是言游的学派。我们从古书引用的情况看，战国中晚期，儒家的主要派别可能是子张、曾子、子思、言游、漆雕启，以及孟子、荀子的学派。儒家八派无子夏，是一大疑问。

〔2〕杨简（1141—1226年），见《宋史·道学传》，学出陆九渊。薛据（“据”或作“璩”），是杨简的学生薛疑之（“疑”或作“凝”）的儿子，疑之以学授其子。汪晫（1162—1237年），与朱熹同时。他们的书都不是严格意义上的辑本，而是一种带有新编性质的主题摘录本。

《大学》是曾子的作品，《中庸》是子思的作品），它们的来源主要就是这两本书。[1] 近年来，有些学者重新收集《论语》以外的孔子言论或有关记述，重新整理孔门弟子的有关资料，[2] 仍然未能脱其范围。

所以，不可避免的是，现在研究孔子和他的第一批学生，宋学还是入手处。

当然，现在研究“七十子”，我们又有不少新资料，宋人看不到。这就是 90 年代出土的郭店楚简和上博楚简。

在郭店楚简的十八篇中，我们读到的绝大部分作品都没有“说话人”。唯一有“说话人”的，是《缁衣》和《鲁穆公问子思》。前者有“孔子”，后者有“子思”（该篇中的“成孙弋”，我们还不清楚是什么人）。学者认为，这批竹简主要是子思本人或子思学派的作品。这种说法对不对，或者哪些篇是，哪些篇不是，这个问题还可讨论，但它们反映的主要是“七十子”的东西，或“七十子”时期的东西，其中也包含子思一派的东西，我完全同意。

在数量更大，现在还没公布的上博楚简中，我们也发现了很多《孔子世家》和《仲尼弟子列传》中的人物，如颜回、仲弓、子路、子贡、子游、子夏、曾子、子羔、子思等人，有些甚至就是以他们的名字题篇。它们是“七十子”的东西，这点更明显。

另外，这两批竹简，它们都有与今大小戴记相同的篇章，如上博楚简的《武王践祚》和《内礼》，见于《大戴礼》（前者是据《大戴礼》题篇，后者有自己的题名，但相当《大戴礼》的《曾子立孝》）；《孔子闲居》和《缁衣》，则见于《礼记》（都是据《礼记》题

---

〔1〕 宋人认为，孔子之学的嫡传是颜回、曾子、子思、孟子（见朱熹《大学章句序》、《中庸章句序》），但颜回无书，有书者只有孔子、曾子、子思、孟子。他们以《大学》、《中庸》、《论语》、《孟子》为“四书”，就是体现这种“道统”。

〔2〕 如李启谦等《孔子资料汇编》和《孔子弟子资料汇编》，山东友谊书社，1991 年。

篇)。郭店楚简也有类似的《缁衣》篇。

总之，如果我们不再疑神疑鬼，我们应该相信，我们碰上的正是"七十子"或与"七十子"有关的作品。这是我们的福气。

读郭店楚简和上博楚简，我们不难发现，它们不但有与《论语》相似的辞句，而且和大小戴记也有密切关系。学者的大量考证可以证明这一点。所以，谈到对郭店楚简的印象，很多人都认为，现在的发现证实，宋明理学才找到了儒家的本源。[1] 对这个问题，我的看法有点不同。

第一，我认为，孔子的一生有多面性，他既有道德追求，也有事功考虑。过去，大家对他有一些固定印象，比如说，他不讲"怪力乱神"，也罕言"天道性命"(和道家爱谈宇宙论和养生问题形成对比)，兴趣更多是在仁义道德和礼乐制度。他更关心现实问题、世俗问题，而不是宗教问题、哲学问题，这不能说是虚构。但他的思想还是包含了多种发展的可能。[2] 他的后学，出身背景不同，性格志趣各异，本身也有各自的选择。不但"七十子"和他们的老师不一样，而且"七十子"之间，"七十子"与"儒家八派"，他们也不一样。很多问题是，老师不讲学生讲；或老师语焉不详，学生大肆发挥。宋儒以孔子传曾子，曾子传子思，子思传孟子，建立道统，强调其心性之学，强调其道德修养，这当然有重要意义，甚至可以

---

〔1〕 李学勤《先秦儒家著作的重大发现》、《郭店楚简与儒家经籍》、《荆门郭店楚简中的〈子思子〉》，收入姜广辉主编《郭店楚简研究》(《中国哲学》第二十辑)，辽宁教育出版社，1999 年，13 － 17，18 － 21，75 － 80 页。又 Li Xueqin，"The Confucian Texts from Guodian Tomb Number One：Their Date and Significance，" *The Guodian Laozi*，edited by Sarah Allan and Crispin Williams，the Society for the Study of Early China and the Institute of East Asian Studies，University of California，Berkeley，2000, pp.107-111。姜广辉《郭店楚简与〈子思子〉》，收入姜广辉主编《郭店楚简研究》,81 － 92 页；《郭店楚简与道统攸系》，收入姜广辉主编《郭店简与儒学研究》(《中国哲学》第二十一辑)，辽宁教育出版社，2000 年，13 － 40 页。

〔2〕 比如他说"性相近也，习相远也"(《论语·阳货》)，就涉及心性问题。

说是重要发现，但这只能说是发现了早期儒家的一个侧面，或一条线索，而不是它的全部，更不是它的主流。我相信，一个两千多年被人反复解释的孔子，不可能是一个有固定面貌的孔子。

第二，战国秦汉的儒学是以政治关怀为中心，这也是孔子思想的重要侧面。虽然孔子当年，他在政治上不太得意，所以对讲求德行的弟子更偏爱，但孔子死后，“七十子之徒散游诸侯，大者为卿相师傅，小者友教士大夫”（《史记·儒林列传》），他的学生，真正得志的反而是长于言语、政事和文学者。当时，“子张居陈，澹台子羽居楚，子夏居西河，子贡终于齐”（同上），他的很多学生，还有学生的学生，其实都很趋时趋势，与政治潮流有密切合作。比如子夏对三晋地区的法术传统（这个传统后来被商鞅传播到秦国），还有好谈制度、传帝王术给韩非、李斯的荀卿，就有很大影响。战国晚期，流行刑名法术和阴阳五行，儒家与这类学术对话（利用儒家典籍中的亲缘成分），也主要是制度派，而不是道德派。他们的所作所为，虽未必合于孔子本人的理想，但却是战国秦汉儒学发展的主流。当时，颜回一流的人物，只能“隐而不见”（同上），人数很少，而且吃不开。

第三，宋儒的建立道统，是逆反原来的主流，重张孔子思想被掩盖的部分，变支流为主流，情况正如汉初道家从刑名法术重返清静无为。战国秦汉，儒家讲制度太多，在宗教、哲学问题面前，本来就捉襟见肘；而魏晋隋唐，又遇释道挑战，在这些精致的思想体系面前，也难免相形见绌。这是宋代学术发生重大转机的历史背景。但他们的“复古”，与其说是“复古”，不如说是“托古”。他们真正复原的恐怕还是他们心中的古代，而不是本来的古代。比如现在，以郭店楚简为例，我们碰到的情况好像是，儒家本来关心的就是天道和心性，而且对超越性的问题也饶有兴趣。这对不对呢？似乎比较对。但我们不要忘记，郭店是局部，而不是全体，在上博楚简中，早期儒家的面貌要比这复杂得多。更何况，我们就是把上博楚简加上去，它反映的也还是局部。我们应当看到，儒家在汉代之所以跃居主流，孔子之所以被历代尊崇，关键并不在于它对现行制度的批判和抗辩，[1]也不在于它对社会苦难的悲悯和同情，而是在于它与制度的结合，特别是与文官政治和仕途经济的结合。它对“天”的关心，主要还是作为政治命运的关心；它对“人”的关心，也主要是作为政治动物的关心。

总之，当我们为郭店楚简的发现而欢呼雀跃时，我们千万不要忘记，我们的研究仅只是管窥蠡测。

2001年10月11日写于北京蓝旗营寓所

后 记

古文字研究最忌“臆”、“必”，但也最离不开“臆”、“必”。因为它最需要大海捞针、漫无边际的推测和想象，也最需要非此即彼、斩钉截铁的判断和结论。虽千锤百炼、一言九鼎的大家也绝不可免，更何况像我这样学无所守，并不打算靠古文字吃饭的人。

本书是在旧作《郭店楚简校读记》的基础上扩大改写。[2]

---

〔1〕 秦汉之际的制度创设，每一步都伴有儒家的反动。秦始皇统一天下，本来是想三统一：统一制度，统一宗教，统一学术，一步到位。但他做到的只是一条半，即车书一统和二百祠畤。他请儒生、方士兴太平，双方闹翻，统一学术宣告失败。这是第一步。后来汉武帝罢黜百家，独尊儒术，还是统一学术；巡狩封禅，兴立祠畤，还是统一宗教，仍然是做秦始皇没有完成的事。但他完成的只是学术统一，宗教统一，遭王莽反对，被大打折扣。东汉以来，宗教失控，乃有民间借术立教的高潮，终于导致道教的兴起和佛教的引入。

〔2〕 李零《郭店楚简校读记》，陈鼓应编《“郭店楚简”专号》（《道家文化研究》第十七辑），北京：生活·读书·新知三联书店，1999年，455－542页。

增订本，北京：中国人民大学出版社，
2007 年 8 月

我的《校读记》是写于 1998 年夏。那年 5 月底，我去美国达慕思学院参加郭店《老子》国际学术研讨会，会前对简文一无所知，读过的只是崔仁义先生和李学勤先生论《太一生水》的文章。虽然动身前，我得到文物出版社的赠书：《郭店楚墓竹简》，但一上飞机就呼呼大睡，什么也没看。只是到了会上，我才临阵磨枪，把《老子》和《太一生水》粗读了一遍。前者是会议讨论的中心，当然得读，但我没发言，只是抽空赶了篇读书笔记，[1]供大家传阅。后者是会议指定发言，我读得也很粗。当时分在一个组就《太一生水》发言的，还有艾兰教授和贺碧来教授〔案：贺碧来教授现已去世〕，会议对发言时间有限制（只有十几分钟），我们发言都很短（除李学勤先生）。这样发言，让我很紧张，我只画了幅图，在图上略加指点，草草结束。[2]我的发言就是邢文先生在会上批评，然后又写进他那

〔1〕 李零《读郭店楚简〈老子〉》，美国达慕思学院郭店楚简《老子》国际学术讨论会论文。

〔2〕 见 Sarah Allan and Crispin Williams ed. , *The Guodian Laozi*, The Society for the Study of Early China and the Institute of East Asian Studies, University of California, Berkeley, 2000, pp.163-165。

篇纪要的东西。[1]

达慕思学院，环境很美丽。在那里，我印象最深的，还是会下的活动。记得有一天，马克和夏德安请我喝咖啡。他们选的地方，是在一家高尔夫球场旁边，清风吹拂，绿草如茵，我们边喝边聊，渐入佳境。当时，我开了个玩笑。我说，“太一生水”的“太”，秦系文字是写成“泰”。这个字，上面是个与大字相像的人形，他的胯下有两只手，下面是一股水，“太一生水”是不是可以翻成“Tai Yi makes water”呀？他们都哈哈大笑。晚上，我和王博还有其他几个人到河边散步，那是一条两州分界水很清的河（白天我们在那儿划过船）。走夜路，说笑话，我们又扯到这个话题。大概喝水太多，好几位都突感内急，漆黑之中，找不到厕所。王博找了个地方，然后说，这儿没人，咱们就“太一生水”一下吧。

现在，事情过了两年多，会上的争论差不多都忘了，但有一件事我没忘，这就是李学勤先生的发言。[2]这次会议，第一主题是《老子》，其次是《太一生水》，但李学勤先生有长篇发言，他的兴趣却在儒家或子思。他对“东宫之师”的论证，表面看，是一字之争，其实不是。它是为了表达他对郭店楚简的整体估计。当时，我对他的改释颇为怀疑，但对他的想法却非常重视。会后，我经常回味李先生的发言。因为凭我对他的了解，我相信，在他的考证背后，一定有个高屋建瓴的想法，释字并不是他的最终目标。记得有一次，我问李先生，我们是不是可以凭随葬书籍，破译墓主的身份和性格。李先生说，西方有个说法，就是你千万别让人参观你的图书馆，因为别人一看这些书，就能猜出你是什么人。然后我又问，如果我们

---

〔1〕 邢文、李缙云《郭店〈老子〉国际研讨会综述》，《文物》1998 年 9 期，92 － 95 页。

〔2〕 Li Xueqin, “The Confucian Texts from Guodian Tomb Number One: Their Date and Significance,” *The Guodian Laozi*, pp.107-111.

发现的是切·格瓦拉死时身上带的小书包（里边有毛泽东和托洛茨基的书），或许可以这样讲，但如果书很多，像上博楚简那样，我们也能这样讲吗？他不回答。我的问题可能让他不快，但我是在认真考虑他的想法。我想，李先生的想法，关键可能是，他认为郭店楚简证明，宋明理学对儒家本源的探索，他们对《礼记》的开掘，和他们对曾子、子思心性之学的追溯，这才是直探古人心曲，抓住了儒家的本质。我觉得这个想法很有意思，至少是比很多只见树叶不见森林的想法更有意思，所以在这本书里，我和李先生有所商讨，希望他不会见怪。

这次会议结束后，我到芝加哥大学，应巫鸿教授和夏含夷教授邀请，又在那里讲过一遍《太一生水》，这就是我那篇《读郭店楚简〈太一生水〉》的基础。然后，我去西雅图待了三个月，在那里度过我五十岁的生日。当时手头只有随身携带的《郭店楚墓竹简》，除了吃饭睡觉看电视，陪伴我的只有这本书。为了度过漫长的夏天，我开始静下心来读它，每天读一点，写一点。我的《郭店楚简校读记》，就是这样写成的。它和我讨论古文字的很多论文一样，只是篇读书笔记，写作情绪很即兴，态度也非常业余。我只是按我自己的能力，把材料通读一遍，然后写下感想，享受阅读愉快，也发泄阅读愉快。我觉得，这是普通人最正常的阅读习惯。所以，发表出来，也是全面献丑，并没提心吊胆，藏着掖着，生畏攻难，死怕笑话，惟恐不能垂之长久（我是把它当速朽之作）。现在我们读《郭店楚墓竹简》，上面有裘锡圭先生的案语，我发现，即使像他这样以谨严著称的大家，都一样有不少明显的错误，我们还有什么不好意思呢？所以现在出版，我的修改一定不会彻底。我的“补注”也好，我的“余论”也好，肯定存在很多问题。

郭店楚简是 90 年代最重要的考古发现。它一出土，就引起了学术界的广泛关注。讨论范围之广和参加人数之多，都是前所未有。现在，据我了解，国内外有好些高等院校和研究单位都有专题讨论课和编写集释性著作的写作组，很多人都摩拳擦掌，准备搞一个定本出来。这些当然是很基础的研究。但这一次的讨论高潮，它和以往有一点不同，就是它还吸引了一大批从事思想史研究的学者和年轻学生也来参加讨论，甚至就文字释读发表意见，有些意见还能纠正古文字学家。在现有的讨论中，作思想史研究的学者，他们对古文字学家的分歧往往难以判断，对材料的利用也比较随意，有时过于强调他们心中的人物谱系和思想脉络，对古人有太多的感情寄托，缺乏中立和客观，但从事古文字研究的学者，他们也一样有他们的缺点，这就是见字忘书，有点无面，支离破碎，忽视思想。从长远的观点看问题，这两个方面的结合才是值得提倡的方向。

在学术研究上，我们对真理和错误可以有截然相反的两种理解。一种看法是“把错误去掉就是真理”，即像罗丹所说，把多余砍掉，就有了美丽。这是作微观研究的人视为理所当然的想法，但也是非常狭隘的想法。还有一种看法是，我们都是有缺陷和偏见的动物，在真理的探讨上，只有“合两偏为一全”，或“合众偏为一全”，方为近是。换句话说，就是“根绝错误也就没有真理”。比如做哲学研究的人，他就很难说，哪一种哲学是对的，哪一种哲学是错的，他们甚至都不能把对错当研究的最终目标。

古文字学和古文献学，它们和考古学一样，都是求真求细的学问，而且还可以由层出不穷的最新发现加以检验。但我们必须懂得，这样的学问，它们也是充满未知，需要探索，因而“上不封顶，下不保底”，永远不可能“毕其功于一役”，以自己作“终结者”（像施瓦辛格演的那个角色）的开放性学科。在总的方向上，它也有同样的追求。

我个人的看法是，在真理面前人人平等，在错误面前也是人人平等（所谓大人物不犯错误，或者犯了错误也是“高级错误”的说法在这个领域中是尤其不能成立）。古文字研究，在我看来，其实是个人皆可以为尧舜也人皆可以为桀纣的领域。

凡本书对时贤有所批评，都是我认为值得认真思考的地方，既受其恩惠于先，必充满敬意于后，因而只是当作商讨和对话。比本事，显能耐，纠谬订误，矫端世风，并非我的兴趣所在。

郭店楚简并不仅仅是用古文字写成的文献，它还是古代思想的记录，研究这样的东西，对谁都很难。

我们对文字的考释，最终还是为了文字以外的东西。

2001 年 11 月 5 日写于北京蓟门里寓所

《上博楚简三篇校读记》 20

台北：万卷楼图书有限公司，2002年3月

自　序

我有一个习惯，就是自己写书自己作序。因为我已经单枪匹马惯了，不想在蝇头上面再撒什么佛光。

也许只有一个例外吧。二十多年前，好像是一场雪后，当时还在做考古的张承志，他带我去看俞伟超先生，在一所非常简陋也很狭小的房间里。我就是从那时开始，才一步步走进学术之门（当时帮我的人很多，让我涌泉难以相报）。后来，我想，如果有一天我的书能出版，我一定要请俞先生作序，无须任何夸奖，只是一点纪念。但真的到了那一天，我才发现，俞先生太忙，而且他客气地说，他是考古学家，对《孙子》不懂，拖了很久，我还是没有得到他的序言（俞先生现在住在小汤山养病，前不久我还看他，真希望他能恢复健康）。他大概不知道，他给我的鼓励和帮助（特别是他的想象力和感染力）对我有多大分量。所以，从此，我发了一个誓，序言一定要由自己来写，而且绝不给他人作序。写，就要写纯粹的个人感想，而且是搁笔

之际一刹那的感想。每句话都掏心窝子，一点顾忌都没有。

现在我想到了什么呢？其实很简单，就是很累。学术是个充满诱惑，让人自不量力，忘乎所以的事（看见的比能做的要多得多）。当了知识分子，就得认命。我很忙，也很懒，是个时间吝啬鬼。我不但害怕“地不爱宝”，唯恐太多的东西突然从地下冒出来，而且说实话，我真有点后悔，怎么耳朵太软，掉进上博楚简就爬不上来了。本来我在写自己的书，好端端地，突然消息传来，上博楚简出版了！我明白，轰腾轰腾，新一轮的热闹又开始了，我又没法消停了。大家都说，你既然是上博楚简的整理者，而且是“初步”整理者，你是不能不说话的。但我能说什么呢？恐怕还是写点读书笔记好，哪怕就像当初，只是非常初步的东西。因为我知道，上博楚简太重要（有人会宣传，不用我来讲），甭管我该负什么责，责任都很重大。我只能尽我的心去做，就算做得不好，也让别人能踩着走，有坑的地方我插个旗。

这两个星期，北京在开各种会（下星期一在历史所也有会）。我参加的头一个会是庞朴先生和姜广辉先生主持的，当时手头还没书（上海博物馆的书是后来才寄到）。庞先生打电话要我发言，我说连书都没有，发什么言？所以他让邢文先生给我预备了复印件。会上，大家要我介绍情况，我尽我所知，讲了点实情。他们都很希望，我能像写《郭店楚简校读记》那样，也写几篇校读记出来。而且开完会，庞先生还借书给我。然后呢，紧接着，台湾辅大的丁原植丁先生就来了，他在王府井下榻，从沙滩买了价值600元的大书送我，要我先睹为快。我想，这么多人都催，凑手的兵器也有了，你还等什么，开练吧。我就一口气写了三篇东西。写完，四肢酸痛，两眼呆滞，头脑麻木，正想喘口气，丁先生的主意来了，他说，你再加点什么，凑本书吧，比如说，你讨论郭店楚简的文章（收入《郭店楚简校读记》增订本，讨论《缁衣》和《性自命出》的两篇），还有你评达园宾馆会的文章（这篇文章，我是得罪天，得罪地，谁都不敢登）。然后我就编了这本小书，真是想不到。写作期间，丁先生请我吃了好几次肥牛火锅，他说比台湾的火锅好。

我和丁先生是老朋友了，谢谢他的书，谢谢他的饭，谢谢他的安排。是为序。

2002 年 1 月 12 日写于北京蓝旗营寓所

说　明

又是一年将尽。

最近，上海古籍出版社公布了上博楚简的第一批材料，其中收入《孔子诗论》、《紂衣》和《性情论》三种。[1] 我是这批竹简的最初整理者，对材料比较熟悉，但重新阅读，却恍如隔世。回想当年，我曾多次往返于京沪之间，工作之艰辛难与外人道，聊以自慰者，唯尽心焉而已矣。[2] 记得第一遍剪贴（大约在 1995 年的 7 月我去美国之前），还在我的旧家，即我北京蓟门里的寓所，当时所用者只有复印件（很多字迹和编痕都看不清楚），斗室之间，满地碎片，大汗淋漓，难以周旋，实在不得已，但到 7 月 1 日，终于完成初步的分类（用对开素描纸把复印件剪贴成册，录释文于简侧）；第二遍（大约在 1995 年 12 月—1996 年 3 月初），始及照片（照片是黑白照片，有些曝光时间和缩放比例不一致，也不够理想），地点换到上海，在新建博物馆的五楼，空间倒是很大，但时间又不便（问题只能在当地解决）。这两

〔1〕 马承源主编《上海博物馆藏战国楚竹书》（一），上海古籍出版社，2001 年。

〔2〕 我很感谢推荐我到上海工作的王世民先生，也很感谢上海博物馆以重任相委，自问在能力和条件允许的范围里已尽了最大努力。《孙子》说“进不求名，退不避罪”，我以我能参加这一工作而自豪，也愿为我所承担的工作负责。

北京：中国人民大学出版社，
2007年8月

次整理，当然很初步，但对后来的工作是关键。特别是第二次，我是冬天到上海，春节不回家（一人蹲在龙漕路，听彻夜的鞭炮声，至今回想，音犹在耳），夜以继日，整整干了三个月，直到开课才返回北京，临上飞机，还在录音机下交代问题，紧张得不得了。当时我想，这么大的工作量，短短三个月怎么完成（况且刚到，为决定是否剪照片，还耽搁了十几天），多亏有青铜部诸君（李朝远、周亚、孙慰祖、马今洪、李柏华、韦志明、谢海元）大力协作，才总算把全部照片剪贴成册，做了释文（供排简用，有标点和括注的释文），这是值得高兴的。但遗憾的是，当时为了赶活，白天剪照片，夜里作释文，穷目力之艰，跟时间赛跑，既不能细心阅读，又不能从容思考，很多问题还没有彻底解决，我留下的草稿肯定会有不少错误与疏忽。后来，虽然我还到过几次上海，但听马承源先生安排，除交我注释的几种，我没有参加进一步整理，也没有机会修改剪贴本的旧稿（剪贴本留在上海，手头只有很晚才寄给我的复印件）。但我一直在想，将来有一天吧，我还得补课学习。现在，谢天谢地，书总算出来了。我终于可以坐在北京，享受阅读的愉快，并把自己的心得写成读书笔记，向参加整理的学者请教，也向其他读者请教。

《入山与出塞》 21

北京：文物出版社，2004年6月

自序

我是一个按计划写作的人，即使单篇论文，也多半是照书的设想来写。可惜的是，计划赶不上变化，层出不穷的学术会议、庆祝活动和各种约稿，常常把我弄得方寸大乱、手脚大乱，陷入焦躁，或者不如说，是狂躁之中。多少年来，我一直想摆脱这种运动周期，静下心来，像顾炎武提倡的那样，读万卷书，行万里路，阅读考古，享受考古，按自己的兴趣和能力，写点笔记和游记性质的东西。所以，我很感谢文物出版社给我这个难得的机会，让我把这方面的感想总结一下，希望就此开个头，从此走向轻松愉快。

这本小书，收入的是我讨论考古、文物的文章。这些文章，并不是全部：凡与我已出版的书重复，一般不再收入；[1] 已经写出，还凑不够一组（主题明确的一组），也暂时搁置一边。它是以

---

〔1〕 只有《楚汉墓葬中的帛画和中国壁画墓的起源》是从我的《楚帛书的再认识》中摘录，

“入山与出塞”为主要话题，兼收其他作品，按讨论对象不同，分为八组。

我的第一组文章有两篇，一篇是应《文物》月刊约稿，纪念《文物》创刊五十周年，叫《入山与出塞》，可以看作全书的绪论。其实，它和我讲方术的两篇文章有关，即《秦汉礼仪中的宗教》，还有《秦汉祠畤通考》（收入拙作《中国方术续考》，东方出版社，2001年），思路是从那里延伸出来的。此外，它还包含我对上两个世纪之交“五大发现”的历史回顾，也是用来纪念新千年的，同时具有展望的性质。所以我特别谈到了眼界的问题。

我说的“入山”，是道士热衷的话题（参看葛洪《抱朴子·登涉》）。李白说“五岳寻仙不辞远，一生好入名山游”。“入山”本来是和寻仙、采药有关，但这里，我要讲的却是祭祀遗址的研究。因为考古工作者，他们要找的首先是有人的地方，要挖也是城邑、村落和附近的墓葬，多半人口密集、道路辐辏。而古代的居住中心也多是后来的居住中心，文化层一层压一层（比如郑州商城就是压在现在的郑州城下，洛阳和长安也是很多朝代的古都）。考古工作者从现代城市出发，从他们的研究所或工作站出发，主要还是去这类地方。随工清理更是如此。但我想指出的是，古代也好，现代也好，还有一些人，他们特别喜欢去的，恰恰是没人或人烟稀少的地方。比如古代的祭祀遗址，很多就是这样的地方，特别是名山大川。人类对这些地方的疏远和向往，一直是非常吸引人的话题。它们在考古学家的视野中，理应占有一定的位置。况且，从沙畹和凌纯声的思路来看，这类研究还能提供宗教地理的文化视角。没有这种视角，

（接上页）已收入《李零自选集》（广西师范大学出版社，1998年）227－262页。另外，《跋石板村“式图”镜》、《马王堆帛书“神祇图”应属辟兵图》、《湖北荆门“兵避太岁”戈》，也与《中国方术考》（东方出版社，2001年）73－81页有重合之处。

我们很难理解古人，对文明的探讨也不免流于浅薄。

“出塞”，我也不是讲昭君出塞，而是讲早期艺术中的外来影响。这个问题其实不是新问题，我国的隋唐考古，本来就有这种眼光。比如石窟寺和金银器，前者是佛教艺术，肯定和印度、中亚还有丝绸之路有关；后者受粟特、波斯、罗马和拜占庭影响，也是谁都否认不了。只不过，我关心的是年代更早的问题。我讲这类问题，不是为传播论张目，也不是给外国人帮腔。我只想说，我们千万不要低估了古人的能力。他们没有飞机、火车、汽车、轮船，也没电报、电话和网络通讯，但他们是时间富翁，探险精神比我们强，乌龟和兔子赛跑，我们不能小瞧。特别是与艺术有关的奢侈品，它们的播散，更是如此。即使是石器时代，也会碰到这类问题。中国和外国都一样。

这两个问题都是属于“睁开眼睛看世界”。它是一种鼓励，不是一种贬斥，更不是针对哪个人的批评。

我的研究也许并不成功，但我相信，它的方向没有错。因为，即便研究中国，也是天外有天：汉族之外有少数民族，少数民族之外有其他国家。当我们承认中国艺术可能受到外来影响时，反过来的情况也一样。这不是现在才有的特殊问题。

我的眼界有限，水平有限，但学术本身是没有疆界的。

作为“入山”这个话题的个案研究，本来我想写一组祭祀遗址的调查记，包括喀左、宁乡、甘泉宫、后土祠和雍五畤，还有八主祠。但有些地点没跑完（喀左和甘泉宫），这里留下的只是一篇有关“祭坛”和“祭祀坑”的读书笔记。我把这篇文章也收入第一组，算是第一篇文章的参考。

至于“出塞”，在《入山与出塞》中，我是举翁仲和有翼神兽为例，但没有机会展开讨论。这里的第二组和第三组文章，就是专门讨论这两个个案。读者不难发现，它们涉及的不仅是中国古代石刻艺术的传统，也包括中国古代动物造型和动物纹饰的有趣话题，甚至还谈到秦汉纪念性建筑的装饰，以及其他一些问题，可以归入艺术史的研究范围。

同样，在后面的两组文章中，我也讨论的是艺术史的话题。一类问题是“早期艺术中的宇宙模式”。这个问题不仅表现在秦汉以来的墓葬设计上（如壁画墓的设计），表现在明堂类礼仪建筑的设计上，也反映在很多随葬品，如生肖俑、墓志铭、铜镜和六博棋局的图案，还有其他一些东西上。另一类问题是“早期艺术中的神物图像”，我讨论的主要是战国秦汉时期的太一神，还有其他一些形象相似的神物图像。

我希望我的读者不只是关心考古学的专家，也包括关心艺术的公众，特别是像我一样有各种探讨兴趣的普通人。

本书的第六组文章是我对淅川楚墓（包括下寺、和尚岭和徐家岭的楚墓）的讨论，内容是集中于墓主和年代，即学界关心的问题。但对楚文化，我更关心的不是断代分期，而是地区差异。我认为，讲地区差异，恐怕不能太过分。因为商周时期，文化落差越大，文化倾泻越强，强势文化和弱势文化，面貌差异反而小；东周，特别是战国时期，强调文化个性的背后是彼此趋同，面貌差异反而大，有同异的假象。因为从情理上讲，楚国当周之南，越是早期，活动范围越偏北，比起吴越，比起巴蜀（更不用说楚国以南的纵深地区），肯定更接近北方。它是南方各国中，在文化上最接近北方的国家。楚国特色，以铜器和字体而论，是从春秋末期才冒头，越到后来越突出，并非一开始就如此。六国异制的真实背景是，它们在文化水平上比较接近，交流和融合非常活跃。楚国并不例外。如果对地方特色讲过头，不但后面的秦汉没法讲，前面的商周也架空。这个问题在考古研究上，和外来影响一样重要，而且是互为表里。我很希望讨论这一问题，但只在罗泰教授编译的文章中讲了几句，后来也没有回到这个话题。浅尝辄止，深入是谈不上了。

“楚国铜器研究”，和前者一样，对我来说，主要是“后《孙子》时期”的研究（这之前，我曾花过很多时间研究《孙子兵法》），即我当研究生时关心的问题。我把它放进了第七组文章。当时，我有一个看法，就是铜器的分类，还不完全等于通常说的类型研究。我理想的分类研究，是从总体上，把铜器和陶器，早期铜器和晚期铜器，兼顾铭文、器形、组合、功用，打通了研究。不光是强调眼睛看到的差异，像新石器时代那种不得已的方法，还要考虑它内在的东西。我更强调连续性，而不是断裂性。因为有些东西，表面看，前后差异很大，但仔细考证，却是同一类东西；有些东西，表面看，前后非常相似，但认真研究，却是另一类东西。商代、西周，以迄秦汉，前后演变，或同类而异形，或异类而同形。自其变者而观之，固然是几十年就划一段落，但自其不变而观之，它们在类别的系统上却是万变而不离其宗。我们不能把茶缸和笔筒搁在一起排队。因此，对于分期断代非常重要的纹饰演变，我反而觉得是牝牡骊黄，并不留心。正是基于我在《铜器分类演变的研究提纲》一文中的理解，我对楚国铜器的分类和用鼎制度提出了一些和前辈不太一样的想法。对铜器和仿铜陶器，它们在组合上的意义，以及等级规格问题，我的理解，和很多专家也是大相径庭。

和很多年前一样，我希望我的读者理解，这是为了补充类型学，不是为了颠覆类型学。

本书的第八组文章，是一组读书札记。有些是讲器物，有些是讲中外比较。其中讲器物的几篇，有两篇涉及王莽，可以反映我的兴趣所在。我认为，中国历史大转折，有三个人特别重要，第一是秦始皇，第二是汉武帝，第三是王莽。他们所在的历史时期，都留下了不少和制度史有关的文物。前两位，大家毁誉参半，既嘲笑其迷信荒唐，又颂扬其统一之功，还多少有点好印象。但后一位，大家众口一词，都说是个大坏蛋。我觉得，这不是历史学家的态度。因为在我看来，作为制度创造者，这三个人是前后相因，互相反对，缺一不可，每个人有每个人的贡献，不能都从道德（伪不伪）和正统（篡不篡）立论。我希望有人能搜集这方面的文物，从制度史的角度，对他们做比较研究。但时间、精力有限，我还无法深入。中外比较，我也只是拿同类现象，互相对照，开启思路，并不是说"像"就一定是传播的结果。这类文章，现在写得太少，今后看书多了，跑路多了，可能会多写一点。另外，我希望，对艺术和美学的话题，以后能有更多的关心。

一切为了好玩。

上面的介绍，尽管有自己的分类，但还是不免有家法混乱之感，让习惯成说的读者难以归类和定位。因为我自己根本就没有门派，也没有学术畛域和疆界的划分。前不久，有个朋友突然问我，你是干什么的。年龄已过"知天命"的我（认命吧），要是填表，我会毫不犹豫，但跟朋友讲真话，话到嘴边，还真犯嘀咕。就是呀，你到底算是干什么的呀，我对这个问题，确实有点糊涂。

我想说，我是研究考古的。因为从名义上讲，我的本行是商周考古，专业主攻是殷周铜器。但我知道，这肯定不对。因为我早就离开了考古所（中国社会科学院的），也离开了田野工作。而不做田野发掘的人是不能叫"考古学家"的。我只能说，直到今天，我还是一名考古学的热心读者。尽管由于行业的壁垒，讲起话来，难免壁上观与门外谈，隔靴搔痒。但我对自己流于边缘的身份，却并无羞愧。

记得当年，我刚到考古所，那时我的工作是整理金文资料，一门心思全在古文字。有一天，从外面进来一人，雍容而高大，我从大家迎送的气氛看得出来，这可不是一般人。等他走了，我问，这是谁呀。他们说，这就是著名的苏秉琦先生。然后，我问，他是研究什么的。他们告我说，他什么都研究。当时，我提了个傻问题：他懂古文字吗？大家说，懂，当然懂。但我从老同志的眼光看得出来，我的问题真是太蠢了。

1977到1983年，我在考古所，前后呆过七年，有苦也有甜。刚进这个门，我还真不知道，考古算是一门什么样的学问。像圈外人照例会有的误解，我有数不清的浪漫幻想，还以为它是和探险寻宝有关，用艺术的手指触摸历史，用细密的考证印证文献，神得很（这是它让很多年轻人乘兴而来败兴而去的原因）。但我当研究生，头一堂课就是讲"划清界线"，第一是和历史学，第二是和民族学，第三是和古文字学，第四是和金石学。最后一条，还有文物研究。老师的讲法很合理（看得出来，是和西方考古学的家法有关），但令人不快，很有点自绝于学术之林的味道，让酷爱自由的我，好像当了弼马温。到了这步，我才明白，要学考古，首先应该做的，就是"告别幻想，准备发掘"。1982和1983年，我参加过两次田野发掘，都在陕西：一次在西高泉，挖秦墓；一次在沣西，挖西周遗址。这些辛苦和我当年的其他辛苦一样，都是属于杨白劳，但它让我学到很多东西。尝过梨子，才知道梨子的滋味，原来考古主要还是和"土"打交道。浑身上下没有"土"，是谈不上考古的。

现在，我完全理解，凡是和"古"字打交道的人，都是"古"上长"草"，苦得很。考古是这样，古文字、古文献也是这样。对于所有受苦人，我都非常佩服。

但苦尽甘来，总要有些值得为之牺牲的目标，没有谁是为了受苦而受苦。

"文革"的经验告诉我，为了受苦而受苦，不是愚弄就是欺骗。

回想当年，嘴上不说心里说，我对我置身其中的学术气氛，确实有很多不满，特别是拉帮结派，褊狭狂妄，“刘项原来不读书”。[1] 因为，不知怎么一回事，干我们这行的人（当年我可以这么讲），有人总是自卑完了又自大，唯恐别人贬之为材料和工具，但又无奈和自甘于这样的地位和命运，熬成婆婆之后，神气起来总是说，别人会的我都会，我会的他们都不会，一万年之内，皆可得而言之。[2]

我心里想，考古学怎么会是这样的学问呢。

后来，当我几经磨难，终于回到我阔别已久，真正着迷的古文字研究，回到我原来下过很多工夫，一直非常醉心的古文献研究，想不到的是，十五年后，时过而境迁，我却突然怀念起我洒泪而别的考古学来。转了一圈的我，到现在才终于明白，考古是门很大的学问，而什么都学了一点的我，实在非常渺小。我原来崇拜的东西，古文献也好，古文字也好，跟它相比，只是今人叫做“工具”古人叫做“器”的东西。古人云：小道可观，致远孔泥（参看《论语·子张》和《汉书·艺文志》小说家序）。它们要想发挥更大的作用，恐怕都应融入考古学的视野，就像江海不择细流，大固不可容于小，但小却可以容于大。即使是历史学，按我们的习惯，好像可以包容考古学，但它的研究范围，受文献史料制约，从真正的时间跨度讲，还是

---

〔1〕 我特别欣赏张光直教授的《要是有个青年考古工作者来问道》（收入他的《考古人类学随笔》，生活·读书·新知三联书店，1999年，126－128页）。他讲了四条，第一是考古学前途无量，田野工作是精神享受（注意：是“精神享受”，而不是“受苦”）；第二是研究考古，老是本钱，我们应敬老尊贤，但不要拉帮结派，只跟一个老师学；第三是不要只读考古书，作茧自缚；第四是不要以中国画地为牢，也要了解外国，了解世界。很多怀念他的人都着重提到他的第二条，即“我们因为多年来在一个小圈子里面一起工作，不免有种种的恩恩怨怨，人与人之间常形成派系关系。你们年轻人万万不可卷入。假如有人拉你入伙，便躲他远远的”。但他说的“如果有位老年考古学家，坚持你只许跟他学，或是不许你有自己的看法，我就建议你另请高明”，这条也很重要。

〔2〕 当然，他们也有谦虚的时候，客气起来总是说，对不起，我们的学科是无法满足大众需要的，考古学是外人无法进入，里面的人也没有必要走出去的领域。

没法和它相比。特别是，破石头，烂瓦片，原来看上去好像最枯燥乏味的石器时代，我相信，它们才是探讨“人类之道”的用武之地。我开始自觉不自觉地感到，我和孳孳于一字之是非的古文字学家并非一伙。或者更彻底地说，我觉得我根本就不是一个“学者”，特别是真的能够守住一行一业，从一而终，现在叫“教授”（professor 的意思是专家），其实是“专业从业员”的人（改革开放后的今天，也可以叫“学术工人”）。我相信，在本质上，和年轻时一样，我还是个读野书的人，或者也可以说，是个被革出教门，逡巡窗前，徘徊墙外，始终不忍离去的人，人称“学术流浪汉”者是也。

然而，我还能回到我的精神家园吗？

在这本小书中，我以《入山与出塞》为题，寄托了我当年的学术之梦。虽然和真正的考古相比，它只是零打碎敲。但“人不爱昆山之玉，而爱己之一苍璧小玑”（《吕氏春秋·重己》），我相信，这些小东西，它们来自考古，也能回到考古。小东西的背后，照样会有大问题（我们应该把小学问做成大学问，而不应该把大学问做成小学问）。它们也许出现频率不高，没有统计学的意义，不像陶器那样，可以结合时间谱系，参考地理分布，做类型比较，按前后排队。但我想，尺有所短，寸有所长，我们的研究，只要能相互补充，地上和地下，粗陋和精致，传世品和发掘品，奢侈品和日用品，文字史料和实物史料，微缩艺术和纪念艺术，小学问和大学问，没有什么是我们应该加以拒绝的。

因为，祖宗留给我们的东西实在太少了，我们不能再存自残自杀的念头。

为此，我祈祷上苍，让它把考古学的精神魅力，它的博大胸怀和想象力，重新注入我的每一个细小研究。

人类的知识体系，落实到个人，落实到他百年期颐的短暂人生，其实都是千疮百孔。即使今天，我们也还是勉为其难，力图用几个精致的学术支点，撑拄粗陋的人生感悟，和古人并没有两样。朝好了讲，是悟性很高；朝坏了讲，是信口开河。这就像一个成天见女人，但拢共也不认识几个女人的男人，他不只是举一反三，举一反亿，而是开口就总结人类的一半，好像真有什么统计学的根据。因为女人可以按妈妈、姐妹、妻子、女儿、女朋友、女同事划分类型，他是通过类型来认识问题，和考古学一样。这很可怜，但没有办法。即使再大的学者，他和普通人也没有两样。

因为我们的眼界都非常狭小（特别是在分工已成天罗地网，我们都是知识残废的今天），所以才特别需要博大。

博大可能带来粗疏，但粗疏并非博大之别名。在我看来，它只是不讲门户的意思。

王国维先生说，学问是没有“古今中外”的。〔1〕

张光直先生说，“三代的研究是没有学科的”。〔2〕

他们都是没有门户之见的大家。

我很赞同他们的说法。

2002年6月30日写于北京蓝旗营寓所

后　记

最近病了一场，病刚好，书的校样就到了。本来是该高兴的事，可搁过去，我最怕就是看校样。人家都说，出书是令人兴奋的事，

〔1〕 王国维《国学丛刊序》，收入《王国维遗书》（上海古籍书店，1983年）第五册：《静庵文集续编》，65页正－69页背。

〔2〕 李永迪《与张光直先生谈夏文化考古》，收入《四海为家》，生活·读书·新知三联书店，2002年，177－187页。

就像母亲看见孩子呱呱坠地，农民盼到庄稼丰收在望，纸墨飘香，令人销魂，我也体会过。但很久了，我却找不到这样的感觉。有人说，出版社和印刷厂，人家有人家挣钱吃饭的道理，你是自作多情，谬托终生，过于追求完美，活该大失所望。反正，我的真实感受是，这是互相依赖，也是互相折磨，眼睛都快看瞎了，气急败坏之下，简直视之为天敌。

我也不想这样啊。

但这次不一样。我的印象是，校样虽有错字（拙稿原有的错字和少数的误排），但非常忠实，我怎么写，就怎么印，包括标点（我最怕校标点，那比校字还麻烦），而且是第一校就能大体到位（这点非常重要，对谁都是省劲，而不是费劲）。没有到位，只是我在看校中还得做一点加工、润色和修改。麻烦是麻烦一点，然而一切为了读者，值得。况且，编辑和校对发现有疑问，都是用铅笔另外注出，耐心和我商量，大家是互相理解，互相配合。这样的校样，改起来就方便多了。将来要杀要剐，我也乐于承担。怕就怕录入过于马虎，编辑过于好事，随便帮我改文章，甚至替我写文章。我说过，这种越俎代庖，无异栽赃陷害（参看：拙作《吃苍蝇》，收入《放虎归山》，辽宁教育出版社，1996 年，209－215 页），将来拿我问罪，冤枉。

这次看校，因为出版社已经校过原稿，动手术的地方很少，没有必要，一字一句，摇头摆尾，苦不堪言地对下去，我刚改过来，他又改过去，拉大锯，扯大锯，反复多少次，所以可以长出一口气，把更多的精力放在改错字，改文气，统一格式。

这是首先应该感谢的地方，向录入员，也向校对员。

说到文章的格式，最近我特别上心。因为长期以来，我们这些靠写字为生的人，包括像我一样，成天指导学生写论文的人，很多人，不仅小的小的不知道，老的老的也不知道。作者不清楚，编辑也糊涂。很多拉锯，都是因为无章可依，或有章不依，大家各行其是，彼此没有沟通。而且，我不是说别人不像话，自己做的好。其实，这个集子，它的文章不是写于一时，我对规范的理解也是在黑暗中摸索，过去掉以轻心，现在留下羞愧，自己给自己找麻烦，比比皆是。我觉得，很多形式问题，与其将来返工，何不现在就搞个水落石出。所以，我给《读书》杂志编辑部的吴彬先生和李学军先生打电话，请她们寄来有关的国家标准，对成功经验认真学习，对失败苦恼深刻反省。

这里讲几点看法，算是边干边学。第一是给自己立标准，第二是和别人作交流，以后可以照着办：

（1）过去，中国的文章没有脚注（当页的脚注或文后的尾注），很多学术考证都是信手写来的札记、题跋和随笔，不交代学术同行的研究，也不说明资料的来源出处。这不是我中华民族的优点。有些老先生习惯这么写，神思起伏，一挥而就。他们觉得，清朝的大师尚且如此，最高的水平就是这样，脚注算什么东西？那都是没学问的人，靠它虚充字数，扩大篇幅，骗取稿费。这完全是误解。过去，我就谈过这类问题（参看：拙作《大音希声，善言不辩》，《读书》1997年12期，3－9页）。我说，外国的规矩不一定都好（比如讼棍式的矫情和刻薄），但他们讲什么（我是说学术著作，不是说所有文章）都细道原委，言之有据，读者和学生可以踩着走，代与代可以传承，国与国可以交流（现在什么都讲国际接轨。你关起门来可以不管，但假如投稿港台，转译西方，必遭拒绝。即使人家让你改替你改，也得从头查起，这不是折腾人吗），好处是明显的。我们的作者，我们的读者，很多人都不明白，西方的书干吗要印那么多脚注，还要吃苦受累编索引。其实，这些东西，并非点缀，就是我们称为目录学的东西。它们的书都是书套书，只要找到最新著作，马上就能倒着找，很快查到有关资料，也便于检查和评价作者的研究。它不是我们理解的双行夹注，天马行空，随文评点；长篇累牍，细密笺疏，主要还是起资料来源的作用。你用它，跟谁交流都方便；不用它，走哪儿都不被接受。用一句老话说，就是“与人方便，即自己方便”。

（2）过去，中国的文章和书，也有资料长编之一体。上一世纪前半叶，很多大学讲义都是这一体，几乎从头抄到尾。这种写法，照样可以起“无一字无来历”的功效，好像很扎实，很详备，也很客观。但这一体裁，除去钞撮资料，总得下附案断，多少讲几句话。可是有些人的案语，只有判断，没有根据，或者干脆让读者去琢磨（其实是让他们受折磨）。还有一种写法，大概是咱们老祖宗留下的“春秋笔法”（为尊者讳，对乱臣贼子诛心），它也重视同行的意见，但主要是拿它垫底，习惯写法，是每说一事，先罗列众说，然后大笔一挥，下附案语，曰“众说皆非”，把别人当错误之集合，而以自己作“终结者”，其实是用 judgment 代替 argument。我觉得，这种写法也不好，既不厚道，也不客观，还让苛狭之人，假学术泄愤，以售其奸。所以，即使这一种，也未必合适。现代学术论文，除强调资料翔实，还很重视理论框架和讨论范围，强调它的系统性和完整性（虽然也有玩方法之弊）。无论讨论什么问题，总得有个工作面，不能光卖零件不卖车，避虚就实绕着走，下笔鸡零狗碎，通篇没头没尾。比如大家经常争论，文章好还是书好，多写好还是少写好，其实就是有些人制造的假问题。他们的逻辑，经常都是有文章没书就说写文章好，写文章不多就说少写一点好。其实书也好，文章也好，都有好有坏，关键是怎么写，而不在长短大小多少字。比如，很多强调少写或不写，自称腹笥深厚，惜墨如金，不着一字，尽得风流的先生，即使退休在家，也绝不消停，狂花国家钱财，滥用天下人力，千军万马，修长城，开大船，炮制鸿篇巨制（而且是穷年累月），怎么就不厌其长了呢？所以说实话，我看问题不在这里。特别是，现在大家都用电脑，对资料长编，就更不能五体投地。因为电脑发达，不是人脑退化。它把整资料的力给省了，留给人脑的反而是创造发挥。如果我们是以电脑作业代学术创作，没有理论，没有方法，没有说明，没有辨析，光有资料和案断，这也说不过去。

（3）脚注的目的，主要不是写旁出枝蔓，意犹未尽的东西，而是交代研究的依据、资料和最新成果，即你踩着的肩膀，不是可看可不看，不是可以随意去取。所以，最好还是放在当页，供人随时查对（而不是像有人想的，是妨碍阅读，最好扔在文后）。而且要写，就要客观周详，为读者提供起码的研究背景。现代论文的形式要求，我们是套用西方。但近代以来，我们的学习，多半都是“四不像”，很少有“全盘西化”。比如上面提到的脚注，其引用格式，我们和西方不一样，和港台也不一样。他们的文章，一般都是作者名（或编者名）加篇名（如果是译作，还要注明是由谁翻译），后面接刊名或收载之书，刊名要注明哪年哪期多少页，书名要注明出版地点、出版社、出版年代和多少页。但我们的文章，很多都是把作者（特别是集体作者，如各种编委会、考古队、整理组）和页码省掉，经常没有出版社和出版年代，出版地更是几乎没人注（外国出版社多在不同地点出书，中国的老牌出版社，如商务、中华、三联，也是大陆有，香港、台湾有，名字一样，如果不注，确实会混淆）。此外，港台的页码还学英文，不作多少至多少页，而作页多少至多少，这里也有人学。还有西文日文，经常都不按原来的字体印，标点也不在原来的状态下打，弄得不伦不类。这些都是成天碰到，但没人管的事情。现在，很多刊物对本来该管的不管（如上述各项），反而尽在些无谓的问题上吹毛求疵，如作者的后面非加冒号（西方不这样，港台如此），刊期、页码前非加“第”字，对港台式的页码也是听之任之。我对这些都不太赞同。另外，我想顺便指出的是，文章页码后置（放在刊期后），专书页码前置（放在出版地、出版社、出版年月前），这一规定也毫无道理，和国际习惯也不接轨。

（4）还有标点问题，也是一团混乱。我们的标点也是学西方而立新法。西方文字有字节，专名有大写，我们没有。作为弥补，我们创造了顿号（原来还有标注人名、地名的专名线）。但同样是并列名词，可能仍要分组，顿号里面分顿号，等于没分，还是要在每组后面点逗号。我们的顿号、逗号、分号、句号，常常分级混乱，前后不统一。这次看校，我也费了一些劲。还有书名号，西文是用斜体印书名，引号括文章，我们是一律用《 》号（书名号里的书名号则用〈 〉号，并用中心圆点区分篇名）。港台是又一个样，书名用《 》号，篇名用〈 〉号，现在也有人学。引文，中国是用冒号加引号，西文不用冒号。引文后的逗号，他们是放引号里，我们是放引号外。句尾加注的圆括号，他们是放标点后，港台一样，我们这里是两种都有（我更倾向标点前，因为圆括号，凡作插入语，都是放在句子里，两者最好统一）。还有注号，情况类似，也是既有插入句中，也有附在句尾；既有放标点前，也有放标点后。这些都应统一起来。否则，录入员会备感困惑，无所适从。还有，问题最大，是连接号。国家标准是，三种横线和波浪线都可以，等于没标准。现在最常见，阿拉伯数字是用一字横线，汉字数字是用二字横线，英文是用四分之一横线（应在英文状态下打字）。但录入时，经常乱用，忽长忽短，极不统一，给看校造成极大麻烦。中国的标点，有很多欧化影响。近代以来，无论点文言文，还是点语体文，很多人都是只顾语法结构，不顾语气结构。点文言文，顿号要慎用，比如文章是以四字句为主，我们就不能把“金华玉堂，白虎麒麟”点成“金华、玉堂、白虎、麒麟”。点语体文，也应我手写我口，不必大句套小句，好像生硬的西文译本，让人看着绕，听着晕，甚至喜欢在句子末尾动不动就加个“的”字。这都是很别扭的表达方式。南方人手口不一，不习惯北方人说话的劲头儿，或改求洋求古书卷气的一路，可以理解，但不必拿本无一定之规的书面语随便改别人的语气和节奏，每个词非写两个字，短句子非拉长不可。现在，我写文章，要反复改，长句子，都是能分的分，能顺的顺，多余的字，尽量砍去。所以，我最怕别人添油加醋，动不动就把很多逗号删掉。

（5）字体。国家对简化字有严格要求，我不反对。过去，语委把书法家为立交桥写的漂亮名字都换过，我很赞同，因为它们是交通标志，咱们不能把司机搞糊涂。但老字号不许挂老牌匾，除了毛、鲁、郭（这个标准定得毫无道理），一律摘掉，放到店堂后边，这就太过分。商店写古字，写怪字，有些成了徽记（典型例子是西安叫“biaŋ—biaŋ 面”的饭馆，其“biaŋ—biaŋ”二字，完全是道符式写法，这里没法照葫芦画瓢），不但夺人眼目，而且惹人深思，商家自有商家的道理（外国店标也经常玩文字游戏，故意用缩写字或拼凑字，在字典中根本查不到），语言警察，权利再大，也管不到这份。现在，出版质量检查，对简化字要求很严，但古书的简化，我觉得还是不必一刀切，特别是其中的很多异体字和专门写法，还有人名用字，有时简化会引起误解。标准的根本用途，绝不是为了评奖（那是搞颠倒了）。

（6）数字。纯粹的统计性数字，我赞同多用阿拉伯数字，少用汉字，否则有时会拉得很长也很不显眼。插图中的数字，文物出版社，过去是作“某页：图一，1；图一，2”，但近年也有作“某页，图一：1；图一：2”者，我看还是前者更好；图版中的数字，文物出版社，过去是作“图版壹”、“图版贰”，这是模仿西文的 Plate I，Plate II（有别于表示插图的 fig.1，fig.2），现在改用阿拉伯数字，我也非常拥护。我不认为西方的什么都不好，也不认为什么都学西方就好。关键还是看，自己用着方便，跟人家交流也方便。

（7）写作时间和写作地点。中国式的序跋，有一点十分可取，就是最后要记写作时间和写作地点。这类记录只占一行，但落到编辑手里，经常都是大笔一挥，加以删削（本书有几篇就是因此失去年月），以为纯属多余。其实，我看就并不多余，不仅不多余，对现在的学术公平，将来的学术历史，还绝不可少。因为我们的刊物和出版社历来都有压稿的问题，写作时间和发表时间，中间会有时间差（而且是很长的时间差）。比如当年，顾颉刚先生编《古史辨》，就有这类问题，现在研究疑古运动，你要搞清当时的思想脉络，谁先讲，谁后讲，谁影响谁，没有这个东西，就成了一笔糊涂账。幸亏他们保留了这类记录。更何况，这个问题还涉及著作权和道德问题（辨伪学的真正用武之地其实是近现代著作，特别是眼前的胡作非为）。没有它，你会把早的当晚的，晚的当早的。这对学者不公平，对读者也是误导。

（8）申谢和补记。西方著作多半是把申谢写在书的前面，即使文章，也往往要用特殊的题注，对写作过程中给予帮助的人表示感谢。我觉得这点很必要。于规则，于良心，都很必要。咱们常说，中国之道德将大行于天下，我就不这么看（社会公德方面，咱们的民风民俗，哪点可以大行于天下）。比如学术道德和规矩，人家可学的东西就很多。申谢为什么必要？因为我们常常容易忽略别人在私下和你分享的观点，为你提供的见解和资料，以及其他许多无形的帮助。从规矩，从良心，你都不能藏着掖着，揣着明白装糊涂（注意：这对防大盗尤其重要。因为大盗都是"盗道"，他什么客气话都说，什么不重要的意见都引，唯一干没的就是别人的"道"，就是别人在私下谈话里的思想火花）。如果一个人老是端着拿着，口诛笔伐，对前人，对同行，目空一切，自以为前无古人，后无来者，什么肩膀都不踩，那不是妄想自大狂，就是鼠窃狗偷之辈。所以，我觉得，名人作序可以不要，申谢之言不能没有。我是把它放在书后，叫"好话说在后边"。另外，像考古学这样"上不封顶，下不保底"的学科，我觉得补记也必不可少。补记是订补性质的东西，有些修改当然可以融入正文，没有必要把所有错误原封不动留给读者。但我觉得，即使修改正文，也应在补记中有所说明，让别人了解历史。

写补记的好处是，既可修正错误，补充材料，又可保存历史，反映进展，在稿件的编辑上也比较方便。

(9) 造字和扫描。现在的录入员经常弃作者提供的软盘于不顾，宁可推倒重来，令人遗憾。因为这样一来，出错的可能就陡增。造字和扫描，也是混乱的根源。对这个问题，我的考虑是，第一，作者千万别造字，而由出版社照作者写在稿纸边缘上的字样去造，而且是一字一码，统一造，增删之际，仔细核对，千万别乱码；第二，能不造的字最好不造，看校时，作者应把还能查到的难字替录入员标音，让他们尽量从全拼字库中调字，用已有的字去补（因为造出的字常常不规范也不匀称，一删一增，就会乱码）；第三，扫描仅限于无法隶定或难以隶定的字，看校时，作者也要特别注明，并画出标准的字形。由于电脑造字，和铅排时代不同，错误都是匪夷所思，在这个问题上，作者、编辑和录入员，谁也不要图一时之快，遗无穷后患。

(10) 可以通融的情况。目前，国内为古书写出处，一般都很简略，和国外不接轨。国外标准是，除作者和书名篇名，还要注版本情况（包括年月，卷、页，以及页的正背），基本上和现代书刊的引用是一模一样。我觉得，以中国的国情而论，如果引书太多（像中华书局的古籍整理），似乎也可通融一下，或者列出引用书的一览表，使用简称（西方就经常如此）。过去，我们注甲骨、金文的拓片，就是经常用简称，但任何简称，应该先有全称、简称的对照表，不应一上来就用简称。还有，随文夹注，只列书名，不注版本和卷页，在咱们中国，我看也不是完全不可以，而且这样一来，还可区别于以现代论著为主的脚注，眉目更为清晰。因为这类材料，除个别例外，很多都是众所周知，版本极多，差异极小，引用频率极高，不注版本也不会引起太大的误会。还有上面提到的出版地点，我觉得，如果是国内出版社，只此一家，别无分店，省去也不是不行。

但海外，我看还是不可少。也许，将来有一天，我们的出版社也有了不同地点的分号，那时再改也不迟。

这是我统稿的原则，也是我和出版界的沟通。

在本书写作中，我曾得到很多师友的无私帮助：

（1）关于早期祭祀遗址的研究。湖南省博物馆的陈松长先生曾专门派车和亲自陪我到湖南宁乡县调查，湖南省文物考古研究所的向桃初先生也向我介绍了宁乡县的地理形势，铜器出土地点和有关遗址的分布；北京大学城市环境系的唐晓峰教授向我提供了绘制欧亚草原地图的有关线索；中国建筑技术研究院建筑历史研究所的钟晓青先生帮我绘制了欧亚草原地图，以及辽宁喀左和湖南宁乡的祭祀遗址分布图。另外，王卫东先生为我摄制了秦骃玉版的精美照片，王育成先生和曹锦炎先生也提供了投龙简和伴出金龙的有关照片。

（2）关于新石器时代的“祭坛”和“祭祀坑”。我曾向北京大学考古文博学院的严文明教授、李水城教授和浙江省文物考古研究所的曹锦炎先生请教，从他们学到很多东西。

（3）关于翁仲的研究。我曾就枣庄地区出土的八件石人向山东省博物馆的郑岩先生请教，承他联系，得到枣庄市博物馆的李锦山先生回信，提供了枣庄石人的收藏现状。陕西省考古研究所张建林先生为我提供了唐秦陵翁仲的照片。

（4）关于《丝绸之路草原石人研究》的读后感。2000 年在法国访问，法国高等实验学校的马克（Marc Kalinowski）教授曾驱车带我四处寻访古迹，包括法国的立石与石人，并为我提供了欧洲石人的图像。

（5）关于有翼神兽的研究。我曾得到海外许多博物馆的帮助，承它们提供器物照片和有关信息。美国加州大学洛杉矶分校的罗泰教授，挪威奥斯陆大学的何莫邪教授，他们也为文章的写作提供了很多指点和建议，我在《论中国的有翼神兽》文的后记已做过说明。

本文发表后，还有一些学者指出我的错误，如关于西安北郊出土的一件陶翼兽，过去我曾记为秦代的铜制品，现在是靠中国社会科学院考古研究所的赵超先生和陕西省考古研究所的曹玮先生，帮我弄清情况，才有所纠正。又宾州大学博物馆和吉美博物馆收藏的石辟邪，旧作据 Barry Till 文，说是“传出河南内丘县”，也是承邢台市美术家协会姚卫国先生来信，指出“河南内丘县”实为“河北内丘县”之误。另外，安徽省阜阳博物馆的韩自强先生为我提供了当地阜阳红旗中学出土东汉辟邪器座的有关照片，香港中文大学文物馆的林业强教授为我提供了该馆收藏战国金箔的照片和有关研究资料。

（6）关于何家村银盘上的怪鸟纹。我向赵超先生请教过他所使用的资料和研究思路，法国高等实验学校的马克教授为我提供了敦煌本《乾符四年具注历》上的飞廉图像。

（7）关于汉阳陵“罗经石”遗址的建筑设计。曹玮先生也向我寄赠了最新出版的有关书刊，让我对这一问题的讨论有所依据。

（8）关于早期艺术中的神物图像。湖南省博物馆的陈松长先生为我提供了马王堆帛书《太一避兵图》的有关照片，当时在英国伦敦大学亚非学院的柳扬先生（现在澳大利亚的悉尼博物馆任职），台湾中央研究院历史语言研究所的李建民先生，还有美国洛杉矶县立艺术博物馆，也为我提供了有关铜器的图像资料。

（9）关于铜器分类。我曾就中国早期铜器和陶器的关系向严文明教授请教。

（10）关于楚国铜器的研究，我曾和罗泰教授反复讨论，承他不弃，编译了我的有关研究，题为《楚国铜器的类型》。现在以中文发表，是由我的学生王艺翻译，并由美国纽约哥伦比亚大学的来国龙先生和加州大学洛杉矶分校的叶娃先生帮忙审校。他们都很忙，为我花费了许多宝贵时间。

（11）关于滦平营坊村出土的兽面石人。书中所附照片是承河北省文物局的刘建华先生提供。

（12）关于我对三件茧形壶的讨论。这三件器物，其中两件是由曹玮先生提供照片。

（13）关于我对王莽虎符石匮的调查。青海省博物馆的李智信先生，他曾陪我参观西海郡古城和王莽虎符石匮，承他赠书，多所指点。

此外，本书插图的复制和材料的核对，我也得到我的学生王艺，还有北京大学考古文博学院的韩巍同学帮助。

这些都是我应深致感谢，铭感于心的地方。

当然，最后我要说的是，本书的责任编辑蔡敏先生，他为本书文稿的校阅，全书内容的编排，还有插图和图版的整理，也付出了很多精力、时间和心血，我亦顿首再拜，请他接受我的诚挚谢意。

2002年11月30日写于北京蓝旗营寓所

22 《简帛古书与学术源流》

北京：生活·读书·新知三联书店，2004年4月

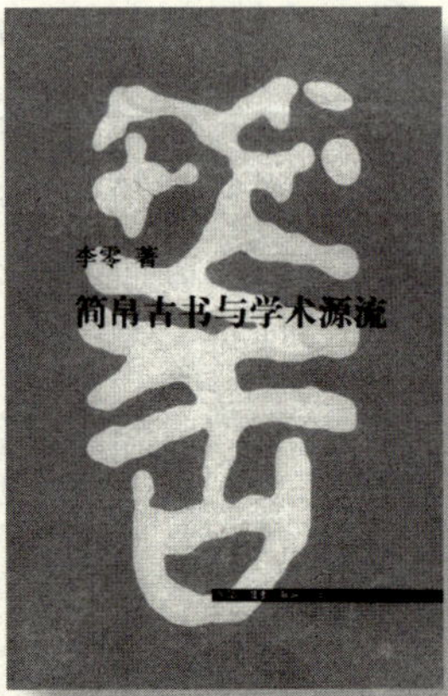

前　言

这是一本教材，用以记录我在北京大学中文系的讲授。

我的课，在注册表上，本来是叫“出土文献与学术源流”。“出土文献”这个词，学界的用法比较宽，既指古文字研究（包括甲骨文和金文），也指古文书研究（如居延汉简和敦煌汉简），还指出土古书的研究（即这里说的“简帛古书”）。比如，中国文物研究所出的《出土文献研究》，就是三种文章都收，和中华书局出的《古文字研究》差不多。而且从事古文字研究的人，也理所当然地把这一概念当他们的世袭领地。至少到目前，一直是这样。

但我的课，从一开始就不是这样。它的讨论范围只是上述三种的最后一种。说起这门课的讲授，我要感谢前不久刚去世的倪其心教授，我们中文系古文献专业的领导。这个教研室分两摊，古文字研究室是一摊，其他从事古文献研究的是另一摊。自1985年，裘锡圭先生调我来北大，有十年多的时间，我一直是在他领导下的古文

字研究室工作。1996年，为了躲避是非，我主动提出离开古文字研究室，转到古文献方面来工作。当时，倪先生是教研室的领导，他批准了我的申请，并为我做了新的安排。他的课程规划，其中有一条，是要我开设这门新课，帮古文献专业的研究生开拓视野，开拓领域。而且他说，这应该是古文献专业的基础课。我们这个专业，包括我们的研究所，虽然有古文字这一摊，但我的同事，绝大多数都是从事传世古书的研究，其他高校的有关专业和研究所也是如此。学科调整时，古文字虽然还在我们专业，但作为学科，却被划归汉语专业，很多人都是把它当语言专业的学问，而不是当历史、文献方面的学问。我们的古文献研究和上面说的出土文献研究，虽然都有“文献”二字，但含义却根本不同，谁也包括不了谁。有时，为了印名片，我的同事会来问我，“古文献”翻成英文应该是什么，这是个麻烦问题，因为英文里的“古书”，就我所知，好像可以有很多译法，册页类，他们叫 book；手卷类，他们叫 manuscript。此外，还有 text、document 和 literature 等许多随上下文可以选择的翻译，好像没有十分贴切的词汇。有趣的是，近年来，我们专业成立基地（在教委开大船的鼓舞下，我们都成了“基地分子”），北京大学中国古文献研究中心，其金字招牌，下面的翻译，经教委指定，是 Center for Ancient Chinese Classics & Archives of Peking University，直译是“北京大学中国古代经典和档案中心”，其中还包括档案。所以，为了避免误会，本书要花两讲的篇幅，讲本书的主题和讨论范围，整个书的题目，也改了一下，叫“简帛古书与学术源流”。材料是“简帛古书”，不是所有古文字，不是文书档案，也不是传世古书；内容则侧重于“学术源流”，不是个别词句的文字考证，不是某种文本的纠谬订错，也不是汉代那样的今古文互校，而是像章学诚所说，属于“辨章学术，考镜源流”。我更关心的是古书承载的学术发展，以及其中带有规律性的问题。古文字学，对我只是工具性的东西。

1998年，我开这门课，学生来得太多，满满坐了一大教室，让我有点紧张，因为我的设想，是把这门课变成一门讨论课，边教边写，边写边教，逐步完善，自己也是学生。但人这么多，根本无法讨论，大家来了，只是仰而受之，由我两个小时，唇焦口燥满堂灌，让我很难受。当时，课是临时上马，很多书还来不及细读，很多材料还来不及消化。我觉得，自己都没把自己教好，何以教人，惭愧呀。1999年，我改变授课方式，找了间小屋，只能容十个人，上讨论课。结果，又是来了很多人，在我劝说下离去。最近一次是去年，我还想开讨论课，来的人仍很多，除本校的学生，还有外校的学生，劝也劝不走，仍然讨论不成。但满堂灌，没有书在手，总是心里发慌。学生听这门课，不知从哪儿找材料，也难以下手。它逼迫我，还是早点拿出讲义好。因为，对于讲课，对于口头的东西，我越来越不自信，这里面有学与思的矛盾，有写与讲的矛盾，很难掌握。思而不学，求之太深，浮想联翩，东拉西扯，会表达不清，我是北京长大，说话短平快，容易语无伦次，满嘴跑舌头。学而不思，什么都掉书袋，一张嘴，就照本宣科，或者板书，一堂课抄不了几个字，还满头大汗，学生提不起神，我也鼓不起劲。有些擅长此道者，他们总结说，没有讲义，学生爱听，有了书，他们就自己看书，不听你讲，好像是没书更好。但我觉得，课堂讲授，容量太小，听者甭管多过瘾，都留不下什么记忆，就像从电影院中走出，刚才轰轰烈烈，现在空空荡荡。所以，我反复考虑，还是得有本讲义，给他们提供基本的思路和基本的材料。只不过写时，尽量保持口语风格，让听者易于接受。我的讲授都是再三斟酌，反复推敲，控制讲话时间，避免重复啰嗦，在电脑上炮制的假口语。我更相信我的笔。这门课，到现在为止，只讲过三次，成熟自然是谈不上了，但写作却拖了差不多五年的时间。我听说，有尊贵长者曰，你们年轻人，千万别急着写书，最好少写或不写，写书可是白纸黑字，一旦出错，那是活着有人骂，死了也有人骂，这是讲慎言的道理。但我比较欣赏，还是孙子的两句话，叫“进不求名，退不避罪”。对我来说，写作是日常生活，有如呼吸吐纳，只是尽量多学，小心下笔，知道什么说什么而已。我不是烈女，活着比牌坊更重要。为求谨严，什么都不写，对我来说，身体轻松，心理紧张。

这里，我想说明的是，我这本书，它的结构是分上下两部分，上编是简帛古书的基础知识，分六讲。下编是简帛古书的分类导读，也分六讲。每一讲，又分两部分，一部分是讲授本身，侧重的是思想脉络和发凡起例，以及有关发现本身；另一部分是参考资料，包括参考书目，补充说明的概念，有关的研究背景，以及某些阅读材料。我希望读者能注意，出土发现和传世文献，两者各有各的作用，都很重要。第一，我并不因为出土材料古老，就贬低传世文献的价值，认为出土发现的作用只是推翻和代替它们，相反，倒是以传世文献作讨论框架和理解背景。第二，我也并不因为出土材料的数量和覆盖面远不如传世文献，就以为出土发现没有重读和改写学术史的价值，相反，总是以这些发现作理解线索，重新考虑传世文献中很多被忽略和曲解的地方。第三，我认为，出土发现和传世文献，两者都是管中窥豹，全局还在两者之外，无论哪一方面，都有已知和未知，只有放入学术史的框架，虚实结合，才能发挥两方面的作用。

另外，还应说明的是，我这样做，是有一点模仿王力先生的教材。他的教材，每节前面是正面讲授，后面是参考资料。比如他的《汉语音韵学》（北京：中华书局，1956 年）和《汉语诗律学》（上海：上海世纪出版集团和上海教育出版社，2002 年），都是这样（当然，它们的篇幅要大得多）。说到教材的编写，有时我会想起某些旧教材，1949 年以前的教材。我所见有限，并不知道当时的情景和发展脉络。但我有个印象，这些教材，很多都是资料长编，抄书，大段地抄书。它和解放后的教科书相比，系统性好像差了点，但比后者作条块切割，平均分配，完全是概念化的写法还是要好。我希望讲道理，就要把道理讲清楚，不疙疙瘩瘩；摆事实，就要把材料和盘托出，不遮遮掩掩。两个方面都要有，但分成两块。学生上课听讲，用前一半；下课看书，用后一半。

最后，应当说明的是，本书的写成，还同我参与竹简帛书的整理工作和投入大量时间跟踪最新发现的研究直接有关。比如1993年以来，我参加了弗利尔—赛克勒美术馆的楚帛书整理；1994年以来，又参加了上博楚简的整理工作。1998年和2001年，我还花了不少时间校读郭店楚简和上博楚简。这些工作都透支了我的很多精力，耽搁了本书的写作，有些还是无谓的消耗，不值得（我这一辈子，当过好几次"杨白劳"）。但它们对我的研究确实提供了帮助，甚至可以说，是起了非常关键的作用。对本书来说，这都是基础性的工作。现在，简帛研究是时髦，不断掀起新高潮，写这个题目的书，最近出版很多。我没有想去凑热闹。因为忙、懒，拖了很久，现在才写出，这只是巧合。

很多年前，当老师曾经是我的一个梦，不是当大学老师，而是中小学老师。后来，生活教育了我。插队农村，当"孩子王"，我才明白，我根本不是当老师的料，特别是教中小学。1966年，我到北京大学看第一张大字报，围着未名湖转过一圈，曾惊叹天下还有这等美丽所在。万万没有想到的是，后来我竟跑到这里教书，而且是教大学生。

古人云：观天下书未遍，不得妄下雌黄（颜之推《颜氏家训·勉学篇》），我根本不信这种话（余嘉锡先生说"此语亦谈何容易"）。我一直认为，学者的命就是替人读书，因而常常无法享受阅读的愉快。如果他受毕生之苦，甘之如饴，非要别人和他一起吃二遍苦，受二茬罪，而不是替人分劳省力，那是不仁之至也。所以，我更欣赏的还是老子的话：少则得，多则惑。以古书通例读古书，由博返约，执简驭繁（精读的书总是有限，很多书都是靠查），是余嘉锡先生教我们的法则。他写《四库提要辨证》有四大本，提炼出来的东西，却只有一小册，这就是本书经常引用的《古书通例》。我很怀念五六十年代的书籍篇幅，惭愧自己做不到。

本书的遗漏一定很多，错误也一定很多，还要慢慢发现。现在的写作只是告一段落，希望以后还有机会修正，通过讲授，通过读书，也通过听取别人的意见。

2003年6月6日写于北京蓝旗营寓所

后　记

我听说，有位学者，晚年患痴呆症，前兆是疯狂回忆，特别是穷追不舍，跟刚刚消逝的记忆过不去，急了还请人帮忙，就像萨特在一本小说里写的（名字忘掉了），一个人呆在屋里，马上回忆，马上回忆，想把刚才发生的事，一件件追回来。我在想，历史学家会不会也有这样的冲动。

我还记得很多刚刚发生的事，书以外的大事和小事，虽然没有直接关系，但对我却不可或缺，全是可以称为“我的写作背景”，对我极为珍贵的东西。什么时间，什么地点，就在我的身边，到底发生了什么，值得记录下来，就像人称良史的“董狐之笔”，把它老老实实记下来。因为书只不过是过眼云烟，写完就完了，但写书的感受却值得纪念。

身体不好。去年年底，黑便，昏倒在医院，点滴，胃镜，终于明白是胃溃疡。服药，检查，再服药，再检查，碳13测定，一直是阳性，直到突发“非典”，不敢去医院。然后“春来了，春来了。春天来了，多么美好”，我却喷嚏不止，涕泗横流，皮肤瘙痒，双目红肿，鼻子好了嗓子坏，嗓子好了气管坏，一会儿旱了，一会儿涝了，如此循环往复。两个多月，过敏症又犯了。如今，天已大热，饮食起居，小心伺候，自觉转愈。但病去如抽丝，丝还没有尽，轻咳微喘，喉咙里面，虫吟小榭，憋久了喉糖压一压，免得招人白眼。

这是今年上半年的感觉。

有些朋友听说，纷纷表示关心，频频加以劝说：你已功成名就，无虞职称头衔，还写什么劲？悠着点吧。我说，是是，我已悠起来了，每天写一点，只是消磨时光。多少年来，虚名假位，不高不低；工资奖金，不多不少，我是欣然受之，从没想过为什么写作，也没想过为谁写作。给，我写；不给，我也写。写得太多，只是情不能已。活着死了有人指摘，都不去理它。

五年多了，哩哩啦啦，眼看就要写完了，离登顶还有两三米（还有很多脚注要核对，有些新材料也要补充）。我想，快了快了，我要解脱了，所以提前在这里，讲一点即时的感受。

在疾病中写作，不太愉快，但和世界人民的苦难相比，和中国人民的倒霉相比，这点小事算什么？当我生病时，伊拉克战争爆发，很多人死掉了，也被忘掉了；然后是“非典”，又是很多人死掉了，也被忘掉了。而且，事情并没有结束。我理解，这是命运之手，借灾难以平衡发展（发展的利益高于一切，对吗）。虽然，我什么宗教也不信。

生活单调，不出门，幸有电视相伴。我们都瞪大了眼睛看，这个世界真奇怪。

战争和疾病，突然成了所有人的话题。而且，个个都像哲学家，竟从这些古老平凡的事情悟出了那么多向来很少有人注意的道理。我觉得，这里面的学问真是太大。和这样的学问相比，我谈的那点事，还算是学问吗？

过去，在美国，我曾为电视台经年累月的法庭辩论感到困惑不解，比如轰动一时的辛普森案、莱温斯基案，但所有美国人却聚精会神，视如好莱坞大片，而且是长篇连续剧，好像听说书那样，不断有“下回分解”。大家都说，现实世界和虚拟世界的界限正日益模糊。我们进入的是“太虚幻境”吧？记得有一次，那个服装大师，叫什么来着，忘掉了，他的突然被杀，在很多人看来，真是期待已久，大片又要推出。各种消息猜测说，请注意请注意，杀手可是不停变脸换衣裳，随时随地，不定从哪儿冒出来，说不定就在你身边。等把胃口吊起来，人却突然被抓，虎头蛇尾，草草结束，让人大失所望。

现在，我们有了世界共享的大片。

几年前，我用山西土话翻译“globalization”，叫“一球样”，G8丰富了我的联想（什么叫“大势所趋”）。围绕美国的形象和榜样，大家面红耳赤，观战的比打仗的还着急。有人正在讨论，中国要不要加入新的“八国联军”。

生病、观战、躲“非典”，这就是我的写作背景。写完之后，坚决不谈学术，就像打太极拳那样，转上多少圈，回到原地。

在本书写作中，我曾得到许多学者的无私帮助，特别是北京大学历史系的荣新江先生曾帮我查核补改本书第一讲所附《现存先秦两汉古书一览表》中的敦煌、吐鲁番等地出土古写本的著录情况；北京大学中文系的张鸣先生曾以书信的形式答疑解难，为本书第十讲撰写了附录一《张鸣论和声概念书》；北京大学中文系的于迎春先生也向我介绍了文学史界研究汉诗的现状。很多同学帮我查核材料，我的学生王艺、韩巍、徐刚帮我查补全书脚注中留下的空白和复印有关资料；其他同学，如陈明、李若辉、高原乐，也为修改、补充和核对第一讲的附录花费了不少精力。他们都帮我不少忙。生病期间，同学们也很关心我的健康，徐刚还起早摸黑帮我挂号。

我铭感在心。

2003 年 6 月 5 日写于北京蓝旗营寓所

修订版说明

时间过得真快，这本书，从出版到现在，已经三年了。

这次再版，我把三年来改过的原书交给三联，请他们彻底改一遍。校样出来，又看了一遍。

我特别喜欢改文章，我是说，我自己的文章。不但写的时候反复改，就是印出来，只要看，也改。既包括疏忽错误，也包括表达上的问题。

这些年，我吸取同行学者的意见，吸取身边学生的意见，吸取读者来信的意见，加上自己发现的问题，有很多修正。不过，这些修正，主要是个别字句的修改，大的方面，没有修改。修改，是发现一点改一点。没有发现的问题，肯定还有。现在，我只能说，暂时告一段落。

这次再版，我只增加了一篇讲话，即我在清华大学历史系的演讲：《从简帛古书看古书的经典化》。这篇讲话的起因，是现在美国佛罗里达大学艺术史系执教的来国龙先生说，我在这本书中多次提到"古书的经典化"，但没有集中讨论。这篇讲话，是个必要的补充。

应该说明的是，原书提到的拙作，有些是待刊稿，我在书中随

修订版，北京：生活·读书·新知三联书店，2008年1月

文加了案语（用【】表示），说明现已发表的出处。

还有四本参考书，讲兵书和方术的参考书，是我写的，现在有新的版本，这里也顺便说一下。

(1)《孙子古本研究》，北京：北京大学出版社，1995年。

(2)《吴孙子发微》，北京：中华书局，1997年。

(3)《中国方术考》（修订本），北京：东方出版社，2000年。

(4)《中国方术续考》，北京：东方出版社，2000年。

这四本书，前两本，现已合为一书：《〈孙子〉十三篇综合研究》，北京：中华书局，2006年；后两本，也有中华书局2006年的新版本：《中国方术正考》和《中国方术续考》。

另外，第一讲的附录，《论语》敦煌本，除郑注本，还有集解本。前者，有王素先生的书：《唐写本论语郑氏注及其研究》，北京：文物出版社，1991年，我们已提到。这里还应补充：李芳录校《敦煌〈论语集解〉校证》，南京：江苏古籍出版社，1990年。

感谢我的责任编辑孙晓林先生，也感谢所有提供意见的读者。

2007年8月23日写于北京蓝旗营寓所

23 《中国古代房内考——中国古代的性与社会》

北京：商务印书馆，2007年1月

译者前言

现在，由荷兰布利尔出版社正式授权，中国大陆商务印书馆正式出版，高罗佩《中国古代房内考》的中文译本终于和广大读者见面了。商务印书馆是翻译出版海外名著，资格最老，质量最高，名气也最大的出版社，我从年轻时就对它非常景仰，是它的忠实读者。本书由它出版，是再合适不过。这里应当说明的是，过去我们的译本曾于1990年由上海人民出版社以“内部读物”的形式出版，签约10年。那个版本，未经布利尔出版社正式授权，也未经译者审校，存在不少错误，令我们愧对读者。十多年来，我们一直希望有机会能弥补遗憾，现在才如愿以偿。

这次再版，我们不仅重新核对和修改过全部译文，还在书后增附了《高罗佩的生平和著作》，以及我为纪念高氏写作的三篇短文：

（一）《高罗佩与马王堆房中书》。本来是1992年应中国社会科学院历史研究所和荷兰大使馆为筹备纪念高罗佩先生逝世二十五周年学术讨论会的约稿而作。由于这次会议未能如期召开，我以此文提交当年在湖南长沙召开的马王堆汉墓国际学术讨论会，并发表于湖南省博物馆编《马王堆汉墓研究文集》(长沙：湖南出版社，1994年，142－149页)。这是我从学术角度，利用考古新发现，为纪念高氏专门写作的文章。

（二）《闭门造车——房中术》。是我写的一篇杂文，原来收入我的杂文集《放虎归山》(沈阳：辽宁教育出版社，1996年)，也涉及对高罗佩的评介。

（三）《昙无谶传密教房中术考》。则是摘自我写作的长文《东汉魏晋南北朝房中经典流派考》(《中国文化》第十五、十六合期，1997年，141－158页)，内容是就高氏此书附录一讨论的中国房中术和印度房中术的关系，写一点补充性的意见。在这篇文章中，我把问题从唐代反溯到释之入、道之兴的早期阶段，以昙无谶为例，对高氏提出的中国房中术西传印度又回传中国的假说进行了再讨论。

这些文章都是追随高氏的思路，研究高氏提出的问题，根据新材料，提出新看法，用自己的研究，纪念高氏在这一领域的巨大贡献。读者如果有兴趣对有关细节和总体评价作进一步了解，还可参看我在《中国方术考》和《中国方术续考》二书（北京：东方出版社，2001年）中的有关考证文章。

由于这个版本是中国大陆出版的第一个正式版本，我请读者注意，这个版本出版后，上海版已失去意义，应当停止印刷和发行。

往事如烟，若隐若现，有些忘记了，有些又清清楚楚，好像就在昨天。书虽然还是原来的书，但感受却很不一样。

当年，我和郭晓惠、李晓晨、张进京翻译这本书，非常辛苦。书中涉及的知识很广，语言也很多。我们四个，一人是专业教英语，一人是专业学英语，一人非常喜欢说英语，其中不包括我。我的英语水平，当时很差，现在也不高，整个感觉可以用这样的词来形容，就是临阵磨枪，蚂蚁啃骨头。但我是翻译此书的发动者和唯一熟悉全书内容的人，很多累活不能不落在我的身上。除我承担翻译的部分，全书由我通校和加工，引文由我查对和补译，越是认真，越是费力而不能自拔。从此，对翻译，我是说英翻中，我不能不心生畏惧。我觉得，英语本身的通读固然是基础，但也仅仅是基础。认真查对，认真琢磨，认真推敲每个词和每句话的中文表达、文学表达和思想表达，还有专业上的理解，才更难也更为重要。尤其是讲咱们自己的事。你千万不要以为，讲中国的事，中国人最熟悉，顺手牵羊，还不容易，像我最初想象的那样。其实，正因为熟，才更难。什么词都得对号入座，找出它固有的说法，梵文还得查中国佛经的译法，一个萝卜一个坑，绝对糊弄不了。引文也如此，回查很麻烦。高氏讲《儿女英雄传》，整部小说，我得一页一页查，找不到原文，就没法交待。因为这不是英文，你不能照字面含义直接翻。现在，我也好，其他人也好，很多人都有过痛苦回忆，校一遍比翻一遍还难。如果只从字面翻，没有真正的理解，即达到遗形取神消化为母语的理解，达到超越语言进入人心同理的理解，翻也等于没翻。自己不懂，别人也没法懂。这是心里话。当然，我们的工作只是勉为其难，还根本达不到这样的标准，错误是在所难免。

记得 1989 年，我在一个书摊上翻书，摊主问，您要不要《中国古代房内考》。我问，你说的是哪一本《房内考》？我怎么不知道。他说，千真万确，我朋友那儿有，您要，我给您留着，200 元。当时我们的书还没出来，心里好奇怪。后来，高氏此书，通过我们，终于和广大读者见面。我完全没有想到，它会引起那么大轰动，甚至是人大代表的争议——刘东先生跟我说，李泽厚先生跟他这么讲。而且当时，我和李泽厚先生还从未见过面，他猜，李零一定是女的。当时的阅读环境，现在想起来，可以两个字概之，无知。无知，无知到什么程度，书店进书，不知摆哪儿，有人进门打听，小姐说“喏”，拿手一指，是在室内装修那一栏。还有，则是好奇。当时人的好奇，也实在好笑，真像叶德辉老先生讲外国性学译本初入中国，那也是“无知之夫，诧为鸿宝”（《新刊素女经序》，收入《双梅景闇丛书》）。有人是拿它当宝贝，外边用纸包着，犄角旮旯藏着，夜深人静，背着小孩，才偷偷拿出来看，觉得有如醍醐灌顶，顿开茅塞——原来人间还有这等奇事。我们的书，稿酬很低，一次付清，但出版社狂印，盗版书铺天盖地，我们的收获是浪得虚名。很多人知道有我这么个人，那都不是因为我自己写了什么书，反而是蝇附骥尾，沾高氏的光。现在回想，当时的热度是缘何而起，满足好奇还是解放思想，低级趣味，高级趣味，两种成分都有。但不管怎么说，大家如饥似渴，求知欲太强，理应得到满足。不足之处，是很多人还没有从学术价值上理解此书，充分了解它还有很多更重要的意义。所以现在，亲爱的读者，让我再次告诉你，这是一本非常正经也非常严肃，在西方汉学界享有盛誉，用确凿史料从根本上影响和改变了西方世界对中国之了解的经典之作。

高罗佩，是西方著名的汉学家，但他的本职工作却是外交官，汉学只是业余爱好。业余比本职还出名。在汉学家中，他是上一代的汉学家，比较古板也比较风雅。作为外交官，中国、印度、日本，他都生活过，三个方面的语言、历史和文化知识，他都具备，这在《中国古代房内考》一书中有充分运用。见多识广，学养深厚，是作者的一个突出特点。另一个特点是，他的兴趣也广，各种问题，奇奇怪怪，他都关心。他的学问，都是趁工作之余，借地利之便，彻头彻尾玩出来的——“玩”是很高的境界（不是为了搜集情报，不是为了文化立场，像现在的很多汉学家那样），这里毫无贬义。我记得中央电视台，前两年，哪个频道没记住，播过一个片子，叫《奇人高罗佩》，里面有不少老镜头，以及对其亲朋好友和外交同行的访谈。他在中国，同很多文化名流都有交谊，特别是风雅圈中的风雅人物。凡中国文人喜欢，笔墨纸砚，琴棋书画，什么都玩，甚至就连长臂猿（他把猿啼制成录音带），他也投入了极大兴趣，而且玩索有得，达到相当的研究水平。比如，他画的画，写的字，我在国外看过，作为外国人，不容易。他只活了57岁，比我今年大一岁，但留下的书很多，真可谓“著作等身”（见书后的《高罗佩的生平和著作》）。这些书，我不必多谈，这里只说一下和本书有关的《秘戏图考》。在旧版前言中，我说，本书的前身是《秘戏图考》的上篇。该书是线装本，文字部分是手写，非卖品，全世界只有50本，分藏于世界各大学、研究机构和博物馆。1993年，我在赛克勒美术馆的图书馆见过一本，同时发现，还有董光忠亲笔写在格纸上的山西万泉荆村发掘报告的手稿，经我指出，均升格为善本。《秘戏图考》是讲明代春画，港台有盗印本，作者以为儿童不宜，不愿公开出版。经作者严格审定，允许公开出版，其实只有《房内考》。1999年，广东人民出版社出版过杨权先生翻译的《秘戏图考》。该书也是“内部读物”，删去图画，保留文字。在出版前言中，承杨先生不弃，他引用过我对高书的评价。该书讲有关文献史的部分，即卷一的上篇，是《中国古代房内考》的初稿。虽然本书出版后，它的这一部分已失去意义，但它的其他两部分，至今仍有参考价值。这就是其卷一中篇和下篇讲春画历史的部分，还有卷二的资料，特别是后者。本书的很多引文就是出自这批数据。其中，辑自《医心方》的佚文，高氏是参考叶德辉的辑本，有不少错误，我已重新编排（见《中国方术考》的附录二），但为保持原貌和反映高氏本人的理解，凡出自此书的引文，我们均保持原貌，不加任何修改。

另外，我想顺便说一句，山西电视台拍的电视连续剧《狄公案》，曾在很多频道反复播出，广大观众比较熟悉，但很多人都没注意，它的原作是出自高罗佩。在我们的译本问世之后，正是这部剧，把高氏带进了千家万户。高氏的《狄公案》曾风靡欧美，现在在咱们中国也火了一把。

和我们初译此书的年代相比，现在的中国有很大变化。中国古代性生活，这点陈年往事早就不是什么心惊肉跳了不得的敏感话题。从前，有位研究医史的专家跟我推心置腹，语重心长，他问我，咱们的研究会不会被流氓利用，就像高氏当初是把很多涉及房中的引文用拉丁文译出，也是出于类似的道德考虑。我完全理解，他老先生为什么会这么担心。但现在怎么样？满大街的走火入魔和直奔主题，这点新鲜劲早就过去了。我相信，马王堆帛书，他们看不懂也没有兴趣，中国的古文正是对等于欧洲的拉丁文。况且，现代的事，有现代人煽风点火、推波助澜，无论功过，都与古人无干。如果大家真有兴趣将自己的好奇之心提升为当代科学的考虑，大家不妨看一下潘绥明教授和李银河教授的书，他们是这方面的专家，也是我的老朋友。维持风化和道德建设，谁也不必拿高氏是问（他在书中对性爱的精神意义非常强调，对皮肉烂淫是持批评态度）。这里，我只说几句，说说高氏对我这个热心读者有什么重要，对中国古代研究有什么重要，有些话讲过了，不再重复，这里只说两点。

第一，我想说，当初我们翻译此书，是和我对中国方术史的研究有关。我的兴趣，主要是高氏对中国古代房中书的研究，而且追随他的研究，还颇有心得。这方面，前人有突出贡献，平心而论，过去只有两位，中国是叶德辉，海外是高罗佩。他们的研究，以今日的水平衡之，当然有可商之处。比如叶德辉，他对房中书的源流还不太明白，玄、素、彭祖，颇有混淆，高氏之书袭其误，也没有彻底厘清，作为后学，我是当仁不让。现在，从马王堆帛书到《医心方》佚文到《素女妙论》，早期房中书的源流（主要是《房中七经》），我已梳理过一遍（参看：拙作《中国方术考》和《中国方术续考》，北京：东方出版社，2001年），当然有不少订正，但整个研究基础是他们奠定的。他们对重张此学，筚路蓝缕，功不可没。特别是，高氏搜集材料比叶氏要广。比如，他在日本找到的《素女妙论》，就是一把钥匙。马王堆帛书也好，《医心方》的佚文也好，其中的关键术语，长期以来谁也搞不清（如所谓"女有九宫"），我就是靠了此书，才把它破译出来。另外，高氏对中国房中术和印度房中术做历史比较，他的问题，他的假设，都是高屋建瓴。我对这个问题有所探讨，观点和他不一样，但平心而论，也是被其教泽。高氏的书，我翻过我知道，他的基础研究是由三个方面支撑，一是医书类的房中文献，二是道教内丹派的采补之术，三是明清时期的色情小说（高氏又分为"色情小说"和"淫秽小说"，这个词比下文所说的"人情小说"概念要窄）和春画，此外，还涉及家庭婚姻、生儿育女、梳妆打扮、室内陈设，以及各种文化习俗，舒展开来，是一幅巨大的画卷。现在，学者奋起直追，思加其上，是值得鼓励的。高氏的书并非完美无缺，但撇开高氏的整体框架，撇开高氏的突出贡献，光是说他这不内行，那有疏忽，没有境界本身的超越，也是无济于事的。另一方面，细节也很重要。我个人认为，现在的研究，关键是基础薄弱，上面三个方面，进展还不够，尤其是后两方面。特别是把它们糅在一起，综合为一本新书，就更难。起码，我个人很清楚，我自己没有下过足够工夫，可以通吃这三个方面，所以对朋友的鼓励和出版社的邀请，只能婉言谢绝。实际上，到今天为止，我所看到的国内出版物，我是说，系统讨论中国古代性传统的学术著作，还没有一本可与此书比美，旗鼓相当，足以取而代之。在旧版前言中，我说我仍在期待着这样的著作问世，现在这话也没有过时。

第二，说到中国古代房中术的传统，现在有些批评，特别是国外的批评，眼界倒是比较广，立意倒是比较高，但往往没有说到点上。比如，有些女权立场的批评家认为，高氏的书是个大阴谋，他说中国的房中术，比西方更健康，更正常，也更关心妇女，这是给中国拍马屁，是美化中国（有人对李约瑟主编的《中国科技史》也作如是观），是把中国变成了一个男性统治的理想王国。我想，高氏对中国文化，态度比较平等，也比较谦虚，比起很多汉学家来，这是难得的优点。虽然，出于西方人对异国情调的好奇，他对我们说了一些过头的好话，这种情况的确存在，但未必就是阴谋诡计，值得如此索隐钩深。因为男性统治是自古如此，全世界都一样，中国并不例外，大家批判，我双手赞成。但有人以为，中国性文化缺少浪漫，下流的东西太多，高雅的情趣太少；或者说，房中书是坏东西，胎产书是好东西，这却是十足的误解。关于这类误解，我在上面提到的随笔中曾有所澄清，这里可略事补充。大家都知道，有些男性喜欢讲“公牛”理论（公牛对母牛的“性趣”极易厌倦，经常移情别恋，更换伙伴）。前两年，我在巴黎看毕加索的色情画展（有些画是第一次展出），很多妇女在画前指指点点，都在议论他反复表现的公牛形象。女性要批判“公牛”论，很有必要，但不一定非得堕入“母猪”论（请不要误会，我不是用“母猪”骂妇女，而是指雌性动物普遍有保护幼崽的本能，动物是人类反省的起点，猪的智慧也毋庸置疑），以为性交是男性的法宝，生育是女性的法宝，两者必须对着干。我在农村见过母猪下崽，狗误入猪圈，它能把狗咬死。这种现象，动物界很普遍。中国的房中书，从来都是以男性为中心，这一点也没错（“房中”这个词，本身就是证明）。明清小说也是如此。过去，高氏已注意到中国房中书不讲避孕、堕胎。近来，马克梦（Keith McMahon）教授也指出，明清时期的人情小说（泛指儿女风情类的小说，从闺阁到青楼，从才子佳人到皮肉烂淫，各种内容都有，比色情小说的概念要广），同样不爱谈这类问题，还有女性的疾病、行经和生育，以及其他许多与妇女有关的问题，它们也不睬，完全是单向的视角（参看：马氏著 *Misers, Shrews, and Polygamists*, Durham & London: Duke University Press, 1995；中文译本，见王维东、杨彩霞翻译的《吝啬鬼、泼妇、一夫多妻者》，北京：人民文学出版社，2001 年）。这些书讲男女之事，一直是以男性为中心，很明显，就是假借女性口吻，也遮不住男性嘴脸。要母性，不要妻性。要胎产，不要房中。反其道而行之，似乎就是彻底革命。但我想在此提个醒，在中国，胎产书只是房中书的补充部分（观《汉书·艺文志》的著录可知），很多男人（比如现在农村里的某些男人），他们把孩子（特别是男孩子）看得比老婆更金贵。胎产书，如果上纲上线，那是把妇女当生育工具，男性的霸道更明显。所以，胎产书并不一定比房中书更为圣洁；生孩子，疼孩子，惯孩子，也未必就是女性的理想王国。比如，有人推崇明代万全的《万密斋医学全书》，说它比汉唐时期的房中书要好，因为它重视生孩子，体现了对妇女的关心。此书是什么货色？它讲广嗣延生，那完全是以男性为中心。清心寡欲，爱啬精液，少跟妻妾行房，千万别累坏身子，折了寿数，这是为了男人。同样，它讲调元协期，种子保胎，不患寡而患不均，好钢用在刀刃上，普降甘露才能家和，家和才能万事兴，那也是为了给男主人传宗接代，维持其大家庭，绵延而不衰。再比如《金瓶梅》，还有很多明清色情小说，它们也老是把那首《吕纯阳仙翁诗》（"二八佳人体似酥，腰间仗剑斩愚夫。虽然不见人头落，暗里教君骨髓枯"）挂在嘴边（明天启《原本金瓶梅》是放在一开头）。这首诗也是万氏所乐道（但"虽然"作"分明"）。它把女人描写得如此可怕（在挪威画家蒙克的笔下，女人也是每根毛发都流淌鲜血的吸血鬼），哪有丝毫的尊重和关心。所以，我们要对问题有清醒估计，男性统治一直是普遍统治，净土只在幻想之中。与房中书相比，生儿育女未必就是女性的理想王国。我在另外两篇随笔中，以我家乡的"妇女翻身"为例，也讨论过这类问题的历史遗产和现实困境（《惧内秘辛》，收入《放虎归山》，165－177页）。

总之，我的看法是，高氏对中国古代性文化的讨论，从整体上看，还是属于描述性。批判虽然少了点，因为对中国文化好感，难免津津乐道，的确存在某些不足之处。但他的描述大体上还算客观，并无刻意的宣传在其中。我们对世界上的各种文化应该一视同仁，出于同情的了解，首先要有平等精神，不一定非用“你好我坏”或“我好你坏”看问题。如果要批男性统治，那也应该是世界性的批判——谁也不是好东西。即使在错误面前，大家也是人人平等。

本书的翻译是在80年代后期，和当年相比，我有一点感想，这就是整个80年代，中国的阅读环境，完全是和当时的文化氛围相匹配。那时的冲动，压倒一切，还是如饥似渴、逆反传统的启蒙思潮，黑白分明，非此即彼，二元化的思维笼罩着一切（古今中外的对立是主要焦点，现在也很有市场）。因此而起的阅读兴奋点，理所当然是在“二巴”一类低层次的问题，即从无到有，有总比没有强，因而“聊胜于无”的本能冲动和快感发泄（我无意说这些问题不重要。我体会过，人要是饿急了，一盘过油肉，准比孔子闻韶还来劲。张贤亮对这类压抑有很好的描写）。人们还不太理解，有的吃了，吃什么的问题才更重要。这时，人们才会面临困境，有时别无选择又必须选择，甚至可能出现，宁肯放弃选择，也“聊胜于有”的苦恼。90年代以来，透过一大堆阴阳怪气的术语，我们开始一点点明白，西方的左派理论，西方的左派传统，关键还在打抱不平，替弱势群体鼓与呼。弱势的道理，可能都是软道理，但这样的道理不能没有。如妇女问题的研究便是其中之一。类似的道理，还有很多。它们对历史文化的研究，对人类困惑的思考，都是有如“半边天”。虽然，以性欲弛禁（绷着点还是放松点，压抑点还是开放点）讨论中国性文化的发展，是那个时候的主要关注点。高氏本人对中国古代性文化也有“一向开放，突变为压抑”的总体评价。但过去的研究，根本不足，是眼光只在“脐下三寸”，太牲口了点。很多人还没把上床的问题提到更高层次来认识（当然，我不是说，房中书只谈这些有什么不对。相反，它把宗教、道德的问题撇开，这才是科学精神所在，古代的中国，现在的西方，凡是指导性生活的手册，大抵如是）。如高氏讨论问题的大前提是咱们中国的一夫多妻制。我们要明白，中国的性传统是在这个背景下顺利展开。这才是问题的关键。它和西方传统形成强烈反差。当年，利玛窦到中国传教，沈一贯听说泰西之人家里只有一个老婆，非常惊讶。他说，遑论其他，光凭这一点，就足以证明，西方的道德太高尚。同样，在西方人的眼里，中国有一夫多妻制，有适应这一套的房中术和家庭伦理，这等事情也非常奇怪。西方的一夫一妻制是怎么来的？为什么旧约时代的戴维王是一夫多妻，阿拉伯世界是一夫多妻，中国也是，而他们不是，原因在哪里？这些都是基本问题。我们中国人，对自己的传统，表面上很熟悉，一夫多妻，影视表现很多。但这个离我们咫尺之遥的过去，我们已经不太理解。有些男士还以为，妻妾成群，那多快乐呀，根本不知其中的苦恼。我们既不明白一夫多妻是怎么走的，也不知道一夫一妻是怎么来的，绝不像西方人那么敏感。其实，正是在这个方面，才大有文章可做，高氏给我们的启发才格外突出。可惜的是，他在这个问题上谈得太少。正是因为有这样的缺憾，我才认为，中国明清时期的人情小说，其实是个大有可为的领域。为此，我向读者推荐，上面提到的马克梦教授的书是本角度新颖的好书。他也是从一夫多妻制入手，但重点是讨论 18 世纪中国小说中的性和男女关系。他不但为我们详细分析了小说中光怪陆离的各种性别角色，还对他（她）们做了高屋建瓴的理论概括。他把“泼妇”（也包括溺爱孩子和制造败家子的母亲）和“吝啬鬼”（对女人的情欲和其他愿望都保持距离，只有限施予的丈夫）当作一夫多妻的两极，然后把其他角色排列其中，话题是通过两性的斗争来层层展开。这个前提很关键。因为，正是抓住这个前提，我们才能引入性别角色和性别关系的“中国特色”研究，才能把“房内”上升为广义男女关系的研究，才能把基于人之大欲的基本冲动纳入到人类学和社会学的视角之内。

在现代汉语中，“性”是由日语转译的西方词汇，它和告子说的“食、色，性也”（《孟子·告子上》）的“性”有关，但古人说的“性”是“人性”之“性”（human nature），还不是“性学”之“性”（sex）或“性别”之“性”（gender）。在中国原有的词汇中，真正与后两种含义对应，其实是“饮食男女”的“男女”。它有两重含义，既是sex，也是gender。“男女”有如阴阳二爻，男男女女，排列组合，可以构成八卦，八八六十四卦，生生不已，以至无穷。它不仅包括男性与妻子的关系，也包括他与妾、妓或偷情者的关系，下面还分化出父女、父子，母女、母子，婆媳、翁婿等血亲和姻亲的关系，以及各种社会性的男女关系、男男关系和女女关系。我们不难发现，正是在明清小说中，而不是在房中书中，这类材料才最丰富。虽然，在清代的人口比例中，一夫多妻的家庭只占约10%（而且是在男女比例失调的前提下，我们老家的说法是“十八罗汉，十七童女”），但这样的家庭却是引领时代潮流的家庭。中等水平的人家如萤扑火，朝它飞奔。下层百姓，望洋兴叹，也隐然以它为理想，逮着机会造反，也是三妻四妾霸着，能睡几个是几个。

芸芸众生，遍布地球，男女是最大的两类。男女的性别角色和性别关系，在全世界是最深奥的哲学问题。我们每个人用自己的一生去了解对方，往往都是举一反亿（“一滴水珠见太阳”），拢共没见过几个女人，却大言不惭，妄事推测，硬要给整个人类的另一半作出全称的判断。在这个问题上，自以为是和愚昧无知经常是如影随形。这是引发我对上述问题产生兴趣的原因。

比如，高氏曾谈到中国男女的交往方式，由于中国家庭的榜样是一夫多妻制，而且男女之间有授受不亲的性别禁忌，我们和他们在性别关系上有很大不同。中国人，男人和男人扎堆，女人和女人厮混，乃平常之事，特别是文人之间的诗酒往还，西人或误解为同性恋（虽然，我们也不排除他们有这种关系）。同样，近代海禁初开，国人游历欧美，对西方的出双入对也一样十分惊讶。如清道光年间，福建人林针记美国之行，成《西海纪游草》，中有“浑浑则老少安怀，嬉嬉而男女混杂”之语，作者注“男女出入，携手同行”（见该书自序），就是讲这种现象。中国的男女关系是以家庭为壁垒。男人和男人，主要在家庭以外打交道。男人和女人，主要在家庭以内和勾栏瓦舍打交道（家里，侍奉高堂，生儿育女；外面，谈情说爱，琴棋书画，两者截然分开）。女人和女人，也是在家庭以内和勾栏瓦舍打交道（妻妾和丫鬟，鸨母和妓女，也是两个各自独立的世界）。这是基本结构。在这个结构下，我们的性别角色非常有趣。如：

（1）上述三个人堆，一个小孩，它是在男人堆里长大，女人堆里长大，还是男女混杂的人堆里长大，情况很不一样（这是很好的人类学实验）。贾宝玉成天扎在脂粉堆里，难免女里女气，认同女性；何玉凤舞枪弄棒，站着撒尿，则完全相反，如此才有“儿女”化的“英雄”，才有男性欣赏的“女侠”。我们不难看到，正是因为有不同的“驯化”环境，才有中国小说津津乐道的“阴阳颠倒”。

（2）我看历代帝王图，宋太祖活像近代军阀；明太祖，瓦刀脸，其貌不扬，他们的形象都比较男性。但皇帝的后代，胡子越来越短，脸皮越来越白，却像女性或太监（他们往往都是由妇女和阉宦所包围，生于深宫之中，长于妇人之手）。在贾宝玉和安骥的身上，在很多娘儿们气的男人身上，我们可以看到龙子龙孙的退化轨迹，看到中国文化的退化轨迹（当然他们也有他们的可爱之处，比如李后主和宋徽宗，我们也可以把“退化”反读为“进化”）。

（3）在三纲五常中，女性地位很低。但女性从内部夺权，转劣为优，化弱为强，架空男性，倒转乾坤，真不啻是绝妙兵法。比如贾母，本来不过是一个糊涂老太婆，但作为贾政的妈，贾政本人也得唯唯诺诺，在贾府之中，她是所有人献媚奉承的中心。这全是靠了孝道的合法性，母子母子，母在子上，妈的权威很重要（孩子是男女斗法中“柔弱胜刚强”的法宝）。还有，王熙凤管理荣宁二府，“金紫万千谁治国，裙钗一二可齐家”，合府上下几百口人，甭管是太太、奶奶、丫鬟、奴才，一切大小事情，全听她管。那也是靠了“女主内”的地利。整个纲常有时是倒过来读。

总而言之，在这个领域中，有意思的问题还很多很多，我对我们的传统充满好奇，希望能抽出时间，多读一点。

最后，应当说明的是，本书的顺利出版，是与很多朋友的关心和支持分不开。罗泰（Lothar von Falkenhausen）教授曾邮寄原书以供校对；中华书局退休的老编审张忱石先生曾通读全书，提出许多修改意见；北京大学东方学系的王邦维教授对原书附录一中的梵文译文有所订正；商务印书馆的张稷女士也为联系国外版权和全书的编排校阅花费了很多心血。均此表示深切的感谢。

2004年3月8日写于北京蓝旗营寓所

24 《花间一壶酒》

北京：同心出版社，2005年6月

自 序

我一直在逃，从专业学术的腹地逃向边缘，从边缘逃向它外面的世界。杂文就像荒漠中的绿洲，是我的栖息地。

本集收入的文章是我近年写作的杂文和随感，全部属于“凡人小史”，即作为一个普通百姓，冷眼旁观，对身边的历史、书本上的历史，讲点我个人的看法。这些看法，虽然也利用了一点我的专业知识和杂览偶得的读书感想，但我关心的事在有如工业流水线的专业学术中没有位置，只能用业余的方式，另外找个地方说话。

其内容，大致可以分为五个方面。

第一组文章，只有两篇，是个引子。大意是讲我对我生活其中的这个世界，鲁迅诗里说的“每日见中华”的“中华”，三十年河东，三十年河西，有什么历史印象和价值判断。因为六十岁还没到（差四年），好像秋虫还没有看到万木凋零的冬天、白茫茫大地真干净。很多印象还非常模糊，很多判断还很不准确，我的知识千疮百孔，我的记忆颠三倒四，不能不借助于古人叫玄思冥想，其实不过是拍脑瓜的办法。因为思绪是用断片连缀，漫无边际，时有跳跃，若有所思，若有所失，取譬设喻，近乎朦胧体（诸子书就是这种文体，《老》、《庄》更是），所以我叫"大梦初醒"。

第二组有六篇，是谈战争或与战争有关的事，属于"武"的话题。中国古代兵书，是我多年迷恋的对象。我曾许愿，要写一本《兵不厌诈》，但一直找不到感觉。近来，因为读《剑桥战争史》，我才豁然开朗，原来西方极乐世界，这五百年的历史，如果不从它的赫赫武功下手，是难以明其究竟的，包括他们的学术，他们的心理，乃至一切。更何况，战争是最大的国际主义，不仅是"国之大事"，也是"球之大事"，硬道理里面的硬道理，管着所有的软道理。历史很新也很旧，"全世界人民害了怕，帝国主义拍手笑"。观战，已经是"司空见惯浑闲事"，打开电视，远在天边，近在眼前，血淋淋，天天如此，所以我叫"生怕客谈榆塞事"。

第三组有七篇，是讨论与读书人有关的事，则是"文"的话题。这组文章是以谈学校为主，也涉及出版和学术界。我说的事，在全国一盘棋的各种大事中，并不一定最重要，但却离我最近，不可能像上面说的观战，完全置身度外，比起其他方面，我也更有发言权。现在的校园也好，出版界、学术界也好，它们都是滴水见太阳的社会缩影。"被改革遗忘的角落"早已不存在。如今的学校，校长多是公关小姐交际花，负责接轨，内政主要是申请经费，招标立项，分钱分利收租子，盖大楼，吹大牛，争当世界第一流。钱倒是有了，大家都相信，有钱能使鬼推磨。但钱是怎么使鬼，鬼是怎么推磨，磨又磨出了什么米和面，我相信，早晚有一天，大家会像今天看几十年前的笑话：所有人一齐干坏事，坏事就是好事；坏事只有坏到头，才会变成好事——就像个无人管理的厕所，不到屎淤尿溢，无法下脚的地步，就没有打扫的理由。我也相信，有一天，大家会找到出气泄愤的对象，痛批一切后，“大家都是好东西”，就像“文革”结束后，我们看到的那样。这是所有明白人的逻辑。这个逻辑令我耻为知识分子，然而又无可逃遁。唯一藏身的地方，就是我的书斋。躲进小楼，读点爱读的书，是我的最大愿望。所以我叫“且教儿诵花间集”。

第四组有八篇，都是高雅话题，不是琴棋书画，而是酒色财气。我是借酒色财气，发掘人性奥秘，属于化俗为雅。“酒”是“毒”的符号，“色”是“黄”的诱因，“财”和“赌”有不解之缘，“气”也是借暴力来宣泄。这些都是夫子不语，学者罕言，正人君子心惊肉跳，粗鄙小人熟视无睹，然而出乎人情，入乎天理，其实是永恒的话题。比如上面说的战争，就是属于“气”（这部分不再谈“气”）。我从酒色财气研究人，丝毫不是降低人的标准。人有很多生物本能，研究本能，才能洞见人性，我一直这么看。人是学动物，学完动物，不但骂动物，还拿动物骂人。骂人本身就很动物。我还真的认为，应该另外写本书，就叫《畜生人类学》，专从人对动物的驯化，反观人对人的驯化，进而讨论人这个物种。本书的《大营子娃娃小营子狗》就是尝试。动物像一面镜子，可以照见人的丑陋。在动物面前，我们都无地自容。

最后，我想找几位古人来谈心，谈谈他们的生活态度和我的感想。一位是司马迁，离我远一点，选择苟活；一位是王国维，离我近一点，选择自杀。他们俩都是我很敬佩的大学问家，但也都是时代洪流下的倒霉蛋。司马迁，上得罪领导，下得罪群众，割𡖂骗蛋，包羞忍耻，写成他的名山之作，伟大的《史记》。王国维，不识时务，逆历史潮流而动，被政治“去势”，也给我们留下了一部《观堂集林》。读他们的书，想见其为人，我说，“避世”对学术有重要意义——读书人搞政治，一害国家，二害自己。此外，我还提到洪业先生，讲了一个他给鬼子上课的故事。读他的故事，我很感动，所以又讲给别人听。

现在，写杂文的人很多。有些是学者写，有些是文人写，有些是学者兼文人写。文章之道，端在于兼。比如在文化圈，最好是满嘴自由主义、唯美主义（即唯美国马首是瞻的那个主义）、人文关怀和知识分子良心。在单位，则溜沟子拍马，虚名实利，一样不能少。助纣为虐，行若由夷，与时俯仰，清浊二道兼之，谁都夸你好，还一点不吃亏。有人以为，文人有文笔没学问，不行，中看还是人家学者的杂文。我看不一定。学者倒会庖丁解牛，解完的牛，谁也不爱看。特别是在“行”字方面，打着灯笼，找个干净人，都寥若晨星。今之伟大多大伪，单位、舆论捧为大师者往往是“大屎”，老是忘乎所以，大放厥词，咳唾珠玉，指点江山，激扬文字，好像什么都有资格讲话。其实，学者多是知识残废，离开家门一步就找不着北，即使论学，也多是一隅之见，不加改造，根本无法与读者见面。

我理解，跟公众讲话，必定要超出专业讲外行话，就和普通人说话一样，业余玩票就是业余玩票，既不必自卑，也不必自大，自己得想明白了。我从来都没想过，用杂文为学问造势，或用学问为杂文造势，好像全能冠军。相反，我一直想把两者分开，各是一副面孔。学术就是学术，旁征博引，细密考证，让人以为是白胡子老头；杂文就是杂文，什么好玩写什么，说话一定要直抒胸臆，直白痛快，粗俗一点，浅薄一点，出点硬伤，闹点笑话，也没什么了不起。我写杂文，最初是用笔名，改名换姓，是想分身为二，千万别叫行里的人给认出来，说我不务正业，自甘堕落。但我给《读书》投稿，我是说当年，编辑不同意，只好用真名。十几年下来，已经彻底暴露，就索性暴露下去了。

我给《读书》写文章，其实比较晚。1992 年第一次投稿前，我并不买着看，不是老作者，也不是老读者。这个杂志上的文章，不见得都好。不过，我有偏好，就是有两样文章不爱看。第一是卖弄理论，洋味十足，句子很长，曲里拐弯，疙疙瘩瘩的文章。第二是过于小布，过于文人，过于书卷气，抖学问，掉书袋，自作多情，自我感动，酸文假醋的文章。相反，我比较喜欢的是那种明白如话也痛快淋漓的文章。这样的文章，哪个杂志都不多。我想朝这个方向努力。

不过，多年来，我一直认为，《读书》这个名字起得好。读书就是读书，谁读读什么读到什么水平不重要，重要的是喜欢读也认真读。我觉得，“读书人”比“学者”或“知识分子”更受听。真正的读书，普通人的读书，都是兴之所至，爱看就看，不爱看就不看，雅的俗的都不拒，根本不像学者，读书等于查档案。也绝不像时下的书评家，专在鸡蛋里面挑骨头，或把狗屎说成花（前者国外多，后者国内多）。我觉得，我是作者，这不过是落笔成文后的一种临时身份。在此之前，我也就是个普通读者，和别人没什么两样。用普通读者的眼光看，用普通读者的心情写，没有评判资格，也不负指导之责，自娱自乐，才是读书的最高境界。书法，钟王之前，鼎彝简帛上的字，漂亮，但写字的人是谁，谁也不知道，反正不是书法家。书法家出，则书法之道亡，好像沈从文讲过这个道理。

余嘉锡先生说，诸子即后世之文集。但后世之文集重在辞章，所收多是诗文类的文学作品。其实，更准确地说，后世之笔记语录，拉杂写来的丛谈琐语，才是诸子的本来面目。我以为，杂文随感者，上承诸子私乘，下启稗官野史，其实很伟大。但它伟大就伟大在随心所欲，恣肆汪洋而不拘一格，想到什么说什么，人为拔高，就把它毁了。杂文的特点是杂，杂有什么不好？诸子直白，不像辞赋，花团锦簇，让人眼晕心烦，我喜欢。野史胆大，不像正史，话到嘴边留半句，遮遮掩掩，我也喜欢。这些好搁一块儿，就是杂文。我喜欢杂文，不过是因为它短小精悍，主题不限，格式随便，适于表达即兴的想法，生活中的一眨眼，思想中的一闪念，攒多了，粗作分类，随便剪辑一下，来点蒙太奇，好像旧式文人，拿小诗当日记，确实有其他文体不及的地方，自己也可留个纪念。

在这本小书之前，我已出过一本杂文集，叫《放虎归山》，八年前，辽宁教育出版社出版。当时，我说，我很想摆脱学术工作，坐下来读点闲书，唠点闲话，写点闲文——因为学术太累，专业分工铺天盖地，“老吏抱案死”的知识分子圈，令人憋气——那种感觉，就像麋鹿久羁苑囿，顿起长林丰草之思。可是，直到现在，我还赖在这个圈里不肯走，退休的年龄又没到，有朋友总是来问，你的话还算数不算数。我说，算数。

从这本小书里，你不难发现，我确实是在走向业余，而且是怀着浓厚兴趣和极大的敬意。

2005 年 1 月 24 日写于北京蓝旗营寓所

后 记

我是“老改犯”。

总算写完了，也最后改完了，附缀数语，以志感想。

语云：人生一世，草生一秋。

此语明清小说习见，不过是个人生苦短，及时行乐，千万别白活，枉来世上走一遭的意思。如阮小七上山前，羡慕梁山好汉打家劫舍（那时的大当家还是王伦），跟吴教授说心里话，“人生一世，草生一秋。我们只管打鱼营生，学得他们过一日也好”（《水浒传》第十五回）；卖油郎独占花魁前，自己也跟自己说，“人生一世，草生一秋。若得这等美人搂抱了睡一夜，死也甘心”（《醒世恒言》第三卷）。

这样的话，唐代已经流行。湖南出土的瓷器，长沙窑，上面就有（见长沙窑课题组《长沙窑》，北京：紫禁城出版社，1996 年，图版 224)。

庄子有言，“小知不及大知，小年不及大年。朝菌不知晦朔，蟪蛄不知春秋”（《庄子·逍遥游》）。

朝菌，旧注有两说。一说是生于粪尿之中，长于阴湿之地，类似狗尿苔的大菌，全部生命加起来，还不到一个月，一见太阳就死。一说是朝蟜，则是一种朝生暮死之虫，也活不了几天。蟪蛄，是一种蝉，我查过书，西人叫“短命蝉”（short-live cicada，*Platypleura*），此虫餐风饮露，整天趴树上，吱拉吱拉，叫上一夏天，秋天过了就完蛋。人比它们活得长，但也是可怜虫。

2002 年，妈妈走了。

2003 年，爸爸走了，而且是在杨利伟返回地球的那一刻。

还有我的老师，昨天凌晨，1 点 55 分，也离开了我们。

周围的叔叔阿姨，老的老，死的死，也是生命的参照。

我们自己也成了叔叔阿姨，当爷爷的资格都有了。

我最佩服运动员。

小时候，看足球，我很羡慕这些叔叔。如今，球是踢不动了，坐在电视机旁的我，常会忘却时空，还是羡慕这些叔叔，其实全是小孩子。

运动，永远是年轻人的天下。

只有看见他们，才会忘记衰老。

人生有人生的坎限，历史有历史的周期。

地球和人类的历史都是以万年为计，文明只有几千年。

“文革”期间，我在北大看大字报，见过一首诗，不知何人所作：

万年太久争朝夕，朝夕有时抵万年。

子胥过关须发白，白了须发未过关。

中华文明史，夏、商、西周是春天，东周、秦、汉是夏天，魏、晋、隋、唐是秋天，宋、元、明、清是冬天，每二三百年，就要改朝换代。一个朝代，也就半月十天，顶多不过一个月。

和历史相比，我们太渺小。

森林憋久了会着火，地球憋久了会地震，山崩海啸，五百米高的排天大浪，说不定哪天打过来。

电视在报道世纪性灾难，科学的回顾如是说。

2004 年，圣诞快乐，20 多万条生命，已被大浪卷走。

谁又能跟大自然较劲？

发展并不一定都好，生日总是越过越少。

田余庆教授说，他是秋后的蚂蚱——蹦不了几天（见其新著《拓跋史探》）。

这种感觉，我也有。

这是一个世无英雄、哲人萎顿的时代。

谨以此书献给我心中的美好世界。

2005 年 1 月 30 日写于北京蓝旗营寓所

【附记】

此集中的文章，有些已经发表过，在我只是征求意见稿，现在经过修改和补充，似比旧作顺眼。读者如无考证癖，可以只读此集，不读旧作。凡旧作与此集不同处，均以此集为准。

25 《〈孙子〉十三篇综合研究》

北京：中华书局，2006 年 4 月

自 序

中华书局是百年老店（准确地说，是创办 93 年的老店），金字招牌，整理印行古籍，堪称海内第一。当年，还是中学生的我，每次坐 103 路无轨电车，路过它和商务印书馆共享的那座办公楼，都要回头留恋地张望，感到神秘而羡慕。万万想不到的是，后来我能在这里出书，不是一种，而是好几种。现在，我终于可以说，我是它的老读者，也是它的老作者。我很自豪。

本书是由我的两本旧作合编而成，一本是中华书局 1997 年出版的《吴孙子发微》，原来是收入《中国古典名著译注丛书》；一本是北京大学出版社 1995 年出版的《〈孙子〉古本研究》，原来是收入《国学研究丛刊》。这两本书，本来是同一部书稿，前书是我整理的《孙子》读本，包括校释和翻译；后书则是提供读者作进一步研究的文本资料，以及我历年发表的有关论文。1986 年，我把书稿交付中华书局，书太大，编辑建议我一分为二。我忍痛把它们拆开来，一部分留在中华，一部分另寻出路。后者，我联系过齐鲁书社，袁行霈先生说，你最好还是支持咱们北京大学吧，所以后来是在北京大学出版社出版。现在我把这两本书合在一起，合在一起才是本来面貌。它们的写作可以追溯到70年代中，但正式出版是在二十多年后。我是鼠年（1948年）出生，无名鼠辈。当年，发表文章不易，出书更难，这很正常。更何况，当年的中华书局，门槛高，压稿多，出书慢是出了名的。

我对《孙子兵法》研究有年，但主要集中在1974—1979年。它是我初入学术之门的习作、少作、处女作，很多事值得纪念。

第一，我是靠它找到饭碗，从此吃上学术饭。1968年，我们这代人，中学毕业，无学可上，下乡修地球。插队七年，我在农村读了不少书，没有目标，没有目的，属于“无聊才读书”。《孙子兵法》，我中学时就读过，非常喜欢。1974年，银雀山汉简出土。地下出土最古老的文本，让我好奇。我开始迷上它。1975年底，回到北京，我无事可作，我父亲也无事可作（他是问题搁置无人过问的“黑帮”），爷俩一块儿钻图书馆，主要是上首都图书馆。北大图书馆也蹲过。凡是与《孙子》有关的书，我都读，并把读书心得写成文章。我的文章还很稚嫩，但几位前辈看过，非常欣赏，推荐引介，不遗余力。当时帮我的人主要有五位，恩重如山，永远忘不了。一位是当过首都图书馆馆长的程德清先生，一位是中国人民大学的侯大谦先生，一位是中央美术学院的常任侠先生，一位是中国社会科学院的刘仰峤先生（当时是副院长），一位是中国社会科学院考古研究所的夏鼐先生（当时是所长）。这些先生，可惜都不在了。没有程先生的帮助，我无书可读，也不知道怎么找书。没有侯先生，我不会认识常先生。没有常先生，我不敢叩文物考古部门的大门。没有刘先生和夏先生的帮助，我不可能进中国社会科学院考古研究所。我进考古所是1977年。那年1月，刘先生把我的文章交给夏先生，夏先生让考古所把我的文章转给银雀山汉简整理组。4 月，整理组回信，对我提出的意见表示感谢，并送我一本刚刚出版的普及本，说有些问题，普及本改了，有些还来不及改，只能等将来出精装本再改（据裘锡圭先生后来讲，信是他让写的）。后来，好像是秋天吧，夏先生叫我去。他说，所里有两项工作需要人，一是为编写《殷周金文集成》准备资料，二是参加《小屯南地甲骨》的整理工作。我跟负责前者的王世民先生见面，经过当面测试，他接受了我。

第二，我是靠它取得古文献学的训练。现在，我印名片，总是在“教授”二字底下注明我的专业领域：考古、古文字、古文献。除此之外，什么头衔都不印。这是我从美国学者那里学来的做法。考古和古文字，是我在考古所读研究生时所学，古文献则是自学。我的正经专业是考古学，但 1983 年我离开了考古所，1985 年调到北大，并不在考古系。我的工作单位是北京大学中文系古典文献专业。我在这个专业教学生，但人不是北大毕业，也没有学过古文献专业。我是 70 年代学考古和古文字之前，通过整理《孙子》，才逐渐明白，什么是目录学，什么是版本学，什么是校勘学，什么是辨伪学，以及辑佚方法，等等。《孙子》是我练手的东西。《孙子》只是一本书，中国典籍，浩如烟海。说实话，我没有宏大志愿，一本一本又一本，不断整理下去。相反，我的感受是，整理古书太累，如无特殊需要，就到此为止吧。对我来说，这一段值得回忆，最大收获是，借助一本书，我可以把所有训练，从头到尾过一遍。亲自动手干中学，印象特别深。这对我后来的研究帮助很大，对我研究考古和古文字帮助很大。我们都知道，学术有分工，疆界很分明，但问题本身，往往无分工，也没有疆界，带有综合性的大问题更是如此，就像动手术，经常是各方会诊。张光直先生说，三代无学科，我欣赏。个人对付大问题，能力有限，贵在举一反三，眼界要广，会节省精力。对我来说，整理《孙子》，方法论的收获要比整理本身更重要。我治古文献，是从简帛古书入手，这使我对古文献的理解，从一开始就与狭义的古文献研究有所不同。我很感谢那一段的研究。

第三，当年改文章，我请教过很多人，如北京大学历史系的齐思和先生。但真正帮我改文章，是三位年纪比他轻的老师，俞伟超、李学勤和裘锡圭。我还保存着他们帮我改文章的信。俞先生是中国最好的考古学家，李先生和裘先生是中国最好的古文字学家。他们帮我改文章，对我来说，是境界提升。他们都是很有学问也很有经验的人，有经验和没经验就是不一样。我从他们那里学到很多东西。他们三位中，我认识最早是俞老师，还在进考古所之前。带我拜谒俞老师，是他的学生张承志先生，当时他还在作考古。俞老师的特点是热情奔放，富于想象力。他对我的帮助，主要是精神感染。这种感染，比他的修改还重要，我叫"第一推动力"。现在，俞老师也不在了，我很怀念他。

研究古文献，我的体会是，方法的问题很重要。整理《孙子》，整完也就完了，真正能够留下来，可以推而广之和继续思考的问题，主要还是方法。

过去，研究《孙子》，文献研究的基础很不够。我希望通过这本书，摸索出一套整理古文献的基本方法，可以反映最新研究特点的方法。

我想，如果让我整理一本古书，有六个方面不能不考虑。

（一）我也是从考著录入手，既包括徒存空目的汉唐史志，也包括可与宋明版本对证的晚期史志和私家藏目。但我理解，这并不只是为了定存佚，辨真伪，而是为了寻找文本演变的线索。余嘉锡先生指出，没有著录，不一定就没有；佚而复出，也不一定就是伪书（《古书通例》）。受出土文献启发，我提出过，最好是用古书年代学代替辨伪学。年代学可以涵盖辨伪学，辨伪学不能涵盖年代学。过去编过《续伪书通考》的郑良树先生，后来也提出类似的说法。

（二）以著录为线索，我们应全面搜集文本。第一，是看有没有早期的古本，如战国秦汉时期的竹简本或帛书本，或者年代更晚的敦煌本、吐鲁番本，有，一定要把这一部分整理好，拿它当“古书一条龙”的“龙头”。第二，是要全面搜辑古书中的有关引文，古书要一本一本“过筛”，今本有也好，没也好，都要一次性地把它们找出来，不能辑存、辑佚分开搞，辑出来再分存佚，辑出的引文，还要分早晚，尽量按时代先后排顺序，这是“古书一条龙”的“龙身”。第三，是为宋明以来的版本排世系，谁是爷爷，谁是儿子，谁是孙子，要画出版本的演变树谱，这是“古书一条龙”的“龙尾”。这件事，过去最累人，现在有电脑，效率大大提高。

（三）画版本树谱，目的不是为版本而版本，为这些版本办博物馆，把所有版本堆在一起，不分先后，不分系统，铺天盖地，每个字都对一遍，好像出版杜和印刷厂那样的校对工作，而是为了找出典型版本，汰除次生版本，从根子上而不是枝梢上解决问题。宋以来的版本，后出的本子，异文多属误刻，和早期的本子相比，不但差异小，重要性也差，筛选很有必要。如果不是这样，典型版本已经有了，还要和次生版本一一对比，等于折磨读者，也毫无用处；或者一开始就没有鉴别，底本是次生版本，后来找到典型版本，校是倒着校，也是舍本逐末。

（四）校勘，也是为了研究文本的演变。堆积版本，全面考异，固然不必要，为了提供读本，择善而从，也不可取。因为其所谓择善，很多都是基于义理，主观去取，不能反映文本的客观演变，百衲衣式的拼合各本，也是破坏文本原貌。我的经验，“好不好”不等于“早不早”，今本经历代增饰，顺应当时的阅读口味，一般都比古本显得更“文通字顺”，好像更合理，这和古书原貌完全是两码事。

（五）注释，是在全面校勘的基础上进行，但全面校勘可以放在注本之外，主要是横竖对比，就像考古学使用的器物类型图。注本对校勘成果要适当简化，只涉及影响文义理解的关键之处，主要侧重于名物的考证和文义的疏通，不一定字字解释，很多地方的理解可以藉翻译为弥补。

（六）辑佚，应该是辑录古书引文的副产品。一部好的整理本，这个部分不可缺。古书引文，光从书名看，果出此书与否，或不易遽定，张冠李戴时有之。但鉴别的原则是信以传信，疑以传疑，疑似之间，不易去取，宜宽不宜严。宽，可存疑待考，俟确有证据，再去也不迟。严，则扔掉了，再也找不回，无法弥补。

说到上面的总结，我还想到一位前辈，如今也是古人，这就是河南省社会科学院的杨炳安先生。1959 年，中华书局出版过杨先生的《孙子集校》。我当中学生时就读过这本书，书是一个同学送我的，现在还珍藏在家里。杨先生的工作是全面搜集版本，对各本异同作全面校勘。1986 年，我写过一篇《关于〈孙子兵法〉研究整理的新认识》，本书的论文里有这一篇。在这篇文章里，我批评过杨先生。我说，他对孙星衍的评价，对类书引文的评价，以出土发现看，正好是讲反了，全面校勘，也过于繁琐。当时的我，也像现在的很多学者，年轻气盛，自以为高明。但现在回想，我的评价，其实不够公允。因为我对杨先生的批评，正是建立在他的研究成果之上。我对《孙子》的版本系统有更清晰的认识，其实还是因为他在我前面导夫先路，什么是坦途，什么是陷阱，只有走过才知道，没有他的繁，哪有我的简。当时，我是杨先生的读者，但没有见过杨先生。1989 年，在惠民开会，我认识了杨先生。他读过我的文章，不以为忤，反而表示赞赏，不是出于客气，而是非常真诚。后来，杨先生多次有信给我，还是夸奖我。他说，张政烺先生也是他的老师，他很高兴认识我。我得到过他的珍贵赠书和诗作，如1986年中州古籍出版社出版的他的新作《孙子会笺》，以及他研究《老子》的书。他的谦以下人，令我惭愧。我很怀念他。

在这篇序言的末尾，我很感谢中华书局，让我有一个机会，重新出版我的《孙子》研究，让我想起当年的求学，很多故事还历历在目，兼怀故人，并把我的整理心得，不揣浅陋地写在上面。

2005年7月21日写于北京蓝旗营寓所

《中国方术正考》《中国方术续考》 26

北京：中华书局，2006 年 5 月

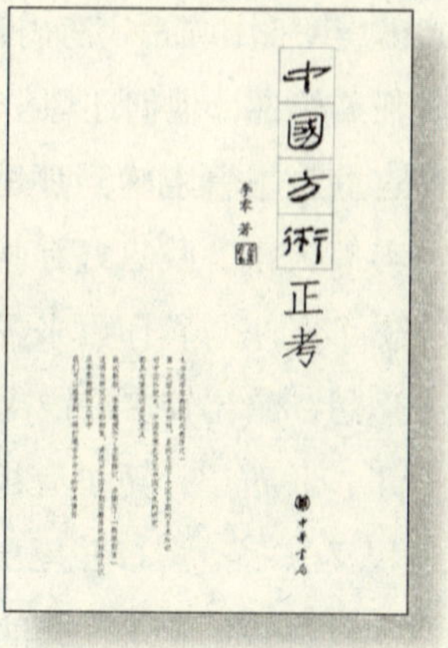

新版前言

一

我写过十本书（不算与人合作的书），《中国方术考》（本次重版改名《中国方术正考》）和《中国方术续考》是我的两本代表作。不夸张地说，用考古材料填补空白，系统总结中国早期的方术知识（主要是战国秦汉的方术知识，或道教、佛教以前的方术知识），这是第一部——虽然，有些同行，自视比我高明，未必承认这一点。

前书写得早一点，动手在 1989—1990 年，即我第一次出国的一年多里。出国前，我研究过楚帛书，研究过秦汉日书，翻译过荷兰汉学家高罗佩的《中国古代房内考》，有一点积累。因为呆在美国没事干，我想把以前的想法总结一下，遂萌生了写《中国方术考》的想法。我写式盘，写房中书，都在那段时间。在加州大学伯克利分校演讲，也是这类题目。出国前的感受（“气功热”），当时的环境和气氛，我自己的心情，都比较适合写这本书。

书是写出来了，出版却碰到不少麻烦。

1990 年，《中国古代房内考》的译本在上海人民出版社出版。该社的责任编辑说，他们还想出版我的《中国方术考》。不久，此人调到上海三联，书稿也转到那里。结果却是一拖再拖，最后连人都找不见。万般无奈，我只好登报声明，把稿子撤了（原稿一直没退）。1993 年，我的书总算印出来了，由一个书商在人民中国出版社出版，也不太理想，错比较多，钱比较少（只给了原先答应的一半）。钱是没法办了，我希望，至少有机会把书中的错字改一下。然而机会来了，很快又去了。满口答应出台湾版的台北时报出版公司，因为换老板，竟成批毁约退稿，我的书也在其中。直到 2000 年，北京的东方出版社才给我出了修订本。同时，作为前书的续补，他们还给我出了《中国方术续考》。转眼之间，十年就过去了。

人有几个十年？这是我最多灾多难的书。

前两年，我在香港城市大学当客座教授。凑巧，李泽厚先生也在那里，他很重视我的研究，问我下一步有何打算。他希望我能扩大战果，最好是三考、四考，不断写下去。我很感谢他的鼓励，但自己的想法却是赶紧收摊。因为，我觉得，更重要的事情，不是就方术谈方术，而是另开局面，把它后面的东西，更高层次的东西，再发掘一下。

两考出版到现在，又是一个五年过去了，原来的合同已经到期。我很感谢中华书局，他们愿意给我出新版。借这个机会，我想在前面讲几句话，跟读者交流一下，让他们知道，我说的另开局面是什么意思。

二

首先，我想说一下方术的读者，即什么人最爱读方术。然后，就这个话题，说说我为什么要研究方术。

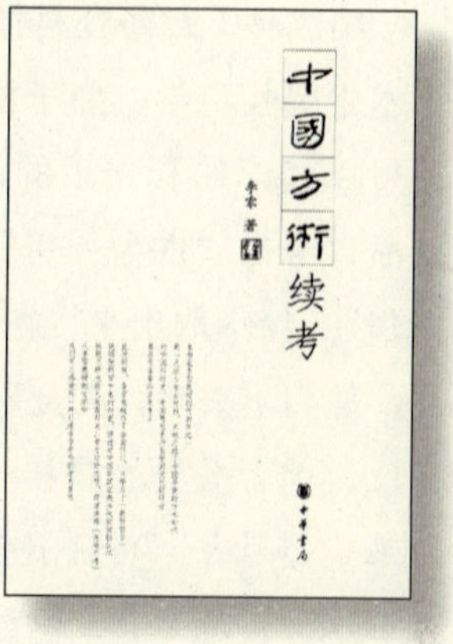

方术，于《汉志》六类，本来是属于它的后三类。它的前三类是六艺、诸子、诗赋，属于人文；后三类是兵书、数术、方技，属于技术。方术就是数术、方技的统称。技术在当时还是学术之半，有一定地位。但隋唐以来，按传统的四部分类，数术、方技只是子部底下的一个小分支，地位就不行了。读者，除了专门干这行，在司天监和太医院中供职的所谓“畴人”者流，只有闾巷卖卜的江湖术士和穷乡僻壤的愚夫愚妇。正经读书人，没有人要读它。

可我偏偏要读这类书。

现代读者，情况又如何呢？就我所知，主要是四种人。

第一种，是有信仰需求，迷信超自然，并活学活用的读者。正如刚才所说，他们才是方术最基本的读者群，最铁杆的读者群，古往今来长盛不衰的读者群。他们读方术，主要兴奋点有两个，一是算命，二是看病。我的书，本来不是为这批读者写，但写信打电话，屁股后面追，热心读者是这种人。有些单位请我演讲，听众提问，也离不开这两大主题。我一再解释说，算命有地摊，看病有医院，这两样，千万别找我，我可不是干这个的——但我必须承认，方术本来就是干这个的。

第二种，是研究科技史的。这类读者，是近代才有。他们是到方术中寻找科学，属于沙里淘金。这不但提高了方术研究的层次，还可以和李约瑟先生的研究实行“国际接轨”。过去，研究古代，政治口号是“古为今用”。怎么用？典型说法是“去其糟粕，取其精华”。精华取出来，糟粕当然就不要了。原来的知识系统是什么样，他们不关心，淘金后的沙子更不用说。他们和第一类读者正好相反。前者关心的是沙子，他们关心的是金子。但金沙没有淘出，原来也是沙子。沙子比金子，更能反映全貌，光有这类研究也不行。这种人是专家，已经形成专门的研究队伍，但比起前者，人数少得多。

第三种，是我的同行。他们本来是学考古或古文字的，因为出土发现，这种东西越来越多，抓耳挠腮读不懂，才急用现学。我原来的出发点也是如此。中国方术，现在的知识，中国近代化以前的知识，主要是宋以来的知识。宋代以前，早期的知识，主要靠考古发现，一是简帛文献中的材料，二是敦煌文献中的材料，三是其他有关的出土实物。这些发现，主要是近百年的发现，特别是近30年的发现，说是新知识，也是老知识，或者更准确地说，是新发现的老知识。它们和宋以来的知识，其实是一脉相承。港台有一种偏见，我不同意。他们说，大陆的人文学科都不行，只有考古，一枝独秀。他们说的“独秀”，其实是发现，不是学科。发现是托祖宗的福。我的同行我知道，眼界、见识和水平，哪里就比别人高？这种人，数量更少，掰着手指，都算得过来。

第四种，是把方术当思想史和学术史的资料看，特别是当宗教史的资料看。上面已经指出，方术这个混沌，既和科学技术有关，也和宗教迷信有关，但归根结底，还是和后者关系更大。我不信教，但信教是普遍的文化现象。最近，电视上说，调查表明，即使在科学昌明的今天，全世界，无论用什么标准统计，信教的人都是多数，他们宁肯相信宗教领袖，也绝不相信政治家。研究中国历史，研究中国文化，研究中西对比，这个代表多数的想法，谁也不能忽视。迷方术，信宗教，人很多，但把方术当宗教史研究，人很少。真正关心这个问题的人，几乎等于零。

研究方术，我是作者，也是读者，而且首先是读者。上面四种，我算哪一种？主要是后两种。第一种，我是外道。第二种，我是外行。第三种，和我的专业知识沾一点边，但严格讲，就算这一种，也是非常边缘的研究，要叫行里人说，也不是玩意儿。我觉得，奇奇怪怪的术语，密密麻麻的图表，还有数不清的药方，本来就很枯燥，如果研究来研究去，只是为复原而复原，为前两种读者找材料，就没劲了（我是说，对我没劲，不是说别人）。第四种，我更关心，但对谁都是难题，对谁都是空白，我也好，别人也好，谁都是外行。

我经常说，学术有专攻，但问题是没有学科的，就像复杂的手术，必须请专家会诊。但专家如果不来会诊呢？

在这个领域里，我们的尴尬局面是，很多问题，都是搞的人不懂，懂的人不搞。

我用外行研究内行，用内行研究外行，自乱家法，原因在这里。

没有办法呀。

三

其次，我想说说，我对中国早期宗教传统的认识，目前最粗浅的认识是什么，也算是今后写作的设想吧。

在《中国方术考》2001 年修订本的序言里，我曾许愿说，我要写三本我最想写的书，一本是《绝地天通》，一本是《礼坏乐崩》，一本是《兵不厌诈》。其实，这三本书的头一本，就是讨论中国的宗教传统。

“绝地天通”是个道理深刻的神话故事，出自《国语·楚语下》，大家都很重视这个故事。故事的意思是什么？本来很清楚。它是说，天地神人的交流，从前很容易，老百姓是通过民间的巫史，直接和神交流。后来，有了复杂的职官系统，则把这种关系断绝开来，神归神，人归人，世俗的事，由世俗官员管理，宗教的事，由宗教官员管理。任何人，都得通过这些神职人员，才能与神交流。也就是说，一旦宗教归国家管，归专责的神职人员管，僧俗分为二界，天地不分、民神杂糅的状态，就被彻底打破了。即使官民斗争，反反复复，也是这个格局之下的反复，大盘是定下来了。

我选这个书名，用意很明显，就是要澄清一个很流行的说法，也是相当糊涂的说法。

中国文化界讲中国文化，老是往自己脸上贴金，给人家脸上抹黑，张口闭口，都以“天人合一”自居，非说人家西方文化是“天人分裂”，两者拧着来，太物质，太技术，完全反自然，不像俺们中国文化是“天人合一”，和谐而美满。我不同意这种说法。起码照字面理解，“绝地天通”四个字，只能是“天人分裂”，而绝不是“天人合一”。

“天人合一”这个词，严格考证起来，其实并无深意。如宋人张载和王万，他们有这种说法（《张载集·乾称》、《宋史·王万传》）。现代学者的用法，是来源于宋。先秦没有这种说法。汉代的说法也不太一样。当时的流行说法，其实是“天人之分”、“天人之际”，“分”和“际”，都是讲天人的分别。当然，董仲舒是说过“天人之际，合而为一”（《春秋繁露·深察名号》），那是说，借助名号，把这两个本来是分开来的东西再合在一起，其实是讲天人感应。“天人之际，合而为一”，这是方士化的汉儒讲的话。“天人合一”，这是援释济儒、援道济儒的宋儒讲的话。两者都有宗教味。

“天人合一”是宗教话语，一点不稀奇。任何文化的任何宗教都有这种东西。

这不是中国文化的特色。

中国文化的特色，在我看来，主要是一种结构性差异，即早在近代欧洲实行政教分离之前，中国的政教关系就已经是二元化，我们比他们更世俗，他们比我们更宗教。异是同中之异。中国和西方不同，并不是我们讲“天人合一”，他们讲“天人分裂”，而是两者在僧俗和政教的关系上有巨大不同。我们追求大一统，他们也一样。谁不想把一盘散沙的人群聚合起来？但同是大一统，中国和西方，道路不一样。他们是小国林立，宗教大一统；我们是国家大一统，宗教多元化。两者都有世俗国家，两者都以神道设教，但政教关系不一样。我打比方说，翻毛大衣里外穿，这只是毛面在外，还是光面在外的问题。他们也好，欧亚草原也好，阿拉伯地区也好，凡行政效率不足的地方，都靠宗教大一统，这种情况很普遍。但即使是大地域国家，亚述、波斯和中国，国家再强，也少不了宗教支持。没有宗教是不可想象的。我们和他们不一样，主要是僧俗二界，分得更开，界限更明显。如果非用分合讲话，那也只能是，他们“天人合一”，我们“天人分裂”。

还有一种说法，是把“天”换成自然，说我们和自然贴得近，那就更离谱。因为大家想一想，文明在本质上是反自然的，中国既然以文明老大自居，人缩在城里，坐在屋里，马牛羊拴在棚里，关在圈里，为了土里刨食，树都砍了，草都烧了，怎么会比骑马肉食、逐水草而居的匈奴人、蒙古人，还有原来也很野蛮的欧洲人，更接近大自然？我们千万别叫中国的文人诗和文人画给蒙了。他们渔樵归隐，寄情山林，“卖鱼生怕近城门，况肯到红尘深处”，那都是在滚滚红尘中呆腻了的主儿。

我用“绝地天通”讲中国宗教，目的在这里。

在《中国方术考》中，我还主要是就术谈术，不大涉及教。《中国方术续考》才把术的话题引向教。我在法国远东学院的演讲，是对两考的总结，又近了一步，直接点在这个穴位上。那篇文章就是以“绝地天通”为题。这次重印，我把它收在了后面。

现在，我要说明的是，我的两考，其实就是为《绝地天通》做铺垫。虽然，当初我没有这种考虑，想法是慢慢悟出来的。

四

说到上面的话题，有个问题要补说一下。大家会问，你说方术和宗教有关，这个宗教是什么概念？

过去，讨论中国宗教，主要是讲道教和佛教，即和罗马基督教运动差不多同时，中国本土和外来的两大宗教。两教之前，中国有没有宗教？有，是什么？这当然是问题。

我的看法，两教之前，中国肯定有宗教。没有的话，中国就成了怪物，成了脱离世界发展轨道的例外。前些年，法国远东学院在香港中文大学的崇基学院开国际研讨会，会议主题之一就是澄清这个问题，我参加过讨论。大家不要以为，西方的教才是宗教，中国的教不是宗教，或者道教、佛教才是宗教，其他的教都不是宗教。

宗教的定义，有宽窄之不同。即使同样有教规教义、教团组织和坛庙教堂，定义不同的话，也可能是，也可能不是。很多人都以为，有没有，是不是，全靠定义讲话，但定义的宽窄，本身就是问题。

中国宗教的“脚”有多大，本来很清楚，但定义的“鞋”可以有三种：

（一）最窄，是以我画线，我的教是教，其他都不是，是也是异教、邪教。比如西方的天主教，对它来说，不仅伊斯兰教是异教，他们自己的文化，前基督教文化，也是异教。南欧，古典希腊、罗马的多神崇拜，是异教。西欧、北欧、中欧，蛮族地区的女巫崇拜和山精树怪，也是异教。归根结底，只要是非基督教文化，统统都是异教。利玛窦到中国传教也一样。中国文化，在他眼里，当然是异教。他原来的目的，就是要消灭儒、释、道三教。后来想借儒教传播天主教，也得先把它定义为非宗教，否则无法交待（向罗马教廷交待）。

（二）还有一种，大教是教，小教不是教，或官方批准是教，不批准不是教，是也是异教、邪教。这种定义，比前者宽一点，但你无论给它加上什么贬斥性的定语，说它如何不是东西，它也还是宗教，否则无法归类。比如白莲教一类教派，中国的法律术语，叫"旁门左道"，现在的国内学者叫"民间宗教"。宗教而冠以"民间"，目的是为了区别于官方承认的宗教。可是，我认识的西方学者，他们不同意这种叫法。以西方的眼光看问题（他们是上下一个教，国王和百姓都是教民），他们宁愿相信，中国的宗教，特别是早期的宗教，是一种上下共享的通用宗教（common religion）。

（三）最宽，是法国汉学家的说法：哪里有香炉，哪里就有宗教。比如，中国人家里供的"天地君亲师"，拜天地，拜皇上，拜祖宗，拜老师，是不是宗教？明末，传教士到中国来，他们就争论。利玛窦说，这不是宗教。反对他的教派说，这是宗教。最后，罗马教廷裁定，还是宗教。如果这些都是宗教，范围可就广了，不但崇拜孔子是教，领袖崇拜、明星崇拜是教，马克思说的拜金拜物，也都是教。这是泛宗教的定义。上面讲异教，自己的教概念越窄，异教的概念就越宽，异教本身也是泛宗教概念。

这些定义，第一种肯定不对，第二种也有问题。两种定义都有排他性，都是从政治和宗教的立场出发，先定和预设的定义。这就像美国定义的"恐怖主义"，甭管彼此的手段一样或不一样，敌人肯定是"恐怖主义"，自己肯定是"反恐"；还有，间谍、特务谁都用，但这两个词，可从来不用在自己身上，用在自己身上，肯定得换个说法，叫“地下工作者”或“秘密工作者”。在英文里，religion（比较正经的宗教）和 cult（比较不正经的宗教）也是类似的划分。这样的标准，是政治或宗教的考虑，不是客观的学术标准。按照学术标准，异教也好，邪教也好，它们也是宗教。否则，为什么还要当宗教来排斥呢？上面说的第三种，宽了点，但至少没有把小教排除在外，这是对的。

中国早期的宗教到底是什么？这个问题，不是一两句话就能说清，因为它不像释、道二教有明确的界限，其实是个小教林立或大小教混合的大杂烩。但有一点可以肯定，即使按最一般的标准，不是排他性的标准，也不是泛宗教的标准，两教之前，中国有宗教，这是不成问题的。

在《续考》一书中，我把秦汉祠畤当研究对象，就是想勾勒早期宗教的形象。

五

研究中国古代宗教，祝宗卜史，各有分工，祝宗跟礼仪关系大，卜史跟方术关系大，两者都和宗教有关，但前者更接近于教，后者更接近于术。

术和教的关系很重要。

在我的两考里，我想强调的是，巫术是小术，方术是大术，大术的来源是小术，但后来居上，既吸纳小术，又排斥小术，把小术压在下面，但大术小术都是术。同样，中国早期的宗教，原来也是小教林立，各地的信仰不一样，小教汇入大教，先是以国家为倾泻地，后来回归民间，重新酝酿，转以道教、佛教为龙头，但大教小教都是教。

研究中国宗教，巫术和巫教很重要。比如张光直先生，他就非常强调萨满教。研究早期宗教，巫是普遍背景。人类学家关心巫，当然很有道理。但我的看法是，商周以来，特别是战国秦汉，中国的教与术，早已超出这一水平，绝不是“热带丛林”式的东西可以比。

中国的“绝地天通”，是个很长的过程，但真正的重头戏还是在秦汉，特别是汉代。大术代小术，大教代小教，都不是一蹴而就，而是分四步走：

（一）秦始皇的统一宗教。

秦始皇的大一统，是三个大一统：政治大一统、宗教大一统、学术大一统。这三个大一统，虽然不是由他收的尾，却是由他开的头。当时，百废待举，三件事，他只做成一件，就是政治大一统，另外两件没办成。天下初定，他把方士、儒生从全国各地招来，本来是请他们兴太平，方士搞宗教，儒生搞学术，共襄盛举，没想到，彼此闹翻，发生焚书坑儒。这不是他的初衷。他的初衷，和后来的汉武帝一样，也是收拾人心：统一宗教，才能赢得六国百姓的心；统一学术，才能赢得社会精英的心。但我们要注意，这两个人一统，一开始就是在政治大一统的前提下进行，起点本身就和欧洲历史不一样。我们的大一统，是先有政治大一统，才有宗教大一统、学术大一统。

（二）汉武帝的统一宗教。

汉武帝和秦始皇不一样。秦始皇没做成的事，他做成了：封禅郊祀，兴立祠畤，是统一宗教；罢黜百家，独尊儒术，是统一学术。他的宗教大一统，是想建立与统一国家相匹配的宗教制度。第一，是继承秦始皇，比如封禅五岳，祭雍五畤和齐八主，这些都是继承秦始皇；第二，是创立以太一、后土和五帝为核心的大郊祀，用大教统小教，新制统旧制。这种新制，好像政教合一，太一崇拜也很有普世宗教的味道。它使西方汉学家产生错觉：中国的宗教是上下共享的通用宗教，汉武帝就是中国的教皇。当时的国家宗教，与民间信仰关系很密切，有一定重合，但很多祭祀，国家有，民间不一定有，民间有，国家也不一定有，并非严丝合缝。

（三）王莽的统一宗教。

统一宗教，秦皇、汉武都倚重方士。儒生和方士，本来各有擅长。汉代，他们在皇帝面前争风，劲头十足。儒生并不满足于学术上的胜利，对宗教也要插一手。他们和方士乱掺乎，界限越来越模糊，但不同还是不同。比如《后汉书》的《方术列传》，就是两者并叙，但中间还是有界限。汉武帝以后，韦玄成提出罢庙，匡衡、张谭提出废祠，都是针对汉武帝的宗教大一统，最终导致王莽撤销武帝诸祠，只在长安四郊祭天地五帝。这是儒生对方士的反动。王莽改大郊祀为小郊祀，有当时的道理，而且是后世所本。其所有祠畤，被收拢于京郊，外面一风吹，好处是精练集中，坏处是对民间信仰失控。上面说过，“绝地天通”，官民之间的控制和反控制，反反复复，这是固有矛盾，汉代也有这类问题。

（四）东汉时期的“借术立教”。

上世纪80年代末，我去美国前，正是“气功热”席卷全国的节气口上，我读《列仙传》、《神仙传》和《后汉书》的《方术列传》，真是感同身受。东汉时期，民间信仰如脱缰野马和决堤洪水，到处都在创立教派。原因是，王莽死后，国家失去对民间信仰的控制，民间信仰又恢复到自生自灭的无序状态。结果，当然是小教林立，对国家形成威胁。这轮高潮，特点是“借术立教”。各种占卜，还有符水治病、借助幻术的奇迹显现和荒诞不经的神仙故事，都是劝民向道的基本手段。释之入，道之兴，都是以这段历史为背景。方术在其中扮演着重要角色。汉以后，儒家文化在牢笼知识精英的取仕制度中是处于唯我独尊的地位，这是一元化。但民间信仰却是由释、道二教为龙头，其他小教作缘饰和补充，呈多元化格局。方术的香火也是绵延不绝。从此，国家大典是国家大典（王莽式的郊祀），民间信仰是民间信仰，各得其所。远的不说，我们这座北京城，皇家有左祖右社和六坛（天坛、地坛、日坛、月坛、先农坛、先蚕坛），民间有五顶（北京城外，东南西北中各有一座碧霞元君庙，号称五顶），就是两码事。

我认为，通用宗教说，对解构大小传统说，强调上、下层有道理，有一定合理性。中国和西方在摸索道路的过程中，有过相似的考虑，这点也有启发性。对中国学者来说，这是值得参考的另一种视角。但这种说法，对解释汉以后的二元化格局，显然不适用；即使讲汉代，也只是貌似而已。

为什么？我说过了，关键是起点不同，政教结构不一样。

六

最后，我想说点题外话，但却是题内之义。

中国有方术，外国也有，前些年，我在法国高等实验学校（École Pratique des Hautes Études）宗教学系当客座教授，马克（Marc Kalinowski）教授带我看过法国的日书，并向我介绍过欧洲的方术门类。他说，中国的方术比他们更发达。

人家对我们很敬重，我们不能太狂妄。

我们要知道，欧洲传教士来华传教，他们是靠科学来传教。科学虽不等于方术，但在文化比较的谱系上，其位置却是对应于巫术和方术。他们的术，古代不如我们，但现代比我们发达。在科学的面前，我们的方术像巫术。

还有，我们要承认，在大教代小教方面，在宗教大一统方面，他们比我们走得更远，宗教的地位更突出，远比国家更能支配一切。中国的教没有这种地位，再大也大不过国家，撑死了也只是三教之一。更何况，大教之下，还有数不清的小教。即使大教，也是大杂烩，比西方有更多的小教特点。

我们是国强教弱，他们是教强国弱。

中国的宗教不发达（利玛窦的第一印象就是如此），没有像西方那样笼盖一切，这是好事还是坏事，现在颇有争论，我看未必是坏事，特别是把眼光放得远一点。

上面，我们已经指出，中国早期宗教，方士和儒生是两股力。这两股力，在中国历史上各有变形，各有遗产。方士的遗产在道教，儒生的遗产在取仕。前者的优势是信仰，后者的优势是政治。但儒生在信仰上争霸权，与道争，与释争，可谓经久不息。今天，作为体用之争的延续，作为国粹与西化之争的延续，也有这类冲动。有人甲午不服气，庚子不服气，倒也罢了，辛亥、“五四”，气也理不顺。他们觉得，师夷长技以制夷，如果只学船坚炮利和议会政治，那是没有学到根本，夷也有道，是他们的教，故死乞白赖，非给咱们中国立个教。立什么教？不信洋教信什么？现现成成，当然是儒教了。道教不行，政治去势，无为无为了两千年，自然没它什么事。

立教之说，久已不行，如今又成新时髦（有几个钱，气就粗了）。谁都赶来凑热闹，我觉得十分无聊。

先秦的孔夫子，不管政治观点多保守，他毕竟是一位社会批评家，和人家老子、墨子平起平坐的批评家。他这一生，累累若丧家之犬，无权无势，从不承认自己是圣人（他唯一认可的头衔就是“丧家狗”）。汉以来，唐以来，宋以来，孔子不断被圣化，地位越来越高，两千年吹捧，他想都想不到。但就是这么吹，他也还没有被拔高到耶稣那样的教主地位，时人以为可惜。我看，没什么不好。现在的学者，说是弘扬中国文化，其实是糟蹋中国文化。他们把一切中国文化都装进儒家的瓶子里，表面是大，其实是小。再把孔子弄成教，就更加可笑。中国文化，博大精深，岂是儒家二字所能概之。就算讲儒家，又何必舍本而逐末？

吾爱孔夫子，乃先秦的孔夫子，活着的孔夫子，真正的孔夫子，而非后人吹捧为大成至圣先师，政治化和神学化的孔夫子，更不是那个还在幻想之中，有如救世主的孔夫子（不但能救中国，还能救全世界）。

去圣乃得真孔子，还俗才有新文化。

这是解放孔子。

七

西方的启蒙，跟中世纪是拧着来，反传统的初衷是人文主义。

文艺复兴在其前，复远古，师异教，认祖归宗，朝希腊靠。我比较欣赏（接续传统是纵着大，认同异教是横着大，关键是有大气象）。

宗教改革晚一点（比文艺复兴晚一点），折衷新旧，调和人文与宗教，在他们是顺理成章。我也十分理解。

但中国的情况不一样。

我们别邯郸学步，光讲“新教伦理”那一套。

中国的启蒙，背景是什么？

(1) 贵族传统早就没有，教会统治也不存在，世俗政治是现成，用不着政教分离。

(2) 中国的知识精英（读书人和官僚）本来就很人文（儒家推行的是人文教育），非常缺乏宗教感，科学来了，不但拥抱，还用科学反宗教。

(3) 中国的宗教，市场主要在民间，它自古就是多元化，上面的婆婆是国家，不是宗教。甭管什么教，只要不反国家，都允许；反国家，都不允许。宗教迫害宗教，也不行（利玛窦刚到中国，就碰上和尚砸教堂，告官，和尚马上挨板子）。这些，也很符合现代标准。

(4) 中国只取经，不传教，没有异教观念，外来和尚会念经，很受礼遇，即使排斥外来文化（比如近代受外国欺负后的过激反应），也不是出于宗教目的。

利玛窦到中国传教，是走上层路线。后来有礼仪之争，上层失败，转向下层。今天的格局，还是差不多。其成功之处都在顺应中国传统，失败之处都在违背中国传统，此不可不察也。

五四运动批过孔，时人讥为太过火。但我说，就算过火，它把孔大圣人请下神坛，有什么不好？现在批“五四”，蒋介石的批评，海外和港台的批评，大陆知识精英“倒霉看反面”的批评，根子是反共，专吃革命后悔药。蒋介石说，“五四”导致赤化，当即遭到胡适反驳。这样批“五四”，难道不过火？

“五四”的遗产很多，当然可以批评。但有一点，它是批不倒，也改不了。这就是，孔子再伟大，也甭想回到大成至圣先师的地位，因为依托的东西没有了，制度的东西没有了，就像把皇上请回来（伪满是最后的尝试，日本人的尝试），或自己当皇上（袁世凯），那是不可能了。

从今以后，我们才豁然开朗，任何整理国故者，只有超越中国遗产之上，跳出中国遗产之外，用世界眼光，重新审视这批遗产，才有资格讲话。

中国的新文学之路和新史学之路，都走的是“五四”之路。大陆这边是这样，台湾搬去的传统也是这样（如史语所）。其文化定位要远胜于当年的国粹论，也远胜于如今的新儒家。

启蒙并不是立孔为教的闹剧，中国文化也不是弘扬民族的道具。

我这么看。

2005年10月4日写于北京南线阁甲39号院

《铄古铸今——考古发现和复古艺术》 27

香港：香港中文大学出版社，2005年4月

自　序

感谢香港中文大学艺术系邀请我到该系以客座教授的身份进行为期四个月的学术访问（2003年9月1日—12月31日）。在该系系主任苏芳淑教授的鼓励和支持下，我利用该校藏书写成本书，并就同一主题，在香港艺术馆和香港中文大学联合举办的专题讲座上做了公开演讲（香港艺术馆地库演讲厅，2003年11月29日）。这里应当说明的是，在我之前，苏芳淑教授已就这一问题做过很好的研究，重点是介绍晚期墓葬中的早期玉器，玉器的改制，以及侯马陶范中某些铜器纹饰的仿古风格，请参看她的演讲稿："Revisiting Antiquity in Late Bronze Age China," IP Yee Memorial Lecture delivered by Jenny F.So，November 6，2001，本文是对中国复古艺术的进一步讨论。写作期间，香港中文大学的资深考古文物专家杨建芳教授，香港中文大学文物馆的林业强教授，香港中文大学中国文化研究所的沈建华女士，香港中文大学艺术系的莫家良教授和唐锦腾教授，该系的

博士研究生毛秋瑾小姐，香港中文大学考古艺术研究中心的邓聪教授、劳洁灵小姐和四川大学考古系在该中心进修的博士研究生吕红亮先生，台湾大学艺术史研究所的陈芳妹教授和许雅惠女士，上海博物馆的孙慰祖先生，上海图书馆的许全胜先生，以及河北省文物局的刘建华研究员，他们也都为本书的写作，或者提供资料，或者提供意见，给予很多帮助，均此申谢，并志铭感。

简体版前言

有一次，记不清是哪一年了。我在中央美术学院演讲，尹吉男教授邀请，讲楚帛书。帛书上有十二月神的图像，我是当画讲。我讲了这件文物流传美国的经过和艺术价值，放了幻灯片。开讲前，我讲了几句题外话。我说，小时候，有一首歌，“我有一个理想，是个美好的理想，等我长大以后，像工人叔叔一样……”，下面两段是“像农民叔叔一样”和“像解放军叔叔一样”，其实，我的第一理想是什么？是上美院，学画画……

小学、中学，我喜欢书法，喜欢画画，喜欢篆刻，喜欢一切赏心悦目的东西，可惜没有高人指点，不得其门而入。只有家里人相信，我是个美术坯子。初中毕业那年，我大姐高中毕业。她被保送，上张家口军事外语学院，一去好多年。有一天，她回到北京。她说，我一直想，当我回到北京，你已经成了一个画家。

可惜她的想法落空了。

人生多歧路。后来，我走上的是另一条路，跨出一步就再也回不来的人生不归路。我学的专业是考古和古文字，换过单位，最后落脚于北京大学中文系。

我根本想不到，我还能回到艺术的话题上来。

北京：生活·读书·新知三联书店，
2007年8月

美术和考古有不解之缘，博物馆最明显。

在美国，学艺术史的多半是上博物馆。他们的博物馆，很多叫美术馆。欧洲，还有把艺术和考古搁一块儿的系。北大的考古文博学院，它的博物馆，赛克勒考古—艺术博物馆，是赛克勒医生捐的（美国首都和哈佛大学也有两个赛克勒美术馆，就是学他们）。但我们的体制，本来不是这样。博物馆的工作人员，多半是从历史系的考古专业毕业（考古独立成系是上世纪80年代后期的事情），跟美术学院，那是风马牛。美术学院是另一码事，它是搞创作的。

1993年，我在美国华盛顿的弗利尔—赛克勒美术馆工作过半年，整理楚帛书。他们有不少艺术类的藏书，开本很大的书。工作之余，我经常在他们的图书馆和档案馆里泡，非常享受。当时，负责亚洲部的苏芳淑博士，就是学中国艺术史的。她是哈佛大学毕业，出自罗越（Max Loehr）教授的门下。我和她第一次见面，是在1990年该博物馆举行的东周楚文化讨论会上。赛克勒美术馆邀我整理楚帛书，刚刚入藏的子弹库帛书残片，就是苏博士的建议。

现在，多少年，转眼就过去了。苏博士已经离开赛克勒美术馆到香港中文大学任教。她是艺术系的讲座教授和系主任，兼中国文化研究所的所长。我是应她邀请，于2002年的9—12月到中大艺术系当客座教授。

中大艺术系是培养学生搞创作的。我在那儿居然客串了一把。她说，你一定要为艺术系写一篇文章，而且要做公开演讲，内容当然是讲艺术的。

她不知道，这对我有多光荣——我也居然搞起艺术研究了。

机会太好，写什么好？想来想去，我选定了现在这个题目。

我写这个题目，是还心里的愿。十年前，在西雅图华盛顿湖的浮桥上，坐在汽车里，我和一位学艺术史的中国留学生说，我要写这个题目，想不到现在可以做这个题目。虽然，当时的想法比较有限，只是讨论篆刻艺术中的审美矛盾，即本书最后一节所论。

更有趣的是，在我之前，有好几位艺术史专家，也在热衷于研究“复古艺术”。比如台湾大学的陈芳妹教授、许雅惠博士，还有苏教授。我在香港期间，他们都送文章给我。本书引用了她们的研究成果。后来，可能是2005年吧，罗森（Jessica Rawson）教授来北京大学找我，我把这本书送给她，她很高兴，回去后，把她的三篇文章寄给我：

(1)《中国古代青铜器的谱系》(“The Ancestry of Chinese Bronze Vessels,” In *History from Things*: *Essays on Material Culture*, Steven Lubar and David Kingery, eds., Washington & London: Smithsonian Institution Press, 1993, pp.51-73)。

(2)《过去在中国的多种含义》，梅建军据作者手稿“The Many Meanings of the Past in China”译，收入罗森《中国古代的艺术与文化》，北京：北京大学出版社，2002年，419–447页。

(3)《复古主义的创新：中国青铜器的案例研究》〔“Novelties in Antiquarian Revivals: the Case of the Chinese Bronzes,” *The National Palace Museum Research Quarterly*(《故宫学术季刊》), vol.22, no.1(Autumn

2004), pp.1-34〕。

2006年，巫鸿教授也组织了关于东亚艺术与视觉文化中的复古现象的讨论会（Reinventing the Past: Antiquarianism in East Asian Art and Visual Culture）。

看来，这是个非常有趣的话题，大家都注意到这个问题的重要性，可惜的是，中国大陆的学者，关心得还很不够。

稿子写成，太长，已经成了一本书。我在尖沙咀的香港艺术馆演讲，只是讲了个大概，主要是放PowerPoint。

我的书，内容跨度很大，除复古艺术的概念，古迹的凭吊和想象，早期的“古董”，我还选了三个标本做专题讨论：一是王莽时期的文物古迹，二是宋代金石学，三是宋以来的文人艺术（以篆刻为例）。当初，我是当文章写，写得过于压缩。特别是最后一部分。为了写这部分，酷暑难消，挥汗如雨，我憋在办公室，对篆刻史恶补了好一阵儿。由于细节琐碎，我把很多话搁在了长注中，很容易被读者忽略，现在考虑，还是把长注移入正文更好。这次，我做了一点调整，让这些文字以【案】的方式出现。

我从香港回来，台北故宫博物院举办过一个晚明清初的仿古器物展，他们邀我出席，因为回校办手续来不及，我没去。后来，他们出版了一本精美的图录，李玉珉主编《古色——十六至十八世纪艺术的仿古风》（台北：国立故宫博物院，2003年）。

去年，中国国家博物馆举办了一个南宋仿古器物展，也出版过一本精美的图录：中国国家博物馆等编辑《宋韵——四川窖藏文物辑粹》（北京：中国社会科学出版社，2006年）。

其实，这类东西，大陆各地的博物馆，还有不少收藏。我想，假如中国大陆能把全国的复古、仿古品集中在一起，办个大展就好了。

现在，世界的政治气候，到处都一样，弥漫着保守情绪。复古的狂风把山都吹倒了。我对它的思考已经超出了艺术范围。当这本小书即将出版的时候，我不由自主地想到，它也许还有更深刻的意义在后边吧？

2007 年 4 月 16 日写于三联书店编辑部

后　记

《铄古铸今》很快就要付印了，我想做两点补充。

（一）本书第五部分讲宋代仿古，涉及政和礼器。我在文中说，“政和礼器，数量很多，学者据翟汝文《忠惠集》和各种金石书，辑得二十六器，大多只有铭文录文，少数有铭文拓本或摹本（十一器）；器形少见，前人图绘其形，只有政和壶和帝作簠；原器还在，目前所知，则有台北故宫藏政和鼎和原在河北丰润县文庙的牛鼎。牛鼎，抗日战争期间曾被埋入地下，1954 年又被掘出，刊物有报道，现在下落不明。”去年 5 月，我到石家庄调查，再次问河北省文物局的刘建华研究员，她告诉我，到目前为止，牛鼎仍然下落不明，既不在河北省博物馆，也不在丰润县。

（二）1965 年 3 月，程仲鸣、吴羹梅、何惧、资耀华等先生向前中国历史博物馆（现与前中国革命历史博物馆合并，改称中国国家博物馆）捐赠过一批文物，其中有一件童贯铏鼎，是过去没有著录的政和礼器，孙诒让、容庚都没有提到。

童贯铏鼎，见中国历史博物馆保管部编《中国历史博物馆藏捐赠文物集粹》（北京：长城出版社，1999 年），其铭文作：

隹（唯）政龢
六年十有一月
甲午，帝命乍（作）铏
鼎，易（锡）领枢密寏（院）
事□（贯），以祀其
先，子子孙孙，其
永保之。

周铮先生对此器有详细考证，可参看氏著《⿰阝贯铏鼎考》，《中国历史博物馆馆刊》1995年1期，129－134页。周文说，铭文中的“□”字就是童贯名字中的“贯”字，很对，但谓此字是宋徽宗新造，却不太准确。实际上，它是借用当时出土铜器上的字。这个字见于安州六器中的中觯，在铭文中是地名，现在仍不认识，但宋代著录此器的《博古图》、《啸堂集古录》、《历代钟鼎彝器款识》都是释为“贯”，可见当时有这种读法。

2005年1月29日写于北京蓝旗营寓所

政和礼器第一器的牛鼎，现在我想告诉读者，这件国宝级的文物总算找到了，就在石家庄。承河北省文物局的刘建华研究员提供，我把它的照片，还有藏于中国国家博物馆的童贯铏鼎的照片，一并收供读者参考。

2007年4月25日又识

政和礼器：童贯铏鼎及铭文（拓本，《中国历史博物馆藏捐赠文物集粹》，北京：中国历史博物馆保管部编，32页）

政和礼器　牛鼎及铭文（刘建华提供）

《兵以诈立——我读〈孙子〉》 28

北京：中华书局，2006年8月

自 序

一

西谚云，战争是死亡的筵席（War is death feast）。
还有什么动物，比人更残忍，饥餐渴饮，自相残杀，
至今想不出办法，可以制止它。
以暴易暴，怨怨相报何时了？
可是，我们还要活下去——别被我们的同类吃掉。
兵法是生存哲学，我这么想。

葛兆光说，李零有兵法，时常拿我打镲。
他请我到清华演讲，特意向学生这么讲。
司马迁说，孙膑、吴起不会保护自己，
就像商鞅和韩非，作法自毙，下场很惨。
中国，玩兵法于生活者太多，我是虽讲而不会用。

《孙子》是一部兵书。

但《孙子》不仅是一部兵书，还是一部讲中国智慧的书。

智慧是个中性词汇，可以做各种解释，

学以致用不是学以致庸。

如果我们把它当作一部生意经，或传授阴谋诡计的书，那就错了。

有人说，华人最滑。

其实，聪明过头，就是傻。

谭嗣同说，"众生绝顶聪明处，只在虚无飘渺间"（七律《题江标修书图》）。

最近，"尊孔读经"又成热门话题。

这对中国的形象是帮倒忙。

我的看法，中国的经典，不是没人读（"五四"以来，一直有人读），而是经典的概念发生变化，读法和以前不一样，用不着哭天抹泪，说不读经典，就天塌地陷、亡国灭种，更不必瞎扯，人家的文明走进死胡同，非得求咱们拉一把，看在孔子的面上。

"五四"以来，孔子走下圣坛，重归诸子，提高了诸子的地位，五经也各得其所。

这是好事。

如《诗经》，现在多放在文学专业，和集部的书搁在一块儿讲；《尚书》、《左传》，也放在历史专业，和史部的书搁在一块儿讲；《易经》、《论语》和《孟子》，则放在哲学专业，和《老子》、《庄子》搁在一块儿讲。三礼，王文锦先生讲课，是在我们的考古系。

经典，当一般古书读，本来就五味杂陈，是个大杂烩。近代，大卸八块，解构重组，这很正常。不是不读，而是换个方法读。

另外，打利玛窦来中国，四百多年了，咱们的书，不光中国人读，外国人也读，比如国外的书店，汉籍之中，译本最多，要数《老子》、《周易》和《孙子》。《论语》是咱们的看家宝，翻译最早，但广大外国老百姓，读者寥寥，反而排在这三本书的后面。

道理何在，值得思考。

、

近代，有个毫无道理的说法，一直有人讲：

西洋科技好，中国道德高。

中国的道德，哪点比人高？

现在的道德，更是糟之又糟。

贪官豪夺，奸商巧取，

老百姓也无心学好（光靠勤劳，只能当“杨白劳”），

良心都揣在了裤裆里。

当年，西方初遇中国，他们对我们的看法，和我们的感受不一样。比如黑格尔讲中国哲学，第一是《论语》，第二是《周易》，第三是《老子》。三段论，排在前头的，最低级；排在后面的，反而高级。他最看不上《论语》，说这本书，一点哲学味道都没有，读过原书，只有一个印象，就是为他老人家的名誉着想，要是他的书从来没人翻译，就好了[1]。

西化后的中国，我们有了“哲学”概念，当然是西方的哲学概念。

1930—1934年，冯友兰写《中国哲学史》，一上来，先讲取材标

---

〔1〕 北京大学哲学系外国哲学史教研室译《哲学史讲演录》，北京：生活·读书·新知三联书店，1956年，第一卷，119－120页。

准，什么是哲学[1]。日人高濑武次《支那哲学史》为兵书作提要，特别推重《孙子》，冯先生以为大谬。他说，兵家著述是哲学以外的东西，本书不能收，书中没有《孙子》。1962 年，他写《中国哲学史新编》，才把《孙子》收进来[2]。

兵法里面有哲学吗？

北魏，魏太祖不懂中国书，他问李先："天下何书最善，可以益人神智？"李先说："唯有经书。三皇五帝治化之典，可以补王者神智。"（《魏书·李先传》）这是尊孔读经风气下的传统说法。

然而，1984 年，李泽厚先生写了篇文章，叫《孙老韩合说》[3]。他说，从孙子到老子到韩非子，"由兵家到道家到法家再到道法家，是一根很有意思的思想线索"，中国思想，从《孙子》的军事辩证法发展为《老子》的哲学思想，从《老子》的哲学思想发展为《韩非子》的帝王术，最后到《韩非子》，才"益人神智"，一字一句，"多么犀利、冷静和'清醒'，然而又都是不可辩驳的事实"。汉以来的儒家，外面是儒术，里面是这类东西，《易传》代表的儒家世界观是继老，汉儒的统治术是承韩。

在他看来，中国智慧是孙子的遗产。近来，何炳棣先生再申此说[4]，也强调了《孙子》的重要性。

李先生说，《老子》受《孙子》影响，《易传》受《老子》影响，只是假说，未必被普遍接受，也很难被证明，但在以往的研究中，这是最

〔1〕冯友兰《中国哲学史》，北京：中华书局，1961 年，上册，25－27 页。

〔2〕冯友兰《中国哲学史新编》，北京：人民出版社，1962 年，197－201 页。

〔3〕李泽厚《孙老韩合说》，收入所著《中国古代思想史论》，北京：人民出版社，1985 年，77－105 页。

〔4〕何炳棣《中国思想史上一项基本性的翻案：〈老子〉辩证思维源于〈孙子兵法〉的论证》，收入所著《有关〈孙子〉、〈老子〉的三篇考证》，台北：中央研究院近代史研究所，2002 年，1－35 页。

高屋建瓴、洞察隐微，启发我们做深入思考的卓见，难怪屡被引用。

今天，读经典，有两本书不能没有，一本是《孙子》，上面说了，最有智慧，百代谈兵之祖；一本是《老子》，教我们放下“人”的架子，别跟人逞能，要谈宇宙人生，老子天下第一。

这两本书很短，都在五六千字左右，连读带讲，一学期，正好。还有一本，也很短，是儒经中的《周易》，但《易经》本身，离开《易传》，也就没意思，加上《易传》，字数也不少。数术无经典，《易传》很重要，研究中国的自然哲学，它是必读书。《论语》，我也很重视，没有理由不重视，但不是学哲学，也不是学道德（我有《论语》讲义，另外讨论）。这书的篇幅大了点。上面三本书，《孙子》、《老子》和《周易》，全都加起来，才顶得上一部《论语》。其他子书，多是皇皇巨著，不选没法讲。

《孙子》不是经典，什么是经典？

二

说起讲授《孙子》，我想向读者做点介绍，介绍一下我自己的讲课经验。

我是1985年从中国社会科学院调入北京大学，早先没有讲课的经验，头一回在北大讲课，就是讲《孙子》。北大，我是外来户。古文献，我是外行（原来是学商周考古和古文字）。人太嫩，名太小，地位一点没有。

1986年，备课一年，我开始试讲，讲授对象是古文献专业的研究生，人很少，大概只有十人左右。当时，出于对北大的敬畏，我想学术一点。我给他们讲银雀山汉简，讲《孙子》中的疑难点，但效果不理想。

第二堂课，课堂里只剩两个学生。一个是中文系的学生，叫韩振宇，后来在某家报社当记者。他来，是代表其他学生跟我宣布他们的决定。韩说，同学们反映，您的课太深，听不懂，他们不打算再来听课，委托我跟您讲一声，我们都很忙，以后就不来了。

这是我头一回上课，头一回就给我来了个下马威。

我能说什么呢？人家不爱听，总不能拉着别人听。

走就走吧。

还有一个学生，叫魏立德（Francois Wildt），岁数跟我差不多，法国来的，留在教室里，不肯走。他说，老师，他们不听，我想听。我说，就俩人，还占这么大个教室，太没意思了。你要听，就到家里来吧。

那阵儿，我还住人大林园六楼我父母家里。没房，学校不分，我也不要。除了上课，不去学校。现在正好，彻底不去了。每次上课，魏立德都很守时，总是提前一点到，不到正点不上楼。我从窗子往外瞧，他在树下抽烟。

后来，他成了专家，真正的专家。他翻译过《三十六计》，在法国卖得很好。在我认识的西方学者中，他最懂法国理论，也最通中国兵法。特别是他讲奇正的文章，是理解最深刻的一篇（参看本书第七讲）。

1989年以前，学生经常不听课，在宿舍睡大觉，想来就来，想走就走，课堂里稀稀拉拉。他们还喝酒，我带的那个班，他们就拉我到宿舍喝酒。后来，发生了"柴庆丰事件"，学校规定，酒不能喝了。但毕业是例外。为了庆祝，他们照例要和老师撮一顿。我记得，有一个班，他们拿啤酒一杯一杯灌我，碰杯时，总是说，谢谢您教我们兵法。我头有点重，但不及于乱，回家还能骑自行车，天不旋，地不转。

我觉得，他们只是客气。

这是往事，走麦城的事。

卖个破绽给你听。

凡是上我的课，我的态度一贯是，爱听就听，不爱听就不听，人来人去两由之。

有个学期，我做过试验，把《孙子》课扩讲，不光讲《孙子》，还讲其他兵书，学生不多。

那学期，有两个外国学生听课，一个是美国人，叫郭锦（Laura A. Skosey）；一个是加拿大人，叫江忆恩（Alastair I. Johnson）。郭锦曾带安乐哲（Roger Ames）教授到我家谈话，看我和魏立德一起用英文翻译《孙子兵法》的讨论稿。后来，他做了一个新的《孙子兵法》译本，参考银雀山汉简的译本。在申谢中，他说他曾受益于我。江忆恩，后来在哈佛大学教书，我在美国，跟他通过电话。1995 年，他写过一本讲明代战略文化的书。他说，西方人一直有个印象，中国传统，重视战略防御，崇尚有限战争，低估“纯暴力”，其实，它还有另一面。我的印象是，中国传统，确实不够凶蛮，但也不是“和平鸽”。

再往后，现在在康奈尔大学执教的罗斌（Robin McNeal）也听我的课，他在美国也讲兵书。

中国学生，我只辅导过顾青，研究《尉缭子》；还有张大超和田天，研究《六韬》。日本来的石井真美子，写过不少研究《孙子》的文章，最近也来听我的课。

1989 年、1990 年和 1992 年，我参加过三次《孙子兵法》研究会举办的国际研讨会。这最初的三届，我都参加了。在会上，我认识了不少军队学者，如军事科学院的吴如嵩、于汝波、黄朴民、刘庆等先生。地方学者，如河南省社会科学院的杨炳安先生，北京的穆志超先生，齐鲁书社的李兴斌先生等，也是在会上认识的。还有吴九龙先生，以前就认识。军事科学院组织的《孙子兵法》研究会，要我担任理事，但我尸位素餐，以后的会议，全都没参加。

我喜欢业余身份。除极个别有东西可看、有消息可听的会，我已不参加。

陆达节以后，许宝林、杨炳安、穆志超、于汝波先生，他们对文献著录的考证，对后学贡献较大，可惜不在了。

国外，对兵书感兴趣，有几位学者，我比较熟悉，如叶山（Robin D. S. Yates）教授和石施道（Krzystor Gawlikowski）教授。他们都是李约瑟《中国科学技术史》第五卷第六分册（讲军事技术）的作者。这本书的作者有三位，还有一位，我不认识。鲁威仪（Mark Edward Lewis）教授的书，《早期中国的合法暴力》，也很有意思。我从这些学者，学到很多东西。特别是叶山教授的书，我在这部讲义的第五讲引用了他的成果。

二十年过去，我讲过多少回《孙子》，已经记不清了。

随着时间的推移，我的感觉一天一天好起来。

一是手中有书，心里不慌。我出了两本书：《〈孙子〉古本研究》（北京：北京大学出版社，1995 年）和《吴孙子发微》（北京：中华书局，1997 年）。这两本书，对有关研究做了全面清理，基础是有了。最近，中华书局把这两本书合在一起，稍加修订，取名为《〈孙子〉十三篇综合研究》（北京：中华书局，2006 年），进行再版，是本书的研究基础和辅助读物。

二是对时间的掌握，对语速的控制，比以前好一点。《孙子》只有五六千字，一堂课只有四五百字，稍微发挥一下，时间就满了。不能讲太多，也不能讲太少。有书，用不着满黑板抄。

三是我爱离开书本，东拉西扯。故事会，学生喜欢。北大老师，有经验之谈，千万不能编教材，教材出版之时就是课程结束之日，有书，学生不爱听，老师没法讲。我的理解不一样。我不怕出书。

没书，一定要讲出本书；有书，正好神游物外，可以离开书本，讲很多有关的话题。课下读书，课上吹风，各有各的用。

我也是学生。

我是我最好的学生。

现在，学生很多，教室里，装不下，即使凑热闹的人走了，也还是很多。每次讲完，他们都给我鼓掌。

但我对自己还很不满意，原来的书，是基础和毛坯，文献学的基础是有了，思想文化的东西还展不开，上课全凭一张嘴。

我不相信自己的嘴。

写作新书，我也考虑过，但不是眼前这本书，而是 1999 年许的愿，我要写本叫《兵不厌诈》的书。我想，同一主题谈两遍，是精力的浪费，时间已经不多了。但中华书局的领导徐俊先生说，没关系，我们可以帮你整理。上个学期，他几次来北大，安排樊玉兰女史（本书的责任编辑）来我校听课，随堂录音，进行整理，让我非常感动。我只好自己安慰自己，就算练手，朝目标再挪一步吧。

我这本小书，重点是讲兵法中的哲学：一是兵法本身，二是兵法中的思想。为此，我在书中加进了有关的军事知识，还有思想史的讨论，内容比以前丰富，结构比以前清晰，讲法也轻松愉快。

希望读者喜欢它。

2006 年 6 月 5 日写于北京蓝旗营寓所

写在后面的话

兵者凶事，不得已而用之。兵法是没办法的办法。

该讲的都讲了。

最后，说几句感想，信笔写来，杂乱无章，供大家参考。

一

中国的特产是兵法，兵法的精髓是兵不厌诈：

流动作战，机动和突袭。

不打则已，打，就给敌人一个惊喜。

这样的兵法，骑马民族都知道，流寇也熟悉：

打得赢就打，打不赢就走。

三十六计，走为上计。

汉怎么对付胡是兵法，胡怎么对付汉也是兵法。

官怎么对付匪是兵法，匪怎么对付官也是兵法。

正规的兵法是兵法，不正规的兵法也是兵法。

就连恐怖主义，也是兵法。

战争是政治的继续。

旗鼓相当的战争是战争，强弱不敌的战争也是战争。

恐怖主义，是战争的继续。

二

农民战争史，属于“五朵金花”。

多少人写呀写，真说的跟朵花儿似的。

然而，时过境迁，花儿已经蔫儿了。

新一代的史学家都说，不值得研究。

我不同意。

老百姓不写兵法，但个个有兵法。他们的兵法，值得研究。

过去，我们太认同造反者。

在大家眼里，他们是革命军队——孟子叫“王者之师”，假如他们成功的话。

对他们的落后、愚昧、破坏性，还有命中注定的悲剧性，

我们的认识太不够。

无产者，无恒心。

从无到有，是个转不出的圈：

爱与恨是同一个东西。一部《水浒传》，写什么？

要想当高官，杀人放火受招安。

李自成进北京，他的部下能干什么？

搜罗金钱美女，拷问降官。

临城劫车案，民国第一大案，轰动世界的恐怖事件。

孙美瑶，正经生意人，因为被抢，变成抢人的人。

1923年，他胆大包天，政府都惹不起，他竟然把一火车的洋人给劫了，扣在今山东枣庄市的抱犊崮上。崮是一种绝妙地形：高山顶上，峭然凸起，四面绝壁，上为平地，就像脑袋上长个大瘤子（旅游开发商请注意，那里适于搞攀岩运动）。

政府也有怕的——不怕土匪怕洋人，心想糟糕，别把八国联军又招来了。打，不行，外国不干，赶紧派人谈判。

你猜，土匪的条件是什么？请政府招安——收编匪众为一旅，根本不要钱。

政府答应了他的条件。

六个月后，旅长孙美瑶被杀（不杀不足以平洋愤）。

孙美瑶是宋江的老乡（都是山东人）。

宋江，只反贪官，不反皇帝，还帮朝廷打方腊，不像李逵，头脑简单，目标明确：杀去东京，夺了鸟位。

此事有助读《水浒》。

1970年12月18日，毛泽东接见斯诺，唐闻生在座。毛泽东说，我这个人很简单，是“老和尚打伞，无法无天”。大概是照字面直译，斯诺的记录不一样。他说，毛泽东自称，他是 a lone monk walking the world with aleaky umbrella（一个打着破伞云游四方的孤独和尚）[1]。

别听学者瞎掰。
天人合一，其实是政教合一，天上管着地上。
这是人家欧洲的传统。
中国的政教结构，是绝地天通，天上管天上，地上管地上，
天上管不了地上。

天道不公，老百姓可以替天行道：

> 老天爷，你年纪大，耳又聋来眼又花。
> 你看不见人，也听不进话。
> 杀人放火的享受荣华，吃斋念佛的活活饿杀。
> 老天爷，你不会作天，你塌了吧！

这是无天。

春秋战国，礼坏乐崩，出于礼者人于法。
不是没法。
大家都说，中国坏就坏在人治，人治大于法治，法管不了皇上。
然而，法更管不了群众——法不治众。

---

〔1〕 Edgar Snow, *The Long Revolution*, New York: Random House, 1973, p.175.

秦汉帝国，法若凝脂，照样管不了。

跑得了皇上，跑不了群众。

皇上无道，谁都可以作乱：

前有陈胜、吴广，后有朱元璋、李闯王。

脑袋掉了碗大个疤，敢把皇帝拉下马。

这是无法。

中国的百姓，都懂兵法：

没有规则，就是唯一的规则。

天不怕，地不怕，皇上和法律都不怕。

真是无法无天。

三

中国的兵法，是汉族写的。

少数民族不写兵书（匈奴没有文字），但他们的兵法最厉害。

什么是匈奴兵法？什么是蒙古兵法？

中国的北方是欧亚草原，西部是丝绸之路，连接中亚、西亚、北非和欧洲。

东西交通，南北对抗，一直是大问题。

华夏，中国也。古人这么说。

华在陕西，夏在山西。

山西是夏代的摇篮，境内多戎胡，汉胡南来北往，彼此通婚，是个文化大漩涡。

我相信，自己身上，有胡人的血。

草原就像大海。

匈奴和他们的继起者，像聪明的航海家，顺着海岸线，寻找新大陆。

汉地就是这片新大陆。

他们的崛起，多在汉胡交界处。

传说，匈奴的祖先是夏人的后代，名叫淳维。

唐虞以前，没有匈奴。据说，有叫山戎、猃狁和荤粥的部族，在荒凉的北方游牧，放的是马、牛、羊。

草原上，埋头吃草，还有一些汉地看不见的动物：比如橐驼，即骆驼，汉人呼为“马肿背”，还有马的亲戚：駃騠、騊駼、驒騱，大概是驴、骡（分马骡、驴骡）和野马、野驴之类吧？

当然，还有野兽，虎、狼和熊，还有天上飞的鹰。

斯基泰艺术、鄂尔多斯艺术，经常表现这些动物：后者扑食前者。

他们随水草迁徙，没有城郭，没有农田，居无定所（他们住帐篷），但各个部落，有自己的领地（他们有固定的夏牧场和冬牧场，不是毫无规律地迁徙，汉胡之间，也有半农半牧的过渡型经济）。

草原上的人喜欢太阳，突厥碑铭以东方为上，哈萨克的帐篷，门口朝东方。

草原上的人喜欢石头，山顶上，道路边，到处有人堆放，一摞摞的石片和石块。他们有石城、石屋、石墓、石祭坛，居址附近的山岩上，也到处留下了他们的杰作，美丽的岩画。

匈奴没有文字，只靠口语（但它的后继者，突厥和辽、金、西夏，还有元代和清代，他们有文字），还有悲怆苍凉的歌。

他们爱打猎。

牧起于猎。

小孩，未骑马，先骑羊，射鸟射鼠；大一点，射狐射兔。打猎是他们的第一课（满族入关后，木兰秋弥，不忘骑射，是怕忘本）。

匈奴男子，春夏放牧、秋冬射猎，“士力能毌（弯）弓，尽为甲骑”。

猎人是天生的军人。

牧人也是。

牧人是更聪明的猎人，他们把剩下的猎物养起来，变成第一批被驯化的动物。

他们的武器，分长兵和短兵。长兵是弓矢，短兵是刀铤。

他们手上是弓，胯下是马，既能跑，又能打，好像自行火炮和坦克车。

露营和就地补充（拿破仑的兵法），也是他们最擅长。

他们的兵法是，“利则进，不利则退，不羞遁走。苟利所在，不知礼义”。司马迁的这句话，罗布淖尔汉简上也有，不像汉族爱面子。

匈奴，所有人都食肉衣裘，用毡作靴子和被褥，不像汉族，只有老头才有吃肉的特权。

他们没学过《孝经》。年轻力壮，吃最好的肉；年老力衰，吃剩下的肉。他们的伦理是，“贵壮健，贱老弱”，一切为了战士。

道德也要符合生存法则。

草原的生存法则，锻造出坚毅的伦理道德，小的自强，老的自尊，谁说道德不如汉（请看由余对秦穆公之问，请看电影《楢山节考》，西方的生存法则有类似性）。

还有，他们的婚俗，也和汉族不一样，爸爸死了，可以娶妈妈（亲母以外的妈妈）；兄弟死了，可以娶嫂子和弟媳，汉族误解为乱伦。

最后，他们只有名，没有姓、字。名不避讳，可以直呼其名。

请看汉代的汉人司马迁的描述，描述我们的老邻居。语在《史记》的《匈奴列传》。

四

是一群富裕的农人，把他们视为恶魔的人投之四裔：野兽出没的丛林榛莽，鸟迹罕至的大漠草原，天涯海角的孤立小岛？还是一群走失的猎人和采集者，在野兽匮乏的另一块天地，意外发现了一个适于驯化植物的世界，一个适于刀耕火种的世界？

文明和野蛮分成了两个世界。

以往的文明定义，一直由农业民族定。

农业文明以老大自居，把自家兄弟叫野蛮，

这是农业中心论。

草原文明和农业文明是兄弟关系，只是生存环境不同，适应方式不同。

前者比后者更靠天吃饭，一场大雪，一场大旱，常常把他们逼入绝境，逼迫他们四出寻觅，寻找最后的生存希望。

后者比前者富足，却是天生颓废，一遇侵袭，就陷于崩溃。

文明的趋势是腐化（弱势和优势都在腐化），

前者对后者的侵袭，是定期的惩罚，

就像历代的农民起义。

有趣的是，它们还此呼彼应。

格鲁塞说，这是人文地理变社会问题，“定居人民与游牧人民之间的相互情感是等于在一个近代城市中包含着一个资本主义社会和一个无产阶级之间的情感”[1]。

胡汉之争和穷富之争，彼此颇多相似性。

---

〔1〕 格鲁塞《草原帝国》，4页。

格鲁塞的《草原帝国》写得真好，序言尤其好：

阿提拉、成吉思汗、帖木尔……他们的名字出现在所有的回忆录里。西方纪年学者们的，中国或波斯的编年史学家们的记载里把他们的形象大众化了。他们，伟大的野蛮人，出现于完全文明化了的时代，而在几年之间突然地把罗马世界、伊朗世界或中国世界变成为一堆废墟。他们的来临、他们的动作和他们的失踪似乎是难以解释的，以至于实际的历史，将这些人看作是上帝降下来的灾难，对古老的各种文明的一种惩罚。

…………

……在天旱的年代里，那些贫苦的突厥—蒙古游牧者在少草的草原上向外流亡，从一个涸水点到另一个涸水点，一直到达农田的边缘，北直隶或乌浒河外地的门户，在那里他们惊愕地观赏定居人民的文明奇迹，丰富的收获，乡村充满着谷物，都市显得豪华。这种奇迹，或者更确切一点说，这种奇迹的秘密，即在建立这些人类蜂窝时所费的艰苦的劳动是不可能为匈奴人所了解的。假使他们眼花了，他们就像一只狼——匈奴人的兽祖（“图腾”）——从雪地里走近了农庄：因为他们瞧见了篱墙后面的猎物。千年来他们的反射作用是突然的侵入、掠夺，带走了战利品的逃亡。

…………

……虽然在物质文明方面游牧人是很落后的，但他们在军事上保持着一种先进的、极大的优势。他们是骑射手。他们用优良的射手组成了一种非常灵活的骑兵队。这种专门“武器”使他们在定居人民面前保持着一种优越性，犹如在近代欧洲有炮兵部队来保证它对其余世界的优越性。毫无疑问，汉人或伊朗人并不是没尝到这种武器的〔厉害〕（原书脱“厉害”，今补)。在耶稣纪元前第三世纪时，汉人就改变了他们的服装，以适应于骑兵。至于在伊朗，从帕提亚人时起就知道由一群逃奔着的骑士射出的飞矢的滋味。但不论是汉人、伊朗人、俄罗斯人、波兰人和匈牙利人，都不能够在这方面和蒙古人相比。蒙古人从小就会追逐奔驰于无际的草原上的野鹿，习惯于看不见的和长期的埋伏，及猎户的各种诡计；是在这种场合他们获得食物，即生活在这种场合他们是所向无敌的。但他们并不是时常与敌人对立；相反的，他们在出人意料之外时攻击敌人，然后即刻逃走；重新出现，便猛烈追敌；但不让敌人牵制住；将敌人围困，使其精疲力竭；最后，他们才来打倒那疲劳的像一只难以逃脱的猎获物般的敌人。这个骑兵队的机动性，引起幻觉上的遍在性，在成吉思汗的两位有名的战略家，哲别和速不台掌握之下，它变成了一种巧妙的战术。卜兰迦宾与鲁卜鲁乞曾经看到这种战术的实施，他们特别留心于这种战术的绝对优越性。方阵与军团是走过去了，因为它们是固定于马其顿与罗马的政治组织，它们如同所有的国家一样，建立、存在和灭亡，是有组织的国家的有系统的创作。草原上的骑射手在欧亚大陆上统治了十三个世纪，因为他们是土地的自然创造物，是饥饿和惨苦的儿子；骑射是游牧人民的唯一手段，使他们在饥馑的年代里避免全部的灭亡。

骑射手是忽然地出现、射击和逃跑的。他的射箭在古代和中世纪是一种不直接的射击。在那个时代里，它的效力和破坏性几乎相等于我们今天的炮队的射击。为什么这种优越性已不存在了？为什么16世纪后游牧人民不再对定居人民使用权威了？正因为定居人民已经用炮兵来对抗他们。在很短的时期里，定居人民获得了一种人为的优越地位，把几千年的彼此关系“推翻”了。是用炮击的方法，伊凡雷帝驱散了金帐汗国末期的继承者，而中国皇帝康熙慑服了喀耳木克人，是为世界历史的一个时期的终止作出了标记，是第一次，但也是永久的，军事技术改变了阵势，文明比野蛮强大的多了。[1]

欧洲和中国都遭遇过蛮族入侵，一波又一波。欧洲扛不住，早就野蛮化，一直是“五胡十六国”，一直是“魏晋南北朝”，直到文艺复兴。

中国扛到宋代，也扛不住，从蒙古草原到中国东北的森林沃野，元代和清代，两个最大的征服王朝，在那里崛起，

和中国的名字连在一起，

和中国的版图连在一起，

成为世界上最大的统一王朝。

伟大的野蛮人，世界敬畏你。

五

最近出版的《狼图腾》[2]，卖得很火。

作者说：

中国文化太软，汉民族太面，简直就是羊，不是羊，而是猪，猪圈里面养的猪，靠人吃饭的东西，没出息，不像骑马民族，他们崇拜狼，狼多强悍。

我们是做狼，还是羊？这是难题。

20 世纪 80 年代，有人说，中国落后，全怪不吃肉，

我们被归入吃草一族，当然是羊不是狼。

---

〔1〕 格鲁塞《草原帝国》，1－6 页。

〔2〕 姜戎《狼图腾》，武汉：长江文艺出版社，2004 年。

做狼就要吃羊，做羊就要喂狼，
没有第三条路。

狼肯定爱羊，
流着口水，用它的牙齿和胃。
狼吃羊，狼是主语，
但没有羊吃草，哪来狼吃肉？

羊怎么变狼？是更大的难题。
特别是以羊的面孔出现，
不必长出锋利的爪牙，
光是沉默，也足以威慑狼。

我记得，三岛由纪夫讲过一个故事（出处忘了）：

有只老鼠，痛恨自己不是猫，所以宣布：从今天晚上，我不再是老鼠，而是猫。

有人从他身边走过，说：瞧，好大的老鼠！

老鼠生气，
以死明志，跳进水缸。
但老鼠还是老鼠，毕竟不是猫。
猫从不承认，它是自己的同类。

《狼图腾》说，狼是草原王，生物链上的终结者，整个草原的保护者。没有狼，兔子和老鼠会把草原啃光（动物学家说，兔子是老鼠的亲戚），羊得感谢狼。

吃肉的不只是狼，
还有虎，所有大型的猫科动物。

食肉者有共识：彼此可以打架，但谁也吃不了谁，
要吃，全是吃草的胆小鬼。

牧人的记忆里，草原上还有虎。
斯基泰铜器，鄂尔多斯铜器，有个常见主题：
虎一跃而起，抱着高大动物的脖子乱啃。
如今怎么样？

虎，凶猛，独往独来，像“沙漠里的国王”，可怜。
它们只吃肉，不肯纡尊降贵，
像熊猫那样，没肉吃，就改吃竹子，
也不肯投诚，向家猫学习，加入驯化动物的行列。
所以，它们才吃了上顿没下顿，时常挨饿：
逮机会，扑腾一阵儿，不敢没命追，稍不留神，就脑溢血；
没机会，得节省体力，经常睡大觉，好像绝食的犯人。
它们的择偶过于挑剔，生育力也极差。
杀了我一个，没有后来人。

狼，打不过虎，但比虎有团队精神，或曰社会性。
狼与人处处相通，难怪变成狗，
被人招安。
狗是人类最忠诚的奴隶，当贴身侍卫的奴隶。
狗的忠诚是发自本能，死心塌地，人比不了，因而最受人类疼爱，
虽然人类也骂狗，还拿狗骂人。
没有变成狗的狼，
一怕饥饿，二怕猎人，
对月长啸，凄凉中夹着哀伤。

牛马，有力，但不是孔武有力。

因为吃草，他们缺乏攻击性。它们的力，主要是用来耕田、拉车，或者被人骑。

它们也是人类的奴隶。

中国北方的牛是黄牛，南方的牛是水牛。水牛北上，出现在河南的南端。黄牛南下，到处有。它们都是先卖苦力后卖肉，鞠躬尽瘁，死而后已。

季老（羡林），儿时没肉吃，有一回，村中杀牛，他娘舍不得吃，全都留给小季吃。他记忆中的牛肉，是拿尿煮，不然嚼不动。

睡虎地秦律早就规定，不准杀耕牛。要杀，准是老牛。

我在农村那阵儿，还是如此。

羊，不敌虎狼，但埋头吃草，满地都是美食，

蓝天白云，怡然自得。

草原上留下的是羊，牧人放的羊。

它们奉献的是血肉，而不是苦力。

草原上的牲口是马、牛、羊（还有骆驼），

农区也养，

除这三种，还有鸡、犬、豕，号称六畜。

汉族嘴馋，以猪为主，但吃羊、吃鸡也吃狗。

马不好吃，牛是耕畜，除了祭祀，早就禁杀。

牧区主要吃牛、羊。

内地也养羊，和猪一样，圈养，主要靠畜不靠牧。

北京，涮羊肉，过去，是赶活羊进北京（看钟阿城的小说）。

如今，河北圈养，数量惊人，赶羊不划算。

最好吃的羊是旱地的羊。

我听承志说。

《狼图腾》说，狼会围猎，是最好的战术家，

《孙子兵法》不如“狼子兵法”。

但草原上的战术有两种，一种是追击，一种是逃跑。

羊有羊的兵法：

羊都跑了，狼就得饿死，谁让它们不吃草。

狼再厉害，也不如人厉害。

最厉害的战术，还是猎人的战术。

人也要吃肉。人和人的狗，

不让狼吃羊，

谁是终结者？

狼吃肉。

吃肉好。

贵族都是肉食者。

天下荒乱，百姓饿死，晋惠帝说“何不食肉糜”（《晋书·惠帝纪》），您别觉得可笑。

这是普遍真理，放之四海而皆准。

好吃的东西，谁不想吃？

应该吃，必须吃。

不吃，就是公开拒绝好东西，成心跟自己找别扭，自绝于人类主流的吃饭标准。

主流，不一定是多数，而是多数追随的少数。

穷人最恨肉食者，但绝不恨肉糜。

大家哭着闹着，都要吃肉糜。

要命的问题是，急等吃喝的地方没的吃，有好吃好喝的地方又不让去。

美国说，天下大乱，何不搞民主？

《狼图腾》说，我们要当狼，不当羊。

但草原上的狼，所剩无几，剩下的都是羊。

《狼图腾》说，我们要当狼，当就当海狼，

可是海上哪有狼？

我猜，

“草原上的狼”，是西人害怕的“黄祸”。

“海上的狼”，

是欧美列强。

黄土的黄，黄草的黄，曾经也是流行色，

如今是什么？

有人杜撰了一个词，叫“蓝色的文明”。

六

韦格蒂乌斯的《兵法简述》[1]，是罗马衰落时期的兵书，年代相当我国的西晋、东晋、十六国。欧亚大陆的两端，同是蛮族入侵的大潮。

骑马民族像决堤的洪水，农业民族像拦水的堤坝。我们修了长城，罗马修了长城，都没有挡住这股潮。

长城是一道大墙。

罗马军团的战无不胜，是靠步兵方阵。

方阵也是墙，人肉做成的墙。

---

〔1〕 弗拉维乌斯·韦格蒂乌斯·雷纳图斯《兵法简述》，袁坚译，北京：解放军出版社，2006 年第二版。

国歌说，“把我们的血肉筑成我们新的长城”。

公元378年，亚德里安堡之战，哥特骑兵重创罗马步兵，伏尸四万。

韦氏想重振罗马军团。

他说，罗马四面受敌，论人高马大，不如日耳曼；论人多势众，不如高卢、西班牙；论财大气粗、足智多谋，不如北非；论兵法娴熟、理论深刻，不如希腊。罗马昔日的辉煌，全靠募兵精良，吃苦耐劳有训练。

怎么选兵？

他有个说法，南方人，离太阳近，人很聪明，但血气不足，最怕白刃格斗；北方人，离太阳远，热衷厮杀。

北方人终于来了。

文明招来了野蛮，

就像腐肉招来了鹰鹫。

亚历山大帝国，罗马帝国，重心都在南欧。

欧洲，除东欧的一部分，属于欧亚草原的西端，北欧有不少森林，大陆的南部、西部和北部，环海，但内陆是以农业为主。

日耳曼人、凯尔特人、斯拉夫人南下，匈奴人东侵，全都分散在北欧和西欧、中欧和东欧，南方人管他们叫野蛮人。

他们的野蛮人，并不全是骑马民族，既有猎人、牧人和渔民，也有农人，农人是主要的居民。

欧洲的文明是农业文明。

他们吃肉，但肉、奶并不是主要食物，老百姓就更不用说了。

他们靠海的航海，但绝大多数都不是靠航海为生。

欧洲的现代海军，是起源于北欧海盗，

就是拿海说事，也只能叫海盗文明。

维京人以船载马，四处抄掠，

我到挪威，看过他们的船，尖底高帆。

真正的海洋民族是太平洋中的岛民。

真正的草原民族是匈奴、蒙古人。

真正吃肉的民族是爱斯基摩人。

七

物竞天择，弱肉强食，推广于社会，叫社会达尔文主义，

这在西方是禁忌。

但军事学上，谁也无法否认，

我们都是动物的学生。

古人说，含牙戴角之兽，见犯则校。

战争，是兽性大发。

研究兵法，

离不开动物学的眼光。

动物也有兵法。

苍蝇、蚊子，也是我们的老师。

现在读历史，时兴倒着读，反着读，倒霉看反面，什么都悔不当初：

统一不如分裂，革命不如不革命，孙中山不如北洋军阀，维新派不如守旧派，孔子是全世界人民的大救星，五四运动是洋学生受赤化影响。

干脆把皇上请回来得了。

但皇上绝无后。

20世纪80年代的启蒙思潮，

我有一个说法，叫“服丧未尽的余哀”[1]。

很多事都像回光返照，“无可奈何花落去，似曾相识燕归来”。

就像过气的时装，又转回来了。

历史也是时尚。

达尔文的《物种起源》，本来是讲生物进化，但意义却远远超出生物学。在西方，它引发了宗教大地震，山呼海啸。

1895年，严复把赫胥黎讲进化论的书（《进化论与伦理学》），用文言翻成中文，叫《天演论》，介绍到中国。它在当年的影响，今天难以想象，也是山呼海啸。

中国人的共鸣，是世纪危机感。

最近，登岳麓山，看黄兴、蔡锷的墓，别有一番滋味在心头。

> 独立寒秋，湘江北去，橘子洲头。
> 看万山红遍，层林尽染；
> 漫江碧透，百舸争流；
> 鹰击长空，鱼翔浅底，万类霜天竞自由。
> 问苍茫大地，谁主沉浮？

我从其中读出的是《天演论》。

农业文明，以谷物为主食，军事上常取守势。

草原文明，以肉类为主食，军事上常取攻势。

这是狼羊之喻的主要根据。

---

〔1〕 李零《放虎归山》，沈阳：辽宁教育出版社，1996年，14页。

欧洲文明比我们更有蛮风，吃肉也多一点，军事上更没得说，非常厉害。

他们是蒙元帝国之后最大的世界征服者。

想到他们，就想到狼。

人和动物不一样。

别的不说，吃法就不一样。

什么是文明的吃法？狼也好，虎也好，都是屁股后头撵，贴近了，直接扑上去，照脖子就啃。

人，甭提多虚伪。

有人牵牛过堂下，将以衅钟鼓（用牛血祭钟鼓），齐宣王说，快把它放了吧，“吾不忍其觳觫”。

他的心太软，受不了牛无辜就死浑身哆嗦的可怜相，叫人换只羊（《孟子·梁惠王上》）。

人有一张管不住的嘴，什么都吃，

杂食，广谱。

保护动物，有亲疏远近。欧美人士带头，光保护鲸鱼、海豚和猫、狗，还有种群数量不足的野生动物，其他

照吃不误。

有人只吃鸡、鸭、鱼，不吃牛、羊、猪，很不彻底。

苍蝇、蚊子、老鼠，

也没听说有谁保护。

佛教讲六道轮回，想到动物，就想到自己。

猪八戒的头一戒就是戒杀，包括杀动物。

和尚吃斋，比我们觉悟高，但也有绷不住的酒肉和尚，

素鸡、素鸭、素鱼，全素斋，嘴素心不素。

还是炼丹的道士彻底，干脆吃石头。

文明的意思，就是眼不见为净：
别牵着牛羊，在眼跟前转悠，拉远点！找别处下手。
杀牛宰羊，有屠夫，十八道程序，
煎炒烹炸，有厨师，又十八道程序，
端上来，就没人哆嗦了。
人有人的局限，克服不了。

历史为我们留记录，留下的是血流成河。
文学到处撒同情，洒下的泪水也流成了河。
逝者如斯夫，不舍昼夜！

哲学总是追问不休，但终极答案在哪里，找呀找呀找不着。
宗教说，我们有答案：或曰寂灭或曰死，或曰上帝或曰无，
全是空头支票。

答案就是没有答案。战争并不例外。

2006 年 1 月 17 日写于北京蓝旗营寓所

29 《丧家狗——我读〈论语〉》

太原：山西人民出版社，2007 年 5 月

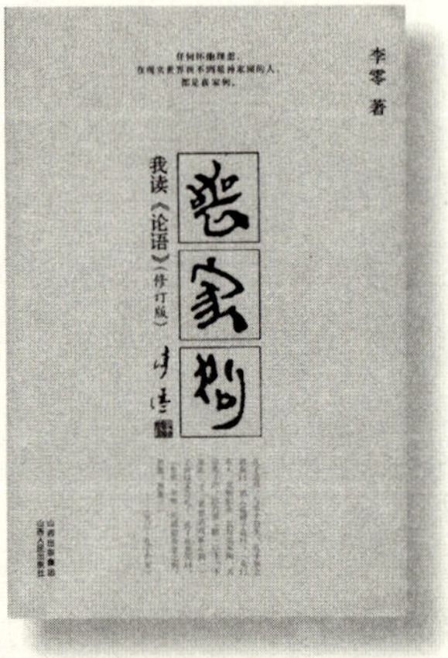

自　序

近来，《论语》很火，孔子很热。我们村，北京大学中文系的古典文献专业，也给本科生开了《论语》课。课分三个班，我负责教其中的一个班。2004 年的下半年和 2005 年的上半年，我花两个学期，一学期讲半部，把《论语》从头到尾讲了一遍。这部讲义，就是根据我上课的记录整理而成。借这个机会，我把《论语》系统读了一遍。受教育的，首先是我自己。所谓讲义，其实是读书笔记。[1]

---

〔1〕 除《论语》，我在北京大学开经典阅读课，还包括《孙子兵法》、《周易》经传和《老子》。这四本书，都有出土的简帛文本。《孙子兵法》课是给本科生开的大课，讲过二十年。2006 年，中华书局出版的《兵以诈立》，就是这门课的讲义。2005 年的下半年和 2006 年的上半年，我还给少数研究生开过《周易》经传的阅读课，阅读材料是张政烺先生整理马王堆帛书《周易》经传的遗稿。目前，则在讲《老子》。这是我提倡阅读的“四大经典”。

一

我的讲义，正标题是“丧家狗”，副标题是“我读《论语》”。首先，我想把这个题目解释一下。

什么叫“丧家狗”？“丧家狗”是无家可归的狗，现在叫流浪狗。[1]无家可归的，不只是狗，也有人，英文叫 homeless。

读《论语》，我的感受，两个字：孤独。孔子很孤独。现在，有人请他当心理医生，其实，他自己的心病都没人医。

在这本书中，我想告诉大家，孔子并不是圣人。历代帝王褒封的孔子，不是真孔子，只是“人造孔子”。真正的孔子，活着的孔子，既不是圣，也不是王，[2]根本谈不上什么“内圣外王”。“若圣与仁，则吾岂敢”，这是明明白白写在《论语》里面的话（《述而》7.34）。子贡说，孔子是“天纵之将圣”，当即被孔子否认（《子罕》9.6）。读我的书，你会明白，为什么孔子不接受这个荣誉，而他的学生一定要给他戴上这顶帽子。

我宁愿尊重孔子本人的想法。

孔子不是圣，只是人，一个出身卑贱，却以古代贵族（真君子）为立身标准的人；一个好古敏求，学而不厌、诲人不倦，传递古代文化，教人阅读经典的人；一个有道德学问，却无权无势，敢于批评当世权贵的人；一个四处游说，替统治者操心，拼命劝他们改邪归正的人；一个古道热肠，梦想恢复周公之治，安定天下百姓的人。他很恓

〔1〕 流浪的狗，我的第一印象来自台北。现在随着改革开放，我国各大城市，也有很多流浪狗。

〔2〕 孔子的头衔，除了圣、王，还有公、侯，都是追认。历代统治者对别的头衔还比较大方，唯于“王”字比较吝啬，往往要去掉，害怕造成领导的二元化。去掉“王”字的圣人，其实是“伟大导师”（“至圣先师”的“师”，“天地君亲师”的“师”）、精神领袖，有点准宗教的味道。

惶，也很无奈，唇焦口燥，颠沛流离，像条无家可归的流浪狗。

这才是真相。

当年，公元前492年，60岁的孔子，颠颠簸簸，坐着马车，前往郑国，和他的学生走散。他独自站在郭城的东门外，等候。有个郑人跟子贡说，东门外站着个人，脑门像尧，脖子像皋陶，肩膀像子产，腰以下比禹短了三寸，上半身倒有点圣人气象，但下半身却像丧家狗，垂头丧气。子贡把他的话一五一十告诉孔子，孔子不以为忤，反而平静地说，形象，并不重要，但说我像丧家狗，很对很对。[1]

在这个故事里，他只承认自己是丧家狗。

孔子绝望于自己的祖国，徒兴浮海居夷之叹，但遍干诸侯，一无所获，最后还是回到了他的出生地。他的晚年，年年伤心。丧子，哀麟，回死由亡，让他哭干了眼泪。他是死在自己的家中——然而，他却没有家。不管他的想法对与错，在他身上，我看到了知识分子的宿命。[2]

任何怀抱理想，在现实世界找不到精神家园的人，都是丧家狗。

至于副标题嘛，非常简单。我的书是用我的眼光写成，不是人云亦云，我才不管什么二圣人、三圣人怎么讲，大师、小师怎么讲，只要不符合原书，对不起，我概不接受。我读《论语》，是读原典。孔子的想法是什么，要看原书。我的一切结论，是用孔子本人的话来讲话——不跟知识分子起哄，也不给人民群众拍马屁。

读孔子的书，既不捧，也不摔，恰如其分地讲，他是个堂吉诃德。[3]

---

〔1〕 据《史记・孔子世家》、《白虎通・寿命》、《论衡・骨相》、《孔子家语・困誓》。《韩诗外传》卷九第十八章也有这个故事，但不太一样。

〔2〕 萨义德讨论过当代知识分子的各种定义。他所定义的知识分子，主要特点就是背井离乡、疏离主流、边缘化，具有业余、外围的身份。参看：爱德华・W. 萨义德《知识分子论》，单德兴译，陆建德校，北京：生活・读书・新知三联书店，2002年。

〔3〕 这位孤独的骑士，即使今天，也是个说不尽的话题。参看：索飒《在堂吉诃德的甲胄之后》（上）（下），《读书》2005年5期，1－12页；2005年6期，153－165页。

精装本，太原：山西人民出版社，
2008年10月

二

其次，我想讲一下，为什么过去我不爱读《论语》，现在却卖劲儿读《论语》，而且是当做一部最重要的经典来读。

我先讲不爱读《论语》是怎么回事。

坦白地讲，我读《论语》，是重新补课。这本书，我过去读，中学就读，但不爱读，一直没下过工夫，一字一句仔细读。

当年读《论语》，我的感受是，此书杂乱无章，淡流寡水，看到后边，前边就忘了，还有很多地方，没头没尾，不知所云，除了道德教训，还是道德教训，论哲理，论文采，论幽默，论机智，都没什么过人之处。

我想，如果没有心理暗示，像我小时候一样，像很多外国人一样，既没人劝我尊，也没人劝我不尊，很多人的感受，可能和我一样（不读《论语》也能直探孔子心曲的人，不在此列）。这是第一。

第二，我不爱读《论语》，还有其他一些原因，让我慢慢讲。

予生也晚。我是生于旧社会（只待过一年，没印象），长于红旗下，崔健唱的，“红旗下的蛋”。我有我的阅读背景。马、恩、列、斯、毛、鲁，我曾通读，现在不时髦；灰皮、黄皮书，也曾泛览，现在见不着。插队下乡，北京的孩子和外地的不一样，照样有人读书。我的启蒙，是在“文革”当中，古书、杂书，看了一大堆。辛亥革命后，康有为、陈焕章的孔教会（1912 年），我不及见；蒋介石、宋美龄的新生活运动（1934 年），[1] 我没赶上；新儒家的书，几乎没读；[2] 尊孔教育，一点没有。

我不爱读《论语》，不是因为我只见过批孔，没见过尊孔。近百年来，尊孔批孔，互为因果，互为表里，经常翻烙饼。它与中国备受欺凌的挫折感和郁积心底的强国梦，有着不解之缘，既跟政治斗争有关，也跟意识形态有关，还有民族心理问题，忽而自大，忽而自卑。在我看来，这些都是拿孔子说事。“批林批孔”前，我就不爱读《论语》。

有人说，人对自己不喜欢的东西，往往最不了解；最不了解，也就最没发言权。这话有点道理，但也不尽然。我没尝过梨子，也知道梨是甜的；没吃过狗屎，也知道屎是臭的。更何况，尊也好，批也好，不是前提，而是结果。什么对，什么错，都得阅读原典。不读原典的胡说八道，才最没发言权。

上个世纪，一劈两半，我是后半截的人，代沟肯定存在，没什么了不起。小时候，我跟大人听京戏、大鼓和相声，除了相声，几乎都听不下去。我总觉得，哐呔呔，哐呔呔，咿咿呀呀，长腔慢板，远不如电影吸引人。有点兴趣，那是后来的事。我

---

〔1〕 蒋氏夫妇，糅合孔、耶，提倡“四维”、“八德”，狠抓随地吐痰，70 多年过去，还吐。

〔2〕 但我读过《新儒家宣言》和梁漱溟的书。前者，2001 年，在法国，有位热衷此道的朋友特意送我读。我的读后感是空洞、滑稽。

的态度，回想起来，和如今的“80后”，有程度差异，无本质不同。我看他们看不惯，我爸爸看我也看不惯。这不是大陆不大陆，台湾不台湾，而是现代化下很普遍的问题。即使欧美国家，也是早就把古典教育撇一边，二次大战后，彻底衰落。谁也别吹，自己比别人更传统。你说传统是宝贝，有些东西，处于濒危要保护，我赞成；但非要弘扬，直到把孔子的旗帜插遍全世界，我没兴趣。

谁要说，不读《论语》就无以为人，现在世道人心这么坏（如贪污腐化、制售假药、卖红心鸭蛋者流），都是因为不读《论语》，不敬孔子，那就过了。

其实，敬不敬孔子，这是个人爱好。不敬又怎么样？比我小一点，王朔和王小波，他们说起这位老人，就是满嘴没好词。

“五四”打倒孔家店，孔家店变古董店，有人惋惜，我理解。但南怀瑾老前辈说，孔家店是粮食店（他说道教是药店，佛教是百货商店），[1] 此店关张，我们就没饭吃，我不能苟同。

三

过去，我不爱读《论语》，还有个原因，是我不爱听人说教。人上点年纪，以为曾经沧海，就可以当道德老师，我以为是为老不尊。我一看谁说这类话，写什么人生哲学，头皮就发麻。

我总觉得，不问世道好坏，上来就说好人多，既无标准，也无统计，这种说法，极不可靠；好人活着做好事，做了好人好事，注定有好报，也是陈词滥调。[2] 事情哪有这么巧？这类善言，早就叫

〔1〕 南怀瑾《论语别裁》，上海：复旦大学出版社，1990年，上册，6－7页。

〔2〕 我和唐晓峰先生聊天，有一共识，坏人做坏事有恶报，还比较多，但好人做好事有善报，却非常少。

人讲完了，不光中国，全世界的说法都差不多。

我理解，道德和秩序，秩序更重要。比如“文革”，不是因为没道德才没秩序，而是因为没秩序才没道德。道德很脆弱，也很实际。说好就好，说坏就坏。比如，挤公共汽车，人太多，车太少，秩序大乱，谁排队，谁甭想上；火车，千里迢迢，不是一时半会儿，汽车可以让座，火车就没人让，里面的道理很简单。道德，甭管多好，社会一乱，说垮就垮，越是没道德，才越讲道德。

道德不是讲出来的。历史上，国家一治一乱，道德时好时坏，太正常。远了不说，明朝末年怎么样，清朝末年怎么样？野史笔记、旧小说还在，人和现在一般坏，甚至更坏。您别忘了，那时道德归谁管？正是孔老夫子。

现在的“孔子热”，热的不是孔子，孔子只是符号。

社会失范，道德失灵，急需代用品。就像戒烟的抽如烟，暂时过嘴瘾。有人呼吁的乡约民规或宗教道德，也都是如烟。代用品，只要能代就行，不定是哪种。比如，咱们的邻居老大哥，人家俄国，就是双头鹰、三色旗、彼得大帝、东正教。

什么人会出来吆喝，说我不讲道德？没有。什么时候，都有人吆喝道德，特别是缺德的乱世。

我还记得，“文革”前，没人卖劲儿捧孔子，也没人卖劲儿批孔子。您别以为，孔子不在，就没人讲道德，道德是孔子的专利。道德，管人的人，都好这一口，政治家爱，神学家更爱，没有孔子，照样有人讲。

比如“文革”前，我上的那个中学，就特重道德教育。为革命而学习，又红又专，一颗红心，两种准备，德育总是摆在第一。我还记得，团中央有个穿破棉袄的常来我校演讲。他很会演讲，讲得我心惊肉跳。他说，人到晚年，扪心自问，我这一辈子到底有哪些污点？你要问自己。这些污点，留在心上，永远抹不去。他还引用奥斯特洛夫斯基的那段名言，大家常说，我背不下来。我心想，我的污点那么多，怎么办？心里好难受。

“文革”前，入团是大问题，既是吸引力，也是压力。

那时，大家都向团组织靠拢，交待自己的问题和罪恶。有个同学跟团支书交心，讲了自己的秘密，把团支书吓了一跳，他跟别人漏过点口风，说这个秘密太可怕。“文革”伊始，众怨所集，入不了团的人，我们班的干部子弟，开始围攻团支书，说他包庇坏人，情急无奈，他把这个秘密公布出来，写成大字报，我那位同学差点被打死。我们学校，可是个打手云集的地方。

“文革”前，我记得，团里曾派人找我谈话，非要定期谈思想，轰了几次都轰不走。我说，反正你们也没打算发展我，何必耽误工夫。他们说，你放弃组织，组织不能放弃你，你要好好读刘少奇《论共产党员的修养》，端正一下自己的认识。我心想，就我，连团都入不了，还读人家党员的修养干什么，不读。

当时，我是个自由散漫的人，现在也是。第一，我最不喜欢过有组织的生活，甭管什么组织；第二，也最不喜欢听人说教，甭管什么教。

“文革”前，《修养》，我没读。读是在“文革”中。没人批，还想不起读。打开一看才知道，里面还有孔孟的话。毛泽东本人，天马行空。广大党员的修养，交刘少奇讲。现在倒好，连刘主席的书都没人读了。

我讨厌道德说教，是在“文革”前，和批孔无关，但不爱听人讲道德，却是一贯。

用《论语》代《修养》，可以满足某些人的需要，但我不需要。

四

说起读古书，港台人常说，大陆人，不读古书，不重传统，除了考古，一无是处，[1] 这是中了“五四”的毒，“文革”的毒。[2] 大陆的人听了，也跟着起哄，说是呀是呀，千不该万不该，我们就是吃了这个亏。台湾、香港，我去过，他们的传统文化怎么样？研究水平怎么样？我心里清楚，没必要这么吹。更何况，这条对我不适用。古书，我一直在读，现在也是靠“三古”（考古、古文字、古文献）吃饭。

今天说“五四”，我还是充满敬意。

五四运动，是启蒙运动。启蒙启蒙，启什么蒙？关键是确立西学或新学的主导地位。当时对孔子，不管说过什么过头话，都要从当时的环境来理解。中国的现代化，是揍出来的现代化，只有招架之功，没有还手之力，不把华夏传统的小巧玩意儿搁一边，就无法摆脱被动局面。这一步，非走不行。不走，不能迎新；不走，不能保古。更何况，孔子当圣人，他依托的科举制，这张皮都没有了，毛将焉附？大家把孔子从圣人的地位请下来，让他与诸子百家平起平坐，有什么不好？无形中，这等于恢复了孔子的本来面目。

“五四”挽救了孔夫子，挽救了传统文化。我一直这么看，今天也没有变。现在，大家喜欢讲大师，他们都是怎么来的？你们不妨查一查，他们有几个是纯粹土造、原汁原味？还有，海峡那边，史语所是怎么来的？台大是怎么来的？胡适、傅斯年是什么人？蒋介石骂“五四”，胡适为什么反对？新学旧学，孰优孰劣？一切都清清楚楚。

传统中断，是危言耸听。

我记得，有一次开会，酷爱道家的陈鼓应先生发言，他说，有

---

〔1〕 这话不对。考古成就大是托祖宗的福，中国大陆的考古学，就理论、方法而言，绝不比其他学科更先进。

〔2〕 有个故事，我还记得，从前，在美国看台湾报纸，有人写文章说，大陆的鬼字没法读，肯定是共产党干部拿枪顶着印刷工人，让他们排出来的。这是说反了。50年代后，你要排繁体字，强迫一下，倒可以想象，简化字，是绝对不可能。因为年龄的缘故，我是刚学完繁体字，就改学简化字，刚学完注音字母，就改学拼音字母，几十年来，两种文字，并不打架。更何况，古代也有简化字，日本也有简化字，他们怎么不骂？

人说，我喜欢道家是感情用事，我就是感情用事。因为你们不知道，我在台湾，国民党天天给我们讲仁义道德，他们把我的朋友关起来，用一把小刷子刷他的生殖器（这是一种刑法）。我一看儒家的书，就想起这把小刷子。他的心情，我理解。但我想，他恨的是国民党，而不是孔夫子。

孔子只是符号。

大陆不是传统文化，台湾、香港也不是。两岸三地，彼此彼此。所谓传统文化，都是以现代化为前提，都是现代化的边角料，只有摆脱现代化的压力，才能腾出手来保一保，就像孔子说的，“行有余力，则以学文”（《学而》1.6）。过去，中国大陆的现代化，孤立无援，基础薄弱，态度最激进，水平最低下，西化不强，保古不力，乃环境使然，现在喘过一口气，不要忘乎所以。

资本主义是个全球化的体系，天似穹庐，笼盖四野。这个世界，只有“主流国家”和“非主流国家”，名字叫什么，喜欢不喜欢，并不重要。“传统”（过去叫“封建”）的尾巴就算割不断，也早就不成其为“社会”。

1980年代，大家骂中国太传统（“太封建”也“太专制”），现在又骂中国太不传统（“太不民族”也“太不世界”），到底哪个说法对？自己抽自己耳光，到底能抽几回？两种危言耸听，都高估了传统文化。

传统就是过去，没必要当祖宗供着，不分好坏，闻之必拜，谁敢说个不字，就跟当年的“反革命”一样。

五

“文革”批孔（1974年），我是赶上了，但没参加。当时，“批林批孔”的主力是大学老师和工农兵学员，我，一介农夫，哪有资格？我记得，有一阵儿，陪我爸爸到北大图书馆查书，现在的那个教师阅览室，书是按儒法两家一分为二，教学是围着儒法斗争转。北大中文系、历史系和哲学系各有分工，每个系批一本书，热火朝天。

“批林批孔”，孔子不过是符号。当时的史学，都是影射史学，说话方式怪，阅读心理怪，大家特爱捕风捉影。那个年代，好端端一双塑料凉鞋，能从鞋底读出“介石过海”。孔子不是孔子，是国家领导人，第一是已经整死的刘少奇（卒于1969年），第二是刚刚摔死的林彪（卒于1971年），第三是还在位子上的周恩来（卒于1976年），这是当时的戏剧语言。

那时的我，已经二十多岁，读过不少古书，但对《论语》毫无兴趣，有兴趣的，恰恰是批林批孔的人。他们怎么批，我倒是记忆犹新。大家不要以为，“文革”就是不读书，特别是不读古书。其实，举国若狂读古书，特别是读《论语》，恰恰就是那一阵儿。我国的知识分子，特别是文科的知识分子，包括现在被捧为大师的知识分子，几乎全部卷入，所有古书也是翻了个底儿掉。就连银雀山汉简、马王堆帛书，它们的整理出版，也是乘了这股东风。

我的启蒙是在“文革”时期。所谓启蒙，就是不能再糊里糊涂，更不能揣着明白装糊涂。

我崇拜知识，不崇拜知识分子。我见过的知识分子，好人有，但很多不是东西。大家千万不要以为，“文革”就是整知识分子，知识分子都是受害者。其实，“文革”当中，真正整知识分子的是谁？主要是知识分子。[1] 爬到权力巅峰的，很多也是知识分子。老百姓糊涂，是本来糊涂，知识分子糊涂，是揣着明白装糊涂。

时过境迁，我对“文革”，印象最深，不是政治的云翻雨覆，而是人心的倾侧反覆，好好一人，说变就变，非常无耻。落下的病根，

〔1〕 知识分子多死于知识分子之手，就像军人多死于军人之手一样。但干部多死于群众之手，老师多死于学生之手，不太一样。运动中，很多人都是刚整完别人，自己就挨整，如果光把自己的苦水往外倒，个个都是白毛女。

或曰后遗症，今天没断。据我所知，当年的批孔干将，现在也是急先锋，只不过换了尊孔而已。他们比我年纪大，原先受过尊孔教育。

从尊孔到批孔，从批孔再到尊孔，他们是轻车熟路。

六

“文革”批孔，当然和毛泽东有直接关系。[1]

毛泽东对《论语》背得很熟，经常在讲话中引用。他说，他读过六年孔夫子的书。1917 年 11 月，他还率领湖南第一师范工人夜学的师生员工向国旗、孔圣行三鞠躬礼。次年 8 月到北京，在红楼工作，受新文化运动感染，才转而批孔。他既尊过孔，也批过孔。

孔子办教育、讲学问，这方面的话，他喜欢，但他个性强，“温良恭俭让”，不喜欢。斗争环境，爱讲斗争话，他想听这种话，孔子太少。还有，他是农村来的，孔子反对学种菜种庄稼，“四体不勤，五谷不分”，他也看不起。“文革”前，他对孔子，有褒有贬，说好的时候有，说坏的时候也有，有时自相矛盾。他既讲过孔子不民主，也讲过孔子很民主。总的看起来，原先的印象并不坏，不然，他不会用《论语》中的话给女儿起名字（李敏和李讷）。

毛泽东对孔子的态度急转直下，完全是政治原因。他是政治家。政治斗争就是政治斗争，一切以对手为转移。这是问题所在。现代的尊孔和批孔，其实是欢喜冤家，白天吵架，晚上在一个被窝里睡。

1942 年，匡亚明劝毛泽东为孔子说点公道话。毛泽东说，重庆正在尊孔读经，还是别说，既不要批，也不要捧。

毛泽东，史学百家，独取范（文澜）、郭（沫若）。二老之中，更重郭。郭沫若，作《中国古代社会研究》（1929 年），说商周是奴隶社会；作《十批判书》和《青铜时代》（1945 年），说孔子是革命

---

〔1〕 下面的叙述，多据许全兴《毛泽东与孔夫子》，北京：人民出版社，2003 年。

党（秦汉之际的儒者多投身革命）。革命，难道要回到奴隶社会？两个方面，自相矛盾。郭沫若以孔子比共产党，秦始皇比蒋介石，史学著作、历史剧，到处充满暗示。

1954 年，毛泽东还说，“孔夫子是革命党”，就是根据郭沫若。但 1958 年，轮到有人骂他是秦始皇，他就反过来了。越到后来，越讨厌孔夫子，越认同秦始皇。特别是刘少奇和林彪，都喜欢儒家，使他很生气。江青还批周恩来。郭沫若和范文澜，他本来很喜欢，但他们都是尊孔派，他就转而支持批孔派：杨荣国和赵纪彬。杨荣国，文字清通，简洁明白；赵纪彬，对《论语》下过几十年工夫，考证细密，观点犀利，更对他的胃口。新民学会，他就检讨过，自己有“以人废言”的毛病，晚年更突出。政治放大了这种毛病。

我们不要忘记，批孔是政治，不是学术。对抗格局下的思维定式，永远都是翻烙饼。翻烙饼不是学术。学术不能跟着政治跑，跟着政治对手跑。[1] 政治，好恶深，偏见生。学者要有超然独立的学术立场。

尊孔和批孔，作为学术，本来都可以讲，变成政治，就是打烂仗。解放后，尊孔代表有两位，冯友兰和梁漱溟，他们在“文革”中的表现，适成鲜明对比。冯友兰，与世俯仰，推波助澜，批孔比谁都过分，连教书育人做学问，他都批；梁漱溟，“三军可夺帅，匹夫不可夺志”，他和毛泽东吵架，挨毛泽东骂，挨周恩来骂，居然一点不记仇，晚年仍推崇毛泽东，说平生最佩服，就是此公，周恩来也是少有的完人，[2] 真让所有人都大跌眼镜。当年，他敢说，批林批孔是政治，批林可以，批孔不同意。观点对错不谈，他老人家，前

〔1〕“凡是敌人反对的，我们就要拥护；凡是敌人拥护的，我们就要反对”，这是斗争哲学。在激烈的政治斗争中，当然有它的道理。但敌人吃饭不吃屎，你总不能吃屎不吃饭。这话，不能做无限推广。

〔2〕〔美〕艾恺采访、梁漱溟口述、一耽学堂整理《这个世界会好吗》，上海：东方出版中心，2006 年，120 页。

后如一，表里如一，人格非常高尚。

我佩服的是这种人，批也好，尊也好，都不能随风倒。

七

最后，我要说一下，为什么我要读《论语》，我是怎样读《论语》。

最近几年，有三个刺激，逼我重读《论语》。

第一是竹简热。1990年代，郭店楚简、上博楚简，都是以儒籍为主，内容涉及孔子，涉及他的主要弟子，不但和《论语》有关，也和大小戴《记》有关，为古代儒家的研究提供了不少新线索。过去研究儒家，主要是读孔、孟、荀，孔、孟之间的七十子，反而不讲，漏洞太大。我虽不同意，以儒家作中国文化的代名词，但儒家出现早，地位高，影响大，不容怀疑。我们要把这些新材料吃透，还要返回来读《论语》。此课不补，没有发言权。比如宋儒讲道统，有人说，出土发现证明了这个道统，这不是瞎说吗？孔孟之间，明明有很多人，不只子思和曾子，怎么证明的就是宋明道统？我们只要认真读古书，就会发现，古书和这些发现并无矛盾，真正有矛盾，反而是"圣化"的曲解。

第二是孔子热。现在，和1980年代不同。什么叫80年代？我还记得很清楚，想不到，如今已成老宫娥坐谈开元天宝年间事。80年代，主要气氛是痛批传统，怨天尤人骂祖宗。现在，风气陡变，传统又成香饽饽。向左转，向右转，谁都拿孔子说事（连监狱都在读《论语》）。孔子真是左右逢源。从骂祖宗到卖祖宗，这个大弯儿是怎么转过来的？前因后果，值得深思。美国学者史嘉柏（David Schaberg）有篇书评，是介绍西方的《论语》译本，文章的题目是《沽之哉，沽之哉》[1]。用在我们这边，也合适。传统和孔子都在热卖

〔1〕 "Sell it! Sell it!" Recent Translations of Lunyu, *Chinese Literature: Essays, Articles, Reviews*, No.23(2001), pp.115-139.

之中。现在的世界，革命革伤了，革命革怕了，全都向右看齐，保守主义浪潮和复古风席卷全球。作为文化现象，我们要想弄清，孔子热的含义是什么，也要重读《论语》（它本身就是复古经典）。

第三是读经热。现在鼓吹“少儿读经”，不是读《五经》，而是读蒙学课本，也是甚嚣尘上，我是不以为然，但怎么读古书，确实是问题。现在，我在北大讲“四大经典”，《论语》是其中之一。我想认真思考一下古书的经典化，以及现在如何选经典、读经典的问题。

说实话，我读《论语》，主要是拿它当思想史。古代思想史，有很多争论，我是像看戏一样，坐在台下看，并没打算加入哪一拨。

马克思说，青年黑格尔派是“德意志意识形态”。《论语》也是中国的意识形态。

历史上捧孔子，有三种捧法，一是围绕政治（治统），这是汉儒；二是围绕道德（道统），这是宋儒；三是拿儒学当宗教（或准宗教），这是近代受洋教刺激的救世说。三种都是意识形态。我读《论语》，就是要挑战这套咒语。

我的读法是：

（1）查考词语，通读全书。按原书顺序，一字一句、一章一节、一篇一篇，细读《论语》。先参合旧注（以程树德《论语集释》为主），梳理文义，再考证疑难，把全部细节过一遍。

（2）以人物为线索，打乱原书顺序，纵读《论语》。第一是孔子，第二是孔门弟子，第三是《论语》中的其他人物。借这种考察，为各章定年，能定的定，不能定的阙如，把《论语》当孔子的传记读。

（3）以概念为线索，打乱原书顺序，横读《论语》。我把全书，归纳为若干主题，每个主题下分若干细目，按主题摘录，看这本书里，孔子的思想是什么样，与《墨子》、《老子》有什么区别。

（4）最后，是我的总结。我想思考的是知识分子的命运，用一个知识分子的心，理解另一个知识分子的心，从儒林外史读儒林内史。

孔子这本书，有不少道德格言，有些比较精彩，有些一般般。孟子说，“尽信《书》，则不如无《书》。吾于《武成》，取二三策而已矣”（《尽心下》）。

我于《论语》，也是如此。

读《论语》，要心平气和——去政治化，去道德化，去宗教化。

目的无他，我们需要的是一个真实的孔子，

特别是在这个礼坏乐崩的世界。

2006 年 10 月 15 日写于北京蓝旗营寓所

30 《放虎归山》（增订版）

太原：山西人民出版社，2008 年 1 月

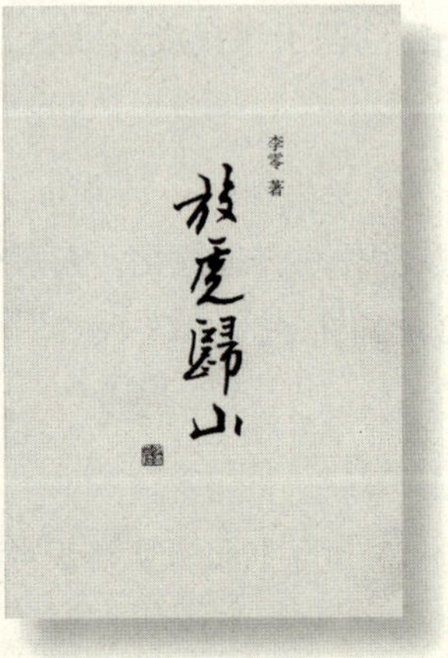

新版序言

《放虎归山》是我的第一本杂文随笔集，1996 年由辽宁教育出版社出版，编入《书趣文丛》第四辑，责编是吴彬（署名脉望）。

这个集子收了二十五篇文章，加上代序和后记，只是薄薄的一个小册子，当时卖得还不错，好些朋友读过，很喜欢。他们鼓励我，说思想、文笔都好，我也觉得，其中有几篇还可以，至少是开了一个很好的头。

此书售罄已久，老是有人提起，劝我再版。其实，那本书错字很多，好心人经常向我指出。我也想，应该把它修改一下，不然，对不起读者，但老是抽不出时间。

1980 年代，我很学术，几乎一点杂书不看。1985 年后，我对自己很不满，觉得自己像关在动物园里的老虎。1988 年，我开始写点半学术不学术稍微离专业远一点的东西，文章全是用笔名，没人知

道我是谁。如收在集中的头两篇，就是用笔名。笔名“吴欣”是谐音“无心”，表示心不在焉，玩票而已。这两篇东西，都太严肃，放不开。其中第二篇，发在《东方纪事》上，文章是用笔名，但目录下有个顾问名单，里面有我，是用真名。他们不知道我是干什么的，给我加了个头衔，叫“理论家”。

我心想，真逗，我算哪门子理论家?

吴彬劝我编这个小册子，当然和《读书》有关。

我在《读书》发文章，第一篇是《纸上谈兵》(即现在题为《纸上谈兵——装孙子》的那篇)，登在1992年11期。在这之前，我和《读书》没关系，既不是它的作者，也不是它的读者，不订也不买，根本没工夫看。

这以后，1993、1994、1995、1996年，我在《读书》连续发过几篇文章，都是用真名真姓。我开始变成《读书》的作者。这些文章，多是读书杂感，写着玩。没想到，《汉奸发生学》给我闯下大祸，夸我有一大堆人，骂我也有一大堆人，舆论哗然。

吴彬让我编集子，我也没想到。因为我拢共也没写过几篇杂文。

1995年夏天，憋在西雅图编集子，手头只有十篇文章，勉强可以称为杂文，《读书》上五篇、《读书》外四篇，加一篇没发表的日记，就这么多。

因为数量太少，我加了六篇序跋。可是，加上这些也不够。那年夏天，我一口气写了九篇文章。

最后，穿靴戴帽，写序跋。我给这书起了个怪名，叫“放虎归山”，感慨万千，大谈老虎，吐不能读书之苦。

这本集子，就是这么凑起来的。

我的《放虎归山》，写于1988—1995年，转眼间，十二年就过去了。重读旧文，有如历史回放。天道轮回，恍如隔世。

现在的事，真假难辨，只有一件事假不了。仿佛一夜之间，中国阔起来了。

历史，就怕对比（其实它的妙处就在这里）。

1988—1989年，那时的气氛，回头看，真让人难以相信，当时的主流是骂祖宗，“弘扬”说没有市场。现在的气氛是卖祖宗，这个大弯儿是怎么转过来的，我一直在想。

还有，学校的气氛，哭穷的气氛，也和现在不一样。现在的学校，阔得很。

我说的“脱俗致雅”怎么样？知识分子都雅起来了吗？儒林的鸟儿会唱歌，又换了什么调？

当然，复古的风，那时就有，包括故里开发，现在还值得奇怪吗？那真是遍地开花。

我说，三星级宾馆，一天八十五元。当时嫌贵，现在算什么？

俱往矣。

这次再版，我对内容做了一点调整，一是删去旧版的六篇序跋和《吃苍蝇》，二是加了近作十篇，三是对旧作分了分类，三两第一组，加个标题，看上去醒目一点。

旧作，头两篇，我叫“在启蒙的光环下”，主要是评述80年代以《河殇》为高潮的启蒙思潮，这和当今时尚正好相反，值得回味。我给他们泼凉水，值得纪念。

下面三篇，“大树飘零”，是写人，朱德熙、陈建敏和我父亲。他们都不在了。我想写的人还很多很多，以后应该专门写，题目都想好了，叫“我的天地君亲师”。

“屠宰时光”，就是kill time，全是我在美国的感想。“大雨涟涟，小雨绵绵，飞来飞去又一年”。我有很多胡思乱想。

“临终关怀”，是讲校园和知识分子。抚今追昔，放眼世界，我的评语，就四个字，“大势已去”。学者呼唤的“人文关怀”，更像临终关怀。

剩下两个题目，是我的保留节目，“纸上谈兵”谈军事，“闭门造车”谈男女。它们都是歇后语。

读《花间一壶酒》，大家不难发现，很多文章，还是延续本书的话题。

我的近作，是按写作时间排序。随便挑几篇，不是全部。

《关于〈花间一壶酒〉的访谈》、《生活中的历史》、《说话要说大实话》，是向读者介绍我后来的杂文集：《花间一壶酒》。

《为什么说曹刿和曹沫是同一人》，也和这个集子里的两篇文章有关，我是替读者答疑解难，消除误会。

《南白和北白》、《南城读书记》、《说名士，兼谈人文幻想》、《万岁考》是几篇戏作。

这里，最重要的文章，还是《传统为什么这样红》。这篇讲话，是给当下的孔子热、读经热、传统文化热降温。就像当年，我给怨天尤人骂祖宗泼凉水一样。

发烧是病。我对热，总是持怀疑态度。

2007年12月20日写于北京蓝旗营寓所

31 《去圣乃得真孔子：〈论语〉纵横读》

北京：生活·读书·新知三联书店，2008 年 3 月
香港：三联书店（香港）有限公司，2008 年 6 月

“我们的经典”总序

重归古典

——兼说冯、胡异同

一

我们的经典，不是传统意义上的经典，不是五经，不是九经，不是四书五经，不是十三经，而是现代人眼中最能代表中国古典智慧的书。

我向读者推荐四本书：《论语》、《老子》、《孙子》和《周易》。

为什么我把这四本书当经典阅读的基本教材，我想讲一下我的理由。

第一，这四本书，是中国古典学术的代表作。先秦学术是诸子之学。诸子百家，影响最大，是儒、道两家。《论语》是儒家的代表作，《老子》是道家的代表作。这两本书，毫无疑问是先秦思想的代表作。另外两本也很典型。古代有两门学问，一门是治国用兵，一

门是数术方技。治国无经典（有也不能讲），用兵有，《孙子》是先秦兵学的代表作；数术方技，古代有个到处应用的理论，叫阴阳五行说，阴阳五行说也没有经典，只有《周易》经传，影响比较大，涉及这个理论。

第二，这四本书，年代最早，篇幅最小，《论语》约有15000字，长一点。《老子》、《孙子》、《周易》，都是约5000字的小册子（今本《孙子》在6000字上下）。其他古书，如《管子》、《墨子》、《庄子》、《韩非子》、《吕氏春秋》，哪一本都比这几本大。读经典，先读年代早的小书，再读年代晚的大书，顺着读，效果最好。

第三，这四本书最富智慧。中国典籍传入欧洲，约400年，他们挑来挑去，看中的正好是这四本书，译本最多。它们比其他古书更能代表中国文化，也更容易融入世界文化。

简单说，我的理由是这三点。

二

不过，我想把问题说得深一点、远一点。

我希望读者明白，这四本书，只是一个窗口。它们的背后，还有更宏大的背景。它们只是样品。

我想，没人怀疑，中国思想史和中国学术史最灿烂辉煌的时代，肯定是先秦时代。这个时代，人才辈出、思想活跃。它和欧洲文明最伟大的古典时代一样，同样属于雅思贝斯所谓的“枢轴时代”（或译“轴心时代”），也是一种世界性的现象。

我们都知道，先秦时代是子学时代，先秦学术是诸子之学。诸子百家平起平坐，是一种自由学术。当时，六经是装在子学的瓶子里，是子学的一部分，不像汉代，独尊儒术，只有六经最重要。汉代学术是经学时代。经学时代和子学时代不一样。儒经第一，儒子第二（《论语》、《孟子》成为传记），其他流派依托的各种技术，皆不足道，或存或亡，幸存者，只能降居儒学之附庸。这不是中国古典学术的本来面目。

欧洲的文艺复兴，是重归古典，反宗教专制，倡思想解放，不是回到中世纪。

当今侈谈文艺复兴者，正好相反，此不可不察也。[1]

研究诸子之学，有六篇材料，是骨干的东西。

（一）《庄子·天下》

《天下》说，天下治“方术”者太多，皆以其学为不可加。《天下》所谓的“方术”是古代的技术（比后来说的“方术”宽），即上面说的数术方技和治国用兵之术。它要讲的不是这些，而是“道术”。所谓“道术”，是思想，最初，只有“邹鲁之士、搢绅先生，多能明之”。百家之学，就是从其中散出，“道术将为天下裂”。

它讲“道术”，主要有六个流派：

（1）“邹鲁之士、搢绅先生”，是儒家。

（2）墨翟、禽滑厘，是墨家。

（3）宋钘、尹文，是接近墨家的流派。

（4）彭蒙、田骈、慎到，是法家。

（5）关尹、老聃，是道家。

（6）惠施、桓团、公孙龙，是名家。

它没提到阴阳家。

（二）《荀子·非十二子》

《非十二子》不是泛论学术史，他只批评12个人，恶其“持之有故，言之成理，足以欺惑愚众”：

（1）它嚣、魏牟，毛病是放纵情性。《天下》没提到。

---

〔1〕现在的复古，都是迷宗教、政治和道德，过去叫道统和治统。不是复汉学（汉今文、汉公羊，大吹康子、廖子者流），就是复宋学（程、朱、陆、王）。

（2）陈仲、史鳍，毛病是压抑情性。《天下》也没提到。

（3）墨翟、宋钘，毛病是不讲差别。前者是墨家的鼻祖，后者和墨家有关。

（4）惠施、邓析，毛病是喜欢诡辩。他们是名家，《天下》没提到邓析。

（5）慎到、田骈，毛病是玩弄法律。他们是法家。

（6）子思、孟轲，毛病是假造传统，伪托圣贤。他们是儒家。

荀子是儒家。儒家各派，他最恨子思、孟子，斥之为儒家之罪人。子张、子夏、子游的后学，他也看不上，唯一称道的，是仲尼、子弓。

这篇东西，也没提到阴阳家。

（三）《韩非子·显学》

《显学》说，"世之显学，儒、墨也"，只讲儒、墨。先秦子学，早期，主要是儒、墨。儒分为八：

（1）子张之儒，即子张（颛孙师）的后学。

（2）子思之儒，即子思（孔子孙孔伋）的后学。

（3）颜氏之儒，孔门八颜子，颜氏之儒，不一定是颜回的学生。

（4）孟氏之儒，即孟子的后学。

（5）漆雕氏之儒，可能是漆雕启的后学。

（6）仲良氏之儒，即仲梁子的派别，仲梁子可能是曾子的学生。

（7）孙氏之儒，孙氏是孙卿，这是荀子的后学。

（8）乐正氏之儒，是曾子弟子乐正子春的派别。

孔门七十子，子夏、子游、曾子、子张最后。子思、孟子更在七十子之后。《显学》无子夏之儒，最奇怪。上博楚简，颜回的"颜"和言游的"言"写法一样，我很怀疑，颜氏之儒，或即子游的后学。这些派别，主要是战国晚期的儒家。

墨分为三，互称"别墨"：

（1）相里氏之墨。《天下》称为"相里勤之弟子，五侯之徒"。

（2）相夫氏之墨。

（3）邓陵氏之墨。《天下》提到“南方之墨者，苦获、已齿、邓陵子之属”。

（四）刘安《淮南子·要略》

《要略》是分国叙述。它提到：

（1）鲁国：“儒者之学”和“墨子”。

（2）齐国：“管子之书”和“晏子之书”。

（3）韩国：“申子刑名之书”。

（4）秦国：“商鞅之法”。

另外，它还提到“纵横修短”之术，没说具体国家。

（五）司马谈《六家要指》

它有三种叙述顺序：

（1）阴阳、儒、墨、名、法、道德。

（2）儒者、墨者、法家、名家、道家、阴阳家。

（3）阴阳、儒者、墨者、法家、名家、道家。

其中第三种是主要顺序。

司马谈是史官，学天官于唐都，受易于杨何，习道论于黄子，最重阴阳家和道家。阴阳主于术，不是思想流派，放在最前。儒、墨是显学，称儒者、墨者，有别于后三家，放在其次。法、名是术，古人叫刑名法术，放在更其次。最后是归总于道家。

（六）班固《汉书·艺文志·诸子略》

班固的分类是根据刘向、刘歆，他们把古书分为六艺、诸子、诗赋、兵书、数术、方技六门。其中子书，有所谓“九流十家”。十家，可以归为两类：

（1）儒家、道家、阴阳家、法家、名家、墨家。这六家就是司马谈的六家，但顺序不一样。西汉晚期，儒家最尊，其次是道家。当时盛行阴阳灾异，阴阳家也有一定地位。这是最主要的三家。法、名二家，属于刑名法术之学，秦代盛，汉代臭，几乎成为酷吏的符号或代名词，排在后面。墨家则销声匿迹（《史记》无传），最后归宿是神仙家（东汉有墨子派的神仙家）。

（2）纵横家、杂家、农家、小说家。这四家，是新增。纵横家，见《要略》，是外交游说之术。杂家，是百科全书派。战国晚期，派别融合，很多思想家，都是通人。个人全能玩不下去，还有《吕氏春秋》、《淮南子》这样的集体创作。农家，是重农派和农业技术混在一起。小说家，只是稗官野史、琐语丛谈，都不是思想流派。

班固说，九流十家，都是从古代的王官之学散出，每一家对应于一种王官，这是有名的王官说。

阅读经典，我们要知道，古人的思想分类法和学术分类法是什么样。

三

中国哲学史是五四新文化运动的产物。这个运动，不管有什么过火之处，它的伟大成果是确立了新学的主导地位，这点不能抹杀。

五四运动，打倒孔家店，打倒的只是店，而不是孔子。孔子走下圣坛，重归诸子，意义非常大。别的不谈，光对恢复传统文化的真实面貌，就有不可估量的意义。因为，没有这一步，就没有中国哲学史，更没有中国思想史或中国学术史。

（一）说冯、胡异同

中国哲学史的开山鼻祖有两位先生，一位是胡适，一位是冯友兰。他们的哲学史都是中西合璧的新学术，不是传统的经学，不是传统的子学。

当时，中国文运，一如国运，兵败如山倒。百废待兴，一无所有，大家是在中国的子学中寻找对等于西方概念的“哲学”。子学之盛，清季已然，西学为它注入了新的活力。儒家独尊、死水一潭的局面，是被这种东西打破。

胡适，洋博士，纽约哥伦比亚大学出身。他的《中国哲学史大纲》卷上（上海：商务印书馆，1919年），是1917—1918年他在北京大学讲中国哲学史的讲义，讨论范围是先秦子学。后来，还有一本《中国中古思想史长编》（上海：中国公学，1930年油印本）。

冯友兰是北大哲学系的学生，1919年也负笈哥大。继胡适之后，他出版过两卷本的《中国哲学史》（上海：商务印书馆，1930年）和英文本《中国哲学简史》（麦克米伦公司，1948年）。冯氏后来居上，无论在中国，还是在国外，都比胡适影响大。[1]他的《中国哲学史》第一篇《子学时代》，还有《中国哲学简史》的前十六章，都是讨论先秦子学。[2]

冯、胡异同，值得回味。

冯、胡二人，是中国近代学术史上的竞争对手。他们都留学美国，都钻故纸堆，作同样的题目。一般印象，胡适喜欢怀疑，比冯氏更美国；冯氏趋于保守，比胡适更中国。胡适捧戴东原，冯氏吹朱晦庵。冯氏解释说，这是汉、宋之别：胡适是汉学，他是宋学。其实，他们都是不中不西，不新不旧，唯激进、保守，程度不同耳。

他们有三大分歧：

（1）诸子是否出于王官，胡说不出，冯加限定而承认。

（2）先秦是否有六家，胡说没有，冯加限定而承认。

（3）孔子和老子谁先谁后，胡说老先孔后，冯说孔先老后。

这三大问题，中国的学术界，西方的学术界，一直有争论。

（二）诸子出于王官吗？

《汉书·艺文志》的六种书，六艺、诸子、诗赋是学，古人叫文

〔1〕 大陆批胡后，研究中哲史的，更少想起胡。

〔2〕 冯氏三史，《中国哲学史新编》最后。此书是他1949年后接受思想改造的成果（如吸收《孙子》，论《老子》是否兵书），这里不讨论。

学；兵书、数术、方技是术，古人叫兵书和方术。前者是人文学术，相当今天的文、史、哲，后者是古代意义上的科学（和各种迷信）。班固说，诸子出于王官，即古代政府的职能部门，这从一开始就是引起争论的话题。

中国哲学史，是西化的产物。开始搭架子，先要问什么叫哲学。哲学的概念，当然是从西方来，标准是形而上。胡适的哲学史，其实是子学，他从子学找哲学，主要是名学，但名学只是子学之一端，实难以此为范围。冯氏虽以弘扬民族哲学为号召，也一样以西方的哲学概念为绳墨，明确说明，他不讨论术。比如《孙子》，他就不收。他们的取材范围，都是狭义的诸子，重学不重术。

胡适的体系是基础，该讲的都已讲到，整个布局，粲然大备。儒家，孔、孟之间有七十子，孟、荀之间有儒家八派；墨家，有墨子、别墨；道家，有杨朱、老子、庄子。其他诸子穿插其间。这是基本框架。冯氏是在这个基础上往下做，从子学到经学，从经学到玄学，从玄学到理学，从理学奔近代，顺流而下，百川归海是归于儒，孔是思想教皇。他的三史，是直通六书，一切为尊孔做准备。书，越写越多，越写越大，在很多人的心目中，都是取胡适而代之。此公酷爱三段式，讲先秦儒家，讲先秦道家，都是三段。儒、墨、道，儒家是终结者。

胡适的布局，即使从今天看，也仍然有其长处。特别是儒家，从今天的出土材料看，讲完孔子，就是七十子，布局比较好，气魄也更宏大。胡适主张，中国哲学史，应改名叫思想史，把格局做大。冯氏关心的却是重张儒学。表面上，胡小冯大，其实相反。

现在，学者主张把中国哲学史扩大，改造为中国思想史或中国学术史，这个想法，来自胡适。怎么改造？还是个值得讨论的问题。我认为，关键是要吸收术。比如《孙子》，怎么没思想，怎么没哲学？阴阳五行说，是典型的自然哲学，离开数术、方技，怎么研究？我研究兵法，研究方术，就是蹚这个路。

总之，研究中国学术，我们要分清，什么是学，什么是术。即使是《诸子略》，即使是九流十家，也有这个分别。比如，诸子是否出于王官，关键就在学与术的区别。术，跟王官有对应关系，但学不同，没法对号入座。

我们不要以为，古代的诸子可以离开术。弃绝术，学就架空了。我主张以术读学，以诸子读孔子。这样才有思想史。

诸子百家，他们的技术传统是什么？他们的知识结构是什么？这不是题外的问题。即使今天，思想和知识也是互为表里。

（三）先秦是否有六家？

先秦是否有六家，有人说有，不但有，还有更多的家，一人一家，百家都嫌少；有人说没有，不但道家没有，法、名、阴阳也没有，一无所有。这些说法，都源自冯、胡异同。胡适说，司马谈的分类，是汉代分类，不反映先秦，先秦无六家。近年，国内如任继愈[1]，国外如苏德恺[2]，都重张此说，西方汉学界，很多人都坚信这一点。

我的看法是，六家不是六个思想流派，而是半学半术各三家。司马谈讲六家，不是讲汉代学术，而是讲先秦学术。六家，不能说完全没有，如来源较早的儒、墨，就是最明显的两家，先秦诸子都这么讲，绝非虚构。道家晚出，边缘模糊，不管叫什么，非儒非墨，本身就是一大类。这三家是一类。另一类是跟术有关的派别，法、名是刑名法术之学，阴阳是数术方技之学，不是思想派别。道家晚出，讲实用，与刑名法术和阴阳家说分不开，是个

〔1〕 任继愈《先秦哲学无六家——读〈六家要旨〉》，收入任继愈主编《中国哲学史论》，上海人民出版社，1981年，433页。

〔2〕 苏德恺《司马谈所创造的“六家”概念》，《中国文化》第7期（1992年秋季号），北京：生活·读书·新知三联书店，1993年，134－135页；Kidder Smith，“Sima Tan and the Invention of Daoism，‘Legalism，’ et cetera，” *Journal of Asian Studies* 62，No.1（February 2003），pp.129-156。

非常复杂的派别。

六家，其实是三家，儒家是古典派或保守派，道家是现代派或激进派，墨家是过渡。

无家说，全盘抹杀，不可取。百家说，像《汉志》那样讲，一人一家，一书一家，等于没家。这是白马非马之辨，同样不可取。

（四）孔、老先后的问题

儒、墨、道，孰先孰后，是个值得讨论的问题。这个问题，价值取向最明显。

胡适把《老子》摆在孔子前，是跟尊孔拧着来。[1] 冯氏把《老子》摆在《论语》后，胡适不服气，说他是信仰作怪。冯氏尊孔，不假，但这个问题，还是要平心静气，摆事实，讲道理。

孔老先后，我的看法是，老子其人，也许比较早，但书是另一码事，绝不可能在儒、墨前。

学者怀疑《老子》晚出，有一个原因是，老子的故事几乎都是出自《庄子》，很有可能是庄子的虚构。其实，这还不是关键。关键是儒、墨、道对话的逻辑关系。冯氏把《老子》放在《论语》后，我同意。至于说，后到什么地步，可以讨论。近年，史华兹的书[2]，葛瑞汉的书[3]，都是把《老子》往后摆。冯氏搁《孟子》后，还比较接近。葛瑞汉把它放在《庄子》后（钱穆已有这种看法），郭店楚简证明，太晚。

〔1〕胡适晚期，尊老敬孔贬墨。他说，老子是无政府主义，最高；孔子是个人主义，其次；墨子是集体主义，最下。并把秦政之失归罪于墨家，汉政之得归功于道家，都可反映他的价值取向。他不反对儒家，但也不独尊儒术。

〔2〕Benjamin L.Schwartz，*The World of Thought in Ancient China*，Cambridge：Belknap Press，1985. 中文本：本杰明·史华兹《古代中国的思想世界》，程钢译，刘东校，南京：江苏人民出版社，2004 年。

〔3〕A.C.Graham，*Disputers of the Tao*，La Salle：Open Court Publishing Company，1989. 中文本：葛瑞汉《论道者——中国古代哲学论辩》，张海晏译，北京：中国社会科学出版社，2003 年。

先秦诸子大辩论，《天下》讲得很清楚，道术最初在儒，后来才散于天下。儒是第一发言者，最寂寞。孔子没有对话者。墨是跟儒对着干。对着干，才热闹，两者具有对称性。道不同，跳出儒、墨之争，超越儒、墨之争，走得最远。百家的基础是三家，先是儒、墨，后是道，百家争鸣由此起。

冯、胡异同，三大问题，在具体结论上，我更倾向冯氏。但我的理解，与信仰无关。

思想不能无的放矢。儒家是众矢之的。在先的意义是当靶子。射箭先要有靶子。靶子的意义很伟大。

比如，胡适就是冯氏的靶子。

四

保守与激进，常常可以互补。上述异同，前两条，胡适激进，冯氏保守；后一条，冯氏激进，胡适保守。西方汉学界，酷爱分，酷爱疑，前两条取胡适，后一条取冯氏，正在情理之中。他们的思想史，大框架，是源自冯、胡二氏。

冯、胡二氏对创建中国哲学史，各有贡献，两者可以互补。但要说文化立场，我更赞同胡适。

胡适的贡献，是开创性的，也是开放性的。他是真正的大师。

大师的意思是倡风气之先，为后世奠格局，不是收拢包圆儿，不是颠扑不破。

胡适的《中国哲学史大纲》，蔡元培讲过四大优点，我看最重要，还是下面三点：

第一，胡适开创的中国哲学史，是以诸子为范围，把古史和古书分开来，直接从老、孔讲起，蔡元培说，这是截断众流，开风气之先，厥功甚伟。这个格局是他开创的。冯氏是站在他的肩膀上才后来居上。

第二，胡适是把诸子摆平，有容乃大。蔡元培说，胡适的体系有“平等的眼光”，对儒家既不尊，也不批。[1] 此语最为知言。胡适讲诸子平等，是真正平等。冯氏讲诸子，是“众生平等，唯我独尊”。他说，儒家在中国思想史上的地位，就像君主立宪制下的君主，其他派别，则如君主立宪制下的内阁。君主是万世一系，然治国之政策，常随内阁而改变。平等是儒家之下的平等。

第三，胡适想把子学做大，做成思想史，而不是相反，像冯氏那样，子学做成经学，经学做成理学，理学做成新儒学（他张口闭口都是做圣人，应帝王）。书越写越大，路越走越窄，失去中国思想的大气魄，失去中国思想的自由精神。

中国哲学史，从一家之学，重归六家之学或百家之学，我们一定不要忘记胡适。中国的学者要感谢他，西方的学者也要感谢他。

胡适不必气短。

由于胡适的出现，中国的思想史才初具规模，开了一个很好的头。

从此，不但墨家的地位、道家的地位被重新估价，儒家本身，也面临重建。孔子和七十子，先进和后进，还有七十子之后，迈了辈儿的，都要重新理顺；被遗忘了的，都要重新找回。特别是宋儒痛恨，明代革出教门的荀子，也要恭恭敬敬请回来。

民元前后，百废待兴，胡适的出现，引发的是范式转变。

他的书，和冯氏的书，方向正好相反，一个是从一家重返百家，一个是把百家再扯回到一家。冯氏似顺而逆，胡适似逆而顺。

今天，重温这段历史，我们要特别感谢胡适先生，因为没有他，我们就不知道什么叫百家争鸣。他的方向，才代表了中国文化的新方向。

我说这么多，您明白了吗？

---

〔1〕 见蔡元培为胡适《中国哲学史大纲》（卷上）写的序言。

复兴子学，才是重归古典——我是说，真正的古典。

2007年12月9日写于北京蓝旗营寓所

题　辞

世上有各种各样的药。简单说，一种是真药，一种是假药，两种都有人要。

世上没有包治百病的药，但人们想有这种药，就有了这种药。

有一次，在三联书店二楼的咖啡厅等人，顾客除我，只有一伙年轻男女，在隔不太远的另一张桌子上，好像是开会。

他们高谈阔论，话题是药品生意。其中一人说，卖药就要卖“治不好病”的药——准确地说，是专治那些根本就治不好，但患者希望治好，而其实还是治不好病的药。比如风湿、乙肝，肯定治不好，正是因为治不好，这样的药才特别好卖，不管多贵，都有人买。不错，你说这样做不道德，但我只是违反普通人的道德，并不违反商业道德。普通人的道德，只有等你赚到李嘉诚的地位才能讲……

自　序

这几年，我把太多精力投入了《论语》研究，值得吗？我问我自己。

说实话，我真想早日抽身，离开这个太多争论的话题。因为，我还有很多事要做。

我很忙，也很懒。争论是件很讨厌的事。

古人说，“千人所指，无病而死”（王嘉引里谚），“与其溺于人也，宁溺于渊。溺于渊犹可游也，溺于人不可活也”（《大戴礼·武王践阼》，中山王大鼎的铭文有类似的话）。有些爱我的朋友替我担心，怕我掉在舆论的深渊里，无法抽身。但我想过，这个工作很有必要，对别人，对自己，都很必要。

我的研究，是针对近二十年来中国社会上的复古狂潮，一种近似疯狂的离奇现象。我觉得，早该有人出来讲几句话了，哪怕只是一个“不”字。不是跟哪位过不去，只是本着学者的良心，说几句再普通不过的话。

我不忍心，我可爱的中国，就这样被糟蹋下去，被一大堆用谎言、谣言编织起来的自欺欺人糟蹋下去。

我先写了《丧家狗》。这书是2004年和2005年我在北京大学给学生授课的讲义。讲义是用来通读《论语》，一篇一篇，一章一章，一字一句，按照原书的顺序读，因为原书篇幅比较大（等于《老子》、《孙子》加《易经》），即便惜墨如金，写出来，也还是比较厚。

我本事不够。一上来，三言两语，就把所有问题点透，还不犯错误，那是谈何容易。最初，我只能这样。

我写那本书的目的，原书序言已经交待。我要批评的，并不是哪一个人，而是一股很大的潮流。有人恶意揣测，说我想借谁谁谁来出名，实在无聊。中华书局很清楚，“百家讲坛”很清楚，我的书早就写好，并没去赶哪个潮。招猫逗狗，吸引视听，这不是我的习惯。大家要注意，我的序言，以《孔子符号学发微》为题，发在《读书》杂志上，那是作于一年前，写出来就是准备挨骂，而不是邀宠。如果我的批评正好打到了谁的痛处，那只是巧合。比如我提到过把小人解作小孩的谬说，就是早有人讲，而且有非常女性主义的发挥——当然是胡说八道。我只是读我的书，带着学生读原典，如此而已，跟后来的名人毫无关系，捧与骂，都不想参加。

我的初衷，是阅读原典。我想通过读书，化解很多无谓的争论，为大家提供一个可供讨论的平台——哪怕是供人批判的平台。孔子讲过什么，我讲过什么，全都有案可查。只要肯读书，我相信，事情不难搞清。谁认真读，谁不认真读，是明摆着的事。

我只是尽力为之。

然而，正如大家看到的，这事引起了轩然大波。不读书的骂读书的，理直气壮，废话说上一箩筐，和书毫无关系。支持我的固然很多，反对我的也绝不在少数，以至被称为文化事件。

中国的尊孔，按儒林中人自己的说法，大约酝酿于1980年代的末期，而大盛于今，论年头，论人头，都是一股很大的势力。这二十年来，中国究竟发生了什么？这确实是一件耐人寻味的事情。争论的背后，折射着许多敏感问题，也许现在还看不清。

我并不急于对这场争论下什么结论。但我相信，任何乖情悖理的事，都是兔子尾巴——长不了。

从表面上看，争论是因书名而起。其实，并不是。

《丧家狗》的书名，只是一个典故。我用它是什么意思，原书做了明确交待。只有不读书的人才会一见就急，暴跳如雷，以为挖了他的祖坟。

司马迁，一位生当汉武帝时代（中国第一次由政府提倡尊孔的时代），对孔子极为景仰的大学者，他讲了这个故事，一个非常深刻的故事。在这个故事中，孔子拒绝当圣人，反而认同丧家狗。

还有四本古书，也都讲了这个故事。他们的作者，也是标准的儒家。

事情就这么简单。

如果还嫌不够，我请你到曲阜参观。走进孔庙，走进圣迹殿，你会发现，它的四壁，有一套描写孔子生平的壁画。这便是所谓《圣迹图》。《圣迹图》，是宣传孔子的画，不是骂孔子。不然，不会供在殿里。这类宣传画，不但有石刻本，还有彩绘本和木刻本。

你要注意，所有《圣迹图》，都有一幅画，恰好就是讲这个故事。特别是孔府收藏的明代彩绘本，题目作《累累说圣图》。"累累"是什么？就是"丧家狗"。它清楚地点出了绘画的主题：孔子是用"丧家狗"来回答他是否为"圣人"的问题。

图画的左边，就是抄司马迁的话，也就是我印在拙作封面上的话。

一切都是古已有之。

有人说，李零标新立异，故意发明了"丧家狗"，因而痛心疾首。其实我哪有这个发明权。他们尊孔，尊到连孔子的话都骂，连司马迁都骂，真是骂昏了头。

庸人多自扰，古井本无波。

现在这本书，是《丧家狗》的续篇，它和前书不一样，不是通读，而是精读。在这本书里，我是把《论语》拆开来读：上篇讲人物，纵着读；下篇讲思想，横着读。我叫"《论语》纵横读"。它和前书有共同主题：一是讲圣人概念的变化，孔子为什么拒绝当圣人，子贡为什么要把他树为圣人；二是讲道统之谬，它是怎样从孔颜之道到孔孟之道，再从孔孟之道到孔朱之道，四配十二哲都是怎么捏造出来的。我叫"去圣乃得真孔子"。

本书的题目，就是这么起的。

我讲的都是历史事实，有本事可以站出来反驳，骂人是没用的。

他们越骂，我越想读书，越读书，越觉得他们荒唐。

我的两本书，各有分工。先写的书厚一点，是个毛坯，主要是把细节过一遍；后写的书薄一点，是把原书打乱，分成不同的主题，一个问题挨着一个问题讲。此书比前书通俗，普及的同时，其实也是提高：主题更突出，条理更清晰。我自以为，比起前书，这书讲得更为深透，很多问题，都是再思考，并不是重复原来的东西。

我把《论语》读薄了。

读薄了，才能品出味道。

今年夏天，沿着孔子走过的路，我跑过 24 个县市，行程 6000 公里。这也为本书提供了很多新线索、新思路，特别是空间感和时间感。

我认为，读书、跑路，远比争论更重要。

我需要学习。

不读书，光骂人（甚至不惜制造谣言，借刀杀人），是卑怯的表现。

围绕《论语》的争论，很快就会成为过去。

有人说，真孔子是没有的，有也没有用，我觉得，跟这种人讨论，才最没有用。

现在的舆论，借影视、传媒和网络播散，一点小事，可以放得很大，特别是谣言。但真相不会因此而改变。

我只是读书，对争论毫无兴趣。

孔子说，“三军可夺帅也，匹夫不可夺志也”（《子罕》9.26）。面对舆论，知识分子该怎么样，我们可以听听他老人家的教导。

孔子说过这样的话：

> 子贡问曰：“乡人皆好之，何如？”子曰：“未可也。”“乡人皆恶之，何如？”子曰：“未可也。不如乡人之善者好之，其不善者恶之。”（《子路》13.24）

子曰："众恶之，必察焉；众好之，必察焉。"（《卫灵公》15.28）

子曰："乡原（愿），德之贼也。"（《阳货》17.13）

他老人家的意思是，所有人都说好，未必是好人，所有人都说坏，也未必是坏人。只有好人说好，坏人说坏，才是真正的好人。

我赞成他对舆论的态度。

我无意说，所有赞成我的人都是好人，所有反对我的人都是坏人。因为我不能以个人好恶为衡量一切的尺度——我对当裁判毫无兴趣。更何况，道德是个很有弹性的东西，随时都会改变。说不定，碰到好环境，坏人也会变好。

关键在于环境。

我非常感谢，在这场争论中，所有保持清醒、理智，在道义上给我以支持的人。

2007年10月14日写于美国芝加哥大学
International House，天突然变冷

写在前面的话

读《论语》，最好的读法，就是尊重原书。《论语》是什么书，就当什么书读。我把我的读法讲一下，供大家参考。

《论语》是子书，要当子书读

读《论语》，心情很重要，首先一件事，就是放松。《论语》是

孔门的谈话记录，有些是老师的话，有些是学生的话。我们读这本书，是听他们聊天，不必一本正经，或激动得直哆嗦。不读就有的崇拜，最好搁一边儿。

《论语》，《汉书·艺文志》在《六艺略》，后世属于经部，但本身不是经。古人说的“六经”，诗、书、礼、乐、易、春秋，是孔子时代的六种古书。[1] 这些书，很多都是老掉牙的古书，如《诗》、《书》和《易》，孔子那阵儿就不好读，我们看《左传》等书引用，很多都是断章取义，已经很离谱。《仪礼》和《春秋》，年代晚一点儿，也不容易读，战国秦汉，读起来就费劲，甭说汉以后了。现在哭着闹着要读经，特别是煽风点火鼓吹少儿读经的大人，最好自己先做个榜样，给大家读读看。这些书，甭说小孩，就是大人，也读不下去。特别是儒门诵法的《诗》、《书》，教授都啃不动。

《论语》不是这种书。孔子和学生聊天，是用春秋晚期那阵儿的白话聊天，当时人对他再崇拜，也不会把他们的聊天当经典。我把《论语》当经典，是当子书的经典，今天更适合我们阅读的经典，不是孔子时代的经典。子书是当时的白话。

孔子不是圣人，只是个民间学者和民办老师。他的学校或学派（英文都叫 school），后世叫儒家，原来只是诸子百家中的一家。《论语》的本色是子书，和《墨子》、《老子》差不多，只是一家之言。当时的知识分子，谁都怀旧，谁都复古，谁都不满意当时的社会，谁都想说服当时的统治者，可是谁的方案都只是说说而已，并没有成为官方的意识形态。

孔学被圣化，是孔子死后；成为意识形态，是在汉代。汉代有五经，还是战国的经；《论语》的地位提高了，不过是四大传记

[1] 如比孔子早，楚申叔时“九艺”就是教这类书；比孔子晚，《庄子·天运》也明确提到“六经”。所谓“六经”，就是这六类古书。

之一（另外三种是《孟子》、《孝经》、《尔雅》），根本不算经。汉代所谓传记，是拿儒家的书当读经的入门书和参考资料，和真正的经仍有区别。唐代有九经，加了几种传记，但汉代的四大传记不在其内。宋代，有四书五经，《论语》是四书之一（另外三种是《孟子》、《大学》、《中庸》），四书也是五经之外的书，相当四大传记的书。清十三经，把《论语》列为经，和早先的理解不一样。

五四运动，“打倒孔子店”（原作“打孔家店”），有人说是“传统中断”。其实，它打的是朱家店，而不是孔家店。打倒的只是店，而不是孔子。孔子走下圣坛，重归诸子，有什么不好？这是恢复了它的本来面貌。我读《论语》，是拿它当研究孔子的资料，不是当祖宗供着，敬而远之，光拜不读，或虽读，也不好好读，光抓耳挠腮，想有什么用。[1]

《论语》中的话，主要是说给学生听的，大家别搞错了对象

先秦子书，是干禄书，里面的政治设计，都是献给统治者。游说君主，战国很时髦。这个风气，和孔子有关。孔子奔走呼号，不懂顺毛捋，尽跟人家拧着来，很多话都白说，没有记下来。记下来的话，主要是说给学生听，盼他们读古书，习古礼，像古代贵族一样，有君子风度，不但改造自己，也改造当时的统治者，摩拳擦掌，时刻准备着。这是游说的初级阶段。现在读《论语》，大家要注意，孔子不满现实，是恨它太不君子，他的理想是恢复西周的君子国。《论语》的说话对象不是大众，而是精英。他和耶稣、佛陀不一样，根本不走群众路线，也不是大众英雄。他讲仁，并非一视同仁；讲

〔1〕 人文学术和科学技术不同，文史哲，最忌活学活用。文学怎么用？史学怎么用？哲学怎么用？这些上出重霄、下临无地的东西，没有层次转换，根本不能用。但老百姓的毛病，是最好这一口。林彪提倡的学习方法，至今流毒不散。

爱，也非兼爱天下。阶级社会，什么人说什么话，话是说给什么人听，这样的分析，还是不能不讲。

好些学者早就讲了（如赵纪彬、杨伯峻），[1]《论语》中的“人”字和“民”字，同一段话，对着讲，意思不一样。“人”是精英，“民”是大众，前者是君子，后者是小人。孔子关心的事，只跟君子有关，和小人无关（跟妇女也无关）；有关，也是让他们吃饱喝足，别闹事，听话卖力，感戴其上，主要是跟在“使”字后边当宾语。马克思说，“宗教是人民的鸦片”（《黑格尔法哲学批判导言》），[2]这话没错（鸦片曾是万能药）。[3]从古至今，大众爱听的是宗教（或多少有点宗教味道的东西），但孔子不讲这一套。他的教导，主要还是道德层面上的东西。

孔子很坦诚，精英立场就是精英立场，不跟大众套什么近乎。

我们读《论语》，千万别忘了，它的对象是什么人，别像愚夫愚妇，到庙里进香，自言自语，自作多情，自个儿给自个儿找答案。孔子说什么，不听；不说，非借他的嘴，让他替我们说。

《论语》篇幅长，内容乱，阅读要有耐心

现在闹孔子热，谁都说《论语》重要，但它重要在哪儿？多半是人云亦云，真正读过原书的很少。老实说，这书并不好读，比一般子书难读，没耐心，绝对看不下去。特别是，它有两个特点。一是长，《老子》、《孙子》、《周易》，全都加起来，也不过这么长；二是乱，书多短章，三五句一段，一段一段往起凑，除《乡党》、《微子》，没集中主题。一篇之内，顶多三五章，好像有点联系，通篇

---

〔1〕 赵纪彬《论语新探》，北京：人民出版社，1976 年，上部《释人民》，1－26 页；杨伯峻《论语译注》，北京：中华书局，1980 年，4 页。

〔2〕《马克思恩格斯全集》，第一卷，北京：人民出版社，1956 年，453 页。

〔3〕 李零《中国方术续考》，北京：中华书局，2007 年，23 页。

看下来，怎么算是一篇，毫无规律。篇题也是挑每篇开头的两三字，硬加上去的，和内容没关系，篇和篇搁一块儿，哪篇在前，哪篇在后，也是乱的。

今天，报刊杂志约稿，5000—10000字，只够一篇文章，但搁古代，却是本书。古人用这么点字，可以讲出很多道理，成为垂之永久的经典，我们比不了。在古人面前，我们很惭愧。我一直骂自己，你怎么这么笨，没本事把书写薄。我理想的书，是10万字左右。

读《论语》，一天读多少，足以消化理解，不烦不累，我可以讲一点我的经验。我在北大讲古书，五六千字的古书，《老子》、《孙子》、《易经》，一周两课时，通说一遍，必须一学期。子书，《论语》不算大，比《墨子》、《孟子》、《荀子》、《管子》、《庄子》、《韩非子》、《吕氏春秋》小得多，但通说一遍，没有两学期，绝对下不来。今本《论语》，有15000多字（不计重文），就是讲两学期，也满满当当。读《论语》，我们要有足够的耐心。

《论语》是语录体，要打乱了读

我们记录思想，有两个办法，古今中外差不多。一是老师讲了，当时一问一答，记在脑子里，讲给别人听，口耳之学，代代相传，这是"语"；二是怕忘了，拿笔记下来，整理润饰之，这是"录"。"语"，稍纵即逝，如果不当场记下来，很快就忘了。[1]但当场记录，谈何容易？很多语录，还是靠口传，靠事后回忆，从讲出来到写出来，中间有时间差，有时是很大的时间差，记拧了、记错了的事常有。最后，写下来的东西，还要选一选，编一编，最后整

---

〔1〕 如子张书绅（《卫灵公》15.6），老师讲了，没带笔记本（竹简或木牍），当场记在绅上。绅是裤腰带的下垂部分，好像西服的领带。中国的绅士（缙绅之士的简称）是腰上有这么一根，西方的绅士是脖子上有这么一根。

理一下，整理过的谈话记录，就是所谓“论语”。这是“论语”的本来含义。

《论语》是用语录体写成。这本书是怎么编出来的？还要研究。一种可能，它是直接记录口语，随时听到，随时记下来，生猛鲜活，原汁原味；另一种可能，它是从某些整理好的长篇摘出来，属于名言选萃；还有一种可能，两种情况都有。也许是“鸡尾酒”。

这种体裁，《论语》以后，有禅宗语录，宋明理学的语录。年代最近，还有《毛主席语录》。《毛主席语录》是袖珍本，只有巴掌大小。

东汉时期，曾经为《论语》作注的郑玄说，当时的五经是用二尺四寸的大简抄写；传记不一样，是用八寸的短简抄写，《论语》就是八寸简（这里的尺寸都是指汉尺），当时也是袖珍本。1973 年出土的八角廊汉简，其中有《论语》，是汉宣帝时期的古本，比郑玄早，尺寸更短，只有七寸（这里的尺寸也是指汉尺）。古本《论语》也是袖珍本。[1]

研究《论语》的编辑方式，1993 年出土的郭店楚简，对我们很有启发。这批竹简，里面有四种小书，都是用六寸半到七寸半的短简抄写，和八角廊本的《论语》大小很接近。整理者把它们称为“语丛”。其中，《语丛一》、《语丛二》、《语丛三》，都是由短章杂凑，一章一章分开抄，每章也就两三根简，和《论语》很像。不但形式像，内容也像，有些就连字句都像。它说明，《论语》是像抄卡片，也是这么凑起来的。

过去，有人说，《论语》应该拆开来读，这是对的。[2] 南老怀瑾

---

〔1〕 古尺七寸，也就是一巴掌长，和《毛主席语录》的开本几乎一样。

〔2〕 蔡尚思《论语导读》，收入《蔡尚思全集》，第七册，上海古籍出版社，2005 年，565－567 页。

说，《论语》有“一贯的系统”，哪章接哪章，哪篇接哪篇，都很有讲究，绝对不能动，这是不顾事实。[1]

读《论语》，我有个建议，既然书是乱的，我们何不把它拆开来读，庖丁解牛，大卸八块，通过对比，通过分析，看这本书到底都讲了些什么，不一定按原书的顺序读，或即使按原书顺序，也要一边读一边看，看前后左右是什么关系，不然，看到后边，前头就忘了，剩下一锅粥。就是全背下来，也是一锅粥。

我读《论语》，有两种读法，一是纵读法，二是横读法。先纵读，再横读，都是拆开来读。下面的讲述就是这样读。

纵读法

是按人物读，按人物的年代读。

《论语》有个突出特点，是人物多，比梁山好汉还多。它里面的人物，个性鲜明，描写生动，比如颜渊和子路，就是一对活宝。老师为什么偏爱颜渊，常骂子路？这种写法，对比很强烈。这书很怪，老师骂学生，学生顶老师，学生跟学生闹别扭，不遮不掩；旁人对老师不礼貌，羞辱老师，让老师下不来台，也照收不误；甚至连老师搂不住火，竟然拿棍子打老朋友，也都记下来。说是圣书，一点圣味儿没有。

它和《老子》不一样。《老子》是一派哲言，没人。读《老子》，如入无人之境。它和《孙子》也不一样。《孙子》，每篇上来三个字，都是“孙子曰”，光他一人在书里讲话，书是一言堂。它提到的人，拢共只有四个，两个恐怖分子（专诸、曹刿），两个大特务（伊尹、吕牙）。

《论语》这书，主要是记孔子和学生聊天。孔子，孔子的学生，

---

〔1〕 南怀瑾《论语别裁》，上海：复旦大学出版社，1990 年，上册，4－5 页。

还有其他人，不管是对话者，还是他们提到的人，不管是当官从政的达官贵人，还是隐逸山林的不合作者，死人也好，活人也好，所有人物加一块儿，有156人。这些人物搞不清，说话背景搞不清，书没法读。

我的办法，是先排孔子年表，再排孔门弟子的年表，再排其他人物的年表，把《论语》的内容，对照这三个年表读。[1]

横读法

孔子思想有它内在的系统，但《论语》一书没系统。我们要想从这本没系统的书读出它的系统，没有别的办法，只能自己动手，把全书分分类，分析分析它使用的概念，看这些概念有什么关系。比如仁、义、孝、友、忠、信、宽、恕、恭、敬十个词，孔子怎么讲，必须查一遍，把所有论述归一堆儿，互相对一对。整理一遍，线索就清楚了。上面，我们说，《论语》篇幅长，人物多，不整理不行。概念也是这样。它的20篇，没有连贯的叙述，没有集中的主题，要想理解点什么，记住点什么，也要打乱原书，作主题摘录。我说的横读，就是按主题摘录的方式读。最后，还要加上点心理分析。

读不懂的问题，不妨搁一边儿

《论语》中的话，不皆精粹，很多都平淡无奇，不必刻意求深，以为字字珠玑，后面必有深意。特别是有些话，就算很有深意，当时人明白，后人也读不懂。《论语》中的话，很多都是掐头去尾，前言后语不知道，谈话背景不清楚，硬抠是抠不出来的。比如“文革”结束前，毛主席他老人家，最后写下六个字，“你办事，我放心”。

〔1〕 前人编孔子年谱，很多都是拿《论语》编。这种做法，司马迁的《史记·孔子世家》已经使用。但读者要注意，《论语》中有些年代不清的话，也常常被编进去，流于游戏。

这六个字，很平常。但搁当时，简直和遗诏差不多。个中深意，只有在那段儿生活过的人，才能体会。过了这阵儿，没法懂。我敢说，这六个字，不用搁几百年，就是现在这帮孩子，都莫名其妙，想崇拜都不知朝哪儿崇拜。所以，我建议，读到这种地方，不妨猜一猜，猜不出来就算了，别钻牛角尖。

挑什么书读好

研究《论语》，书很多，但真正重要的书，并不多，我替大家挑一下。西汉古本，有所谓《古论》、《齐论》、《鲁论》，三种都已失传，大家不必深究。后来，这三种本子融合为一种，叫《张侯论》，即今本的前身。大家使用的本子都差不多。现在，读《论语》，大家可以从带白话翻译的通俗本入手，如杨伯峻的《论语译注》（北京：中华书局，1958年版和1980年版），就是比较流行的读本。如果还想进一步深造，有下面几本书，可供参考：

（1）《论语郑氏注》（郑玄注），有敦煌本和清代的各种辑佚本。参看：王素编著《唐写本论语郑氏注及其研究》（北京：文物出版社，1991年）。

（2）《论语集解》（何晏的集解和邢昺的疏），有敦煌本和《十三经注疏》本。参看：李芳录校《敦煌〈论语集解〉校证》（南京：江苏古籍出版社，1990年）。

（3）《论语集解义疏》（皇侃的集解和疏），有日本大正十二年（1923年）怀德堂本和清《知不足斋丛书》刊印的根本伯修氏校本，即《丛书集成初编》所收。

（4）朱熹《论语集注》（收入朱熹《四书章句集注》），有中华书局标点本（北京：中华书局，1983年）。

（5）刘宝楠《论语正义》，有中华书局标点本（北京：中华书局，1990年）。

(6) 程树德《论语集释》，有中华书局标点本（北京：中华书局，1990 年）。

出土发现很重要

过去，不仅孔子被圣化，孔子的学生也被圣化，谁是二圣人，谁是三圣人，有一套胡说八道。宋儒讲道统，搞三突出，突出曾子，突出子思，突出孟子，就是这类胡说八道。七十子之徒，《论语》里有 29 人，七十子之后，也有很多人，哪里是这样排座次？出土发现可以证明，孔门的真相不是这样。

研究《论语》，有三个发现最重要。一是郭店楚简，它有 13 种儒籍，上面提到，三种语丛很重要。二是上博楚简，现在没出全，也有十几种儒籍，《论语》中的很多人物，它都涉及。有些故事，有些语句，彼此相关。郭店楚简刚公布，简文只有子思，大家还在那儿吵子思，说是证明了道统，这批竹简出来，怎么讲？三是八角廊汉简，有汉宣帝时期的《论语》残本和《儒家者言》。

八角廊汉简《论语》，有一本小书：河北省文物研究所定州汉墓竹简整理小组编《定州汉墓竹简〈论语〉》，北京：文物出版社，1997 年。大家可以找来看。

阅读《论语》的大忌

读《论语》，最傻最傻，就是拿它当意识形态。好好一孔子，不当孔子理解，非哆哆嗦嗦当圣人拜，凡有损圣人形象处，必拐弯抹角，美化之，神化之，曲解之。比如孔子说，“唯女子与小人为难养也，近之则不孙（逊），远之则怨”（《阳货》17.25），原文没什么难解之处，但近人吵得不亦乐乎。有人说，孔子是圣人，他怎么会轻视妇女，把伟大的女性和缺德的小人绑一块儿？难道他没妈？他们替孔子着急，非把“女子”读为“汝子”（还有解为“竖子”的），

“小人”解为小孩，就是典型的例子。还有，我们读《论语》，谁都不难发现，孔子很孤独，也很苦恼，很多人非拉他当心理大夫，岂不可笑？碰到这类曲解，我常常会想起鲁迅。鲁迅说，“救救孩子”（《狂人日记》）。[1] 我说，“救救孔子”。大家别以为，“五四”就是骂孔子，其实它才是救孔子。

历史上捧孔子，有三种捧法，一是讲治统，这是汉儒；二是讲道统，这是宋儒；三是拿儒学当宗教，这是近代受洋教刺激的救世说。三种都是意识形态，说是爱孔子，其实是害孔子。我是反其道而行之：去政治化、去道德化、去宗教化。

这三条不去，其愚不可及也。

愚民者必为民愚。

〔1〕《鲁迅全集》，第1卷，北京：人民文学出版社，1956年，19页。

32 《人往低处走：〈老子〉天下第一》

北京：生活·读书·新知三联书店，2008年3月

香港：三联书店（香港）有限公司，2008年6月

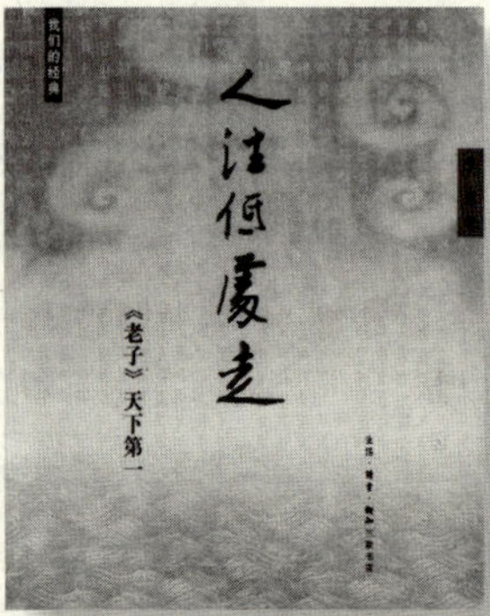

题 辞

小孩的问题：我们从哪儿来？妈妈的回答是肚子——妈妈的肚子。她不敢说，那个皮囊的出口叫什么。说了他也不懂。

人一出生，就被派定角色，还没化装就匆忙登场，剧情没人知道。

一拨人上去了，一拨人又下来了……

谁是导演？

天会掉下来吗？地会陷下去吗？星星会砸着我们的脑袋吗？有人爱操这个心。

问题都是老问题：

小孩都归大人管，大人都归领导（过去叫帝王）管，领导都归老天管。老天又归谁来管？

答案是老天他妈，老天他妈的肚子。

自 序

我对《老子》的兴趣，萌发比较早，持续比较长。回想一下，第一次接触《老子》，在什么时候？我记得，是在高中一年级。

初中三年，后两年，特别是最后一年，我的兴趣是背古诗，梦想学会写古诗，还有一手好文章。十五六岁，我犯了错误，在闭门思过，不是躲在家里，而是躲在心里，我和我——从前的我，简直判若两人。

上了高中，和我一起作诗的朋友不再和我来往。他读过斯诺写的毛主席的生平，雄心壮志不能已，他说，他要争取入团，不愿与我为伍，继续消极无为，堕落下去。

有一天，我的另一个朋友，非常淘气，其淘不让于我的张木生（现在是领导干部），多日不见，在路上撞见。我问他在干什么？他手执一卷书，居然说，他在读哲学，把我吓了一跳。

他挑衅地问，你懂哲学吗？诡秘的笑，挂在嘴角。

这句话在我脑子里响了很久。

我不服。

从此，我开始偷偷寻找一切带“哲学”二字的书，希望拿出点证明给他看。哲学，当然特外国，但中国的东西也不能少。当时我更好古。

我在暗地里使劲儿，包括读《老子》。我是把它当哲学书。

那阵儿，我记得，围绕《老子》，关锋和任继愈在吵架，关同志的气好像更粗。

插队期间，有段时间，我也迷哲学，甚至发过愿，要学德语。

有年冬天，我的朋友肖漫子带我去看杨一之，我向杨先生请教，居然提出要求，我想跟他学德语。他答应了，定下日期。

可是，糟糕的是，我跟别人打篮球，打得昏头昏脑，居然把日子给忘了。想起来，实在不好意思。那时谁家都没电话。我连个道歉都没说，也不敢登门去说。

那阵儿，有个年轻人，陈嘉映，倒是在攻哲学，而且好像学了德语，很多年后，风入松开张，我们又见面。当年，我去过他家，希望与他亲近。

我记得，他们兄弟几个，敢在楼顶四边的短墙上走路。

后来，他成了哲学家，我和哲学无缘。

不过，《老子》还是留在了我的心中。插队的时候，我读过一点研究《老子》的书，印象最深有四本，其中三本还在我的书架上，一本是高亨的《老子正诂》，一本是马叙伦的《老子校诂》，一本是任继愈的《老子今译》，还有一本是王重民的《老子考》。最后一本，我是跟别人借的。

比如，"'牝'是一切动物的母性生殖器官。'玄牝'是象征着深远的、看不见的生产万物的生殖器官"，就是任先生所明示，我牢牢记在心里。此书有修订版，最新一版叫《老子绎读》，上面还有这段话。

朱熹的暗示，牝是有个窟窿就可以插棍的东西，比如门闩和门闩孔，钥匙和锁子眼，就是这种关系，我也是听任先生讲。

1973年，马王堆三号汉墓出土的帛书本《老子》，对我很重要。这是一个不大不小的冲击，比银雀山汉简《孙子兵法》小，比其他书大。

我没见过高亨，见过池曦朝。他们讨论《道经》、《德经》孰先孰后的文章，给我留下深刻印象。这个问题，一直有争论。

还有，翟青的文章，《〈老子〉是一部兵书》，据说是传达毛主席的意思，也是跟着这一发现才登出来。《老子》是不是兵书，也是很有意思的问题。

那时的人并不傻，傻的是政治气氛，跟政治跑的气氛。

当时的学术骨干，现在也是学术骨干，而且是元老。

研究马王堆帛书《老子》，高明老师是我的好老师。他的《帛书老子校注》，是替我们读书。读他的书，可以省去很多翻检之劳，留下工夫去思考。

1998 年，郭店楚简《老子》发表，我参加过最初的讨论，包括达特茅斯会议、达园宾馆会议。我的《郭店楚简校读记》就是参加讨论的结果，其中也包括《老子》。

我是学古文字的。文字考订，对我来说，是最基础的东西，但不是最重要的东西。我更关心的是思想内容。

我不同意，郭店楚简的儒书证明了宋明道统，它们都是子思学派的著作。

我也不同意，郭店楚简《老子》证明了儒、道原来是一家。

《老子》是我非常喜欢的书。我喜欢它睿智深刻，篇幅很短，意境很深，特别是其消极无为、飘然出世，被庄子发挥的一面。

老子和孔子不同，精神气质，更像《微子》篇中的隐士和逸民。隐士和逸民，有三大类型，死磕、逃跑和装疯卖傻。第一类最高洁，最难学，所以没人学。要学全是后两类。读《世说新语》，读《儒林外史》，我们要知道，中国的知识分子，一直有这种人文幻想。老子特能放下。放下的精神不属于儒家。

俗话说，“人往高处走，水往低处流”。《老子》正好相反，它强调的是作“天下谷”、“天下溪”、“天下之牝”，甘居下流，不争上游

(第28章和第61章)。司马谈说，道家的特点是“去健羡，绌聪明”(《史记·太史公自序》引《六家要指》)，什么贵柔贵弱好像水呀，什么要当女人、小孩呀，全是本着这种精神。

在这方面，它是天下第一。

《老子》给人神秘感。很多人迷的就是这种神秘感（包括西方读者)，但我们不必把它神秘化。

《老子》的另一面是帝王术。它也提倡复古，它也崇拜圣人，它也主张愚民，念念不忘天下。愚民的伎俩更狡猾，也更高明。它的“道”，更像一只看不见的手。韩非迷的是这只手。

大家别忘了。

2007年12月8日写于北京蓝旗营寓所

写在前面的话

《老子》很有意思，形式上、内容上、叙述逻辑上、文学手法上，都很有特点。这些特点是什么？我一直在想，从中学时代就想，想到今天，也没完全参透。这里试做总结，供大家参考。

老子像条龙

古书讲老子，以《庄子》最多（参看附录一)。《庄子》讲老子，把老子说成老师，孔子说成学生。老把他俩搁一块儿，抬老子，贬孔子。司马迁作《史记·老子韩非列传》，不敢大量引用这类半文学、半想象的故事，但离开这些故事，他又没什么可讲。这是他的为难之处。

司马迁讲孔子，有很多故事，可以排年谱，一年一年往下讲，弟子也有名有姓，一列一大串，篇幅相当可观。但他讲老子，三位老子加一块儿，才 435 字（含重文 7 字），老聃只有 236 字（含重文 2 字），要年没年，要事没事，根本没法跟孔子比。讲弟子，也只有一个关尹喜。老子的形象很模糊，令人虚实难辨。

道家爱玩神秘感。什么都一清二楚，也就没有神秘感。让他虚着点，更有美学效果。

读《老子韩非列传》，有什么重点，我跟大家讲一下。

（1）老子是个老寿星

俗话说，不听老人言，吃亏在眼前。中国传统，敬老爱老，对故老传闻和他们的教训特别重视。老子叫老子，不是因为他姓老，以老为氏，而是因为他活得长，是古代有名的老寿星。古代老寿星，名气最大，见于古书，要算彭祖。古书提到彭祖，最早是《论语》。孔子管他叫“老彭”（《述而》7.1）。我们要知道，“老彭”的意思可不是老子和彭祖，而是非常长寿的彭祖。[1] 简帛古书，上博楚简、马王堆帛书，也都提到彭祖，跟他在一起，还有一位耇老，也是老寿星。我们要知道，老子的“老”是这个意思。这是带有神仙色彩的头衔。

（2）老子姓李，名耳，字聃，楚苦县人

司马迁说，老子姓李。严格讲，李是氏，而非姓，司马迁已分不清姓和氏。他的名（小名、私名）是耳，字（成年后的大号）是聃。后人从他的名字推测，他可能是个耳朵很大的人，神头怪脸。[2]

老子，按先秦姓氏名字的惯例，本来应该叫李子，全称应叫老李子。但古书习惯的叫法是老子，称老不称氏，省去姓氏。《庄子》

---

〔1〕 李零《丧家狗》，太原：山西人民出版社，2007 年，142－143 页。

〔2〕 古人还把老子和舜友伯阳、周幽王太史伯阳拉扯到一起，说他字伯阳。如汉延熹八年（165 年）边韶《老子铭》已有这类说法。唐司马贞、张守节也说，老子字伯阳（《史记·老子韩非列传》正义、索隐），他们是把老子的年龄继续上推。这是汉唐时期的神仙家说。但司马迁没有提到这一说法。

讲老子，很尊重，管他叫“老聃”。“老”是老寿之义，不是姓氏，称字不称名。[1]

司马迁说，老子是楚苦县厉乡曲仁里人，这是他的籍贯。

苦县在今河南鹿邑县，厉乡即赖乡，是古赖国所在。曲仁里是这个乡下面的一个居住单位。这个地方，后来有个著名宗教建筑，叫太清宫。太清宫的前身是东汉的老子祠，唐宋时期叫太清宫。1997 年，河南省的考古工作者在太清宫遗址进行发掘，发现西周大墓长子口墓。[2] 我们不要以为，一讲楚国，就是湖北、湖南。

(3) 老李子和老莱子是同一人

司马迁为什么把老莱子写进《老子韩非列传》，原因很简单，他和老聃，即上面的老李子，都是楚人。他们都跟孔子见过面，都是道家，言谈话语差不多，很像一个人。比如老子有个比喻，牙齿硬，舌头软，但人老了，牙齿掉了，舌头还在。这段话，古书多次提到，一会儿说是老子的话，一会儿说是老莱子的话（参看附录一）。

很多人都以为，姓李的都是西北人，比如出土秦印，就有很多姓李的，但楚国也有很多姓李的。比如包山楚简，很多人名，就是姓李。秦国的李字，是所谓“木子李”，而楚国的李字，写法比较怪，是作李，上面不是木，而是来。来和李，都是来母之部字，古音完全一样，字形也相近。我们现在的李字，是汉代的写法，而汉代的写法，又是沿用秦系文字的写法。这只是李字的一种写法。过去，我们不知道楚国文字的李字是怎么写，当然无法想象莱和李有啥关系。得此线索，才恍然大悟，原来，司马迁讲的三个老子，前两人是同一人。

---

〔1〕《通志·氏族略四》列有老氏，一说老童之后，一说老聃、老莱子之后，“并无闻焉，以其老也，故以老称之，遂为氏。”前人多已指出，老不是氏，只是老寿之号。

〔2〕河南省文物考古研究所、周口市文化局《鹿邑太清宫长子口墓》，郑州：中州古籍出版社，2000 年。

老李子和老莱子是同一人，但“老莱子著书十五篇，言道家之用”，《老莱子》和《老子》是两本书。《老子》是哲言体，如同《老子》内篇，《老莱子》可能是故事体，如同《老子》外篇。后人以书定人，把老子和老莱子分为两个人，现在应合为一人。老莱子这个名称，是保留楚文字的写法。[1]

(4) 孔子见老子

孔子见老子，几乎所有描写，都是见于《庄子》。《庄子》宗老子，他的描写很夸张，处处抬高老子，贬低孔子。[2]《庄子》的故事，汉代很流行，经常见于画像石。画面上，老子和孔子互相鞠躬，中间夹个小孩，故意难为孔子，则是传说中的神童，叫项橐。司马迁讲他俩见面，老子很神气，居高临下。他劝孔子，“去子之骄气与多欲、态色与淫志”，[3]孔子不但不生气，还盛赞老子，夸他像条龙，鸟兽虫鱼皆可知，龙不能知。[4]

司马迁说，“世之学老子者，则绌儒学，儒学亦绌老子。道不同不相为谋。”这是西汉时期儒道之争的反映。汉初崇黄老，老子最吃香。武帝尊儒术，儒家才扬眉吐气。孔子即使翻了身，老子的影响还在，儒家仍须借重老子的名气。所以，上面的画像很流行。

古人说，孔子是凤（《论语·微子》18.5），凤是祥瑞（《论语·子罕》9.9）。凤鸟的比喻，是暗示天下太平，圣人降临。这是孔子的外号。老子不是凤，而是龙，藏头露尾，隐于云端。他们在乱世，角色不一样。

---

〔1〕 李零《老李子和老莱子》，收入李零《郭店楚简校读记》，北京：北京大学出版社，2002年，195－202页。

〔2〕 孔子见老聃，见《庄子》的《天地》、《天道》、《天运》、《田子方》、《知北游》，孔子见老莱子，见《庄子·外物》。

〔3〕 《庄子·外物》讲孔子见老莱子，有类似的话。

〔4〕 《庄子·天运》讲孔子见老聃，有类似的话。司马迁是把这两个老子的话加以改造，混在一起讲。

（5）孔子见过的老子和周太史儋无关

司马迁为什么把周太史儋写进《老子韩非列传》，原因很简单，第一，他们都在周都洛阳供职，李耳是“周守藏之史也”，周太史儋也是周太史，两人都是周的史官；第二，聃和儋古音相近，完全可能是通假字。

周太史儋，战国中期人。传说，公元前374年，他有个预言，周与秦本来合在一起，后来却分手东西，分开500年，又合在一起，再过17年，就会有霸王出来（《史记》的《周本纪》、《秦本纪》、《封禅书》、《老子韩非列传》）。他预言的“大趋势”，是秦灭东、西周，兼并天下，这当然是后来的人，颠果为因，倒追其事。

老子很老，活了多少岁？司马迁说，老子“修道而养寿”，当然比别人活得长，“盖百有六十岁，或言二百余岁”。前人说，他是把老聃和太史儋两人的岁数加起来，有这么多。[1] 人活这么长，我们觉得荒唐，司马迁觉得正常。汉代盛行神仙家说，老寿星是活神仙。比如墨子，可以活到东汉，一点不稀奇。《列仙传》、《神仙传》里，这样的故事很多，老子也是最佳人选，早就榜上有名。

研究老子，有两种倾向，一种倾向是，老子比孔子早，所以《老子》比《论语》早；[2] 另一种，正好相反，《老子》比《论语》晚，所以老子比孔子晚，周太史儋才是真老子，《老子》是他的书。[3]

---

〔1〕参看泷川资言、水泽利忠《史记会注考证附校补》，上海：上海古籍出版社，1986年，1300页。案：孔子生于前552年，卒于前479年。老子比孔子大，生年当更早。周太史儋作预言，在前374年，卒年当更晚。前552年至前374年，共179年，比160年长，比200年短。司马迁说，前374年，距孔子卒年为129年，其实是106年。

〔2〕陈鼓应《老学先于孔学》，收入所著《老庄新论》，上海：上海古籍出版社，1992年，43－58页；李学勤《申论〈老子〉的年代》，收入《当代学者自选文库·李学勤卷》，合肥：安徽教育出版社，1999年，578－586页。

〔3〕何炳棣《司马谈、迁与老子年代》，收入所著《有关孙子老子的三篇考证》，台北：中央研究院近代史研究所，2002年，71－99页。

我认为，人是人，书是书，应该分开讨论。人或许比较早，书并不太早。

(6) 老子的后代

汉有段干李氏，传出老聃。其后世子孙的世系是：老聃——李宗——李注——李宫——〇——〇——〇——李假——李解。这是利用当时的谱牒。老子传八世到汉文帝，好像世数不够，顶多够着太史儋。但司马迁有上下200年的伸缩余地，在他那里，没有矛盾。

(7) 孔子与其他人物

司马迁说，老子西出函谷关，不知所终，给后人留下想象的空间，或说他去了秦国，或说他去了西域，反正是远离中心，自居边缘的地方。东汉时期，释道相争，有所谓老子化胡说，就是利用这个想象的空间。

司马迁讲老子，是与庄周、申不害、韩非同传。老子是今鹿邑人，庄子是今民权人，申不害是今荥阳人，韩非是今新郑人。鹿邑、民权在河南东部，属于楚国和宋国。荥阳、新郑在河南中部，属于韩国。老学一向分两派，一派无为，一派有为。庄周，独守老氏学，专批儒、墨，王公不待见，是广义道家中的无为派（狭义的道家）。申不害、韩非，主于刑名法术之学，则是广义道家中的有为派（狭义的法家）。司马迁认为，两派都是老学之流裔。

楚道家的原产地是今河南东部（宋、卫、郑、陈、蔡一带）。孔子周游列国，碰到不少狂人，恰好在这一带。河南也是出思想的地方。

《老子》一书，朦朦胧胧

司马迁说，老子是个“隐君子”，提倡隐姓埋名。他在洛阳待久了，眼看着天下一天坏似一天，终于弃官出走，直奔大西北。他一路西行，来到今河南灵宝县的函谷关，守关的关尹喜留他小住，生怕老子这一去，把一肚子的学问带走，从此没人知道，叫他无论如何住几天，给大家留点东西。[1]“于是老子乃著书上下篇，言道德之意，五千余言。”这书，就是后来的《老子》，也叫《道德经》。

《老子》是本什么样的书？我可以介绍一下：

(1) 它分上下篇或上下经，共计81章，很短，大约只有5000字[2]

今本《道德经》分上下二经，《道经》是第1－37章，《德经》是第38－81章。传世本分两种。河上公本、王弼本、傅奕本是以《道经》为上篇，《德经》为下篇。[3]严遵本取五行数，分72篇，《上经》40篇还在，相当《德经》第38、39、41－81章（只缺第40章）；《下经》32篇，29篇有佚文，相当《道经》第1－17、20、22－26、28－29、31、33、35、36章，缺3篇（范围在《道经》第18、19、21、27、30、32、34、37章内）。[4]想尔注本，是个残本，只有《道经上》的第3－37章，也是以《道经》居前，但连抄，不分章。

《老子》叫《道德经》，从道、德二字的排列顺序看，从道、德二字的逻辑关系看，本来应该这么叫。但先德后道的本子也很古老。

---

〔1〕 鲁迅《出关》的描写很有趣，见《鲁迅全集》，第2卷，北京：人民文学出版社，1956年，387－397页。

〔2〕《老子》的字数，据我的学生苏晓威统计：马王堆帛书，甲本为5344字，乙本为5342字（外加重文124字）；今本，河上公《道德经章句》为5201字（外加重文94字），王弼《老子道德经注》为5162字（外加重文106字），傅奕《道德经古本》为5450字（外加重文106字）。严遵《道德真经指归》、张道陵《老子想尔注》无完本，这里没有统计。饶宗颐先生指出，东汉以来的文本分删助字本、不删助字本。前者是道教传本，往往删略助字以凑五千言之数，如葛洪所定河上公《道德经章句》本，只有4999字，就是这种本子。敦煌本成玄英《老子开题》谓“系师葛本不足五千言”，原因是，第11章“卅辐共一毂”，“卅”是“三十”的合文，少了一个字。参看饶宗颐《老子想尔注校证》，上海：上海古籍出版社，1991年，49、52页。

〔3〕 河上公本有章题，皆两字，用以提示各章大义。

〔4〕 严遵本，《上经》40篇，相当今本第38、39、41－81章（共43章），只缺第40章。其中第39章和第41章合为一篇，第57章和第58章上半合为一篇，第58章下半和第59章合为一篇，第67章和第68章合为一篇，第78章和第79章合为一篇。

比如马王堆帛书本就是以《德经》为上篇，《道经》为下篇。《韩非子·解老》也是以《德经》为主，一上来就长篇大论，先讲第38章。[1] 有人推测，前一种顺序是道家传本，后一种顺序是法家传本。[2]

（2）此书多短章，押韵，韵脚很密，好像顺口溜（第73章最典型）

人称《老子》为哲言诗。其实，《老子》是韵文，不是诗歌。押韵，是为朗朗上口，便于记诵。中国古代，韵文、诗歌、散文，不能截然分。关键区别是，诗歌可歌咏，也可只诵不唱，韵文不配乐，只能吟诵；韵文以押韵为主，散文不用韵或少用韵。古代韵文，汉代叫赋，其中包括楚辞。《楚辞》和《诗经》，区别在哪里？有人以为，《诗经》多四言，格式整齐，不用兮字；《楚辞》多长短句，常用兮字，也不尽然。彼此相反的例子，两者都有。关键恐怕在于，它们的曲调，原来不一样。《老子》，句式参差，夹用兮，有人以为楚辞体，不对；有人以为诗经体，也不对。它更近于先秦的赋体。[3]

（3）此书舍事言理，没有人物，没有故事

《老子》和《论语》不一样。《论语》有156人，它没有。寂兮寥兮，空旷寂静。读其书，如入无人之境。八十一章，从头看到尾，一个人都没有。

这书不是对话体。说话人是谁，话是说给谁听，根本不知道。非要找，只有三个人，都很抽象。一是"我"或"吾"，说是作者，其实是假想的统治者；二是"圣人"，代表统治者的榜样；三是作为

---

〔1〕《解老》的引用顺序是：今本第38、58、59、60、46、14、1、50、69、53、54章。《喻老》的引用顺序是：今本第46、54、26、36、63、64、52、3、64、47、41、33、27章。郭店楚简本，有三组简文，和今本的对应关系比较乱。

〔2〕高亨、池曦朝《试谈马王堆汉墓中的帛书〈老子〉》，《文物》1974年11期，1－7页。

〔3〕参看李零《简帛古书与学术源流》，北京：生活·读书·新知三联书店，2004年，325－339页。

集合概念的“民”或“百姓”。一方是治人者，一方是治于人者。他是教统治者如何治理老百姓。

（4）此书喜欢讲一正一反、一阴一阳，对比强烈的辩证法

《老子》喜欢讲矛盾。矛盾的两个方面，“去彼取此”（第12、38、74章），他总是选择弱势立场，甚至故意讲反话，讲反“常识”的话，原书叫“正言若反”（第80章）。比如拿人来说吧，大家说，男人比女人强，大人比小孩强。它偏说，女人强，小孩强。

（5）此书代表的是一种老辣的智慧

老人的智慧，除阅世久，经验丰富，还有一个特点，是朦朦胧胧，记性不太好。《老子》也有这个特点，惚兮恍兮，恍兮惚兮，好像朦胧诗。说起《老子》，我常常会想起老年痴呆症。[1]我妈妈就是得这种病。大脑里有个叫海马的零件坏了，修不好。临床表现是，没有时间，没有空间，什么人都记不住，忘个精光（除老伴儿），脑子不行，身体倍儿棒，能吃能睡，无所萦怀。《老子》描述的精神状态，就有点这劲儿。他也特别能忘——陶然忘机，什么名呀利呀，全都忘了。悟道是抽象，什么都抽象掉了，剩下的光是道。

这是一种老辣的智慧。

《老子》喜欢打比方

古人讲道理，不爱下定义，特爱打比方。

《老子》有《老子》的讲话方式。这个问题，值得专门讨论。《老子》哲学是生命哲学或活命哲学。它的特点是“贵身”。现在，“身体”是时髦术语。它讲什么，都爱拿身体打比方，其他比喻，多

---

〔1〕 即阿尔茨海默氏症（Alzheimer's disease）。过去，我们笼统称为老糊涂的人（我们老家叫bànfǎn疙瘩），其实就是这种病。1989年，我在美国，还有一位专家说，为什么这种病例，中国特别少。现在，大家都知道，中国一点也不少。

由此派生，我挑几个例子，跟大家说说。

(1)《老子》论道，最爱拿妇女生孩子打比方

它说，道是“天地母”（第25章）、“万物之母”（第1章）、“天下之母”（第52章），“既得其母，以知其子”（第52章）。道是天地万物的妈妈，天地万物是她的孩子。道母有个黑咕隆咚、深不见底的生殖器，《老子》叫“玄牝”。牝字的本义，是雌性动物的生殖器，也包括人的，这是生物学和医学的概念，毫无色情意味，很健康。《老子》的“玄牝”是宇宙生殖器，“玄牝之门”是它的阴道口（第6章）。这类词，翻成白话，知识分子难为情，张不开嘴，说不出口，尽在那儿曲里拐弯兜圈子，现代白话译本，包括西文译本，都是把它翻成“雌性”或“女性”（female）。[1] 孩子从哪儿生出来，老百姓都懂。雌性和女性有什么门？总不是房门或窗户吧？

《老子》贵母，很少提到父。讲母共五次（第1、20、25、52、59章），讲父只一次（第21章）。[2]

万物不只有妈，也有爹。万物赋形，有一形就有一名。古代生孩子，生下来要起名，名随其父，是由爸爸起。爸爸的角色是起名。第21章：“自今及古，其名不去，以顺众父。吾何以知众父之然也？以此。”“众父”就是给万物起名字的道父。《老子》贵雌贵母，贵柔贵弱。万物之生，知母不知父，怎么知道还有父，就是凭它们的名字。

《老子》讲“父”，就这一次。妈妈只有一个，爸爸有很多。爸爸只是借种，借完了就没他什么事，妈妈那儿留个名字就是了。

---

〔1〕 如刘殿爵最初把“玄牝”译为mysterious female，后来译为dark female。参看：D.C.Lau，*Lao Tzu*，*Tao Te Ching*，Harmondsworth：Penguin Books，1963，p.62；*Lao Tzu*，*Tao Te Ching*，Hong Kong：The Chinese University，1982，p.275。韩禄伯和刘殿爵最初的译法一样，也把“玄牝”译为mysterious female。参看：Robert G.Henricks，*Lao Tzu*，*Tao Te Ching*，New York：Ballantine Books，1989，p.198。

〔2〕 第42章的“学父”是另一种意思。

"父"是躲在后边。

(2)《老子》论德，最爱拿刚出生的小孩打比方

它说，"含德之厚者，比于赤子"（第55章）。"赤子"也叫"婴儿"，是光会哭不会笑只知道吃奶的小小孩，粉红色的小肉团（第10、20、28章）。这种刚生下来的小孩，生命力最旺盛。比如很多传说中的弃儿，即使被抛弃在荒郊野外，毒虫猛兽却不去伤害。他们骨弱筋柔，但手却握得很紧，不懂男女交合，小鸡鸡却经常勃起，整天哭泣，一点不伤气（第55章）。赤子"贵食母"（第20章），吃的是道母（大道妈妈）的奶。

(3)《老子》还用男女交合打比方，讲大国和小国的关系

它说，"天下之交也，牝恒以静胜牡。为其静也，故宜为下"（第61章）。女人弱，男人强，柔弱往往胜刚强。女人在床上，多取女下位，但她以下取上，以静制动，再厉害的男人也要俯首称臣。大国和小国，也是如此。大国要善居下流，以下取上，作"天下之牝"（第61章）。

(4)仿照"玄牝"的比喻，《老子》还有一个比喻，则是"谷神"

"谷神"是"玄牝"的另一种说法。大地，山陵为阳，溪谷为阴，类似牝牡。如"谷神不死，是谓玄牝"（第6章），就是两者并举。"谷神"者，是取其陷下之义。

溪谷陷下，水从其出，汇为江海，和道生万物相似。原书说，"譬道之在天下也，犹小谷之与江海也"（第32章），"江海之所以能为百谷王者，以其善下之，是以能为百谷王"（第66章）。

牝与牡，它取牝；陵与谷，它取谷。二者是相似关系。原书说，"知其雄，守其雌，为天下溪……知其（日）〔白〕，守其辱，为天下谷"（第28章），"上德如谷，大白如辱"（第40章）。这里的"为天下溪"、"为天下谷"和第61章的"天下之牝"是同样的意思。

(5)和"雌"、"母"、"牝"、"谷"、"婴儿"等概念有关，《老

子》还以“水”为喻

贾宝玉说，“女儿是水作的骨肉，男人是泥作的骨肉”（《红楼梦》第二回）。《吕氏春秋·不二》说，“老耽（聃）贵柔”。《老子》一书，不但喜欢雌，喜欢母，喜欢牝，喜欢婴儿，还喜欢溪，喜欢谷，喜欢水。孔子说，“知（智）者乐水”（《雍也》6.23）。老子就喜欢水。

水有两大特点，一是求下，“人往高处走，水往低处流”；二是贵柔，水性至柔，可以穿石。如“上善似水，水善利万物而有静。居众人之所恶，故几于道矣”（第8章），就是讲第一点；“天下莫柔弱于水，而攻坚强者，莫之能胜也，以其无以易之也。柔之胜刚，弱之胜强，天下莫弗知也，而莫能行也”（第80章），就是讲第二点。

齐道家（黄老术）贵气，楚道家贵水。这两样都是天下最柔弱的东西，但厉害起来，也非常厉害。水在《老子》中，地位很突出。[1]

（6）《老子》强调原始状态，强调不发展，除用“婴儿”打比方，还用“朴”

《老子》经常用这个词（第15、19、28、32、37、57章），既可指道，也可指德。如第37章“吾将镇之以无名之朴”就是指道；第28章“恒德乃足，复归于朴”就是指德。朴也是比喻。木料未经加工，叫朴，已经加工，做成家具，则叫器。原书说，“朴散则为器”（第28章）。这是类似婴儿的比喻。

老子的思想特点

孔子和老子，谁在前，谁在后，这是中国哲学史上的老问题。古人说，孔子到洛阳问礼老子，老子是老头子，似乎老在孔先，毫无问题。但老子其人和《老子》其书是两码事。我不认为，老子年纪大，《老子》就在《论语》前。

---

〔1〕 郭店楚简《太一生水》，似乎就是图解《老子》的宇宙论。它也是贵水。

研究古书年代，我们要注意，我们经常容易把后来居上的东西当作年代古老的东西。孔子见老子，孔子不批评老子，老子却批评孔子。我们很容易相信，批评人的一定是老师，不但资格老，年纪也一定大。但研究思想的逻辑先后，有个规律，我们不要忘记，“反对”不能无的放矢，“被反对”一般都在“反对”前。学习，要有学习的榜样，批判也要有批判的靶子。

比如《论语》批墨子吗？不批。《墨子》批孔子吗？批。为什么？道理很简单，墨子在孔子后，孔子批墨子，不可能；墨子批孔子，太正常。同样道理，我们读《论语》，读《老子》，也要问一下，《论语》批《老子》吗？《老子》批孔子吗？《墨子》批《老子》吗？《老子》批墨子吗？读《论语》、《墨子》、《老子》，我的印象是，孔子总是自言自语，跟其他门派的思想家没有对话。墨子就不一样，他是成心抬杠，处处跟孔子拧着来，概念颇具对称性。但《老子》不一样，它是采取釜底抽薪的办法，绕到孔子的后面，跳到孔子的上面，用更具终极思考的东西，贬低它、消解它、超越它、包围它，把它浓缩在自己的概念里。它们的先后，太明显。

孔、墨和《老子》，都认为天下无道，都批判现实，都怀揣理想，酷爱乌托邦，鼓吹复古，迷恋圣人，主张愚民，这是他们的共同点，但对社会问题的症结，看法不一样，对策也不同。《吕氏春秋·不二》说，“老耽（聃）贵柔，孔子贵仁，墨翟贵廉。”

墨子非孔，主要批评是两点，一是孔子持贵族立场，走上层路线，倡仁义礼乐，重等级贵贱，而墨子持平民立场，走下层路线，倡兼爱大同，讲众生平等；二是孔子敬畏天命，但不语怪力乱神，罕言天道性命，比较理性，而墨子大讲天志明鬼，比较迷信。

“孔子贵仁”，代表的是“文”；“墨翟贵廉”，代表的是“质”。《老子》比《墨子》更强调“质”。

《老子》和孔子有本质上的分歧。郭店楚简发现后，学者大讲儒、道合流，我不同意。

《老子》提倡无为。他的想法是，这两个家伙，太逞能，尚贤尚智，过于有为。比如孔子，知其不可而为之，自己跟自己过不去，何苦来哉；墨子，摩顶放踵利天下，自己折磨自己，也太没劲。它的想法很简单，别这么死乞白赖。

《老子》的原则，跟他们全不一样。什么仁义忠信，什么尚贤尚同，全不如道、德更朴实。道、德不是以人为终极，“人法地，地法天，天法道，道法自然”（第 25 章），人的背后有地，地的背后有天，天的背后有道，道是根据自然。他才不讲以人为本。这让我们想起 17—18 世纪的欧洲，他们也曾迷恋自然法则。

墨子非攻，对战争很关心，不像孔子光讲文化，不讲武化。孟子也以弭兵止杀为天下号召。这是战国时代的思想气氛。《老子》以圣人为榜样，大讲治国用兵之术。它讲战争，是关注于死亡。战争是凶事，战争是丧礼，它这样说。战争的野蛮，战争的残酷，让他心灵震颤。他笔下的战争都是旷日持久，灾难深重，怎么看，怎么都像战国时代。

先秦的老氏之学，分两派，既讲无为，也讲有为，和汉以后的印象不一样。有为的一派，与三晋的形名法术之学相结合，与荀子的礼学相结合，对结束战国，走向帝国，有重大贡献。

汉初的老氏之学，是黄老之术的一部分，它对汉初的休养生息，也有重大贡献。

西汉晚期，儒盛道衰，道家和儒家换位，丧失了政治优势，成为“在野党”。但随后的很长时间里，在中国的思想世界，它还是最大的“反对党”。

东汉时期，儒道之争息，释道之争起。道家的归宿是道教。汉唐以来，道教仍然是儒家的竞争对手，屡踣屡兴。

读《老子》，我们不要忘记，它也曾经大有作为。

怎样读老子

我们先谈本子问题。

（1）郭店楚简本《老子》（下简称“简本”） 出土发现的本子，这种最古老，年代约在公元前300年左右。简本分甲、乙、丙三组，甲组分上下两部分，乙、丙两组不分。这三组文字，每组都分章，章序的排列，和今本不一样。校读《老子》，此本是重要参考，但它的篇幅只有今本的三分之一。[1]

（2）马王堆帛书本《老子》（下简称“帛书本”） 它分甲、乙二本，每本分上下篇，每篇之内，文字连着抄，不分章，但顺序和传世本大体相同。甲本约抄于前206—前195年之间，乙本约抄于前179—前169年之间，也很古老。校读《老子》，最重要。[2]

（3）石刻本 有唐代到元代各地道观的石刻本10种。[3]

（4）中古时期的古抄本 有敦煌本、吐鲁番本和俄藏本多种。[4]

（5）传世本（下简称“今本”） 过去主要有五个本子：汉河上公《道德经章句》本（下简称“河本”）、严遵《道德真经指归》本（下简称“严本”）、张道陵《老子想尔注》本（下简称“想本”）、魏王弼《老子道德经注》本（下简称“王本”）、唐傅奕《道德经古本》（下简称“傅本”）。[5]

---

〔1〕 收入荆门市博物馆《郭店楚墓竹简》，北京：文物出版社，1998年。

〔2〕 收入马王堆汉墓帛书整理小组编《马王堆汉墓帛书》〔壹〕，北京：文物出版社，1980年。

〔3〕 收入何士骥《古本道德经校刊》，国立北平研究院史学研究会考古组《考古专报》第一卷第二号（1936年）。

〔4〕 参看：李零《简帛古书与学术源流》，北京：生活·读书·新知三联书店，2004年，24－25页。

〔5〕 今本，可参看《四部要籍注疏丛刊》老子卷，北京：中华书局，1998年。但此书只收河本、严本、王本、傅本，不包括想本。想本，可看饶宗颐《老子想尔注校证》，上海：上海古籍出版社，1991年。又，河本可看王卡点校《老子道德经河上公章句》，北京：中华书局，1993年；严本可看王德有点校《老子指归》，北京：中华书局，1994年。

这些本子，简本不全，不能作底本。传世本和其他晚期的本子，对古本改动太多。其他古书，传世本改古本，往往加字，但《老子》不一样，传世本为求整齐，往往删字，并且历史上，各本相互参校，相互掺杂，治丝愈纷，越改越乱，从总体情况看，都不如帛书本。底本，还是选帛书本最好。

过去的校注本，眼界只限于（3）（4）（5）。很多本子都是汇聚众本，平行参校，以意去取，东拼西凑，拼凑的结果，是“一锅乱炖”，哪种本子都不是。帛书本出来，大部分都可废而不读。

帛书本，研究者很多，我以为，高明《帛书老子校注》（北京：中华书局，1996年，下简称“高书”）最好。这书的优点，是把住龙头，以帛书本为主，研究传世本的变化，而不是用传世本与帛书本平行参校。帛书本发现后，有些研究者读惯了传世本，不肯放弃旧的工作方法，仍然强古本就今本，把帛书本当新作料，搁在原来的版本系统里“乱炖”，这种做法很流行，但并不可取。高书不是这样。在他的书里，帛书本是起提纲挈领的作用。

简本，研究著作也很多，但简本不全，现在读《老子》，还是应该以帛书本为主，上可参校简本，下可探讨今本的变化。比较要有时间层次，横比是在纵比之下。

《老子》旧注，多系道教传本，对研究汉唐时期的思想很重要，对研究前道教和道教的关系很重要。但有一点，我们要注意，汉以来的道教和汉以前的道家还不一样。过去，汉学家以 Taoism 泛指道家和道教，现在，很多人都主张，两者要分，这是对的。研究道家，我们也要辟除晚期的干扰，这和读《论语》，其实是一样的道理。

道家重方术，这是道家和道教的共同点。我读子书，特别强调援术说学，用古代的知识系统解读古代思想。我喜欢用数术、方技、兵书解诸子。《老子》重天道，贵养生，喜欢讲宇宙创生，喜欢用房中术语讲话，在这方面，数术、方技是重要参考。

说到阅读本身，我的解说，每章都有两部分。

一部分是“大义”，我先把每章的内容大致串讲一下。这种叙述，有点像翻译，又不太像翻译，翻译要一字一句对应，比较受束缚。我是尽量展开来讲，把每章的意思，用尽量通俗的话，细细解释一下，传达作者的思路，传达作者的语气。最后还在括号里，写一句提示语。

一部分是“讨论”，则是把每章中最重要的问题，词语上的难点，文本上的关系，尽量抠一下。如果词语重见于其他各章，也要注明它们的出处，以便对照。

我读《老子》，和我读《论语》相似。

第一，我最重内证。在我看来，词语互见和内容的前后关照最重要。我是用《老子》本身解《老子》。

第二，我很看重先秦古书的有关线索，一是道家的线索，如《庄子》、《文子》的引文和议论；二是法家的线索，如《韩非子》的引文和议论；三是与《论语》、《墨子》的对照。

第三，我对《老子》的文本演变很重视，文本对勘，是选取年代较早的典型文本，汰除年代太晚的次生文本。各本差异，有些重要，有些不重要，我对这一工作做了最大限度的提炼。[1]简化校勘，不是图省事，而是为了凸显文本演变的关键线索和总体脉络。

这里应该说明的是：

(1) 本书是以帛书甲本作底本，参照乙本补字。释文一律用破

---

〔1〕 参看刘笑敢《老子古今——五种对勘与析评引论》，北京：中国社会科学出版社，2006年。案：刘书的五种对勘，是把河本、王本、傅本、帛书本、简本五种版本，抄在一起，供读者比较，很方便。但他的比较，不包括严本和想本。严本和想本都是汉代的本子，很重要。

读后的宽式释文，大家要想核对，请查原书的精确释文。

（2）帛书本的上下篇，顺序与今本相反，为了便于对照，我是把相当今本《道经》的部分放在前面，把相当今本《德经》的部分放在后面，次序颠倒。这不等于说，原书就是这样。帛书本来不分章，但上下篇内，章与章的顺序大体相同，只有个别不一样，我也参照今本，按前《道》后《德》的顺序分了章，并注明它是相当今本的哪一章。这样做的目的，也是为了便于与今本对照。这是我对正文的处理。

（3）我们的校读，主要包括简本的异文、早期古书引用的异文，今本的异文和其他材料（如碑本、敦煌本）的异文。今本，如各本差异不大，则统称"今本"；差异较大，则分别举例。我发现，今本异文，多是根据《庄子》、《文子》、《韩非子》、《淮南子》，这些改动的来源，也要尽量揭出。

33 《何枝可依：待兔轩读书记》

北京：生活·读书·新知三联书店，2009 年 3 月

自　序

韩非子讲过一个故事：守株待兔。

宋国有个庄稼汉，别提多傻。他家地里有棵树，给他带来好运。有只倒霉的兔子，眼神不好，一头撞死在树上，让他想入非非（他算了一下，兔肉总比粮食值钱）。从此，他把手中那件叫“耒”的吃饭家伙扔了，天天蹲树下等兔子，就像《敖包相会》唱的那样，耐心等待，眼巴巴等兔子来，等它们前来送死（《韩非子·五蠹》）。

战国那阵儿，大家尽拿宋人打镲，逮谁犯傻，就说谁是宋人。他的事，据说在宋国都被人耻笑，可见是个超级死心眼儿。过去，我也纳闷儿，天下傻子多，怎么全在宋国？我猜，当时的聪明人之所以糟改宋人，只因宋国是古国，特讲老礼儿，打商代传下的老礼儿，太古板。

兔子会撞在树上吗？我一直不信。

然而，有一天，我终于信了。

1981年10月7日—12月10日，我参加过一次考古发掘（作为研究生的毕业实习），地点在陕西宝鸡县西高泉村。那里真的有泉水，泉水挨家挨户流，夜深人静，哗哗作响。

老卢（卢连成）、陈平和我，就三人，一共挖了72座墓，都是东周秦墓。天天晚上粘陶片，画图，做记录，忙得不亦乐乎。

临走，天寒地冻，突然发现一座汉墓，是座大墓。大墓被盗，老卢决定大揭盖，墓顶被揭开，土堆得像座小山。墓坑很深，上面的天很小，有只兔子从天而降，落在一个民工的怀里，谁都想不到。

原来，秋后的旷野，地里光秃秃，无遮无拦，三线工厂的职工，骑着摩托端着枪，正在到处打兔子。兔子慌不择路，不知“小山”顶上有陷阱，一头扎下。

墓是空墓，只剩骨粉和棺钉，兔子是唯一收获。

民工说，他只要皮，肉归我们。

我们，“三月不知肉味”，顿顿一碗芹菜辣子面，从没换过口，这可是第一次开斋。兔肉，放在炉子上烤，倍儿香。

我的斋号就是这么起的。

本集所收，主要是读书笔记。

读什么书？主要是闲书。

笔记的传统是丛谈琐语，但此书不一样。

我是借读闲书说闲话，冷眼向洋看世界。

世界处在岔路口，又一个世纪的岔路口。

2000年的冬天，日本东京银座，豪华商店林立，灯红酒绿，到处在庆祝“千禧年”。

回到北京，有一堆电话，都是约写新世纪的来临，但我却感到一种莫名的悲哀。

我知道，整整一代人，我父辈那一代人，他们正在离开这个世界。

大树飘零：

无边落木萧萧下，不尽长江滚滚来。

当时，我无话可说，真的无话可说。

现在，我才悟过一点儿劲来，写在这本书的前边，算是世纪感言吧。

事情很清楚，上个世纪的风云人物，基本上是19世纪末和20世纪初的那一代人，当时的80后、90后或新世纪头10年出生的人。比他们小的，多半是追随他们。他们中的很多人都死于战乱和革命，幸存的少数人，自然成了那个时代的“英雄”。

他们真正风光，是二次大战结束后的50年代。

那个时代的学者、文学家、艺术家，真正名擅一时的大家，也是处于同样的年龄层。比如1948年中央研究院选出的第一届院士，他们的年龄就是如此。

上个世纪，前50年是战争与革命，好像火山爆发；后50年是和平与冷战，好像熔岩冷却。

战争引起革命，冷战冻结革命，一切复归沉寂。

但我的耳边有一种声音在地下滚动，隆隆作响，依稀可以听到。

战争真是硬道理。

手边放着一本《戈尔巴乔夫回忆录》。

我想看看他的感受，看不下去。

他说话太啰嗦，说的事琐琐碎碎，几次硬着头皮读，都读不下去。

他很少谈中国。哪怕说亚洲，也很少涉及中国。他的关注点主要是美国，其次是其外围防御圈的崩溃，其次是其国内的积弊。他对里根和布什最上心。

没错，他的压力很大，特别是军备竞赛，实在抗不住了。他希望退出这场没完没了的竞赛，加入主流，结束对抗，“告别黑暗帝国”，成为民主国家，但他也不愿看到苏联的解体。

他很矛盾，也很无奈，急了就拿“改革”的咒语念一念，缓解内心的伤痛。

什么是“改革”？他也不知道。

今天早上，我终于看到一段有意思的话，是他和一位蒙古政治家的对话。

1991年2月，戈尔巴乔夫和蒙古新总理比亚姆巴苏伦会晤。比亚姆巴苏伦说，“我想以蒙古人民的名义，祝愿您获诺贝尔奖金”。

戈尔巴乔夫说：

> 有人已经建议取消这一奖金了。但是不管怎么说，没有人能够使改革的进程逆转，它在苏联和全世界已经蓬勃开展起来。但并不是所有的人都明白，深入变革的必要性实际上与各大陆所有的国家都有关。瞧吧，欧洲在变，中国、印度、阿拉伯国家在变，拉丁美洲在急剧地变革。旧的政治衣钵已经千疮百孔，民主倾向正在拓展自己的道路，尽管面临着许多障碍。大概要数美国最不容易感到变革的必要了。

然而17年后，我们终于听到：

We need change.（我们需要改变。）

这话出自即将上台的美国总统奥巴马之口，声音很大。

2008年，祸起萧墙，没有任何事比金融海啸还大。

戈尔巴乔夫说，全世界都需要“改革”，没错。问题不在要不要改，而在怎么改，朝什么方向改。而且，关键的关键，是美国改不改。

皇上不急太监急，都是瞎急。

上面不改下面改，全是白改。

有一件事，更是难题：

如果全世界都争当美国，美国自己还怎么当。

我们不可能回到过去。

不仅回不到孔夫子和孙中山的时代，同样也回不到斯大林和毛泽东的时代。

路在哪里？我很茫然。

一个时代已经结束，另一个时代还没开始。

2009年1月11日写于北京蓝旗营寓所

【说明】

读万卷书，行万里路，是人生最大乐事。

本集所收多为读书笔记，李陀戏称“李零的读书体”。“读书”是三联书店的三块招牌之一。我喜欢这两个字。

集中的文章是由李二民搜集，做初步整理，插图是由孟繁之搜集，均此致谢。

《唯一的规则：〈孙子〉的斗争哲学》 | 34

北京：生活·读书·新知三联书店，2010年1月

题 辞

富勒将军说，19世纪，西方出了"三卡尔"，一个是卡尔·冯·克劳塞维茨，一个是卡尔·马克思，一个是查尔斯·达尔文（英国的"查尔斯"就是德国的"卡尔"）。他们都是斗争哲学的先知。

中国也出过两个精通斗争哲学的人，一个是孙武子，一个是毛泽东。

兵法是谋略。谋略不是小花招，而是大战略。谋略管着技术，技术管着武器。

武器是器不是道，道是谋略。

人消灭武器，还是武器消灭人？难道只有消灭人类，才能最终消灭武器？

没有人，武器只是废铜烂铁。

兵不厌诈的意思是挑战规则。

唯一的规则，就是没有规则。

自　序

《孙子》很短，只有约 6000 字，但叙述简练，道理深刻，常读常新，每次读，都有新的收获。

我读《孙子》，不止一遍，而是很多遍。

最初接触《孙子》，到底在什么时候？现在回想起来，还是上初中那阵儿。当时，我在中国人民大学校园内的新华书店买了一本郭化若将军写的《今译新编孙子兵法》（北京：中华书局，1962 年）。这书还在手上。他是把《孙子》十三篇打乱了读，重新编排，让我觉得很刺激。

高中时，我又从我的同学张进京家找到两本很有用的书，一本是宋本《十一家注孙子》的排印本（上海：中华书局上海编辑所，1961 年），一本是杨炳安先生的《孙子集校》（北京：中华书局，1959 年）。他爸爸是中国人民大学哲学系的主任，家里有不少书。

当时，为了读《孙子》，我还从空军学院借了不少书，主要是军事教材一类。我有个亲戚在空军学院。

这是开始读。

插队，1968—1970 年，我在内蒙古又一次读《孙子》，手头书太少，思胜于学。我是把精力放在义理和结构上，就像小时候玩玩具，拆了装，装了拆，近乎游戏。

1971—1975 年，我回了老家。1974 年，偶然在北京买到一本 1974 年 2 期的《文物》杂志，上面有银雀山汉简《孙子兵法》出土的简报。这一发现，对我是个不小的刺激，心里充满神秘感和探索的冲动，很想知道西汉古本和今本到底有什么不一样。

1975年，我陪父亲看书，才在首都图书馆看到文物出版社刚刚出版的线装大字本《银雀山汉墓竹简》〔壹〕（北京：文物出版社，1975年）和陆达节的《孙子考》（重庆：军用图书社，1940年）。北大图书馆，我也跑过，主要是查哈佛燕京学社的《引得》，从类书辑古书引文。

1976年，我写过篇文章，是对线装大字本《银雀山汉墓竹简》〔壹〕中《孙子兵法》上编整理工作的几点意见，文章由刘仰峤同志（刘青峰教授之父）转给夏鼐先生。

1977年1月下旬，中国科学院考古研究所把我的文章寄给银雀山汉墓竹简整理小组。5月1日，银雀山汉墓竹简整理小组给我写了感谢信（写于4月8日），并送我一本普及本银雀山汉墓竹简《孙子兵法》（北京：文物出版社，1976年10月）。这是竹简本的第二个整理本。我就是凭这篇文章，才进入中国科学院考古研究所。

1977—1983年，我在考古所工作，不但可以利用考古所的藏书，还有两个借书证，可以利用中国科学院图书馆和北京图书馆的藏书，从此眼界大开。1979、1981和1983年，我有三篇文章，是考证简本《孙子》，两篇发表于《文史》，一篇发表于《中华文史论丛》。俞伟超、李学勤和裘锡圭先生帮我改过文章，让我铭感终生。

精装本《银雀山汉墓竹简》〔壹〕（北京：文物出版社，1985年），是竹简本的第三个整理本。我手头的这本，卷前有题字，是1986年11月10日，我的岳父、岳母，已故的傅懋勣先生和徐琳先生，特意买了送我。这个本子，是我调到北京大学之后出的，最重要。他们给了我很多的鼓励和支持。我到北大后，一直讲《孙子兵法》。我写《孙子兵法》的书，主要都是成书于我到北大的二十多年里。

研究《孙子》，我跟《孙子》打交道，前前后后，已有三四十年。现在回头一看，以前的工作都是铺垫。

我有两本书，是对以往研究的总结。一本是《〈孙子〉十三篇综合研究》（北京：中华书局，2006年），一本是《兵以诈立——我读〈孙子〉》（北京：中华书局，2006年）。这两本书，前一本是旧作的汇编，主要侧重于文本考证，比较枯燥；后一本是我在北大中文系的讲义，主要侧重于知识背景的介绍和全书文句的疏通，可读性高，但细节太多。

这些都是铺垫。

没有这些铺垫，就没有现在这本书。

很多词句考证和相关知识，大家可以查这两本书，这里用不着再讲。

没有先前的"厚"，就没有现在的"薄"。

在这本书里，我想尽量避免重复，尽量突出重点，讲义理，讲思想，由博返约，回到当初关心的问题。

讲义理，就是把十三篇分成四组和上下篇，对全书的结构和思想，重新梳理一遍，提纲挈领，用最简单最清楚的语言勾勒其轮廓。分析篇与篇的关系、章与章（即段落和段落）的关系、句与句的关系，我的讨论，首先重视的是《孙子》的内证。词语互见的查证，当然少不了。

讲思想，就是把兵法当作一种行动哲学、斗争哲学来讲，说明兵法是一种处于高度对抗状态下，急需灵活反应，判断胜于认知，行动胜于言语的思维方式。行动者的所有认知，都是"知之"加"不知"，千疮百孔，充满怀疑、猜测、危险性和不确定性。朝好了讲是"艺术"，朝坏了讲是"赌博"，特别不像"科学"。

我一直认为，这更接近人类思维的真相，也更能反映人类认识的全体。

至于军事本身，我也想进一步讲一下《孙子》“贵谋尚诈”的特点，让大家知道，“兵以诈立”的理由到底是什么，中国战略文化的特点到底是什么。

读这本书，大家不难发现，我对很多问题做了新的讨论，如：

（1）什么是“兵”？《孙子》中的“兵”字应该怎么翻译（《计》）。

（2）再论“筭”字和“算”字是什么关系（《计》）。

（3）对比“诈坑降卒”，讲“卒善而养之”的难能可贵（《作战》）。

（4）论中国的城市制度（形制、规模、数量）是定型于战国时期，后来发展不大，很多晚期城市还不如早期城市大（《谋攻》）。

（5）对“不可胜者，守也；可胜者，攻也。守则不足，攻则有余”的再讨论（《形》）。

（6）辨“仞”、“寻”之异，指出“仞”是高度单位，“寻”是长度单位（《形》）。

（7）论林彪战术与“势”的关系。以前只讨论过“一点两面”，这次补充了“三三制”和“四快一慢”（《势》）。

（8）论地图的重要性：林彪、粟裕都是地图迷（《地形》）。

（9）对“诸、刿之勇”说的补充：《吴子》和《尉缭子》都推崇“死贼”（《九地》）。

（10）对“霸王之兵”说的补充：大国威慑也是“诈”（《九地》）。

（11）强调“用间”是“诈中之诈”，用间对道德是重大挑战（《用间》）。

（12）论朱逢甲《间书》体例之不善（《用间》）。

（13）辨“反间”的两种不同含义（《用间》）。

我还记得，《兵以诈立》出版后，中华书局让我和读者见面，在三联书店，我做过一次演讲。讲完，有位军事院校的读者提了一个问题，非常好。

他说，海湾战争后，我国正面临一场军事技术的大革命。现在，对我们来说，什么最重要？武器、技术还是谋略。换句话说，就是“兵以诈立”，还是“兵以器立”，还是“兵以技立”？

这个问题给我留下深刻印象。因为，我想，所有读者，心里都会有这个问题。

为此，我想把“兵以诈立”重新解释一下，什么是“兵”，什么是“诈”，为什么“兵”要以“诈”为本。

战争总是充满诡诈。

人类社会总是充满战争或类似战争的活动，诡诈并不限于战争。

这对人类的道德是个挑战。

它不能不让人考虑，道德与诡诈到底是什么关系。

历史上，赤裸、直白，坦言诡诈者，其实最老实。韩非是老实人，马基雅维利也是老实人。真正的滑头，都是满嘴仁义道德。

军人最老实。《孙子》说“兵以诈立”，就是“兵以诈立”，绝不说靠“忠信”吃饭。

相反，大讲“忠信”者，往往都很滑头。

比如奸商都说，买卖讲究的就是“诚信”二字，货真价实，童叟无欺，但制假贩假、设局洗钱，让你怨无头债无主者，正是此辈。

还有政客，利益至上，他们心里说，人无恒敌，人无恒友，没有主义，只有交易，政治无诚信可言，但场面上，他们绝对不会这么说，开口全是天地良心。

过去，我们都以为，商业欺诈只存在于小商小贩、低层次，买卖大了，就是杀人越货的黑帮，也得金盆洗手。其实不然。眼前的事情，从三鹿奶粉到金融危机，给我们上了一课（也可以说是“上了一当”）。“无商不奸”，打击一大片，话不能这么讲，但“商”和“奸”还是有不解之缘。

过去，我们都以为，尔虞我诈的宫廷阴谋，全是专制暴君所为。现在怎么样？即使是“民主国家”的民选总统，照样撒弥天大谎。

读读《用间》篇吧，间谍不好听，但谁都离不开。古人离不开，今人也离不开。哪个大国，不是把间谍当宝贝？

《孙子》是兵书，本来是军人的读物，供军人活学活用，用来打仗的。承平时期，不打仗，《孙子》有什么用？日本人，真奇怪，他们在战场上输了，但尚武精神犹存，居然想出用《孙子》做买卖，研究营销，研究管理。

现在，风从日本来，坊间所出解读《孙子》之书夥矣，读者的兴奋点主要是买卖。这是真正的卖点。

我给老板讲过课，他们关心什么？我知道，主要是如何用《孙子》管理员工，如何用《孙子》指导商战。中国传统的阴谋诡计，如《三十六计》，很受欢迎。

他们是把《孙子》当《三十六计》读。

用《孙子》做买卖，首先有几个问题要搞清：

第一，商场是不是战场？（他们肯定说“是”，因为有竞争对手）

第二，你跟谁打？（他们肯定说是跟竞争对手打）

第三，你们打完了，谁倒霉？（可能是竞争对手，但最倒霉的恐怕还是老百姓，就像战场上一样）

总之一句话，兵家讲“兵以诈立”，你敢不敢说“商以诈立”？

“商以诈立”，老百姓还怎么活？

所以，我给自己立下规矩，古书就是古书，军事就是军事，思想就是思想，我不教你做买卖。

“兵以诈立”，可以。

“商以诈立”，不行。

《孙子》不是生意经。凡谋商机于兵法者，不必读此书。

2009年6月12日写于北京蓝旗营寓所

【附记】

5月15日，应刘源同志邀请，我曾到中国人民解放军军事科学院做演讲，题目是《说“兵以诈立”》，演讲内容就是摘自本书。

写在前面的话

《孙子》是兵书，但不是一般的兵书，而是兵书中的经典，不但在中国是经典，在世界上也是经典。有人说，这本书讲的都是普适原理，没有文化特点，也许过了一点，但这书讲的道理比较通用，文化心理的隔阂比较小，这是事实。中国古书，世界公认，争议少，谁都说好，这本书是代表。

兵法是研究人的大道理

《汉书·艺文志》把古书分为六类：六艺、诸子、诗赋、兵书、数术、方技，前三类属于人文学术，大体相当现在的“文史哲”；后三类属于科学技术，大体相当现在的社会科学和自然科学，当然还有相关的技术，当然还有现代人称为“迷信”的非科学成分。

中国传统：人文，经为首；科技，兵为首。

中国古代，兵学很发达，说别的可能脸红，这事一点儿不吹牛。历史上，中国的兵学最发达，搁到全世界去讲，也一点儿不吹牛。

研究人类社会，现代科学叫社会科学。社会科学主要有两大学问，一门是政治学，一门是经济学。经济学，发达比较晚，不如政治学。

《礼记·哀公问》有一段对话，很有意思：[1]

> 哀公问："敢问人道谁为大？"
>
> 孔子愀然作色而对曰："君之及此言也，百姓之德也。固臣敢无辞而对？人道，政为大。"

西方传统，研究人，主要有两门学问，一门是伦理学，一门是政治学。政治学和伦理学原来是搅在一块儿，老是分不清。古人都讲"以德治国"，我国这么讲，外国也这么讲。大家都盼望"好人政治"，相信"好人"搞出来的政治一定是"好政治"。

柏拉图作《理想国》，喜欢讲正义。他老把国家正义和个人正义混为一谈，把政治和伦理混为一谈。

这类想法，和我国差不多。比如孔孟一派的思想家就这样想。他们的想法很简单，没有小，焉有大。个人和家庭是社会细胞，修身才能齐家，齐家才能治国，治国才能平天下。

这是小道理管大道理。

亚里士多德作《政治学》，才把伦理和政治分开来。他知道，希腊公民是生活于城邦之中的"城里人"，离开城邦，什么也不是，所以他有一句名言：人是政治动物。[2]

---

〔1〕 参看：赵汀阳《坏世界研究——作为第一哲学的政治哲学》，北京：中国人民大学出版社，2009年。作者说，"我原来研究形而上学，考察了许多呆主意，后来研究伦理学，考察了许多傻主意，再后来研究政治哲学，又考察了许多坏主意"（5页）。他是把政治哲学定位于"坏世界研究"。他说，"世界首先是个坏世界，而人们幻想好世界。人们通过政治去研究坏世界，而通过道德去想象好世界。古代人看重理想，所以把政治学看做伦理学的一部分，现代人认清现实，因此政治哲学成为了第一哲学"（1页）。该书即以《哀公问》的这段话作为题词。

〔2〕 原话有两种翻译，一种是"人类是自然趋向于城邦生活的动物"，一种是"人类在本性上，也正是一个政治动物"。参看：亚里士多德《政治学》，吴寿彭译，北京：商务印书馆，1965年，7页。案："政治"（politics）一词是源于"城邦"（polis）。希腊公民

马基雅维利作《君主国》，第一次把政治当作一个“坏世界”来讲。他把政治从伦理剥离出来，才有了独立的政治学。他很像中国的法家，讲政治就是讲政治，不跟道德掺乎，非常诚实，非常坦白，非常严肃，因而也非常冷酷。

马克思也说，“人的本质并不是单个人所固有的抽象物，实际上，它是一切社会关系的总和”。

他们都强调大道理管小道理。

没有这个起点，就没有政治学，也没有社会科学。

中国的政治学，告别道德后的政治学，叫“刑名法术之学”。这门学问，毫无疑问，是由法家奠定。但法家成于秦也败于秦，在中国的道德世界始终抬不起头。只有它的兄弟学科一脉单传，留于后世。这就是中国的古典兵法。

中国的政治学，在本质上是一种“兵法”。〔1〕战国晚期，天下流行的是“商管之法”、“孙吴之书”（《韩非子·五蠹》），治国和用兵分不开。特别是讲“大战略”，两者分不开。〔2〕现代军事学，头一条就是战争和政治的关系。中国的兵法，早就这么讲。

《孙子》开篇讲“五事七计”，“五事七计”的头一条就是“道”。“道”是政治。

我国古代，“道”是终极性的原理，管着一切小道理的大道理。

天有天道，地有地道，人有人道，各有各的大道理。数术讲天地，方技讲身体，是当时的“自然科学”。真正讲人，主要集中在兵书。

（接上页）是生活于城邦之中，亚里士多德所谓的“政治动物”其实是“城邦动物”。

〔1〕 赵汀阳说，“政治学研究的是政治策略，相当于有关权力和利益问题的‘兵法’；政治哲学研究的是政治的正当理由和原理，相当于有关权力和利益问题的‘法理’”（《坏世界研究——作为第一哲学的政治哲学》，2 页）。

〔2〕 中国古代的法家，往往也是兵家。有趣的是，马基雅维利也是这样的人物，他不仅写了《君主论》，还写了《兵法》。

兵书是讲“人道”。

《鹖冠子·近迭》有一段话，和《礼记·哀公问》形成对照：

> 庞子问鹖冠子曰：“圣人之道何先？”
> 鹖冠子曰：“先人。”
> 庞子曰：“人道何先？”
> 鹖冠子曰：“先兵。”

作者生活于杀人盈野的战国晚期，当时的战争太残酷。其惨烈程度，空前绝后，只有上一世纪的两次世界大战可以相比。这对人的世界观是很大的刺激。没有经过战争的人，很难理解历史。

战争是困扰人类的大问题，兵法是解读历史的金钥匙。

中国人是把兵法当作研究人的大道理。[1]

兵法是一种斗争哲学

兵法研究的是人。

有人就有利益，有利益就有冲突，小则妇姑勃谿，大则你死我活。

人比动物更能“窝里斗”。

中国哲学史是中国学术现代化的产物。它是借西方哲学概念重新诠释中国的子学，胡适的《中国哲学史大纲》和冯友兰的《中国哲学史》是两部开山之作。他们都是纽约哥伦比亚大学的留学生。

兵书，按传统分类法，是附属于子学。中国的技术书都归子学。过去，儒经占据统治地位，子学低于经学，技术又低于子学，《孙子》没有地位。除了军人，除了喜欢议论军事的文人，没有多少人

---

〔1〕 自古以来，最先进的科学技术，最严密的组织手段，最聪明的思想方法，都是首先用于战争。

关注《孙子》，更不用说其他兵书。子学也好，兵学也好，都是赖西学而复兴。

胡适、冯友兰，他们讲先秦哲学，是以儒、墨、道为主，虽涉名法，旁及阴阳，但于兵书、数术、方技，全都不着一字。冯友兰讲他的“取材标准”，特别提到日本学者高濑武次郎的《支那哲学史》，讥讽该书太高抬《孙子》，竟把兵书列入哲学史的范围。

兵书是技术书，最讲实用，这样的书，难道也有“思想”，也有“哲学”吗？研究中国思想史的人，研究中国哲学史的人，他们会问。

我说，当然有——不但有，而且很有。战争，人命关天，千变万化，奥妙无穷，不动脑筋，不长心眼，那不是找死？

哲学是爱智之学，兵法最讲智慧，里面当然有哲学，而且是最聪明最机灵的哲学。我甚至可以说，中国式的思维，和兵法有很大关系，不懂兵法就不懂中国哲学。

1930年，冯友兰写《中国哲学史》第一篇，他曾拒收《孙子兵法》。但延安时代的中国共产党不这么看，武装斗争出身的毛泽东不这么看。

毛泽东研究兵法，主要在1936—1938年，兵法和哲学是一块儿读。1936年，他写信给叶剑英，让他派人到白区买《孙子兵法》。在《中国革命战争的战略问题》（1936年12月）中，他引用过《孙子·谋攻》（“知彼知己，百战不殆”）。1937年，他读过苏联出版的哲学书。在《辩证唯物论讲授提纲》（《实践论》和《矛盾论》的前身，1937年7—8月）中，他引用过列宁的《哲学笔记》和《关于辩证法问题》，也引用过《孙子·谋攻》（同前）。1938年，他在延安组织过一个“克劳塞维茨《战争论》研究会”，读《战争论》，读恩格斯的军事著作，请何思敬从德文翻译，边译边讲。在《论持久战》（1938年5月）中，他引用过克劳塞维茨的名言（“战争是政治的特殊手段的继续”）。郭化若将军是这个研究会的成员，他写过《军事辩证法》(1999年)，写过《孙子兵法之初步研究》(1939—1940年)，写过《白话译解孙子兵法》(1944年)。他们都把《孙子》当作很有哲理的著作。1949年后，中国各大专院校的中哲史教材普遍讲《孙子》，讲《孙子》中的辩证法，应该说是延安的遗风。

1958年和1980年，冯友兰两次写《中国哲学史新编》，都收入了《孙子兵法》。今天大家都承认，中国思想史、中国哲学史，没有《孙子兵法》不行。甚至有学者认为，中国的辩证法就是起源于《孙子兵法》。[1]

《孙子兵法》和毛泽东兵法，都很有哲学味儿。这种哲学是什么哲学？其实就是生存哲学，就是斗争哲学，就是以斗争求生存的哲学。

人与人斗，很残酷，但无法回避。这是人类生存的大问题。

人的所有行为，不管哪一种，都是对生存环境的反应。

英国战史家富勒说，19世纪，有三个“卡尔”是讲这种哲学的先知，一个是普鲁士的卡尔·冯·克劳塞维茨，一个是德国的卡尔·马克思，一个是英国的查尔斯·达尔文（英国的“查尔斯”，就是德国的“卡尔”），他们分别从不同的角度讨论过这种哲学。[2]

克劳塞维茨的《战争论》出版于1832年，最早。1911年的《大战学理》是最早的中译本（从日文版节译）。此书是欧洲的《孙子兵法》，很有哲学味道，由于马克思、恩格斯的重视，由于列宁和前苏联军事界的重视，由于毛泽东和延安军事界的重视，在我国影响很大。

---

〔1〕 参看：李泽厚《孙老韩合说》，收入所著《中国古代思想史论》，北京：人民出版社，1985年，77－105页；何炳棣《中国思想史上一项基本性的翻案：〈老子〉辩证思维源于〈孙子兵法〉的论证》，收入所著《有关〈孙子〉、〈老子〉的三篇考证》，台北：中央研究院近代史研究所，2002年，1－35页。

〔2〕 参看：J.F.C. 富勒《西洋世界军事史》，桂林：广西师范大学出版社，2004年，卷三，6页。

马克思、恩格斯的《共产党宣言》出版于1848年，比前者晚16年。中国最早的译本是1920年陈望道的译本。由于十月革命，马克思的阶级斗争理论和无产阶级革命学说在中国也影响很大。

达尔文的《物种起源》出版于1859年，比《战争论》和《共产党宣言》都晚，但中国人知道进化论，却比《战争论》和《共产党宣言》要早。《物种起源》在中国出版是在1920年，但1898年，严复翻译的《天演论》（赫胥黎《进化论与伦理学》）已经把进化论介绍到中国。“物竞天择，适者生存”，在“亡国灭种”的“盛世危言”下，对中国人的震撼，简直如山呼海啸。其社会学的意义（救亡图存）要远远大于生物学的意义。

革命和战争有不解之缘，有目共睹。两者都是暴力，互为因果。现代的两次革命高潮就是和两次世界大战相伴随，不必多说。

今年是达尔文诞生200周年，值得纪念。他的《物种起源》，在美国常被人骂，被基督教原教旨主义者和保守主义者骂，甚至有人把他当马克思主义的源头骂，骂他，甚至超过了马克思。其实，《共产党宣言》比《物种起源》早11年。

古人讲战争，喜欢从含牙戴角、前爪后距，擅长使用毒药的动物说起。[1]战争确实很动物，兵法的很多想法都来源于打猎。

动物战争，一直是人类战争的参照。它们为了争夺食物，争夺水源，争夺领地，争夺交配权，打得不可开交。动物是一面镜子，可以照见人类的丑陋。动物是人类的老师，但“弟子不必不如师”。在种内攻击这一点上，人类比动物更突出。

动物，上天、入地、下海，无所不能。它们，浑身上下，全是高科技，雷达、声呐、远红外、GPS、电磁波、生化武器和各种伪装术，应有尽有。即使讲武器，论技术，动物也是人类灵感的源泉。

---

〔1〕 李零《花间一壶酒》，北京：同心出版社，2005年，103－104页。

我看电视，经常看跟动物有关的节目，就是从动物学军事。

人类非常好斗，既有生物学意义上的斗争，也有社会学意义上的斗争。这是个冷酷的事实。研究这个冷酷事实的哲学叫斗争哲学。

虽然，“斗争”二字，现在已经不时髦，但斗争依然存在。

兵书四门，贵谋尚诈

西汉晚期，刘向、刘歆把天下的兵书分成四门：权谋、形势、阴阳、技巧（《汉书·艺文志》）。前两类是谋略，后两类是技术。

（一）权谋

班固的定义是“权谋者，以正守国，以奇用兵，先计而后战。兼形势，包阴阳，用技巧者也”。

“权”是权变，“谋”是谋略。“权谋”是战略，是研究战争全局的大计。古代兵书，《司马法》、《六韬》和《孙子兵法》，是权谋的代表作。战争全局，是“用兵”和“治国”的关系。比如《六韬》，既讲治国，又讲用兵，就是属于“大战略”研究。

“以正治国，以奇用兵”，这是《老子》的话（出第57章）。治国是靠“正”，御臣下也好，管老百姓也好，要守规矩，讲道德。但用兵不一样，它是对付敌人，想方设法，跟敌人拧着来。它靠的是反规则，这叫“奇”。比如《司马法·仁本》说，“古者以仁为本，以义治之之为正，正不获意则权。权出于战，不出于中（忠）人（信）”就是讲“以正治国，以奇用兵”。《孙子》讲“兵以诈立”，就是讲“以奇用兵”。

“先计而后战”，是《孙子》的特点。它以《计》篇为头一篇，先庙算，次野战，次攻城。计必先定于庙堂，然后才兵出于境，这就是“先计而后战”。

“兼形势，包阴阳，用技巧者也”，是说它有综合性，下面三类，它都讲，就像医书中的医经，不光有理论性，还有综合性。

《孙子》，不但《汉志》著录的82篇本可能是四门都讲，今本十三篇也是如此。

(二) 形势

班固的定义是“形势者，雷动风举，后发而先至。离合背向，变化无常，以轻疾制敌者也”。

“形势”，是战术对策，好像医书中的经方，对症下药。它强调的是快速反应，灵活机动。兵书讲形势，对话体，最方便。但《孙子》不这么讲。它是把“形”、“势”二字当一对矛盾，先作理论分析（《形》、《势》、《虚实》），再作过程描述（《军争》以下五篇），从“合军聚众”到“交和而舍”，从走到打，一环一环扣着讲。

“雷动风举”，就是“故其疾如风，其徐如林，侵掠如火，不动如山，难知如阴，动如雷震”。

“后发而先至”，就是“故迂其途而诱之以利，后人发，先人至，此知迂直之计者也”。

“离合背向，变化无常，以轻疾制敌者也”，就是“故兵以诈立，以利动，以分合为变者也”。

这些话，都出自《孙子·军争》。

(三) 阴阳

班固的定义是“阴阳者，顺时而发，推刑德，随斗击，因五胜，假鬼神而为助者也”。

“阴阳”，是数术之学（古代讲天文地理的学问）和阴阳五行说（数术之学的理论）在军事上的应用，主要和天地有关。俗话说，诸葛亮“上知天文、下知地理”，就是指这类学问。这类学问，早期文献多已失传，读者要想了解，只能看出土材料。这里简单说几句。

“顺时而发”，是讲选择时日（术家叫“选择”），用兵要合于时令。古代的选择书经常讲用兵，兵书也经常讲选择。出土发现，子弹库帛书、睡虎地《日书》，很多数术书，都有这类内容。

“推刑德”，“刑德”是一种选择术，它和用兵关系很密切。马王堆帛书《刑德》就是这种书。孔家坡汉简《日书》也有这方面的内容。

“随斗击”，古代占卜，有一种工具叫式盘，当中是北斗，周围是二十八宿，北斗犹如表盘的指针，二十八宿犹如表盘的刻度。古人相信，斗柄指谁谁败，相反的方向才是吉。孔家坡汉简《日书》有《击》和《斗击》，就是讲这种数术，张家山汉简《盖庐》也有这方面的内容。

“因五胜”，是讲五行相胜的数术。虎溪山汉简《阎氏五胜》就是讲这类数术，孔家坡汉简《日书》也有这方面的内容。

“假鬼神而为助者也”，这类学问，充满迷信，但在古代，却是“高科技”。古代的军事气象学、军事地理学，就是集中在这一类。

《孙子》也讲兵阴阳，主要集中在后半部。一是《军争》到《九地》，《孙子》处处讲地形，涉及阴阳、顺逆、向背；二是《火攻》，《孙子》讲“发火有时，起火有日。时者，天之燥也；日者，月在箕、壁、翼、轸也，凡此四宿者，风起之日也”，讲“火发上风，无攻下风。昼风久，夜风止”。这类学问，古代叫风角。诸葛亮借东风，就是这种学问，古代属于兵阴阳。

（四）技巧

班固的定义是“技巧者，习手足，便器械，积机关，以立攻守之胜者也”。

“技巧”，和人有关，既和武器的使用有关，也和军事技能的训练有关。

“习手足”，“习”是习练，“手足”是人的手脚。古代的军事训练，包括单兵格斗和阵法操练。单兵格斗，也叫“技击”或“武术”，有徒手和器械两种。它包括手搏（拳术）、剑道（剑术）、射法等。古代的军事体育，角牴（摔跤）、蹴鞠（古代的足球）、博弈（六博和围棋），也属这一类。[1] 阵法操练，主要是队列训练。现代的制式动作（如分列式）就是这种训练的遗产。

“便器械”，“便”是便利，这里指熟悉和掌握；“器械”指戈、矛、剑、戟、弓矢等武器。

“积机关”，“积”是储积，“机关”是机械性能复杂，用钩牙、齿轮、滑轮、皮带和绞车操作，带有自动或半自动特点的武器。[2]“机”是器之巧者，“关”是有控制装置。比如攻城守城的各种器械（如弩、炮和楼橹、轒辒之类），就是这类武器。

“以立攻守之胜者也”，指用于实战，特别是攻城和守城。大家读一下《墨子》中的城守各篇和宋代的《武经总要》，就会明白，中国古代最先进的武器，主要是用于攻城和守城。

谋略在先，技术居后，这是中国的传统。[3]

谋略的本质是什么？是“诈”。

再说“兵以诈立”

“兵以诈立”是《孙子》原书的说法（《军争》），后人叫“兵不

---

〔1〕 大家都说，奥林匹克精神是和平的精神。但具有讽刺意义的是，奥林匹克的所有运动项目，几乎都与军事有关。

〔2〕 我国古书中的“机关”有两个意思，一个意思是器官，如《鬼谷子·权》“故口者，机关也”；还有一个意思是自动或半自动的机械，如《论衡·儒增》说的“木鸢”，就是用“机关”操作。日语是用“机关”（kikan）翻译英语的 organ，用“机关炮”（kikanko）翻译英语的 machine gun（汉语作“机关枪”），用“机械”（kikai）翻译英语的 machine。现代汉语的“机关”和“机械”是借自日语。

〔3〕 克劳塞维茨的《战争论》几乎不谈武器。有人说，这是“哲学家的失误”。参看：罗伯特·L·奥康奈尔《兵器史——由兵器科技促成的西方历史》，卿劼、金马译，海口：海南出版社，2009 年，226 页。其实，任何以谋略为主要对象的书，都不会把武器放在第一位。

厌诈”。我在北大讲《孙子》，就是用这四个字作我的书名。

什么叫“兵以诈立”？我们要弄清两个概念，什么叫“兵”，什么叫“诈”。这两个字的含义并不简单，对研究《孙子》很重要。

（一）什么是“兵”？

《孙子》全书，第一句话是“兵者，国之大事”，第一个字就是“兵”。

这个字，现在的出版物，白话翻译本也好，英文翻译本也好，除我，几乎毫无例外，全都翻成“战争”，我必须指出，这样理解并不准确。正确翻法，“兵”是“军事”，不是“战争”。军事的概念比战争大，打仗有军事，不打仗也有军事。

我们要知道，现代汉语的“军事”一词，是从日语借用的外来语，相当英语的 military affairs。[1] 卫灵公问陈，孔子对曰：“俎豆之事，则尝闻之矣；军旅之事，未之学也”（《论语·卫灵公》）。“军事”就是“军旅之事”，和军队有关的事，中国古书原本就有这个词，也叫“兵事”。[2]

“兵者，国之大事”，正确的翻译是“军事，是国家的大事”。

“军”和“兵”是军人，是军队，既包括人，也包括他们的武器。“兵法”研究的“兵”是武装起来的人，而不是战争。古代训诂，没有以战训兵的例子。

什么是“兵”？古书用法有三个含义：

---

〔1〕 现代汉语，“兵制”改叫“军制”，“兵法”改叫“军事学”，“兵书”改叫“军事著作”，很多“兵”字都换成了“军”字。许保林先生提到过这一现象，他以为，这是因为现代汉语的“兵”字含义缩小，无法概括所有军事问题，见他的《中国兵书通览》（北京：解放军出版社，1990 年）4－5 页。其实，中国的现代科学术语多借自日文。这是由翻译引起，而不是其他原因。

〔2〕 这两个词频见于《左传》、《周礼》和《史记》、《汉书》，含义很清楚，绝大多数情况都是指军旅之事，只有“兵事起”（如《史记·田叔列传》）或“兵连祸结”（如《汉书·匈奴传》）这样的话，可以把“兵”字解释为战争。

(1)“兵”是武器，相当英文的arms。“兵”字的本义是兵器，但我们要注意，《孙子》中的“兵”字，没有一处是指兵器。[1]

(2)“兵”是军队，相当英文的army。《孙子》中的“兵”，主要指人，不是军队，就是与军队有关的事。即使不打仗，照样有军事，古人叫“武备”，“武备”也属于军事。

(3)更确切地说，“兵”是用武器武装起来的人，即所谓武装力量（armed forces）。

这种词义辨析之所以重要，是因为人类战争史，武器的发展太快，令人眼花缭乱，很容易给人造成一种错觉，以为军事史就是武器史。马克思曾经说，商品世界是个头足倒置的世界。[2]武器的世界也是个类似的世界。

现代兵家几乎等于兵器家。

这里，我们要辨明的是，军事的主体是人，而不是武器。

(二)什么是“诈”？

韩非说，“繁礼君子，不厌忠信；战阵之间，不厌诈伪”（《韩非子·难一》)。这是“兵不厌诈”的出典。

“诈伪”的本义是什么？“诈”跟“作”有关，“伪”和“为”有关，都暗示着某种人为制造的成分。人为制造造什么？一是造形造势，造各种假象，二是造“攻其无备，出其不意”。形势重要，心理效果也重要。

在《兵以诈立》中，我曾提到，克劳塞维茨说，弱者比强者更

---

〔1〕上世纪70年代，我到齐思和教授家请教。他问我，顾炎武说，先秦古书的“兵”字都是当武器讲，秦汉以来才当士兵和军队讲（《日知录》卷七)，对不对？现在我的回答是不对。

〔2〕马克思《资本论》第一卷第一篇第一章的第四节《商品拜物教性质及其秘密》，收入《马克思恩格斯全集》第23卷，北京：人民出版社，1972年，87－101页。

偏爱“诡诈”。[1] 这话很重要。但这里我想补充，“诈”分两种，“暗箭”固然是“诈”，“明枪”也可以是“诈”。而且一般地说，两种“诈”总是相互制衡，充分体现出什么叫“不平衡的平衡”。

人们往往容易记住的是弱者的“诈”，而容易忽略的是强者的“诈”，以为强者完全是依赖实力，根本不用“诈”。其实，依靠实力的“诈”同样是“诈”。有一位研究武器史的美国专家说得很清楚，“美国冷战军事思想的实质其实是一种欺骗，但是由于其外表太具有迷惑性，以至于对手不得不认真对待”。[2]

当代有两种“诈”互相斗法：

(1) 核讹诈（国家恐怖主义），苏美两强对抗，主要比武器，比国力（政治、经济、外交的总体实力），古巴导弹危机是典型案例。

(2) 恐怖战术，弱对强，实力太不对称。弱方几乎一无所有，只有 AK-47 和“人肉炸弹”，“9·11”是典型案例。

这两种“诈”，都利用对方的恐惧，有强烈的心理震慑作用。前者是靠绝对优势，绝其交援，围死对方，困死对方，在气势上压倒对方，吓倒对方，用武器的优势抵消伤亡，用最小伤亡换取最大胜利。后者是靠不怕死的精神，你怕死，我不怕死，抓住强国和富人的最大弱点，朝死里整。

怕死有怕死的主意，不怕死有不怕死的主意。

《孙子·九地》有两段话，值得玩味：

一段话，是“夫（霸王）〔王霸〕之兵，伐大国，则其众不得聚；威加于敌，则其交不得合。是故不争天下之交，不养天下之权，信己之私，威加于敌，故其城可拔，其国可隳”。

---

〔1〕 参看：克劳塞维茨《战争论》，中国人民解放军军事科学院译，北京：商务印书馆，1978 年，第一卷，216 页。

〔2〕 罗伯特·L·奥康奈尔《兵器史——由兵器科技促成的西方历史》，403 页。

一段话，是“令发之日，士卒坐者涕沾襟，偃卧者涕交颐，投之无所往，诸、刿之勇也”。

“王霸之兵”靠的是实力，“诸、刿之勇”靠的是勇气。

唐且使秦，秦王以势压人，霸气十足。他说，你听说过“天子之怒”吗？那是“伏尸百万，流血千里”，这就是“王霸之兵”。唐且只有一个人，面对死亡的威胁，他说，那你听说过“布衣之怒”吗？那是“伏尸二人，流血五步，天下缟素”。这就是“诸、刿之勇”。

这不是血肉之躯和坚甲利兵的悬殊较量，而是人与人的拼死搏斗。

“兵以诈立”还是“兵以器立（或兵以技立）”

战略源于诡诈。中国，兵法挑战军法，兵法脱离军法，“兵不厌诈”是标志。从此才有战略研究。

中国的战略文化最发达。贵谋尚诈，是中国军事学的传统，这反映在兵书分类上。

上面讲兵书四门，权谋、形势是谋略，阴阳、技巧是技术。它把谋略摆在技术之上，这就是贵谋的表现。

中国讲谋略，权谋是大计，形势是小计，它是把权谋摆在形势前。

中国讲技术，阴阳和天地有关，技巧和人有关，它是把阴阳摆在技巧前。

这四门，无论谋略，还是技术，都是强调人。武器往哪儿摆？是放在技巧下面讲，跟人搁在一块儿讲，没有独立的地位。

军事学是一门综合性的学问，不能拆开来，片面强调，像相声说的，眼睛和鼻子哪个更重要。“兵法”的“兵”是什么？“兵书”的“兵”是什么？它既是武器，也是军队，两者是结合在一起，要说重要都重要。

大家说武器比人重要，从表面看，似乎很有道理。因为武器的进步，武器的革命，突飞猛进，太明显，人有什么进步？几千年都过去了，要从身体看，还是一鼻子两眼儿，没什么进步，不但没有进步，还有退步。武器越发达，人类越怕死。文明人，都是娇气得不得了。

武器发展快，武器真厉害，没错，但大家不要忘了，武器是人造出来的，人不是武器造出来的。武器可以杀人，人也可以消灭武器。消灭武器，才是人类的理想。[1]

可惜，现在的兵学，已经变成兵器学。很多人都相信，由于技术的发达，武器的重要性越来越高，人的重要性越来越低。人，变成废物点心。

人和武器，哪个更重要？这是老问题，不是新问题。

中国古代有个传说，是讲这个问题。据说，黄帝手下有六个大臣，天官叫蚩尤，他是武器的发明者，历代祭祀，号称“兵主”，是个邪恶的战神。蚩尤反叛，黄帝伐之，九战九不胜，非常苦恼。最后，还是靠了两个人的帮助，才打败蚩尤，让他死得很难看。这两个人叫风后和玄女，一男一女，他们有高招。蚩尤有好武器，他们有好阵法（九宫八阵）；蚩尤会兴云作雾、飞沙走石，风后有指南车，可以辨方正位。指南车是什么？就是古代的 GPS。这是高科技打败低科技。科技可以提高武器的性能，但科技的源头是人。

现在的武器，最厉害最厉害，莫过于核武器。1945 年，美国在日本投了原子弹，当时都以为，武器发展到这一步，到头了。这是“终极武器”或“绝对武器”，[2] 跟施瓦辛格演的那个电影（《终结者》）一样，它是“终结者”。美国有了这玩意儿，很得意，开始设计他们的“世界议会”，把联合国当自己家开的商店。大家都说，原

---

〔1〕 人和动物不一样：动物的武器都是内置，上天所赐，与生俱来，无法解除武装；人类的武器都是外置，完全可以销毁。

〔2〕 弗雷德里克·邓恩等《绝对武器——原子武力与世界秩序》，北京：解放军出版社，2005 年。

子弹一出，谁都不用打了，打也没戏。它是“和平之神”！[1] 但几乎同时，毛泽东在延安的窑洞里跟安娜·路易斯·斯特朗说，原子弹是纸老虎。[2] 美国有了原子弹，也害怕，一怕自己下不了手，二怕别人有。而事实上，很快，苏联就有了核武器。武器是传染病，从来如此，现在怎么样？早就把世界传染了。大国都有这个“富贵病”，后边不让排队，但总有排队的。[3]

我说过，Discovery Channel 有个节目，就是讲“终极武器”。它说，这种武器，一点不新鲜，人类一直追求这玩意儿，已经不知发明过多少次。

什么是“终极武器”？“终极武器”是人。武器当然可以消灭人，但全称的武器消灭全称的人，这是人类的自杀。

最近，美国打过四场战争。他们觉得，一口恶气，总算喘过来。大家说，美国的武器太厉害，不能不服，现在都什么时代了，“谋”还有什么用？“诈”还有什么用？人还有什么用？现在已经不是“兵以诈立”，而是“兵以器立”、“兵以技立”。

这个问题很尖锐。但我说了，这不是一个新问题，而是一个老问题。

有人说，打仗如打架。打架，己所不欲，强加于人，看谁拳头硬，看谁拳头大，和打仗一样；除了动拳头，还要抄家伙。没有家伙，怎么行？武器确实重要。

战争，除了短兵相接面对面的肉搏，绝大多数情况都是躲在武

---

〔1〕 这种“和平”，当时的意思，是美国少死很多人，后来大家才悟过劲儿，给它加了定语，叫“恐怖的和平”。

〔2〕 毛泽东《和美国记者安娜·路易斯·斯特朗的谈话》（1946年8月），《毛泽东选集》（一卷本），北京：人民出版社，1966年，1189－1194页。

〔3〕 冷兵器时代，弓弩一度是“终极武器”，但一经传染，也就不成其为“终极武器”。后来，火药发明，火器也是如此。核武器是不是“终极武器”？也不是，除非它把人类杀光。

器后面打，谁都想找个称手的家伙，隔老远，就能打到对方，而对方却够不着自己。弓箭，已经包含了这种设计。这是古往今来一切武器发明者的共同追求。力量大、速度快、距离长，加精确打击，一样不能少，现在的火箭、导弹，后面还是这一套。

但打架和打仗，毕竟不一样。项羽说，“剑，一人敌”，不足学，要学就学“万人敌”（《史记·项羽本纪》）。“万人敌”才是打仗。打仗是集团性的搏斗，千头万绪，千变万化，没有头脑行吗？人，四肢退化，大脑发达，要开运动会，什么都比不了动物，连参赛资格都未必有。进化半天，就剩这么件东西，你还说没用，这不是开玩笑？

很多人讲人，都是只讲身体，不讲脑袋。

高科技不是科技产品，不是武器，而是人的聪明才智，人的创造发明。科技和谋略的对立是人自身的对立，不是武器和人的对立。它们的关系，只是大道理管小道理。“谋”的意思是战略，战略的意思是对战争全局的通盘考虑。既曰全局，便既有军队，也有武器。科技只是其中的一部分。

有人说，在核武器面前，道德、勇气毫无用处。什么“二百米内硬功夫”，什么“人的因素第一”，全是笑话。

人，血肉之躯，不用说杀人无数的核武器，就连最原始的武器都抵挡不住，哪怕一根棍子、一块石头都可致人死命，这还用说吗！

武器从媒介和手段变成主体，使人产生一种错觉，好像战争，不是人和人打，而是武器和人打，武器和武器打。大家都揣着宝贝，你往天上扔个宝贝，我往天上扔个宝贝，看宝贝和宝贝在天上打。

这类说法，不是笑话，而是神话。我叫“当代封神榜”。

现在，由于武器的发达，有人开始幻想无人战争，不仅天上飞的是无人飞机，而且地上跑的是纳米战士。人还有什么用？这种神话，不但把我们的脑子搞傻，还导致了对战争的美化。从保存自己讲，是“零伤亡”，对国内民众好交代；从杀伤敌人讲，是“外科手术式的精确打击”，杀死的全是恐怖分子，没一个老百姓，多仁慈。

军队变成医院，杀人的都是大夫。

当代战争给我们描画的前景，不是“没有武器的世界”，而是“没有人的世界”。

然而，再好的武器，也不是神创，而是人的发明。即使现在，最先进的武器，也还离不开人的操作。即使最发达的军事强国，比如美国，也还养着陆海空三军。没有人的战争，目前还没发明。

没有人，武器和武器还打什么劲？那不是闹鬼了吗？

没有人的世界，武器只是废铜烂铁。

兵法，对人类道德的挑战

兵法是杀人艺术，军人是职业杀手，用不着美化。

古今中外，哪个国家，哪个民族，都离不开用兵，但谁都没法美化它，战争总是受到道德谴责。还有用间，那是“诈中之诈”。刺探情报搞暗杀，总不能光明正大。但政治家、军事家、外交家，谁都离不开间谍，谁都骂间谍，就跟人骂狗一样。

当然，他们都是只骂别人的间谍，不骂自己的间谍。自己的间谍自己疼，自己爱，隐蔽战线、地下工作，对谁都不可少。

《孙子·用间》说：

> 故三军之事，莫亲于间，赏莫厚于间，事莫密于间，非圣智不能用间，非仁义不能使间，非微妙不能得间之实。

在他看来，不是圣人，还不配当间谍。

兵法和道德有冲突，可谓由来已久。“兵以仁立”，还是“兵以诈立”，一直有争论。早在战国时期，荀子和临武君就吵这个问题，一吵就是两千多年。宋以来，很多人说，《司马法》是正，《孙子兵法》是奇。《孙子兵法》不如《司马法》。

荀子的学生，韩非，既学儒术，又学道家，他想区别这两个方面，折衷这两个方面。

韩非讲过一个故事。晋楚城濮之战，晋文公问舅犯（他的舅舅狐偃，字子犯），我军将与楚人交战，彼众我寡，怎么办？舅犯说，我听说“繁礼君子，不厌忠信；战阵之间，不厌诈伪”，您只有一个选择，就是“诈之”。同样的问题，文公又问雍季（公子雍，晋文公的儿子）。雍季说，“焚林而田，偷取多兽，后必无兽；以诈遇民，偷取一时，后必无复”，意思是“诈”只能收一时之利，却非长久之计。文公表扬雍季，说很好，但采纳的却是“舅犯之谋”。晋国取胜后，论功行赏，照理说，舅犯功劳最大，但文公却把雍季排在舅犯之前。群臣不解，都说“城濮之事，舅犯谋也”，您怎么反而把他排在雍季的后面。文公说，这你们就不懂了，舅犯的话，只是“一时之权”，雍季的话，才是“万世之利”。孔子听说，大发感慨，说“文公之霸”是理所当然，他是“既知一时之权，又知万世之利”呀（《韩非子·难一》）。[1]

中国古代，虽有正奇之辨，道权之辨，儒家总是强调“仁义”高于“诡诈”，军法高于兵法。但在用兵的问题上，没人可以靠道德吃饭。泓之役，宋襄公的死就是教训。从此谁都知道，战争是靠“兵不厌诈”。

这是“兵不厌诈”的出典。

兵法对道德是最大挑战。我可以举两个例子。一个是诈坑降卒，一个是血腥屠城。

现代战争，有《日内瓦公约》，有红十字会组织，好像体育比赛，有一套规则。打仗是军人和军人打，不可袭击平民，不可屠杀

---

〔1〕 这里值得注意的是，晋文公问“彼众我寡”怎么办？舅犯的回答是“诈”。克劳塞维茨也说，弱者比强者更偏爱诡诈。

和虐待放下武器的军人，叫“人道主义”。但打仗是杀人，杀人怎么还讲“人道主义”，一边杀一边救，本身就是讽刺。[1]

况且，就连这么一点儿“人道”，都来得如此不易。大家千万不要忘了，二次大战是怎么结束的，德累斯顿大轰炸，广岛、长崎的原子弹爆炸，那些死者，可并不都是军人呀，绝大多数都是平民。

古代战争，诈坑降卒、血腥屠城，全世界很普遍。白起坑长平，英布坑新安，成吉思汗屠城，丰臣秀吉筑耳冢，这并不是多么遥远的故事。南京大屠杀，就是现代版。

古人为什么会这么野蛮？原因很多。久攻不下，兽性大发，疯狂报复，是一个原因。折首执讯有功，也是常有的考虑。但更重要的是，他们嫌俘虏太麻烦，太危险。你如果设身处地想一下，几十万人，管吃管喝，疗病疗伤，那是谈何容易？这且不说，光是一个最简单的问题就不容回避。古代，即使赤手空拳，几十万人暴动，怎么防范。最简单的办法，就是把人都杀掉，杀不过来就坑。你只有理解人性的脆弱和人性的残忍，你才能理解，孙子讲“卒善而养之”（《作战》），这在古代有多不容易。

《孙子》这本书，是以说理为主，不是以讲故事为主，人物当然少。他的书，只有四个人：两个是恐怖分子（专诸、曹刿），两个是大特务（伊挚、吕牙）。“诸、刿”是勇敢的象征，“伊、吕”是智慧的化身，都是光辉形象。这对道德，本身就是挑战。

专诸、曹刿，是古代的刺客。《孙子》对他们，一点儿不嫌弃，还很推崇。

这是古风。

古代兵书，讲这种勇敢，不光《孙子》：

〔1〕 这类“人道”，后面有中世纪的武士传统和基督教传统。

> 今使一死贼伏于旷野，千人追之，莫不枭视狼顾。何者？恐其暴起而害己也。是以一人投命，足惧千夫。今臣以五万之众，而为一死贼，率以讨之，固难敌矣。（《吴子·励士》）
>
> 一贼仗剑击于市，万人无不避之者。臣谓非一人之独勇，万人皆不肖也。何则？必死与必生，固不相侔也，听臣之术，足使三军为一死贼，莫当其前，莫随其后，而能独出独入焉。独出独入者，王霸之兵也。（《尉缭子·制谈》）

《吴子》、《尉缭子》推崇的“死贼”也是恐怖分子。它们都推崇这种“拼命三郎”式的勇气，甚至说，以五万之众（或三军之众）“为一死贼”，本身就是“王霸之兵”。

伊挚、吕牙是商周的开国功臣，也是古人崇拜的对象。《孙子》以他们为例，要说明什么？他要说明的是，间谍不但很道德，还是道德的化身。不是大仁大义、大智大勇，还不配当间谍，只有圣人才配当间谍。

战争总要杀人，间谍总要不择手段，这种暴力，这种诡诈，谁都骂，先秦诸子都骂，现代的知识分子也骂。但任何一个政治家、军事家、外交家，都不可须臾离之。人类对暴力是又恨又爱，爱恨交织，爱恨之间还夹杂着恐惧。

“兵以诈立”，对军人来说，必须如此。除暴安良，不能不如此。

军人很坦白，仍有古风。

现在，承平之世，《孙子》的读者主要是商人。战争是流血的政治，政治是不流血的战争。很多人都以为，不流血的政治就是生意，就是买卖。

商人心里想，商场如战场，有竞争就有对手，有对手就有这一套。“商以诈立”、“商以利动”，“商以分合为变”，推广于商，还有问题吗？好像没问题。

但商人也敢这么讲吗？不敢。相反，他们总是说，做买卖全靠诚信二字。

天下有贼，有大贼。窃钩者诛，窃国者侯。钱包是小贼偷的，金融海啸是大贼闹的。

我是研究兵法和方术的。领袖班、总裁班，他们请我讲课，我发现，他们最爱听两样东西，一是阴谋诡计，二是装神弄鬼。我想，三十六计那一套，他们肯定比我懂。所以，我就不讲了。

我是把《孙子》当兵书读，商战，我不讲。

兵法，对人类智慧的挑战

兵法是一种思维方式，它有三大特点：

（一）它是在高度对抗中思维。打仗是两军对抗，不是一厢情愿。我方的行动要取决于敌方，敌方的行动要取决于我方。在激烈的对抗中，我变敌变，敌变我变，瞬息万变。任何环节的改变都可能引发全局的改变，不可测的东西太多。特别是“人心难测”。“人心”是最大的变量。

（二）任何军事计划，都要落实到行动，在行动中修正，在行动中改变。不管事先有多充分的准备，多全面的调查，多周密的部署，都要跟着形势变。战斗需要的是马上接招，快速反应，而不是从容不迫，深思熟虑。思考，只是行动的一部分，甚至是一小部分，判断力胜于理解力。

（三）在战场上，已知总是包裹在未知之中，未知常常大于已知，尽管指挥者都想多知道一点，敌情我情，尽量了解，也做不到算无遗策，“料敌制胜”的“料”只是一种模糊判断，难免带有猜测和赌胜的成分。科学判断只是认识的一部分，整个认识，整个行动，都带有蒙的成分。

这种思维方式对人类智慧是一种巨大的挑战。

人类，在对抗中思维，在行动中思维，而不是像在实验室环境下，像看一只死老鼠那样思维，其实是认知的常态，大部分情况都如此。

孔子说，“知之为知之，不知为不知，是知也”（《论语·为政》），道理是对的。人类的思维总有这两部分，但王倪的问题问得好，你怎么知道你知道什么，你怎么知道你不知道什么（《庄子·齐物论》）。特别是“不知”，既然是“不知”，你怎么“知”。战场上，百密犹有一疏，再充分的侦察，再周密的预案，仍有很多漏洞。战场很残酷，一个判断做出，错就是错，不允许重复，不允许后悔，死者不可复生，亡国不可复存。这对科学是巨大挑战。

我们这个时代，据说是科学的时代，科学万能，已经覆盖一切。但即使今天，我们也得承认，科学只是思想的一部分。另一部分是什么？大家习惯说，那叫迷信。

兵法是科学还是迷信，这对科学史是个挑战，对思想史也是挑战。

我们都知道，打仗是要死人的，绝对开不起任何玩笑，不讲科学怎么行？但科学之所以叫科学，有一条非常重要，就是它总结出来的东西，都是屡试不爽可以重复的东西。《孙子》说，“兵无恒势，水无常形”（《虚实》），怕的就是重复，上一次管用，下一次照搬，是兵家的大忌。在战场上，没有什么是屡试不爽。

军队是最讲规则的地方，“军令如山”，必须服从，绝对服从。而兵法又是个挑战规则的东西，没有规则就是唯一的规则。

克劳塞维茨说“战争最像赌博”，[1] 我也讨论过“卜赌同源”。[2] 占卜当然是迷信。

---

〔1〕 克劳塞维茨《战争论》，中国人民解放军军事科学院译，北京：商务印书馆，1978年，第一卷，41页。

〔2〕 李零《中国方术续考》，北京：中华书局，2006年，15－20页。

兵法是研究测不准的东西，研究测不准的东西，在古代才是最高层次的东西。占卜也是研究测不准的东西。

古人的思维，科学和迷信总是搅在一起。我们甚至可以说，科学只是迷信的一部分。你别以为，这是讲古人的脑瓜。今人的脑瓜也是如此。比如赌马、摸彩票、预测足球，科学是要大打折扣的。

有未知，就有对未知的猜测；有对未知的猜测，就有迷信。

研究战史，总结成败，把流血的经验写成兵书，这是“沙里淘金”。

沙里淘金。金子被淘出来，才叫金子，没有淘出，只是沙子。金子是沙子中的精华，没错，但不是沙子的总体。沙子才是总体。

思想史是“沙子”史，“沙里淘金”史，不是“金子”史。

科学只是思想的一部分。

兵法，西人叫 Art of War，Art 是艺术。军事学是艺术还是科学，一直有争论。

其实，军事学是一门综合性的学科，里面既有自然科学，也有社会科学，也有可以称为艺术的谋略。

军队的武器装备和后勤保障，涉及各种军事技术，属于自然科学（第一层次）。

军队的战争筹款、军事预算，还有管理和训练，属于社会科学（第二层次）。

指挥艺术是小战略，政治艺术是大战略，属于战争艺术（第三层次）。

艺术才是处于最高层次的东西。

怎样读《孙子》

兵书作者，大多是“冷眼旁观者”、“事后诸葛亮”，他们可能是政治家，可能是参谋人员，可能是随军记者（类似体育教练和体育记者）。真正的军人，特别是战斗在一线的指战员，一般都不写兵书。

读兵书的，就更是旁观者。

我是旁观者。

我读兵书，主要是两个角度，一个是军事史，一个是思想史。商战、管理类的推广，不属于我的讨论范围。这种学问，是日本人搞出来的，很像“文革”的“活学活用”（他们还有《兵论语》一类傻书）。凡是研究这类学问的，大都无师自通，不必用《孙子兵法》装门面。

阅读《孙子》，我有七点建议：

（一）《孙子》的精髓是谋略。研究谋略，最好读战史。西方兵法，最重战史。古典时代是以战史为兵书，现代兵书也喜欢凭战例讲话。谋略是求生术，死里逃生术。兵法是无数流血经验的总结。不知死，焉知生。血的教训，写进战史，谁敢不重视？我国也重视。我国军人读兵书，也要结合战例。

（二）他山之石，可以攻玉。中外战史，中外兵书，最好对着读。比如西方传统，重兵器，重实力，重勇气，重财力，重技术支持，重海外扩张，有一股凶蛮之气。他们喜欢强调的东西，往往是我们容易忽略的东西。我们贵谋尚诈，没有这些过硬的东西，谋、诈就被架空了，两者可以互补。

（三）兵法有主客之分、攻守之异，《孙子》尚攻，《墨子》尚守，不一样。孙子和克劳塞维茨也不同，克氏尚力，强调先兵后礼，孙氏尚谋，强调先礼后兵。这些都是正规战。毛泽东兵法强调非正规战。游击战和持久战，都是弱势兵法。弱势兵法更强调诡诈。我们要注意，《孙子》以外，还有其他类型的兵法。

（四）现代战争是总体战争，军、民的界线被打乱（拿破仑战争的时代就已出现），军事手段和非军事手段是轮着用。《战争论》注意及此，才有“战争是政治的继续”说。战略变成大战略。《孙子》论兵，牵涉多广，有君、将关系，有军、民关系，有军赋和出兵的关系，有伐谋、伐交、伐兵的关系。我们要注意，他的谋略也是大战略。

（五）读《孙子》，大家最陌生，可能莫过于其中的兵阴阳说。比如它讲地形，比如它讲火攻，都牵涉到这方面的知识。碰到方术知识，碰到方术术语，怎么办？大家可以学一点方术。方术是古人的自然知识，天文、气象、地形、地貌，都属于这种知识。我写过两本讲早期方术的书，[1] 大家可以参看。

（六）《孙子》讲武器，讲装备，主要集中在《作战》、《谋攻》两篇。讲野战，重装备有马车、牛车，驰车、革车，各种战车；轻装备有甲、胄、戟、盾、矛、橹（蔽橹）、弓矢和弩。讲攻城，有楼橹、轒辒、距堙。《火攻》篇讲的“火”，也属于广义的武器。研究《孙子》，还要有兵器史的知识。武器属于兵技巧。

（七）兵技巧，还有个方面是技击和体育。技击（武术），包括手搏（拳击）、角牴（摔跤）、剑道和射法。体育源于军事训练，比如奥运会，田赛径赛、五项全能，追根溯源，全是军事训练。我国也如此。中国体育，射箭、投壶、蹴鞠（足球）、博弈（六博和围棋），也和军事有关。战争充满狂热，体育也充满狂热，和平时期，体会战争，最好的代用品就是体育比赛。

但我们不要忘记，战争可不是“公平竞赛”。

香港版前言

2009 年 11 月 1—3 日，第八届《孙子兵法》国际研讨会在北京举行。最后一天，会议组织者请我作大会发言，我讲了几句话，

---

〔1〕 李零《中国方术正考》、《中国方术续考》，北京：中华书局，2006 年。

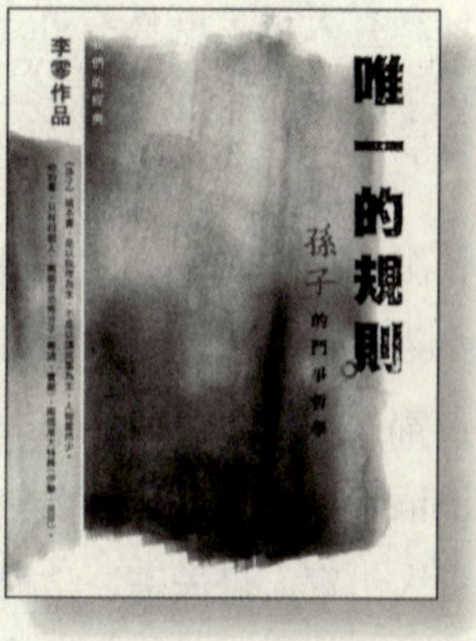

香港：香港中文大学出版社，
2010年1月

时间短，不能尽意，这里发挥一下，作为香港版的前言。

我们生活的世界是由大国的商业巨子及其代言人所控制。传统的王权和宗教势力，部落长老和军阀，虽然也还发挥着巨大影响，但商人的作用比他们大。

所谓“市民社会”，其实是商业社会。在马克思最早的手稿中，他是拿这个词当社会这栋大楼的地基来讲，相当他后来用的“经济基础”。

商业是人类文明固有的活动，已经存在了几千年。它的存在自有它存在的道理。

语云，“天下熙熙，皆为利来；天下攘攘，皆为利往”（《太平御览》卷四九六引《六韬》佚文）。高速公路，四通八达，车流、人流、物流，川流不息，来来往往干什么？主要是为了赚钱。

人是经济动物。天上飞的，地上跑的，海里游的，谁不追逐这个诱人的“利”字？

人对利益的服从，要远远胜过道理。

现在，研究《孙子兵法》，有门“大学问”，是用《孙子兵法》做买卖。据说，这是在和平年代把《孙子兵法》活学活用，应用于社会实践，前途无限宽广的一种，也是弘扬传统文化不可缺少的一环。有人说，既然有孔子学院，就该有孙子学院。有人在苏州——孙子工作战斗过的地方——已经办了这样的学院。

近年，“打造企业文化”是一种时尚，全国各地有各种老板班。杜维明教授说，在这些如饥似渴的人的身上，他看到了传统文化的希望。这种班，凝聚了各种“成功人士”。其中比较高级的一种，学员都是CEO，号称“总裁班”。做买卖的风起云涌，当干部的也大浪滔天，他们的班，名称更牛，号称“领袖班”。难怪有人说，教书育人，育人是关键，学校的高端产品是亿万富翁和国家领袖。

有一个时期，我们学校，几乎每个系每座楼都有大横幅，大家都在办这种班。现在，横幅少了点儿，班还在办。

有人不断往家里打电话，请我为老板讲课，我终于发现，方术和兵法是大热门，越是装神弄鬼，越是阴谋诡计，他们越有兴趣。

不错，我写过这方面的书，他们知道我的名。可是，我特别不识抬举，全过各地，很多电话打来，请我讲课，我都谢绝了。最近一次，是北京大学光华管理学院来请，请我给外国老板上课。他们送我一堆印着西服革履照片的英文材料，诚心诚意。我犹豫了一下——这毕竟是我们学校的人来请，不好意思呀，但最后还是谢绝了。

不是拿糖端谱摆架子，我确实讲不了，讲出来令人扫兴。

我跟邀请者讲了我的顾虑：

我不是没去过这种场合，去过好几次，我发现，我满足不了他们的需要。我要讲的，不是他们要听的。他们要听的，我又不会讲。

虽然，他们也给我鼓掌。

革命的首要问题是敌我友，战争的首要问题也是敌我友。

政治战和外交战，选战和商战，到处都有敌我友。

只要有敌我友，就一定有“诈”。

有利就有诈，不必羞羞答答。用兵有诈，做买卖有诈，政治外交也有诈。比如，那位为中美建交修桥铺路的基辛格博士，他在巴基斯坦就玩过“瞒天过海”。

诈，只有兵家敢讲。兵家，诈是诈敌。“攻其无备”的“其”是敌，“出其不意”的“其”也是敌。他可以坦白讲，毫不脸红。问题是，青天白日，大庭广众，谁敢讲“政不厌诈”、“商不厌诈”？

现在，用《孙子兵法》搞商战的人都说“商场如战场”。问题是，在这个战场上，谁是你的敌人？谁是你的朋友？你是诈谁？消费者，还是竞争对手？上海话，最好先 ganggang qingsang（讲讲清爽）。

除了战场，“诈”到哪儿都不是好词，它对道德是巨大挑战。从“兵不厌诈”到“商不厌诈”，这个大弯儿不好转。

军人讲武德。什么叫武德？

除暴安良、杀敌致果，就是军人的武德。

武德的前提是什么？是战争的合法性。

《司马法·仁本》说，“是故杀人安人，杀之可也；攻其国，爱其民，攻之可也；以战止战，虽战可也”。

战争是“被认可的暴力”(sanctioned violence)，杀人得杀得有道理，不然就是犯罪。

问题是，《孙子兵法》可以讲“兵不厌诈”，人家军人可以讲“兵不厌诈”，你商人敢不敢讲“商不厌诈”？你用《孙子兵法》做买卖，这个问题没法回避。

我的看法，“诈”不是不可讲，而是很值得讲。光是为了防身，也值得讲。

关键是看你怎么讲。

很多坦言诡诈者，其实都是老实人，比如韩非，比如马基雅维利。

狡猾的政客和奸商都是只干不说。

只说不干是“傻”，只干不说是“诈”。如果再把“诈”包装成道德，就是更大的“诈”。

《孙子兵法》讲“兵以诈立，以利动，以分合为变者也”。这三大特点，商业也有。毫无疑问，很多商人是把商业竞争看作战争。有人说，承平之世，兵法有什么用，主要用处就是用来做买卖。他们对《三十六计》比《孙子兵法》更喜欢，老把两者扯一块儿，把它们当生意经，讲得头头是道。

“借刀杀人”怎么讲？“笑里藏刀”怎么讲？“偷梁换柱”怎么讲？“上屋抽梯”怎么讲？满地奸商，随便拎出个人，全都比我懂。

用《孙子兵法》做买卖，我在《兵以诈立》中说，风从日本来。

日本战败，放下屠刀干什么？不是立地成佛，而是立地经商。

做买卖和兵法有关，关老爷是象征。

关老爷是武圣人，也是财神。现在的饭馆，门口都供关老爷，其实就是财神。

商业和战争有关，没错；商业和兵法相通，也没错。但商业有道德和法律管着，总不能把一个“诈”字，揣在心头，挂在嘴上，理直气壮。

商业道德讲什么？讲的是一个“信”字，和“诈”正好相反。

商人，一个讲“信”的商人，他要取信于谁？顾客。老人小孩，谁都不能骗，过去叫“童叟无欺”。

政治家都懂得，“民信”很重要，老百姓不信任，你就得不到选票。商人也一样，顾客不信任，你的东西就卖不出去。

这是从实际出发，从利益出发。

做买卖，“诈”有底线，“信”也有底线。前者限于法（如反垄断法，反欺诈法），后者止于钱，不能提过高的要求。

商业道德，钱是一个坎儿，“信”到赔钱不行。“信”是用来赚钱的。不怕不识货，就怕货比货，他讲“信”，是要你相信，要你相信他的货，而不是别人的货，所以他要大声吆喝。

广告就是一种吆喝。

我在《去圣乃得真孔子》一书的题辞中讲过卖假药者理解的

"商业道德"。他们说，卖药就要卖既治不好病也吃不死人的药。

我说的道德并不高，但不能低到这种份上。

造假，除了技术攻关，还有心理攻关，语云"攻心为上"。

心理学的奥妙更重要。

比如明明治不好的病，他说他能治，就是一种"聪明的吆喝"。病笃乱投医：人，大医院跑遍，病到无药可医，就会相信任何药，一次不灵，他会再三试，这种不行，他会换另一种。奸商知道，越是广大人民需要，越是商机。比如小孩喝的奶，老人吃的药，还有谁都离不开的房子。

越是商机无限，越是杀机四伏。

现在的大陆，打开电视，每天都是各种警告，警告大家，千万别上当。诈，各种各样的诈，假，各种各样的假，花样翻新，目不暇接，已经和天气预报差不多，正在追攀广告。

很多奸商都知道，老人小孩最好骗，童叟皆欺。

过去，大家都以为，诈是商业初期的行为，小商小贩，原始积累，才这么干，等买卖大了，奸商就变成慈善家，不对。大家读读《资本论》就明白了，这是原罪，这是基因，再文明的商业也断不了这个根儿。

谓予不信，请看最近的事儿，金融风暴给大家上了很好的一课。

现在我们才知道，无声无息、无影无形、杀人不见血、吃人不吐骨头的"诈"，麦道夫式的"诈"，其实都发生在产业链的高端。

俗话说，赌钱不输，只有庄家。世界是个大赌场，谁是庄家？

落后国家都做大国梦，原来大国也有诈，甚至诈到自己头上。

什么叫大国？大国是富国，大国是强国，国要富，兵要强，买卖遍布全世界，基地遍布全世界。

他们，产业结构大调整，当然特和谐，当然特环保。廉价商品，全在外面造；脏活累活苦活、破坏环境作践身体的活，全都转移出去，只剩金融、高科技。

我要钱，你干活；我动脑子，你卖力。树从外面砍，油从外面采，矿从外面买，蓝了自己的天，黑了人家的地，多好，好到还有“何不食肉糜”的骂人特权。

其实，这样的榜样，远在天边，近在眼前，只要有贫富落差的“高压槽”，就会有双向流动的“转圈圈风”，旱的旱死，涝的涝死，国内也一样。

话扯远了，还是说点与我事业有关的事吧。

现在，大家都说，文化浩劫全是义和团、“文革”闹的。其实，就考古文物而言，现在才是空前绝后的文化浩劫。

我说“绝后”，不是夸大。以后，东西都盗光了，卖掉了，你想“伟大复兴”都没法复。

中国文物界，两个口子一开，就江河横溢。

一个口子是文物拍卖，嘉德拍卖行的成立是标志性事件。一个口子是文物回流，上海博物馆从香港回收盗掘文物是标志性事件。

从此，文物成为商品，有需求就有供货，地毯式的全国盗掘应运而生。

全民经商之后，还有全民收藏，文物考古完全失控。文物部门说文物部门管不了，警察说警察管不了，谁都说管不了。现在的媒体，铺天盖地，还一个劲儿地吹，美其名曰“藏宝于民”，提高了全民的素质。

最近，有部电视剧，《雾里看花》，其实是“雾里看诈”，我看见的全是“诈”。

行里话，古物没有真假，卖出去就是真，卖不出去就是假，据说这叫“文化”。

去年，《三联生活周刊》有一期（2008年10期），封面人物是马未都。他穿一白褂，抱一黑猫。封面故事包括四篇文章，头一篇采访，王小峰写的，题目是《马未都：收藏有诈》。

什么叫“收藏有诈”？什么叫商业兵法？大家不用听我讲，他讲的最好，他把一个“诈”字讲得活灵活现。

从“兵不厌诈”到“商不厌诈”，实在值得研究，这里面的学问可太大了。

虽然，在这本书里，我只讲军事，只讲思想，不免让读者失望，我甚至顽固地认为，在军言军，在商言商，商战，最好还是交给商人研究，军人，一定不要乱掺和，但我认为，“诈”还是一门很深的学问，还是很值得研究。

特别是它对道德的挑战，特别是它对人类的危害。

2009 年 11 月 3 日写于北京蓝旗营寓所

35 《兰台万卷：读〈汉书·艺文志〉》

北京：生活·读书·新知三联书店，2011 年 1 月

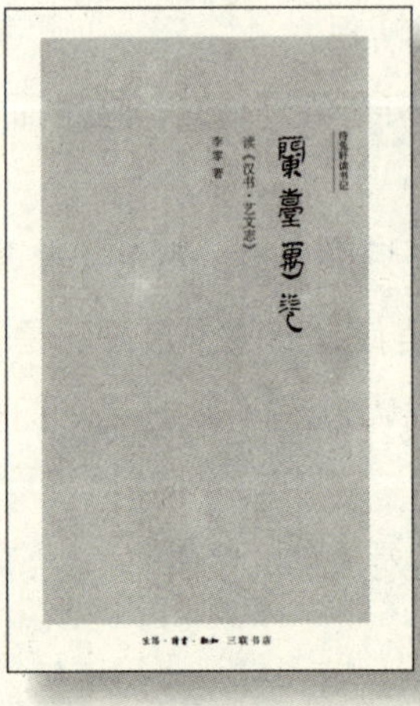

序 言

研究古书，要读原典。古书浩如烟海，但真正可以称为经典值得反复阅读、反复思考的书，拢共没几本，这样的书要精读细读反复读。

前人读古书，有门基础知识叫目录学。目录学的经典是什么？是东汉班固的《汉书·艺文志》（下简称“班志”）。班志是《汉书》十志的最后一种，读最早的古书，先秦古书和西汉古书，此书是必读书。

众所周知，班志是刘歆《七略》的节本，刘歆《七略》又是刘向《别录》的节本。《七略》有裁篇别出之例，如《诸子略》的子书，收有论兵之作，刘歆把其中的十种抽出来，不避重复，放进《兵书略》，当单行本，班志嫌重复，把这十篇删掉了。班志对《七略》有改动，《七略》对《别录》也有改动。《别录》、《七略》早已失传，只有少数佚文留下来。现在我们只能从班志了解早期的古书，

舍此没有更好的办法。

班志的书名是什么意思？我来解释一下。“艺文”的“艺”是经艺，即六门古代君子的修养和学问：诗、书、礼、乐、易、春秋，这里主要指六艺经传；“文”即总序所说的“篇籍”，则泛言经书以外的古书，都是写下来的东西。《隋书·经籍志》叫“经籍”，意思差不多。

这个目录，著录古书约600部，13000卷。古人云“读万卷书，行万里路”。[1]“读万卷书”是什么概念？那就等于说，你把西汉皇家图书馆的书看了一遍。班固校书兰台，官兰台令史，我把这本书题为“兰台万卷”，就是指这套西汉皇家图书馆的藏书。我想带你参观一下这座图书馆，看看当时的“《四库全书》”是什么样。

这些古书，大部分都失传了。留下的，即使跟目中的书有对应关系，也绝不是原书。严格讲，一本也没留下来。

那么，这部陈年老账对我们还有什么意义，读者会问。我把我的体会讲一下。

我说，这书太重要，要讲意义，至少有三点。

第一，它有学术史的意义、思想史的意义。中国学术史、中国思想史，先秦一段主要是战国时期。战国早期，世之所谓显学，主要是儒、墨二家，儒、墨各一脉，分成很多派；晚期，道家、法家、名家、阴阳家起，“道术将为天下裂”，人更多，派更多。今人盛美，称之为古代学术的黄金时代，但战国时期的人不这么看，汉代的人也不这么看。他们都说，这是个乱局，和当时的天下一样，是天下大乱之一象。乱当然不好，搁谁头上谁都受不了，但乱世出思想、出人才却是规律。这一段的思想格局是什么样，现在只能看五篇东西：《庄子·天下》、《荀子·非十二子》、《韩非子·显学》、《淮

[1] 语出宋刘彝《画旨》、明董其昌《画禅室随笔》卷二《画诀》。

南子·要略》、《六家要指》。《六家要指》后面看什么？只能看班志。前五种，只讲派，不讲书，只讲各派的祖师爷，不讲其他人，线条太粗，你只有读班志，才能“一览众山小”。

第二，中国古书，大多亡佚，特别是技术书，亡佚尤多。研究古书，要虚实结合，有大局观，不能光看古人留下了什么，也要看他们淘汰了什么，丢掉了什么。班志六略，大多亡佚，留下的书很少。简帛古书，历年出土，数量可观，有些有传世本，有些没有，绝大多数都是佚书。真正失而复得，拢共没几本，大概只有银雀山汉简《孙膑兵法》、《地典》，还有最近发现的北大汉简《周训》、《苍颉》吧。我们研究古书，要注意这个存佚格局。研究传世本，要看这个书目；研究简帛本，要看这个书目；钩沉辑佚，也要看这个书目。

第三，此书对研究简帛古书很重要。我们都知道，先秦两汉的古书都是写在竹简和缣帛上，墨子叫“书于竹帛”（《墨子》的《兼爱下》、《天志中》）。汉以后，魏晋时期，纸书才逐渐取代竹书和帛书。班志中的古书是简帛时代的古书。当时的书，都是写在简帛上，有些还有图（插图或附图），也是画在帛上（当时的地图也多半画在帛上）。今天，我们的图书馆还是图、书并称。所谓“图书”这个词，既包括图，也包括书。班志中的书是以竹书为主，帛书贵，比较少。但什么书用竹，什么书用帛，分布规律如何，太值得研究。

《汉书·艺文志》，我读过很多遍，真正读出点味道，还是靠了简帛研究。

简帛研究让我多了一只眼。

去年下半年在北大讲课，再次讲“简帛古书与学术源流”。我不想重复以前在书里讲过的东西，希望读点新材料。课是小课，授课对象是研究生。为了便于讨论，我对选课人数做了限制。

这是个讨论课，很像读书会。

我带学生读竹简，一是清华楚简《保训》（原文已经发表），二是清华楚简《耆夜》（只有李学勤先生的介绍，原文未发表），三是上博楚简《容成氏》，都是一字一句读。最后，我想讲一下《汉书·艺文志》。我给学生发了个提纲，想借这个提纲，讲一下学术史，可惜没讲完。12月28日是最后一课。讲完，这个学期就结束了。

课程结束后，离春节还有一段。春节前后，与《华夏地理》相约，到太行山考察。2月4号走，2月16号回。这之前，正好有段空闲。2010年的头一个月，我在家里读书，每天早起，敲一会儿电脑，不知不觉，原来的提纲竟变成一篇长文。

新学期开始，我把这篇笔记发给同学，请他们提意见，帮我修改。不断发现错，也不断发现问题。我觉得，汉赋三体，成相体很重要。这次跑太行山，先去郑州。我在郑州看到一面汉镜，居然是用成相体写成。所以这次修改，我加了点参考资料。一是《荀子》的《成相》篇，二是睡虎地秦简《为吏之道》中的第六章，三是李经谋藏镜和梁鉴藏镜。最后，我还加了个参考书目。

这个书目，经过选择，只是最低限度的书目。

这两年，我有一个反省，说话和写书不一样。演讲不能照本宣科，念档案。我们想过的东西，不光要写出来，还要能讲出来。我理解，只有我手写我口，最后能用最简洁的方式讲最复杂的思想才是真正的学术。这是境界。旁征博引，脚注密密麻麻，当然重要，但删繁就简、由博返约，也一样重要。

你吃过的苦，不必让别人再吃；你受过的罪，不必让别人再受。

书，一网打尽，折衷众说写集释，资料长编式的考证当然是基础，但也仅仅是基础。

注释《汉书·艺文志》，书很多。前人的研究，主要侧重三个方

修订版，北京：生活·读书·新知三联书店，2013年4月

面，一是人名、书名和词语的查证，看古书提到过什么相关线索；二是研究古书著录的体例，前人所谓校雠学的研究是这一种；三是讨论种数、家数、篇数、卷数的统计，主要是算账。

本书的重点有所不同，我是以简帛古书的知识为出发点，重点讨论班志的分类，看每一类古书又可细分为哪几类，大类也好，小类也好，每一类的性质是什么，彼此间的关系是什么。这是大局。细节，前人的讨论也非山穷水尽，留下的问题很多，我做了新的讨论。家数和篇数的统计，主要问题在《六艺略》。《六艺略》讲家，是有人论人，无人论书，各类后面的小计，家数不等于书的种类。前人讲家，不能分辨两种家，所以怎么也讲不圆。这方面的问题，我也做了梳理。

前人讲过的东西，当然是我的研究基础，但我的叙述力求简练，前人反复讲的话，没必要重复引证。我想用最简洁的方式讲话，直接讲我对问题的看法。引述，只是最低限度。辩论，也是最低限度。前人讲过什么，我讲过什么，大家可以查，不一定在这本书里查。读前辈的书，和我的书作比较，有个参考书目就行。

参考书目，就是供大家查证。

查证也要简化。

现在，书的概念是“铺天盖地”，有人说，可以做到像皮鞋一样卖。电子书、图画书和影像制品更是大浪滔天，声势逼人，让很多做书的人心急火燎。但我一点儿都不急，不但不急，反而觉得，这是好事。如果书都变成鞋，书店都变成鞋店，那就让它变好了，至少不再假装是卖书。我想，恐怕只有到那一天，大家才能把书当书，把鞋当鞋，知道书和鞋还不太一样。

我写过一篇小文，《书不是白菜》，就是讲这类感想。我毫不掩饰，我对套书、大书的横行天下并不欣赏。

当此鸿篇巨制君临天下的时代，我很怀念小书。

年纪越大，愿望越强烈。

2010年3月9日写于北京蓝旗营寓所

本书原稿曾请林志鹏、田天、陈侃理、梁静、李政富、冯坤、孟繁之七位同学校阅核对，提出宝贵意见，《诗赋略》部分还得到我的同事张鸣教授指教，均此致谢。

36 《张政烺论易丛稿》

北京：中华书局，2010年12月

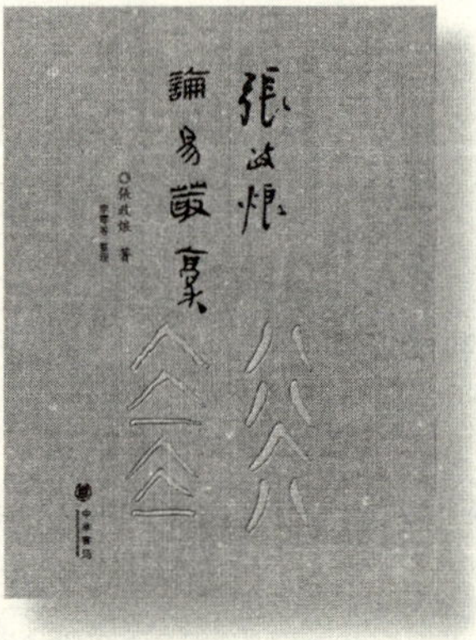

写在前面的话

——读《张政烺论易丛稿》

2005年1月29日凌晨1点55分，张政烺先生病逝于北京协和医院，享年九十三岁。他的墓地选在北京西郊的福田公墓。那里有很多名人作伴，王国维在其北，邹衡在其南。每年清明，桃红柳绿，我们会去祭扫。他的墓碑，就像他的为人，朴实无华，上面写着他的人生信条：“真诚求实是为人为学之本。”

一

张先生是一位年轻的“老先生”。他的一生，可以清晰地划分为四个阶段：

(1)1936年，他从北京大学（下文简称“北大”）史学系毕业后，在前中央研究院历史语言研究所（下文简称“史语所”）工作过十年，对史语所图书馆（今傅斯年图书馆）的建设和保护有大功。在他的回忆中，押解史语所的图书入川是他最自豪的事情。[1]

（2）1946年，他从重庆回到他的母校北大史学系任教，当过十四年教授，为北大培养过许多优秀的学生，然而北大却是他的伤心之地。[2]

（3）1960年，张先生被北大解聘，调到中华书局当编辑。当时，很多调到中华书局的老先生都属于“有政治问题”的人。师母说，他很伤心。他赌气说，他要到农村开照相馆（因为编写《中国历史图谱》，当时他在迷摄影）。1963年2月5日，张先生被任命为中华书局副总编辑，然而他却从未到任，而是待在他长期兼职的中国科学院历史研究所（1977年5月改属中国社会科学院，下文简称“历史所”）。[3]

（4）从1966年以来，他一直是历史所的研究员。[4]

张先生的研究领域主要是中国古代史。他上过北大，从马衡、唐兰学，深受清代金石学和罗王之学的影响；进过史语所，也继承了史语所用考古、古文字研究历史语言的传统；解放后，他还接受了马克思主义历史学，注重社会史、民族史和世界文化的比较研究，视野更为广阔。在史学观点上，他一直主张魏晋封建论，从未动摇。他特别重视古文字的研究。罗王之学的传人，唐兰先生那一辈是第一代，他和陈梦家先生、胡厚宣先生是第二代。胡先生也是史语所的老人。

---

〔1〕 参看：张政烺《我在史语所的十年》，收入《张政烺文史论集》，北京：中华书局，2004年，846－850页。

〔2〕 参看：张政烺《我与古文字学》，收入《张政烺文史论集》，851－866页。

〔3〕 从1954年参加筹建中国科学院历史研究所起，他就是该所的学术委员（从1950年起，他也一直是中国科学院考古研究所的学术委员）。这里的有关细节，各书记载不大清楚。为此，我请教过张永山、王世民、吴荣曾三位先生。这里的年代是承中国社会科学院历史研究所人事处的同志查阅张政烺先生的人事档案而定。又承中华书局总编辑徐俊先生示，中华书局至今还保存着北京大学历史系的商调函（1960年6月10日）。

〔4〕 参看：张政烺《我与古文字学》。

遗体告别会那天，学术界的方方面面来了很多人。

骨灰安葬那天，台湾方面，史语所的所长王汎森送来了花圈。

回想当年，我读研究生那阵儿，史语所的老前辈，很多人还在，夏鼐先生还在，尹达先生还在；罗王之学的传人，中国著名的古文字学家，除郭沫若、董作宾、陈梦家走了，别的老前辈，差不多都在。[1]

说实话，我有个错觉，一直有个错觉，这些先生始终都是“老先生”。当时我们只把这批先生叫“先生”，年纪轻一点儿的只叫“老师”。但这些“老先生”到底有多老呢？以今天的眼光看，好像也不怎么老。比如，就拿张先生来说吧，他在红楼整理组时，不过六十二三岁，和我现在的年龄差不多；带我读书时，也只有六十七八岁。

在我们称为“老先生”的古文字学家中，他要算是最年轻的了。

1979 年，按照中国社会科学院考古研究所最初的安排，我是跟唐兰先生读研究生，但唐先生突然去世，我才跟了张先生。这以后，秋风萧索，大树飘零。1983 年，容庚先生走了；1984 年，于省吾先生走了；1990 年，柯昌济先生走了；1991 年，徐中舒先生和商承祚先生走了；1995 年，胡厚宣先生走了。最后，就连张先生也撒手人寰，离我们而去。

我突然意识到，这是一个时代的结束。

二

老师走后，留下一部研究马王堆帛书《周易》经传的稿子，放在一个大纸盒里。师母把它托付给我，要我负责整理。这部文稿，现在已由中华书局影印出版，即红色大开本的《马王堆帛书〈周易〉经传校读》一书。整理经过见我的整理说明，这里不再重复。

---

〔1〕 当时只有大师，没有“大师热”。现在相反，只有“大师热”，没有大师。

现在出版的《张政烺论易丛稿》，是汇集张先生研究易学的所有文稿。

全书分上下两编：

上编是先生生前已经发表的著作，一共有六篇文章，三篇和马王堆帛书《周易》经传有关，三篇与商周数字卦有关。

下编是先生生前未曾发表的遗稿，即上《马王堆帛书〈周易〉经传校读》一书的排印本。

最后，我们还在书后加了三个附录：

附录一是摘自中国古文字研究会首届学术讨论会（长春，1978年11月29日—12月8日）的会议纪要（即《吉林大学古文字学术讨论会纪要》，《古文字研究》第一辑，北京：中华书局，1979年，1－8页），这篇纪要记录了张先生是在什么时间、什么地点最初提出他对数字卦的想法。我认为，这是非常重要的历史记录。

附录二是外国友人的纪念文章，一篇是吉德炜（David N. Keightley）教授寄我，让我转交张先生的一封信，原信写于2000年1月14日，我把它翻译出来，收进张先生九十寿辰的纪念集：《揖芬集》；一篇是夏含夷（Edward L. Shaughnessy）教授得知张先生去世的消息，特意给《古代中国》（*Early China*）第29期（2004年号）写的讣告，我把它翻译出来，收入此书。

吉德炜教授是美国最著名的甲骨学家，夏含夷教授也是美国很有名的古文字学家，他们都对张先生的为人和学问表示了由衷的钦佩，特别是张先生对易卦起源的研究，更被他们视作张先生的最大学术成就。

附录三是我记录上述纸盒内的其他材料，这些材料是和他的手稿放在同一个纸盒里，对理解张先生的思路或许有帮助。

最后，我从张先生的自述《我与古文字学》中摘录了一段话，是他自己讲自己对易学的研究，作为全书的引子，放在最前面。

三

古人说，读其书，不知其人，可乎？我想，读张先生的书，首先要了解他的为人。

第一，他是个老实人，少言寡语，非常低调，老实到近于木讷。

第二，他深居简出，很少串门。散步，总是破帽遮颜，低头而行，避免和人打招呼。

第三，他不爱争论，更不会攻击别人，对别人的伤害，从不分辩，哪怕是最伤自尊、最受侮辱的事。

第四，他乐于助人，材料、想法都可送人，从不抢材料、抢风头、抢发明权。

第五，他群而不党，不传衣钵，不立门派，没有自己的学术队伍。

张先生不善言辞，讲课总是敲脑瓜。

夏含夷教授回忆，1980 年，他在伯克利开会，有个与会者催他，让他快点讲，他用浓重的山东口音说，我这个人，走路走得很慢，吃饭吃得很慢，说话也说得很慢。

由于他憨态可掬，美国汉学家称他为“大娃娃”。

在我脑海中，有个形象，一直忘不了。他爱逛书店，直到很晚，还在买书，胸前总是挂个绿色小军包。

忠厚笃实，勤勤恳恳，学而不厌，诲人不倦，这是大家一致的看法。大家都说，他是难得的好人。

好人比什么都重要。

至于为学，我不想吹捧自己的老师。我想说的只有一点，读他的书，最最重要，首先你要理解，他是个执着的探索者。他一生追求的并不是什么铁板钉钉、颠扑不破。他的想法是个开放的探索过程，既对别人开放，也对自己开放。他对古代的未知世界始终保持着童心般的好奇，他是把探索当最大享受，因此从不以“终结者”

自居，把自己想象成什么“前无古人，后无来者”的集大成者，既终结了别人，也终结了自己。

回顾张先生的学术生涯，易学研究无疑是很重要的一方面。这里，我想把我近年的学习体会讲一下，也顺便对某些误解和曲解澄清一下。

四

中国的古书，有些很难读，也很枯燥，谁都着迷，谁都不读，《周易》是典型。着迷是迷算命，不是为了研究。

古人说，孔子老而学易，老有多老？据说只有五十岁。

张先生也是老而学易，比这个岁数更大。

张先生淹通经史，从小就熟读古书，其中也包括《周易》，但没有兴趣。他说：

> 我幼年讨厌《周易》，曾经认识懂《周易》的人而没想学《周易》。老来整理帛书《周易》，脑力已衰退，不能有所发明，只求无大过而已。随着考古资料的不断发现，对古代筮法产生不少新的想法，坦率的发表一些肤浅的意见，希望得到大家的指教。（《易辨——近几年根据考古资料探讨〈周易〉问题的综述》）

这是大实话。

我们要注意，他是因为整理考古资料，六十多岁，才迷上《周易》。

挑战来自考古发现。

张先生对易学的探讨，大致可以分为前后两个时期。一个时期是“文革”十年的最后三年，主要是整理马王堆帛书的《周易》经传；一个时期是“文革”以后，主要是探讨《周易》卦画的起源。

1966—1976年，一般人都以为，十年浩劫，学术有如沙漠，什么都荡然无存。他们不知道，事情还有另一面，即使“文革”期间，学术要配合政治，很多事都是奉命而行，但仍有不少学者，而且是中国最优秀的人材，做过许多极其重要的学术工作，从古籍整理到外文翻译，学术的薪火并未中断。特别是“文革”后期，特别是“批林批孔”期间，有一批重大考古发现，恰恰集中在这一时期，研究学术史，谁都绕不过去。比如简帛研究，1972年银雀山汉简的出土，1973年马王堆帛书的出土，就是划时代的大发现。1974—1975年，国家文物局成立了银雀山汉简和马王堆帛书的整理小组，从全国抽调最好的古文字专家，集中在沙滩红楼，通力合作，参加整理，这是学术史上可以比美孔壁、汲冢的大事。〔1〕他们整理出版的《银雀山汉墓竹简》〔壹〕〔贰〕和《马王堆汉墓帛书》〔壹〕〔叁〕〔肆〕，至今仍是简帛整理的典范。

张先生参加红楼整理组，对银雀山汉简，对马王堆帛书，从头到尾，方方面面，贡献很大，其中用力最多是《马王堆汉墓帛书》〔贰〕，即帛书《周易》经传部分的整理。这一部分的合作者是于豪亮先生。本书的大部分稿子，上编的三篇文章和整个下编的七篇遗稿，都和这一工作有关。

张先生的七篇遗稿，没有准确年代可考。但这部遗稿的开头，有用铅笔标注“存底”的一段话，是讲如何修改于豪亮先生的稿子。显然他在考虑，将来如何统稿。

于豪亮先生的遗稿，就我所知，主要有两篇，一篇是《帛书〈周易〉》，由红楼整理组的负责人韩仲民提供，发表于《文物》1984年3期；一篇是《马王堆帛书〈周易·系辞〉校注》，由于豪亮先生

---

〔1〕 关于红楼整理组的这段历史，还没有专门的著作研究。承吴铁梅先生告，此事可参看：王可《王冶秋传》，北京：文物出版社，2007年，246－265页。

的女儿于采芑女士提供，发表于《出土文献研究》第三辑（北京：中华书局，1998 年）。于先生的遗稿《帛书〈周易〉》，据《文物》杂志的编者说明，是写于 1976 年。我估计，张先生的遗稿大约也写于这一时期，比于先生的稿子晚一些，但不会太晚。

五

张先生研究帛书《周易》，主要在“文革”末期。帛书分经、传两部分。经的部分，释文发表于 1984 年；传的部分，后来一直未发表。未发表，不是他攥在手里故意不发表，像流言所传，而是出于自尊，义无再辱（个中原因，这里不便讨论）。前两天，《马王堆汉墓帛书》的老编辑吴铁梅先生跟我在电话上说，张先生给她讲过一个他们老家的故事，有个人不打算活了，一根葱，两头蒜，该还的都还，什么事都做了了结，然后喝了卤水。她说，从此她再也不催张先生。

此事按下不表，我们还是看看张先生留下了什么东西。

现在，我们要想了解他对帛书《周易》的研究，一要看他的遗稿，二要看他生前发表的三篇文章。

张先生的遗稿，还是“文革”末期的旧稿，主要包括释文和校注两部分。释文部分，只有《六十四卦》、《系辞》两部分整理得比较好，其他还是草稿。校注部分，主要是据王弼本校经、据韩康伯本校传，并参考了汉唐石经，以及《经典释文》、《周易集解》等书所引的各种古本。

另外三篇文章，有些比此稿早，有些比此稿晚。

1974 年，马王堆帛书整理小组刚刚成立。《文物》1974 年 9 期发表了署名“晓菡”的文章：《长沙马王堆汉墓帛书概述》。“文革”期间，时髦用笔名。据考，这是商承祚先生给韩仲民先生起的笔名。这篇文章的后面是《文物》编辑部邀请部分整理者在京座谈的纪要：《座谈长沙马王堆汉墓帛书》，座谈时间是 8 月 28 日。纪要中有张先生的发言，可以反映张先生最初的考虑。当时，于豪亮先生还没来北京。

这篇纪要，多数发言是谈马王堆帛书《老子》甲乙本和其卷前卷后古佚书。当时，尊法批儒，黄老是宣传重点，这很自然。但张先生和周世荣的发言，重点是谈《周易》。张先生指出，帛书《周易》只有六十四卦，卦序排列与今本不同，不附《彖》、《象》、《文言》，不分上下经；《易传》的《系辞》不分上下篇，也没有“大衍之数”章。他怀疑，今本经的部分，卦序也好，分篇也好，都是汉代的改造，很晚才形成；传的部分，也与孔子无关，肯定在汉初以后，《系辞》和《说卦》都是后起。这里，值得注意的是，当时张先生还是以《周易》指经的部分。本书所收《在长沙马王堆汉墓帛书座谈会上的发言》，就是摘自这篇纪要。

张先生第二次讨论帛书《周易》是在十年后。它是配合马王堆帛书《六十四卦》释文的发表，刊于《文物》1984年3期，即本书所收《帛书〈六十四卦〉跋》。此时，于豪亮先生已经去世两年。张先生的文章后是于先生的遗稿：《帛书〈周易〉》。于先生的遗稿仍是以《周易》为题，但整理小组正式发表的释文，题目却是《六十四卦》，可见这个题目是张先生考虑再三重新命名。事实上，本书下编所收张先生的遗稿，也把经的部分叫《六十四卦》。

《帛书〈六十四卦〉跋》，重点是探讨马王堆帛书《六十四卦》的卦画和卦序。

卦画，《六十四卦》以一横为阳爻，同于一字；一撇一捺为阴爻，同于八字，这点是新发现。作者认为，今本《周易》的阴阳爻是从数字一、六或一、八演化而来。他说，阜阳汉简《周易》是以一为阳爻，六（写成∧）为阴爻；马王堆帛书《周易》是以一为阳爻，八为阴爻。一是代表九六之数的九，八是从六分化，代表九六之数的六。这里我要说明一下，张先生的想法是源自他的“《周易》八卦源于商周数字卦”说，下面还要谈。这里，他除再申他在《试释周初青铜器铭文中的易卦》中提出的观点，还补充了《阜阳汉简简介》（刊于《文物》1983年2期）刚刚发表的新材料。遗憾的是，《阜阳汉简简介》报道有误，误导了张先生。[1] 事实上，阜阳汉简《周易》的卦画和马王堆帛书《周易》的卦画并无不同，写法都是一、八，而不是一、六。

卦序，作者是以易家所谓的“父母六子”说为解，认为它的排列与宋朱熹《周易本义》卷前《周易图说》的《文王八卦次序》最接近，此说可上溯于邵雍，上溯于陈抟，上溯于北周卫元嵩《元包》，根子是《易传·说卦》，画成易图，应属后天图，而非先天图。由于帛书卦序与今本不同，张先生认为今本卦序是后来才有，故他把经的部分改题为《六十四卦》。

1984年后，张先生已从他呕心沥血的帛书整理抽身而退，闭口不谈帛书。帛书《易传》的各篇主要是由其他人陆续发表。1992年，马王堆汉墓国际学术讨论会在长沙召开，湖南出版社出版了傅举有、陈松长合编的《马王堆汉墓文物》一书，第一次向外间公布了帛书《系辞》的照片和释文（118－126页）。由于材料已经发表，在陈鼓应先生的反复劝说下，张先生才写出了《马王堆帛书〈周易·系辞〉校读》（刊于《道家文化研究》第三辑，上海：上海古籍出版社，1993年，27－35页）。

这是他最后一次谈帛书《周易》。

六

张先生对商周数字卦的研究，主要在“文革”以后。就他个人

---

〔1〕 据发掘整理者韩自强先生说，《简介》所说“阴爻作‘∧’形，与今本《易经》、马王堆帛书《易经》等皆不同”有误，下文所述临卦之象才是正确的，二者矛盾，发稿时未能统一。参看：李零《中国方术正考》，北京：中华书局，2006年，204页。

而言，这一研究是从前一研究生发和延伸，但就学术界而言，却是延续前人的讨论，我们最好还是把它当作一部认识史来看待。

学界所说的数字卦，宋代就已发现。这种符号是从青铜器上发现的。北宋重和元年（1118 年），今湖北孝感出土过著名的安州六器，其中的中方鼎，铭文最后有一组符号，就是这种数字卦，当时，宋代学者曾释为“赫赫”，或“十八大夫”、“八大夫”。这组“奇字”到底是什么意思，八百多年，一直是个谜。1932 年，郭沫若说，这是器主的族徽。其说只是一种猜测，问题还处于混沌之中。

解放后，这类材料越来越多，局面才慢慢打开。1950 年，河南安阳四盘磨出土的商代卜骨有这种符号三组。[1] 1956 年陕西长安张家坡出土的西周卜骨有这种符号两组。这两个发现对后来的研究很重要。1956 年，李学勤先生猜测，这类符号似与《周易》的九六之数有关。1957 年，唐兰先生更明确指出，卜骨上的铭文是由一、五、六、七、八（“二”是误释）等数组成。[2]

人的认识，总是真知灼见夹杂错觉误解，很少能一步到位，再聪明的人也不能幸免。

1977 年，我在历史所听过唐兰先生讲课。他老人家，年事已高，滔滔不绝，一连几小时，拒绝休息。我还记得，他说，我把这种符号释为数字，有人来问我，难道古人是用电报的方式交流。由于周人崛起西土，民族背景很复杂，当时，他是把这种数字当作一种失传已久的少数民族文字。虽然这一理解并未被学界采信，有人甚至

---

〔1〕 四盘磨卜骨的族属和年代，是个引起讨论的问题。唐兰认为是周人进驻安阳后留下的东西，郭宝钧、陈梦家认为是商代的习刻卜辞。张政烺先生是取后说。现在看来，这件卜骨应属殷墟出土的周人甲骨，参看：曹定云《殷墟四盘磨“易卦”卜骨研究》，《考古》1989 年 7 期，636－641 页；李学勤《周易溯源》，成都：巴蜀书社，2006 年，203－206 页。

〔2〕 参看：李零《中国方术正考》，200 页。

不理解，他这样的高人怎么也会犯这种“低级错误”，但我们不要忘了，正是由于他老人家把这些符号释为数字，才为后来的研究提供了基础。

张先生是唐先生的学生，对唐先生执礼甚恭，每见先生必垂手立。[1] 他对唐先生在古文字研究上的贡献非常推崇。[2] 解放后，他协助郭沫若院长做过很多资料查证的工作，对郭沫若的《两周金文辞大系》也十分佩服，原来很想接着做（可惜未能实现，只留下他在《大系》一书上的批注，将由中华书局出版）。[3] 这两位前辈，对他影响很大。铭文，他是采用唐兰的考释；性质，是从郭沫若之说。只不过，他以为学界习称的族徽是父系家族的称号，因而叫做“家号”。

这是张先生的研究背景。

唐兰和郭沫若的认识，不管正确和不正确，都是张先生做进一步研究的线索，有些可能是启发，有些可能是误导，我们不必苛责前人。

1977 年春，陕西岐山凤雏宫室遗址的 11 号灰坑和 31 号灰坑出土了一万七千多片西周甲骨。这一年，张先生参观过周原遗址，看过这批甲骨。这是真正推动张先生重新思考上述问题的原因。

1978 年 11 月 29 日—12 月 8 日，中国古文字研究会首届学术讨论会在长春召开，会议第一天，徐锡台做《周原出土甲骨文字》的报告，就是介绍这批甲骨。第二天，大家撺掇张先生发言，要他就这一发现讲几句话，于是他做了《古代筮法与文王演周易》的简短发言。凤雏甲骨，出自周人故地，很容易让人联想起古人所谓“文王演周易”的传说（见《史记·日者列传》、《汉书·五行志上》等

---

〔1〕 傅学苓《马王堆帛书〈周易〉经传校读》序，北京：中华书局，2008 年。

〔2〕 张政烺《唐兰〈古文字学导论〉（增订本）出版后记》，收入《张政烺文史论集》，545 页；《〈唐兰先生金文论集〉序》，收入《张政烺文史论集》，835－836 页。

〔3〕 张政烺《郭沫若同志对金文研究的贡献》，收入《张政烺文史论集》，636－640 页。

书)。他第一次就这一问题发言，就是以此为话题。他是把凤雏甲骨上的数字符号按今本《周易》加以转写，希望借此说明，这是卜筮并用的结果，筮占的本质是数占，易卦的根子是数字卦。这一看法获得了与会者的一致赞同。本书附录一就是讲这件事情。

张先生正式就商周数字卦做详细论证，是在 1979 年。这一年的春天，他再次参观周原遗址，不仅看甲骨，也看其他文物。他在铜器、陶器和瓦片上都发现了不少筮数。回到北京后，他遍检群书，收集到 64 个卦例，终于写出正式的文章，即本书所收《试释周初青铜器铭文中的易卦》。这一年的 6 月初，他和夏鼐、马承源、张长寿同行，参加在纽约大都会博物馆举办的“中国伟大的青铜时代”展览和讨论会，[1] 在会上宣读过这篇论文。这篇文章的中文本是发表于《考古学报》1980 年第 4 期，403－415 页；英文译本是以“An Interpretation of the Divinatory Inscriptions on Early Zhou Bronzes”为题，发表于《古代中国》(*Early China*) 第 6 期 (1980—1981 年)，80－96 页。美国汉学家对张先生的印象，主要是来自这篇文章。

在《试释周初青铜器铭文中的易卦》中，作者已经注意到早期筮法的复杂性。他心里很清楚，他说的商周数字卦和《周易》是有区别的。商周数字卦在前，是多位数字卦，而《周易》在后，却只有九、六之数和阴阳爻。我们并不知道早期筮法是用什么样的方法 (蓍草有多少根，挂怎么挂，扐怎么扐)，也不知道早期筮法如何过渡到晚期筮法 (如《易传 · 系辞上》的《大衍之数》章和朱熹《周易本义 · 筮仪》所说的筮法)。为了探讨这一问题，作者写了“筮法拟测”一节，他用牌戏中的“上牌”打比方，借助敦煌卷子《周公

---

〔1〕 关于此事之筹划，可参看：1979 年 11 月 19 日夏鼐致张光直信、1979 年 11 月 27 日张光直致夏鼐信，见李卉、陈星灿编《传薪有斯人》，北京：生活 · 读书 · 新知三联书店，2005 年，183－184、261－262 页。

卜法》，推测早期筮法可能有另一套“游戏规则”，无论策数、余数还是分组的方法可能都大不相同。

这是他的第一篇文章。

第二篇文章是《易辨——近几年根据考古材料探讨〈周易〉问题的综述》。这是张先生为第一次《周易》讨论会（武汉东湖，1984年5月30日—6月5日，由湖北省社会科学院和武汉大学主办）准备的发言稿。此文写于会前（1984年5月20日），但发表却在三四年后（刊于唐明邦等编《周易纵横录》，武汉：湖北人民出版社，1986年，177－196页；又见《中国哲学》第十四辑，北京：人民出版社，1988年1月，1－15页）。文章除综述作者对商周数字卦的理解，还补充了两种新材料：

(1) 1980年陕西扶风齐家村出土的卜骨，上面有七个卦，其中刻于背面右下的两个卦是作：六九八一八六,九一一一六五。过去，因为是看摹本，我曾怀疑，第一个“九”字其实是“八”字，中间的斜笔乃骨面裂纹或羡画，后来，曹玮先生发表了缀合完整非常清晰的照片，我们从放大照片看，张先生的释读完全正确。[1]

(2) 1987年湖北江陵天星观楚墓一号墓出土的占卜简。简文有十六个卦，张先生说他从来不用别人未发表的考古材料（案：这是史语所的规矩，也是社科院考古所的规矩），但为了说明自己的思路，犹豫再三，还是摘录了其中的八个卦供会议讨论，声明如正式发表的话，可以删去（但出版者并未删去）。这八个卦，有一、六、七、八、九五个数字。

前者的重要性是发现了九字，后者的重要性是一、六特别多。

《连山》、《归藏》、《周易》，古人号称“三易”，谓为夏、商、周三代之易。夏、商在东土，周人在西土。《连山》、《归藏》贵八，

〔1〕 曹玮《周原甲骨文》，北京：世界图书出版公司，2002年，154－155页。

《周易》贵九。作者说，周人用九，殷人用八，这可能是东西方两种文化的不同。

天星观楚简六数并用，说明《周易》虽大行于世，但早期筮法并未断绝。作者认为，简文卦例，一、六最多，正是阴阳爻的前身。

关于阜阳汉简的阴阳爻，前面说过，它的阴阳爻其实是作一、八，而不是一、六，在这篇文章中，作者做了纠正，指出两者都作一、八。

第三篇文章是《殷墟甲骨文中所见的一种筮卦》(刊于《文史》第24辑，北京：中华书局，1985年4月，1－8页)。这篇文章与第一篇文章不同。第一篇文章主要是讨论商周时期的六爻卦（即所谓“重卦”)。这种例子越来越多，作者说，已有百十来例，准备另文加以探讨（案：并未实现)，此文主要讨论商周时期的四爻卦。材料包括卜骨二、鼎铭一，补记还增加了巴黎吉美博物馆收藏的一件卜甲。这四个例子，在《易辨》中已经披露，这里是专门讨论。

这篇文章，从表面看，似乎只是材料的补充，又增加了四个例子。其实不然，它引起的是作者对古代筮法的进一步探讨。

第一，他尝试以“互体说”解释这类卦象。互体说出郑康成，源头据说是费氏易。

第二，他说，“筮法不容易解决”，再次借助民俗学的材料（如杨恩寿《坦园日记》卷三所说浔阳府城“番摊馆”的卜法，陶宗仪《辍耕录》卷二十的“九天玄女”课)，推测四爻卦的筮法。

和前面的文章一样，张先生说，这不是复原，只是拟测。

这是作者的最后一篇文章。

七

什么叫雕刻？罗丹有一句名言：砍掉多余的石头。道理似乎很简单，砍去多余，剩下的就是美丽，但什么叫“多余”，却远非一目了然。

有人以为，人的认知也是这样，铲除错误，就是真理，但什么是“错误”，同样并不简单。

消灭细菌就不会得病，这是无知幻想。同样，消灭错误，也是无知幻想。没有错误，也就没有真理。

我这辈子见过很多老师，他们各有各的风格。

有一种老师，他只告你可以干什么，并不告你不可以干什么，一切都很现成，书永远读不完，事永远干不完，目的是没有的，运动就是一切。

有一种老师，他只告你不可以干什么，却不告你可以干什么，叫你慎言慎行，少写或不写，唯恐白纸黑字，铸成大错，因为害怕犯错误，因而迷上错误，专从负面看问题。

还有一种老师，他并没有这种非常实际的指导，只是用自己的榜样，鼓励你去探索，不计一城一地之得失，不较一时一事之短长。

张先生是哪一种老师？是最后这一种。

探索是要犯错误的。

“先生之学说，或有时而可商。”（陈寅恪《王观堂先生纪念碑铭》）

我并不认为，老师的学说就不容商榷。

比如下面五条，就可以讨论：

（1）先生认为，今本《周易》的面貌，包括卦序，是形成于汉代，现在从上博楚简《周易》看，恐怕要重新修正。我分析，简本卦序还是同于今本，文字经破读，也大同小异。可见《周易》的面貌很早就略同今本，这和我们得自《左》、《国》筮例的印象也比较吻合。[1]

（2）先生说，马王堆帛书《周易》的卦序是后天卦序，现在经

---

〔1〕 参看：李零《读上博楚简〈周易〉》，《中国历史文物》2006年4期，54－67页。

学者讨论，恐怕还是和先天卦序更接近。[1]

(3) 先生把中方鼎的卦画解释为“家号”，恐怕也值得重新考虑。他认为，史墙盘铭文中的“以五十颂处”，“是说给了他们以卦为名的邑”，我觉得，铭文既然是讲赐邑，唐兰先生把“五十颂”读为“五十通”，要比这种解释更贴切。铜器铭文中的卦画，恐怕还是和择吉铸鼎有关，未必是徽号。[2]

(4) 四盘磨卜骨有三组卦画，先生把“七八七六七六”下的字释为“曰隗”，现在看来应改释为“曰由（思）女（?）”；先生把“七五七六六六”下的字释为“曰魁”，现在看来应改释为“曰由（思）女”。因为释文改变，先生以之为《连山》之别名的猜测不免落空。[3]

(5) 饶宗颐先生提到的吉美博物馆藏甲骨，摹本有误，所谓“卦画”，从照片看，其实是“戈六百”三字。[4]

老师也是人，老师也会犯错误，既有别人的误导，也有自己的错觉，这很正常。但我完全不同意某些人的评价。比如从前受教于北京大学，现在供职于台湾史语所，有个叫李宗焜的学者，他对大陆学者的探讨采取全盘否定，特别对张先生的成果更是一笔抹杀。[5]这种评价很不公允，我就完全不同意。

---

〔1〕参看：连劭名《读帛书〈周易〉》，《周易研究》1988年1期，8－14页；李学勤《马王堆帛书〈周易〉的卦序卦位》，收入氏著《李学勤集》，哈尔滨：黑龙江教育出版社，1989年，351－361页；李零《中国方术正考》，235－236页。

〔2〕参看：李零《重读史墙盘》，收入北京大学考古文博学院编《吉金铸国史》，北京：文物出版社，2002年，42－57页。

〔3〕参看：李零《中国方术正考》，206页。案：“由”字常见于周人的甲骨，过去有各种误释，应从夏含夷说读为“思”，见〔美〕夏含夷《试论周原卜辞⊕字——兼论周代贞卜之性质》，《古文字研究》第17辑，北京：中华书局，1989年，304－308页。这是周原甲骨发现后的新认识。

〔4〕承法国高等实验学院的风仪诚（Olivier Venture）先生寄示照片，谨致谢忱。

〔5〕李宗焜《数字卦与阴阳爻》，《中央研究院历史语言研究所集刊》第七十七本第二分，台北：中央研究院历史语言研究所，2006年，279－318页。

大陆学者讨论“数字卦”，积半个世纪之努力，虽然意见不尽统一，过程时有反复，但就总体而言，还是取得很大突破，并非如他所说，张先生的研究全是主观臆说，大陆学者都是风行草偃。

这里，我把我的体会总结一下：

第一，商周时期，卜、筮并行，是最重要的占卜，地位高于其他数术。学者从铜器、甲骨和其他出土物上发现过去称为“奇字”的神秘符号，其实是早期筮占的遗存，年代可以早到商代晚期，很可能本来是殷系的筮占，后来传入西土，才有了周系的筮占。就像龟卜，殷系和周系不尽相同。卜筮是卜算。[1] 筮占在本质上是一种数占，占卜工具是筹策类的计算工具，占卜结果也是用数码形式表现，足以说明这类占卜的源头究竟是什么。这些符号，经大陆学者共同研究，可以肯定是由数字组成，其实是一种数字卦。虽然这种数字卦，在《周易》大行之后，仍有较长的延续，可以晚到战国、西汉，但没有证据可以支持，《周易》类的新型占卜是另有源头，一开始就与早期数字卦是平行关系，跟数字完全无关。早期数字卦，现已发现的实例，数量相当可观，毫无疑问，全是得自十位数的数字系统，我称之为“十位数字卦”。[2]

第二，《周易》一书，学者多认为是形成于西周时期，《左传》、《国语》可以证明，至少东周时期已非常流行。这种筮占，与《连山》、《归藏》并称“三易”，都是以九六七八之数和阴阳爻为形式，显然是一种新型的筮占。这种筮占，也许是脱胎于周系的十位数字卦，而不是商系的十位数字卦，但不大可能是脱离原来的背景，与

---

〔1〕 睡虎地秦简《日书》乙种把“卜筮”写成“卜算”，“算”与“筮”可能是同源关系，参看：李零《唯一的规则——〈孙子〉的斗争哲学》，北京：生活·读书·新知三联书店，2010 年，55 页。

〔2〕 这类卦画，已经发现的数字是一、五、六、七、八、九、十，没有发现的数字是二、三、四。为什么没有二、三、四？张先生的解释是，卦画是竖写，如果积画为之，无法区别。

比它更早的筮占无关。《周易》一书，现有三个古本：上博楚简《周易》是战国古本，马王堆帛书《周易》和双古堆汉简《周易》是汉代古本，都是以横画表示阳爻，两撇表示阴爻，书写形式完全同于十位数字卦的一、八。王家台秦简《归藏》的卦画与之类似，只是除了一、八，还有一、六。六字的写法还是同于早期数字卦。这绝不是偶然的。李宗焜说，他相信这种筮占与早期的数字卦无关，别有源头，古本所见卦画不是数字，这是信仰。信仰没法讨论。但事实上，战国、秦代和西汉，所有的阴阳爻都这么写，没一例是采用横画断连，像今本这样。横画断连的阴阳爻，见于出土物，最早的例子是熹平石经和乐浪式盘，都是东汉的东西，这些证据，你说你不信可以，但不信的证据在哪里？一点反证都没有。这样抬杠就没意思了。我把这类卦画叫"两位数字卦"。

上述两种筮占可能有关，可能无关，这是一回事。它们的关系到底是什么样，其实是另一个问题。说实话，这是一个还要继续探讨的问题。目前学界有两种意见，一种意见认为有关，比如张先生和多数学者都持这一观点，从筮占的性质看，从卦画的形式看，从奇偶二元化的趋势看，都比较合理；另一种意见认为无关，只有金景方、李学勤等少数学者持这一观点。这两种意见哪种对？要看证据，也要看道理。简窄，不便书写，就把阴爻写成两撇，这种理由太勉强；从古文字材料找平写的阴爻，也至今没有找到。

李宗焜的文章，属于支持后说，但于后说没有提出任何正面的支持和积极的证据。他的文章，完全是从负面立说，没有创造，只有攻难。[1]

---

〔1〕 李宗焜的文章显然是呼应胡平生在达园宾馆会议（2000年8月19—22日）上的发言。参看：李零《参加"新出简帛国际学术研讨会"的几点感想》，收入氏著《上博楚简三篇校读记》，台北：万卷楼图书有限公司，2002年；又大陆版，北京：中国人民大学出版社，2007年，129－144页。

他的攻难，主要是两条：第一，张先生常用《周易》转写商周数字卦（李学勤先生，还有很多学者，他们也这样做），但两者并不能证明是同样的东西；第二，张先生并没有令人信服地证明十位数字卦怎么变成两位数字卦，两位数字卦怎么从九六七八变成一、八。

关于第一条，我想说的是，大陆学者并非全都如此，比如我就不这样做。我认为，这样做，很容易使人误解，以为十位数字卦等于两位数字卦。但学者这样讲，我们应抱“了解之同情”。我们要理解，当初学者是在探索新发现与旧知识之间的联系，《周易》是我们的认识起点，转写只是一种通俗的讲解，目的是帮读者了解，这些出土发现是一种类似《周易》的数占。事实上，你只要认真读一下张先生的文章，就会发现，他并没有认为，这两种数字卦是直接对等。李宗焜抓住这种表达方式不放，以为张先生是以《周易》简单比附商周时期的数字卦，这是见其小而忽其大。其实张先生要论证的是，《周易》是从早期数字卦发展而来，而不是等于早期数字卦，两种数字卦，可能有某种继承关系，但又不完全一样。

关于第二条，我想说的是，只要不带偏见，只要有足够的理解力，在张先生的三篇文章中，你会发现，他始终认为，早期筮法是个很大的谜，因而并未为这个问题下最后结论，也不认为现在可以下这个结论，更没有认为大家不可以讨论。相反，他把这个问题看作一个开放的问题，希望大家提出别的方案。如果他真的以为，早期筮法就等于晚期筮法，他就不会借助打牌提出他的种种拟测。他讲打牌，表面上看，毫不相干，无论如何算不上什么过硬的证据，但我认为，这种考虑最有启发。早期数字卦，我们看见的只是一组数字，而看不见数字背后的东西，这就像我们手中有牌，但并不知道怎么玩。事实上，他要告诉我们的并不是某种确定答案，而是问题的范围和可能性，是占卜的基本原理。

显然，张先生并没有傻到李文所想象。他的头脑很清楚，我们要想得到十个数，肯定不是按照“大衍之数五十”的办法，当时挂怎么挂，扐怎么扐，怎么分组，怎么排序，一定有另一套方法。

八

张先生是个老派的学者，像很多老先生一样，留下的著作并不多。但他学养深厚，胸怀博大。在他身上，我们还能看到罗王之学的探索精神和史语所的博大格局。[1]

他像一面镜子，可以照见今人之油滑、刻薄、猥琐、固陋。

现在的古文字学界，在新一代的年轻学子中，有一种风气很不好，就是争强好胜，党同伐异，如蚊嗜血，如蝇逐臭，闻他人之过则喜，有一得之见则狂，专以纠谬订错、攻击他人为目标，不是诲人不倦，而是毁人不倦。

这已经远离了正常的学术批评，积极而有效的批评。

批评并不等于纠谬订错。说实话，学者称为“硬伤”的绝大多数错误，其实都不值得大批特批。只有针砭时弊，才需要大刀阔斧，迎头痛击——痛击的不是个人，而是潮流和风气。

学术不是“吸尘器”。

我说过，批评是要怀有极大敬意的。

如果别人的文章值得你批评，一定是别人给你铺了路，哪怕别人的失误，也是重要启发。你通过你的批评，可以和你的同行，共同推进学术，这才是批评的目的。如果你是踩着别人的肩膀说话，就该客气一点。你对你的批评对象要怀有极大的敬意。

说句大实话，不犯错误不是人。

---

〔1〕 我所知道的罗王之学，是个历史学家、考古学家、古文献学家、古文字学家共同参与，格局非常博大的学问，绝不是今天那种除了撅屁股认字，其他什么都不闻不问的所谓古文字学。

其实，错误是与生俱来。人不可能出口成章，毫无口误，文章也很难一气呵成，总要反复修改，为什么？就是因为有这样那样、或大或小的错误，每时每刻都会犯。累了会犯，病了会犯，一不留神就会犯。知识不够会犯，学问大了会犯，即使再聪明的人也会犯。大人物就不犯错误吗？没有的事。老头子，不识盈虚有数，明明体力不支，记忆力不行，还要挺着撅着玩命干，错误岂能幸免？同样，年轻气盛，不知天高地厚，目空一切，自以为是，也会犯错误。

不许自己犯错误，办不到。不许别人犯错误，更是最大的错误。我说过，“天地之间最没有常识的一件事就是认为别人没有常识”。[1]

九方皋，想看的看，不想看的不看，得其精而忘其粗，见其内而忽其外，连牝牡骊黄都分不清，当然是“硬伤”，但他独识千里马。[2]

牝牡骊黄，并不是学术目标。

学术是一种追求，学术是一种探讨。我向往的学术，更像艺术创作，而不是体育比赛。

我是学考古和古文字的。很多人都以为，这两门学问最基础，什么都是铁板钉钉，这是说反了。其实，这两门学问都是非常非常开放的学问，上不封顶，下不保底，就认识的总体而言，最不可能定黑白于一尊，很多想法都要集思广益，反复探讨，反复修正。谁想称王称霸，唯我独尊，只能自取其辱。

在这篇读后感的结尾，我想把张先生的两段话抄在下面：

> 卜筮是人类在无力掌握客观规律的情况下，希望借助于某种符号的变化窥测神明的意向。至于怎样取得和怎样辨认这些符

---

〔1〕 李零《大音希声，善言不辩》，收入氏著《花间一壶酒》，太原：山西人民出版社，2010年，195－203页。

〔2〕 李零《马年说伯乐》，收入氏著《花间一壶酒》，190－194页。

号，卜筮人所用各种方法却都是人为的规定，没有客观规律或逻辑的必然性。就如同许多游戏一样，都是以意为之，我们看各地发掘出许多六博的工具，但是无法恢复其游戏。以象棋或扑克牌来说，不经传授，谁也无法推测出其原定的规则。所以这里提出的筮法只是拟测的一个方案，借以增加对那些考古材料的理解，谈不上复原问题。(《试释周初青铜器铭文中的易卦》)

最后，应当声明一下。我不是说这二骨一鼎的铭刻必须这样讲，既然发现了三个四爻卦，顺便说出自己对它的解释，这只是个人一时的意见，并不排斥其他的说法，还请方家多多指教。(《殷墟甲骨文中所见的一种筮卦》)

读张先生的书，我还记得，他说，很多问题，他还想接着写，重新写，现在看来是不可能了。但他的书，文如其人，用他自己的话说，就是“尽心”而已。

一个人，尽了他的心力，留下他的追求，这难道还不够吗？

先生留给我们的是一片广阔天地，只要辛勤耕耘，一定会有收获。

2010年6月12日写于北京蓝旗营寓所，今天是我的生日

整理后记

中国经典，年代最古老，要属《诗》、《书》、《易》。这三种经典，都是孔子时代的经典。

孔子所传的《易》是《周易》。《周易》是卜筮之书。卜是龟卜，用龟甲或其他动物的骨头进行占卜。筮是筮占，用蓍草或其他竹木小棍进行占卜。它是讲后一种技术。

东周时期，龟卜有很多种，筮占也不止一种，当时有所谓“三易”，即《连山》、《归藏》和《周易》。卜筮是相辅为用。它们在后世的命运很不一样。龟卜之术，传到汉代，就彻底衰落了，虽然后世仍有延续，却很少有人了解；《连山》、《归藏》，隋唐以后也失传，唯独《周易》，赖儒学尊崇而一脉单传，影响非常大。

中国最古老的占卜，这是硕果仅存。

现在，研究《周易》的古本面貌，我们不但有马王堆汉墓出土的西汉帛书本（1973 年出土），双古堆汉墓出土的西汉竹简本（1977 年出土），还有上海博物馆收藏的战国竹简本（估计是 1993 年冬至 1994 年春之间出土）。但最初的发现是马王堆帛书本。

张政烺先生是马王堆帛书的整理者。帛书本的《周易》经传，经的部分，张先生最初也叫《周易》（《在长沙马王堆汉墓帛书座谈会上的发言》，《文物》1974 年第 9 期），但十年后，释文发表出来，却改题为《六十四卦》（见马王堆汉墓整理小组《马王堆帛书〈六十四卦〉释文》，《文物》1984 年第 3 期）。张先生写过《帛书〈六十四卦〉跋》，和释文一起发表。由于帛书本的卦序是卦气式的安排，与今本不一样，出于谨慎，整理组没有把这一部分称为《易经》或《周易》，而是称为《六十四卦》。这应是张先生的主意。张先生的手稿也是用这个题目。传的部分，过去一直没有正式的本子，社会上转相钞引，错误很多。这一部分，他整理过，但未发表。他只写过《马王堆帛书〈周易·系辞〉校读》（《道家文化研究》第三辑，上海：上海古籍出版社，1993 年），是应陈鼓应先生之请。

这次发表的材料，是马王堆帛书《周易》经传的全部释文，并附有帛书的照片。

张先生整理马王堆帛书本的稿子主要写于 1974 年到 1975 年。这个稿子是个未完成稿，双古堆汉简本、上博楚简本，写作此稿时，他还看不到。虽然，阜阳博物馆的韩自强先生曾经就双古堆汉简的整理向张先生问教，并在他的鼓励下，发表了双古堆汉简《周易》的释文（《道家文化研究》第十八辑，北京：生活·读书·新知三联书店，2000 年），我为上海博物馆整理楚简，也向张先生请教过。但他一直都没有能够回到他花了很多心血的工作上，也没有就新发现的两种古本发表任何意见。

他的研究工作是被迫中断。

上世纪 80 年代，张先生把他的注意力投向了“数位卦”的研究。他就这一问题首次发表意见，是 1978 年底在吉林大学召开的第一届中国古文字学会的学术讨论会上（见《古文字研究》第一辑，北京：中华书局，1979 年）。这是一个即兴的口头发言，完全是被大家激出来的，但“夫人不言，言必有中”，他的话刚一落地，当即引起轰动。后来，他又写过《试释周初青铜器铭文中的易卦》（《考古学报》1980 年第 4 期）、《易辨——近几年根据考古材料探讨〈周易〉问题的综述》（《中国哲学》第十四辑，北京：中华书局，1986 年）和《殷墟甲骨文中所见的一种筮卦》（《文史》第二十四辑，北京：中华书局，1985 年）。学界公认，这是凿破鸿蒙的大发现。

我在一篇文章（《赶紧读书——读〈张政烺文史论集〉》，《书品》2005 年第 1 辑）里曾提到，张先生晚年有三个心愿，一是编《中国历史图谱》，二是西周铜器和西周历法的研究，三是马王堆帛书《周易》经传的研究。第一项，中国社会科学院历史所正在继续，第二项，因未发现手稿，已经不可能做什么。老师的未完成稿，是属于最后一项。这是张先生留给我们的最后的东西。

老师走后，师母把先生的遗稿找出，委托我来整理。

我知道，这个任务的分量有多重。

在这本书的后面，我想把本书的整理工作做一点简单的交待。

这些手稿，原来是放在一个大纸盒内，先生的手稿，很多是用十六开的大稿纸粘贴，用不同颜色的笔抄写和修改。手稿和照片原来装在若干大信封内。此外，盒内还有一些参考书和来往信件。先生有一个习惯，就是喜欢把他研究某一问题的材料单独存放，用包袱皮包在一起。这个盒子是一个整体，本身已经成了一件文物。

2000至2006年，我在考虑经典阅读问题。我在北京大学先后开过四门课：《论语》、《老子》、《孙子》、《周易》。我认为，这四本书是中国古典最有代表性的著作。《周易》经传是其中之一。

我是把整理老师的遗稿当作一门课来上。既是教学生，也是教自己。

这门课是一门小课，限定人数，只有七个研究生参加。我是以张先生的遗稿为教材，边整理，边讨论，边讨论，边整理。2005年下半年和2006年上半年，整整两学期，我们一直在讨论。我们是通过讨论，才把这部手稿整理出来。

2005年是第一遍，我和我的研究生，仔细辨认手稿的字迹，核对帛书照片，侧重点是文字的释读和断句，以及与今本做比较。

2006年是第二遍，讨论范围比原来大。我们除讨论马王堆帛书本，还讨论上博楚简本和双古堆汉简本，和这两个本子进行比较，侧重点是思想内容。还有张先生对数字卦的讨论，我们也有所涉及。

我们的分工是：

《六十四卦》：徐刚主讲。

《二三子问》：王艺主讲。

《系辞》：韩巍主讲。

《易之义》：苏晓威主讲。

《要》：曹菁菁主讲。

《缪和》：田天主讲。

《昭力》：孙莹莹主讲。

每次，主讲人先把稿子录成计算机文件，发给大家，然后讨论，讨论后再修改，然后由我批评和总结。通过讨论和整理，大家学到很多东西。

李学勤先生的《周易溯源》（成都：巴蜀书社，2006 年）以及其他学者的著作，也是我们的参考书。

学习张先生的易学思想，我们有几点感想。

（一）《周易》，上有源，下有流，光就《周易》论《周易》，看不清。《周易》的源是什么？是数字卦，最初是十位数的“数字卦”，后来是两位数的“数字卦”，所谓“三易”，皆属后一种，它们都不是源，只是流。不但《周易》以外，还有《连山》、《归藏》，《周易》之上，也有商周“数字卦”，我们必须“跳出《周易》看《周易》”。

（二）《周易》是讲占卜的书，从数术分类的角度讲，本应归入卜筮类的筮占类。筮占和龟卜，都是从商代就已出现，春秋时期仍流行，战国以前，地位最突出。读《左传》、《国语》，我们可以了解到，当时的占卜，列国通行，主要是两种，一是龟卜，二是筮占。这两种占卜地位最高，超过其他种类。日者之术，后来居上，取代卜筮的地位，是到了战国秦汉时期。

（三）古代占卜，本来是各自独立发展，放到一起用，往往会相互撞车。战国秦汉，数术发展的大趋势是，各个占卜门类交叉影响，开始趋同，追求体系的整合。阴阳五行学说就是适应这种需要而产生。阴阳五行说，本来是依托于天文历算和日者之术，逐渐扩散到所有分支。《易传》就是把卜筮之术与日者之术打通的一种尝试。马王堆本按卦气排列，双古堆本每卦下附日书类的占语，正是反映这一趋势。它们的结合，是新老技术的结合。

（四）阴阳五行说是古代数术之学的通用理论，与它互为表里的方技之学，还有所谓兵阴阳，也都使用这个理论。它像经络血脉密布于这类学问的各个分支，但本身没有经典。《易传》的出现在一定程度上弥补了这一缺憾。它是援日者之术，沟通卜筮与其他数术，从而完成了古代占卜理论的重心转移，使古老的占卜之术获得了新的生命，因而具有了宇宙论和自然哲学的意义。

我相信，张先生的手稿，对所有研究中国古代易学的读者，都是有益的参考。

2008 年 2 月 8 日写于北京蓝旗营寓所

【补记】

这次参加看校，还有梁静、李政富、冯坤三位同学。

37 《待兔轩文存·读史卷》

桂林：广西师范大学出版社，2011 年 5 月

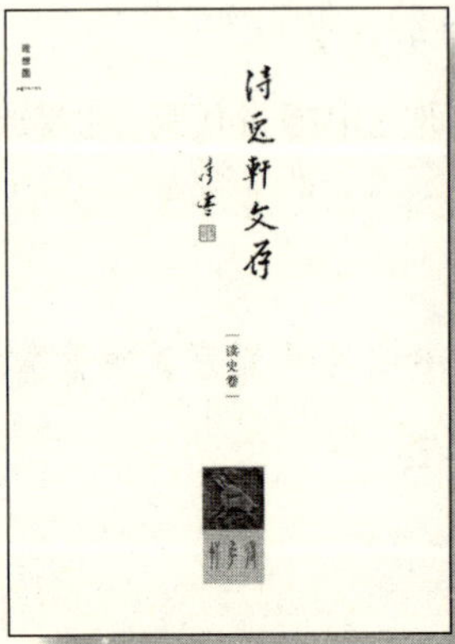

自　序

我有个梦想的书屋，四面敞亮，一直在心中。真实的办公室呢，则是学校所赐，暂时借给我，地点在北大老化学楼的三层，挨着女厕所，很小。我刻了块匾，不好意思挂起来。

我说，北大有个临湖轩，我有个临厕轩。

“待兔轩”是我的斋号，命室之由见我的小书：《何枝可依》（《待兔轩读书记》的第一种，北京：生活·读书·新知三联书店，2009 年）。在那本书的自序中，我讲了个故事，这里不再废话。

我是个为兴趣而读书而写作的人，书是副产品。我从没想过读多少书才算合适，也从没想过写多少书才算合适。读书写书，只是为了满足我的好奇心，玩哪儿算哪儿，不是为了学校，不是为了教育部，更不是为了他们的钱。

三十余年，弹指一挥间，我居然写了不少东西。本来就是加速

度，缓慢上升，2000年后突然提速，和生理水平相反（我的记忆正加速流失），回头一看，吓一跳。

以前写得少，名气小，出版难，不是主要原因。主要原因是，为了单位和学术界，为了领导和老同志，为了“媳妇熬成婆”，我浪费了太多的时间。

后来，等我终于“熬成婆”，我觉得非常失落。为了会议，为了评审，为了各种固辞再三不得已的“红白喜事”，我还是一样身不由己。我问自己，难道你就这样下去吗？

早晨，到清华散步，站在王国维的纪念碑前，我常常想，陈寅恪说的“自由”到底是什么意思——“自由”不是白来的（The freedom is not free）。

我请人刻过一方印，印文是“小字白劳”。“零”的意思就是“白劳”。

“白劳”就是代价。

“白劳”的事儿是经常发生的，学界并不例外。

当年，我在考古所（中国社会科学院考古研究所），年龄最轻，地位最低，当过小媳妇儿。我想告诉那些比我年轻的学者，当年的我，“白劳”是命中注定。

1976年底至1978年，考古所编《新出金文分域简目》（北京：中华书局，1983年），基础工作就两人，90%的卡片是我做的，10%的卡片是老刘（刘新光）做的，1978年底出版的那个油印本，我俩的名字还排在前面，但书印出来，却排在后面，排在“0%”后面。

1978—1981年，考古所编《殷周金文集成》（北京：中华书局，1984—1994年），我参加过最初的资料准备，书要一本一本对，拓片要一张一张找，除了室内整理，还要到各大博物馆拓铜器，我为此花了整整三年的时间，名没有，书没有，什么都没有。老刘说，你为这书付出那么多，别人装糊涂，我知道，留个纪念吧。她把她的《集成》送给了我。

1981 年，我在西高泉挖秦墓，70 多座墓，就三人，老卢（卢连成）、陈平和我。1982 年，我在沣西挖西周遗址，也是跟他们在一起（还有郑文兰）。最后，我和陈平调走，老卢也离开了考古所。我的一切辛苦和劳累也“雨打风吹去”。

俞伟超先生知道我的经历。他说，你的时间并没白费，所得还是胜于所失。

真是这样吗？破涕为笑吧。

我调过两回工作，早就没有归属感，经历使然，教训深刻。我已看穿看透，与其“从一而终”，不如“移情别恋”。我才不死心塌地跟谁干，特别是有如“修长城”的浩大工程和集体项目。

摧眉折腰，我不开心；呼奴使婢，也不乐意。最好的选择，还是自己领导自己。

我是单枪匹马惯了，喜欢打一枪换一个地方，四面出击，其实只有一条枪。

杂文不谈了。学术，涉及三个界：考古、古文字、古文献。“三古”是基础学科，我重视，我喜欢，但对我来说，这是训练，不是目的，我更关心的是问题。三代无学科，问题并不属于哪个“古”。更何况，我是现代人，我的立足点还是现代。

三十多年来，跟着问题跑，一个问题牵出另一个问题，我还涉及过很多行当，至少有五六种。研究《孙子》，涉及军事史；研究方术，涉及科技史和宗教史；研究简帛古书，涉及思想史；四出访古，涉及历史地理；研究文物，涉及考古和艺术史。虽然，这些行当，没有一行是我的“本职工作”，但不同领域的学者都还承认我。

人文学术，所有文科系，我都插过一脚。我甚至在香港中文大学的艺术系教过书。

孙悟空语录："超出三界外，不在五行中。"

我把这两句抄下来，挂在墙上。

他是咱们中国的自由神。

书不在多。

一个诗人写一辈子诗，最后能有一首诗被人记住就不错了。

书也是这样。

但这需要以勤补拙，需要投入较多的精力。谁都只有一条命，我不比别人聪明。书都是逐渐写薄的，为了薄，先要厚，厚积才能薄发。

我是个按计划写作的人，单篇文章是为了编书，编书是想讲出点儿道理。其实，我做的一切，都只是铺垫，不管是为自己铺路，还是为他人铺路。

研究学术，我是从文献整理入手。最初，我是拿《孙子》练手。这方面的文章已收入《〈孙子〉十三篇综合研究》（北京：中华书局，2006年）。

后来，我迷过一段古文字，深陷于拓片而不能自拔，没有一帮老同志帮忙拔，我还拔不出来。根儿都拔掉了，剩下的只是训练。

再后来，跑国外，我是靠方术屠宰时光。最初是写散稿，然后才汇编成书。《中国方术正考》、《中国方术续考》是这么写成的。翻译高罗佩的《中国古代房内考》，也是配合这一研究。

研究简帛，我也有个准备过程。比如写楚帛书，写郭店简，写上海简，我花费了不少时间。特别是上海简，很多精力都白费了，我很后悔。所幸，我还写了一本《简帛古书与学术源流》，这书是为了讲课。

我在学校讲经典，也是先讲后写。比如《丧家狗——我读〈论语〉》、《兵以诈立——我读〈孙子〉》，还有四本一套的《我们的经典》（已经印出三本），就是从课堂而来。

历史地理，我也写过一些文章，还没编。

访古，有不少日记和照片，也要整理。

考古和艺术史，我一直在写。老文章多已收入《入山与出塞》，新文章还没编；我还写过一本《铄古铸今》。

这些都是铺垫，为了我心中的学术。

本集所收，是我的学术论文，不是全部，只是上述集子（已编或待编）以外的散稿，侧重点是文史方面。我讲历史的文章，差不多都收进去了；文字方面也选了不少（不是全部）。

十年前，广西师大出版社出版过我的论文集：《李零自选集》，就是此书的基础。现在有所删削，有所增补，有所订正，分为两册，一册读史卷，一册说文卷。

这两册书，只是过河的石头。

语云，人非圣贤，孰能无过。其实，就是圣贤，也不能不出错。过去，我说过一句大实话，“天地之间最没有常识的一件事就是认为别人没有常识。”（《花间一壶酒》，北京：同心出版社，2005年，216页）

我也曾经年轻。年轻人最容易犯的错误，就是老想不明白，好些年纪一大把、头衔一大堆的人怎么也会犯错误，而且是最低级的错误。他不明白的道理，其实最简单，再大的学者也是人，是人都会犯错误。

人为什么会犯错误？这门学问可大了去。研究错误是一门大学问，报上说，国外有这门学问，国内则未之闻也。

错误，意必固我，是人都会犯。累，会犯；忙，会犯；年轻，有精力没经验，会犯；年老，有经验没精力，也会犯，怎么都会犯。光是生理、心理、气质、性格上的原因就有一大堆。记忆力差，思维跳跃，推理过度，联想失控，也是陷阱。

错误是人类认识的一部分，绝大部分。

我知道，我的书，错误一定很多。我不是精密仪器。

不犯错误不是人。机器才不犯错误（要犯也是跟着它的主人犯）。

错误分两种，一种是大错误，在总体认识上犯错误；一种是小错误，在字词、标点、引文等各种细节上犯错误。前者是探索性的错误，成亦萧何，败亦萧何，不一定能以对错论功过，如果它是为大问题当“靶子”，能以自己的失误，启发别人，引起争论，引起思考，很可能是成功之母、正确他爹。后者，一般叫“硬伤”，错就是错，不容商量。这样低级的错误，当然应尽量避免，却最不容易避免。

这次编书，我只对后者做一点订正，不做大修改。认识上的纠正，写在补记中，也只限非说不可、不说就可能误导读者的地方。我对别人的错误没兴趣，自己的错误也不想十步九回头，不断找补。无论大错误还是小错误，都只是当作一种认识过程来反省和检讨。已经成为历史的东西就让它付诸东流吧。

不过，有件事，我倒有点后悔，即过去发表的论文，脚注不周密、不统一，对读者查核原文不方便。这部分是因为我对这个问题的认识有一过程，部分是因为我国的学术界原本就没规矩。刊物，吝惜版面，往往求简，有人甚至认为，脚注太繁是为了骗稿费。关于这方面的认识，我在《入山与出塞》（北京：文物出版社，2004年）的后记中有详细讨论，有兴趣的读者可以找来看。

这是我的回顾与检讨，是为序。

2010年12月23日写于北京蓝旗营寓所

38 《死生有命　富贵在天：〈周易〉的自然哲学》

北京：生活·读书·新知三联书店，2013 年 1 月

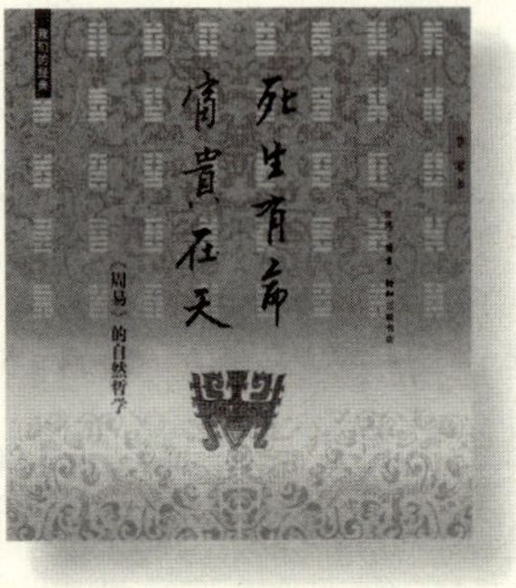

题　辞

人有两种命：一种是爹娘送的，一种是老天给的。
前者是生命之命，后者是命运之命。
世事无常，古人叫天命。
欲知天命，乃有算命。

中国立教路线图：
校改庙（学校改文庙），医改教（医院改教堂），
知识分子带头鼓噪，人民群众不亦乐乎。
算命、看病，谁也拦不住。

世界杯，看台上全是迷信鬼，
贝利的预言总是落空。
你问《周易》灵不灵，
最好去问章鱼保罗。

自序

——从打扑克说起

“我们的经典”，这是最后一本。距离上一本，已经一年多。

去年，我一直在编老师的书：《张政烺论易丛稿》。[1] 我必须把这本书编出来，才能写自己的书。

2005 年，老师去世后，师母把一个大纸盒交给我，里面放着老师当年在沙滩红楼整理马王堆帛书《周易》经传的遗稿，命我整理。

2005 年下半年和 2006 年上半年，我带我的学生整理这部遗稿，花了整整两学期。我把整理当一门课上，边读老师的手稿，边和学生讨论。我在北大讲《周易》，这是第一次，说是给学生上课，其实是给自己上课。

读老师的书，好像老师就在身边。

2008 年 4 月，中华书局出版了大开本的《马王堆帛书〈周易〉经传》。此书是按张先生的手稿影印，排印本是放在《张政烺论易丛稿》中。后面这本书，早就交稿，中华书局腾出手，派石玉同志编，主要是去年的事。稿虽粗具，但统稿，校稿，配图，很多事，旁人难以代劳，我只能自己干。

去年，师母住进医院，医生说，病很重，恐怕出不来了。我一直在赶这书，希望她能最后看上一眼。

11 月 10 日，中华书局把封面的样图寄给我，我去医院，手捧笔记本电脑给她看，她虽口不能言，但睁着眼。

12 月 15 日，书一出来，我赶紧打辆车，直奔医院，可是等我到

---

〔1〕 张政烺《张政烺论易丛稿》，李零等整理，北京：中华书局，2011 年。

了，已经来不及。眼前的她，双目紧闭，处于昏迷之中。我们之间，隔着无声的黑暗。

12月22日，师母走了。

今年4月1日，师母与老师合葬，我把书带到墓地。我只能用这本书祭奠两位老人。书前有篇读后感，是我对老师的怀念。

老师经常用打牌讲占卜。

例如，他说过这样的话：

> 卜筮是人类在无力掌握客观规律的情况下，希望借助于某种符号的变化窥测神明的意向。至于怎样取得和怎样辨认这些符号，卜筮人所用各种方法却都是人为的规定，没有客观规律和逻辑的必然性。就如同许多游戏一样，都是以意为之，我们看各地发掘出许多六博的工具，但是无法恢复其游戏。以象棋或扑克牌来说，不经传授，谁也无法推测出其原有的规则。[1]

在这篇小序中，受老师启发，我想跟大家聊聊扑克牌，并从这个话题，讲讲占卜的原理和心理，或许有助于对《周易》的理解。

《周易》像一副扑克牌。它有六十四卦，好像64张牌。

现在的扑克（Poker）分四种花色：黑桃（Spade，铲子）、方块（Diamond，钻石）、梅花（Club，棍子）、红桃（Heart，红心），每种13张牌，从A到10（A即ace，代表1），是1－10；另外三张，J（Jack，骑士）代表11，Q（Queen，后）代表12，K（King，王）代表13。四种加起来是52张，外加大小王（Joker，小丑），共54张。

---

〔1〕《张政烺论易丛稿》，15页。

这54张牌，真是变幻无穷，想有多少种玩法，就有多少种玩法。它不光用于游戏，还可配星座、历法，用于占卜、赌博、变戏法。

扑克用于占卜，全靠它的象征意义。每张牌都是一种符码：大小王代表日月，四种花色代表春、夏、秋、冬（各13个星期），52张牌代表一年52个星期，点数相加，得365（四种花色，各91点，大小王各算半点），合一年的天数。

扑克，源自13－14世纪的塔罗牌（tarot）。有人说，更早的来源是中国的叶子戏。[1]

塔罗牌，分大阿卡纳牌（Major Arcana）和小阿卡纳牌（Minor Arcana）。大阿卡纳牌为22张，用以算大运。小阿卡纳牌为56张，用以算小运。

小阿卡纳牌分四种花色：杖（Wands）、杯（Cups）、剑（Swords）、星（Pentacles），每种14张牌，分为两组：一组从1到10，为数字牌；一组包括王（King）、后（Queen）、骑士（Knight）、侍从（Page），为宫廷牌。这种牌就是扑克牌的前身。两者很像，区别只在没有大小王，多出侍从。

塔罗牌，也是个无所不包的符号体系，同样可配星座、历法、数字、方色，代指天下万物。[2]

《周易》用于占卜，和扑克很像，特别是汉代的象数易，更像。我们完全可以仿照扑克牌，把《周易》做成一副64张的扑克牌。

棋牌可用于游戏，也可用于赌博。占卜与赌博同源。赌博是人

---

〔1〕 塔罗牌的起源有埃及说、罗马说、希伯来说、波斯说、印度说、中国说。杜亚泉认为，西方纸牌类似中国的天启马吊牌。参看：杜亚泉《博史》，收入《杜亚泉著作两种》，田建业编校，北京：新星出版社，2007年，175－233页。

〔2〕 参看云峰《韦特塔罗》，西安：陕西师范大学出版社，2006年，122－123页：塔罗符号对照表。

类最古老的游戏。[1] 赌博是用来赌运气，现代和古代无异。赌球、赌马，玩股票、玩彩票，甚至选战，道理一模一样。

现在的世界是个大赌场。

好赌是中国的三大恶习之一，虽然称不上国粹。

人类最大的游戏是什么？是商业和战争。

孔子说，"赐不受命，而货殖焉，亿（臆）则屡中"（《论语·先进》）。

克劳塞维茨说，"战争在人类各种活动中最近似赌博"。[2]

兵不厌诈，商，更不厌诈。"利益趋近最大化"，大诈带动小诈。

今语，钱的别名叫王八蛋（"钱是王八蛋，花了咱再赚"）。《国富论》、《资本论》是现代的《货殖列传》，它们都是研究王八蛋。[3]

"钱不能全让王八蛋赚了"，大家都骂王八蛋，大家都想当王八蛋。要当，就当大王八蛋。

占卜的原理是什么？是投机。投者，下注也。机者，概率也。下注，冥冥之中，若有神助，最能体现随机性。

"投资"，广东话的发音，让北方佬听上去，就跟"投机"差不多。很多投资家，其实是投机家。孔子有"七十述志"（《论语·为政》）。想不到，骗子也要立志。前一阵儿，电视报道，有一伙年轻人，锒铛入狱，全是金融诈骗犯。他们说，三十要当企业家，四十

〔1〕参看李零《中国方术续考》，北京：中华书局，2006年，15－20页。案：赌是赌塞，博是六博，博、塞是中国古代的两种棋。

〔2〕克劳塞维茨《战争论》，北京：商务印书馆，1978年，第一册，41页。

〔3〕亚当·斯密《国民财富的性质和原因的研究》，郭大力、王亚南译，北京：商务印书馆，1972年；马克思《资本论》，中共中央马克思、恩格斯、列宁、斯大林著作编译局，北京：人民出版社，1975年。前者初名《原富》、《国富论》，是市场万能论的经典；后者是批判资本主义的经典。

要当投资家，五十要当教育家，六十要当思想家，七十要当老人家。他们说的“投资家”就是“投机家”。

街头摆副扑克，请路人下注。这种骗钱的主儿有人抓。大家想不到，世界金融业的龙头老大，华尔街的金融大鳄，他们居然也是骗子，而且是最大的骗子。

美国先进，先进到只剩耍钱和玩弹（核弹、导弹，各种聪明弹）。

金融风暴和战争风暴，轮番教育着我们：我们的世界还非常古老。

占卜，最简单的占卜，是胜率、负率各一半，让你猜猜看。如足球开赛前，裁判拿一枚硬币，朝上一抛，这就是“投”，落在地上，一正一反，这就是“机”（概率，也叫几率，正负各50%）。[1]你别看它简单，再复杂的占卜也打这儿来。

一正一反，是占卜的辩证法。《周易》的阴阳就是这种辩证法。它的八卦是由阴阳二爻组成。阴阳是一切变化的基础。

阴阳是欢喜冤家。“六十四卦，二二相耦，非覆即变”（孔颖达语），分32组，好像我们的上下牙（理论上是16对牙齿），捉对厮打。这是静态的阴阳。

齿轮不一样，它也有牙，齿牙咬齿牙，它会转起来。高级的占卜，一定要转起来。阴阳加五行，五行相生，五行相克，如循环之无端，就是为了让它转起来。

高级占卜，怎么个高法？无非是增加变数，增加程序的复杂性。

比抛硬币复杂一点，是掷骰子（骰音tóu）。骰子，古书亦作投子，今多称为色子（色音shǎi）。它有六个面或更多面（秦始皇陵园

---

〔1〕 中国的杯珓（音jiào），拿两个蚌壳（或以竹木代之）往地上扔，视其俯仰，以定吉凶，就是这种占卜。

出土的骰子有 14 个面），每个面上各有点数。面越多越接近球形，可转，可停。增加面，增加点，是为了增加变数。全世界的骰子，样子都差不多。

比掷骰子再复杂一点，是抽签。求签，一把签，分好签、坏签，从上上到下下，还可细分为很多类，每个签各有签诗，吉凶祸福，比例不定，让你随便挑，这是在概率分配上做文章。

更高级，还有式盘，模仿天地运行、历法推步，既有转，也有算。

电脑算命，运算更复杂，但基本原理不变，都是模仿随机性。

美国，唐人街的中国餐馆，吃完饭，照例会送幸运果（fortune cookie），一种烘烤成形的脆皮小饺子。打开幸运果，里面有张小纸条，纸条上的话，多半是好话（或不好不坏怎么解释全都灵的话）。好话才能吸引顾客。

赌场不一样，胜率太高没钱赚，胜率太低没人来，要拿捏分寸。

彩票，胜率很低，低到好像天上掉石头，正好砸头上，别提多巧，但它奖金高，机会面前人人平等，吸引力太大。大家会自动掏腰包，给一人买乐，不乐则已，乐就乐透。

《周易》，“四营而成易，十有八变而成卦”（《系辞上》），八卦相重，可得 64 卦、384 爻、11520 策，这也是增加变数，增加程序的复杂性。

《周易》的卦爻辞，好像签诗。

概率，有输有赢，有胜有败。胜败乃兵家常事。商家也一样，赔了赚，赚了赔，没有一定，有哭的，也有乐的。

体育比赛，强队狂胜弱旅，没劲。两强相遇，你死我活，才有看头。当然，最大惊喜还是杀出匹黑马，爆出个冷门，弱旅居然打败强队。

赌博，没有悬念，不叫赌博。赢了想赌，输了更想赌，这才叫赌博。

占卜，有灵有不灵，道理一模一样。

科学讲究重复率，赌博不讲，占卜也不讲。

古代占卜，五花八门，经常打架。卜有三兆，筮有三易，不但三兆会互相打架，三筮会互相打架，卜与筮，卜、筮与其他占卜，也一样会打架。

读《左传》，你会发现，占卜都是不厌其烦，此术不灵换他术，此人不灵换他人，再不行，还可巧辞曲说化解之。

汉武帝聚会占家，问娶妇何日为吉，七家全不同，怎么办？最后，还是皇帝说了算，"制曰：避诸死忌，以五行为主"（《史记·日者列传》）。

后世占卜，以五行为大宗。

五行是选择术的别名。

《易》曰："匪我求童蒙，童蒙求我。初筮告，再三渎，渎则不告。"（《蒙》卦卦辞）

占卜，是为了求取神谕。你给老天打电话，回答可能有好有坏。有人对老天的回答不满意，死乞白赖，不停拨号，老天也烦，干脆挂了。

我们的知识是由"知之"和"不知"共同构成。"不知"远比"知之"多。只要有"不知"，就有猜，就有蒙，我们并未告别占卜。

拉姆斯菲尔德有个著名的绕口令。他说，有些事，我们知道我们知道；有些事，我们知道我们不知道；还有些事，我们不知道我们不知道（节其大义，并非原文）。最近他出了本回忆录，干脆叫《已知和未知》（*Known and Unknown*）。

我不知道他知道不知道，为了杀一个萨达姆，他害死了多少伊拉克人。

中国也有这种绕口令。

《论语·为政》：

> 子曰："……知之为知之，不知为不知，是知也。"

《庄子·齐物论》：

> 啮缺问乎王倪曰："子知物之所同是乎？"曰："吾恶乎知之？""子知子之所不知邪？"曰："吾恶乎知之！""然则物无知邪？"曰："吾恶乎知之！虽然，尝试言之。庸讵知吾所谓知之非不知邪？庸讵知吾所谓不知之非知邪？"

孔子把我们的知识分为"知之"和"不知"两大类，关注点是"知之"。王倪不同。他的口头禅是"那我怎么知道"。他说，你怎么知道我说的"知之"就不是"不知"，你怎么知道我说的"不知"就不是"知之"。

可见"知之"和"不知"是一对大矛盾。

"不知"的事怎么"知之"，古人的回答是占卜。

占卜是对不可预测的事进行预测，与其叫做预测学，不如叫做猜测学。比如拿个碗，把东西扣下边，让你猜猜看，古人叫"射覆"。这也是最简单的占卜。其实，所有占卜都带有这种性质。

占卜是为了拿主意。

凡是情急无奈，无法作判断也要作判断，无法下决心也要下决心，就会想到占卜。

《左传》桓公十一年：

> 楚屈瑕将盟贰、轸。郧人军于蒲骚，将与随、绞、州、蓼伐楚师。莫敖患之。斗廉曰："郧人军其郊，必不诫，且日虞四邑之至也。君次于郊郢，以御四邑。我以锐师宵加于郧，郧有虞心而恃其城，莫有斗志。若败郧师，四邑必离。"莫敖曰："盍请济师于王？"对曰："师克在和，不在众。商、周之不敌，君之所闻也。成军以出，又何济焉？"莫敖曰："卜之？"对曰："卜以决疑，不疑何卜？"遂败郧师于蒲骚，卒盟而还。

古人说，"卜以决疑，不疑何卜"，凡是明摆着的事，都用不着占卜，凡是需要占卜的事大多无法预料。北京话，叫没辙想辙。

打仗的事，经常是急活。即使有周密的侦察、充分的预案，也还是有很多料不到。事到临头，再聪明的人，也只能把已知、未知搁一块儿，拍拍脑瓜，估摸估摸。估摸不出来，就只好赌一把。

我们必须明白，即使在科学昌明的现代，"不知"也到处包围着我们，远远超出我们的认知能力。"知之"在我们的知识中只是非常可怜的一部分，到处是漏洞。"无妄之灾"，随时随地都可能发生，赛先生也拿它没辙。

占卜往往是连续占，连续卜。占卜者倒查记录，往往会把两个前后无关的事串起来，把前面的事叫"因"，后面的事叫"果"，串联偶然成必然，创造貌似合理的因果链。由于他是倒着查，故谶言多出追述。

历史学家都是"事后诸葛亮"。

《洪范》有言，“三人占，则从二人之言”。三占从二，少数服从多数，这是民主政治的原则，也是占卜的原理。

足球赛，你穿红球衣，多少次都赢了（注意：不一定回回都赢），那好，红色就是胜利的原因。你穿白球衣，多少次都输了（注意：不一定回回都输），那好，白色就是失败的原因。

例外不必管，不管，才能创造灵验。

史、卜同源，即使现在的历史学家，也没摆脱这种习惯。

插队，村里人在水库炸鱼，等我下去捞（他们不会游泳）。每次我去，都炸不上来，一走，就有大鱼漂上来。

真是活见鬼。

人，期望值越高，失望值就越高；期望值越低，失望值就越低。俗话说，“有心栽花花不开，无心插柳柳成荫”，《易》有《无妄》，就是讲这个心理学规律。

赌博，概率的实际分布是一回事，概率的心理分布是又一回事。[1]心理的变数，在一切对抗性的活动中都不容忽视，因为它会直接影响“临场发挥”。比如运动员，越想进球越不进，情绪就会失控。结果是，形势逆转，本该得到的也失去了。

可见境随心变也不是不可能。

《系辞》说得好：

是故君子所居而安者，《易》之序也；所乐而玩者，爻之辞

〔1〕 假定胜率、负率各50%，你非赌60%赢，就有10%可能是意外的沮丧。反之，你只赌40%赢，就有10%可能是意外的惊喜。

也。是故君子居则观其象而玩其辞，动则观其变而玩其占，是以自天佑之，吉无不利。

《易》是一种精神游戏。它有两种玩法，一种是玩辞，一种是玩占。你选哪一种？

孔子怎么看占卜，耐人寻味：

子曰："南人有言曰：'人而无恒，不可以作巫医。'善夫！""不恒其德，或承之羞。"子曰："不占而已矣。"（《论语·子路》）[1]

子赣曰："夫子亦信其筮乎？"子曰："吾百占而才当。唯（虽）周粱（梁）山之占也，亦必从其多者而已矣。"子曰："《易》，我后其祝卜矣，我观其德义耳也。幽赞而达乎数，明数而达乎德，又（有）仁〔义〕者而德行之耳。赞而不达于数，则其为之巫。数而不达于德，则其为之史。史、巫之筮，乡（向）之来也，始之而非也。后世之士，疑丘者，或以《易》乎？吾求其德而已。吾与史、巫同涂（途）而殊归者也。君子德行焉求福，故祭祀而寡也。仁义焉求吉，故卜筮而希（稀）也。祝巫卜筮其后乎。"（马王堆帛书《要》）

孔子说，他与史、巫同途殊归。他好《易》，是好其中的德，不是其中的占。如果不修其德，把希望全都押在占上，则还不如不占。

〔1〕《礼记·缁衣》："子曰：南人有言曰：人而无恒，不可以为卜筮。古之遗言与？龟筮犹不能知也，而况于人乎？《诗》云：'我龟既厌，不我告犹。'《兑命》曰：'爵无及恶德，民立而正事。纯而祭祀，是为不敬；事烦则乱，事神则难。'《易》曰：'不恒其德，或承之羞。''恒其德侦，妇人吉，夫子凶。'"与此是类似的话。

他说得多好！

荀子怎么看占卜，也留下两段话：

> 雩而雨，何也？曰：无何也，犹不雩而雨也。日月食而救之，天旱而雩，卜筮然后决大事，非以为得求也，以文之也。故君子以为文，小人以为神。以为文则吉，以为神则凶也。(《荀子·天论》)
>
> 善为诗者不说，善为易者不占，善为礼者不相，其心同也。(《荀子·大略》)

荀子说，祈雨就下雨和不祈雨也下雨，并无不同。天旱祈雨，不过是例行的仪式。“卜筮然后决大事”，只是个仪式。“君子以为文”，“文”是仪式。占一占，卜一卜，只不过表表愿望，试试运气，并非一门心思，非求个好兆头不可。“小人以为神”，“神”是灵验，他对老天的期望是有求必应，你不应，他就使劲求。

君子，灵不灵，无所谓，可能反而灵。小人，非灵不可，可能反而不灵。这是君子和小人的不同。所以荀子说“善为易者不占”。

他说得多好！

天有不测风云，人有旦夕祸福。不仅离我们太远的东西，我们左右不了，就是眼跟前的事，又怎么样？生活，小不顺心、大不如意的事，何止万千。痛不欲生，但求速死，大可不必。

不服输，不认命，可以，但改运，那是谈何容易！如果一切努力都归失败，你将如何面对？

项羽兵败，顾谓诸将曰“天亡我，非战之罪”，选择自杀。

王莽，死到临头还嘴硬，“天生德于予，汉兵其如予何”（这话是模仿孔子）。

谭嗣同慷慨赴死，留下绝命辞，“有心杀贼，无力回天，死得其所，快哉快哉”。

生命的最后时刻，他们都想到了“天”。

孔子有个学生叫司马牛，宋国人。他有四个兄弟在宋国作乱，为首者不是别人，正是孔子过宋，企图杀害孔子的司马桓魋。

这事让司马牛羞愧难当。他宁肯漂泊在外，也绝不认这四个兄弟。

“人皆有兄弟，我独亡”，痛苦之极，他叹气说——就像一个盲人说，人都有眼睛，为什么我却没有。

子夏安慰他：

> 商闻之矣：死生有命，富贵在天。君子敬而勿失，与人恭而有礼，四海之内，皆兄弟也。君子何患乎无兄弟也。（《论语·颜渊》）

他说，人能活多长，各有各的命；会不会大富大贵，你自己没法定。[1]君子所应做的并不是怨天尤人，而是敬天礼人。只要敬畏天命，与人有礼，四海之内皆兄弟也。

“死生有命，富贵在天”，据说是闻之夫子（起码汉人是这么说）。夫子传《易》，至今已2500多年（他活着就传《易》）。世皆迷其占，我独爱其辞。

俗话说，尽人事，听天命，如此而已。人只能管人事，管不了天命。听者不过是姑妄听之，听之任之，爱怎么着怎么着，随它去吧。

---

〔1〕 王充《论衡》对“命”的讨论最多，可参看。

踢足球，输赢的关键是什么？技术还是运气，好像不好说。运气当然重要，但你左右不了。我敢说，练球比占卜更重要。穿什么球衣，问什么章鱼，只不过是个大众娱乐而已。

古人说，“圣人不烦卜筮。”（《左传》哀公十八年“君子曰”引《志》）

圣人是什么人？是古代的聪明人。

你愿意作聪明人吗？

2011 年 5 月 8 日写于北京蓝旗营寓所

再说几句：

《易经》，句子很短，给人的印象是朦胧，有想象空间。我喜欢这种朦胧感。朦胧感是一种古风。

古人语短，有如诗歌。一般只有四字（如《诗经》），长也不过七字（如《楚辞》）。老百姓说话也短，短了才能长驱直入，一下钻到你的心里。我喜欢锻炼辞章，删字截句，多余的字一个不要。

有人说，我的文字很精练。其实这都是改出来的，不是为了迎合大众，而是为了回归自然。追慕古风，是为了回归自然。

我理解，思想都是草稿，一天就改多少回。语言的真相也是前言不搭后语。先秦诸子都是碎片体，原因就在这里。我喜欢这种碎片体，年纪越大越喜欢。

写在前面的话

《周易》是本什么样的书？我想把来龙去脉讲一下。

现在，市面上讲《周易》的书真是铺天盖地，热心的读者也人山人海。我不想重复各种老生常谈、胡吹神侃，说此书最最符合科学，处处蕴含哲理，如何灵验，如何神秘，如何放之四海，如何无所不包，如何令各级领导如痴如醉，如何让成功人士神魂颠倒，如何急广大群众之所急，满足他们的各种需要，如何风靡世界，畅销海外，引无数老外竞折腰，想不承认都没辙，中国是电脑的故乡……

下面，我只想讲点简单的事实，供大家参考。

一、《周易》是本讲筮占的书

首先，我要告诉读者，《周易》是一本非常枯燥的书，没有耐心，绝对读不下去。大家哭着闹着，非要读这本书，主要不是因为它有什么引人入胜之处，而是因为古往今来，人类有两个兴奋点，一是算命，二是看病。这书跟算命有关。

人，活得长不长，运气好不好，会不会升官发财，大家最关心。如果有一本书能提供答案，那不跟中彩票一样？占卜，《周易》最古老。大家都说，这书神得不得了。

不错，《周易》和算命有关。它从一开始就是用来占卜。但我们要知道，中国的占卜可不止这一种，而是五花八门，有很多种。你要了解《周易》，首先就要知道，它是讲哪一种占卜，这种占卜和其他占卜有什么不同，在中国的占卜体系中处于什么位置，这就像到超市购物，你要找一下，它是摆在哪家超市哪个货架上。

以前，我多次说过，中国古代的知识分两大系统。研究人，研究人的行为，古人的智慧是凝聚于兵书；研究自然，向分两门，一门叫“数术”，一门叫“方技”。前者是研究天地万物，既包括天文、历算类的科学知识，也包括各种神秘占卜和原始巫术。后者是研究我们的身体，既包括医学，也包括各种祝由术和神仙家说。这两门知识合起来，古人叫“方术”。

方术是中国古代的“自然科学”，不是纯而又纯的科学，而是迷信加科学的“科学”。科学和迷信都研究自然，对象一样，属于同一个知识体系。当时还没有科学、迷信二分法。我们用古人的想法看问题，毫无疑问，这是当年的“科学”。

司马迁为方术立传，有三篇东西：《扁鹊仓公列传》、《日者列传》、《龟策列传》。《扁鹊仓公列传》讲看病，属于方技。《日者列传》、《龟策列传》讲占卜，属于数术。

《周易》讲什么？当然是占卜。但同是占卜，“龟策”和“日者”是两大类。当时的占卜，日者之术讲选择时日，是一大类（后世的通书、黄历属于这一类）；龟是龟卜，策是筮占，是另一大类。《周易》属于后一类。

比《史记》晚，《汉书·艺文志》据刘向、刘歆的分类，把数术分为六类：

（1）天文，讲占星候气。

（2）历谱，讲历法算术。

（3）五行，讲选择时日。

（4）蓍龟，讲龟卜筮占。

（5）杂占，讲其他占卜和厌劾术（趋吉避凶的巫术）。

（6）形法，讲相术和风水。

筮占属第四类，即蓍龟类。蓍是筮占，龟是龟卜。

首先我们要知道，《周易》的“易”是指筮占。

二、筮占是一种数占

卜、筮是两种非常古老、非常原始的占卜，早期是结合在一起。至少汉以前，一直结合在一起。《尚书·洪范》如此，《左传》、《国语》如此，《周礼》等书也如此。即使汉代，卜法已经衰落，《汉书·艺文志》还把它们列为一类，后世史志也沿袭了这一分类，但两者已经分开。

龟卜和筮占，区别是什么，关系是什么，是个首先需要弄清的问题。

(一) 卜

卜是用动物的骨头占卜，用骨头的裂纹求取神谕。[1]早期人类认为，动物的骨头（包括人的骨头）很灵，可以沟通人、神，特别是龟骨，比其他骨头更灵。有趣的是，卜龟本身就叫“灵”。

从殷商卜辞到战国楚简，古人一直把卜龟写成“龗”，即后来的“灵”字。《龟策列传》也把卜龟叫“玉灵夫子”。直到明清，卜龟的别名一直是“玉灵”。

世界上的卜分两种：一种是冷卜（apyro-scapulimancy），凭骨面的自然裂纹定吉凶；一种是热卜（pyro-scapulimancy），凭烧过的裂纹定吉凶。

我国的卜属于后一种。

商周甲骨，占卜前，先要在骨面做钻凿。商人的甲骨是圆形钻、梭形凿，周人的甲骨是方凿无钻。卜人在钻凿施火，背面的裂纹呈一纵一横，“卜”字正好象其形。“卜”这个名字就是这么来的。[2]

中国的卜，以卜材论，又分两种：一种起源于西北，用鹿的肩胛骨或牛、羊的肩胛骨占卜，一种起源于东南，用龟的背甲和腹甲占卜。前者比后者更古老。商周时期，这两种卜曾共用过一段。所谓“甲骨文”，就是兼指这两种卜材上的文字。后来龟卜压倒骨卜，取代骨卜，卜才专指龟卜。比如司马迁讲的“龟策”（《史记・龟策列传》）、班固讲的“蓍龟”（《汉书・艺文志・数术略》蓍龟类），就是专以龟卜为卜。汉以来，卜主要指龟卜。

---

〔1〕 英文的 oracle bone（甲骨），直译就是“神谕的骨头”。

〔2〕 这种裂纹即卜兆。《周礼・春官・大卜》把卜兆分为三种：玉兆（细纹）、瓦兆（略粗的纹）、原兆（更粗的纹）。

(二) 筮

筮和卜不同，不是以动物为媒介，而是以植物为媒介，或结草为占，或折竹为占，或用其他竹木小棍代替之。[1]“蓍”字从艸，“筮”字从竹，文字本身也足以说明其材质。

有一种草，古代很有名，这就是蓍草，学名叫 *Achillea sibirica*，英文叫 yarrow，主要分布于西伯利亚和中国北方。褚少孙说，取蓍草，百茎共生一根，茎长一丈者为上，其次八十茎、茎长八尺，退而求之，满六十茎、茎长六尺也就不错了（《史记·龟策列传》）。

读《龟策列传》，我们可以知道，用蓍草占卜有神秘含义。褚少孙说，汉代有一种传说，“下有伏（茯）苓，上有兔丝；上有捣蓍，下有神龟”，它是把蓍、龟扯在一起。但这种神秘的东西，其实并不神秘。实际上，它只是充当算筹，古人也可以用其他种类的草棍、木棍、竹棍代替之。

古人用竹木小棍当算筹，叫“筹”、“策”、“算”。算筹是最古老的计算工具。计算用这种东西，占卜也用这种东西。[2]

卜、筮是商代最重要的占卜，两周时期也如此。商周时期，往往把卦画刻在甲骨上，就是卜、筮并用的证明。

早期，卜、筮并用，一般都是先卜后筮。如果卜、筮发生矛盾，怎么办？《左传》有段话，是讲这个问题：

> 初，晋献公欲以骊姬为夫人，卜之，不吉；筮之，吉。公曰：“从筮。”卜人曰：“筮短龟长，不如从长。且其繇曰：‘专之渝，攘公之羭。一薰一莸，十年尚犹有臭。’必不可。”弗听，

〔1〕《楚辞·离骚》有所谓“筳篿”，王逸注：“筳，小折竹也。楚人名结草折竹以卜曰篿。”

〔2〕古人把占卜叫“算”，即能掐会算的“算”。“数术”的“数”就是强调算，但后世的算，主要是天文历算的算。算比卜高级。现代科学也强调算。

立之。(《左传》僖公四年)

原文说，晋献公要立骊姬为夫人，先卜不吉，后筮吉，两者发生矛盾。献公宁愿相信筮的结果，说还是照筮的结果办吧，因为这更符合他的愿望，但卜人却坚决反对，他说，如果卜、筮发生矛盾，应该相信卜。所谓“筮短龟长”，是说卜比筮更有优先权。

古人说，卜比筮有优先权，可能与卜更古老有关，但原文“短”、“长”并不是说年代短长。

卜与筮谁更古老，要看考古发现。

考古发现，骨卜确实很古老，新石器时代就有，距今5000多年，但龟卜晚，大约商代中期才有。筮占，目前发现的数字卦，年代最早是商代晚期。

卜、筮有三要素，一曰象（卜曰兆象，筮曰卦象、爻象），二曰数（卜不用数，筮曰筮数），三曰辞（卜曰卜辞，筮曰卦辞、爻辞，统称繇辞）。象靠看，数靠算，辞是对占卜的解释和判断。《左传》僖公十五年：“龟，象也。筮，数也。”龟主象，筮主数。筮的特点，主要在于算。

筮起于算，可从文字学加以探讨。

《说文解字·竹部》有两种算。一种是算筹的算，“筭，长六寸，从竹从弄，言常弄乃不误也”；一种是计算的算，“算，数也。从竹从具，读若筭”。但秦汉简牍，计算的算和算筹的算往往不分，都写成“筭”。《孙子·计》：“夫未战而庙筭胜者，得筭多也；夫未战而庙筭不胜者，得筭少也。多筭胜少筭（不胜），而况于无筭乎！”今本如此，银雀山汉简本也如此。后世“算”行而“筭”废，大家还以为“算”是本字，“筭”是“算”的通假字，这是理解反了。其实，“筭”与“簭”（“筮”的早期写法）很可能是同一字。比如睡虎地秦简《日书》乙种“不可卜筭”，就读“不可卜筮”。二者不但字形相近，读音也接近（筮是禅母月部字，筭是心母元部字）。[1]

“易”是什么意思？古人释“易”，有一名三义之说：易简、变易、不易（出《易纬·乾凿度》和郑玄《易赞》、《易论》）。其实，“易”的本义是变易，指数变、爻变和卦变。其他含义皆由此引申。[2]

筮占是以摆弄算筹，排列组合为占，面对的是无穷无尽的变数。古人认为，自其变者而观之，固可称“易”（变易）；自其不变者而观之，也可称“易”（不易）。易数是代码，易象是符号，如果用象数指代天下万物，执简御繁，以不变应万变，则百姓日用不穷，这也是一种“易”（简易）。

总之，筮占是一种数占，它玩的是数。

三、《周易》的源头：数字卦

“易”是筮占。筮占有很多种，《周易》只是筮占中的一种。《周易》之外有易，《周易》之前也有易。

《周易》的源头是什么？传统说法是：上古伏羲画卦，中古文王重卦，下古孔子作《易传》。《汉书·艺文志·六艺略》易类小序（下省称“班序”）叫“人更三圣，世历三古”。

伏羲画卦，指伏羲发明八卦。班序引《系辞》为证。《系辞下》2：“古者包牺氏之王天下也，仰则观象于天，俯则观法于地，观鸟兽之文与地之宜，近取诸身，远取诸物，于是始作八卦，以通神明之德，以类万物之情。”这是讲“上古圣人”。

---

〔1〕 睡虎地秦墓竹简整理小组编《睡虎地秦墓竹简》，北京：文物出版社，1990年，248页。参看：李零《唯一的规则——〈孙子〉的斗争哲学》，北京：生活·读书·新知三联书店，2010年，55页。案：许慎常把存在通假关系的字，按字形分割，强派用法。如他以筭为算筹之算、算为计算之算，就是一个例子。案：筮从巫。巫字的早期写法与王相似。筮字的古文类似筭（见《说文解字·竹部》），史懋壶提到“史懋路筮”，筮作筭，便与筭相似。算是纂、篡所从，乃另一字。

〔2〕 《礼记·祭义》“易抱龟南”的“易”是指卜筮者，与《周易》之“易”无关。

文王重卦，指文王以八卦相叠，作六十四卦。汉人常说“文王拘而演《周易》”，说纣王把文王关在羑里，他在监狱里忧心如焚，发明了《周易》，算出自己要革商朝的命。[1]《系辞下》15：“《易》之兴也，其于中古乎？作《易》者，其有忧患乎？”《系辞下》17：“《易》之兴也，其当殷之末世，周之盛德邪？当文王与纣之事邪？”班序说：“至于殷、周之际，纣在上位，逆天暴物，文王以诸侯顺命而行道，天人之占可得而效，于是重易六爻，作上下篇。”更明确以《周易》上下篇为文王所作。这是讲“中古圣人”。

孔子作《易传》，是古代成说，起码汉代的人都这么讲。如《史记·孔子世家》：“孔子晚而喜《易》，序《彖》、《系》、《象》、《说卦》、《文言》。”《汉书·艺文志·六艺略》易类小序也说：“孔氏为之《彖》、《象》、《系辞》、《文言》、《序卦》之属十篇。”这是讲“下古圣人”。

这三个层次是三笔糊涂账。

第一个层次，是前《周易》时代。古人上穷荒渺，实在说不清，就把发明权推给上古帝王。伏羲是最老牌的帝王，当然有资格。古史传说有这么个套子，不足为奇。

第二个层次，是《周易》出现的年代。《系辞》设问，只是推测，推测它的出现可能在殷周之际。

第三个层次，是《易传》出现的年代。汉人为什么说孔子作《易传》，原因很简单，因为它有很多“子曰”。“子曰”当然指孔子说。此说，前人信之不疑，今人疑之不信。不信的源头是欧阳修的《易童子问》。[2]

这三笔糊涂账，都要经受考古学的检验。这里先谈第一个层次。

---

〔1〕 见司马迁《报任少卿书》（《文选》卷四一）、汉诗《幽通操》（《太平御览》卷五七一引《古今乐录》等）。

〔2〕 欧阳修《易童子问》，《儒藏》精华编，北京：北京大学出版社，2009年，第三册，489－491页。

现在研究前《周易》时代，最受关注是数字卦。

数字卦，北宋就有发现，但宋人读不懂。这种卦画，甲骨、铜器、陶器、石器，各种材质的出土物上都有，现在经学者收集，已经超过一百个例子。

数字卦的上限在什么时候，现在还不能讲死，仅就现有发现看，至少可以早到商代，肯定比《周易》早。这种符号，很长时间里，一直是个谜，后经学者反复讨论，特别是由张政烺论证，局面才被打开。[1]

现在，多数学者认为，这种数字卦才是筮占的背景。

中国早期的数字卦是用一、五、七、九表示阳爻，六、八、十表示阴爻，除二、三、四被省去（积画为之，竖写则无法分辨，故省去），或隐去（以奇偶之变，藏在其他变数的后面），所有个位数全有，所以我叫“十位数字卦”。它与《周易》不同。《周易》只有九、六之数，今本九用阳爻表示，六用阴爻表示。简帛文本，阳爻一律作一，阴爻一律作八，估计就是从“十位数字卦”变出。后面这种卦也是数字卦，但只用两个数，不用其他数，所以我叫“两位数字卦”。

十位数字卦，战国楚简（如天星观楚简、包山楚简、葛陵楚简和最近发现的清华简）上有，[2] 四川理县出土的西汉陶罐上也有。[3] 可见，即使《周易》出现后，它也还在使用，新旧一度并行。

两位数字卦，最后被断连式的阴阳爻代替，年代比较晚。目前最早的发现是：

（1）乐浪式盘。1925 年朝鲜乐浪遗址王旴墓出土的式盘，上面

---

〔1〕《张政烺论易丛稿》，6－29、44－76 页。

〔2〕湖北省荆州地区博物馆《江陵天星观一号楚墓》，《考古学报》1982 年第 1 期，71－116 页；湖北省荆沙铁路考古队《包山楚简》，北京：文物出版社，1991 年；河南省文物考古研究所《新蔡葛陵楚墓》，郑州：大象出版社，2003 年。案：天星观楚简和清华楚简的有关材料尚未发表。包山楚简，阳爻作一、五，阴爻作六、八。葛陵楚简，阳爻作一，阴爻作六（与王家台秦简《归藏》相同）。

〔3〕参看：李学勤《周易溯源》，成都：巴蜀书社，2006 年，242－249 页。

配有八卦。卦画作断连式，卦位属于宋易所谓的后天卦。此墓，年代在东汉明帝末或章帝前后（约公元70－80年）。[1]

（2）熹平石经。原本立于汉魏洛阳城的太学遗址，毁于董卓之乱。宋以来不断有残石出土，上面也有这种卦画。熹平石经刻于东汉灵帝熹平四年至光和六年（公元175－183年）。[2]

看来，大约到东汉时期，这两种数字卦才最终退出历史舞台，我们才有横画断连的阴阳爻。

关于数字卦，目前学界还有不同意见。十位数字卦，其筮法仍是谜，策数多少，分组如何，肯定不同于《周易》（"大衍之数五十"肯定得不出十个数）。十位数怎么变两位数，也是个谜。张政烺说得好，我们发现的顶多是扑克牌，怎么玩，不知道。问题还要做进一步讨论。[3]但毫无疑问，《周易》只是流，不是源。

《周易》和数字卦是什么关系，从理论上讲，可以有两种假设：

一种可能是，两者有关，皆以数占为背景，阴阳爻是从两位数字卦来，两位数字卦是从十位数字卦来。这是张政烺的看法。[4]

一种可能是，两者无关，《周易》的阴阳爻与数字是从其他源头发展而来，和数占的大背景没关系。这是金景芳、李学勤的看法。[5]

我认为，从筮占源于数占的大背景看，从十位数字卦早于两位数字卦看，从古本《周易》卦爻的写法仍作一、八看，从断连式阴

---

〔1〕《乐浪五官掾王盱の坟墓》，东京：刀江书院，1930年，60－62页，图版一一二。

〔2〕马衡《汉石经集存》，北京：科学出版社，1957年；屈万里《汉石经周易残字集证》，台北：中央研究院历史语言研究所，1961年。

〔3〕《张政烺论易丛稿》，15－16页。

〔4〕《张政烺论易丛稿》，6－29、44－76页。

〔5〕金景芳《学易四种》，长春：吉林文史出版社，1997年，195－196页；李学勤《周易溯源》，第四章第三节（273－279页）和第四节（280－284页）。案：李书第四章第三节，曾发表于朱晓海主编《新古典新义》，台北：学生书局，2001年；第四章第四节曾发表于中国文物研究所编《出土文献研究》第六辑，上海：上海古籍出版社，2004年。

阳爻出现比较晚看，前说比后说更有说服力。

四、《周易》：孔子选定的经典

中国早期，卜、筮并行，两者都有地区差异。殷人的卜与周人的卜不同，殷人的筮也与周人的筮不同。《周易》，顾名思义，是周人的易。商代有周邦，周代分东西周，西周、东周都是周。

《周易》的周是哪个周，现在的考古材料还无法回答。文献，《诗经》、《尚书》都没提到《易》，我们只能从《周易》本身找内证。

《周易》本身，大部分内容是讲卦象、爻象和吉凶悔吝，没有具体史事可考。但它有八条材料，可资断代：

(1)《大壮》六五："丧羊于易，无悔。"(涉及王亥)

(2)《旅》卦上九："鸟焚其巢，旅人先笑后号咷，丧牛于易，凶。"(涉及王亥)

(3)《既济》九三："高宗伐鬼方，三年克之，小人弗用。"(涉及武丁)

(4)《未济》九四："震用伐鬼方，三年有赏于大国。"(涉及武丁)

(5)《泰》卦六五："帝乙归妹，以祉，元吉。"(涉及帝乙)

(6)《归妹》六五："帝乙归妹，其君之袂不如其娣之袂良。"(涉及帝乙)

(7)《明夷》六五："箕子之明夷，利贞。"(涉及箕子)

(8)《晋》卦卦辞："康侯用锡马蕃庶，昼日三接。"(涉及卫康叔)

1929年，顾颉刚就是据此把《周易》的年代定在"西周初叶"。[1] 这八条材料，涉及五个人：王亥、武丁、帝乙、箕子、康侯。

---

〔1〕 顾颉刚《周易卦爻辞中的故事》，收入《古史辨》第三册上编，北京：朴社，1931年，1－44页。

“丧羊于易”、“丧牛于易”，前人读不懂，顾先生考证，是讲有易杀王亥，取其牛、羊。王亥是殷先公，年代最早。“高宗伐鬼方”，高宗是殷王武丁，也比较早。“帝乙归妹”，顾颉刚考证，是殷王帝乙嫁有莘氏女太姒于文王，年代在文王时。“箕子之明夷”，箕子是纣王的叔叔，武王克商后仍在，比较晚。“康侯用锡马蕃庶”，前人不懂，顾颉刚考证，康侯是卫康叔。卫康叔，周公摄政时封卫，年代最晚。〔1〕最近，清华楚简《系年》披露，康叔初封在“庚丘”，庚丘就是康。〔2〕

这五个人，前人只知道武丁、帝乙和箕子是谁。其中箕子最晚，正好跨了两个朝代。《系辞》的作者大概就是以箕子定年，所以推测《周易》作于殷周之际，大概跟文王、殷纣的时代相当。马融、陆绩已指出，《周易》爻辞多文王以后事。〔3〕顾颉刚说《周易》作于“西周初叶”，要比“殷周之际”更准确。

另外，顾颉刚还提到《周易》中的“王”，认为是泛指周王。这也很正确。

《周易》中有19个王字。〔4〕它们，除“王母”一词是亲属称谓，其他18个王字是什么王，前人有争论。

《周易》提到的“王”，有两处和地名有关，非常重要。一处作

〔1〕参看李学勤《周易溯源》，1－18页。

〔2〕李学勤《清华简〈系年〉及有关古史问题》，《文物》2010年3期，70－74页。

〔3〕马融、陆绩等人已指出，《周易》爻辞多文王以后事。为了自圆其说，他们不得不发明“四圣”说，即伏牺画八卦，文王作卦辞，周公作爻辞，孔子作《易传》，多出周公。见孔颖达《周易正义》卷首第四论“卦辞爻辞谁作”。

〔4〕《坤》六三“或从王事”、《讼》六三“或从王事”、《师》九二“王三锡命”、《比》九五“王用三驱”、《随》上六“王用享于西山”、《蛊》上九“不事王侯”、《观》六四“利用宾于王”、《离》上九“王用出征”、《晋》六二“受兹介福于其王母”、《家人》九五“王假有家”、《蹇》六二“王臣蹇蹇”、《益》六二“王用享于帝”、《夬》卦卦辞“扬于王庭”、《萃》卦卦辞“王假有庙”、《升》六四“王用享于岐山”、《井》九三“王明并受其福”、《丰》卦卦辞“王假之”、《涣》卦卦辞“王假有庙”、《涣》九五“涣王居”。

“王用享于西山”(《随》卦上六)，一处作“王用享于岐山”(《升》卦六四)。朱骏声说，“西山，岍、陇诸山，其尊者为吴岳”，“岐山，岐出之山，在雍州境内，《诗》所云‘天作高山’也”。[1]“西山”指什么山，固然可以讨论，[2]但岐山很清楚，应指今陕西岐山县北的岐山。这是周人的老家。

这两处的王，是否为文王，我不敢说，但毫无疑问，肯定是周王。[3]

关于西周，多说无益，我只能讲这么多。

东周时期，情况不一样。当时，《周易》大行，没人怀疑当时有《周易》。

古书引《周易》，《左传》、《国语》，材料最丰富，有22条。[4]《周易》这个书名，最早就是出现在《左传》，前后达十次之多。[5]《国语·晋语四》也提到这个书名。当时的《周易》，从《左传》、《国语》的引文看，与今本大体相同。

另外，《周易》这个书名也见于《周礼·春官》的《大卜》、《簭人》。在《周礼》中，它与《连山》、《归藏》并列，号称“三易”。

当时，《周易》有三个特点，我们要注意：

第一，《左》、《国》筮例，总是卜、筮并用，这在当时是最显赫的占卜。

---

〔1〕 朱骏声《六十四卦经解》，北京：中华书局，2009年，78、200页。

〔2〕 《随》上六“王用享于西山”，上博本和马王堆本作“西山”，但双古堆本作“枝(岐)山”。参看李零《读上博楚简〈周易〉》，《中国历史文物》2006年4期，54－67页。

〔3〕 这里的“王”虽不必就是文王，但还是以周王最合理，否则不能称为《周易》。文王称王，究竟是在陕西自称为王，还是死后追称为王，两千多年，聚讼不已，这里不必讨论。这里我想指出的是，文王称王无论是否为生称，都无碍后人称之为文王。

〔4〕 高亨《周易杂论》，收入《高亨著作集林》，北京：清华大学出版社，2004年，第二卷，491－529页。

〔5〕 见《传》庄公二十二年，宣公六年、十二年，襄公九年、二十八年，昭公元年、五年、七年、二十九年，哀公九年。

第二，当时的占卜，总是先卜后筮，筮不如卜。古人相信，烧龟壳比摆小棍更灵验，也更便捷。

第三，当时的筮占，虽兼用三易，但《连山》、《归藏》，地位不如《周易》。《周易》已取上升趋势，但还没有达到“唯我独尊”的地步。[1]

《连山》、《归藏》什么样？二书失传已久，只有少数佚文保存，难免引起各种怀疑和猜测。1993年王家台秦简《归藏》的出土真是石破天惊。它可以证实，古书佚文还是很有来头，相当可靠。[2] 虽然，它只是填补了一个空白，但举一反三，却完善了我们从古书得到的印象。

三易的关系是：

(1) 它们有相似的揲蓍方法：《周易》用九、六之数，以变为占，《连山》、《归藏》用七、八之数，以不变为占，七、八、九、六都在“大衍之数”的范围内。

(2) 它们的卦数也相同，“其经卦皆八，其别皆六十有四”（《周礼·春官·大卜》）。

(3) 它们都用阴阳爻，《周易》的三个出土古本（上博楚简本、马王堆帛书本和双古堆汉简本）是以一、八表示，王家台秦简《归藏》是以一、六表示。

(4)《周易》首乾，《连山》首艮，《归藏》首坤，卦序不同，但王家台秦简《归藏》可以证明，它们的卦名有对应关系，相同相近的卦名有相似的爻象。

---

〔1〕 春秋时期有什么占卜，卜、筮的地位和关系如何，可参看刘瑛《〈左传〉、〈国语〉方术研究》，北京：人民文学出版社，2006年。

〔2〕 王明钦《王家台秦简概述》，艾兰、邢文编《新出简帛研究》，26－49页。案：王家台秦简包括残简394枚，涉及54卦，因为残断严重，简序难以确定。原简已经霉变，迄无报告发表，此文只是介绍。

(5) 三易的卦象，其指代和引申的含义也彼此相似。

当然，三易也有差别。差别比较大，主要是卦爻辞。《连山》、《归藏》，人物比《周易》多，很多人物都是传说人物。这些人物，有些固然早于周，但《归藏》居然有周武王、周穆王。可见《连山》为夏易、《归藏》为商易的说法不可靠，三易是平行关系，而不是前后关系。三易并占，就像我们用花色不同的四组牌或几副牌同时打扑克，只是增加了更多的变数而已。[1]

我们要注意，《周易》后来居上，压倒卜，压倒其他筮，成为声名显赫、唯我独尊的经典，这与孔子的选择有关。六经是选择的结果，当时也有选学。

春秋时代，贵族教育有大变化。老六艺，礼、乐、射、御、书、数，全是训练武士的课程，它看重的是军礼、武德和军事技能的训练。学书与剑，主要是剑，而不是书。申叔时九艺，倒是强调书，但九门课程，里面没有易，[2] 孔门六艺，诗、书、礼、乐、易、春秋，其中才有易。这种新六艺，不光是六门课，也是六类书。《周易》是孔门六经之一。

孔门的经典，有些是古典，有些是新典。

古典是三大经典：《诗》、《书》、《易》。《诗》是当时的文学经典，《书》是当时的历史经典，《易》是当时的哲学经典。文、史、哲，各一部经典。

新典主要是孔子时代的书。比如《春秋》，和《尚书》不同。《尚书》是古代史，《春秋》是当代史。这样的书，当时很多（申叔

---

〔1〕 参看：李零《跳出〈周易〉看〈周易〉》，收入氏著《中国方术续考》，北京：中华书局，2006年，234－245页。

〔2〕《国语·郑语》提到的申叔时“九艺”包括：春秋、世、诗、礼、乐、令、语、故志、训典。这九门课，诗有，令和故志、训典可能相当书，礼、乐也有，春秋也有，世、语是历史，与春秋有关，唯独没有易。

时九艺，多数都可归入史书类），孔子选定的是《鲁春秋》。《鲁春秋》是当时的“国史大纲”。还有些书，则和礼、乐有关。礼、乐，也多半是当时的礼、乐。礼、乐之用，在于操演。演礼奏乐，不一定靠书，即便有书，也早不了。《仪礼》的年代不会太早。

鲁为周公之后，周封伯禽于曲阜，“备物典册”存焉（《左传》定公四年）。《左传》昭公二年，韩宣子观书于鲁太史，见《易象》与《鲁春秋》，惊呼“周礼尽在鲁矣”。孔子对这两部书一定很熟悉。[1]

孔子学《易》，有明确记载。孔子说，“加我数年，五十以学《易》，可以无大过矣”（《论语·述而》）。[2] 50岁，现在叫中年，当时可是老大不小，完全可以叫“老”。这是他出仕的前一年。马王堆帛书《要》和《昭力》都有“孔子老而好易”之说，两者都是放在孔子和子贡的对话中讲。子贡是孔子周游列国时才收的徒弟，他们的谈话，如果可信，时间更晚。司马迁说，“孔子晚而喜《易》，序《彖》、《系》、《象》、《说卦》、《文言》。读《易》，韦（纬）编三绝，曰：‘假我数年，若是，我于《易》则彬彬矣。’”他也许听说过类似的故事。

孔子宗周，对《周易》情有独钟。卜筮之书，他只选筮，不选卜；筮有三易，他只选《周易》，不选《连山》、《归藏》。这个选择，意义非常大。从此，才有《周易》独大的局面。

五、《易传》的出现

《周易》经传，经出西周，传出后人，二者有时间差，没问题。问题是，经和传，在思想上是什么关系，有人说一致，有人说不一致。

---

〔1〕 李学勤认为，《易象》未必指《周易》，而是类似《说卦》的书。参看氏著《周易溯源》，56－63页。案：《易象》是否即《周易》，目前既不能证其是，也不能证其不是。

〔2〕 “易”，《鲁论》作“亦”（《经典释文》卷二四），八角廊汉简《论语》亦作“亦”，都是“易”的另一种写法。参看李学勤《周易溯源》，69－83页。

五经，经传结合最紧密，无过《周易》、《春秋》，如果弃传读经，经必索然无味，让人昏昏欲睡。但《易传》的解释是不是符合《周易》本义，这是另一个问题。

《易经》，古本出土，年代最早，目前是上博楚简《周易》，和今本相当接近，但没有发现《易传》。

《易传》，古本出土，年代最早，目前是马王堆帛书《易传》，只有《系辞》和《说卦》的头两章。

《易传》有"孔子曰"。信者说《易传》是孔子作，根据这三个字；疑者说《易传》不是孔子作，也根据这三个字。其实，这三个字只能说明，《易传》是孔门后学转述孔子的思想，准不准，不敢说，有没有依托，不敢说。我们只能说，孔门后学说，他们是在传达孔子的思想。

《易传》的年代，一定在西汉前，下面有讨论，没问题。但早到多早，不好说。我们的估计是，早，早不过孔子死；晚，晚不过荀子卒。[1] 孔子死，在春秋末年，下面马上就是战国。荀子活到战国末年，卒年已入秦。大致范围总在战国时期。[2]

汉代，五经之立，《易》为先，《易》居群经之首。后世的九经、十三经皆遵而不改。

《汉书·艺文志》著录的《易经》，今文三家，施、孟、梁丘所传皆十二篇。这十二篇都是由《易经》上下篇和《易传》十篇构成。当时所谓的《易经》，都是兼包经传。马王堆帛书《衷》篇，最后一段三引"《易》曰"，皆出《系辞下》16，[3] 班志引《易》16 次，也全

---

〔1〕 参看李学勤《周易溯源》，94－176 页。

〔2〕 参看杨树达《杨树达文集》：《周易古义》，上海：上海古籍出版社，2006 年，1－123 页；高亨《周易大传今注》，收入《高亨著作集林》，第二卷，附录一：先秦诸子之《周易》说，714－721 页。

〔3〕 廖名春《帛书〈易传〉初探》，台北：文史哲出版社，1998 年，41 页。

部出自《易传》。[1]汉魏的古书都这么引。

《易经》分上下篇，自汉已然，今本是上篇30卦，下篇34卦。

《易传》有十篇，也是自汉已然，今本前五篇，插附经内，是分卦而叙；后五篇，则列附经外，形同附录。

《易传》，汉代也叫《易大传》。[2]如《史记·太史公自序》引《易大传》，作“天下一致而百虑，同归而殊涂”（出自司马谈《六家要指》），就是《系辞下》5的话，[3]这种传，不同一般的传，汉代是当经看待。

《易纬·乾凿度》称《易传》为“十翼”，意思是十篇读《易》的辅助材料。汉有十翼是没有问题的。[4]

十翼，旧本以《彖上》、《彖下》、《象上》、《象下》、《系辞上》、《系辞下》、《文言》、《说卦》、《序卦》、《杂卦》为序（孔颖达《周易正义》卷首第六论《夫子十翼》引一家说）。[5]今本把《彖》、《象》、《文言》插附经文，据说是郑玄根据费氏本改的（《三国志·魏书·高贵乡公髦传》）。[6]

---

〔1〕《六艺略》引《易》，分别出自《系辞下》（易类小序）、《系辞上》（书类小序）、《序卦》（礼类小序）、《象上》（乐类小序）、《系辞下》（小学类小序）、《系辞上》（此略大序），《诸子略》引《易》，分别出自《彖上》（道家类小序）、《象上》（法家类小序），《数术略》引《易》，分别出自《彖上》（天文类小序）、《系辞上》（蓍龟类小序）、《系辞下》（杂占类小序）、《系辞下》（此略大序）。

〔2〕也有学者否定《易大传》就是《易传》，如朱伯崑。参看氏著《易学哲学史》，北京：华夏出版社，1995年，第一册，42页。

〔3〕《汉书·郊祀志下》刘向引《易大传》“诬神者，殃及三世”不在今本《易传》内。《大戴礼·本命》：“大罪有五：……诬鬼神者，罪及二世”是类似的话。

〔4〕《隋书·经籍志》有《说卦》三篇河内女子后得说，李学勤已辨其诬，见氏著《周易溯源》，169－176页。

〔5〕《史记·孔子世家》提到《易传》，是以《彖》、《系》、《象》、《说卦》、《文言》为序，《汉书·艺文志·六艺略》易类小序提到《易传》，是以《彖》、《象》、《系辞》、《文言》、《序卦》为序，可以佐证。

〔6〕参看刘玉建《两汉象数易学研究》，南宁：广西教育出版社，1996年，上册，353－356页。

这十篇，《彖上》、《彖下》以分析卦象结构为主，兼释卦名、卦义。《象上》、《象下》则通释卦辞（孔颖达叫“大象”）和爻辞（孔颖达叫“小象”）。《系辞上》、《系辞下》具有通论性质，兼说易理、易史。这三种六篇，汉人最重。

其他四篇，都是单篇，先讲乾、坤二卦，再讲八卦，再讲六十四卦，层层递进。《文言》是讲乾、坤二卦，《说卦》是讲乾、坤、震、巽、坎、离、艮、兑八卦，《序卦》是讲六十四卦之序，《杂卦》是打乱这个次序，一对一对讲。

研究《易传》，马王堆帛书《周易》经传不可不读。它包括七篇古书，这七篇古书是由三块帛组成：

（一）第一块是《六十四卦》和《二三子问》

《六十四卦》，相当《易经》，但卦序不同。篇题是整理者拟补。

《二三子问》，是孔子答弟子问，“二三子”有谁，原文没说。此篇有三组问答，所有回答，几乎都是由“孔子曰”加“《易》曰”（或“《卦》曰”）而构成。此篇不在今本《易传》内。篇题也是整理者拟补。

（二）第二块是《系辞》和《衷》

《系辞》，篇题在篇尾，残泐，不分上下篇，包括今本《系辞上》1－15、17－20章和今本《系辞下》1－8、11和18章，[1]缺今本《系辞上》16章（“大衍之数”章）和今本《系辞下》9、10、12－17章。[2]

《衷》，篇题是原有（旧题《易之义》）。主要讲六十四卦的主旨和卦德，可以当作读《易》提要。包括今本《说卦》1、2章和《系辞下》15章、16章的一部分和17章。

（三）第三块是《要》、《缪和》、《昭力》

《要》，篇题是原有。内容分三部分，第一部分包括今本《系辞

〔1〕 但第11章的“子曰”至“吉之先见者也”，马王堆本未见。

〔2〕 但第16章“若夫杂物撰德”至“则居（处）可知矣”，见于马王堆本。

下》9、10、12、13和16章的一部分，还有17章。第二部分讲“夫子老而好《易》”，第三部分论《损》、《益》之道。后两部分不在今本《易传》内。

《缪和》，篇题是原有。内容分三部分，第一部分是孔子答弟子问（答缪和、吕昌、吴孟、庄但、张射、李羊问），第二部分是一组“子曰”，第三部分是和卦义有关的故事，也不在今本《易传》内。

《昭力》，篇题是原有。内容分三部分，每一部分都是孔子答昭力问，也不在今本《易传》内。

上述七篇，除第一篇，学者都叫《易传》。但这六篇，只是学易者的丛抄。其中与十翼本有关，只有《系辞》和《衷》、《要》的一部分。这三篇，除两段见于《说卦》，全部见于今本《系辞》，除了没抄“大衍之数五十”章，几乎可以凑成《系辞》的全篇，可见帛书《易传》主要是《系辞》和《说卦》的头两章。其他三篇，不属十翼本。

马王堆帛书《周易》经传，出土地在长沙。抄写年代，至少在汉文帝十二年（前168年）以前，相当早。著作年代，肯定还要早。

孔子以来的易学传授，据《史记·仲尼弟子列传》说，是孔子－商瞿（子木）－馯臂（子弘）－矫疵（子庸）－周竖（子家）－光羽（子乘）－田何（子庄）。[1] 商瞿是鲁人，馯臂、矫疵是楚人，周竖是燕人，光羽、田何是齐人。传播路线，是以鲁为中心，先南传于楚，再北传于齐。[2] 馯臂－矫疵是南派的代表，周竖－光羽－田何是北派的代表。子弘，《汉书·儒林传》作子弓。子弓是荀子的老师。

---

〔1〕《汉书·儒林传》“子弘”作“子弓”，“矫疵”作“桥庇”，“周竖”作“周醜”，“光羽”作“孙虞”，“子庄”作“子装”。

〔2〕《仲尼弟子列传》说，矫疵为江东人，光羽为淳于人，《儒林传》“淳于”作“东武”。江东属楚，淳于、东武属齐。

《易传》各篇和南北两派是什么关系，和荀子是什么关系，耐人寻味（注意：齐、楚是阴阳家和道家活跃的地方，荀子曾游学稷下）。

李学勤说，秦不禁易，《易》得独存，但《易传》是儒家书，肯定是禁而复出。帛书是楚地出土，内有《缪和》、《昭力》篇，缪和、昭力是楚人。他推测，帛书《易传》很可能是战国楚人的作品。[1]

张政烺，意见不太一样。他为《缪和》写注，于楚人、秦人二说，语存犹疑，但更倾向这是秦人所作，认为缪和问教的“先生”是汉初传易者，作者是秦人。[2] 这种估计，比较保守，似乎不如前说更合理。

前面，我们说过，孔子时代，《诗》、《书》、《易》是三大经典，[3] 儒门传记引书，主要是这三种。引《诗》，有“子曰《诗》云”体，引一段孔子的话，引一段《诗经》，互相搭配着讲。引《书》，往往以“子曰”加《尚书》某篇的篇名。引《易》，往往以“子曰”加“《易》曰”。比如《礼记》的《表记》、《坊记》、《缁衣》就是如此。有人已指出，这三篇与《易传》最接近。[4] 的确，“子曰”加“《易》曰”是《易传》文体的一大特点。

《易经》像万花筒，只有几个小石子，摇一摇，就能变出很多花样。它篇幅短，内容抽象，最适合做各种各样的发挥。[5]《易传》就是年代最早的一种发挥。此书，从表面看，只是解释《易经》，但同

〔1〕 李学勤《周易溯源》，325页。

〔2〕 张政烺《张政烺论易丛稿》，270－272、274、280页。其说有三：（1）“缪和问于先生”下注：“此先生不知何人，盖汉初（?）之传易者。”旁有批注“秦？”（2）“其次，秦穆公、荆庄、晋文、齐桓是也”下注：“盖秦时人所作。”旁有批注：“秦不焚易，易不发展，秦人？楚人？”（3）“西人举兵侵魏野”下注：“西人，秦人。称‘西’而避‘秦’，知是秦时人作。”

〔3〕 先秦诸子，儒、墨为显。儒、墨盛称《诗》、《书》，这两本书最有名。《易》的名气要相对小一点。比如《墨子》就没提到《易》。

〔4〕 高亨《周易大传今注》，收入《高亨著作集林》，第二卷，721页。

〔5〕 汉代，易卦配时令、配钟律，已经流行，今人也有循此思路作发挥者。

时也是创造，它为《易经》注入了新的生命。

六、易学革命之一：向日者之术靠拢

《易传》的出现很重要，简直是一场革命。这场革命，意义何在？研究思想史的学者喜欢说，是《易传》把占卜变成了哲学。这话不能说不对，但问题是，这种哲学到底是什么哲学。

我国近代有个思维定式，科学、迷信势若水火。占卜变哲学，好像山鸡变凤凰。潜台词是告别迷信。[1]

这么说，恐怕有问题。我们要知道，古人讲迷信，太正常，不讲反而不正常。当时的聪明人，顶多也就是强调一下，不要泥于占卜，如此而已。不是告别占卜，而是淡化占卜。当时，占卜有各式各样的占卜，哲学有各式各样的哲学，问题不在占卜变哲学，而在什么样的占卜，通过什么样的途径，变成了什么样的哲学。

更何况，《易经》是个相当开放、绵延不绝的阐释系统，里面既有占卜，也有哲学，占卜和哲学从没有完全分开，也从没有完全统一。占卜不一定是坏词，哲学也不一定是好词。

这里究竟发生了什么，我想提供一条新的思路。我的思路是从占卜本身找原因。中国的占卜，一向是众术分立，适度统一，每个时期有每个时期的体系。它的各个分支，来源不一样，有早有晚，形成共存局面。它们的后续发展，结局也不一样，有生有死，有盛有衰，十个手指头不一般齐，绝不是一种代替另一种。变是整体变，小局服从大局。《周易》既然是讲占卜的书，它的存在要取决于整个占卜体系。大格局变了，它本身也要变。变，首先是从占卜本身开始变。

---

〔1〕 哲学，和绝大多数现代术语一样，也是西洋引进、东洋包装，经日本转译，融入汉语。词虽是中国词，义却是外国义。咱们中国人，一提这个词，就肃然起敬，以为配称哲学的东西，一定非常理性，非常理论，绝对代表先进，绝对是好东西，不一定。

前面我们已经提到，汉代占卜分六大类。这六大类，其实可以归纳为三大类。

第一类是日者之术，即择日之术。它是从星历之术派生，因而模仿星历之术。一种是用式盘选择，一种是用时令书或日书选择（相当《汉书·艺文志·数术略》的前三类），体系最庞大，内容最复杂。

第二类是卜筮（相当《汉书·艺文志·数术略》的第四类），前面已介绍。

第三类是占梦、厌劾、祠禳、相术、风水（相当《汉书·艺文志·数术略》的最后两类）。

这三大类，怎么排座次，可以反映历史变化。变化的规律是什么？古人有言，“譬若积薪，后来居上”（《文子·上德》、《淮南子·谬称》、《史记·汲郑列传》都有类似的话），原来的大术，后来可能是小术，原来的小术，后来可能是大术。这就像码柴禾垛，先放的堆在下面，后放的搁在上面。

比如第三类，我们从人类学的知识看，巫术色彩最浓，原始时代，肯定最吃香，但在《汉志》中，它是排在最后。

卜筮，商代、两周最流行，我们从文献看，从考古看，其他占卜比不了。但后来的发展怎么样，只能算第二流的占卜。

卜，早先居众术之首，风光不风光？但首先衰落的就是它。

西周甲骨，周原最集中，历年出土，居数量之首，年代主要在殷周之际。东周甲骨，偶尔出土，数量小。汉代更少。《龟策列传》说，汉武帝时，丘子明之属以卜筮射蛊道，和巫蛊一道，被政府当左道旁门打击。汉以后，卜彻底衰落，苟延残喘，一直到清，早就不是以前的卜。历代讲龟卜的书，剩下的主要是宋以来的东西。出土发现，目前最早，只有上博楚简《卜书》。

战国、秦汉，大术是什么？我们从文献看，从考古看，显然是日者之术。这个时期的墓葬，经常随葬竹简。当时，各种实用手册最流行，什么古书最吃香？数术、方技。数术，选择最突出，卜筮比不了。

选择书，从文献看，从考古看，主要分两种，一种是时令，一种是日书。时令书也分两种，一种是四时令，一种是五行令。如子弹库帛书的《四时令》和《五行令》就是时令，九店楚简《日书》和睡虎地秦简《日书》就是日书。日书的发现尤其多。

《史记》把《日者列传》放在《龟策列传》之上，《汉书·艺文志》把五行类放在蓍龟类之上，就是反映这个大趋势。

占卜体系的转变，主要在这两段之间，大变是卜衰，日者兴。卜筮卜筮，卜和筮本来在一起。筮一旦离开卜，将何去何从？

答案是向这个新的中心靠拢，向日者之术靠拢。

《周易》的出土本，现在有三种。上博楚简《周易》是战国文本，卦序同今本，文字内容也大体同今本，没有传。汉代的《周易》，现在有两个本子，一个本子是马王堆帛书《周易》，另一个是双古堆汉简《周易》。

马王堆帛书《周易》，是按乾、艮、坎、震、坤、兑、离、巽的顺序把六十四卦分为八组，[1] 每组顺序取这八卦中的一卦为上卦；下卦则顺序排列这八卦。这种卦序，不但和今本不同，和上博楚简《周易》不同，和帛书《易传》见到的卦序也不同。这种卦序，显然是为了迎合汉代流行的卦气说，特意设计。因为不同，整理者不敢叫《周易》，最初发表，是叫《六十四卦》（估计是由张政烺定名）。[2]

双古堆汉简《周易》，更有趣。它的最大特点是“在卦、爻辞的后边，保存了许多卜问具体事项的卜辞。卜问的事项很广泛，有卜病情、婚嫁、夫妻、产子的；有卜罪囚、逃亡及攻占、军旅、出

〔1〕 其八卦顺序是四阳卦（父—少子—中子—长子）在前，四阴卦（母—少女—中女—长女）在后，属于“乾坤六子”说的排列。参看：张政烺《帛书〈六十四卦〉跋》，收入《张政烺论易丛稿》，北京：中华书局，2010年。

〔2〕 马王堆汉墓帛书整理小组《马王堆帛书〈六十四卦〉释文》，《文物》1984年3期，1－8页。

行的；有卜商贾出入，有求得与否，田渔有获否的；有卜居家吉凶，居官是否升迁的；也有卜雨霁星否的。这些占卜事项吉凶的卜辞为今本和帛书所不见，反而与睡虎地和放马滩秦简《日书》所占卜的语辞类似，与《史记》里由褚少孙增补的《龟策列传》传文中所列卜问事项更接近”。[1] 李学勤说，此书“尽管仍用《周易》经文，和易学是没有什么关系的，只是一种简易的占书。为了区别起见，似乎称之为《易占》更符合其性质”。[2]

汉代，什么叫“易学”？这可是个大问题。有人把汉易分为儒门易和数术易，好像有道理，其实很难分。因为汉易的主流是象数，若讲占卜就不算易学，剩下的东西就太可怜。更何况，即使官学，照样讲占候。

汉易大讲象数之学，象数之学讲什么？主要是以卦合历，用于阴阳占候。[3]

孟喜、焦延寿、京房一派，以六十四卦配四时、十二月、二十四节、七十二候，讲飞伏纳甲、六日七分等等。研究出土资料，你会立刻明白，这套把戏，从体系到术语，全都源自日者之术。[4]

日者之术，战国就很发达，子弹库帛书《四时令》、《五行令》，九店楚简《日书》和上博楚简《日书》，都是很好的证明。阴阳五行说，无论阴阳，还是五行，都是以这种技术作背景。由于这种技术，战国就有完备的体系，所以我们可以断言，汉易中的日者之术，绝不是源，而只是流。

战国秦汉是日者之术和阴阳五行说大行于天下的时代。上述发现说明什么？说明筮占脱离龟卜，出路是向日者之术靠拢。本来与

〔1〕 韩自强《阜阳汉简〈周易〉研究》，上海：上海古籍出版社，2004年，45－46页。

〔2〕 李学勤《周易溯源》，301页。

〔3〕 放马滩秦简《日书》乙种提到十二律之卦（简244－255），是以卦合历的较早例证。参看：甘肃省文物考古研究所编《天水放马滩秦简》，北京：中华书局，2009年，99页。

〔4〕 扬雄《太玄经》也以卦合历，创有《太玄历》。

龟卜匹配的占卜，现在变出了与选择匹配的占卜。

与商代、两周比，这是占卜格局的大变化。

我们要注意，《易传》的出现，正好在这一时期。

七、易学革命之二：阴阳五行说的再创造

易学革命有两个层面，第一层是术，第二层是道。术是占卜，刚才讲过；道是哲学，现在讨论。

学者说，占卜变哲学，不得了，肃然起敬。变出的哲学是什么？大家都说，唯物论和辩证法（就差说是马列主义）。这个说法不准确，根本没有说到点上。

我理解，易学革命，占卜变哲学，不是变成别的东西，而是把《周易》改造，融入阴阳五行说。阴阳五行说，很早就萌芽，但系统化在战国时期。准确说，这是阴阳五行说的再创造。

阴阳五行说，是讲天地造化的大道理。这种理论，用西方概念讲，只能叫宇宙论或自然哲学。但我们不要忘记，它的根子是星历之学和与星历之学有关的占卜。占卜有很多种，它主要来自选择术。这种理论，出自占卜，又回到占卜，就像血液循环，遍布全身，渗透到它的每一个毛细血管。只要是讲技术的书，谁都离不开它。

没错，我们可以说，它是一种哲学，准确说，是占卜哲学。“哲学”前面加“占卜”，一点也不辱没“哲学”。古人是通过占卜来认识世界，科学（天文历算和医学）只是它的一部分。

中国的阴阳五行说，有两个组成部分：

（一）阴阳说

什么是阴阳？简单说，就是光明和黑暗。天底下，阳光灿烂，照见的一面是阳面，照不见的一面是阴面，这就是阴、阳二字的初义。引申开来，则举凡一切矛盾，都可以套这个概念。古人喜欢讲一正一反、一黑一白的辩证法。阴阳就是这种辩证法。占卜，再复杂，也是

来自一是一否。钱币有两个面，扔一下，吉凶立定，也是这种辩证法。

《庄子·天下》说，《诗》、《书》、《礼》、《乐》、《易》、《春秋》，这六部经典，只有邹鲁之士、缙绅先生读得懂。它们各有特点。《易》的特点是什么？三个字，“道阴阳”。《系辞上》5也说“一阴一阳之谓道”，《礼记·祭义》也说“昔者圣人建阴阳天地之情，立以为易”。战国时代，古人都说，《周易》是讲天地阴阳的书。

《周易》讲占卜，数分奇偶，爻分九六（用阴阳爻表示），不但一上来就以乾、坤二卦相对，而且八经卦以天－地、山－泽、雷－风、水－火相对，六十四别卦也是“二二相耦，非覆即变”（《周易正义·序卦》疏），处处都讲二元对立。后人讲卦变、爻变，就是利用这套把戏。

但有趣的是，我们读《周易》，其上下经却没有一字提到阴阳，真正讲阴阳的话，全在传的部分。如《坤》卦的《文言》，《泰》、《否》二卦的《彖辞》，还有《系辞》上下和《说卦》。《易经》不讲天道运行、万物生化，凡是讲宇宙秩序的话，全在《易传》之中。

可见《周易》讲天地阴阳，是靠《易传》。《易传》把《周易》从一种占卜变成另一种占卜，才有这套哲学。真正的哲学是在《易传》中。

（二）五行说

《易传》没有专门讲五行的话。但阴阳、五行相结合，是大势所趋。马王堆帛书的《要》篇提到了“五行”。[1]汉易是以阴阳五行讲《周易》。

古人喜欢讲循环论，道理很简单。春夏秋冬，生老病死，生活的经验，本来如此。五行说是一种五元循环的概念。这个概念有如

〔1〕马王堆帛书《要》篇：“故易又（有）天道焉，而不可以日月生（星）辰尽称也，故为之阴阳；又（有）地道焉，不可以水、火、金、土、木尽称也，故律之以柔刚……”

魔方。东南西北配春夏秋冬，凡是四方加中央，都可使用这个概念。古人讲四方变五位，八位变九宫，方色配物，一层层往里加，是个可以无限推广的概念。

五行也有一部经典。古人讲五行，都推始于《尚书·洪范》。《洪范》讲五行，只有几句话，“一曰水，二曰火，三曰木，四曰金，五曰土。水曰润下，火曰炎上，木曰曲直，金曰从革，土爰稼穑。润下作咸，炎上作苦，曲直作酸，从革作辛，稼穑作甘。”但后人却大做文章。汉代讲《洪范》，前有伏生《尚书大传》，后有刘向《洪范五行传》，都是发挥这个理论。《汉书·五行志》就是根据《洪范五行传》，用五行讲灾异，大到山崩泉涌，小到牛马生病，什么都有解释。这是五行说的经典依据。但我们不要以为，五行说是凭《洪范》的几句话就能创造。

五行说的创造，必须有技术支持，有知识铺垫。这个支持，这个铺垫，不是卜筮，而是选择术。我们要知道，选择术是战国秦汉最大的一种术，历代史志都是放在数术类（或术数类）的五行类。选择书，夙有时令书和日书两大类，上面我已提到。时令，四时令，把一年分为四时，配二十四节气；五行令，把一年分成五段，配三十节气。它们都有复杂的方色配物，越分越细，越推越广，什么都可往里装。日书更把时令细化，日常生活的一切都可往里装，所有占卜都可往里装，简直就是占卜大全。五行说的大本营，其实是这个领域。[1]

古人用这两种理论，破圆为方，化方为圆，整合所有的“术”（医书和兵书，也都渗透着这个理论）。这种系统化的理论，就是阴阳五行说。好坏不论，古人是这么讲。

---

〔1〕 阴阳五行说，在中国技术书中无所不在，但缺乏系统论述。集中讨论此说，有隋萧吉《五行大义》。

《汉书·艺文志》有两类书密切相关，一类是阴阳家的书，一类是五行类的书。阴阳家在《诸子略》，五行类在《数术略》，两类密切相关。司马谈《六家要指》说，"夫阴阳、四时、八位、十二度、二十四节，各有教令，顺之者昌，逆之者不死则亡"，阴阳家是讲这一套，五行类也讲这一套。我们看五行类，它的前六本书就是以阴阳为名，其中还有《阴阳五行时令》。这两类的区别是什么？主要是前者多半有作者，可以称为"家"，后者只是一般的技术书，要讲"作者"，无名可考。

过去，我们都以为，阴阳五行说，完全是哲学家的创造，即邹衍的五德终始说一种。其实，根据现有认识，我们应该说，它是无名技术专家和有名哲学家共同创造。我相信，思想不光是哲学家的创造（就像艺术，前面有工匠）。

另外，值得补充的是，研究中国的自然哲学，除了《易传》，除了《洪范》，还有个资源不容忽视，这就是战国道家的宇宙论。比如《老子》就有这方面的高论，郭店楚简《太一生水》就是阐发《老子》的宇宙论。上博楚简《恒先》，还有《淮南子》中的道论，这样的东西，收集一下，还有不少，都是很有哲学味道的东西。

汉代六家，儒、道为显。汉初，道家最吃香。武帝时，儒家大翻身，反居其上。魏晋以来，又往回转。

汉代学术，阴阳近儒，法家近道，各为二家之附庸。儒家是儒－阴阳家，法家是道－法家。法、名、墨消亡后，汉代学术的遗产是儒、道唱对台戏，阴阳沦为数术。

一部易学史，不光是儒经嬗变的历史，象数派的背后有阴阳、数术，义理派的背后有黄老、释道，此不可不察也。

八、易学革命的遗产：象数与义理

《周易》有两种读法，一种主于象数，一种主于义理。象数以占卜为主，《周易》只是工具，往往借题发挥。义理以哲学为主，借阴阳五行讲天地造化、人事休咎，更多是就书谈书，以《易》解《易》。

《易》本卜筮，先秦易说，都是以象数为主，兼谈义理。自《易传》出，开始有不占之说，义理逐渐突出，于是有两种不同读法。汉以来，易学有象数、义理之争，就是反映这两种读法，来龙去脉，可概括如下：

（一）汉易

通常说的汉易，是指王弼扫象（推翻汉易象数学）前的易学。

汉易有今古之分。今文家宗田何，古文家宗费直。田何是淄川（今山东青州）人，费直是东莱（今山东莱州）人，都是齐人，属于上文说的北派。

今文易是西汉官学。田何是秦汉之际人，为汉易第一人。汉初，田何传易，王同、周王孙、丁宽、服先是第一代。王同授杨何，周王孙授蔡公，丁宽授田王孙，是第二代；杨何授京房（不是下面的京君明）、司马谈，田王孙授施雠、孟喜、梁丘贺，是第三代。《汉书·艺文志》的三家易，施、孟、梁丘，宣帝时立于学官。孟氏易是援阴阳五行说讲《周易》的一派。孟喜倡卦气说，为汉象术易的祖师爷。焦延寿著《焦氏易林》，自称得孟喜之传。焦延寿授京房（京君明），有《京氏易传》。京氏易是西汉象数易的代表，汉元帝时立于学官，对西汉末和东汉早期的易学影响最大。

古文易是私学，主要流行于东汉和魏晋。费直是汉成、哀之际和王莽时人，比较晚。费氏本同中古文本（秘府所藏古文本），号称《古文易》，传者绝少。东汉流行京氏易，费氏易不吃香，陈元、郑众、马融治费氏易，局面才有所改观。马融授郑玄，有郑氏易。郑玄倡互体、爻辰（借自《易纬·乾凿度》），把孟氏易、费氏易和《易纬》捏在一起，兼糅今古，对东汉晚期和魏晋易学影响最大。郑玄提倡古文易，费氏易强调以传解经，是魏晋义理派的源头，但郑玄仍是象数派，荀爽、虞翻也是。

汉易，西汉孟、焦、京，东汉郑、荀、虞，六家都讲象数。但所谓象数，其实包括两种不太一样的解释，一种是以《易》解《易》，主于爻变；一种是借题发挥，借爻变，讲阴阳占候、灾变咎徵，把《周易》日书化。这两种思路对后世都有影响。

（二）宋易

郑玄之后，王弼扫象，借老说易（除道教，还有佛教的影响），纳《周易》于玄学，是风气使然。[1]他的义理是玄学的义理。这是一大转折。从此，象数之说才归于沉寂。

宋易，虽以义理为主流，但并非不讲象数。宋易也有象数派和义理派，只不过概念与以前不同。宋易所谓象数是图数之学，所谓义理是理学家的理。

宋易象数派，源头是华山道士陈抟。陈抟以图解《易》，源头是《周易参同契》、道教炼丹术。陈抟以《先天太极图》、《龙图》、《无极图》授刘牧、李之才，而有各种"数学"和"图学"。周敦颐发明太极图说，邵雍创先天学，是这派的代表人物。他们喜欢玩图，不断创造各种易图，后人也把这种学问叫"图书之学"（图是河图，书是洛书）。

宋易义理派，源头是胡瑗。此派讲义理，上承王弼注，但反对以玄解《易》。宋易所谓义理，与王弼不同。胡瑗以下，程颐讲理，张载讲气，各有所主，也有很多不同的流派，但共同点是反对象数派。

朱熹比较特殊，论派别，他和程颐是一派，但他的《周易本义》却兼采象数，是宋易的集大成者。

（三）清易

清代学术，有汉、宋之别。易学也像时装，有它的流行趋势。

---

〔1〕 扬雄《太玄》已有此尝试。

汉易讲象数，讲过头，扫象，改玩义理；宋易讲义理，讲过头，又尚象，回归汉易。乾嘉考据，钩沉辑佚，《周易集解》又成起点。整理汉易，惠栋、张惠言、焦循、孙星衍有大贡献。

《四库全书总目提要》卷一有“两派六宗”之说，对易学史有所概括：

> 汉儒言象数，去古未远也。一变而为京、焦，入于禨祥，再变而为陈、邵，务穷造化，《易》遂不切于民用。王弼尽黜象数，说以老庄。一变而胡瑗、程子，始阐明儒理，再变而李光、杨万里，又参证史事，《易》遂日启其论端。此两派六宗，已互相攻驳。又《易》道广大，无所不包，旁及天文、地理、乐律、兵法、韵学、算术以逮方外之炉火，皆可援《易》以为说，而好异者又援以入《易》，故《易》说愈繁。夫六十四卦大象皆有“君子以”字，其爻象则多戒占者，圣人之情，见乎词矣。其余皆《易》之一端，非其本也。今参校诸家，以因象立教者为宗，而其他《易》外别传者亦兼收以尽其变，各为条论，具列于左。

这一描述，是不是完全准确，可以讨论，但大轮廓是对的。它说的“两派”是汉魏时期的两派（象数派和义理派）；“六宗”是宋易的分支。

象数派，代表人物是汉代的京房、焦延寿，特点是“入于禨祥”，讲阴阳灾异，神秘色彩很浓。此派发展到宋，分为陈抟、邵雍二宗，特点是“务穷造化”，讲宇宙论，讲万物生化。它的源头是道教。

义理派：代表人物是魏王弼，特点是“尽黜象数，说以老庄”。此派发展到宋，分为胡瑗、程颐二宗和李光、杨万里二宗。它的源头是玄学。

宋学强调正统，但它的资源可并不纯粹。

近现代的易学，照样有义理、象数两派。这里不再详谈。大家看下面的书目，自然可以明白。

九、读什么书好

读《周易》，怎么读？我的建议是：先读原书，次读易史，最后读出土本。这里做一点推荐。

（一）读原书

《周易》，原文很难懂，不看注，读不懂。看注，有两个麻烦，一是注本太多，读不过来，要挑一挑；二是注本分派，象数派、义理派，公说公有理，婆说婆有理，要比一比。这里选几本书，供大家参考：

1．唐孔颖达《周易正义》，收入清阮元校刻《十三经注疏》（清嘉庆刊本），北京：中华书局，2009年，第一册，1－228页。

此书，经注出魏王弼，传注出晋韩康伯，而孔颖达为之疏，是唐代的标准读本。王、韩注宗老尚玄，一扫两汉象数学（虽亦偶引象数说），是魏晋义理派的代表作。

2．唐李鼎祚《周易集解》，清李道平《周易集解纂述》，潘雨廷点校，北京：中华书局，1994年。

与前书相反。李氏悯旧注亡息，斥王注为“野文”，集汉唐旧注成此书。其引书“三十馀家”（见序），旧说是35家，近考有40种。汉唐旧注，多赖此书保存。研究两汉象数学，此书最重要。

3．宋程颐《周易程氏传》，收入宋程颢、程颐《二程集》，王孝鱼点校，北京：中华书局，1981年，下册，689－1026页。

程颐治易，推重王弼、胡瑗、王安石。此书是依王弼本而注，不包括韩注各篇。宋易分象数、义理二派，而以义理为主流。此书是宋易义理派的代表作。

4. 宋朱熹《周易本义》，廖名春点校，北京：中华书局，2009年。

此书与《周易程氏传》不同，篇序不遵王弼本，而依吕祖谦复原的古本。朱熹不满空谈义理，主张以筮解易，以象数济义理。他有句名言："《易》本卜筮之书。"（他的语录和书信多次讲到。）此书，书前印有《筮仪》、《卦歌》和九种易图，就是讲筮法和卦象。这是吸收象数派的东西。其书，注释极为简练，叙述极为明晰，对后世影响很大。

5. 清惠栋《周易述》，附：《易汉学》、《易例》，郑万耕点校，北京：中华书局，2007年。

乾嘉考据，重兴汉易，此书是代表作。惠栋所谓汉易，主要是孟喜、京君明、郑玄、荀爽、虞翻五家，特别是荀、虞。荀、虞注主要保存于《周易集解》。特别是虞注，《集解》引用最多。

6. 杨树达《周易古义》，上海：上海古籍出版社，2006年。

作者说，他从小就不以汉象数之说为然，而独喜宋程子书（自序）。书前叶德辉序，谓汉易重象数，清儒（如惠栋、张惠言）专事抉发，有大功，但不外爻辰、卦气等题外话，无关本义，门人杨遇夫近辑《周易古义》一书，遍采群书，才是善说《易》者。书名所谓"古义"是义理之义。

7. 尚秉和《周易尚氏学》，北京：中华书局，1980年。

尚氏是晚清、民国之交人。近现代，义理重归主流，象数被目为迷信，再次被扫荡，尚氏志在恢复西汉象数。清儒讲汉易，最重荀爽、虞翻。尚氏讲汉易，独尊《焦氏易林》。他说，汉易正宗是孟、焦、京，而非马、郑、荀、虞。焦氏之书，独合古义，验之《左》、《国》筮例，无不密合。但他动言逸象，什么都成符码，似有推阐过度之嫌。他著书约十种，此书以象解《易》，通释全书，是尚氏的代表作。

8．高亨《周易古经今注》（重订本）和《周易大传今注》，前者有1984年中华书局本和2004年《高亨著作集林》本（北京：清华大学出版社，第一卷，1－424页）；后者有1979年齐鲁书社本和2004年《高亨著作集林》本（第二卷）。文献考证，二书最详备，极便参考。

作者强调，经是经，传是传，经要以经解经，传要以传解传，两者要分开，所以各写一书，以尽其意。前书注经，作者说，它的特点是，第一不守《易传》，第二不谈象数。后书注传，他说，象数要讲，但不可泥于象数。可见二书主于义理。[1]

（二）读易史

有两本书可推荐：

1．朱伯崑《易学哲学史》，北京：华夏出版社，1995年。

此书分四卷，通释全部易史。

2．刘玉建《两汉象数易学研究》，南宁：广西教育出版社，1996年。

此书是李鼎祚《周易集解》的导读，主要是讲汉易的历史。

（三）读出土本

有四本书不可不读：

1．上博楚简《周易》，收入马承源主编《上海博物馆藏战国楚竹书》（三），上海：上海古籍出版社，2003年，图版：11－70页，释文考释：131－260页，濮茅左整理。

此书是个残本，包括残简58枚，如果加上我增补的一枚，共59枚。这59枚简，涉及34卦，大约只是原书的一半。其抄写年代约在战国中期，在现存古本中年代最早。濮氏的释文是以我的旧稿为

---

〔1〕 作者还有《周易杂论》。此书有1979年齐鲁书社本和2004年《高亨著作集林》本（第一卷，425－529页），也可参看。

基础，但另有新解，以为简本卦序与今本不同。我写过一篇读后记，除订正他的误释，还明确指出，简本卦序，与今本并无不同。[1]这一点，现在已被证实。[2]

2．马王堆帛书《周易》经传，参看：张政烺遗稿的两种本子。影印本：《马王堆帛书〈周易〉经传校读》，北京：中华书局，2008年；排印本：《张政烺论易丛稿》下编：遗稿，北京：中华书局，2011年，89－292页。

张先生的遗稿，约写于1976年前后，一直未发表。2005—2006年，我和我的学生通过课堂讨论，才把这部手稿整理出来。

3．双古堆汉简《周易》，收入韩自强《阜阳汉简〈周易〉研究》，上海：上海古籍出版社，2004年。

双古堆汉简也是残本，包括残简221片，涉及52卦，因为残缺过甚，已无法恢复其卦序。

4．李学勤《周易溯源》，巴蜀书社，2006年。

此书原名《周易经传溯源》（长春：长春出版社，1992年），14年后，经修订，改名《周易溯源》。全书涉及数字卦、上博楚简《周易》、马王堆帛书《周易》经传、双古堆汉简《周易》、王家台秦简《归藏》，是目前唯一一本综合有关考古发现，讨论最深入的著作。

读《周易》，书太多，很多书，只有为了研究易学史，才有必要读。读《易》，最基本的书还是《易经》、《易传》。《易经》是卜筮时代的经典，《易传》是筮离于卜，与阴阳五行说相结合的产物。汉易的特点是阴阳占候和日书化。我们要注意，清易宗汉，宗的是东

---

〔1〕 李零《读上博楚简〈周易〉》，54－67页。

〔2〕 孙沛阳《上海博物馆藏战国楚竹书〈周易〉的复原与卦序研究》，《古代文明研究通讯》，北京：北京大学震旦古代文明研究中心，总46期（2010年9月），23－36页。

汉三国的汉，而不是西汉，西汉易不等于战国易，《易传》也不等于《易经》。

最后，我想用三言两语作为总结：《易经》是西周筮占的经典，《易传》是战国秦汉新旧占卜杂交的产物。在《易传》的阐释下，《易经》才成为中国自然哲学的源泉之一。

阴阳讲世间万象的二元对立，五行讲世间万象的五位循环，它们一静一动，构成古人解释世界的两把钥匙。

我说的自然哲学，就是指这两把钥匙。

香港版序

8月17日，应大连图书馆邀请，飞大连作演讲，题目早就商定，叫《漫谈周易》。第二天上午作演讲，到底讲什么好，没有想好。

上飞机，我在舱门口随手拿了两份报纸。平常不看报，坐飞机是例外。

这两份报纸，一份是《参考消息》。打开报，上面有条消息，外国什么报的消息，真奇怪。它说全世界信教的人比例在下降。我不知道这位作者是怎么统计出来的，反正他说，真的是下降了。全世界，信教的人是大多数，这是常识。这两年，大家不是老说，中国信教的人数字噌噌往上窜吗，我还以为，像我这样的人越来越少。这怎么回事，我可得瞧瞧。文章有数字：全世界，不信教的人，比例最高，要数中国。高到什么程度？47%。这个数我记住了。其他数，没记住。好像欧洲，法国最高；亚洲，日本也比较高。美国，正好相反。

另一份什么报，忘了。上面有篇特约文章，说最近有一股歪

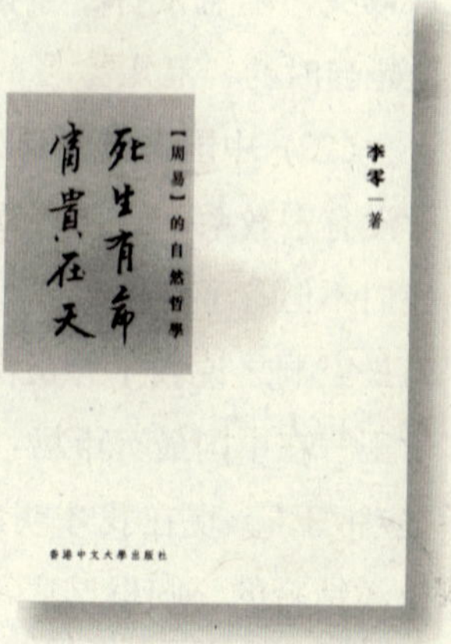

香港：香港中文大学出版社，
2013年1月

风邪气，走火入魔，人人谈革命，也令人惊讶。咦，李泽厚先生不是早就说过，中国要“告别革命”吗，怎么，这个久违的话题，兜一大圈又转回来了？你老喊狼来，狼就来了，这可不吉利呀。我不知道这些谈革命的都是什么人，他们说的革命是要革什么命，反正作者说，革命是暴力，是破坏，这一百年，中国吃尽了革命的苦头，再也折腾不起。他说，咱们这么大个国家，一个党都领导不好，十几个党能行吗？总之一句话，千万别革命（大义如此，未必准确）。

于是我想，有了，明天的话题有了，第二天，我得这么讲《周易》：

（一）中国经典，有三部最古老，《诗》、《书》、《易》，文、史、哲，各占其一。春秋那阵儿，楚国有个叫申叔时的人，他教楚太子，有九门课，《诗》有之，《书》类的古书（如《故志》、《训典》）有之，唯独没有《易》。孔子老而好易，他传六艺，其中才有了易。“易”是培养君子的必修课。他于“三易”，独钟《周易》。孔门传学有三体，“子曰诗云”体、“子曰书云”体和“子曰易云”体。《坊记》、《缁衣》、《易传》就是这种体。《诗》、《书》、《易》是孔子时代的古典，当时的贵族，凡在场面上走动，即景生情，引经据典，断章取义，随意发挥，全都搬这三本书。不这么讲话，那叫不得体。这是当时的“范儿”。

（二）中国讲《周易》的人多半在哲学系。1949年后，中国的大学没有宗教系，研究宗教史的或教宗教史的，多半在哲学系。现在，我们不但有了宗教系，而且哲学系越来越像宗教系。凡是鼓吹立教，以最空洞之说教干涉最实际之政治者，多半在哲学系。西方的“哲学王”在中国最有市场：思想领域作“逍遥游”，游来游去，最后得“应帝王”。现在我才明白，研究哲学，甭管中哲西哲，土的洋的，土洋结合的，归根结底，不是要做哲学史，而是要创造中国自己的哲学，特有中国士人传统的哲学。创造的资源是什么？只能是咱们中国自己的资源。难怪有人说，他是学儒、释、道专业的，宗教就是最高哲学。

（三）可是，中国的最大特点是什么？是世俗政治占优，立教最不传统。现在讲哲学史的，特爱讲“枢轴时代”。其实，雅思贝司说的“枢轴时代”主要是“宗教突破”。世界上的经典，《阿维斯塔》、《吠陀》、《旧约》、《新约》、《可兰经》都是宗教经典，唯独中国的经典不是。五经是世俗经典，不是宗教经典。中国的政教结构是国家大一统、宗教多元化，学术传统是人文精神压倒一切。中国人不是不信宗教，而是在世俗管理下，爱信啥信啥。利玛窦说，越是愚夫愚妇，越信；越是读书人，越不信。这有好处，也有坏处。好处是省了宗教改革，坏处是人文压制科技。当然，现在的大学都是理科领导文科，情况已反过来。

（四）《周易》是个讲变的哲学，不是讲变戏法、变魔术的变，而是讲天道、地道、人道之变。比如这书有《损》、《益》二卦，就很有辩证法。你光知道损下益上，不知道损上益下，那上往哪儿摆？做买卖的都知道，效益最大化是投入为0，产出为n。这个道理，不用经济学家讲，所有骗子都懂，小骗子懂，大骗子更懂。

千百年来，“商不厌诈”为啥总是挥之不去，道理端在于此。要钱不要命，顾头不顾腚，那不叫“改革”，叫“找死”。你把下面的东西，一点不剩，全都搂走，这怎么行？头是脸面，不要脸不行，但屁股也很重要呀。人如果只吃不拉，马上就会肠梗阻，那是要人性命的。

（五）和“革命”有关，《周易》有《革》、《鼎》二卦。“革”是“革故”，把旧的东西破掉；“鼎”是“鼎新”，把新的东西定下来。西人所谓“革命”，意思是对现存社会政治秩序的挑战，重点在“变”，不是小变，而是大变。但“变”是变旧为新还是变新为旧，这可大不一样。变新为旧，那不叫“革命”，叫革“革命”。《彖辞》说：“天地革而四时成，汤武革命，顺乎天而应乎人，革之时大矣哉。”此即日本人翻译 revolution 一词的出典。古人所谓“合法性”，意思是“受命于天”。“革命”是改变命运，把老天赐给对方的命夺回来，攥在自己手中，说是“受命于天”，其实是“受命于人”，关键是“应乎人”。

后来，我用两个小时，东拉西扯。我说，《易经》的影响真是“大矣哉”。蒋介石的名字来自《豫》卦，毛泽东的名字来自《兑》卦（兑为泽）。蒋介石，“介于石，不终日”，兵败如山倒，窜身海隅。毛泽东，“鼓之以雷霆，润之以风雨”（《系辞上》），特能闹革命。他这一生，下过两场雨，不是毛毛雨，而是雷鸣电闪、暴风骤雨。

我讲话的那天是什么日子，忽然想起来了。1966年，正是这一天，毛泽东在天安门上接见红卫兵，史无前例的“文化大革命”由此拉开序幕。当时，我后来认识的一位朋友，骆小海（《三论造反精神万岁》的作者，红卫兵运动的创始人），他登上天安门城楼，见到了毛泽东。他高呼“毛主席万寿无疆”，毛泽东笑答，“万寿也得有疆呀”。我呢，没在北京，正在内蒙西部的大太阳地里行走，前面的路朝着两狼山，很远很远，口真渴呀。

四十余年，弹指一挥间。山呼海啸，惊天动地，一切的一切，恍如昨日。

想不到啊想不到，“革命”已成吓人的咒语：

小孩小孩你别哭，再哭，“革命”可就来了。

2012 年 9 月 1 日写于北京蓝旗营寓所

和三联一起过生日 | 附录

三联书店和我同岁，今年是六十大寿，同喜同喜。

现在图书市场不景气，我祝各位老总和员工大吉大利，发发发。

这是很俗气的话，也是很实际的话。

今年是鼠年，我的本命年。两个戊子转一圈儿，正好六十年。我的同学都说，鼠辈要格外小心。家里人替他们操心，特意买了红衣服和红皮带。

本来“八”很时髦。过去，安电话，上车牌，大家全跟广东人学，谁都想靠一串“八”字讨吉利，说是“八”者发也（全然不顾“王八”和“王八蛋”也都有这个“八”字）。谁让人家是改革开放先驱发财发得早呢。他们说，不可不信。

然而今年，迷信鬼又说，“八”可不好，凡是和“八”字有关的事都不吉利，他们到处讲。

我才不信这个邪。

二〇〇八年，对三联，对我，都很重要。

我和三联打交道，已经有点年头了。

对三联，我印象最深有三点。

第一，这个书店很有名，我早就想成为它的作者。

小时候，我最心仪神往，有三个出版社：中华、商务、三联。中华出古书，了不起；商务出洋书，也了不起。在我心目中，它们是百年老店象牙塔。三联的特点是什么？是贴近生活，渴望读书，追求新知。一个字，新。它更接近广大知识分子而不是专家的兴趣。我没想到，终于有一天，我能成为它的作者。过去，因为专业的缘故，我跟中华关系最密切，在那儿出书，前后已有七八本。商务，关系浅一点，只是最近才出了一本。三联，早先给《读书》投稿，《生活》也写过几篇，写的都是杂文随笔。书，只是近几年才出，现在四本，以后要接着写。人，衰年变法，一定要走出象牙塔。我正在实行战略转移，把重心转到三联书店。

第二，我想说的是，三联特有人文气息。

现在讲人文，意思有点乱，好像凡是可以往脸上贴金的地方都可以用这个词，或以为是指特有学问特有品位的某种事，根本不对。我以为，人文（humanity）也者，要义精义是拿人当人，孔子叫做“仁”。为富不仁，拿人不当人，还谈什么人文。读书人，吭哧吭哧，一辈子都写不了几本书，他希望的是尊重和负责，尊重作者，替读者着想。杜甫咏胡马，“真堪托死生”。作者跟出版社，那是托付终生。我曾幻想，有个理想的出版社，一见倾心，“妾拟将身嫁与，一生休。纵被无情弃，不能羞”。找呀找，总算找到了。三联书店的编辑，学历高，知识背景深，很有朝气，也很有干劲，我跟他们打交道，那是如鱼得水。他们能将心比心，同你交流，这点最重要。比如我的责编孙晓林同志吧，她就是其中一个。她对我这样的“老改犯”，对我这样吹毛求疵又百般挑剔的人，不急不烦不恼，我很感谢她。

第三，三联出版物，不光在精神上很有追求，在形式上也很讲究，脸蛋身段好，衣服也好。

我对三联的历史不太了解，但完全可以感受到，它有很好的传统。论出身，它曾经是个左翼书店，追求革命进步，反对陈腐倒退，思想上很敏锐，作风上很平易，和作者、读者保持交流沟通，官僚气和衙门气比较少。它不像工厂，只是按部就班，批量生产某一类精神产品，爱看不看。它的书刊，视野宽广，对思想深度和文化品位，都有很好的把握，对引导读者成为精神健全、蓬勃向上的人有积极的推动作用。三联的书，不仅思想内容吸引人，用纸用料、封面设计、版式设计也非常考究，让人看了，赏心悦目。这也是三联吸引人也吸引我的地方。我对封面特上心。宁成春老师，封面大家，这次给我作封面，他是抱病在身正要动手术，我和晓林登门打扰，他耐心倾听我们的想法，数易其稿，反复推敲，令我感动。这些年，三联书店，从领导到编辑，都给了我很多支持与鼓励。我很想写一点深入浅出，适合读者，也适合我能力的作品，报答读者，也报答出版者。

今年，我没打算过生日。中国人的说法，过九不过十。

罗泰教授的生日比我早几天，他和他的一大堆学生在考古所开会。叶娃骗他说，晚上约好了，跟李零见面，在她家，目的是给他一个惊喜。他到了才发现，屋子里面坐满了人。

大家喝啤酒、吃饺子，点蜡烛，分吃蛋糕。他问我的生日，我说，算了，不过了。

六月十二日，他从国外寄来一首他写的中文诗，我把它抄在下面：

给不过生日的人祝寿

有人说“还甲”就是第二次出生，要穿红色的童装来庆祝
但童心并不在于所穿
而在于所想所言所写
如果看人看得够仔细，在眼睛里也许能看到它
没什么也许，一定看得到，我就看到了
现代的很多孩子反而缺少童心，已经变成小老头

也许人到六十岁才有资格当小孩
乱讲，什么时候都有资格
但多数人宁愿穿可笑的红色童装也不愿当小孩
这样也许还不如不过生日

让我今天鼓励你随时像小孩
希望在你的眼睛里将来也能看到童心

他说，这算不上诗，但我很喜欢。

说来惭愧。他不知道，十二号白天，我的学生还是在何贤记请我吃饭，大吃二喝，有蛋糕。第二天晚上，吕敏、马克、来国龙约我在万圣见面，到元绿吃饭。吕敏买了高级的法国蛋糕。马克送我一本反映高卢宗教、社会的精美图录（在法国，他陪我看过高卢遗址）。来国龙送我 CD：老柴第四、五、六，还有台湾的龙凤大饼和西湖龙井。

礼物太丰富了。

我能送给三联什么呢？只有我的书——今年是《我们的经典》，还有我的祝福。

《老子》说："抟气致柔，能婴儿乎？"婴儿是最高的赞美。

我希望三联，永远像个新生的婴儿——每一本书都是这样的婴儿，呱呱坠地，给大家带来欢喜。

2008 年 2 月 26 日写于北京蓝旗营寓所

【附：我在三联出的书】

1.《简帛古书与学术源流》，2004 年 4 月；修订版，2008 年 1 月。

2.《铄古铸今——考古发现与复古艺术》，2007 年 8 月。

3.《去圣乃得真孔子——〈论语〉纵横读》，2008 年 3 月。

4.《人往低处走——〈老子〉天下第一》，2008 年 3 月。

5.《何枝可依：待兔轩读书记》，2009 年 3 月。

6.《唯一的规则——〈孙子〉的斗争哲学》，2010 年 1 月。

7.《兰台万卷——读〈汉书·艺文志〉》，2011 年 1 月；修订版，2013 年 4 月。

8.《死生有命　富贵在天——〈周易〉的自然哲学》，2013 年 1 月。

附录 | 爱我中华，振兴中华

早先的中华书局在灯市口，跟商务印书馆一个楼。这座看似普通的老建筑，在我心中是个古迹，不，也许该叫圣地。

小时候，坐103路无轨电车，每次去王府井，打它门口过，我都觉得神秘莫测，想不到啊想不到，多少年后，我竟成了它的常客。

这叫“一眼定终身”。

命中注定，我这一辈子都得跟书打交道。

中国的出版社，谁最牛？中华、三联、商务……各有千秋。它们都了不起。但我跟谁结缘最早，缘分最深，当然是中华书局。

我是中华的老读者，也是它的老作者。

中华出古书，从未间断，即使“文革”时期，也未间断。出版物的数量，蔚为壮观。中华文脉，赖此而传，谁说中国文化断裂了？

古书之用可谓大矣，一可安神健脑，二可消愁解闷，三可去怨戾，防止自杀或杀人。鲁迅说它有麻醉性，没错。我最苦闷的时候，深有体会。

我在中华出过不少东西。书，前后有12种：自己写的七种（两种重复），参与写或整理的五种。文章，发在《文史》、《古文字研究》等刊物，算下来，也十来篇。1979年，我最早的学术论文，就是发在《文史》上。我的处女作，《长沙子弹库战国楚帛书研究》，也是1985年由中华出版。

中华是个百年老店，现在可以这么说了，因为正好凑够了100年。这可是个品牌呀，出版界的金字招牌。我希望大家都能像我，心疼这个品牌，爱护这个品牌。

过去，中华给我的印象是，它门槛太高。老一代的作者和编辑，那都什么人物？当年有人说，《文史》上发篇文章，就该提副教授。那时的副教授，凤毛麟角，多金贵呀，哪像现在。要是出本书，更别提了，眼巴巴一等多少年，十年都不算长。我在中华吃过苦，怅恨久之，但时过境迁，今已释然。

毕竟是中华造就了我。

想起老字号，我就想起老饭馆。北京的老饭馆，百年老店算什么？什么八大楼、八大居呀，哪个不是老寿星。全聚德，137年，长不长？不长。柳泉居，400来年。便宜坊，600多岁。

人家卖的是什么？是自己的特色，自己的看家菜。

当时，饭馆少，胃口好，老字号，地位高，人家是这么经营。

现如今，老字号有点衰落，原因是饭馆太多。人家年轻人，吃香喝辣，全都换口啦。新饭馆，路子正好拧着，什么特色，一边去吧。菜单在这儿，您就点吧，川湘粤咱们都有，只要您来了，什么都有。他们做的是“通菜”，你有我有全都有。

形势逼人，形势喜人。老饭馆怎么办？一是改门面，豪华装修。二是提高价码，莜面当海鲜卖。老字号，倚老卖老，主要是这么卖。

商品大潮，红尘滚滚，所有被爱情遗忘的角落都被开发，我们这些待在学校里的人，跟大家一样，都爱说一句话，先要求生存，才能谈发展。

结果怎么样，你在生存中求发展，生存永远压倒一切。

活着就得了。

没钱的时候，被穷压着，有钱的时候，被钱压着。大家如飞蛾扑火，除了奔钱，谁也不知朝哪儿发展。

出版界的局面，其实跟饭馆差不多。

中华书局，过去的分工是什么？是古籍整理。特色是什么？是出整理本。古书，不是拿过来，影印一下，完事，而是慢工细活，拿得稳，站得住，再过多少年，我自岿然不动。只要爱这行的，干这行的，大家都得读，绝对绕不过去。

中华的老书，不是我夸，确实如此。

它和商务不同。商务的特色，过去是西洋古典（19世纪以前的书，以后多入“内部读物”），现在的卖点是字典辞书。他们的书也是做一本是一本，响当当、硬梆梆。中华做中国古典，古是咱们的古。

它和三联也不同。三联，过去是左翼书店，接近大众，接近生活，追求新知识，别提多时尚（现在相反，右才是时尚）。中华做古典，古典是陈年老酿，日久生香。三联出的《今日美国》，小时候，我读过，没两天，就成了《昨日美国》。中华不必走这条路。

我说的“各有千秋”，是生态多样性。别听广告上吆喝，蝎子可以发财，大家就全养蝎子。干吗非得这么一窝蜂！

但话说回来，大势所趋，咱们哪行哪业又不是这样？领导不上心还好点儿，越是加大投入，加大力度，越是如此。

这些年，为了求生存，大家做过很多尝试。我不是致富能手。这方面的事，我就别插嘴了。为了振兴中华，这里说一点希望：

（一）继续出版好的整理本。我理想的整理本是什么样？一要理清版本的谱系，选出典型版本，汰除次生版本；二要简化校勘，只以典型版本作底本和参校本，保持底本原貌，不必把所有异文列出来，平行参校，越校越乱，哪个本子都不是；三要利用出土古本（简帛本和敦煌本）和古书引文；四要附佚文。比如我的《〈孙子〉十三篇综合研究》就是尝试。

（二）要重视出土文献的研究。今天，研究传世古书，已经离不开出土文献的研究，两者互相发明，彼此受益无穷。比如我在三联出的《我们的经典》，四本书，每本都得益于出土文本。目前，研究出土文献，作文字的往往死抠文字，作思想的往往流于空疏，如何打通二者，是个值得研究的问题。

（三）当年，洪业他们编《燕京引得》，做《太平御览》、《太平广记》的剪辑本，真是千辛万苦。中华书局出过《古佚书辑本目录》，很有用。现在的古书，有各种电子本，方便多了。我希望有人能把辑佚的工作组织一下，推动一下，真的做一部辑佚大全，取代过去所有的辑本。当然，这事不容易。

（四）古书不仅属于学者，也属于大众。现在出版社都重普及。一般看法，普及就是面向市场，大学者纡尊降贵，白开水里放点糖，娱乐大众，好像逗小孩。我不这么看。群众是谁？我自己就是群众。在我看来，普及是最高境界，不是第一步，而是最后一步。深入才能浅出，没有深入的浅出，那叫忽悠群众。我理解的普及可不是这样。

我在中华出过本《兵以诈立》，据说是普及读物，教育部还发了普及奖。

这书是我在北大的讲课记录，印过不少回。有人说，印数大就是普及读物。但什么叫学术性，什么叫普及性，我在北大讲课，根本没想过。

没有普及性的学术，我可以理解。没有学术性的普及，我不明白。我不知道这是什么玩意儿。

老子说，道可道，非常道，意思是，终极的道理，不好讲。有人以为，学术性就是看不懂，懂就俗了，道都是说不清道不明的道，我不同意。

我想，说不清，道不明，那是自己没本事。我笨，一时半会儿理不清，说不透，咱们分几步走，一步步朝明白靠拢。书越写越薄，越写越白，那才叫本事。虽不能至，心向往之。

中华过生日，大喜的日子，值得庆贺。

我写过贺辞：为学日益，为道日损，古书常读常新。

我理解，“为学”也好，“为道”也好，都是为了把道理讲明白。第一是让自己明白，第二是帮读者明白。先要繁，后要简。

老子讲损益，八个字，多简单。人家这话，那才叫深刻。

2011 年 11 月 13 日写于北京蓝旗营寓所

【附：我在中华出的书】

（一）自著

1.《长沙子弹库战国楚帛书研究》，1985 年 7 月。

2.《吴孙子发微》，1997 年 6 月，共 245 页（后收入《〈孙子〉十三篇综合研究》）。

3.《〈孙子〉十三篇综合研究》，2006 年 4 月。

4.《中国方术正考》，2006 年 5 月。

5.《中国方术续考》，2006 年 5 月。

6.《兵以诈立》，2006 年 8 月。

7.《孙子译注》，2007 年 9 月（节自《〈孙子〉十三篇综合研究》）。

（二）合作整理

1. 中国社会科学院考古研究所编《新出金文分域简目》，1983 年 5 月，李零与刘新光、曹淑琴合编。

2. 郭忠恕、夏竦《汗简　古文四声韵》，1983 年 12 月（2010 年 7 月又出了第二版），李零与刘新光合作整理。

3. 周进《新编全本季木藏陶》，1998 年 10 月，李零分类考释。

4. 张政烺《马王堆帛书〈周易〉经传校读》，收入《马王堆帛书〈周易〉经传校读》，2008 年 4 月，李零等整理。

5. 张政烺《张政烺论易丛稿》，2010 年 12 月，李零等整理。

编者后记

孟繁之

一部书编完，照例是要有一篇后记的，记述编纂始末及编纂过程所遇诸种因缘。明人徐师曾《文体明辨序说》不是也说么，“题跋者，简编之后语也。凡经传子史、诗文图书之类，前有序引，后有后序，可谓尽矣。”又云，“夫跋者，本也，因文而见本也。”但这部书稿编完，临末要写后记，却笔下踌躇，迁延许久，不能落一个字。这主要原因是李零先生乃近三十年来中国学界的重要人物，在考古、中国古文字、先秦古史、历史地理、古文献、古文学、古代艺术史、世界军事史及杂文创作诸领域，皆做出过傲人的成绩，著作等身，“天下谁人不识君”，很难用区区几百字、几千字来概述其人其学。何况，小子何能，竟获此大因缘，编纂李先生的序跋集。

但文章总归是要写，思来想去，还是先从与李先生的一些因缘及交往说起吧。希望通过这些相较客观的记述，写出我心中的李零先生，也使读者诸君对文字背后的李先生能有更进一步的了解。

一

李先生是山西武乡人，而我则出生在山西左权县。武乡、左权是邻县，一西南，一东北，南北毗邻，皆在太行之西陲。武乡是后赵皇帝石勒的旧地，以境内有武山和武乡水而得名。左权旧称辽阳，秦汉时并武乡一起属涅县，隋时别置辽州，此后一直至清，一州管三县，是历朝隘塞锁钥；1942年左权将军殉国于此，始改称左权，袭用至今。左权将军之前，春秋时帮助重耳复国的“晋之五贤”的先轸相传也战死于左权，迄今左权城内有先轸祠，城南隔西漳河有先轸墓。

李先生的老家在武乡西乡，他在《梁侯寺考——兼说涅河两岸的石窟和寺庙》一文中引《武乡新志》说：“今武乡西境，走南关、窑儿头、土门、石窑会、分水岭、五里铺、良侯店、勋欢、权店九个驿站的古驿道是‘太原与潞、泽之通衢，即省路之大干也’。”他这里提到的这条道是古道，北魏孝文帝改革，自平城（今大同）迁都洛阳，走的即是这条道。良侯店，《宋史》及《资治通鉴》皆有提及，但写作“梁侯驿”。李先生的老家即在良侯店东之北良侯村。这条古道的权店，自古迄今都是交衢要道，《武乡县志》引录乡邦文献，艺文部分的许多诗文即摘自权店驿站壁间所题。权店往南去是沁县、长治、高平、晋城、洛阳，往东走是段村（1947年后的武乡县城）、故县（1947年前的武乡县城）、洪水、墨镫，及左权。

左权至武乡，车尘马足，不过一小时的路程。沿途山路崎岖，高峰浚流，鸡犬之声互闻，人家连属。我十几岁时，有几年榆社修路，去榆次、太原皆须绕道武乡，中间有半截，走的即是这条道。印象中武乡境内水道纵横，沿途时可隐见的，有郦道元《水经注》里著录过的涅水和武乡水（即浊漳河北源）。二水皆浊漳河支脉，涅水穿越整个武乡西境，往南流入沁县，再东南经黎城、潞城、平顺出山西境；武乡水则南流入武乡城东昂车关小驻后，折而向东，走武乡东境，流至河北涉县与自左权境内而来的清漳河合流，后再逶迤往东，汇入海河，走塘沽入海。迄今记得当时有一次独自一人乘车走武乡、祁县去榆次，自东至西，穿武乡全境而过，恰逢雨季，沿途见菽麦青青，湯湯（shang shang）两条河水略城而过，蜿蜒而下，宛如画境，印象至今不忘。

二

我读李先生的书，知道李先生的名讳很晚。1998年，我二十一岁，在山西南部的一所大学里读中文系二年级。日子紧张而平淡，内心苦闷，不时以阅读排遣。记得是5月末的一天了，天气已极闷热（晋南的空气当时还很污浊），溽暑难当，夕阳西下，与隔壁宿舍的徐永亮兄一起在校门口不远处的席殊书屋里漫无目的地闲逛，就如香港人所谓看白书“打书钉”一般。突然，一册题名《放虎归山》的书跃入我的眼帘——这是“书趣文丛”第四辑的一种，同系列的还有葛兆光的《考槃在涧》和汪晖的《旧影与新知》——当时尚不知李先生其人其名，只觉得这书名奇异而有气势，很想一窥究竟。抽下展读，辄见内容拉杂成文，出入东西古今，文字清新扑面，“既间新声，复晓古体，文质半取，风骚两挟”，不免心下欢喜，购取而归。

这是我第一次读李先生的书。这部书当时有两篇给我印象最深：一篇是《太史公去势》，再有一篇，是《汉奸发生学》。《太史公去势》，由司马迁遭刑说起，谈的其实是知识分子问题，有作者的切身体悟，“其忧思有如此者”（《礼记·儒行》），读来感同身受，印象深刻。迄今忆起，这篇文章读罢，还曾与同宿舍的王亚云兄、隔壁宿舍的王学锋兄等，一起讨论过“去势”问题、“知识分子”的含义，及书名的意义所在。前一阵亚云兄来京，十一年未见，谈起往事，他还记得这桩旧事呢。而《汉奸发生学》，后来很久才知道，它在发表后曾引发过一阵小波澜，好不热闹，有许多人参与过讨论。但当时只觉得作者观点新颖，颇具说服力，诚如古人所谓“虽有道情，而离深僻；虽用经史，而离书生；虽尚高逸，而离远迂；虽欲飞动，而离轻浮”，读来畅快，心下甚是推许。此外还有一篇《闭门造车——房中术》，读到最末一段“过去陈寅恪先生给冯友兰《中国哲学史》写‘审查报告’，曾指出研究历史并不是同古人找碴儿，寻找他们的可笑之处（这很容易），相反他主张要对古人抱‘了解之同情’（也就是说‘勿以今人之心度古人之腹’），我很赞同。但是另一方面，我还有一陋见，就是今人行事思考，大可不必纠缠于古人，如果你觉得他们不合口味，则束书不观可也”时，心里不由咯噔一下，只觉得这作者识见澄明，着实透彻，说了如许颇具通识的话，非凡学所窥。后来年岁渐大，见过形形色色的学人，觉得这一意见可为治学金箴，不少人读书，往往只是盯着书中的不足，挑毛病，而不是要读出书中的优点及好处来，格局不大。于是当时便暗暗记住了“李零”这个名字。里面还有一篇《读〈少年先锋〉》一篇，李先生谈他的父亲，谈及他“太行深处，漳河之滨”的故乡，这让我知道李先生原是山西武乡人，我的邻县同乡，这不由让我对他更多了一层亲近感。

这之后，遂开始专门找李先生的文章来读。《中国古代房内考》即购于此后不久，记得是在临汾城里那间著名的“黄金书屋”。与此书同时，还一并买到过陆键东的《陈寅恪的最后二十年》，都是那几年对我们这代人产生巨大影响的好书。此外，李先生刊在《文物》、《考古》等杂志上的文章，如《读九店楚简》等，也皆找来读过，但可惜自己当时学术尚未入门，对考古、古文字一窍不通，读来草草。

三

第一次见到李先生是2001年我到北京后在北大的课堂上。记得最初是在三教，但不记得上什么课了，似是一次演讲。当时因为陆续在读李先生后来的文章，很为他的“卓见治闻，发明难言之意多矣”所折服，内心激动，有一种亲近巨匠的感觉。

后来2002年在一教听他讲“出土文献与学术源流”，则就记忆较深了。小小一教室，挤满了人，座无虚席，走廊及座位后面都是人，且堂堂爆满，大家凝神静气，一起听他讲在美国研究楚帛书的情况，讲在上海整理上博简的经过及发现，讲某古文字的释读……传世与出土并重，学识与幽默迭见，出入班志、《说文》，纵横百家，皆清新喜人，抓人视听。

那一学期的课，对我当时产生较大心灵冲击、迄今不忘的，是有一次在课堂上听他讲李学勤先生《走出疑古时代》一文的成文前后及他的认识。那是那几年知识界、思想界轰动一时的名文，是学勤先生某次在刘东召集的读书会上演讲的录音整理。而实际的整理者即是李零先生和中文系的魏赤老师。但李先生自己并不完全赞同学勤先生的观点，记得在课堂上谈及他个人对顾颉刚“古史辨运动”的看法时，他认为关于“疑古”的讨论不必掩盖分歧，要像顾先生当年那样，不妨把各种不同的意见摆到桌面上来，“让这些意见进行一次正面且激烈的交锋，反而能够真正的推动学术的前进”。也谈及古书的撰述、编纂与流布传承，一部书里有某一篇伪时整部是不是伪等问题。对于顾先生提倡的古籍考辨，李先生亦有针对地列出其诸多流弊，指出千万不能将古书本身的年代与古书内容的年代混为一谈，“古书形成的漫长过程中只取其晚而不取其早”的做法并不可取，他主张以古书年代学代替辨伪之学，认为前者可以涵盖后者，而后者则不能通贯前者。他还指出，“书是书，人是人，人早不一定书就早。”我之前在陕西师大听过黄永年先生讲顾先生“古史辨运动”的课（讲《太平广记》的课里提及，非专门的课），对顾先生的贡献钦佩得不得了，李先生的这堂课，则让我对顾先生、古史辨运动和当代考古发现的意义有了新的认识，一直影响我到现在。

这一学期的课，李先生后来整理收入他的《简帛古书与学术源流》一书中。此书初版、修订版及再印本三个版本我皆有，每次翻检，当日上课的情景都会再次忆起，一些场面还会再浮现于脑际。

四

这之后一直至2008年，虽不时读李先生的书，给李先生打过几次电话，见面鞠躬打招呼，但一直不熟，几无交往。熟起来是2008年5月12日，汶川大地震那天，儒藏开专家组会议，会后骈宇骞先生要去看望李先生，邀我一同随行。在李先生府上，当李先生听我说是左权人时，眼睛一亮，遂忆起我给他打过几次电话，始将人对上号来，攀谈方多了起来。这之后交往渐多，一日日熟悉了起来。

与李先生较熟悉之后，才知道他是位极度勤奋，对学问心存敬意、精益求精的人，怀文抱质，恬淡寡欲，每天凌晨四时左右即起来工作。外人读他的文章，每每惊讶于他的文章“抽心呈貌，非雕非蔚，每为一字，各象其形；藻溢于辞，辞盈乎气，智慧与博雅并见”，读来如“游文章之林府，嘉丽藻之彬彬”，殊不知作者背后所付出的辛苦。

李先生不止一次和我及晓威、政富谈起他特定文体、文风背后的“隐志”，告诉我们这是他自早年起即开始的一个“有意为之”。在他看来，文章首先是要方便读者阅读，因此他的文章很少用长句子，都是短而精悍、语意通畅、“称文小而其指极大，举类迩而见义远”的句子。他曾有《南白和北白》一文，也专门谈过这个语言表达的问题。为了达到这一效果，他会一遍一遍地修改自己的文章。他自己说自己是“老改犯”，我等的所见则是我们的阅读速度跟不上他修改的速度。举一个例子，李先生写《兰台万卷：读〈汉书·艺文志〉》时，我们一帮学生是他的第一读者，帮他核正文字、查阅资料，也提些具体意见（次数很少）。我们与李先生一般每周见一次，但往往是当我们下周见面将阅读的意见呈给他时，他已另有新稿，且做了大幅度的改动。《兰台万卷》我计算过，从开始交付我们阅读，到最后成稿，前后修改不下十七次。起先还是打印多份，人手一册，后来打不胜打，都是电子稿传阅。眼看着它由一个 Word 文档变成十二个 Word 文档，由十几二十页变成二三百页。现今书印出来了，他又有许多新的修订，一页页一条条记着，等待再版时订补。

《兰台万卷》如是，李先生的所有文章、所有专著基本都如此——这背后不仅仅是一种文字追求，更多是一种一以贯之的学术追求。这里再比如《中国最早的"升官图"——说孔家坡汉简〈日书〉的〈居官图〉及相关材料》、《角帽考——考古发现与明清小说的比较研究》二文，我曾帮着核对资料、扫描图版，李先生的修订亦不下十七八次，且小到某一图像来源、图版效果，一处引文来源、注释体式、所引书版次，皆要清晰注明，格式一致，以臻精益求精。而其中更重要的，还有李先生那种谦逊好学，不耻于问，善于向别的专家求教。写《升官图》文时，有些棋图不是很清楚，曾托人代询白化文、杨辛二位先生，以希得到指点。写《角帽考》文，为"触器"问题，他曾亲自请教过王邦维教授，获得确解。写《梁侯寺考——兼说涅河两岸的石窟和寺庙》，为涅河两岸的石窟及沿岸的北朝石刻，曾专门请李裕群先生到他在学校的办公室，就所拍摄的照片以作请教。前人说做学问要题无剩义，恐怕亦不过如此吧！而从中亦可看出李先生对学问的一种孜孜追求，暗想这也当是三十年来，李先生学术研究能时常保持在最前沿的一个"内在理路"（Inner Logic）。

这些均可看出李先生对学问的认真、谨严、精益求精。走笔至此，也不由令我想起李先生为他的老师张政烺先生编文集的事。在张先生逝世后，中华书局前后印行有《张政烺论易丛稿》两种，一种影印，一种排印。而熟悉内情的人都知道，这两种书的出版都是由李先生负责整理完成的，为此不惜推迟自己的研究写作计划（《死生有命 富贵在天：〈周易〉的自然哲学》卷前自序尝有语及此）。特别是排印本，涉及文字校勘及张先生批注，工作量甚大，更是耗费了李先生的不少心血。就我所见，这部书稿的校样李先生当读过不下五遍。每次学生交回核校稿，他都要亲自再作校阅。一字一句，小到每一字、每一标点，皆有校改。及至二校稿，最后送递责编石玉时，改动还很大，稿面密密麻麻，墨彩斑斓，几莫可辨识。——当日看到此情景，心下甚是感喟，这固然涉及到工作态度、工作方法问题，但学生为老师编遗著，能做到如此精细而勤勉，确实不是一件很容易、人人可以做到的事，于此亦可从另一角度反映出李先生之性情及为人。敬服之心油然而生。后来和中华书局的张继海老师说及此事，张老师也极言其是，深以为然。

这里也需提到的，李先生编此书，最后还有一个心愿，就是希望张先生的夫人傅学苓女士能最后看到此书的正式出版。但那天当我遵李先生命自中华书局取回样书，李先生带我和田天一起赶往306医院，第一时间将样书呈给傅先生时，傅先生已处弥留状态，目不能视，酣睡而已，竟不得见，令人感喟。时张先生长子在院陪侍，说就是这几天的事，我与田天在楼道里不由一阵欷歔。后一周奉到李先生电话，告知傅先生已下世，言及傅先生最后一周终未醒来，亦不曾亲见是书之正式出版，不禁再下感叹。我想这当也是李先生编此书留下的一个遗憾吧，附记于此。

五

李先生是学考古出身，学问用他自己的话说，主要涉及“三界”：考古、古文字、古文献。他在新版的《待兔轩文存·读史卷》自序里谈到他自己的学术经历时说：“‘三古’是基础学科，我重视，我喜欢，但对我来说，这是训练，不是目的，我更关心的是问题。三代无学科，问题并不属于哪个‘古’。更何况，我是现代人，我的立足点还是现代。三十多年来，跟着问题跑，一个问题牵出另一个问题，我还涉及过很多行当，至少有五六种。研究《孙子》，涉及军事史；研究方术，涉及科技史和宗教史；研究简帛古书，涉及思想史；四出访古，涉及历史地理；研究文物，涉及考古和艺术史。虽然，这些行当，没有一行是我的‘本职工作’，但不同领域的学者都还承认我。”我以为这些话最能概括他自己做学问的“神”。[1]

《孟子》里说，“梓匠轮舆，能与人规矩，不能使人巧。”又说：“先立乎其大者，则小者不能夺矣。”读李先生的书和听他谈话，感受最多的，是作为一名现代学者，我们所需要的不仅仅是勤奋、有计划、有条理，更重要的是能打通文史，融会多门，从多学科多领域多角度思考问题，具备一种问题意识，能独立思考，不囿于成说，能于普通材料中发现别人不易发现的问题。特别是后者，记得过去胡适之先生称赞王利器先生，说“读书贵在发现问题，有了问题，就等于把问题解决了一半，那一半只差把答案写出来”（参见《往日心痕——王利器自述》），读李先生的书，诚哉斯言。例如我们读他的《中国方术考》，此书是李先生的代表作之一，第一次结合考古材料，系统总结了中国早期的方术知识（主要是战国秦汉的方术知

〔1〕《李零自选集》自序里曾系统谈过他的这些问题意识，他长期以来一直希图：“（1）找到一种能够突破早期西方史学偏见的新视角和沟通‘古今中外’的切入点；（2）深刻反省‘《古史辨》派’对中国史料的全面审查；（3）把对中国古代制度史的研究组织到‘礼崩乐坏’这个诸子争论背景的研究上去，并以此作为重新研究儒家学派的切入点；（4）重视中国古代实用文化，特别是向来作为子学附庸而被学者忽略的数术、方技之书和兵书的研究，以此作为切入点，从子学的外围向子学的内部进攻，一则借以探索道家和道教传统的源头，一则借以探索中国法家的行为学基础（见拙作《中国方术考》和我对中国古代兵书的研究，后者应另写新书）；（5）以（3）、（4）的研究为基础，重新估价先秦思想的格局。”

识，即道教、佛教以前的方术知识)，对中国科技史、中国思想史乃至中国文化的研究都具有重要的启示意义。此书的重点，是以方术形成和发展的历史背景为脉络，对中国文化源头和思想史进行了梳理和重新思考，以考古发现为佐证，穷本溯源，用考古材料更正了人们心目中许多既成的观念。李先生尝云："笔者的兴趣并不在器物本身，而是希望给思想史的认识提供一种新的角度。过去，人们总是习惯于把阴阳五行学说看作一种晚出的支流：推其源，不过是邹衍一派的怪迂之谈；述其流，也无非是盛极汉代的荒唐迷信。这种看法既源于古史背景的模糊和有关史料的缺乏，也与汉代以后人们对历史认识的'逆述误差'，特别是中国近现代史学从'古史辨派'论战中所受到的那次重要'洗礼'有关。"此书的精粹所在比比，例如他对式盘的研究，提出"式图"的概念，此对重构古人宇宙模式厥功至伟，影响亦垂今。后来王爱和写《中国古代宇宙观与政治文化》，基本即延续他这一思路。这一领域的研究，李先生实导夫先路。再比如李先生的《李零自选集》，本都是零敲碎打、边角料一样的考古资料，却被他用一种宏观的战略眼光组织、整合、统贯起来，建立起一个个完整的体系，在先秦史研究的很多问题上，为我们提供了新的认识角度。而读这些文章，作为读者，我们能感受到学术研究那种分析与综会、踏实与凌空四者兼顾而不可偏废的要理。

李先生是一个按计划写作的人，他早年的研究领域主要集中在六个方面：(1) 青铜器和金文的研究；(2) 战国文字和简帛书籍的研究；(3) 古书体例和古书年代的研究；(4)《孙子兵法》和古代兵书的研究；(5) 古代方术的研究；(6) 先秦思想史的研究。他研究生时代的方向本是楚铜器，但为寻求同时代语料和可参证资料，以研究楚铜器而研究楚帛书，以研究楚帛书而研究古书体例、中国方术，以研究中国方术而研究中国历史文献（出土文献和传世文献），再而中国艺术史、而中国历史地理，他的学术轨迹皆有案可考，有脉可循。他写《丧家狗——我读〈论语〉》，起源要追溯到上世纪90年代他读郭店楚简、上博楚简时，他在《郭店楚简校读记》的前言里说："过去，老实说，我一直对孔子提不起兴趣，觉得论深刻机智，他比不上老子。可是现在，90年代，郭店楚简，上博楚简，出土最多的却是大量儒书，它们逼我重新阅读，重新思考，改变偏食的习惯，让我学到很多新知识。特别是它提醒了我，向来的思想史研究，其实有个很大的漏洞，就是近代以来，我们对孔门学案最早的一段，即所谓'七十子'，太不重视，认为《礼记》是汉代文献，《论语》以外，免谈孔子，老是用'孔—孟—荀'三段式讲早期儒家，把本来最重要的一段给忽略掉了。"在刊于1997年的《李零自选集》卷前自序里他也谈到，他想"把对中国古代制度史的研究组织到'礼崩乐坏'这个诸子争论背景的研究上去，并以此作为重新研究儒家学派的切入点"。后来2004年的下半年和2005年的上半年，他为本科生开经典阅读课，带学生一字一句、一篇一篇、老老实实读《论语》，方因缘触发，一鼓作气有《丧家狗——我读〈论语〉》。他的这本书从萌生念头到写作完成都很早，他并不是为了要赶哪个潮。戴卡琳（Caring Defoort）教授说他塑造了另外一个孔子，比于丹塑造的更可爱，其实哪里是呢，他只不过借助考古材料、比勘《左传》及传世文献，还原了一个真实的孔子而已。此外如《兰台万卷：读〈汉书·艺文志〉》，亦绝不是突发奇想，率意为之，《中国方术续考》及《简帛古书与学术源流》中即有关于《汉书·艺文志》的讨论。他写《兰台万卷》，背后有个人的学术脉络在焉，纯系是学术发展到一定阶段的必然产物，有其内在之必然。而这部书的价值，与前人不同之处，在于以简驭繁，以简帛古书的知识重新认识班志，对先秦、秦汉时代的"学"与"术"，及其源流演变，有一通盘的叙述，所谓"疏释名相，提挈纲领，使玄关有钥，而智炬增明"（如李先生对经传、解说、章句等各名类的考据分析），其背后有学术史、思想史的眼光及情怀。

但计划之外，又有例外。要知道，他不是偏于一隅的专家，而是博学多闻的学者，他的兴趣在多方面。他兴趣广泛，喜读杂书，偶然看到的某一问题，可能都会引发他的学术热忱和学术联想。他有一爱好是阅读出土简报，在翻阅某一简报时，可能某一器皿或纹饰图案都能触类旁通，引发他对相应另一问题的思考，撰述成文。几年前，他曾很认真和我讨论过书籍称“页”和“叶”的问题，托我转询沈津先生、沈乃文先生等一些版本学家，而兴趣的起因即是某文物单位请他去看新出土材料而引发的。后来撰述成文，即刊在《文物》2008年第12期上的《视日、日书和叶书——三种简帛文献的区别和定名》。类似例子甚多，不胜枚举，这背后皆围绕一个学术中心。古语说，“积学以储宝，酌理以富才，研阅以穷照，驯致以怿辞”，然天下积学之士多矣，能如李先生般将宫殿、厕所、兵法、房中术、毒药、酒色财气、汉奸发生学、人类畜生学皆纳入笔底，做成有据可考的大学问的，凤毛麟角。

六

“功崇惟志，业广惟勤。”李先生的学术生涯自1977年入中国社会科学院考古研究所，参加金文资料的整理和研究算起，迄今三十四年间，若不计增订再版的话，共出过三十四部书（本书中所附李先生著作目录可参）。若是包括增订再版，及现已交付出版社但尚未印出的书，则远要超过四十部。

现今呈献给大家的这部书，是一部聊天聊出来的书，原先并不在李先生的出版计划，也不在我的整理范围之列。事情的缘起是2009年夏，那时苏晓威还没有毕业，有一次，我与晓威同李先生一起在老化学楼李先生的那间有名的办公室（即李先生文中提过的

“待兔轩”）聊天。不知怎么，我忽然说起我读李先生书的感觉，说正文之外，感觉其前后序跋亦自具特色，非具文而已；述及个人研究心路及成书前后诸种，可谓一代心史、信史，若系以年月，可编一本类似学术编年的书。李先生听罢，笑颔以为然，俞允我有暇可助为整理。

于是事情遂提上了日程。扫描整理，核正文字，用去了很多时间。但系统读李先生的书是很愉快的，就如同 1998 年那个溽湿闷热的夏天，躲在晋南的乡下初读《放虎归山》时的那种感觉，不时为作者的妙悟和通透而欣喜，也为作者曲折的研究遭际而扼腕。《文心雕龙》说：“缀文者情动而辞发，观文者披文以入情”，当时读来，即是这般感触。同时也使我更进一步、较深层地了解了李先生其人其学。古语说“知人论世”，又说“读其书而想见其为人”，在区区则以为，李先生的序跋，为读他的书的读者提供了一个更详细的阅读指南，“津逮来学，诚为有裨”。亦诚如他所常说的，“自己是自己的最好读者”，李先生的序跋，从某种角度讲，可谓他自己就自己个人撰述历程及个人学术兴趣发展最精确的自叙。而从这些自叙里，我们能看到他是怎样由一名立志研究《孙子兵法》的向学青年，三十年间，逐步成长为一位成果丰硕、贯通文史研究诸领域的前沿学人的，“三十功名尘与土，八千里路云和月”。当然，李先生对名利一向是看淡的。

书名是李先生取的，大标题是“小字白劳”，副标题是“李零序跋与学术编年”。“小字白劳”，李先生曾有文字说明，记注他早年的那段坎坷学术经历。他在《待兔轩文存·读史卷》的自序里说：

> 我请人刻过一方印，印文是“小字白劳”。“零”的意思就是“白劳”。
>
> “白劳”就是代价。

"白劳"的事儿是经常发生的，学界并不例外。

当年，我在考古所（中国社会科学院考古研究所），年龄最轻，地位最低，当过小媳妇儿。我想告诉那些比我年轻的学者，当年的我，"白劳"是命中注定。

1976年底—1978年，考古所编《新出金文分域简目》（北京：中华书局，1983年），基础工作就两人，90%的卡片是我做的，10%的卡片是老刘（刘新光）做的，1978年底出版的那个油印本，我俩的名字还排在前面，但书印出来，却排在后面，排在"0%"后面。

1978—1981年，考古所编《殷周金文集成》（北京：中华书局，1984—1994年），我参加过最初的资料准备，书要一本一本对，拓片要一张一张找，除了室内整理，还要到各大博物馆拓铜器，我为此花了整整三年的时间，名没有，书没有，什么都没有。老刘说，你为这书付出那么多，别人装糊涂，我知道，留个纪念吧。她把她的《集成》送给了我。

1981年，我在西高泉挖秦墓，70多座墓，就三人，老卢（卢连成）、陈平和我。1982年，我在沣西挖西周遗址，也是跟他们在一起（还有郑文兰）。最后，我和陈平调走，老卢也离开了考古所。我的一切辛苦和劳累也"雨打风吹去"。

此外当也包括他整理上博简的经验。辛苦经年，除夕夜犹只身上海，"一人蹲在龙漕路，听彻夜的鞭炮声，……夜以继日，整整干了三个月"，"白天剪照片，夜里作释文，穷目力之艰，跟时间赛跑，既不能细心阅读，又不能从容思考"，工作之艰辛难与外人道。每览他在《上博楚简三篇校读记》卷前的自序及说明，心下均不由感喟莫名。

这部《李零序跋及学术编年》，依李先生意见，共分四个时期。

第一个时期是作者在社科院考古所和农经所时，1976—1985年，作者二十八岁至三十七岁这段，整理《汗简　古文四声韵》，出版《长沙子弹库战国楚帛书研究》，其个人学术，初展锋芒；第二个时期，是1985—1989年，作者初入北大时期，三十七岁至四十一岁这段，以《孙子兵法》研究发轫，进而研究中国方术，特点是“很学术，几乎一点杂书不看”；第三个时期，是1989—1998年这十年，这十年间，放虎归山，写下杂文无算，学术研究开始由中心向边缘扩展，加以出国较多，眼界大开，希图“找到一种能够突破早期西方史学偏见的新视角和沟通‘古今中外’的切入点”；第四个时期，是新世纪以来，作者自五十一岁至六十岁以后这段，开始转战国内，带学生一起读经典，四出访古，研究历史地理、文物、考古及艺术史。从这四个时期的划分，我们能很清楚看出李先生个人学术脉络皆有案可考、有踪可循的轨迹。

四个时期之下，分收李先生三十四年间所出版三十八册书的序跋（包括重复、修订本，未正式出版者不收），依写作年月为序，排其先后。有重版者以初版年月为基本次序，新版书影系于初版书影之后，以备闻见；修订增补者，则单列，系以最新出版年月，以概见作者学术发展之探索过程、研究理路。这里如《新编全本季木藏陶》，李先生做的分类考释，此书出版于1998年，但实际写作在1987年9月就完成了，在出版社压了整整十一年。为反映作者研究思路及学术探索过程计，只能以写作年月列，若依出版年月，则或有淆乱学术编年脉络之虞。同类如《〈孙子〉古本研究》、《吴孙子发微》、《〈孙子〉十三篇综合研究》（《〈孙子〉古本研究》、《吴孙子发微》本系一书，即《〈孙子〉十三篇综合研究》，而最初出版，则被析成两部，分于两家出版社刊出）。再如《中国方术考》，1990年即已写出，但是书出版迭经多难，李先生曾喟言这是他最多灾多难的书。此书人民中国1993年出版后，二十年间，洛阳纸贵，现有人民中国、东方出版社、中华书局三个版，但三版时间跨度较大，修订亦甚多，作者均有新序言详作说明，为体例计，故分列三条。此外如《简帛古书与学术源流》，修订本虽有新版说明，但与旧版时间跨度小，修订幅度不大，基本是作者同一时期的学术研究思路，故不予分列，次要的版本、从属的序跋附见于主要的序跋之后。而“我们的经典”系列卷前总序，四册分有，依著作为纲一一胪列，则嫌其重，故仅列于《去圣乃得真孔子：〈论语〉纵横读》条卷前，不再单列。《张政烺论易丛稿》，虽署名张先生著，但系李先生依据张先生残稿厘清眉次、校点整理，卷前《写在前面的话》，卷末《整理后记》，谈及易学发展史、数字卦及他个人易学研究观念，吉光片羽，弥足珍贵，故破例一并收入。此外如《吃苍蝇》，本系最初版《放虎归山》中之一篇，再版未收，以涉及书人书话、图书出版，虽非序跋，破例收录。

李先生三十余年间所有著作的封面书影，此书尽量囊括。整理者仅就标点范式做了统一，订正了原书一些误植的手民之误，文字则厘正后一仍其旧，尊崇原貌，仅改其讹误而已。全书统一为脚注；数字、标点、注释体例，也在尽量少改的前提下，略作统一。

这部书的编辑，得到了李先生的大力支持，许多书影即蒙其提供。初稿编成，并累本书责编曾诚审校一过，订正了不少初编过程中新衍生的错误。值此之际，谨向李先生、曾诚，及在这部书的编辑过程中帮过忙的朋友，如李政富、廖明飞等，致以最诚挚的谢意！

2011 年 8 月 15 日写毕于北京大学燕东园

10 月 20 日改

2012 年 3 月 20 日再改

图书在版编目（CIP）数据

小字白劳：李零自序集/李零撰；孟繁之编. —北京：生活 · 读书 · 新知三联书店，2013.7
ISBN 978-7-108-04387-0

Ⅰ. ①小… Ⅱ. ①李… ②孟… Ⅲ. ①序跋－作品集－中国－当代 Ⅳ. ①I267

中国版本图书馆CIP数据核字(2013)第000361号

责任编辑 曾 诚
装帧设计 蔡立国
责任印制 徐 方
出版发行 生活 · 讀書 · 新知 三联书店
（北京市东城区美术馆东街22号 100010）
网　　址 www.sdxjpc.com
经　　销 新华书店
印　　刷 北京隆昌伟业印刷有限公司
版　　次 2013年7月北京第1版
2013年7月北京第1次印刷
开　　本 635毫米×965毫米 1/16 印张 34.25
字　　数 424千字
印　　数 0,001－8,000册
定　　价 65.00元
（印装查询 01064002715 邮购查询 01084010542）